KB048346

크툴루 신화 대사전

히가시 마사오 지음 | **전홍식** 옮김

AK TRIVIA SPECIAL

본서『크툴루 신화 대사전』은 각켄(学研)에서 간행한 졸작『크툴루 신화 사전』을 전면 개편하고 증보개정한 최신판이다.

전작은 1995년 12월에 각켄호러노벨즈에서 단행본으로 발매된 후 각켄M문고로 이동하여『신판 크툴루 신화 사전』(2001년 2월),『크툴루 신화 사전 제3판』(2007년 1월),『크툴루 신화 사전 제4판』(2013년 4월)으로 증보개정을 거쳐 러브크래프트의 문학과 크툴루 신화 세계에 진입하기 위한 기본도서로서 거의 4반세기 가까이 사랑받아왔지만, 그 문고 자체가 소멸(2015년 폐지)되면서 절판되고 말았다.

이번 판본에서는 전체 구성을 포함하여, 근본적인 면에서 혁신을 추구했다.

콘셉트는「원점 회귀」. 크툴루 신화 대계의 원점이자 모태인 러브크래프트의 문학 세계와 명저『문학과 초자연적 공포』등을 거쳐 널리 알려진, 그 농후한 문학적 원류를 거슬러 올라가는 데 도움을 주는 좋은 안내서가 되는 것을 목적으로 한다.

게임이나 예술 세계, 그리고 영상, 전자 미디어에서도 러브크래프트와 크툴루 신화가 넓고 깊게 침투해 있으며 나날이 세계 어딘가에서 새로운 신화 관련 작품이 태어나고 있는 현재,『종이 사전』에 요구되는 역할은 간행되자마자 낡은 것이 될 수밖에 없는 최신 정보를 무작정 따르는 것이 아니라 신화 대계를 구성하는 기본 개념과 그 문학적, 문화적인 배경에 대한 항목을 확충하여 원전에 기초한 간결하고도 명확한 정보를 제공하는 것에 있는 것은 아닐까?

러브크래프트 · 크툴루 신화를 둘러싼 근래의 상황을 살펴보면서 그러한 생각이 더욱 깊어졌는데, 마침 신키겐샤와 인연이 닿은 것을 계기로 일단 실천해보기로 한 것이다.

바라건대, 이 책이 진정한 러브크래프티안(러브크래프트의 사람과 문학을 사랑하는 사람들) 여러분에게 있어서 마음의 친구가 되고, 편안한 쉼터가 되기를….

2018년 9월

히가시 마사오

목차

범례

● 이 사전은 20세기 초반부터 현재까지 1세기 가까이에 걸쳐서 서구권에서 발표된 주요 크툴루 신화 관련 작품과 H.P. 러브크래프트의 모든 작품을 대상으로 작중에 등장하는 신의 이름, 인명, 지명, 작품명 같은 고유명사를 추출하고, 해설을 추가한 것이다. 모든 용어를 가나다순으로 배열하여 검색하기 편하게 하였다. 이에 따라 일반적인 국어사전이나 영어사전 같은 느낌으로 이 책을 활용하기를 바란다.

● 이 사전의 용어들은 한국에서 나온 번역본을 기준으로 정리하였다. 특히 한 사람이 가장 많은 작품을 번역한 황금가지의 『러브크래프트 전집』을 중심으로 하였다. 다만, 좀 더 대중적인 표현이 있을 때는 이에 중심을 두었다.

- 표제어 배열은 한국어의 가나다 순으로 기재하고 있다.
- 표제어 위에 「용어」는 관련된 용어, 「작품」은 작품의 안내, 「작가」는 관련된 작가의 소개라는 것을 나타낸다.
- 「용어」의 각 항목은 한글 이름과 원어명/해설/참조작품으로 구성되어 있다.
- 【참조작품】은 각 항목에 관련된 정보를 포함하는 작품 중 주된 것만을 게재하고 있다. 해당 참조작품 중 한국에 번역된 작품에는 (한)이라고 표기하고 있다.
- 「작품」의 각 항목은 작품명과 작가명/출간년도/한국에 번역된 작품 일람/개요/해설로 구성되어 있다.
- 대표 작품명은 한국에 번역된 경우 한국 번역 작품을 중심으로(비교적 근래에 나온 작품에 맞추어서) 번역되지 않은 작품은 일본 제목을 참고로 한글로 번역해서 소개했다.
- 「작가」의 각 항목은 작가명/영어표기/신화작품일람/해설로 구성되어 있다. 신화작품 일람은 한글 번역명과(국내 번역된 경우 수록된 책자 기재) 원제 첫출판년도순으로 기술했다. 다른 한글 번역명이 있을 때는 함께 표기하였다. 또한, 러브크래프트 항목만은 처음 출판한 연도가 아니라 집필한 연도를 채용하고 있다는 점에 주의하길 바란다.
- 이 책의 원서에 소개되는 일본 작품 목록은 권말 부록에 표로 정리해두었다.
- 한국 번역본 일람과 신화작품 일람에 사용한 기호는 다음 페이지에 기재한 대로. 기호 아래의 숫자는 권수를 표시(황3 = 황금가지 러브크래프트 전집 제3권)

  황=황금가지판 「러브크래프트 전집」 전6권
  동=동서문화사판 「러브크래프트 코드」 전5권
  위=위즈덤하우스판 「러브크래프트 걸작선」 전3권
  클=황금가지판 「클라크 애슈턴 스미스 걸작선」 전1권
  현=현대문학판 「하워드 필립스 러브크래프트」 전1권
- 이 책의 해설 등에는 신화 대계의 시조인 러브크래프트와 후속 작품에 공통되는 모티브와 관련하여 다음과 같은 총칭을 사용하고 있다.

  「크툴루의 부름(한)」에서 시작된 〈크툴루 이야기〉
  「더니치 호러(한)」에서 시작된 〈요그 소토스 이야기〉
  「어둠 속에서 속삭이는 자(한)」에서 시작된 〈유고스 이야기〉
  「광기의 산맥(한)」에서 시작된 〈전에 존재한 것들 이야기〉
  「인스머스의 그림자(한)」에서 시작된 〈인스머스 이야기〉
  「시간의 그림자(한)」에서 시작된 〈위대한 옛것들 이야기〉
  「니알라토텝」에서 시작된 〈니알라토텝 이야기〉
  「찰스 덱스터 워드의 사례(한)」에서 시작된 〈마법사 이야기〉

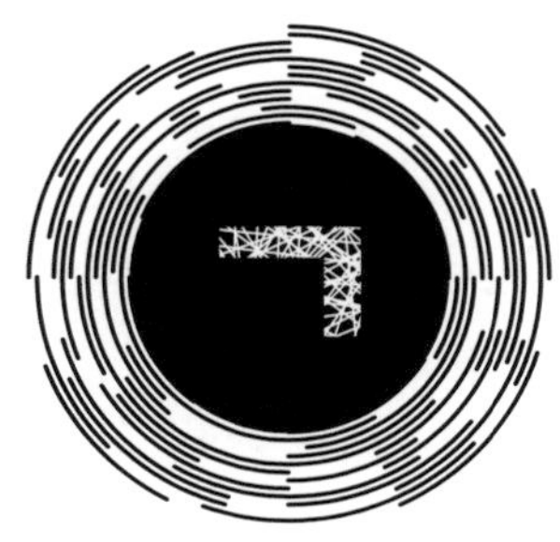

ㄱ

가고일산맥

Gargoyle Mountains 용어

'조각상산맥'이라고도 한다. 상상을 초월하는 거인의 손으로 산을 조각하여 만들어졌다고 여겨지는 한 무리의 괴물 석상. 사제관을 쓴 두 머리에 유인원을 약간 하이에나처럼 바꾼 듯한 모습으로 일그러진 체구를 갖추고 있다. 렝고원의 저편, 카다스를 수호하기 위해서 오른손을 들고 서 있다.

【참조작품】「미지의 카다스를 향한 몽환의 추적(한)」

가스트 ghast 용어

캥거루처럼 긴 뒷다리로 뛰어다니는 〈드림랜드〉의 원시적인 생물. 〈진의 지하〉에 서식하는 소형 육식 공룡을 연상시키는 잔인한 포식자로서, 예민한 감각을 갖고 있다. 거그족에 대해서 격렬한 원한을 품고 있다.

【참조작품】「미지의 카다스를 향한 몽환의 추적(한)」

가스파르 뒤 노르

Gaspar Dunord 용어

13세기 아베르와뉴의 명성 높은 마법사. 『에이본의 서』의 프랑스어 번역자로서도 알려져 있다. 강령술사 나테르의 제자가 되었지만, 그 악행에 질려서 포기. 나중에 스승의 무서운 음모를 저지한다.

【참조작품】「일로르뉴의 거인(한)」

가이 N 스미스

Guy N. Smith 작가

① 인스머스로 돌아가다

(Return to Innsmouth) 1992

영국의 작가(1939~). 스태퍼드셔의 탐워스에 가까운 작은 마을에서 태어났다. 역사 소설가였던 어머니의 교육을 받아 열두 살에 지역 신문에 짧은 이야기를 기고하고 있었다고 한다. 아버지의 뒤를 이어 은행가의 길을 갔지만, 1974년에 첫 번째 호러 작품인 『Werewolf by Moonlight』를 완성한 다음해부터 전업 작가가 된다. 대표작으로는 『Night of the crabs』(1976)로 시작되는 『게의 공포 시리즈(Crab Series)』의 연작 작품 등이 있다. ①는 큰숙모가 남긴 인스머스의 기록을 읽은 이후, 그 땅에 끌려서 홀로 저주받은 마을로 향하는 남자의 심정과 공포를, 숨 막히는 필치로 그린 단편이다.

가이아-슨 Gyaa-yothn 용어

갸아-요튼이라고도 한다. 큰-얀에서 사육하는 기괴한 4발의 짐승. 몸부림치는 하얀 거구에 등에는 검은 머리칼이 자라나 있으며, 이마에 뿔의 흔적이 있는 얼굴은 인간을 연상케 한다. 인육을 먹지만, 해롭지는 않다. 요스에서 발견되었기 때문에 이곳의 선주 종족이 낳은 것은 아닐까 추정되고 있으며, 품종개량되기 전에는 파충류에 가까웠다고도 한다.

【참조작품】「고분(한)」

강인한 갑충류 Mighty beetle 용어

인류가 멸망한 후에 지구의 지배 종족이 되는 갑충류. 〈위대한 종족〉의 집단 이주로 그 육체를 빼앗기게 된다고 한다.

【참조작품】「시간의 그림자(한)」

개리 섬터 Gary Sumpter 작가

① 히치하이커(The Hitcth) 1997

미국의 게임제작자 겸 에디터(?~). 1991년부터 오랜기간 동안 롤플레잉 게임 『크툴루의 부름(Call of Cthulhu)』의 집필과 편집을 맡았다. 크툴루 관련 잡지에 기고하고 있으며, 『M. R. James of the modern horror RPG world』에도 신작 원고를 기고하고 있다. 아캄에 가까운 〈마녀의 골짜기〉를 무대로 하는 ①은 도시 전설 풍미가 느껴지는 공포 단편.

갸아-요튼 Gyaa-Yothn 용어

〈가이아-슨〉을 참조.

거그족 Gugs 용어

구그라고도 한다. 털이 많이 난 식인 거인족. 오래전 〈마법의 숲〉에 환상 열석을 세우고, 아우터 갓들과 니알라 토텝에게 산 제물을 바쳤다. 후에 숲의 지하로 추방되어, 원형의 탑이 우뚝 솟은 도성을 세워, 꿈꾸는 인간 대신에 가스트들을 잡아먹게 되었다. 거대한 송곳니가 난 입은 무섭게도 수직으로 열리고 닫힌다.
【참조작품】「미지의 카다스를 향한 몽환의 추적(한)」

거너슨 Gunnarsson (용어)
미스캐토닉 대학의 남극 탐험대에 동행한 선원 중 하나.
【참조작품】「광기의 산맥(한)」

검은 갤리선 Black Galleys (용어)
〈드림랜드〉의 다이레스-린을 찾아오는 수상한 무역선. 불룩한 혹이 달린 터번을 두른 상인이 이제껏 본적도 없을 정도로 많은 루비를 싣고 와서는 강 건너의 파지에서 황금과 흑인 노예들을 사서 어딘가로 가 버린다. 그 정체는 달의 뒷면과 〈드림랜드〉를 왕복하는 렝의 유인족이었다.
【참조작품】「미지의 카다스를 향한 몽환의 추적(한)」

『검은 대권』 Black Tome (용어)
초고대의 대마법사 알소포커스가 저술한 전설적인 사본. 위대한 고대의 존재를 소환하는 사악한 주문이 다수 적혀 있다고 한다.
【참조작품】「알소포커스의 검은 대권」

검은 돌 Black Stone (용어)
헝가리의 한적한 마을 스트레고이카바르 근처에서 세워진 석탑. 8각형으로 높이는 약 19m 정도에 지름은 약 50cm 정도. 주변에는 기괴한 상형문자가 새겨져 있다. 탑 주변에서는 태고의 마신을 숭배하는 의식이 행해지고 있던 것 같다.
【참조작품】「검은 돌(한)」

검은 돌 The Black Stone (작품)
로버트 E. 하워드
(Robert. E. Howard)
【첫 소개】『위어드 테일즈
(Weird Tales)』 1931년 11월호
【한국번역】 정진영 역 「검은 돌」(황6)
【개요】 본 윤츠의 『검은 책』을 우연히 입수한 나는 책에 기술된 〈검은 돌〉에 관심을 가졌다. 그것은 헝가리의 산골인 스트레고이카바르에 남몰래 세워져 있는 불길한 전설이 서린 돌이었다. 휴가를 이용하여 나는 그 마을로 향했다. 오래전 마을은 1526년 터키군이 침입하여 몰살되었지만, 그들의 마신 숭배에 얽힌 소문은 지금도 이야깃거리가 되고 있다고 한다. 한여름 밤에 검은 돌에 접근하여 기분이 나빠진 자도 있는 모양이다. 그날 밤 나는 검은 돌 곁에서 나도 모르게 졸음이 쏟아져 잠들고

만다. 꿈속에서 나는 사교도가 벌이는 끔찍한 의식의 광경을 목격한다. 나체의 남녀가 음란한 춤을 추며 미쳐 날뛰는 와중에 검은 돌의 정상에 모습을 드러낸 것은 거대한 개구리를 닮은 괴물이었다.

【해설】 기괴한 검은 돌에 얽힌 전설에 이민족 간의 항쟁을 엮어서 그려내고 있다는 점에서 영웅 판타지 작가로서의 하워드가 어디에 관심이 있는지를 잘 보여준다.

검은 사나이 Black Man (용어)

불처럼 타오르는 눈을 가진, 밤의 어둠보다 검은 사내들이지만, 흑인은 아니다. 월터 길먼의 꿈에 나타난 그것은 「키가 크고 깡마른 남자로, 머리카락도 수염도 없었고, 묵직한 느낌의 검은 직물로 짜인, 형태가 일정치 않은 로브를 걸치고 있었다.」 마녀 신앙에 등장하는 악마의 다른 이름이기도 하다.

【참조작품】 「위치 하우스에서의 꿈(한)」, 「피버디가의 유산」, 「알하즈레드」

검은 시인

The House in the Oaks (작품)

로버트 E. 하워드&어거스트 덜레스 (R.E. Howard&August Derleth)

【첫 소개】 아캄 하우스 『다크 씽스(Dark Things)』 1971년 간행

【개요】 미친 천재 시인인 저스틴 제프리를 연구하던 제임스 콘라드는 제프리의 일족과 유사한 기질을 가진 선조가 전혀 없을 뿐만 아니라, 저스틴의 성격이 10세를 경계로 갑작스럽게 변했다는 것을 알게 되고, 마침내 그 비밀을 밝혀낸다. 10세의 저스틴은 캣츠킬 산기슭의 올드 더치 타운에 있는 참나무에 둘러싸인 집에서 하룻밤을 보낸 이후, 밤마다 악몽에 시달리게 되었던 것이다. 그 집이 이계로 통하는 문 역할을 하고 있다는 것을 확신한 콘라드는 스스로 거기서 하룻밤을 지내던 중, 창 밖에서 기괴한 이계의 광경과 하늘에 떠 있는 거대한 얼굴을 목격한다. 콘라드는 참나무 숲의 집을 불태우고 자살했다.

【해설】 덜레스는 러브크래프트만이 아니라 하워드와의 '합작'도 시도하고 있다. 본 편은 윌리엄 호프 호지슨의 『이계의 집』과 유사한 설정을 바탕으로 저스틴 제프리의 창작의 비밀을 밝혀내는 흥미 깊은 작품이다. 화자인 키로완의 친구 제임스 콘라드는 「밤의 자손」, 「매장이 필요 없다」에 등장하는 존 콘라드와 어쩌면 같은 인물로 여겨진다.

『검은 의식』Black Rites (용어)

『암흑 의식』이라고도 한다. 이집트의 고양이신 바스트의 신관 루베-케라프가 남긴 마도서.

【참조작품】「싱긋 웃는 구울」, 「자멸 마법」

검은 존재 The Black (용어)

〈암흑 존재〉라고도 한다. 마법사의 주문으로 허공에서 소환된 검은 눈송이. 희생자의 몸에 내려앉아서 질식사시킨다. 그 정체는 이브-츠틀의 검은 피로, 희생자의 영혼은 마신에게 빨려들어 간다고 한다. 흐르는 물에 몸을 담그는 것만이 그 위험을 피하는 방법이라고 한다. 그러면 저주는 소환한 자에게 돌아간다.

【참조작품】「검은 소환자」, 「속 검은 소환자」

『검은 책』Black Book (용어)

『무명 제기서』의 다른 이름.

【참조작품】「검은 돌(한)」

검은 파라오의 신전
Fane of the
Black Pharaoh (작품)

로버트 블록(Robort bloch)

【첫 소개】『위어드 테일즈(Weird Tales)』 1937년 12월호

【개요】이집트의 감추어진 신앙의 역사를 조사해온 카터렛(Carteret) 대위에게 한밤중에, 검은 얼굴을 한 사내가 찾아온다. 사내는 〈암흑 파라오〉라고 불리는 전설적인 왕 네프렌카(Nephren-Ka)의 문장이 있는 검은 금속제 물체를 보여주며, 왕의 비밀 묘소로 대위를 안내한다고 한다. 불안을 느끼면서도 대발견의 유혹에 이끌린 카터렛은 사내의 안내로, 카이로의 지하에 건축된 성전에 도달한다. 벽면에 그려진, 과거에서 미래에 이르는 일대 역사. 그것은 암흑신 니알라토텝에게 산 제물을 바침으로써 예지능력을 얻은 네프렌카가 기록한 것이었다. 거기에 그려진 대위의 운명은….

【해설】〈니알라토텝 이야기〉 중의 한 편. 고대 이집트의 암흑 숭배 상황이나 「별에서 온 요충(The shambler from the Stars)」에 나오는 루드비그 프린(Ludvig Prinn)과의 관계 같은 것이 상세하게 기술되어 있다.

게랄드 도손
Gerald Dawson (용어)

런던에 사는 괴기 실화 작가. 『마녀는 소생한다!(Here Be Witches!)』 등의 저서가 있다. 『금단의 서!(Forbidden Books!)』 집필을 위한 자료

를 찾아서 타이터스 크로우를 찾아 간 이래 친교를 맺었다.

【참조작품】「빌리의 참나무」

게레라 Guerrera 용어

엠마호 승무원. 요한센 일행과 르뤼에에 상륙. 〈크툴루 묘소〉의 문을 발견하지만, 부활한 크툴루의 먹이가 되었다.

【참조작품】「크툴루의 부름(한)」

게리 마이어스
Gary Myers 작가

① 벌레의 저택(The House of the worm) 1970

미국 작가(1952~). 캘리포니아주 사우스 게이트 출신. 전형적인 아캄 하우스 작가 중 한 사람으로 1970년에 ①이 『아캄 콜렉터(Arkham Collector)』에 채택되면서 데뷔. 이후 몇 편의 작품을 기고하고 있다. 1975년에는 이들을 모은 신화 소품집 『The House of the worm』을 같은 회사에서 간행했다. 모두 짧은 작품이지만 던세이니로부터 러브크래프트로 상속된 〈드림랜드〉의 계보를 순수하게 계승하고 있는 보기 드문 작가라고 할 수 있다.

게오르그 토르핀센
Georg Thorfinnssen 용어

조지 소르핀센이라고도 한다. 돛대가 3개인 범선 미스캐토닉호의 선장. 오랫동안 남빙양에서 고래잡이에 종사. 미스캐토닉 대학의 남극 탐험대에 동행했다.

【참조작품】「광기의 산맥(한)」

게이언 윌슨
Gahan Wilson 용어

① 러브크래프트저택 탐방기(H. P. L) 1990

미국의 만화가, 작가(1930~). '건'이라고도 한다. 일리노이주 시카고에서 태어났다. 시카고 미술학교를 거쳐서, 『플레이보이』, 『뉴요커』 같은 일류 잡지에서 독특한 터치의 기괴함이 넘치는 만화, 일러스트 작품을 발표. 그 화풍을 잘 활용한 호러 단편도 평가가 높다. 단편집으로 『The Cleft and Other Odd Tales』(1998)가 있다.

뭔가 비밀스러운 사정으로 현대까지 살아오면서, 집사로 활동하고 있는 크라캇슈 톤(!)과 대저택에 사는 러브크래프트를 방문한 청년의 흥분과 놀라울 만한 진상을 그린 ①도 역시 작가의 재기 넘치는, 러브크래프트 팬을 눈물짓게 만드는 명품이라고 할 수 있다.

게이트를 지키는 자

Guardlan of the Gate 용어

〈움르 아트 타윌〉을 참조.

게프의 부러진 돌기둥

Broken Columns of Geph 용어

프테트리테스인의 장로들이 〈검은 존재〉의 소환에 관한 교훈을 상형 문자로 새긴 돌기둥.

【참조작품】「검은 소환자」, 「속 검은 소환자」

겔-호 Gell-Ho 용어

글-호라고도 한다. 그린랜드 연안에 있다는 〈북쪽의 심연〉에 있는 수수께끼의 요새 도시. 크툴루를 섬기는 자들의 근거지 중 하나라고 생각된다.

【참조작품】「도난당한 눈」, 「땅을 뚫는 마」

고대신 Elder Gods 용어

〈엘더 갓〉을 참조.

고대종 Old Ones 용어

〈올드 원〉을 참조.

고든 웜즐리

Gordon Walmsley 용어

영국 요크셔주의 골(Goole) 대학 고고학 교수로서 워비 박물관(Wharby Museum) 관장. 고대 문자 연구의 권위자이며, 저서로는 『기호 암호화 및 고대 비문의 해독에 관한 주해』가 있다. 〈올드 원〉의 지하 회랑을 탐험 후 상상을 초월한 비참한 최후를 맞았다.

【참조작품】「드 마리니의 벽시계」, 「광기의 지저 회랑」

고든 위트너

Gordon Whitner 용어

페로인 대학의 교수. 전공은 화학이지만, 오컬트 연구에 몰두하여 〈엘트다운 도편본〉의 제9 점토판 해독에 성공했다. 그 직후에 급사했다.

【참조작품】「비밀 지식의 수호자」

고든 크레이그

Gordon Craig 용어

뉴욕시경의 경정으로 「지하철 특별반」의 리더. 원래는 자연사 박물관에 근무하는 생물학자였지만, 구울의 부검을 담당한 것을 계기로 현재의 직책에 취임했다.

【참조작품】「머나먼 지하에서」

고르 Gor 용어

로버 엘 하리에에서 살고 있는 〈검은 샘의 부족(Black Spring Clan)〉의 수장 구울, 알하즈레드와 친구가 된다.
【참조작품】「알하즈레드」

고르고 Gorgo 용어

레드훅 지역에 있는 황폐한 교회의 벽에 새겨져 있던 고대 마법에서 언급되는 마령의 호칭.
【참조작품】「레드 훅의 공포(한)」

고분 The Mound 작품

질리아 비숍(Zealia Bishop)
【첫 소개】『위어드 테일즈(Weird Tales)』 1940년 11월호
【한국번역】정진역 역「고분」(황5)
【개요】인디언 전설의 연구가인 나는 서부 오클라호마의 작은 마을 빙어 교외에 있는 고분에 얽힌 유령 얘기 조사에 나섰다. 고분을 어지럽힌 자는 발광하거나 실종된다고 한다. 전설대로, 위치타족의 장로는 고분에는 〈올드 원〉의 마법이 걸려있다고 나에게 충고한다. 나는 고분에서 16세기 스페인 탐험대의 일원이었던 자마코나의 수기를 발굴한다. 자마코나는 고분 아래에 펼쳐진 지하 세계 큰-얀에 들어가서 거기서 문어 머리 모양의 신 툴루와 뱀신 이그를 숭배하는, 초과학을 가진 고대 종족을 발견했다. 그들은 몸을 자유자재로 변화시키는 법을 익힌 불멸의 종족이지만, 그 문화는 쇠퇴했다. 지상으로 탈출을 시도한 자마코나에 닥친 공포스러운 운명은?
【해설】사실상 러브크래프트와의 합작이라고 해도 좋을 역작으로 지하 세계를 상세하게 기술한 묘사들이 특히 압권이다. 크툴루와 차토구아 숭배의 실태와 복층화된 지하 세계 구조 등 러브크래프트 신화관의 확산을 엿볼 수 있다는 점에 주목할 만하다.

『고분의 시체 증식』 De Masticatione Motuorum in Tamuls 용어

마이클 랜프트(Michael Ranfts)가 1734년에 간행한 책. 사이먼 맥로어가 소장하고 있었다.
【참조작품】「악마의 꼭두각시」

고야 Francisco Jose de Goya y Lucientes 용어

스페인 궁정화가(1746~1828). 「마하」 연작을 비롯한 초상화와 풍속화 외에도, 「거인」, 「제 아이를 잡아먹는 사투르누스」처럼 괴기 환상 회화 분야에도 약간 우주적 공포를 예감할 수 있게 하는 걸작을 남기고 있다. 세인트 존과 친구가 살던 저택

에는 「고야가 저질러 놓긴 했으나 공인되지 못했다는 정체 모를 섬뜩한 그림」(정진영 역)이 들어 있던 모양이다.

【참조작품】「사냥개(한)」, 「픽맨의 모델(한)」

고츠우드 Goatswood (용어)

영국의 브리체스터(Brichester) 근처에 있는, 좋지 않은 소문이 끊이지 않는 도시. 그 이름이 암시하듯 슈브-니구라스 신앙이 전해지고 있으며, 인근 숲에는 샤가이의 곤충족의 거점이 있다.

【참조작품】「문 렌즈」, 「샤가이에서 온 곤충」, 「다른 차원통신기」

골든 고블린 프레스 Golden Goblin Press (용어)

뉴욕의 출판사. 1909년에 본 윤츠의 『무명제사서』를 삽화가 들어간 호화판으로 재간했지만, 그것은 전체의 4분의 1 정도에 불과한 내용으로, 의심스러운 부분이 삭제된 불완전한 판이었다.

【참조작품】「지붕 위에」

골짜기의 집 The House in the Valley (작품)

어거스트 덜레스(August Derleth)

【첫 소개】『위어드 테일즈(Weird Tales)』 1953년 6월호

【개요】 나는 친구의 주선으로 에일즈베리 교외의 골짜기에 있는 집을 아틀리에로 빌렸다. 이전 거기에 살던 세스 비숍은 인근 주민으로부터 혐오스러운 눈길을 받다가, 결국 살인을 저지른 것 같다. 살기는 편안했지만, 누군가가 집안에 있는 것 같은 생각이 사라지지 않는다. 지하실에서 연결되는 비밀 동굴에는 뭔가 의식에 사용된 듯한 제단이 있고, 동물의 뼈가 흩어져 있었다. 주변의 가축이 사라지면서 주민들 사이에선 세스가 돌아온다는 소문이 돌기 시작한다. 나는 집 지하에서 개구리 모습의 부정형 생물이 출현하는 악몽을 본다. 세스는 〈딥 원〉과 협상하여 그들에게 식량을 주고 있었던 것이다. 잠깐만, 그 화가는 어떤 자였지, 멋대로 남의 집에 들어가서…… 정신이 들고보니 나는 체포되고 집은 불타고 있었다. 불길 너머로 우뚝 솟은 거대한 고기 덩어리를 본 것은 나 혼자뿐인가. 지금 이 순간 세스 비숍은 골짜기의 집 지하 깊은 곳에서 다음 숙주가 나타날 것을 계속 기다리고 있을지도 모른다.

【해설】〈크툴루 이야기〉 중 1편이지만, 동시에 「인스머스의 그림자」의

후일담이기도 하다. 에일즈베리의 상인 이름이 오벳 마시라는 점에 주목하자.

공포 문학의 매혹
Super natural Horror in Literature (작품)

H.P. 러브크래프트 (H.P. Lovecraft)

【집필년도/첫 소개】 1925~26년/동인지 레클루스(Recluse) 1927년 8월호, 『더 판타지 팬(The Fantasy Fan)』 1933년 10월호~1935년 2월호(증강보강판), 아캄 하우스판 『아웃사이더(Outsider)』 1939년 간행에 최종고 완전판을 수록

【한국번역】 홍인수 역(북스피어)

【해설】 일찍부터 좋아했던 괴기환상 문학의 역사적 변천과 작가, 작품의 특색이나 매력에 대해서 기록한 러브크래프트의 정성이 담긴 장편 평론. 그 첫 머리는 다음과 같이 시작된다.

「가장 오래되고 강력한 인간의 감정은 바로 공포이며, 그중에서도 가장 오래되고 강력한 것이 바로 미지에 대한 공포이다.」(홍인수 역)

(The oldest and strongest emotion of mankind is Fear, and the oldest and strongest kind of fear is fear of the unknown.) 이것은 러브크래프트 자신의 문학에 대한 견해일 뿐만 아니라, 널리 환상과 괴기 환상, 괴기 문학 전반의 기조를 이루는 희대의 명언이다. 그리고 본편 역시 발표하고 1세기 가까이 지난 지금도 서양의 호러 소설 입문 가이드 북으로, 또한, 실재 작성자에 의한 괴기 소설 이론으로서 절대로 바래지 않는 빛을 발하는 보편적이고 기본적인 자료로 여겨지고 있다.

전체는 10장으로 구성되어 있다. 「코스믹 호러」의 문학을 강조하며 내세우고 있는 「1. 서장」, 서양의 신화나 전설을 호러 장르의 원류로서 규정하는 「2. 호러 문학의 여명」으로 시작하여, 『오트란토성(Castle of Otrantos)』부터 『우돌포성의 비밀(The Mysteris of Udolpho)』, 『몽크(The Monk)』, 『방랑자 멜모스(Melmoth, the Wanderer)』를 거쳐서 『바테크(History of the caliph Vathek)』, 『프랑켄슈타인(Frankenstein; or, The Modern Prometheus)』, 『폭풍의 언덕(Wuthering Heights)』에 이르기까지, 고딕 소설의 흐름을 소개하는 「3. 초기의 고딕 소설/4. 고딕 로망스의 정점/5. 고딕 소설의 영향」, 이야기를 돌려서, 호프만이나 푸케, 고티에나 모파방 같은 독일과 프랑스의 문호들을 소개하는 「6. 대륙의 호러 문학」, 괴기소

설 중흥의 시조인 에드거 앨런 포에게 바치는「7, 에드거 앨런 포」, 자신에게 있어서 직접적인 문학의 선배인 호손과 비어스, E.L 화이트나 클라크 애슈턴 스미스까지 언급하는「8. 기괴함을 다룬 미국의 전통」, 헌, 매튜 핍스 실, 데라메어, 호지슨 같은 이들의 매력을 열정적으로 소개하는「9. 기괴함을 다룬 영국 제도의 전통」, 그리고 매켄, 블랙우드, 로드 던세이니, M.R. 제임스라는 현대 호러 소설의 4대 거장에 대한 날카로운 분석을 섞으면서 자신의 감회를 적은 전편의 백미라고 할 수 있는「10. 오늘날의 대가들」—시대와 시간적인 제약으로 인해 일부 빠진 것도 있지만, 기존의 자료나 참고 도서가 거의 없는 상황에서, 이 정도의 내용을 혼자서 정리한 러브크래프트의 박식과 열정은 누구든지 경외감을 느끼기에 충분하다. 크툴루 신화 대계의 원류를 이해하기 위해서도 꼭 읽어보길 권하는 참고 문헌이다.

덧붙여서 러브크래프트는「반 자전적 각서(ome Notes on a nonentity)」(1933)에서「지금은 나 자신도 알고 있지만, 나에게 문학적 재능이 있다면, 그것은 꿈의 생활과 기괴한 환영이나 우주적인 외부성에 관련된 이야기에 한정되어 있지만, 인생의 그 밖의 다른 분야와 산문이나 운문 수정의 프로로서의 일에도 나는 강한 흥미를 갖고 있다. (생략) 나는 내 창작물의 애매모호한 위치에 대해서는 그다지 환상을 품고 있지 않으며, 마음에 든 호러 작가들, 포, 아서 매켄, 던세이니, 앨저넌 블랙우드, 월터 델라메어, 몬태규 로스 제임스와 겨룰 수 있으리라고는 기대하고 있지 않다」라고 적고 있음을 부연하고자 한다.

또한, 괴기 환상 소설에 관련된 평론으로는 그 밖에도『공포 소설 각서(Notes on Writing Weired Fiction)』(1934),『행성 간 여행 소설에 관한 노트(Some Notes on Inter-planetary Fiction)』(1935),『독서의 지침(Suggestion Libra Reading Guide)』(1936) 같은 게 있다.

공포를 먹는 다리 The Horror from the Middle Span (작품)

H.P. 러브크래프트&어거스트 덜레스(H.P. Lovecraft & August Derleth)

【첫 소개】아캄 하우스『트라밸러즈 바이 나이트(Travelers by Night)』1967년 간행

【개요】나는 더니치 북쪽 황무지에

세워진 종조부 셉티머스 비숍의 집으로 이주했다. 종조부는 20년 전에 갑작스레 실종되었다. 주변 주민은 내가 비숍 가문 사람이라는 것을 알자마자 혐오감을 드러내고, 큰숙부는 집안 사람이 모두 살해되었다면서 이상한 말을 한다. 집 지하에는 미스캐토닉강에 걸려 있는 낡은 다리 쪽으로 연결되는 비밀의 터널이 있었다. 큰숙부는 신비한 학문을 잘 이해하는 것 같았고, 윌버 휘틀리(Wilbur Whateley)를 비롯한 수상쩍은 인물과 편지를 주고받고 있었다. 폭풍에 의해 파괴된 낡은 다리의 잔해 속에서 나는 이상한 모양의 백골을 발견하고 집으로 가져온다. 그날 밤 꿈에서, 뼈는 요염한 괴물의 모습으로 변해서 나를 고민하게 했지만, 비슷한 무렵, 20년 전의 상황을 재현하는 듯이 젊은이의 실종 사건이 일어나고 있었다. 밀려드는 폭도들로부터 도망치기 위하여 나는 되살아난 큰숙부와 사역마 미녀에게 이끌린 채 터널을 내려갔다.

【해설】「더니치 호러」의 후일담이라고 할 만한 작품이지만, 전체의 구성은 덜레스의 「골짜기의 집(The House in the Valley)」을 닮았다(발표는 「골짜기의 집」이 먼저). 원래 살던 사람의 이름이 마찬가지로 세스(셉티머스) 비숍이라는 점에 주목.

공포의 산

The Horror from the Hills (작품)

프랭크 벨냅 롱(Frank Belknap Long, Jr)

【첫 소개】『위어드 테일즈(Weird Tales)』 1931년 1월호, 2,3월 합병호

【개요】 찬의 불모의 대지를 넘어선 동굴에서 고고학 조사원인 아르망이 가져온 석상은 살아 있었다. 그것은 코끼리처럼 기나긴 코를 가진 태고의 흡혈신 차우그너 포근(Chaugnar Faugn)이었다. 백인의 손으로, 마신이 동굴에서 나와 세계를 제패한다는 예언을 믿는 숭배자들에 의해 아르망은 신상의 동반자로 결정된 것이다. 아르망의 피를 마시면서 미국에 도착한 마신은 맨하튼 박물관을 벗어나 시민을 공격하기 시작한다. 그 무렵 피레네산맥에서는 사신의 〈형제들〉에 의한 살육이 시작되고 있었다. 동료 큐레이터인 엘저넌 해리스는 영능력자인 로저 리틀에게 협력을 요청한다. 차우그너 포근의 이름을 들은 리틀은 두려움이 가득한 얼굴로 자신이 보았던 전생의 꿈, 고대 로마군이 피레네에서 만났던 마신의 위용을 이야기해준다. 하지만 그에게는 비책이

있었다. 그 자신이 고안한 타임 스페이스 머신으로 마신을 시간의 저편으로 보내려고 한 것이다. 인류는 되살아난 흡혈신의 공포에서 벗어날 것인가?

【해설】 크툴루 신화판 『흡혈귀 드라큘라』라는 점에서 독특한 분위기의 역작 중편. 1963년에 아캄 하우스에서 단행본으로도 출간되었다. 꿈을 이야기하는 형태로 작중에서 등장하는 고대 로마 시대의 인상적인 에피소드에는 러브크래프트 자신이 본 꿈이 본인의 승낙을 얻은 채 활용되고 있다. 갑자기 초과학병기를 사용한다는 점에서 그야말로 당시의 펄프 호러 작품에 어울린다고 할까?

공포의 호수

Lake of Dread 용어

버마 오지의 쑹고원에 있는 호수. 중앙의 섬에는 버려진 도시 알라오자르(Alaozar)가 있다.

【참조작품】「별의 자손의 소굴」

과타노차 Ghatanothoa 용어

'카타노소아'라고도 한다. 유고스 별의 생물이 숭배하며 그들과 함께 지구를 찾아온 신격. 촉수로 된 팔과 긴 코, 문어와 같은 눈을 갖고, 비늘과 껍질에 뒤덮인 무정형의 거체를, 무 대륙의 성지인 쿠아나에 서 있는 야디스-고산의 지하 깊은 곳에 눕히고 있다. 그 모습을 한 번이라도 본 사람은 금세 돌로 변하지만, 뇌만은 반영구적으로 살아 있게 된다. 이처럼 무서운 신을 지하에 묶어두기 위해서 산 제물을 바치는 신앙은 환태평양 지역을 중심으로 전 세계적으로 퍼졌으며, 본 윤츠에 따르면 아틀란티스와 렝, 큰-얀 등에서도 숭배되었다고 한다. 또한, 일설에 따르면 과타노차란 로이거의 다른 이름이거나, 로이거족의 수장의 이름이라고도 한다. 그탄타(G'tanta), 타노타(Tanotah), 단-타(Than-Tha), 가탄(Gatan), 크탄-타(Ktan-Tah)와 같이 다양한 이명이 있다.

【참조작품】「영겁으로부터(한)」, 「나락 밑의 존재」, 「로이거의 부활」, 「현자의 돌」

『과학의 경이』

Marvells of Science 용어

모리스터(Morryster)가 저술한 '자유분방'한 책. 킹스포트의 악마 숭배 집단의 장로가 소장했다. 미국 작가 앰브로즈 비어스의 단편 「인간과 뱀(The Man and the Snake)」에도 이 책에 대한 언급이 있다.

【참조작품】「축제(한)」

광기산맥

Mountains of Madness (용어)

남극 대륙을 가로지르는 거대한 산맥. 그 준엄한 영역은 남위 82도, 동경 60도에서 남위 70도, 동경 115도에 걸치며, 최고봉은 10km에 달한다. 그 산정을 넘어선 대지에는 고제3기에 〈올드 원〉이 세운 거대한 석조 도시가 펼쳐져 있다. 1931년 1월 미스캐토닉 대학의 남극탐험대에게 발견되었다. 전설적인 렝고원의 원형이라고도 한다.

【참조작품】「광기의 산맥(한)」,「광기의 지저 회랑」,「올드 원들의 무덤」

광기의 산맥

At the Mountains of Madness (작품)

H.P. 러브크래프트(H.P. Lovecraft)

【집필년도/첫 소개】 1931년/『어스타운딩 스토리즈(Astounding Stories)』 1936년 2월호~4월호

【한국번역】 정광섭 역「광기의 산맥에서」(동4)/정진영 역「광기의 산맥」(황2)/변용란 역「광기의 산맥」(씽크북)

【개요】 1930년 9월 남극의 지질 조사를 주목적으로 하는 미스캐토닉 대학 탐험대가 출발했다. 공학과 피버디, 생물학과의 레이크, 물리학과의 애트우드, 그리고 지질학자로서 대장을 맡은 나를 포함하여 4명의 교수와 16명의 조수로 구성된 일행은, 강력한 신형 드릴을 이용한 굴착 작업에서 순조롭게 성과를 발휘하여 대단히 오래된 시대의 것으로 추정되는 화석 자료를 얻었다. 새로운 대발견으로 야망에 불타는 레이크는 사람의 발길이 닿지 않은 오지로 향할 것을 제안한다. 레이크 일행이 가져온 보고는 놀라운 것이었다. 지금까지 보았던 어떤 산보다 높은 거대한 산맥을 발견했고, 그 기슭에 뚫려 있는 동굴에서 기괴한 생물의 화석을 발견했다는 것이다. 통 모양의 동체에 날개가 달리고, 불가사리 같은 5망성 모양의 머리를 가진 생물은 진화의 상식에서 일탈한 존재였다. 강풍으로 통신이 두절하고 불안해진 일행은 비행기로 레이크 일행의 캠프로 향한다. 캠프는 무언가의 습격을 받아서 전멸되었다. 조수 댄포스와 함께 비행기를 이용하여 산맥의 뒷면으로 향했던 나는, 광기의 미궁을 연상케 하는 거석 건조물들을 발견한다. 그 벽면에는 인류 출현 이전의 초고대에 이들을 쌓아 올린 〈올드 원〉의 역사가 부조의 형태로 새겨져 있었다. 우주로부터 원초의 지구로 날아온 그들은 자신의 과

학력으로 만들어낸 쇼고스를 부리면서 바다에 도시를 세우고 특이한 문명을 발달시켜 나갔다. 뒤늦게 지구를 찾아온 〈크툴루의 별의 자식〉들이나 〈유고스별의 갑각 생물〉과의 패권다툼이나 거듭되는 쇼고스의 반란을 극복하고 그레이트 올드 원으로서 세력을 유지하고 있었지만, 큰 지각 변동이나 빙하의 확장으로 인하여 점차 남극의 해저 깊은 곳으로 철수해갔던 것이다…….
탐험을 하던 우리는 발굴되어 소생한 〈올드 원〉이 무언가에 의해서 살해된 현장에 직면하고, 해저 도시가 괴멸된 상황을 알게 된다. 제정신을 잃고 절규하는 댄포스의 목소리에 부응하듯 심연에서 "테켈리-리!"라는 외침이 들리고 공포의 쇼고스가 끔찍한 모습을 드러냈다. 우리는 간신히 도망쳤지만, 광기산맥 뒤쪽에 뻗어 있는 상상을 초월한 초거대 산맥의 뒤쪽을 힐끗 바라본 댄포스는 지금도 제정신이 아닌 상태이다. 나는 경고한다. 남극 대륙의 오지에 결코 발을 디뎌서는 안 된다고.
【해설】「시간의 그림자(한)」와 함께 쌍벽을 이루는 러브크래프트 신화의 최종 도달점이라 할 만한 대작이다. 인류 이전에 지구를 지배한 여러 종족의 변천을 구체적으로 계통화하여 소개하고 있다는 점도 흥미롭지만, 〈올드 원〉에 대해 내가 품고 있는 "어찌 됐든 그들은 인간이었다"라는 감회는 이형의 존재에 대한 러브크래프트의 공감이 쏟아지듯, 독자들의 가슴을 파고들 것이다.

「광기의 암흑신」
Black God of Madness (용어)

작가 카슨이 집필한 장편 소설. 너무 병적이고 무서운 내용이라서 출판이 거부되었다.
【참조작품】「세일럼의 공포」, 「윈필드의 유산」

광기의 지저 회랑
In the Vaults Beneath (작품)

브라이언 럼리(Brian Lumley)
【첫 소개】 아캄 하우스 『검은 소환자(The Caller of the Black)』 1971년 간행
【개요】 나와 친구 제프리는 「쿠-한의 단장」과 관련한 고든 웜슬리 교수의 강연에 감동하여, 함께 이 문서가 시사하는 초고대 유적의 발굴에 참여하기로 했다. 그리고, 어느 황량한 언덕에서 〈올드 원〉의 전초 기지를 발굴했다. 벽에 상형문자와 부조가 새겨진 인공 지하 회랑을 탐사하던 우리는 이상한 금속 섬유로 된 두

루마리와 작은 조각상 등을 발견하지만, 실수로 쇼고스가 봉인된 문을 열 뻔하여, 허둥지둥 도망쳤다. 전리품을 분석한 결과 그 광기산맥이 이후의 남극 탐험에서 발견되지 않았던 이유가 밝혀진다. 그런데 뜻밖의 사고가 우리를 기다리고 있었다. 자신들의 흔적을 지우려고 하는 〈올드 원〉의 공간 이동 조작으로 발견물은 순식간에 사라졌고, 금속 섬유로 만든 옷을 입고 있던 웝슬리 교수도 머리와 손, 다리만을 남긴채 사라진 것이다.

【해설】「광기의 산맥(한)」의 후일담 풍의 작품. 하지만 토목 기계도 사용하지 않고, 전초기지의 입구를 간단히 파헤치고 손쉽게 들어가는 간편함은, 원작의 장엄함과는 비교할 수 없다.

광선 외피

light-beam envelope 용어

야디스 행성의 생물이 차원 이동 시에 몸을 감싸는 「빛나는 금속으로 만든 칼집」 모양의 외피. 발사대에서 사출되어 28개의 은하 세계로 갈 수 있다고 한다.

【참조작품】「실버 키의 관문을 지나서(한)」

광파 외피

light-wave envelope 용어

즈카우바가 된 랜돌프 카터가 야디스 행성에서 지구로 귀환하기 위한 시공 이동 수단으로 이용한, 「비정상일 정도로 강인한」 외피.

【참조작품】「실버 키의 관문을 지나서(한)」

괴노인

Terrible Old Man 용어

〈무서운 노인〉을 참조.

「구 세계로부터」

Out of the Old Land 용어

저스틴 제프리가 쓴 시 작품.

【참조작품】「지붕 위에」

구스타프 요한센

Gustaf Johansen 용어

엠마호의 2등 항해사였던 노르웨이인. 1925년 3월 남태평양을 항해하던 중, 떠오른 르뤼에에 상륙하지만, 부활한 크툴루의 습격에서 빠져나와, 정체불명의 동상을 가지고 승무원 중에 유일하게 살아남았다. 고향 오슬로로 돌아가 자신의 체험을 수기로 정리한 후 기묘하게 사망했다.

【참조작품】「크툴루의 부름(한)」

구울 Ghoul 용어

식시귀(屍食鬼)라고도 한다. 묘지 등의 지하에 살면서 인육을 먹는 괴물. 그 외모는 개를 닮았으며, 피부는 고무 같은 느낌에, 몸을 앞으로 숙인 채, 껑충거리며 뛰듯 걷는다. 인간이 무섭게도 퇴화한 존재라고 알려져서 때로는 인간의 아기를 납치해서 구울로 기르는 일도 있다고 한다. 〈드림랜드〉에는 구울이 사는 심연이 있으며, 그들은 나이트 곤을 말대신에 타고 다닌다. 랜돌프 카터는 구울의 말을 말할 수 있었다.

【참조작품】「픽맨의 모델(한)」,「미지의 카다스를 향한 몽환의 추적」,「머나먼 지하에서」,「싱긋 웃는 구울」,「이름 없는 자손」,「메리필리아」,「네크로노미콘 알하즈레드의 방랑」,「알하즈레드」

「구울(식사하는 구울)」 Ghoul Feeding 용어

괴기 화가 리처드 업톤 픽맨이 그려서 남긴 그림의 제목. 그의 최고 걸작으로 평가되었지만, 그 살아있는 듯이 박진감 넘치는 묘사는 사실은 진짜를 사생한 것이었다.

【참조작품】「픽맨의 모델(한)」

『구울의 의식』 Cultes des Goules 용어

어거스트 덜레스의 조상인 데르레 백작이 저술한 것으로 알려진 이단의 서적. 미스캐토닉 대학 외에도 세계 각지에서 소장하고 있다.

【참조작품】「누가 블레이크를 죽였는가?(한)」

『국경의 요새』 Frontier Garrlson 용어

롤리우스 우르비쿠스(Lollius Urbicus)가 138년경에 저술한 세상에 알려지지 않은 비전서. 로마 군단에 의한 에그-하 퇴치의 경위가 기록되어 있는 것 같다.

【참조작품】「괴물의 증거」

궁극의 문 Ultimate Gate 용어

모든 우주, 모든 물질을 초월한 절대적인 공허로 연결되는 거대한 석조 아치문.

【참조작품】「실버 키의 관문을 지나서(한)」

귀스타브 도레 Gustave Dore 용어

프랑스의 판화가(1832~1883). 파리에서 삽화가로 이름을 알렸다. 정밀하고 상상력 넘치는 삽화를 그린 책은 단테『지옥 편』과 밀튼의『실락

원』, 『성서』를 포함하여 90권이 넘는다.

「도레의 그림에서처럼 가장 평범한 형태와 사물 뒤에 숨겨진 공포를 암시하기도 했다」(정진영 역 「레드 훅의 공포」에서).

【참조작품】「레드 훅의 공포(한)」, 「픽맨의 모델(한)」

그것 It 용어

라비니아 휘틀리(Lavinia Whateley)가 요그 소토스와 맺어져서 낳은 쌍둥이 중 한쪽의 통칭. 형제의 이름은 윌버 휘틀리(Wilbur Whateley). 윌버보다도 부친의 형질을 많이 계승하고 있었기 때문에, 인간의 눈에는 보이지 않는다. 집보다도 큰 달걀 모양의 거대한 몸은 몸부림치는 밧줄의 집합체를 연상케 하고 그 전면에는 눈이, 옆구리에는 코끼리의 코를 닮은 기관이 밀집하며, 위쪽에는 휘틀리를 꼭 닮은 얼굴이 달려 있다. 휘틀리가의 2층에서 가축의 혈육을 주며 키우고 있었지만, 윌버의 사후 굶주림에 지쳐 더니치 마을을 습격하여 사람과 가축을 살상했다. 아미티지 박사 일행에 의해 센티널 언덕에서 굴복했다.

【참조작품】「더니치 호러(한)」

그나근 gn'agn 용어

차트의 최고 법정 재판관의 직책명. 3명의 그나근이 자마코나의 도망 사건과 관련한 심리를 맡았다.

【참조작품】「고분(한)」

그나르카 G'nar'ka 용어

전설의 구울. 사막의 구울에게는 영웅 같은 존재라고 말하며 그 업적은 수많은 이야기를 통해서 전해지고 있다고 한다.

【참조작품】「네크로노미콘 알하즈레드의 방랑」

그노리족 Gnorri 용어

〈드림랜드〉 황혼의 바다에 이상한 미로를 만들어낸 수염과 지느러미가 달린 종족.

【참조작품】「실버 키(한)」

그노프케족 Gnophkehs 용어

노프케족이라고도 한다. 털이 숭숭하고 팔이 긴 식인종. 오라토에를 정복했다고 전해진다. 또한, 서식지 및 형태가 유사하다는 점에서 이것을 란 테고스의 화신이라고 생각하는 설도 있다.

【참조작품】「북극성(한)」, 「미지의 카다스를 향한 몽환의 추적(한)」, 「박물관에서의 공포(한)」

그라그 Graag 용어

미국 메인주 내륙의 호반에 있는 사냥꾼의 오두막에 은거한 마법사. 『네크로노미콘』이나 『이스테의 노래』를 소장하고 있었다. 그 유물을 어지럽히는 자에게는 〈그라그의 망토(Mantle of Graag)〉라고 불리는 무서운 괴물의 저주가 내린다고 알려져 있다.

【참조작품】「그라그의 망토」

그레이엄 매스터톤 Graham Masterton 작가

① 마니투(The Manitou) 1976

② 세익스피어 기담(Will) 1990

그라함이라고도 한다. 영국의 작가, 편집자(1946~). 에딘버러 출신. 영국판 『펜트 하우스』 편집장 등을 역임한 경험을 바탕으로 성 계몽 서적을 집필하여 베스트셀러가 된다. 한편으로 호러를 비롯한 다양한 장르에 걸친 소설도 다수 집필하고 있다.

영화화된 ①은 인디언의 대 주술사 미스카마카스가 300년의 시간을 넘어 백인 소녀의 등에 깃들어 현세에 부활을 추구하는, 엑소시스트풍의 인면창 호러. 미스카마카스가 다른 차원에서 소환한 악마 마니투(영)와 컴퓨터의 선한 마니투가 불꽃 튀는(?) 황당무계한 클라이막스에 당황한 것도 이제는 그리운 추억이다. 「미스카마카스=미스쿠아마쿠스」라는 명칭이 일치한다는 점에서도 짐작할 수 있듯이, 이 작품은 러브크래프트&덜레스의 「암흑의 의식」의 영향이 짙다(참고로 유럽에서는 「암흑의 의식」이 러브크래프트의 대표작 중 하나로 수용되었다는 역사적 배경이 있다). ②는 영국을 대표하는 문호 셰익스피어가 요그 소토스와 맹약을 나눈다는, 이 역시 전대미문의 착상이라고 해도 좋은 재미있는 단편.

그레이트 샌디 사막 Great Sandy Desert 용어

오스트레일리아의 서부에 펼쳐진 사막. 이곳의 남위 22도 3분 14초, 동경 125도 0분 39초 부근에 〈위대한 종족〉의 유적이 흩어져 있다. 1935년에 미스캐토닉 대학의 탐구부대가 이곳의 발굴 조사를 실시하였다.

【참조작품】「시간의 그림자(한)」

그레이트 올드 원 Great Old Ones 용어

'옛 지배자', '위대한 옛 것들'이라고도 한다. 우주의 사악함을 체현하는 신들의 총칭. 오래전 태고의 지구에 찾아와서 지상에 군림하고 있었다는 점에서 이와 같이 불린다. 또한, 〈위대한 종족〉이나 〈올드 원〉도 때로는 그레이트 올드 원이라고 불리기도 하지만, 본래 이들은 신들과는 다른 존재였다.

대부분의 그레이트 올드 원은 그 속성에 따라서 땅(요그 소토스, 차토구아, 슈브-니구라스, 니알라토텝 등) / 물(크툴루, 다곤, 하이드라, 오툼) /불(크투가) / 바람(하스터, 차르, 이타콰, 로이거)의 4대로 각각 나뉘어 엄격한 계급 체제가 있는 것처럼 보이지만, 아자토스, 압호스, 우보 사틀라, 움라트 타윌처럼 명확하게 자리 매기기 어려운 신격도 많다. 또한, 크툴루는 〈딥 원〉, 하스터는 바이아크헤, 크투가엔 〈불의 생물〉이 따른다고 한다. 4대 신격 사이에는 대립 관계가 인정되어, 특히 크툴루와 하스터, 니알라토텝과 크투가는 격렬하게 적대하고 있다.

오래전 그레이트 올드 원은 일시적으로 손잡고 엘더 갓과 대립했지만 패배하여 지구의 땅 속이나 바다 속, 우주 공간 등으로 각각 유폐될 수밖에 없었다(다만, 니알라토텝만은 그 후에도 자유롭게 활동하고 있다고 보아도 좋다). 그레이트 올드 원은 종자나 일부의 인간을 조종하여 〈엘더 갓의 봉인〉을 깨뜨리고 부활하여 재림하려는 기회를 항상 노리고 있다고 한다.

【참조작품】「영겁의 탐구 시리즈(어거스트 덜레스 참조)」

그레이트 올드 원의 군주들 The Lords of the Old Ones 용어

그레이트 올드 원의 수괴로서, 「세계의 제왕이나 군사」인 자들. 그 수는 7명으로, 6명의 남매(아자토스, 다곤, 니알라토텝, 이그, 슈브-니구라스, 요그 소토스) 및 아버지의 형제의 자식에 해당하는 특별한 1명(크툴루)으로 구성된다고 한다.

또한, 군주들은 각각 고유의 행성에 대응하고 있으며, 그 관계는 다음과 같다. 아자토스/태양, 다곤/달, 니알라토텝/수성, 이그/토성, 슈브-니구라스/금성, 요그 소토스/목성, 크툴루/화성.

【참조작품】「네크로노미콘 알하즈레드의 방랑」

그레이트 올드 원의 양자 The fosterling of the Great Old Ones 용어

그레이트 올드 원이 탄생하고 얼마

안 된 인류의 일부 자궁에 잉태시킨 화신. 부활의 때가 다가올 때까지 대비하기 위하여, 그레이트 올드 원의 기억을 공유하고 세대를 거칠 때마다 완전한 모습에 가까워진다. 세대 교체에 즈음하여 그 심신은 그레이트 올드 원의 체내에 흡수 융합된다고 한다.
【참조작품】「파인 듄즈의 얼굴」

그레이트 올드 원의 위대한 봉인 용어
〈엘더 실〉을 참조.

그레이트 종족
Great Race 용어
〈위대한 종족〉을 참조.

그레이트원 Great Ones 용어
위대한 존재. 지구에 온건한 신들을 부르는 이름. 그들은 성스러운 산꼭대기에 숨어서, 〈드림랜드〉를 다스리지만, 그 지배력은 미약한 모양이다.
【참조작품】「미지의 카다스를 향한 몽환의 추적(한)」

그롱그족 Ghlonghs 용어
사이크라노쉬(토성)의 땅 속에 사는 수수께끼의 종족.
【참조작품】「토성을 향한 문」

그르-얀 Grh-yan 용어
큰-얀의 다른 이름. 니스 평원을 넘은 곳에서 낮은 구릉지 지상의 고분으로 향하는 잊혀진 터널이 있다.
【참조작품】「고분(한)」

그리니치 Greenwich 용어
뉴욕시 맨해튼 남부의 한 지역. 오래전 선주민이 수상한 의식을 거행한 땅으로, 그 지역에서는 과거와 미래를 보여줄 수 있는 힘을 가진 마법사가 남몰래 거주하고 있다.
【참조작품】「그 남자(한)」

그린 일등 항해사
First Mate Green 용어
엠마호의 승무원. 앨러트호에 습격을 받았을 때 살해되었다.
【참조작품】「크툴루의 부름(한)」

그야-요든 Gyaa-Yothn 용어
〈가이아-슨〉을 참조.

그한 G'harne 용어
아프리카 사막에 묻혀 있는 지하 도시. 「그한의 단장」에 따르면, 거기에는 악마 슈드 뮤엘이 이끄는 괴상한 생물이 기어 다닌다고 한다.
【참조작품】「광기의 지저 회랑」, 「위대한 귀환」, 「땅을 뚫는 마」

『그한 단장』

G'harne Fragments (용어)

탐험가 윈스롭이 1934년에 아프리카 오지에서 가져온 의문의 문서. 먼저 해독된 부분에 〈그 한〉이란 이름이 있었기 때문에 이렇게 불린다. 〈올드 원〉에 의해 작성된 문서의 사본 일부로 여겨지며, 초고대 유적에 대한 정보의 보고인 것 같다.

【참조작품】「광기의 지저 회랑」, 「땅을 뚫는 마」, 「타이터스 크로우의 귀환」

그흐롬프 Ghlomph (용어)

사이크라노쉬(토성)의 이드힘족의 도시. 마도사 에이본과 모르기에게 안주의 땅이 되었다.

【참조작품】「토성을 향한 문」

글라디스 쇼록

Gladys Shorrock (용어)

영국 브리체스터의 머시 힐 지구의 빅토리아 로드 7번지의 집에 살고 있던 마녀. 이 집 주변에서는 괴현상이 빈발하고 1925년 10월 31일 글래디스가 불가사의한 죽음을 맞이한 이후에도, 근처에서는 무서운 도시 전설이 끊이지 않는다.

【참조작품】「마녀의 귀환」

글라키 Glaaki (용어)

유고스, 샤가이, 톤도 같은 행성들을 거쳐 지구에 도착한 신성. 「무수한 뾰족한 가시가 돋아 있는, 비단벌레 같은 금속으로 된 타원형의 몸. 스폰지 모양의 얼굴 한가운데에는 두꺼운 입술에 둘러싸인 타원형의 입이 있다. 몸의 아랫면은 흰색 피라미드 모양의 돌기가 빽빽하게 나 있어 그것을 사용하여 이동한다」(오노우에 코우지 역). 세부안 골짜기에 있는 호수에 잠복하여 꿈을 통해 인간을 유혹하고 무서운 가시를 찔러서 마음대로 조종한다.

【참조작품】「호반의 주민」, 「유고스의 광산」, 「다른 차원통신기」, 「베일을 찢는 것」

『글라키 묵시록』

Revelations of Glaaki (용어)

글라키를 숭배하는 신자들이 계속 쓰고 있다는 이계에 관련된 일을 기록한 마도서. 브리체스터(Brichester) 일대에서 특히 악명 높지만, 전체 11권으로 구성된 완전판을 보는 건 쉽지 않다. 기괴한 그림들도 담겨져 있다고 한다.

【참조작품】「유고스의 광산」, 「다른 차원통신기」, 「베일을 찢는 것」, 「호반의 주민」

글-호 G'll-Ho 용어

〈겔-호〉를 참조.

금단의 저택 The shunned house 용어

'기피되는 집', '금기의 저택'이라고도 한다. 프로비던스의 베니피트(Benefit)가에 있는 해리스 가문(Harris family) 명의의 주택. 그 구획의 일부에는 일찍이 묘지가 있었다. 저택의 지하에는 18세기 초반에 죽은 마법사 폴 르레의 시체가 묻혀 있고, 그 때문인지 이 집에서는 변사와 발광 사건이 끊이지 않는다.

【참조작품】「금단의 저택」

기 드 모파상 Guy de Maupassant 작가

① 오를라(Le' Horla)(한-최정수 역 『기 드 모파상』 현대문학) 1887

프랑스의 소설가(1850~1893). 단편의 명수로 알려졌다. 대학에서 법률을 배우고, 해군성에 근무하면서, 플로베르를 스승으로 모시고 글쓰기에 뜻을 두었다. 단편「비계덩어리」(1880)로 인정받아서, 대표작인「여자의 일생(Une vie)」(1883) 등으로 졸라와 대등한 프랑스 자연주의 문학의 대표적인 작가로 주목받았다. 한편으로 모파상은 초자연과 광기를 소재로 하는 많은 공포 단편을 다루고 있다. ①은 그 전형적인 작품으로, 러브크래프트도「공포 문학의 매혹」에서「인류를 정복하고 제압하기 위해 지구에 도착한 외계 생명체 집단의 선봉과도 같은 존재, 물과 우유를 먹고 살며 눈에 보이지 않으나 타인의 정신을 지배하는 존재가 프랑스에 등장한다는 설정이다. 이 긴장감 넘치는 이야기는 같은 분야에서 비교할 작품을 찾기 힘들 정도로 훌륭하다」(홍인수 역)라면서, 왠지 크툴루 신화풍의 요약과 함께 절찬하고 있다. 투명괴물의 위협이라는 소재는「더니치 호러」를, 우주에서 온 침략자라는 소재는「어둠 속에서 속삭이는 자」를 각각 상기시키는 면이 있다.

기드니 Gedney 용어

미스캐토닉 대학의 대학원생. 남극 탐험대에 참여하여 F.H. 피버디 교수와 함께 난센산(Mt.Nansen)의 등정에 성공했다. 광기산맥의 탐사 중 〈올드 원〉에 의해 살해되어, 시체가 표본으로 보존되어 있었다.

【참조작품】「광기의 산맥(한)」

기디온 서젠트 Gideon Sargent 용어

조 서젠트의 손자로, 현대의 인스머스에서 오래전부터 어부로 일하고 있다. 인스머스 외형의 특성을 가장 현저하게 계승하고 있는 사람 중 하나로서, 데이비드 스티븐슨에 의한 유전자 연구 조사에 앞장서서 협력했다. 해난 사고로 〈악마의 암초〉 부근에서 사망했다.
【참조작품】「인스머스의 유산」

『기호 암호 및 고대 비문의 해독에 관한 주해』 Notes on Deciphering Codes, Cryptograms and Ancient Inscriptions 용어

고든 웜슬리 교수의 저서. 미지의 상형 문자 해독에 필수적인 자료라고 알려졌다.
【참조작품】「드 마리니의 벽시계」

『기호론』 Traite des Chiffres 용어

유럽에서 암호 연구의 선구적인 권위자였던, 드 비쥬네르(De Vigenere)가 저술한 책.
【참조작품】「더니치 호러(한)」

길만 하우스 Gilman House 용어

인스머스에서 영업하고 있는 유일한 호텔. 빈방에서 기분나쁜 소리가 들리는 등, 그 평판은 심히 좋지 않다.
【참조작품】「인스머스의 그림자(한)」

길먼 가문 Gilmans 용어

인스머스의 명문가 중 하나. 그 후손은 워싱턴가에 있는 저택에 은거하고 있다.
【참조작품】「인스머스의 그림자(한)」

길버트 드 라 푀르 Gilbert de la Poer 용어

초대 엑섬 남작. 영국 왕 헨리 3세로부터 1261년에 엑섬의 땅을 하사받아, 수도원의 토대 위에 거성을 세웠다.
【참조작품】「벽 속의 쥐(한)」

길버트 모리 경 Sir Gibert Morley 용어

영국 세번포트 언덕 위에 있는 노르만인의 고성에 살면서, 마도에 빠져 후에 실종되어버린 인물. 거성의 지하에는 지금도 바이아티스가 봉인되어 있다고 한다.
【참조작품】「성의 방」

길-흐타-윤 Gll'-Hthaa-Ynn 용어

차트의 지도자 중 하나로 자마코나와 가장 적극적으로 정보를 교환했다.

【참조작품】「고분(한)」

깊은 곳에서의 공포 The Horror from the Depths (작품)

어거스트 덜레스&마크 쇼러(Agust Delreth&Mark Schorer)

【첫 소개】『스트레인지 스토리즈』 1940년 10월호

【개요】1931년 봄 세계 박람회장 건설을 위한 매립 공사가 진행되고 있던 미국 미시간 호수 밑에서 기괴한 생물의 뼈가 발견되었다. 공사 관계자인 나는 필드 박물관 조던 홈즈 교수에 조사를 의뢰한다. 연구실로 옮겨진 화석은 몰래 재생을 시작하여 수위를 살해하고 행방을 감춘다. 오래지 않아 호수 주변에서 빈발하는 괴사 사건. 홈즈 교수는 괴물의 정체가 클리타누스의 『고백록』에 기록된 마신의 자손이라는 것을 밝혀낸다. 괴물을 봉인하고 있던 5망성 모양의 돌이 공사로 인해서 가라앉아 버렸기 때문에, 고대의 괴물이 되살아난 것이었다. 호수 바닥에서 1마리, 또 1마리 기어오르는 괴물들을 격퇴하는 방법은 있는 것일까…….

【해설】덜레스가 창조한 마도서 중 하나인 『미친 수도사 클리타누스의 고백록(Confessions of Monk Clithanus)』이 활용되는 신화작품. B급 괴수 영화를 연상케 하는 설정과 전개는 이 콤비만의 매력이다.

깊은 잠의 관문 Gate of Deeper slumber (용어)

〈깊은 잠의 문〉이라고도 한다. 〈불꽃 동굴〉에서 계단을 700개 올라간 곳에 있으며, 〈드림랜드〉로 가는 입구가 된다. 여기를 빠져나가면 〈마법의 숲〉이 있다.

【참조작품】「미지의 카다스를 향한 몽환의 추적(한)」

깜씨 Nigger-man (용어)

재건된 드 라 푀르가의 주택으로 이주한 9마리 고양이들의 장로격으로, 7살이 된 검은 고양이. 관에 일어나는 이변을 가장 먼저 감지했다.

【참조작품】「벽 속의 쥐(한)」

꿈틀거리는 밀림 Than Curse The Darkness (작품)

데이비드 드레이크(David Drake)

【첫 소개】아캄 하우스 『New Tales of the Cthulhu Mythos』 1980년 간행

【개요】 백인에 의한 가혹한 착취에 시달리는 콩고의 밀림 지대 깊숙한 곳에서 그것은 깨어나고 있었다. 손발이나 한쪽 눈, 한쪽 귀를 잃은 원주민들이 몰려들어 숭배하는 그 신의 이름은 아흐토우 일명 니알라토텝. 다가오는 위기를 감지한 영국 부인 앨리스 킬리아는 놀라운 솜씨의 총잡이인 스패로우와 함께 콩고로 향한다. 오랫동안 공부를 계속한 마법으로 어둠의 악마가 침공하는 것을 막기 위해서.

【해설】 압제자인 인간들의 잔학상과 그레이트 올드 원의 위협을 대비시켜 그려낸 이색작. 귀부인과 마신이라는 의표를 찌르는 대결 장면도 박력 만점이다.

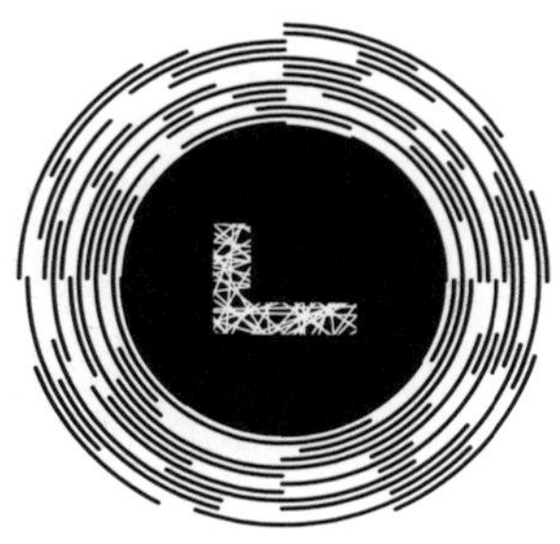

나라스 Narath 용어

〈드림랜드〉에 있는, 옥수(玉髓)로 이루어진 100개의 문이나 둥근 천장을 가진 아름다운 도시.

【참조작품】「실버 키(한)」

나라토스 Narrathoth 용어

그레이트 올드 원을 섬기는 데몬. 온몸이 하얀 비늘로 덮여 있으며, 머리는 3개로 갈라지고 한 개의 눈이 있다. 『네크로노미콘』에 기록된 마법을 외우기만 하면, 미숙한 마법사도 쉽게 소환할 수 있다고 하며, 소환사의 어떠한 희망도 이루어진다고 한다.

【참조작품】「크툴루의 권속」

나락사강 Naraxa 용어

셀레파이스의 교외를 천천히 흐르는 강. 바다와 접하는 지점에는 거대한 돌다리가 놓여있다.

【참조작품】「셀레파이스(한)」, 「미지의 카다스를 향한 몽환의 추적(한)」

나르그강 Narg 용어

〈드림랜드〉의 카투리아 땅을 흐르는 성스러운 강.

【참조작품】「화이트호(한)」

나르기스-헤이 Nargis-Hei 용어

사나스의 마지막 왕. 이브 함락 1000년을 기념하는 축제날 밤, 녹색의 이형의 것으로 변하여 사나스와 함께 멸망했다.

【참조작품】「사나스에 찾아온 운명(한)」

나르토스 Narthos 용어

므나르의 도시. 이라논은 여기에서 소년 시절을 보냈다고 한다.

【참조작품】「이라논의 열망(한)」

나방구족 N'bangus 용어

아프리카의 호전적인 부족. 흰 원숭이의 석조 도시를 공격하여 멸망시키고 흰 원숭이 여신상을 탈취했다고 한다.

【참조작품】「고(故) 아서 저민과 그 가족에 관한 사실(한)」

나불루스 Nabulus 용어

하이퍼보리아의 위대한 마법사. 청동의 여성상에 생명을 불어넣음으로써「기적을 행하는 사람」이라고도 불렸다.

【참조작품】「녹색의 붕괴」

나쉬트 Nasht 용어

〈불꽃 동굴〉의 신관. 턱수염을 기르고, 고대 이집트의 11겹 관을 걸치고 있다.

【참조작품】「미지의 카다스를 향한 몽환의 추적(한)」

『나스 연대기』 Chronicle of Nath 용어

고대 이집트의 마법사 헤르메스 트리스메기스투스로부터 지식을 차용했다는, 독일의 오컬트 전문가이자 연금술사인 루돌프 예르글러(Rudolf Yergler)가 저술한 마도서. 영어 번역 버전도 존재한다.

【참조작품】「언덕 위의 나무」

나스-호르사스 Nath-Horthath 용어

셀레 파이스에서 숭배한 신. 터키석으로 만든 신전에서는, 난초의 화관을 받드는 80명의 신관들이 1만 년 전에 건립되던 시기부터 변함없이 이 신을 섬기고 있다.

【참조작품】「셀레파이스(한)」,「미지의 카다스를 향한 몽환의 추적(한)」

나이-카 Gnai-Kah 용어

그나이-카라고도 한다. 사나스 최후의 대신관. 도시를 삼키는 끔찍한 녹색 안개를 처음으로 목격한 인물이다.

【참조작품】「사나스에 찾아온 운명(한)」

나이트 곤 Night-gaunt 용어

밤의 악마라고도 한다. 박쥐의 날개로 굽어진 뿔, 침이 돋아있는 꼬리, 고래의 피부를 닮은 고무 느낌의 체구를 가진, 얼굴 없는 검은 생물. 〈드림랜드〉에 집단으로 살아가면서 노덴스를 따르고 있다. 잡아온 사냥감을 간질이는 기묘한 습성이 있는 것 같다. 샨타크새가 무서운 천적이며, 구울과는 우호 관계가 있어서,

다른 생물과 싸울 때는 구울군의 전위를 맡아서 군마를 대신한다.
【참조작품】「미지의 카다스를 향한 몽환의 추적(한)」

『나이트 곤』 Night Gaunt (용어)

괴기 작가 에드거 고든의 첫 단행본. 너무 병적인 주제를 다루고 있었기 때문에, 실패작이 되었다고 한다.
【참조작품】「암흑의 마신」

『나중에 오는 이에게, 그리고 그가 시공을 초월하는 방법에 대하여』 To Him Who Shal Come After, & How He May Gett Beyonde Time & Ye Spheres. (용어)

찰스 워드가 오르니 코트의 구 커웬 저택에서 발견한 고문서 중 하나.
【참조작품】「찰스 덱스터 워드의 사례(한)」

나칼어 Naacal (용어)

무 대륙에서 사용된 신관 문자로서, 히말라야의 승려들도 이 원시 언어를 사용하고 있다고 한다. 나칼은 〈성스러운 형제〉라는 뜻으로 1868년에 제임스 처치 워드가 인도의 오래된 힌두교 사원에서 나칼 비문의 태블릿을 발견하고, 이를 해독하여 무 대륙의 존재를 알았다고 한다.
【참조작품】「실버 키의 관문을 지나서(한)」, 「영겁으로부터(한)」, 「분묘의 주인」, 「로이거의 부활」, 「영겁의 탐구 시리즈(어거스트 덜레스 참조)」

『나코트 필사본』 Pnakotic Manuscrlpts (용어)

프나코틱 필사본이라고도 한다. 현재의 인류가 탄생하기 5000년 정도 전에 살았던 종족이 남겼다는 가장 오래된 마도서로서 〈위대한 종족〉과 차토구아, 카다스에 관한 언급이 있다. 고대 북극 로마르 백성에 의해 비로소 인간의 언어로 번역되어 로마르가 멸망할 때 가지고 나간 마지막 1권이 울타르의 사원에 소장되어 있었다.
【참조작품】「또 다른 신들(한)」, 「박물관에서의 공포(한)」, 「불꽃의 사제」, 「뒷길」

나하브 Nahab (용어)

〈케지아 메이슨〉을 참조.

나훔 가드너 Nahum Gardner (용어)

아캄 서쪽 구릉 지대의 안쪽에 있는, 비옥한 정원과 과수원에 둘러싸인 하얀 집에서 아내와 세 아들과 함께 살고 있던 농부. 1882년 6월, 우물 근처에 떨어진 운석에서 발생하는 기괴한 작용으로 인하여 일가 전원이 몸에 이상이 생겨서 다음 해 11월에 전멸했다. 이후, 불모의 땅이 되어버린 농장 일대는 〈타버린 땅〉이라고 불리게 된다.

【참조작품】「우주에서 온 색채(한)」

내비 가드너
Nabby Gardner 용어

나훔 가드너의 아내. 가장 먼저 정신에 이상이 생겨서 다락방에 유폐되어 있었다. 이후 아미 피어스가 변해버린 모습을 발견했다.

【참조작품】「우주에서 온 색채(한)」

너새니얼 더비 픽맨 재단
The Nathaniel Derby Pickman Foundation 용어

1930년에 행해진, 미스캐토닉 대학 탐험대에 의한 남극 탐험 자금을 조달한 단체.

【참조작품】「광기의 산맥(한)」

너새니얼 윈게이트 피슬리
Nathaniel Wingate Peaslee 용어

미국 하버힐(Haverhill)의 구가에서 태어난 정치 경제학자. 1895년, 미스캐토닉 대학의 강사로 부임 후, 아캄으로 이사했다. 1896년에 앨리스 키자(Alice Keezar)와 결혼하여, 2남 1녀를 낳았다. 1902년 교수가 되었다. 1908년에 갑자기 이상한 기억상실증에 빠져서 1913년에 회복될 때까지 〈위대한 종족〉과 정신을 교환한 상태였다. 아내와 1910년에 이혼하고 크레인가(Crane Street) 27번지의 자택에서 차남 윈게이트와 함께 살았다. 1935년 서부 호주의 그레이트 선데이 사막에서 〈위대한 종족〉의 유적을 발굴했다.

【참조작품】「시간의 그림자(한)」

너새니얼 코리
Nathaniel Corey 용어

아캄에 사는 정신분석학 의사. 에이모스 파이퍼를 진찰한 후에 정신착란에 빠진다.

【참조작품】「다른 차원의 그림자」

너새니얼 호손
Nathaniel Hawthorne 작가

①일곱 박공의 집(The House of the Seven Gables)(한-정소영 역 「일곱 박공의 집」『민음사 세계 문학전집 282』/김인구 역 「일곱 박공의 집」『만화세계명작 25』 대현출판사) 1851

미국의 소설가. 매사추세츠주 세일럼에서 태어났다. 청교도의 유서 깊

은 집안 출신으로 러브크래프트에 따르면「마녀 재판에서 손에 피를 묻힌 한 인사의 증손자」(홍인수 역 『공포 문학의 매혹』)라고 한다. 메인 주의 명문 보드윈 대학 졸업 후 고향의 저택에서 외로운 창작 활동에 종사했다. 대표작으로「주홍 글씨」(1850), 단편집『트와이스 톨드 테일즈(Twice-Told Tales)』(1837) 등.
①은 초기 미국 고딕을 대표하는 장편으로 러브크래프트에 따르면「세일럼에 있는 사악한 배경을 가진 아주 유서 깊은 집에 선대로부터 내려오는 놀라운 위력의 저주를 냉혹하게 그린다」,「이 오래된 박공지붕의 고딕 양식 가옥 중 원상태를 보존하고 있는 곳은 전미를 통틀어 십여 채도 되지 않으나, 세일럼의 터너 거리에는 호손이 잘 알았다는 집이 여전히 한 채 남아 있다. 이 집이 호손의 로망스에 영감과 배경을 제공했다고 전해지지만 그 진위는 분명치 않다」(앞과 같음)라고 한다.「위치 하우스에서의 꿈」을 시작으로 하는 일련의 마녀 소설이나 〈마법사 이야기〉 등의 원류로서, 꼭 읽어볼 만한 중후한 명작이다.

네레이드 Nereids 용어

그리스 신화에 등장하는 충동적이고, 무리를 지어 사는 바다의 요정. 노덴스와 함께 〈안개 속 절벽의 기묘한 집〉에 강림한다.
【참조작품】「안개 속 절벽의 기묘한 집(한)」

네벨 저민 경
Sir Nevil Jermyn 용어

로버트 경의 차남. 1849년에 미천한 무희와 사랑의 도피를 거쳐, 다음해 아들 알프레드를 데리고 부모 슬하로 돌아왔다. 1852년 10월 19일, 미쳐버린 로버트 경에 의해 살해된다.
【참조작품】「고(故) 아서 저민과 그 가족에 관한 사실(한)」

네빌 킹스톤 브라운
Nevil Kingston-Brown 용어

2518년에 서거한 오스트레일리아의 물리학자. 〈위대한 종족〉과 정신을 교환하여, 너새니얼 피슬리와 대화를 나누었다.
【참조작품】「시간의 그림자(한)」

네시 Nessie 용어

스코틀랜드의 네스호에서 목격 사례가 보고되고 있는, UMA(미확인 생물). 윌마스 재단의 조사를 통해서 살아남은 프레시오사우루스라는 것이 확인되었다. 2개의 머리가 성체, 3개의 머리는 유체라고 한다.
【참조작품】「땅을 뚫는 마」

네일랜드 콜럼
Nayland Colum 용어

런던에 사는 괴기소설 작가로서, 『이세계의 감시자』의 저자. 쉬류즈베리 박사와 함께 이름 없는 도시로 향하여, 압둘 알하즈레드의 신내림 행동에 참여했다.
【참조작품】「영겁의 탐구 시리즈(어거스트 덜레스 참조)」

네일랜드 콜럼의 진술
The Statement of Nayland Colum 작품

어거스트 덜레스(August Derleth)
【첫 소개】『위어드 테일즈(Weird Tales)』 1951년 5월호
【개요】괴기 작가인 네일랜드 콜롬은 쉬류즈베리 박사의 방문을 받아 최신작 『다른 세계의 관찰자』가 공교롭게도 크툴루 신앙의 실태를 반영하고 있다는 점, 그래서 저자인 콜럼 자신에게 위험이 다가오고 있는 것을 알게 된다. 콜럼은 박사의 조수가 되어 〈이름없는 도시〉 탐험에 동행한다. 박사는 도시의 지하에서 압둘 알하즈레드의 망령을 소환하여 크툴루에 관한 비사를 듣고자 하지만…….
【해설】연작 「영겁의 탐구」의 제4부. 막간극 같은 성격의 1편이지만, 『네크로노미콘』의 저자 본인을 소환하는 대목은 덜레스답다.

네임리스 시티
Nameless City 용어

〈이름 없는 도시〉를 참조.

네크로노미콘 알하즈레드의 방랑
Necronomicon: The Wanderings of Alhazred 작품

도널드 타이슨(Donald Tyson)
【첫 소개】르벨린 퍼블리케이션즈(Llewellyn Publications) 『네크로노미콘 알하즈레드의 방랑』 2004년 간행
【개요】예멘의 궁정에서 젊은 나이와 시의 재능, 미모로서 사랑받았던 압둘 알하즈레드. 그러나 왕의 딸과 밀통하여 그 운명은 바뀌게 된다. 격노한 왕은 알하즈레드의 귀, 코, 성기를 잘라내고 죽음의 대 사막 로바 엘 할리예로 추방한 것이었다. 그러나 알하즈레드는 혼란에 빠지면서도 살아남았다. 사막의 정령이나 구울을 친구로, 강령술이나 지하의 우물과 동굴이 있는 곳을 배우고 마녀 이타쿠아를 섬기며 금단의 지

식을 습득. 또한, 멸망한 도시 아이렘의 지하에 있는 〈이름없는 도시〉에 잠입하고, 시공을 넘어 그레이트 올드 원과 관련된 세계의 견문을 넓혔다. 지하 세계를 돌아다닌 후, 홍해로 빠져나간 알하즈레드는 이집트, 알렉산드리아, 바빌로니아를 여행하면서 마법에 숙달하여, 마기족의 수도원에 잠입하여 지하실에 갇혀 있던 〈크툴루의 사생아〉와 대면하는 데 성공했다. 그 후, 다마스쿠스에 정착하여 『알 아지프』 집필에 착수한 것이다.

【해설】 신화 대계의 성전인 『네크로노미콘』의 전모와 함께 압둘 알하즈레드의 행적을 장대하고 화려한 여정 판타지 스타일로 재창조한 획기적인 역작. 원전인 러브크래프트 작품을 참 잘 반영하여, 세부의 가능성을 잘 살려내고 있다는 점에서 주목할 만하다.

『네크로노미콘』

Necronomicon 용어

『사령비법』, 『이슬람의 카논』이라고도 한다. 아랍의 미친 시인 압둘 알하즈레드가 730년에 다마스쿠스(시리아)에서 집필한 금단의 마도서. 원제는 『알 아지프』로서, 『네크로노미콘』은 950년에 테오도루스 필레타스에 의해 그리스어로 번역될 때 붙은 이름이다. 이 책은 1세기 후 미카엘 대주교에 의해 불태워졌다. 1228년에는 올라우스 워미우스가 번역한 라틴어판이 출현하였다. 이쪽도 1232년에 교황 그레고리우스 9세에 의해 발매 금지되었지만, 15세기에 독일에서 고딕체판이, 17세기에는 스페인어 버전이 비밀리에 간행되었다. 또한 16세기에 그리스어 버전이 이탈리아에서 복각되었다.

현존하는 판본 대부분은 17세기 판으로, 공적인 기관에서는 하바드 대학의 와이드너 도서관, 아캄의 미스캐토닉 대학 부속 도서관, 부에노스아이레스 대학 도서관 등에서 소장하고 있음이 확인되고 있다. 또한 대영 박물관에는 15세기 판이 보관되어 있다. 일설에 따르면 영국 엘리자베스시대의 마법사로 알려진 수학자이자 점성술사인 존 디(John Dee, 1527~1608)에 의해 영어판이 작성되었다고 하지만, 불완전한 것밖에 존재하지 않아서, 같은 버전을 소지하고 있던 윌버 휘틀리는 미스캐토닉 대학에 가서 라틴어판과 비교 작업을 하지 않을 수 없었다. 존 디에겐 『로가에스의 서(Liber Logaeth)』 또는 『에녹서(Book of Enoch)』라고 불리는 암호 문서가 있는데, 이것이야말로 『네크로노미콘』이라는 설도 있어, 엔지니어이자 오컬트 전문가인 로버트 터너(Robert Turner) 일행은 이 책을 컴퓨터 해석으로 해독, 재구성한 것이 『마도서 네크로노미콘』에 기재되어 있다.

【참조작품】「축제(한)」,「크툴루의 부름(한)」,「『네크로노미콘』의 역사(한)」,「더니치 호러(한)」,「실버 키의 관문을 지나서(한)」,「후손(한)」,「어떤 책(한)」,「영겁의 탐구 시리즈(어거스트 덜레스 참조)」,「마도서 네크로노미콘」,「네크로노미콘의 비밀」,「네크로노미콘 알하즈레드의 방랑」,「알하즈레드」,「네크로노미콘」,「서식스 고본」,「스승의 생애」,「네크로노미콘 주해」

『네크로노미콘에 있어서 크툴루』 Cthulhu in the Necronomicon (작품)

라반 쉬류즈베리 박사가 그레이트 올드 원과 싸우면서 집필을 계속한, 2권째의 저서가 될 예정인 초고.

【참조작품】「영겁의 탐구 시리즈(어거스트 덜레스 참조)」

네프렌-카 Nephren-Ka (용어)

〈암흑의 파라오〉라고 불리는 고대 이집트의 전설적인 왕. 니알라토텝 숭배를 제외한 모든 믿음을 폐지하고 참혹한 산 제물 의식을 성대하게 실시했다. 왕위에서 쫓겨난 후에는 보물과 마법의 비밀을 모두 가지고 비밀의 지하 납골소에 틀어박혀 직접 이를 봉인했다. 죽기 직전에 왕은 암흑신으로부터 예언의 힘을 받아서 미래의 역사를 벽에 그려서 남겼다고 한다. 7천년 후, 암흑의 파라오와 그 부하들은 다시 부활하여, 어둠의 영광을 회복한다고 전해진다.

【참조작품】「아웃사이더(한)」,「검은 파라오의 신전」,「누가 블레이크를 죽였는가?(한)」

넥타네부스 Nectanebus (용어)

이집트의 대마도사. 순수 이집트인의 피를 계승한 마지막 왕이며, 시신은 미라화되어 멤피스 서쪽의 무덤에 묻혔다.

【참조작품】「네크로노미콘 알하즈레드의 방랑」

넵튜누스 Neptune (작품)

고대 로마에서 숭배된 바다의 신. 그리스 신화의 해신 포세이돈과 동일시된다. 삼지창을 갖고 있으며, 노덴스 등과 함께 〈안개 속 절벽의 기묘한 집〉에 강림했다.

【참조작품】「안개 속 절벽의 기묘한 집(한)」, 「큰 물고기」, 「다곤의 종」

노덴스 Nodens (용어)

〈절대 심연의 주인(Lord of the Great Abyss)〉이라고 불리는 바다의 신. 잿빛의 엄격하고 무서운 모습을 하고 있으며, 헤아릴 수 없는 나이를 거듭하여, 주름 투성이의 손을 갖고 있지만, 인간에게 해를 주는 존재가 아니다. 나이트 곤은 이 신을 섬기고 있다. 노덴스는 엘더 갓 중 하나로 간주되는데, 그 이유는 확실하지 않다.

【참조작품】「안개 속 절벽의 기묘한 집(한)」, 「미지의 카다스를 향한 몽환의 추적(한)」, 「박공의 창」, 「벌레의 저택」

『노란 옷 왕』 The King in Yellow (용어)

읽는 자에게 재앙을 불러일으킨다고 알려진 희곡으로, 그 책자는 독기가 서린 황색으로 채색된 표지로 치장되어 있다. 특히 이 책의 제2부를 본 사람에게는 무서운 운명이 기다리고 있다고 한다. 굳이 그 내용을 입에 담은 자는 없다. 하스터나 히아데스 성단의 신비에 대해서도 적혀 있는 것 같다.

【참조작품】「노란 표적(한)」, 「명예수선공」, 「가면」, 「In the Court of the Dragon」, 「Van Graf's Painting」

노스 엔드 North End (용어)

미국 보스턴의 빈민가로, 역사적인 건물이 많이 남아있는 지역. 화가 픽맨은 이 땅의 폐가를 피터스(Peterse)라는 가명으로 빌려서 지하실을 아틀리에로 사용하고 있었다. 픽맨의 말에 따르면, 오래전 노스 엔드 전역에는 터널이 뚫려있어서 마녀와 해적과 밀수업자의 소굴이 되어 있었다고 한다.

【참조작품】「픽맨의 모델(한)」

노이즈 Noyes (용어)

헨리 애클리의 친구라고 자칭하는 인물. 세련된 언행이지만, 그 목소리는 묘하게도 듣는 사람을 불안하게 만드는 이질적인 특성이 있었다.

【참조작품】「어둠 속에서 속삭이는 것(한)」

노턴 광산 Norton Mine (용어)

미국 서부, 칵터스산맥에 있는 널리 알려진 금광. 그 가장 깊은 곳에는 이계로 통하는 심연이 숨겨져 있는 것 같다.

【참조작품】「후안 로메로의 전이(한)」

노톤 Noton (용어)

로마르 땅에 서 있는 높은 봉우리.

【참조작품】「북극성(한)」

녹색 심연의 사생아

Spawn of the Green Abyss (작품)

찰스 홀 톰슨(Chales Hall Thompson)

【첫 소개】『위어드 테일즈(Weird Tales)』 1946년 11월호

【개요】뇌 외과의 격무에 지친 나는 요양을 위해 미국 뉴저지의 해변 마을 케일즈머스에 왔다. 3면이 바다로 둘러싸인 반도의 끝자락에는 히스 관이라고 불리는 회색의 저택이 세워져 있었다. 관에는 노령의 주인 라자루스 히스와 딸 카산드라가 세상을 피하는 듯 살고 있었다. 이따금 발광하면서 「조스 사이라의 노래」를 흥얼거리는 라자루스의 진료를 위해서 관을 찾은 나는, 카산드라의 아름다움에 매료되고, 우리는 사랑에 빠진다. 그러나 청혼한 당일 밤, 라자루스는 물고기처럼 변해버린 모습으로 후미에서 사망한채로 발견되었다. 도시에서의 행복한 신혼 생활은 오래가지 않았고, 카산드라는 히스 관으로 돌아가고 싶다고 호소한다. 관에 돌아온 후 그녀는 사람이 바뀐 것처럼 되어, 홀로 밤바다를 배회하게 되었다. 아내가 〈요스 카라〉라고 불리는 심해 괴물의 자식을 잉태한 것을 알게 된 나는 금단의 서재에 발을 디뎌, 라자루스가 남긴 수기를 읽는다. 거기에는 안개가 자욱한 바다에서 조난한 라자루스가 〈녹색 심연의 제국〉에 군림하는 여왕 〈조스 사이라〉의 목소리에 이끌려 무서운 교합 끝에 카산드라를 낳았다고 적혀 있었다. 그 때, 유폐된 카산드라의 부르는 소리에 응하듯이, 후미에서 끔찍한 점액으로 덮인 덩어리가 집을 향해 기어 올라왔다. 나는 권총을 쥐고…….

【해설】러브크래프트 작품의 모방이라면서 덜레스가 『위어드 테일즈』 편집부에 맹렬하게 항의한 것으로 알려진 작품. 확실히 〈인스머스 이야기〉의 영향을 도처에서 느낄 수 있지만, 홀로 떨어진 저택에서 펼쳐지는 깊이있는 애증 비극은 러브크래프트보다는 오히려 에드거 앨런 포에 가까우며, 광기가 넘치는 분위기를 충실하게 조성한다는 점에도 비범한 것이 있다. 안이하게 아이템을 답습하기보다는 자신의 신화 세계를 추구하려 한 자세는 재평가되어 마땅할 것이다.

뇨그타 Nyogtha (용어)

〈그레이트 올드 원의 동포(The brother of the Old Ones)〉인 〈어둠 속에 깃든 자(Dweller in Darkness)〉. 거대한 칠흑의 아메바라고 묘사된다. 소환 주문에 응하여, 부정한 암굴에서 기어나오지만, 앵크 십자가, 바크 빌라 주문, 티쿠온 영액으로 격퇴할 수 있다.

【참조작품】「세일럼의 공포」, 「제7의 주문」

누가 블레이크를 죽였는가? The Haunter of the Dark (작품)

H.P. 러브크래프트(H.P. Lovecraft)

【집필년도/첫 소개】 1935년/『위어드 테일즈(Weird Tales)』 1936년 12월호

【한국번역】 정광섭 역 「어둠 속을 헤매는 것」(동3)/김시내 역 「누가 블레이크를 죽였는가」(위3)/정지영 역 「누가 블레이크를 죽였는가」(황1)

【개요】 밀워키에 사는 괴기 작가 로버트 블레이크는 1934년 겨울, 프로비던스의 가옥에서 글쓰기에 열중하고 있었다. 방의 창문을 통해서 내다볼 수 있는 페더럴 힐의 야경, 어두운 그림자를 비추고 있는 거대한 교회에 흥미를 느낀 브레이크는 교회가 있는 지역을 방문한다. 교회는 상당히 황폐해진 상태였다. 지나가던 경찰에게 이곳이 오래전에 이단 종파의 소굴이었다는 것을 알게 된 브레이크는 폐허 내부에서 엄청난 마도서와 이상한 상형 문자가 새겨진 금속 상자, 그리고 방치된 인골을 발견한다. 시신은 〈별의 지혜〉를 좇아서 교회에 잠입한 신문기자의 것이었다. 교회에서 가져온 책은 니알라토텝과 〈빛나는 트레피저헤드론〉에 대한 내용이 적혀 있었다. 교회 주변에서 빈발하는 괴현상, 끝없이 밀려오는 성난 뇌우. 어둠 속에서 블레이크에게 무서운 운명이 다가온다…….

【해설】 러브크래프트는 「별에서 오는 요충(The shambler from the Stars)」에 응하는 형태로 블록이 아니라 브레이크를, 니알라토텝의 제물로 바쳐 보였다. 러브크래프트 최후의 신화작품에 관련한 위와 같은 성립 상황은, 그 후의 신화 대계의 운명을 암시하는 것과도 같다.

누그 Nag (용어)

고대 무 대륙에서 추앙하던 대지 모신의 아들들 중 하나. 큰-얀에서도 숭배되고 있다.

【참조작품】「영겁으로부터(한)」, 「고분(한)」, 「누그와 예브의 검은 기도」

누그-소트 Nug-soth 용어
기원 1만 6천 년에 출현하는 「암약하는 정복자들(Dark Conquerors)」의 마법사. 〈위대한 종족〉과 정신을 교환하여 너새니얼 피슬리와 대화했다.
【참조작품】「시간의 그림자(한)」

누홍그르 Nhhngr 용어
〈노홍그르〉를 참조.

눈-카이 N'kai 용어
〈은카이〉를 참조.

뉴베리포트 New Buryport 용어
미국 매사추세츠주 북동부의 도시. 메리맥강 하구에 있으며, 항구 도시로 번성했지만, 독립전쟁이나 대화재로 인하여 점차 사양길에 접어들어, 산업 도시로 전환했다. 인스머스에 인접한 뉴베리포트 역사 협회의 전시실에는 인스머스와 관련한 장신구 등이 전시되어 있다.
【참조작품】「인스머스의 그림자(한)」

『뉴잉글랜드의 낙원에서의 마법적인 경이』 Thaumaturgical Prodigies in the New-Engilsh Canaan 용어
아캄에 사는 신부 워드 필립스가 지은 책.
【참조작품】「암흑의 의식」, 「언덕 위의 쏙독새」

느흔그르 Nhhngr 용어
누흔그르라고도 한다. 카다스의 먼 곳에 있다고 알려진 흔들리는 땅이다.
【참조작품】「암흑의 의식」

니그 Nig 용어
프로비던스의 워드 가문에서 기르고 있는 늙은 검은 고양이. 찰스 워드가 외우는 주문의 음질에 민감하게 반응하고 참혹한 최후를 맞았다.
【참조작품】「찰스 덱스터 워드의 사례(한)」

니르 Nir 용어
〈드림랜드〉의 도시. 영봉 하세그-클라에 가까워서 하세그나 울타르와 교역을 하고 있다.
【참조작품】「또 다른 신들(한)」

니스 Nith 용어
큰-얀에 있는 파랗게 빛나는 평원지대. 황금의 가지가 무성하고 지금은 폐허가 된 당시의 기계 도시가 있다.
【참조작품】「고분(한)」

니스 Nith 용어

울타르에서 공증인을 맡은 마른 체격의 인물.

【참조작품】「울타르의 고양이(한)」

니스라강 Nithra 용어

니트라라고도 한다. 미의 도시 아이라를 흐르는 맑은 하천.

【참조작품】「이라논의 열망(한)」

니알라토텝 Nyarlathotep 용어

나이알라토텝, 냐르라트호텝이라고도 한다. 〈얼굴 없는 신 (The Faceless God)〉라고도 하지만, 얼굴이 없기 때문에 자유자재로 변하는 얼굴을 가진, 그레이트 올드 원 중에서도 특이한 신성이다. 그 가장 큰 특징은 종종 큰 키에 마른 몸집을 한 칠흑빛 피부색의 인간 모습을 취하고 발현하는 것이며 이집트에서 온 고귀한 파라오 같은 예언자나 핵무기의 연구를 추진하는 물리학자, 〈별의 지혜파〉의 신부, 또는 마녀들을 조종하는 〈암흑의 남자〉 등의 모습으로 나타나서는 사람들에게 혼란과 죽음을 가져오는 원흉이 된다.

이에 반하여 〈기어드는 혼돈 (crawing chaos)〉라고 불리는 본래 모습은 니알라토텝 신앙이 극에 달했던 고대 이집트 신상에 그 흔적이 남아있으며, 지상에서의 거점인 위스콘신주의 릭 호수 주변의 〈은가이의 숲〉 이나 콩고의 밀림 지대 등에서 목격된다. 그것은 촉수 모양의 팔과, 손톱, 손이 자유자재로 늘고 주는 무정형의 고기덩어리와, 포효하는 얼굴이 없는 원추형 머리 부분이 특징이다. 또한, 페더럴 힐 교회 안에서 〈빛나는 트레피저헤드론〉으로부터 출현했을 때는 검은 날개와 3개로 나뉘어진 불타오르는 눈이 어둠 속에 떠오른다고 한다. 일설에 따르면 유명한 기자의 스핑크스 동상은 원래는 니알라토텝의 진정한 모습을 본떠 만들었던 모양이다.

〈드림랜드〉에서 니알라토텝은 아자토스의 사자이자, 지구의 신들의 수호자이며, 흑인 노예를 거느리고 찬란한 무지개 빛의 가운과 왕관을 걸친 파라오와 같은 위장부로서 모습을 드러낸다.

【참조작품】「니알라토텝」, 「벽 속의 쥐(한)」, 「첨탑의 그림자」, 「아캄 계획」, 「위치 하우스에서의 꿈(한)」, 「모습 없는 신」, 「검은 파라오의 신전」, 「어둠 속에 깃든 자」, 「꿈틀거리는 밀림」, 「누가 블레이크를 죽였는가?(한)」, 「미지의 카다스를 향한 몽환의 추적(한)」, 「네크로노미콘 알하즈레드의 방랑」, 「알하즈레드」

니콜라스 레리히

Nicholas Roerich 용어

로어리치라고도 한다. 러시아 출신의 화가이자 신비주의자(1874~1947). 풍경화가 알히프 퀸지에게 가르침을 받았다. 러시아 아방가르드에 속하는 화가로서 스트라빈스키 작곡의 발레 「봄의 제전」의 무대 미술을 맡아서 찬반양론으로 반향을 부른다. 러시아 혁명으로 조국에서 추방되어 히말라야=티벳 지방으로 향하여 영적 수업을 쌓았다고 한다. 생애 후반에는 미국에 정착하여 샴발라 사상에 바탕을 둔 미술에 의한 심령 수업을 전개, 영적 지도자 중 하나가 되었다. 러브크래프트는 때때로 작중에서 레리히를 언급하고 그 신비한 풍경화를 칭찬하고 있다. 저서로는 『샴발라로의 길』 등.

【참조작품】「광기의 산맥(한)」

니콜라스 로일

Nicholas Royle 작가

① 귀향(The Homecoming) 1994

영국의 작가, 배우, 편집자(1963~). 맨체스터에서 태어났다. 배우로서 유럽 각지에서 무대에 서고, 클라이브 바커가 각본을 담당한 『콜로서스』에도 출현했다고 한다. 1985년까지 다양한 잡지, 호러 경쟁 작품집 등에 단편 작품 등을 기고하면서, 『Counterpart』(1993)를 비롯한 괴기 환상 장편에도 손을 대고 있다. 그 밖의 작품으로 「섹소폰(Saxophone Dreams)」, 「비관련성(Irrelativity)」 같은 호러 단편이 있다.

①은 차우셰스쿠에 의한 독재 체제가 붕괴된 직후 루마니아의 도시를 방황하는 어린 소녀의 불안한 심리를 그레이트 올드 원에 대한 두려움에 겹쳐서 그린 이색적인 작품이지만, 신화 소설로 보기에는 다소 무리가 있을까?

니토크리스 Nitocris 용어

고대 이집트의 케프렌 왕의 왕비로, 일명 〈구울의 여왕(ghoul-queen)〉. 마신을 숭배하여 스핑크스 신전의 지하 깊은 곳에서 기괴한 합성 미라들에게 둘러싸여, 끔찍한 향연에 빠져 있다고 한다.

【참조작품】「아웃사이더(한)」, 「피라미드 아래서(한)」, 「니토크리스의 거울」

니톤 Nython 용어

초은하에 있는 삼중성. 야디스 행성의 생물은 광선 외피를 사용하여 이 별에 여행하고 있는 것 같다.

【참조작품】「실버 키의 관문을 지나서(한)」

닐 게이먼

Neil Richard MacKinnon Gaiman 작가

① 세계의 끝(Only The End Of The World Again) 1994

영국의 포트 체스터에서 태어나 미국에서 활약 중인 소설가이자 만화 원작자(1960~). 장편 『네버웨어』(1996), 『코랄린』(2002), 만화 〈샌드맨〉 시리즈 등의 작품을 냈고, 일본/한국에서 번역되었다.

①는 「중재자」를 자칭하는 불한당 늑대 인간이 인스머스의 괴물들과 격전을 펼치는 하드 보일드 터치의 단편.

닝의 서판

tablets of Nhing 용어

야디스 행성의 마도사 즈카우바가 소장하고 있는 마법 도구. 신탁의 힘이 있는 것 같다.

【참조작품】「실버 키의 관문을 지나서(한)」

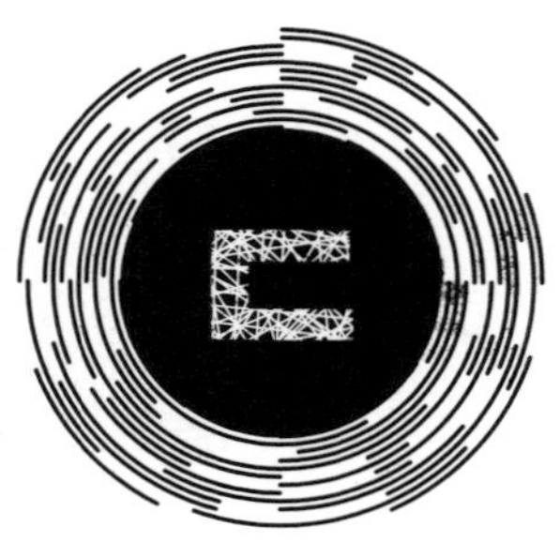

다곤 Dagon (용어)

데이곤이라고도 한다. 크툴루의 권속으로 〈딥 원〉의 수령. 고대 블레셋인에게 반인반어의 신으로 숭배되었던 것이 구약 성서의 「사사기」 제6장에 기록되어 있다. 훗날, 페니키아인에게도 〈오안네스〉라는 이름으로 숭배되었다. 피터 리랜드 목사의 설명에 따르면 다곤 신앙은 먼 신대륙에까지 퍼져 있었다고 한다. 또한, 크라켄(Kraken)이나 레비아탄(Leviathan)이라는 바다 괴물은 다곤의 다른 이름이라는 설도 있다.

【참조작품】「다곤(한)」, 「인스머스의 그림자(한)」, 「다곤의 후예」, 「암흑신 다곤」, 「다곤의 종」, 「네크로노미콘 알하즈레드의 방랑」

다곤 비밀 교단 The Esoteric order of Dagon (용어)

인스머스에서 조직된 비밀 종파. 뉴처치 그린(New Church Green)에 있는 옛 프리메이슨 회관이 다곤 교단 회관으로 쓰이고 있다. 교단의 사제는 삼중관(tiara)을 쓰고 로브를 걸친 채, 비틀거리며 걷는다. 〈다곤의 맹세〉를 한 단원은 더는 죽지 않으며, 오래전에 그들을 낳은 〈어머니 하이드라와 아버지 다곤〉에게로 돌아간다고 한다.

【참조작품】「인스머스의 그림자(한)」, 「큰 물고기」

다곤에 대한 기도 InVocations to Dagon (용어)

아사프 웨이트가 남긴 서류에서 발견된 다곤에게 바치는 기도시.

【참조작품】「영겁의 탐구 시리즈(어거스트 덜레스 참조)」

다곤의 종

Dagon's Bell (작품)

브라이언 럼리(Brian Lumley)

【첫 소개】『위어드 북(Weird Book) 제23호』 1988년 간행

【개요】 함께 영국의 탄광 지대 하든에서 자라난 나와 데이비드 파커의 우정은 오래되어, 이후에도 변함이 없었다. 데이비드는 신부인 준과 함께 파격적인 가격으로 나왔던 케틀톱 농장을 구입하여 이주했지만, 그곳은 오래전 제이슨 카펜터라는 은둔자가 은거하고 있다가 신비하게 실종되어 버린 불길한 땅이었다. 바다를 향해 열린 고대 신전을 연상케 하는 구조로 된 농장을 찾은 나는 기괴한 어지러움증에 시달리게 된다. 준 역시 이사온 뒤로 계속해서 몸의 상태가 좋지 않아서, 나날이 야위고 쇠약해져 갔다. 해변에 떠밀려오는 기분나쁜 해초, 농장에 얽힌 유령 소문, 짙은 안개 속에서 울리는 종소리……. 어느날 밤, 착란 상태로 내 집에 온 데이비드는 농장 지하에 숨겨져 있던 놀라운 비밀에 대해 말해주는 것이었다.

【해설】 럼리의 홈그라운드라고 할만한 하든 일대를 무대로 열띤 문장으로 펼쳐내는 영국판 〈인스머스 이야기〉. 작가의 성장을 엿볼 수 있는 역작이다.

다나 Dahna (용어)

〈주홍 사막〉이란 뜻. 이름 없는 도시가 있다는 아라비아 남부의 대 사막을 가리킨다.

【참조작품】「영겁의 탐구 시리즈(어거스트 덜레스 참조)」

다니엘 그린 Daniel Green (용어)

프로비던스에 사는 대장장이. 사망하고 50년이 지난 1771년 1월 중순 그레이트 브릿지 부근에서 알몸의 시체로 발견되었다. 조지프 커웬 농장에서 도망친 것 같다.

【참조작품】「찰스 덱스터 워드의 사례(한)」

다니엘 업튼 Daniel Upton (용어)

아캄에 사는 건축가. 친구 에드워드 다비의 뜻에 따라, 다비의 육체에 깃든 에프라임 웨이트를 사살했다.

【참조작품】「현관 앞에 있는 것(한)」, 「아캄, 그리고 별의 세계로」

「다락방의 창」

The Attic window (용어)

랜돌프 카터가 집필한 괴담집으로, 『위스퍼즈』지의 1922년 1월호에 실렸다.

【참조작품】「형언할 수 없는 것(한)」

다른 신들 Other Gods (용어)

아우터 갓(Outer Gods)이라고도 한다. 외우주에서 찾아온 이형의 신들을 말한다. 지구 본래의 신들과 구별하는 의미로 사용되는 경우가 많다. 그레이트 올드 원도 종종 동일시된다. 「약해빠진 지구의 신들을 지키는 외부 지옥의 신들」로서 두려움의 대상이 된다.

【참조작품】「또 다른 신들(한)」, 「미지의 카다스를 향한 몽환의 추적(한)」

다른 차원의 그림자

The shadow out of space (작품)

H.P. 러브크래프트&어거스트 덜레스 (H.P.Lovecraft & August Derleth)

【첫 소개】 아캄 하우스 『생존자외 그 밖의 작품(The Survivor and Others)』 1957년 간행

【개요】 아캄에 사는 정신 분석학자 너새니얼 코리(Nathaniel Corey)는 아모스 파이퍼(Amos Piper)의 특이한 사례에 흥미를 품는다. 파이퍼는 미스캐토닉 대학의 학자였지만, 몇 년 전에 연극을 보던 중에 혼수상태에 빠진 뒤로 전혀 다른 사람처럼 행동하던 끝에, 1개월 전에 갑자기 원래 상태로 돌아온 것이다. 파이퍼는 꿈에 나타나는 단편적인 기억을 코리에게 말한다. 그의 정신은 황소자리의 암흑 별에 임시로 머무는 〈위대한 종족〉에게 납치되어 거기서 3년 동안 인지를 넘어선 연구에 종사하고 있었다. 역할을 마치고 지구로 돌아올 때, 기억이 삭제되었지만, 왠지 기억이 완전히 사라지지 않았던 것 같다. 지금까지도 〈위대한 종족〉의 모니터링은 계속되고 있어 머지않아 자신은 다시금 인격이 바뀌게 될 것이라 한다. 결국, 파이퍼는 탐험대를 조직하여 아라비아의 사막으로 사라졌다. 그리고 지금 코리 앞에 파이퍼와 똑같은 눈빛을 한 사내가…….

【해설】 러브크래프트의 창작 노트에 바탕을 두고 새로 창작한 형태를 취하고 있지만 실제로는 「시간의 그림자(한)」를 덜레스 방식으로 고쳐 쓴 작품이다. 덜레스가 일부러 본편을 집필한 이유는 두 작품을 읽고 비교해보면 분명할 것이다. 엘더 갓과 그레이트 올드 원의 도식을 자연스럽게 도입하여 덜레스는 〈위대한 종족〉도, 덜레스류의 신화 세계로 끌어들이려 한 것이다.

다리우스 펙 Darius Peck (용어)

펙 벨리 마을 주민. 1880년에서 다음 해 사이의 겨울에 90세의 나이로 사망하여 조지 버치가 매장했다.

【참조작품】「시체안치소에서(한)」

다마스커스 강

Damascus Steel (용어)

최강의 검을 만들어내는 최고급 철. 샤론의 상인에 의해 다마스쿠스로 옮겨져 이곳에서 칼로 만들어졌다.

【참조작품】「네크로노미콘 알하즈레드의 방랑」

다마스키우스 Damascius (용어)

다마스키오스라고도한다. 다마스쿠스 출신의 신 플라톤파의 철학자이자 신비주의자(430경~550). 플라톤의 아카데미아의 마지막 대표가 되었다. 주요 저서로 말할 수 없는 것들에 대한 신비적인 참여를 이야기한『제1원칙에 대한 문제 해결(Problems and solutions About the First Priciples)』등이 있다.

【참조작품】「이름 없는 도시(한)」

다오이네 돔하인

Daoine Domhain (용어)

아일랜드 코크(Cork) 지방에서 말하는 〈딥 원〉의 다른 이름. 이곳의 이니슈드리스콜섬(Inishdriscol)에서는 9년마다 다오이네 돔하인에게 산 제물을 바치고 있다고 한다.

【참조작품】「다오이네 돔하인」

다오이네 돔하인

Daoine Domhain (작품)

피터 트레메인(Peter Tremayne)

【첫 소개】 브랜든 북스(Brandon Books)『아일랜드 환상(Aisling and other Irish Tales of Terror)』1992년 간행

【개요】 아일랜드 이민자의 후예인 나, 톰 해켓은 미국 매사추세츠주의 록포트에 있는 자택에서 이 수기를 쓰고 있었다. 심연에 숨어 있는 인류에 대한 위협에 대하여 경고하기 위하여…. 얼마 전, 우리 집을 찾아온 키코르 오드리스콜이라는 이름의 아일랜드 인이 남기고 간 편지. 그것은 63년 전에 그곳에서 소식이 두절된 나의 할아버지 다닐 해켓이 남긴 것이었다. 할아버지는 고향 섬 이니슈드리스콜로 향하여 작은 오두막을 빌려서 머무는 사이, 섬에서 지금도 계속 숨쉬고 있는 무서운 전승을 알게 되었던 모양이다. 집시 소녀가 말하는 바에 따르면, 섬 주변의 심연에 다오이네 돔하인 〈딥 원〉이라고 불리는 이교의 신들이 잠복하고 있으며, 섬에서는 9년마다 산 제물을 바치고 있다고 한다. 할아버지가 남긴 편지를 모두 읽은 나는 갑작스럽게 깨닫게 된다. 조금 전에 찾아온 거동이 이상하고, 불길한 외

형의 존재가 시사하는 무서운 진상에…….

【해설】켈트학자와 소설가라는 두 얼굴을 가진 저자가 마음껏 실력을 발휘하며 완성된 켈틱 스타일의 크툴루 신화 소설. 이교도 환상의 전통을 느끼게 하는 중후한 맛은 비할 데가 없다.

다올로스 Daoloth 용어

고대 아틀란티스에서 점성술의 신으로 숭배하던 신성. 〈베일을 찢는 자(Render of the Velis)〉라고도 불리는 것처럼 신도들에게 차원을 넘어서 과거와 미래를 보는 힘을 준다. 소용돌이 속에 있는 그 모습을 무리하게 보려고 한 인간에게는 파멸이 초래된다고 하며, 그래서 소환 의식은 어둠 속에서 진행된다.

【참조작품】「베일을 찢는 것」

『다원복사법』 Poligraphia 용어

신학자 트리데미우스(Trithemius, 1462~1516)가 저술한 카발라에 대한 책.

【참조작품】「더니치 호러(한)」

다이코스 Daikos 용어

로마르 땅의 사르키스고원 기슭에 있는 요새 도시. 이누토족의 공격으로 함락되었다.

【참조작품】「북극성(한)」

다일라스-린 Dylath-Leen 용어

스카이강 하구 남쪽 바다에 접한 〈드림랜드〉의 대도시. 아일랜드의 자이언트 코즈웨이(Giant's causeway)를 닮은, 현무암으로 쌓은 어두운 거리를 많은 상인이 오가고 있다. 항구에는 어디인지 알 수 없는 해안에서 루비를 실어오는 검은 갤리선이 찾아온다.

【참조작품】「미지의 카다스를 향한 몽환의 추적(한)」,「다일라스-린의 재앙」

다크 원 Dark One 용어

돼지 코에 녹색 눈, 야수의 뾰족한 발톱과 송곳니를 지니고, 전신이 부드러운 털에 덮여 시커먼 다른 차원의 괴물. 니알라토텝의 한 현신이라고 추측되고 있다.

【참조작품】「암흑의 마신」,「마법사의 귀환」

다크산 Dark Mountain 용어

버몬트주 윈덤 카운티에 있는 산. 유고스 행성의 갑각 생물의 전초 기지가 있다.

【참조작품】「어둠 속에서 속삭이는 자(한)」

닥터 카노티

Doctor Carnoti 용어

고고학 조사단의 수행원으로 이집트에 입국하여, 지금은 카이로에서 고미술품 밀수 등을 일삼고 있는 욕심 많은 산지기. 우연히 발견한 니알라토텝의 석상을 독차지하려고 사막으로 향했다가, 끔찍한 운명에 처하게 된다.

【참조작품】「모습 없는 신」

단두해안 Cut-Throat Cove 용어

서인도 제도의 한 섬에 있는 해안. 이 해저에 침몰한 선박에 쌓여 있던 황금궤가 놓여 있으며, 그 안에는 아마존 밀림에서 숭배되고 있던 검은 촉수를 가진 신이 숨겨져 있다. 신은 항상 굶주려서, 산 제물의 육체와 정신을 먹어치움으로써 한 없이 거대해진다고 한다.

【참조작품】「단두해안의 공포」

단봉낙타인

dromedary-men 용어

므나르의 도시 시나라의 시장에 사는 천하고 술에 찌든 자들.

【참조작품】「이라논의 열망(한)」

『단죄의 서』

Liber-Damnatus 용어

조지프 커웬이 사이먼 오르니에 보낸 편지에 적힌 요그 소토스 소환에 관한 대목 등에서 언급된 책이지만, 자세한 것은 불명이다. 소환 주법에 사용되는 시편이 적혀 있는 것 같다.

【참조작품】「찰스 덱스터 워드의 사례(한)」

달 Thal 용어

쏜하고 마주하고 있는 바하나의 등대.

【참조작품】「미지의 카다스를 향한 몽환의 추적(한)」

달나무의 술(달술)

moon-tree wine 용어

즈그족이 즐겨 마시는 술. 달에 사는 누군가가 떨어뜨린 씨앗에서 자라난 나무의 수액으로 만든다고 한다.

【참조작품】「미지의 카다스를 향한 몽환의 추적(한)」

달레트 백작

Comte d'Erlette 용어

델레트 백작이라고도 한다. 작가 어거스트 덜레스의 조상으로 악명높은 마도서 『시식교전의』를 저술했다.

【참조작품】「누가 블레이크를 죽였는가?(한)」

달의 괴물 Moon beasts 용어
문 비스트라고도 한다. 달의 뒷면에 사는, 해파리 모양을 한 무정형의 모독적인 생물. 핑크색 더듬이가 있는 그 모습은 두꺼비를 연상케 한다. 렝의 유인족을 예속시키고 있으며, 검은 갤리선에 타서 지구로 날아온다. 사르코만드 앞바다의 톱니모양 바위섬에 주둔 부대의 기지가 있다. 므나르에 이브를 세운 종족과 관계가 있는지는 알 수 없다.
【참조작품】「미지의 카다스를 향한 몽환의 추적(한)」

담발라 Damballah 용어
아프리카 해안지역에서 불리는 이그나의 다른 이름.
【참조작품】「네크로노미콘 알하즈레드의 방랑」

대로우 박사 Dr. Darrow 용어
미스캐토닉 대학 학장. 1932년에 이 대학 캠퍼스에서 일어난 일련의 이변을 조사하던 중 갑작스러운 죽음을 맞이했다.
【참조작품】「암초의 저편에」

대신관 High-Priest 용어
렝고원에 세워진 창문이 없고 돌로 된 괴상한 수도원에 홀로 살고 있는 「이름을 말할 수 없는」 대신관. 붉은 문양이 들어간 노란 비단옷을 입고 얼굴은 비단 복면으로 가린 채 성당 예배실의 황금 옥좌에 자리잡아, 또 다른 신들과 니알라토텝에게 기도를 바치고 있다. 또한 성당의 중앙에는 〈진의 굴〉로 통한다는 우물이 있다.
【참조작품】「미지의 카다스를 향한 몽환의 여정(한)」

댄포스 Danforth 용어
미스캐토닉 대학의 남극 탐험대에 참여한 대학원생. 괴기 소설의 열렬한 애독자이자 해당 대학 도서관에서 소장하고 있는 『네크로노미콘』을 끝까지 읽은 몇 안 되는 인물 중 한 사람이기도 하다. 광기산맥 뒤에 우뚝 솟은 더욱 거대한 초산맥의 배후에 있는 것을 엿보았기에 미쳐버리고 말았다.
【참조작품】「광기의 산맥(한)」, 「아캄, 그리고 별의 세계로」, 「광기의 지저회랑」

더그파 dugpas 용어
중앙 아시아의 첸고원 주변에 출몰하는 구울 중 하나. 무덤에 머무르고 있다고 한다.
【참조작품】「분묘의 주인」

더글러스 윌리엄슨

Douglas Williamson (용어)

제임스와 일라이저 윌리엄슨 부부의 장남. 뉴잉글랜드 지방을 여행한 후 권총 자살을 했다.

【참조작품】「인스머스의 그림자(한)」

더네딘 Dunedin (용어)

뉴질랜드의 도시. 카나카인들과의 혼혈인 선원으로 구성된 크툴루 교단의 근거지로서 주목된다. 내륙의 숲에서는 기괴한 의식이 열리고 있는 모양이다.

【참조작품】「크툴루의 부름(한)」

더니치 Dunwich (용어)

던위치라고도한다. 미국 매사추세츠주 북부 중앙의 구릉지대에 있는 낡고 한적한 마을. 뱀처럼 흐르는 미스캐토닉강과 라운드산 사이에 끼인 위치에 있으며, 폐가나 다를 바 없는 집들이 늘어서 있다. 원형으로 둘러선 돌기둥이 세워져 있는 산정이나 〈악마의 무도원(Devil's Hop Yard)〉이라고 불리는 황량한 언덕, 그리고 대협곡에는 오래전부터 원주민의 사악한 소환 의식에 관련된 기분 나쁜 전승이 많이 남아있다. 주민들은 대대로 근친혼을 행하고 있으며, 끔찍한 사건들이 종종 일어난다. 1928년에 일어난 미증유의 괴사건 이후로 이곳을 가리키는 표지판은 에일즈베리 가도에서 모두 철거되었고, 그 일대는 더욱 황폐해지게 되었다.

【참조작품】「더니치 호러(한)」, 「암흑의 의식」, 「던위치의 파멸」

더니치 호러

The Dunwich Horror (작품)

H.P. 러브크래프트(H.P. Lovecraft)

【집필년도/첫 소개】 1928년/『위어드 테일즈(Weird Tales)』 1929년 4월호

【한국번역】 정광섭 역 「던위치의 공포」(동5)/정진영 역 「더니치 호러」(황1)

【개요】 원형으로 둘러선 돌기둥이 산정에 놓여 있는 산 자락에 밤새도록 위퍼윌의 기분나쁜 울음소리가 울려퍼지는 황량한 마을 더니치. 마을 외곽에 사는 휘틀리 가정의 딸 라비니아가 아버지를 모르는 아이를 낳은 것은 1913년 5월의 일이었다. 윌버라는 이름의 아이는 기묘할 정도로 빠르게 성장하지만, 이윽고 어머니, 할아버지와 마찬가지로 선조 대대로 내려오는 마도의 연구에 빠져들게 된다. 한편, 할아버지 휘틀리 노인은 이상하게도 여러 마리의 소를 정기적으로 사들이고, 몇 번이고

집을 괴상하게 개축하고 있었다.
1924년에 휘틀리 노인은 기묘한 유언을 남기고 세상을 떠나고, 라비니아도 언제부터인가 모습을 감추었지만, 어느새 키가 2m를 넘어선 윌버는 기묘한 학식을 착실하게 쌓아나가고 있었다. 그리고 요그 소토스 소환 주문을 얻고자, 미스캐토닉 대학 부속 도서관에 보관되어 있는 『네크로노미콘』을 빌리려 하지만, 도서관장 헨리 아미티지 교수는 이를 거절한다. 1928년 8월 새벽 미스캐토닉 대학 도서관에 침입하려던 윌버는 경비견에게 습격당하여 반인 반수의 끔찍한 본 모습을 드러내고 절명한다.
때를 같이하여 윌버 집 주변에서 이변이 일어나기 시작한다. 땅 울림과 함께 생겨나는 악취, 거대한 발자국과 함께 사라진 가축. 마침내 골짜기 근처의 농가가 눈에 보이지 않는 거대한 괴물에게 습격당하여 일가가 전멸하는 참사로 발전한다. 윌버가 남긴 일기에서 휘틀리 가문의 비밀을 깨달은 아미티지 교수는 2명의 조수와 함께 〈요그 소토스의 문〉이 있는 언덕으로 가서 파사의 주문을 이용하여 배회하는 괴물을 물리친다. 꿈틀거리는 로프와 같은 거구에 수많은 눈과 입이 붙은 끔찍한 모습의 괴물은 라비니아가 이계의 것과 어우러져 낳은 윌버의 쌍둥이 형제였다.
【해설】 〈요그 소토스 이야기〉의 원점 중 하나. 투명하고 거대한 괴물의 위협이라는 SF적인 아이디어를 긴박감 넘치는 공포의 틀 속에 살려낸 수완이 굉장하다. 괴물의 위협에 휩쓸리는 공동체를 사실적으로 그려낸 점을 포함하여 후대의 현대 공포와 괴물 영화 등의 선구작으로서 자리 매김한 작품. 윌버 휘틀리라는 캐릭터와 그 단말마도 강렬한 인상을 남긴다.

던위치 Dunwich (용어)
〈더니치〉를 참조.

『데 베르미스 미스테리이스』 De Vermis Mysteriis (용어)
〈벌레의 비밀〉을 참조.

데니스 배리 Denys Barry (용어)
바리라고도 한다. 킬데리(아일랜드)에 있는 고성의 성주 후손. 미국에서 재산을 얻어서, 조상의 성을 매입했지만, 인근 습지를 간척하려고 했기 때문에, 이형의 것으로 변했다.
【참조작품】「달의 습지(한)」

데로셰 Desrochers 용어

〈위치 하우스〉에 하숙 중인 프랑스계 캐나다인. 길먼의 바로 아래 방에 살고 있으며, 윗방의 괴음과 괴광에 떨고 있었다.

【참조작품】「위치 하우스에서의 꿈(한)」

데르니에르 제도
Isles Dernieres 용어

미국 남부 미시시피강 삼각주에 있는 무인도. 부두 숭배의 메카로 다른 차원의 요마에게 산제물을 바치는 의식이 거행되고 있다. 그 지명은 〈임종의 섬〉을 의미한다.

【참조작품】「파팔로이의 반지」

데르레 백작
Count d'Erlette 용어

〈더레트 백작〉을 참조.

『데몬 갤러리』
Gallery of Fiends 용어

사진 작가 데이비드 나일즈의 작품집. 특수 분장을 한 모델을 사용하여 아스모데우스, 아자젤, 사마엘, 바알세불의 모습을 구현화하고 있다.

【참조작품】「마법사의 보석」

데빌스 리프 Devil Leef 용어

〈악마의 암초〉를 참조.

데오도티디스
Theodotides 용어

기원전 200년의 그레코 박트리아인 관리. 〈위대한 종족〉에 의해 정신이 교환되어 너새니얼 피슬리와 대화를 나누었다.

【참조작품】「시간의 그림자(한)」

데이비드 T 세인트 올반스
David T. St. Albans 작가

① 스승의 생애(The Life of Master) 1984

시카고 출신의 작가, 일러스트레이터(1954~). 그림을 그릴 때는 본명인 데이비드 T. 퓌델위츠(David Thomas Pudelwitts)를 사용한다고 한다. 저서로는 『천사의 대화(Speaking of Angels)』, 『드래곤의 혈통(Blood of the Dragon)』 등.

①는 압둘 알하즈레드의 수제자로 사후에 그의 전기를 집필한 엘 라시(El-Rashi)가 스승의 생애를 기록한 문서를 영어로 번역한 것으로, 저자가 직접 그린 알하즈레드의 초상이나 마신의 그림 삽화가 곁들여져 있다.

데이비드 나일즈

David Niles 용어

사진 작가. 일류 인물 사진 작가였지만, 오컬트에 빠져서 〈세크메트의 별〉을 렌즈에 사용하여 다른 차원의 광경을 촬영하려다가 목숨을 잃고 말았다.

【참조작품】「마법사의 보석」

데이비드 드레이크

David Drake 작가

① 꿈틀거리는 밀림(Than Curse The Darkness) 1980

미국 작가이자 변호사(1945~). 1972년부터 80년까지 노스 캐롤라이나주 채플 힐의 소송대리인 조수를 맡았으며, 1981년부터 전업 작가가 된다. 베트남 전쟁 참전 경험을 살린 전쟁 SF에서 두각을 나타내고 호러는 물론 셰어 월드 SF, 아서왕 스타일의 판타지까지, 다채로운 작품을 발표했다.

드레이크의 데뷔작은 1967년, 덜레스가 편집한 앤솔로지 『Travellers by Night』에 담긴 러브크래프트 풍 호러 「Denkirch」였다. 저자의 종군 체험은 ①에도 반영되어 다른 작가의 토속 신화물과는 조금 다른 무서움을 느끼게 한다.

데이비드 랭포드

David Langford 작가

① 디프넷(Deepnet) 1994

② 존 디 문서의 해독(Deciphering John) 1978

영국의 SF 작가, 비평가(1953~). 몬머스셔주 뉴 포트에서 태어났다. 소프트웨어의 컨설턴트로 일하면서, 많은 잡지와 선집에 단편 소설을 기고. 열렬한 SF 팬덤 활동으로도 알려졌다. 주요 작품으로는 『세계 종말 대전(Earthdoom)』이나 『2000년에서 3000년까지 31세기부터 돌아보는 미래의 역사(THE THIRD MILLENIUM)』가 있고, 2001년 휴고상 수상작 「다른 종류의 어둠(Different Kinds of Darkness)」(한-정소연 역 『저 반짝이는 별들로부터』 수록, 창비)를 비롯해 단편의 일본번역도 많다. ①은 인스머스에서 본사를 두고 있는 컴퓨터 소프트웨어 제작사가 발송한 컴퓨터 소프트웨어로 인한, 하이테크 시대의 새로운 침략의 공포를 전문성을 살리면서 조용한 필치로 그리고 있다. ②는 존 디 박사의 암호문을 컴퓨터 변수를 이용하여 분석 해독을 시도하는 보고 문서로 발표되었다.

데이비드 서튼

David Sutton 작가

① 인스머스의 황금(Innsmouth Gold) 1994

영국의 작가, 편집자(1947~). 저서로는 『Earthchild』를 비롯한 장편 호러, 편집자로 참여한 책으로는 스테판 존스와 함께 만든 『The Best Horror from Fantasy Tales』 외 다수가 있다.

①은 일확천금을 꿈꾸며 폐허로 변한 인스머스에 황금을 찾으러 갔던 화자가 〈딥 원〉의 무섭게 변모한 모습을 마주치는 이야기.

데이비드 스티븐슨

David Stevenson 용어

영국의 생화학자. 친구 앤 엘리엇에게 초대되어 현대의 인스머스를 방문하여 〈인스머스 증후군〉의 유전자 조사를 실시했다.

【참조작품】「인스머스의 유산」

데이비스 박사 Dr. Davis 용어

펙 벨리 마을의 노의사. 조지 버치를 진찰했다.

【참조작품】「시체안치소에서(한)」

델라포어 Delapore 용어

〈드 라 푀르〉를 참조.

도-나 골짜기

Valley of Do-Hna 용어

큰-얀의 차트 근교에 있는 골짜기. 기계 문명의 유물이 남아있는 박물관 같은 장소이다. 〈도호-흐나〉와 같은 뜻일까?

【참조작품】「고분(한)」

도난당한 눈

Rising With Surtsey 작품

브라이언 럼리(Brian Lumley)

【첫 소개】 아캄 하우스 『다크 식스(Dark Six)』 1971년 간행

【개요】 작가인 필립 호트리는 동생 줄리안을 걱정하고 있었다. 소심하고 오컬트를 좋아하는 줄리안은 밤마다 기괴한 심해의 꿈을 보게되면서, 해양의 괴기에 대해 언급된 문헌을 열심히 찾아보게 되었다. 발광, 상해 사건이 계속되는 가운데, 줄리안은 정신 착란에 빠져서 저명한 정신과 의사에게 맡겨졌다. 이윽고 갑자기 회복한 동생이 다른 사람처럼 행동을 한다는 사실에, 필립의 의혹은 커지게 된다. 동생의 몸은 크툴루를 섬기는 북쪽 심연의 마도사에 의해 납치되어 있었던 것이다. 때마침 스코틀랜드 앞바다에서는 마의 해저 화산 사치가 떠오르기 시작했다.

【해설】〈크툴루 이야기〉중의 1편. 차세대 기수인 럼리는 인스머스 계의 이야기와는 일획을 긋는, 독자적인 해양 신화군을 만들어내고 있다.

도널드 A. 월하임
Donald A. Wollheim 작가

① 러브크래프트의 공포(The Horror out of Lovecraft) 1969

미국 작가, 편집자, 출판인(1914~1990). 뉴욕에서 태어났다. 동인지 『팬시블 테일즈(Fancible Tales)』 등의 편집이나 각종 앤솔로지 제작을 다룬 후에 SF 전문 출판사인 에이스의 창설에 참가하여, 편집자로서 실력을 떨쳤다. 회사를 퇴직한 후에는 자신의 머리글자를 딴 DAW 북스에서 SF, 호러, 판타지에 걸쳐 왕성한 출판 활동을 전개했다.

월하임과 러브크래프트의 사이에는 신화 제1작인 「이름 없는 도시(한)」의 제작을 둘러싸고 교류가 있었다. ①은 러브크래프트 작품에 특유의 표현이나 도구를 모두 쏟아 넣은 팬의 기질이 넘치는 패러디이다.

도널드 J. 월쉬
Donald J. Walsh Jr. 작가

① 주술사의 반지(The Rings of the Papaloi) 1971

미국 작가(1951~). 뉴올리언스에서 태어났다. SF 잡지에 작품을 발표하고, 미국 SF 작가 협회 (SFWA)의 남부 지역 의장도 맡았다. ①은 뉴올리언스 태생의 작가 특유의 부두 신앙에 슈브-니구라스를 덧붙인 이색작.

도널드 R. 버를슨
Donald R. Burleson 작가

① 점을 잇다(Connect the Dots) 1997

미국 공포 작가, UFO 연구가(1941~). 동부 뉴 멕시코 대학에서는 행렬 이론을 강의한다. 소설과 UFO 관련 서적을 비롯해 다양한 내용의 책을 쓴 저자이다 『Lovecraft Disturbing the Universe』, 『H. P. Lovecraft A Critical Study』 같은 러브크래프트 연구서도 저술하고 있다. 아내 몰리도 작가이다. ①은 미스캐토닉 대학에서 교편을 잡고 있던 남자가 아내에게 안게 되는 불안과 의혹의 경위를 차근차근 그려낸 작품으로 현대판 〈마법사 이야기〉 같은 분위기도 있다.

도널드 완드레이
Donald Wandrei 작가

① 므브와의 나무인간
(The Tree-Men of M'Bwa) 1932

② 수의 차림의 신부

(The Lady in Grey) 1933
미국의 작가, 편집자(1908~1987). 미네소타 출신. 1925년부터 러브크래프트와 편지를 주고받기 시작하고 그의 추천으로 『위어드 테일즈(Weird Tales)』 1927년 10월호에 산문시풍의 코스믹호러 작품 「붉은 뇌수(The Red Brain)」로 데뷔. 원래 시인이었던 완드레이는 러브크래프트가 주창하는 코스믹호러의 좋은 이해자였던 것 같다.
출판사에서 근무하면서, 해당 잡지나 『어스타운딩 스토리즈(Astounding Stories)』 등에서 괴기 SF를 발표한다. 1939년에 덜레스와 아캄 하우스를 설립, 이 회사에서는 러브크래프트 편지집의 편찬을 진행하고 있었다. 저서로는 단편집 『The Eye and the Finger』(1944)나 크툴루 신화 장편 『The Web of Easter Island』(1948) 등.
모든 면에서 괴기 펄프물이라는 느낌이 드는 ①에 비해, 러브크래프트 스타일이라기보다는 에드거 앨런 포 스타일의 죽은 미인의 환상과 악몽의 조합을 전개해나가는 ②는 완도레이의 장점이 잘 드러나 있다. 다만, 신화 대계와의 관련은 거의 없다.

도널드 타이슨

Donald Tyson 작가

① 네크로노미콘 알하즈레드의 방랑(Necronomicon: The Wanderings of Alhazred) 2004
② 알하즈레드(Alhazred: Author of the Necromancer) 2006
캐나다의 작가이자 마법학자(1954~). 해리팍스에서 태어났다. 어린 시절부터 별의 세계에 매료되어 8살 때에 천체 망원경을 직접 만들기도 했다. 대학에서 천문학을 전공했지만, 그 관심은 점차 우주의 신비한 구조를 향해갔다고 한다. 근년에는 그노시스 신비주의에 빠져서 그 이론 추구와 실천에 애쓰고 있다고 한다.
『Enochian Magic for Beginners: The Original System of Angel Magic』, 『Ritual Magic: What it is & How To Do it』을 비롯한 마법 관련의 입문서를 다수 집필. 소설 작품으로는 오컬트 전문가와 고대 어둠의 힘이 대립하는 사이킥 호러 「The Messenger」(1993), 존 디 박사와 에드워드 케리의 콤비가 릴리스의 부활 음모를 저지하기 위해 활약하는 기담 서스펜스 『The Tortuous Serpent』(1997)가 있다.
②는 충격적인 작품으로 환영받았던 ①의 완전 소설화(이야기화)를

이룬 일대 기담 장편 작품. 공주와의 간통이 드러나면서 잔인한 궁형을 받고 예멘 왕궁에서 추방된 압둘 알하즈레드가 검은 사내(니알라토텝)에게 이끌려 금단의 지식을 추구하고자 사막 지대를 방황하는 순례 모험담이다. 바람의 정령인 사시나 신비한 소녀 마타라 같은 오리지널 캐릭터도 더해져서, 그 『바테크』에서 시작된 오리엔탈 고딕의 재림이라 할만한 검과 마법의 세계가 펼쳐지고 있다.

도노반 Donovan (용어)

엠마호 승무원. 요한센 일행과 함께 르뤼에에 상륙하여, 〈크툴루의 묘소〉의 문을 발견했지만, 부활한 크툴루에게 잡아먹혔다.

【참조작품】「크툴루의 부름(한)」

도른 Dorn (용어)

빌헬름 박사의 동물학 연구소에 고용된 초심리학연구자. 초능력과 텔레파시 연구를 전문으로 하고 있다. 조지핀 길먼에게 최면술을 걸어 돌고래와 교신하는 실험에 참여했다.

【참조작품】「딥 원」

도리에브 Dorieb (용어)

카투리아의 위대한 왕으로 반신이라고도, 신 그 자체라고도 한다. 장려한 궁전에 산다.

【참조작품】「화이트호(한)」

도보의 주문 Dho Formula (용어)

도의 주문이라고도 한다. 이 주문으로 북극과 남극에 있는 지하 도시(큰-얀을 가리키는지?)를 볼 수 있다고 한다. 윌버 휘틀리가 자신의 일기나 셉티머스 비숍에게 보낸 편지에서 언급하고 있다. 그 밖에도 〈도-나의 주문(Dho-hna Fomula)〉, 〈이르와 엔그르 사이의 주문(the Formulas between the Yr and the Nhhngr)〉에 대한 언급도 볼 수 있다.

【참조작품】「더니치 호러(한)」, 「공포를 먹는 다리」, 「마도서 네크로노미콘」

도울족 Dholes (용어)

돌이라고도 한다. 머나먼 미래에 야디스 행성을 사멸시키게 되는, 점액으로 둘러싸인 창백하고 거대한 생물. 현재는 마도사의 주문으로 지하로 내몰리고 있다. 〈드림랜드〉의 나스의 골짜기에 서식하는 같은 이름의 생물도 동류라고 생각된다.

【참조작품】「실버 키의 관문을 지나서(한)」, 「미지의 카다스를 향한 몽환의 추적(한)」

『도울 찬가』
Dhol Chants/Doel chants 용어

자세한 내용을 알 수 없는 마도서로 일부가 미스캐토닉 대학에 소장되어 있다고 한다.

【참조작품】「박공의 창」, 「악마의 꼭두각시」

도울즈 Doels 용어

다른 차원의 존재로부터 방사되는 에너지에 의해 만들어진 새로운 형태의 세포 생명체. 〈도울족〉과 관계가 있는지는 명확하지 않다.

【참조작품】「틴달로스의 사냥개」

도튼 Dawton 용어

영국의 서해안에 있는 작은 마을. 1955년에 여객선 올드윙클호가 해안의 암초에 걸려서 좌초된 이래, 〈딥 원〉의 소굴로 변한 것 같다. 매년 10월 30일에 배 모양을 내걸고 바다까지 걸어가는 마을 축제가 개최되고 있다.

【참조작품】「바다를 보다」

돈 다마사
Don D'Ammassa 작가

① 어둠의 프로비던스(Dark Providence) 1997

미국의 SF 작가, 평론가(1946~). 로드아일랜드 프로비던스 출신. 베트남 전쟁에 종군했다가, 귀환한 후 은세공 회사에서 생산 관리에 종사했다. 2002년에 은퇴하여 본격적인 집필 활동을 시작했다. 왕성한 독서량을 살려 『The Encyclopedia of Science Fiction』, 『The Encyclopedia of Fantasy and Horror』, 『The Encyclopedia of Adventure Fiction』 같은 문예 백과사전 외에도 많은 작품을 집필했다. ①은 러브크래프트 마니아인 여자 친구와 함께 시공이 혼란한 이형의 항구로 변해버린 프로비던스에서 도망쳐다니는 사내의 이야기이다.

「돌기둥의 사람들」
The People of the Monolith 용어

광기의 천재시인 저스틴 제프리의 시. 헝가리를 여행하던 중 스트레고이카바르에서 발견한 〈검은 돌〉에서 영감을 얻어서 쓴 모양이다.

【참조작품】「검은 돌(한)」, 「현관 앞에 있는 것(한)」

돌진하는 들소
Charging Buffalo 용어

자마코나에게 깊은 협곡에 있는 큰-얀으로 통하는 개구부의 모습을 가르쳐주고, 길 안내를 맡은 위치타족 젊은이.

【참조작품】「고분(한)」

돔브로스키 Dombrowski 용어

아캄의 〈위치 하우스〉를 소유하고 있는 폴란드인.

【참조작품】「위치 하우스에서의 꿈(한)」

『동굴의 여왕』 She 용어

영국의 작가 헨리 라이더 해거드(Henri Rider Haggard, 1856~1925)가 1886년에 발표한 비경 모험 소설. 그 제9장에서, 꿈속에서 나타난 여자가 내뱉는 말 「생명은 죽음이며, 죽는 것은 죽지 않으며, 영혼의 윤회는 끝이 없으며, 삶도 없으며 죽음도 없다. 하지만, 만물은 때때로 잠으로 잊어버리는 일은 있지만, 영원히 살아있나니」를 드 마리니는 「네크로노미콘」에 기록된 크툴루에 관한 또 다른 이야기라고 해석하고 있다. 또한, 윈게이트 피슬리는 여왕 아샤를 「불의 정령」이라고 여기고 있다.

【참조작품】「땅을 뚫는 마」

두꺼비 신전
Temple of the Toad 용어

온두라스 정글에 묻힌 고대의 신전. 인디오 이전에 멸종한 고대 종족이, 조소하는 모습의 이상한 신을 숭배하고 있었다고 한다.

【참조작품】「지붕 위에」

두린 Dureen 용어

〈아둠브랄리〉에 의해 이 세상에 보내진 〈탐구자(Messengers)〉의 이름. 인종도 국적도 확실하지 않은 이목구비에 우아한 행동거지를 갖고 있다.

【참조작품】「저 너머에서(한)」

드 라 푀르 de la Poer 용어

영국의 저주받은 남작 가문. 1261년에 구 엑섬 수도원 부지에 자리를 잡고 이후 무서운 의식들에 손을 대었다. 제11대 당주 월터는 저주받은 혈맥을 끊기 위해서 일가를 참살하고, 미국으로 건너가 가문 이름도 델라포어라고 부르게 되었다.

【참조작품】「벽 속의 쥐(한)」

드 마리니의 벽시계
De Marigny's clock 작품

브라이언 럼리(Brian Lumley)

【첫 소개】 아캄 하우스 『검은 소환자(The caller of the Black)』 1971년 간행

【개요】 신비학자인 타이터스 크로우의 주택 브로운 관에 2인조 강도가 침입했다. 있을 리가 없는 숨겨진 황금을 요구하며 특이한 저택 내를 수색하던 중 도적은 서재에 놓인 〈드 마리니의 벽시계〉에 눈독을 들인다. 그것은 오래전 뉴올리언스의 저명한 신비학자 드 마리니가 비장하고 있던, 세상에 둘도 없는 이상한 시계였다. 금고 털이의 달인인 도적이 그 문을 열었을 때, 소용돌이치는 빛과 함께 시계 속에서 괴물이 출현하고…….

【해설】 럼리의 신화작품의 메인 캐릭터가 될 타이터스 크로우 이야기 1편. 「실버 키의 관문을 지나서」에 등장한 드 마리니가 갖고 있던 시계에 얽힌 후일담으로서 나중에 럼리는 장편 「몽환의 시계(The Clock of Dreams)」(1978)를 비롯한 일련의 작품으로, 이 「시공여행기」라고도 할 만한 벽시계를 계속 활용하고 있다.

드래곤 꼬리

the Tail of the Dragon 용어

카우다 드라코니스라고도 한다. 〈드래곤 머리〉와 함께, 점성술의 「합」에서 달과 태양의 진로가 교차하는 날을 말한다. 이것은 요그 소토스에게 있어 성스러운 합이며 이그의 힘이 최대가 되는 2일째라고 한다.

【참조작품】「찰스 덱스터 워드의 사례(한)」, 「마도서 네크로노미콘」, 「네크로노미콘 알하즈레드의 방랑」

드래곤 머리

the Head of the Dragon 용어

카프트 드라코니스라고도 한다. 〈드래곤의 꼬리〉와 함께, 점성술의 「합」으로 달과 태양의 진로가 교차하는 때를 말한다. 이것은 요그 소토스에게 성스러운 합이며 이그의 힘이 최대가 되는 시기라고 한다.

【참조작품】「찰스 덱스터 워드의 사례(한)」, 「마도서 네크로노미콘」, 「네크로노미콘 알하즈레드의 방랑」

드로윈 박사 Dr. Drowne 용어

프로비던스의 제4 침례 교회 신부. 1844년 12월, 〈별의 지혜파〉에 대한 접근을 경고하는 설교를 행했다.

【참조작품】「누가 블레이크를 죽였는가?(한)」

드리넨 Drinen 용어

므나르 동쪽에 있는 도시. 오오나이의 왕은 드리넨에서 〈검은 플루트 연주자〉를 궁정에 초대했다.

【참조작품】「이라논의 열망(한)」

드림랜드 dreamland 용어

얕은 잠의 영역에 있는 〈불꽃 동굴〉을 거쳐 〈깊은 잠의 문〉을 넘어선 곳에 펼쳐지는 다른 세계의 통칭. 범선이 오가는 바다와 목가적인 분위기의 평원에 아름다운 도시와 신비로운 산들이 곳곳에 존재하며, 숲과 계곡에는 다양한 이형의 종족이 살고, 그 북극에는 〈얼어붙은 렝〉과 〈미지의 카다스〉의 땅이 있다.

【참조작품】「미지의 카다스를 향한 몽환의 추적(한)」, 「셀레파이스(한)」, 「울타르의 고양이(한)」, 「또 다른 신들(한)」, 「타이터스 크로우의 귀환」, 「몽환의 시계」

드베인 웰던 라이멜
Daune Weldon Rimel 작가

① 무덤을 파헤치다(The Disinterment) 1937
② 언덕 위의 나무(The Tree on the Hill) 1940

미국 작가(1915~1996). 만년의 러브크래프트와 서신을 주고받은 것으로 알려져 있다. 러브크래프트가 문예 전반에 걸친 간곡한 조언을 자신보다 나이가 적은 친구에게 계속하고 있었다는 것이, 남겨진 편지들을 통해 알 수 있다. 러브크래프트의 첨삭을 거쳐 발표된 호러 소설로서 ①과 ②가 있는데, 전자는 「허버트 웨스트」풍의 신체 손상 소설이며, 후자는 다른 세계를 구경하는 소설로서 코스믹 호러의 편린을 느끼게 한다. 뒷날엔 다른 명의로 웨스턴과 관능 소설로 돌아섰다.

『드쟌의 책』
Book of Dzyan 용어

『쟌의 책』이라고도 한다. 러시아 출신 영매로서 신지학자였던 블라바츠키 부인(Helena Petrovina Blavatsky, 1831~1891)가 저서인 『시크릿 독트린(secret Doctrine)』(1888)에서 주장하는 바에 따르면, 이 책은 〈잊혀진 센자르어(the forgotten senzar language)〉로 쓰여진 〈세계 최고의 사본〉으로서, 특수 처리가 된 야자 잎에 기록되어 있다고 한다. 콜린 윌슨(Colin Wilson)은 이 책이 『네크로노미콘』의 원본이 아닌가 추측하고 있다.

【참조작품】「누가 블레이크를 죽였는가?(한)」, 「박공의 창」, 「알론조 타이퍼의 일기」, 「마도서 네크로노미콘」

드제헨큄 DJhenquomh 용어

브흐렘프로임족 중에서 한 세대 모든 것의 어머니가 되기 위해 선택된 여성. 특별한 버섯으로 만들어진 음식을 주어 엄청난 크기로 성장하고 있다.
【참조작품】「토성을 향한 문」

드지히비족 DJhibbis 용어
사이크라노쉬(토성)의 조인족. 날개가 없으며 바위 바닥 위에서 깊은 명상에 빠져 있다.
【참조작품】「토성을 향한 문」

디르카 일족 The Dirkas 용어
빙하기 이전까지 조상이 거슬러 올라가는 유서 깊은 오컬트 전문가 가계. 대대로 『이스테의 노래』의 연구와 번역에 참여했다.
【참조작품】「저 너머에서(한)」

D.R. 스미스 D.R. Smith 작가
① 알하즈레드의 발광(Why Abdul Alhazred went Mad) 1950
경력 미상. 『The Nekromantikon』 1950년 가을호에 발표된 ①는 압둘 알하즈레드가 미쳐버린 끝에 쓰러져 버리는, 알려지지 않은 『네크로노미콘』 최종판의 수정 버전으로서 인상 깊은 초 이색 작품이다. 크툴루와 요그 소토스를 낳은(!) 〈그레이트 원〉을 로마군의 호걸이 생각치도 못한 방법으로 멸망시킨 경위를 그렸다.

디에고 바스케스 Diego Vasquez 용어
『무명 제사서』가 1909년에 뉴욕의 출판사 골든 고블린 프레스에서 삭제판으로서 재판되었을 때, 기분 나쁜 상상력에 넘치는 삽화를 그린 화가.
【참조작품】「지붕 위에」

D.F. 루이스 D. F. Lewis 작가
① 장화(Down to the Boots) 1989
영국의 호러 작가, 편집자(1948~).
에섹스주의 작은 마을 월튼 온 더 네이즈에서 태어났다. 랭커셔 대학에서 배우고, 재학 중에, 「제로이스트 그룹(Zeroist Group, 0이 붙은 연도에 의미를 부여하는 집단-역주)」을 결성했다고 한다. 1986년부터 2000년 사이에 1천5백 편에 달하는 단편 소설을 잡지나 앤솔로지에 발표. 1992년에는 단편집 『Best of D.F.Lewis』라 간행되었다. 2001년부터 연간 경쟁 작품집 『Nemonymous』를 편찬하여 간행 중. ①은 인스머스 주위에 퍼지는 염분성 습지대에서 사는 사람들의 노곤한 일상을 그린 소품이다.

디치-치족 Dchi-chis 용어
엘리시아에 거대한 공중 도시를 구축한 반쪽이 새인 종족. 세련된 지성을 가지고 있다고 한다.

【참조작품】「타이터스 크로우의 귀환」, 「엘더 갓의 고향 엘리시아」

디프 원즈 Deep ones (용어)

〈딥 원〉을 참조.

디프넷 커뮤니케이션즈사 Deepnet Communications Inc. (용어)

인스머스에 본사를 둔 컴퓨터 소프트 메이커. 1970년대부터 80년대에 걸쳐 다국적 기업으로 급성장, 지역 진흥에도 이바지했다. 많은 사용자에게 애용되는 워드 프로세서 소프트 「딥 워드(Deepword)」와 그래픽 소프트웨어 『쇼고스(SHOG-GOTH)』 등이 유명하다. 이메일 주소는 「innsmouth@deepnet.com」

【참조작품】「디프넷」

딥 원 Deep Ones (용어)

디프 원즈, 깊은 존재들이라고도 한다. 위대한 크툴루를 섬기고 〈어머니인 하이드라〉와 〈아버지인 다곤〉을 따르는 수생 종족. 그 모습은 원숭이를 연상시키지만, 머리는 물고기와 비슷하여 툭 튀어나온 큰 눈과, 개구리처럼 큰 입을 가졌다. 목 양쪽에 아가미가 있으며, 긴 사지의 끝에는 물갈퀴가 있다. 몸 색깔은 약간 회색빛 녹색이지만, 배는 흰색. 튀어나온 뒷면에는 비늘이 있다. 육상에서도 활동할 수 있으며, 톡톡 튀는 것처럼 걷는다. 인간과 교배하는 것을 좋아하며, 태어난 아이는 처음에는 인간처럼 보이지만 나이를 거듭함에 변모하여 마지막에는 심해에 사는 동족에게로 돌아간다.

【참조작품】「인스머스의 그림자(한)」, 「르뤼에의 인장」, 「잠긴 방」, 「인스머스의 황금」, 「다오이네 돔하인」, 「프리스쿠스의 무덤」, 「네크로노미콘 알하즈레드의 방랑」

딥 원 The Deep ones (작품)

제임스 웨이드(James Wade)

【첫 소개】아캄 하우스 『크툴루신화 작품집』 1969년 간행

【개요】초능력 연구를 전공하는 심리학자인 토른은 해양 생물학자인 빌헬름 박사의 초청에 응하여 캘리포니아 연안의 후미에 있는 박사의 동물학 연구소에 왔다. 박사는 돌고래와 인간이 텔레파시를 이용하여 커뮤니케이션을 하는 실험을 진행하고 있었다. 토른은 피험자 역할을 맡은 조수 조지핀 길만의 야성적인 매력에 끌려든다. 연구소 근처에는 히피들의 코뮨이 있었고, 지도자인 알론소 웨이트는 토른에게 돌고

래는 크툴루을 섬기는 사악한 생물이라면서 경고한다. 실험이 진행되면서, 조지핀 길만은 아주 복잡한 최면 상태에 빠지게 되고, 어느 날 밤, 수조 내에서 의식불명인 채로 발견된다. 그리고 그 자궁에는 사람이 아닌 존재가 있었는데. 이윽고 혼란 속에서 신부는 돌고래를 탄 채 물속으로 사라져 버렸다.

【해설】 1960년대 미국 웨스트코스트의 히피 문화 융성을 배경으로 살린, 상당히 독특한 〈인스머스 이야기〉의 변주곡.

땅을 뚫는 마

The Burrowers Beneath 작품

브라이언 럼리(Brian Lumley)

【첫 소개】 DAW북스(DAW Books) 『땅을 뚫는 마(The Burrowers Beneath)』 1974년 간행

【개요】 영국의 탄광 지대에서, 북해 해저 유전에서…… 잇단 지진이 계속되는 와중에는 「땅을 뚫는 것」이라고 불리며 지하에 서식하는 크토니안의 움직임이 있었다. 밤마다 꿈을 통해서 일찍부터 이변을 알아챈 타이터스 크로우는 광범위한 연구를 시작하여, 하든 탄광에서 발견한 의문의 알을 입수하는 한편, 실종된 고고학자 웬디 스미스와 조카인 오컬트 작가가 남긴 수기를 단서로 적의 수괴가 아프리카를 본거지로 하는 괴물 슈드 뮤엘임을 규명한다. 친구 앙리 로랑 드 마리니와 합류하여 대책을 가다듬는 크로우를 향하여 시시각각 쿠토니안의 마수가 다가온다. 그때 미국에서, 한 신사가 방문한다. 그레이트 올드 원의 위협으로부터 인류를 지키기 위해 결성된 비밀 조직 윌마스 재단의 지도자 윈게이트 필슬리였다. 강력한 조직의 후원을 얻은 크로우 & 드 마리니의 마신 사냥꾼 콤비에 의한 크토니안 소탕 작전이 전개되어간다.

【해설】 작가의 대표작 〈타이터스 크로우 사가〉의 개막편. 괴기 취향보다는 오컬트 모험 액션이라는 성격을 전면에 내세움으로써, 1980년대에 들어서면서 본격화된 신화 대계와 기담 로망의 융합에 기세를 올리는 시도가 되었다.

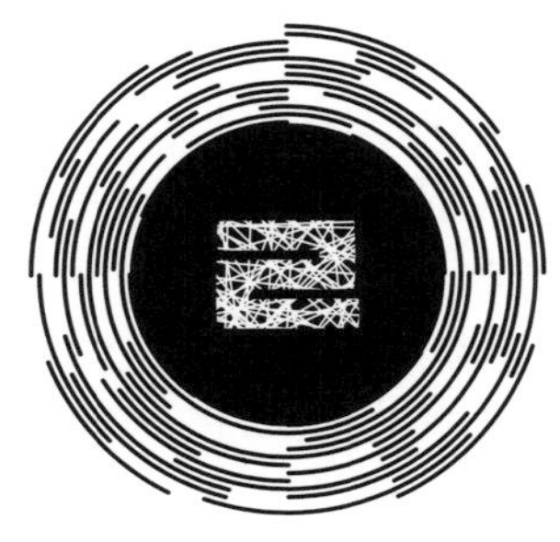

라그 금속 Lagh Metal 용어

유고스에서 온 금속. 지구의 광산에서는 발견되지 않는다고 한다.

【참조작품】「영겁으로부터(한)」

라르 lares 용어

로바-엘-하리이에서 목격할 수 있는 사막의 정령 중 하나. 인간의 모습을 유지한 채 자신의 무덤 근처에 출몰한다.

【참조작품】「네크로노미콘 알하즈레드의 방랑」

라르센 Larsen 용어

미스캐토닉 대학의 남극 탐험대에 동행한 선원 중 한 명.

【참조작품】「광기의 산맥(한)」

라리바르 부즈경
Lord Ralibar Vooz 용어

하이퍼보리아의 수도 콤모리옴에서 행정 장관직을 맡고 있는 대담한 성격의 귀족. 마법사 에즈다고르의 저주로 부어미사드레스산의 지하에 펼쳐진 마계로 가게 된다.

【참조작품】「일곱개의 저주」

라반 쉬류즈베리
Laban Shrewsbury 용어

아캄의 신비사상 연구가이자 철학 교수로서, 고대 신화와 종교의 권위자. 미스캐토닉 대학에서 교편을 잡았다. 『르뤼에 이본을 바탕으로 한 후기 원시인의 신화 형태 연구』와 『네크로노미콘에 있어서 크툴루』(미발행) 같은 저서가 있다. 플레이아데스 성단의 세라에노에 있는 큰 도서관에서 20년 동안 금단의 지식을 배워서, 1938년부터 1947년까지 지구에서 크툴루 부활을 저지하기 위해 세계 전역을 돌아다녔다.

【참조작품】「영겁의 탐구 시리즈(어

거스트 덜레스 참조)」

라비니아 휘틀리
Lavinia Whateley 용어

휘틀리 노인의 딸. 백화증을 앓아 병든 분홍색 눈을 하고 마도를 사용할 수 있었다. 좌우의 팔 길이가 다르다. 35살 때 독신인 채 쌍둥이를 출산. 만년엔 아들 윌버를 두려워하게 되고, 1926년의 만성절 전날밤에 소식을 끊었다.

【참조작품】「더니치 호러(한)」

라운드 힐 Round Hill 용어

미국 버몬트주 윈덤 카운티의 구릉지. H.W. 애클리는 여기 숲에서 알 수 없는 상형 문자가 새겨진 검은 돌을 발견했다. 산의 내부에는 유고스 행성 갑각생물의 제1 전초 기지(principal outpost)가 있다고 한다.

【참조작품】「어둠 속에서 속삭이는 자(한)」

라운드산 Round Mountain 용어

미국 매사추세츠주 북부 더니치 마을에서 가까운 산. 이름 그대로 지나치게 둥글게 정리되어 있는 듯한 산의 모양도 그렇고, 산 꼭대기에 서 있는「인디언의 원모양으로 세워진 거대한 돌기둥」도 그렇고, 어딘지 보는 사람의 불안을 일으키는 산이다.

【참조작품】「더니치 호러(한)」

라이게스 나무 lygath-tree 용어

〈드림랜드〉의 나무.

【참조작품】「미지의 카다스를 향한 몽환의 추적(한)」

라-이라 Rilyeh 용어

〈르뤼에〉를 참조.

라이만 박사 Dr. Lyman 용어

보스턴에 사는 정신과 의사. 찰스 워드의 치료를 담당한 의사 중 한 사람.

【참조작품】「찰스 덱스터 워드의 사례(한)」

라이오넬 어쿼트
Lionel Urquart 용어

영국 웨일스에 사는 퇴역군인으로「무 대륙의 수수께끼(The Mysteries of Mu)」처럼 상당히 수상쩍은 저서가 있다. 로이거족의 비밀을 파고들지만, 폴 댄버 랭 일행과 함께 세스나를 타고 워싱턴으로 향하던 도중 소식이 끊긴다.

【참조작품】「로이거의 부활」

라자루스 히스

Lazarus Heath 용어

화물선 마케도니아호(Macedonia)의 일등 항해사. 이 배가 아프리카로 향하는 도중 해상에서 기묘한 안개에 삼켜져서 좌초되어 침몰했다. 홀로 살아남은 라자루스는 녹색 점액에 덮인 고도에서 무서운 〈조스 사이라〉의 신랑이 되어 딸 카산드라와 함께 인간계로 돌아왔다. 케일즈머스(Kalesmouthe) 관에서 은거 생활을 하던 중, 물고기를 닮은 모습으로 사망했다.

【참조작품】「녹색 심연의 사생아」

라티 Lathi 용어

셀레리온(Thalarion)을 지배하는 요괴(eidolon). 그 모습을 본 자의 뼈가 도시의 거리에 흩어져 있다고 한다.

【참조작품】「화이트호(한)」

라프톤티스 Raphtontis 용어

마법사 에즈다고르의 사역마인 괴조. 야행성의 시조새로서, 전갈의 꼬리와 얇고 검은 날개를 갖고 있다.

【참조작품】「일곱개의 저주」

락탄티우스

Lucius Caecilius Firmianus Lactantius 용어

아프리카 누미디아 지방에서 태어나 3세기 후반에서 4세기 초에 활동한 기독교 신학자(생몰 년 미상). 저서로는『하나님의 분노(De Ira Dei)』, 『하나님의 교훈(Divinae Institutiones)』등이 있다.

【참조작품】「축제(한)」

란달펜의 대폭발

The Great Llandalffen Explosion 용어

영국 웨일즈의 란달펜에 있는 로마족(=집시)의 거주지에서 발생한 의문의 거대 폭발. 로이거족의 소행으로 보인다. UFO 연구가 프랭크 에드워즈(Frank Edwards)의『사실보다 기묘한(Stranger than Logic)』에는 이 사건을 언급한 부분이 있다.

【참조작품】「로이거의 부활」

란-테고스 Rhan-Tegoth 용어

인류 탄생 이전의 북극에 외우주(유고스 행성인가?)에서 찾아온 신성 중 하나. 알래스카의 누트카강 상류에 있는 폐허가 된 석조도시의 지하 3층에 있는 거대한 상아 옥좌에 앉아있다. 구형의 동체에 끝이 게의 집게 모양으로 생긴 6개의 긴 팔다리를 갖고, 거품 형태의 머리에는 3개의 뿔에 달린 물고기 눈과 길이

30cm 정도의 코가 있다. 전신에 나 있는 흡판관으로 제물의 피를 빤다.
【참조작품】「박물관에서의 공포(한)」, 「몰록의 두루마리」, 「극지로부터의 빛」

「란-테고스의 산제물」
The Sacrifice to Rhan-Tegoth 용어
밀랍 인형 제작사 조지 로저스가 남긴 마지막 작품. 그 진실에 육박하는 놀라운 기교에는 끔찍한 비밀이 감추어져 있었다.
【참조작품】「박물관에서의 공포(한)」

랜돈 에트릭 경
Sir Landon Etrick 용어
영국의 학자. 포나페의 〈물고기 인간(Fish-Men)〉에 관한 논고를 『오컬트 리뷰(Occult Review)』지에 발표하고 반년 후, 급사했다.
【참조작품】「영겁의 탐구 시리즈(어거스트 덜레스 참조)」

랜돌프 델라포어
Randolph Delapore 용어
카 팩스에 사는 델라포어 가문의 분가 젊은이. 멕시코 전쟁에서 귀환 후 부두교 사제가 되었다.
【참조작품】「벽 속의 쥐(한)」

랜돌프 카터
Randolph Carter 용어
보스턴에 사는 몽상가. 아캄 뒤편으로 이어진 황량한 언덕을 기반으로 하는 오래된 가문의 후예로서, 엘리자베스 여왕 시대의 마법사였던 초대 랜돌프 카터 이후 그 가문에서 대대로 마법사와 신비주의자를 배출했다. 9살이 되었던 1883년 10월, 종조부인 크리스토퍼의 저택 뒤에 있는 〈뱀굴〉에서 내적인 비의에 참가하는 체험을 한다. 제1차 세계 대전 중에는 외인 부대에 투신하여, 1916년에 프랑스 블로어 안 산테르에서 빈사의 중상을 입었다. 이후에도 수많은 신비와 괴이를 접한 후 1928년 10월 7일 집안에 내려오던 〈실버 키〉를 사용하여 〈드림랜드〉로 떠났다. 훗날 이레크-바드의 왕좌에 오른다.
【참조작품】「랜돌프 카터의 진술(한)」, 「형언할 수 없는 것(한)」, 「실버 키(한)」, 「실버 키의 관문을 지나서(한)」, 「미지의 카다스를 향한 몽환의 추적(한)」, 「찰스 덱스터 워드의 사례(한)」

랴오탄 Liao 용어
중국산 환각제. 중국의 춘추 전국시대의 사상가인 노자는 이 약을 복

용하고「타오(道)」를 보았다고 한다. 할핀 챌머즈는 랴오탄을 마시고 시공을 넘는 공포를 목격한다.
【참조작품】「틴달로스의 사냥개」

랑퍼 박사 Doctor Llanfer 용어
미스캐토닉 대학 부속 도서관 관장.
【참조작품】「하스터의 귀환」,「영겁의 탐구 시리즈(어거스트 덜레스 참조)」

러더포드Rutherford 용어
고문서학자. 1913년 8월에 포토원켓에 떨어진 운석에서 발견된 책자의 수기를 고대 그리스어에서 현대 그리스어의 서체로 옮겨썼다.
【참조작품】「초원(한)」

레드 훅 Red Hook 용어
미국 뉴욕 브루클린에 있는 빈민가. 거버너즈섬(Governor's Island)을 반대편에 끼고 낡은 해안가에 가까운, 혼혈 이민자가 사는 미궁 같은 지구로서 다양한 범죄의 온상이 되고 있다.
【참조작품】「레드 훅의 공포(한)」,「콜롬비아 테라스의 공포(한)」

레라그-렝 Lelag-Leng 용어
〈드림랜드〉의 도시.
【참조작품】「미지의 카다스를 향한 몽환의 추적(한)」

레렉스 Relex 용어
〈르뤼에〉의 다른 이름.
【참조작품】「고분(한)」

레리온산 Lerion 용어
〈드림랜드〉에 서 있는 가파른 산으로 오래 전 대지의 신들이 거주했다. 스카이강은 이 산에서 시작된다고 한다.
【참조작품】「또 다른 신들(한)」,「미지의 카다스를 향한 몽환의 추적(한)」

레무리아 Lemuria 용어
〈무〉를 참조.

레미기우스 Remigius 용어
〈악마 숭배〉를 참조.

레이 존스 Ray Jones 작가
① 굴(The Well) 1970
경력 미상. ①은 호러물의 준프로 잡지인『위어드 북(Weird Book)』 제3호에 실린 작품으로, 미국 남부로 이사한 학생이 이상한 우물에 모인 물을 마시고 다른 차원으로의 여행을 체험한다는 이야기. 고유의 신화 아이템은 등장하지 않는다.

레이디 마가렛 트레버
Lady Margaret Trevor 용어
영국 콘월 출신으로, 제5대 엑섬 남작 고드프리 드 라 푀르의 아내가 된 여인. 이 집의 의식에 참가하여, 마성의 여자로서 발라드로도 불려지고 있다. 쿠라네스 가문과의 관계는 알 수 없다.
【참조작품】「벽 속의 쥐(한)」

레이디 메어리 드 라 푀르
Lady Mary de La Poer 용어
드 라 푀르 집안의 일원으로 쉬류즈필드 백작과 결혼. 얼마 지나지 않아, 이야기 시로서도 알려지게 되는, 무서운 소행이 드러나서, 남편과 시어머니에 의해 살해되었다고 한다.
【참조작품】「벽 속의 쥐(한)」

레이크 Lake 용어
미스캐토닉 대학의 생물학과 교수. 같은 대학의 남극 탐험대에 참가하여 놀라운 생물학적 발견을 하고, 그 탐사 중에 광기산맥을 발견하지만, 1931년 1월 24일, 광기산맥의 산기슭에 설영된 캠프에서 다른 대원과 함께 괴상한 죽음을 맞이했다.
【참조작품】「광기의 산맥(한)」

렝고원 Plateau of Leng 용어
〈숨겨진 렝〉이라고도 불리는 것처럼, 그 장소가 어디인지 확실하지 않은 신비한 고원. 중앙아시아에 있다고도 미얀마(버마) 오지에 있다고도, 또한, 남극의 광기산맥이 그 원형이라고도 한다.
『네크로노미콘』의 저자에 따르면 렝은 〈많은 세계와 서로 접하는 어둠의 나라〉, 〈3차원과는 다른 차원이 교대로 나타나는 나라〉라고 한다.
〈드림랜드〉의 렝은 인과노크 북방의 얼어붙은 황야의 저편에 펼쳐진 금단의 고원이며, 거기에는 뿔과 발굽을 가진 유인족이 달의 생물을 섬기고 있다. 또한, 고원에 있는 유사이전의 석조 수도원에는 노란 비단복면으로 얼굴을 가린 대신관이 홀로 머무르고 있어서 방문한 쿠라네스와 랜돌프 카터를 겁주었다. 렝의 북쪽 주변에는 나이트 곤조차 피하는 함정이 수없이 많으며, 기묘한 작은 산에 세워진 하얀 반구형 건축물에는 상상할 수 없을 정도의 힘이 모여있다고 한다.
【참조작품】「문 저편으로」,「광기의 산맥(한)」, 「분묘의 주인」, 「셀레파이스(한)」, 「미지의 카다스를 향한 몽환의 추적(한)」, 「박공의 창」, 「바람을 타고 걷는 것」, 「네크로노미콘 알하즈레드의 방랑」

렝의 유인족 (용어)

〈유인족〉을 참조.

로데릭 셰이
Roderick Shea (용어)

영국인 신부로, 칼라웨이 교수의 동지.

【참조작품】「프리스쿠스의 무덤」

로드 던세이니
Lord Dunsany (작가)

① 얀 강가의 한가한 나날(Idle Days on the Yann)(한-정보라 역『얀 강가의 한가한 나날』 바다 출판사/『꿈의 땅에서 온 이야기』 페가나) 1910

② 산신들(The Gods of the Mountain) 1911

아일랜드의 작가이자 시인, 극작가(1878~1957). 영국 런던에서 태어났다. 아일랜드 굴지의 명문가의 제18대 당주로서, 타라 언덕에 위치한 던세이니 성에 머물렀지만, 어릴 때는 영국에서 자라났다. 근위연대에 들어가 보어 전쟁에 종군, 1901년에 퇴역했지만, 이후 제1차 세계 대전에도 종군하였다. 1905년 간행된『페가나의 신들』(한-페가나)을 시작으로 환상적인 창작 신화와 하이 판타지를 집필하였다(한국에서는 페가나에서 전자책으로 던세이니의 단편선이 대부분 나왔다-역주).

던세이니의 신화 판타지는 러브크래프트의 〈드림랜드〉와 클라크 애슈턴 스미스의 〈환상 대륙〉에 큰 시사점을 주었지만(러브크래프트는 미국에서 열린 던세이니 강의를 청강했다), 러브크래프트도 스미스도 던세이니 작품의 가공 세계를 그대로 자작세계에 넣으려고 하지 않았다. 따라서 크툴루 신화 대계와 직접 연관되는 작품은 아니지만,「화이트호」로 시작되는 러브크래프트의 〈드림랜드〉 시리즈의 직접적인 원형이라 할만한 놀라운 강에 얽힌 이야기인 ①을 시작으로 (①에는「〈드림랜드〉의 지도」라는 말도 나온다!)『시간과 신들의 이야기』에 수록된「탐색의 비애」나「신들의 비밀」,『꿈꾸는 사람들의 이야기』에 수록된「바블쿤드의 붕괴」,「베스무라」,『세계의 강가 이야기』에 수록된「보석상 산고브린드, 그리고 그에게 불어닥친 불운에 얽힌 비참한 이야기」,「3명의 문사에게 닥친, 있어야 할 모험」 등은 크툴루 신화적인 이계 느낌의 원류를 이해하기 위해서도 한 번 볼 필요가 있다.

러브크래프트는「공포 문학의 매혹」의 최종장「오늘날의 대가들」에서 던세이니의 신화 소설과 희곡에 열렬한 찬사를 바치고 있다. 특히 희곡 작품에 대해 「영적 공포가 가득하다」(홍인수 역)라고 지적하고 ②를 자세히 소개하면서 「사건과 전개는 뛰어난 대가의 솜씨가 발휘된 결과를 보여주며, 전체적으로 현대 연극뿐 아니라 문학 전반에 걸쳐 정말 중요한 공헌을 하는 작품이라 할 만하다.」(앞과 같음)라면서 극찬을 아끼지 않는다. 「참으로 상상력이 풍부한 던세이니는 풍족한 꿈과 기억의 편린이 저장된 창고를 여는 부적이자 열쇠이다.」(앞과 같음)라는 결론의 한 구절은 러브크래프트에 있어서 「던세이니 체험」이 얼마나 엄청난 것이었는지를 웅변하고 있는 내용이라고 할 만하다.

러브크래프트는 앞의 내용을 기술하기에 앞서서 1922년 말에 쓴 평전 「던세이니와 그 업적」도 있으며, 여기에서는 「던세이니는 그 누구와도 다르다. 가장 가까운 권속은 와일드이며, 포, 드 퀸시, 메텔랑크, 예이츠는 각각 서로 통하는 바가 있다」라는 흥미로운 내용도 발견된다. 또한, 「에드워드 존 모어튼 드락스 프랑케트 제18대 던세이니 남작에게 바친다(To Edward John Moreton Drax Plunkett Eighteenth Baron Dunsany)」(1919)나 「던세이니 경 『경이의 책』을 읽으면서(on Reading Lord Dunsany's Book of wonder)」(1920) 같은 시편에서는 던세이니 작품과 만난 충격이 충실하게 가득 채워져 있다. 다음에 그 마지막 부분을 소개한다. 「우리는 감사로서 그대를 부른다/불변의 명성에 빛나는 그 이름을/그대여/오랜 아일랜드의 왕관으로 상징되는/가장 아름다운 보석이여.」

로드리게스 Rodriguez 용어

엠마호의 포르투갈인 승무원. 요한센 일행과 함께 르뤼에에 상륙하여 〈크툴루의 묘소〉의 문을 발견하지만, 그 안쪽에서 출현한 것을 보자마자 즉사했다.

【참조작품】「크툴루의 부름(한)」

로렌스 J. 콘포드
Laurence J Cornford 작가

① 아래에서 본 얼굴(The Face from Below) 2002

② 아보르미스의 스핑크스(The Sphinx of Abormis: The History of the Wizard Hormago) 2002

③ 만물용해액(The Alkahest: The History of Enoycla the Alchemist) 2002

④ 우스노르의 망령(The Haunting of

Uthnor) 2002
⑤ 영령의 사생아(The Offspring of the Tomb) 2002
⑥ 반지의 악마(The Demon of the Ring) 2002
⑦ 크소우팜인들에 보내는 에이본의 편지(The Epistle of Eibon to the Xouphamites) 2002
⑧ 칼누라의 타보암왕에게 보내는 에이본의 편지(The Epistle of Eibon to King Thaboam of Kalnoora) 2002
미국 판타지 작가(? ~). 「The Return of Rhan-Tegoth」(1998)를 비롯한 여러 작품을 집필했다. 「Masters of Terror」(2000), 「The Doom of Enos Harker」(2001/린 카터와의 합작) 등. ①에서 ⑧은 모두 R.M. 프라이스의 제안에 따라서 신화작품집 『에이본의 서』를 위해서 쓴 것이다. 마찬가지로 프라이스가 편찬한 『Beyond the Mountains of Madness』(2015) 등에도 기고하고 있다.

로렌스 그린버그 Lawrence Greenberg 작가

① 암흑의 불길(The Fire of the Dark) 1995
미국 작가(?~). 컴퓨터 잡지의 작가로서 오랫동안 활동하면서, 각종 잡지와 경쟁작품집 등에 단편 소설을 썼다. 노스트라다무스의 예언시를 소재로 하는 신작 단편 작품집에 기고한 ①은 오컬트에 광분하는 나치 총통 히틀러가 마신과 인간 여성을 관계하게 하여 이상적인 초인을 낳으려고 하는 무서운 경위를 다큐멘터리풍으로 그린 수작.

로렌스 윌리엄슨 Lawrence Williamson 용어

제임스 윌리엄슨의 아들. 조모 일라이저를 똑 닮은 외모로, 오랫동안 캐튼의 요양소에 격리되어 있다고 한다.
【참조작품】「인스머스의 그림자(한)」

로마르 Lomar 용어

현재 북극 부근에 있었던 초고대 대륙. 해저에서 솟아올랐다고 한다. 태고의 인류에 의해 만들어진 왕국이 통치하여 10만 년에 걸쳐서 번영했지만, 그노후케족, 이누토족의 침공이나 대한파가 밀려오면서 멸망하고 말았다.
【참조작품】「북극성(한)」, 「박물관에서의 공포(한)」, 「실버 키의 관문을 지나서(한)」, 「미지의 카다스를 향한 몽환의 추적(한)」, 「고분(한)」

로바 엘 할리에

Roba El Khaliyey 용어

로바 엘 칼리예라고도 한다. 아라비아 남부의 루브 알 할리 대 사막의 옛 이름으로, 〈허공〉을 의미한다. 「사자를 사랑하고, 생명있는 모든 것을 증오하는」 사막으로서 두려워했으며, 이 땅의 어딘가에 이름 없는 도시가 묻혀 있다고도 한다.

【참조작품】「영겁의 탐구 시리즈(어거스트 덜레스 참조)」, 「네크로노미콘 알하즈레드의 방랑」, 「알하즈레드」

로버트 A.W. 로운데스
Robert Augustine Ward Lowndes 작가

① 심연의 공포(The Abyss) 1941/65(완전판)

② 달로 뛰는 자(Leapers) 1942

③ 그라그의 망토(The Mantle of Graag, 프레데릭 폴, H. 도크와일러와 합작) 1941

미국 작가, 편집자(1916~1998). 코네티컷주 브리지포트에서 태어났다. 1930년대에 SF 팬덤에서 활약하고 1941년 이후 각종 펄프 잡지의 편집을 맡았다. 화가 하네스 보크에게 처음으로 소설을 쓰게 했던 편집자로도 알려져 있다. 펄프 시대의 종말 후에는 초자연 실화 잡지 『Exploring the Unknown』의 편집에 종사하는 한편, 『Magazine of Honor』 같은 잡지에서 펄프 황금시대 작품의 복각판을 추진했다. 그중에는 자작도 포함되어 있으며, 『위어드 테일즈(Weird Tales)』 관계자가 실명으로 등장한다. ②도 그렇게 다시 빛을 본 「러브크래프티안 소설」의 괴작이다. 작가이자 편집자 동료 F. 폴, H. 독와일러와 합작한 ③은 〈마법사 이야기〉의 흐름을 이어받은 작품이지만, 역시 그 독창성(흰색 구더기가 되어 떨어져 내리는 저주의 끔찍한 모습!)에는 볼만한 점이 있습니다.

로버트 B.F. 매켄지
Robert B. F. Mackenzie 작가

서오스트레일리아의 필바라(Pilbara)에 사는 광산 기술자. 1932년에 그레이트 선데이 사막 유적을 우연히 발견하고 나중에 보일 의사의 권유로 너새니얼 피슬리에게 연락을 취했다. 50세 전후의 유능하고 호감이 가는 인물.

【참조작품】「시간의 그림자(한)」

로버트 M. 프라이스
Robert M. Price 작가

① 네크로노미콘 주해(A Critical Com-

mentary upon the Necronomicon) 1988
② 악마와 맺어진 자의 영혼(The Soul of the Devil-Bought) 1996
③ 흑단의 서(The Ebony Book: Introduction to The Book of Eibon) 1997
④ 에이본은 말한다(Eibon Saith; or, The Apophthegmata of Eibon) 1997
⑤ 녹색의 붕괴(The Green Decay) 1977
⑥ 『밤의 책』에 대한 주석(Annotations for the Book of Night) 1997
⑦ 지하의 토굴(The Burrower Beneath) 1997
⑧ 아틀란티스의 몽마(The Incubus of Atlantis) 1997
⑨ 뒷길(The Shunpike) 1997
⑩ 사크사클르스의 바람(The Supplication of Cxaxukluth) 2001
⑪ 제자 판티코르에 대한 에이본의 편지(The Epistles of Eibon to his disciple Phanticor) 2001
⑫ 현자 에이본으로부터 동포 말리노레스와 바지마르돈에 보내는 편지(The Epistle of Eibon the Mage unto his Brethren Malinoreth and Vajmaldon) 2001
⑬ 제자들의 조합에 대한 에이본의 편지(The Epistle of Eibon unto the Guild of His Disciples) 2001
⑭ 제자에 대한 에이본의 두번째 편지, 또는 에이본의 묵시록(The Second Epistle of Eibon unto his Disciples or The Apocalypse of Eibon) 2001
미국 미시시피주 출신의 신학자, 편집자, 작가(1954~). 콜먼 신학교 교수. 예수님의 역사적 사실에 대해 비판적 연구자로서, 언론에서는 「성경 오타쿠」라고 알려지는 한편, 열성적인 크툴루 신화의 연구가이기도 하여, 크툴루 연구 동인지 『Crypt of Cthulhu』를 주관하고 있다. 카오시움사가 시리즈로 간행한 신화 대계 앤솔로지 대부분도 프라이스가 편찬한 것이다. 저서로 저작권에 『H.P. Lovecraft and the Cthulhu Mythos』, 『Lin Carter:A Look behind His Imaginary』 등 신학 계열의 저작도 다수.
①는 『네크로노미콘』을 실제 책이라고 가정하고 그 현존하는 단편에 철저한 텍스터 분석과 주해를 추가한 역작이다. ②는 코플랜드 교수의 포나페 신화 연구를 계승한 안톤 잘낙 박사가 등장. ③~⑧과 ⑩~⑭는 프라이스가 린 카터(Lin carter)의 유지를 이어 기획하여 편찬한 카오시움사판 『에이본의 서』를 위해서 직접

쓴 글이다. ⑨는 낯선 뒷길을 지나다가 로마르 백성들과 『나코트 필사본』을 받드는 이상하게 고풍스러운 마을 폭스필드에 도착하고 만 남자의 공포를 그린다.

로버트 바로버 존슨 Robert Barbour Johnson 작가

① 머나먼 지하에서(Far Below) 1939

미국 작가, 화가(1907~1987). 아버지는 철도 관련 업무에 종사하고 있으며, 대표작인 ①에도 그 영향을 느낄 수 있다. 1935년부터 1941년에 걸쳐, 『위어드 테일즈(Weird Tales)』에 「Lead Soldiers」, 「They」, 「Lupa」 같은 6편의 작품을 발표했다. 모두 수준 이상의 솜씨로서 특히 ①는 잡지 편집장이 된 도로시 맥레이스가 "『위어드 테일즈』 게재 작품 가운데 최고 걸작 중 하나"라고 평한 구울 이야기의 걸작이다.

로버트 블록 Robert Bloch 작가

① 납골당의 비밀(The Secret in the Tomb) 1935

② 자멸의 마법(The Suicide in the Study) 1935

③ 별에서 온 요충(The Shambler from the Stars) 1935

④ 얼굴 없는 신(The Faceless God) 1936

⑤ 싱긋 웃는 구울(The Grinning Ghoul) 1936

⑥ 어둠의 마신(The Dark Demon) 1936

⑦ 부바스티스의 혈통(The Brood of Bubastis) 1937

⑧ 악마의 꼭두각시(The Mannikin) 1937

⑨ 세베크의 비밀(Secret of Sebek) 1937

⑩ 암흑 파라오의 신전(The Fane of Black Pharaoh) 1937

⑪ 구멍에 숨은 것(The Creeper in the Crypt) 1937

⑫ 마법사의 보석(The Sorcerer's Jewel) 1939

⑬ 첨탑의 그림자(The Shadow from Steeple) 1950

⑭ 빈 집에서 발견한 수기(Notebook Found in a Deserted House) 1951

⑮ 단두 해안의 공포(Terror in Cut-Throat Cove) 1958

⑯ 아캄 계획(Strange Eons) 1979

미국 작가(1917~1994). 시카고에서 태어났다. 10살 때 이모가 사준 『위어드 테일즈(Weird Tales)』(1927년 8월호)를 읽은 것이 계기가 되어 열렬한 괴기소설 팬이 되었다. 특히 다음호에서 「픽맨의 모델」의 저자 러브크래프트에 심취하여 1933년부터 편지를 주고받게 되었다. 1935년 1월, 러브크래프트의 조언을 받아 『수도원의 향연』을 통해 『위어드 테일즈』 데뷔. 초기에는 러브크래프트풍의 괴기담과 크툴루 신화작품을 많이 다루곤 했지만, 스승의 서거를 경계로 그 영향에서 벗어나, 날카로운 그로테스크 스타일로 자신의 경지를 개척했다. 이후 스릴러와 SF에도 손을 대고, 1959년에 발표한 장편 호러 『사이코』(한-해문출판사)가 명장 히치콕 감독의 손으로 영화화되어 대성공을 거둔다.

①은 구울과 화해하면서 살아가는 저주받은 마법사 일족의 후예 이야기. 러브크래프트 스타일의 장식적인 문체는 후년 작품에서는 볼 수 없었다. ②는 자신의 영혼을 선악으로 분리하는 것을 시도했던 마법사가 자신의 사악함을 구현한 유인원 같은 분신에게 살해된다는 '지킬 / 하이드' 유형의 이야기이며, 『네크로노미콘』이나 『벌레의 신비』 같은 이름이 거론되는 것 이외에 신화 대계와의 관계는 적다. ⑥은 러브크래프트를 연상시키는 괴기 작가 에드거 고든을 잠식하는 〈어두운 것〉의 공포를 그린 작품. ⑨는 이집트 이야기 중 하나로 드 마리니가 살짝 얼굴을 비추기도 하지만, 이야기 자체는 ⑦의 악어 신 버전 같은 느낌에 그친다. 〈마법사 이야기〉의 변형이라고 할 수 있는 ⑪⑫도 전자는 범죄 소설풍 구울 이야기, 후자는 사진술의 도입으로, 각각 새로운 맛을 보여주고 있지만, 신화 대계 자체와의 관계는 희박하다고 말하지 않을 수 없다. 한편, 후년에 쓰여진 ⑮에는 특정 신격의 고유 명사 등은 등장하지 않지만, 침몰선에 숨어 사는 마신의 기이함을 피카레스크식으로 그려내어 우수하다.

대체로 블록의 신화작품은 확고한 소설 기교 위에 구축되어 있으며, 신화 대계에 대한 관심을 빼고도 읽을 만한 양작이 많다. 「픽맨의 모델」이 러브크래프트와 첫 번째 접촉이었다고 할 만큼, 초기에는 스승에게서 물려받은 구울 이야기나 지하 세계의 공포를 다룬 작품이 눈에 띈다. 이후 이집트를 무대로 한 일련의 작품에서 독자적인 신화 세계를 그려내는 느낌이 있다. 만년의 장편은 그런 블록이기에 쓸 수 있었던, 러브크래프트=크툴루 신화라는 공동 환상에 하나의 종지부를 찍는 혼신의 역작이었다.

로버트 쉬담

Robert Suydam 용어

뉴욕시 브루클린의 플랫부쉬 지구(Flatbush)에 은거하고 있던 오컬트 전문가로서, 카발라 신앙과 파우스트 전설에 관한 책자를 저술한 적도 있다. 네덜란드의 오래된 가문 출신이라고 한다. 레드 훅 지역의 파커 플레이스에 정체불명의 무리를 모아 악마 숭배 의식을 거행하고, 스스로 〈리리스의 신랑(Bridegroom of Lilith)〉가 되었다.

【참조작품】「레드 훅의 공포(한)」

로버트 실버버그

Robert Silverberg 작가

① 크툴루의 권속(Demons of Cthulu) 1959

미국의 저명한 SF 작가(1935~)이자 논픽션 작가. 편집자로도 알려졌다. 뉴욕 출신, 1956년에 휴고 상 신인상을 수상 후, 다작 작가로 활약. 1967년의 『가시(Thorns)』를 계기로 새로운 경지를 개척. 『밤의 날개(Nightwings)』(1969), 『금지된 행성(A Time of Changes)』(1971) 외에도 수많은 명작을 발표했다.

「아라비안 나이트」의 램프의 요정 이야기를 연상시키는 ①은 펄프 작가 시대에 다룬 드문 작품이다.

로버트 어빈 하워드

Robert Ervin Howard 작가

① 그림자 왕국(The Shadow Kingdom) 1929

② 밤의 자손(The Children of the Night) 1931

③ 검은 돌(The Black stone)(한-황6) 1931

④ 지붕 위에(The Thing on Roof) 1932

⑤ 아슈르바니팔의 불길(The Fire of Asshurbanipal) 1936

⑥ 무덤은 필요없다(Dig Me No Grave) 1937

⑦ 어둠 속에 스며든 것(Usurp the Night) 1970

⑧ 어둠의 종족(People of the Dark) 1931

⑨ 대지의 요충(Worms of the Earth) 1932

⑩ 요충의 골짜기(The Valley of the Worm) 1934 (어거스트 덜레스가 보완 작업)

⑪ 검은 시인(The House in the Oaks) 1971

미국 작가(1906~1936). 텍사스주 피스타에서 태어나 캘리포니아주 크로스 플레인에서 자랐다. 내성적이고 소심한 성격을 극복하고자 보디빌딩과 복싱 훈련에 힘을 쏟아서 근육이 넘치는 거한으로 성장했다고 한다. 15세에 창작을 시작하여, 1925년 7월 『위어드 테일즈(Weird Tales)』에 「Spear and Fang」이 처음으로 채택되었다.

대학 졸업 후, 글 하나만으로 생계를 꾸리겠다는 결의를 다지고 『위어드 테일즈』를 중심으로 괴기소설과 영웅 판타지를 발표했으며, 후년에는 서부극이나 SF, 미스터리 등에도 손을 댔다. 특이한 작품으로는 때로는 권투 소설이나 선원 코스티건이 활약하는 명랑 소설 시리즈 등도 있다. 1936년 6월 11일 어머니가 위독상태에 빠진 것을 전해들은 하워드는 항상 휴대하고 있던 권총으로 갑자기 스스로 목숨을 끊었다. 동지의 예기치 못한 죽음을 맞이한 러브크래프트는 「로버트 하워드를 기리며(In Memoriam: Robert Ervin Howard)」(1936)라는 추모 문장을 쓰고 있다.

하워드라고 하면 『위어드 테일즈』 1932년 12월호에 발표한 「불사조의 검(The Phoenix on the Sword)」을 시작으로 한 〈코난(Conan)〉 시리즈(한-베가북스, 페가나 등에서 번역)가 워낙 유명하지만, 그 밖에도 16세기의 괴물 사냥꾼 〈솔로몬 케인(Solomon Kane)〉(한-이나경 역, 크림슨)이나 픽트의 야만족왕 〈브란 마크 모른(Bran Mak Morn)〉처럼 매력적인 캐릭터가 활약하는 영웅 판타지 시리즈가 있다.

①는 벨루시아의 국왕이 된 아틀란티스인 칼과 이곳에 둥지를 튼 사인족의 암투를 그린 영웅 판타지로서, 훗날 러브크래프트가 〈벨루시아의 사인족〉에서 언급하여 신화 대계에 통합되었다. 신화 소설이라기보다는 선행 작품으로서 평가할 수 있다.

②도 처음 장면에서 마도서와 크툴루의 신들에 관한 언급이 있지만, 이야기와는 별 관계가 없다. 이 작품은 머리를 맞은 충격으로 전세의 자신으로 회귀하여, 저주받은 어둠 종족의 혈맥이 현대에 남아있다는 것을 안다는, 전생 환상 이야기이다. 다만 『무명제사서』가 처음으로 등장한다는 점과 아서 매켄 작품과 깊은 관계가 있다는 점에서 주목할만한 작품이라 할 것이다.

⑦은 「더니치 호러」 풍의 다른 차원의 괴물을 키우는 이야기이지만, 주인공이 선조 대대로 내려오는 파사의 검을 들고 마법사의 저택에 잠입하여, 발굽을 가진 기괴한 괴물을 마구 썰어 눕힌다는 점이, 하워드다운 맛을 보여준다. 이러한 ②과 ⑦의 연장선상에 위치하는 것이 ⑧⑨⑩

으로 대표되는 신화 감각의 영웅 판타지 작품으로서, 여기에서는 야만족의 영웅들과 마신의 권속이 펼치는 격렬한 싸움이 하워드 스타일에 맞추어 열광적인 형태로 펼쳐지고 있다.
하워드의 본격파 신화작품은 모두 그 자신의 스타일을 완벽하게 발휘한다고 보기는 어려운 감이 있지만, 그것은 분명히 신화작품의 정석을 지키고자 하면 하워드가 갖추고 있는 「미칠 것 같은 투쟁 본능」이 불완전 연소로 끝나기 때문이 아닐까? ⑤같은 작품이 그 전형이다. 반대로 억지로 하워드 세계로 나가는 ⑦ 같은 것은, 확실히 통쾌하긴 하지만, 상대방인 괴물이 박력이 부족하다는 아쉬움이 있다. 생각만큼 잘 되지 않는 것이다.

로버트 윌리엄 체임버스

Robert W. Chambers 작가

① 명예 수선공(The Repairer of Reputations)(한-황6/공진호 역 「명예 회복 해결사」『노란 옷 왕 단편선』 아티초크) 1895
② 가면(The Mask) 1895
③ 드래곤 길에서(In the Court of the Dragon) 1895
④ 노란 표적(The Yellow Sign) (한-공진호 역 「노란 표적」『노란 옷 왕 단편선』 아티초크)1895
⑤ 영혼도살자(The Slayer of Souls) 1920

챔버스라고도한다. 미국 작가(1865~1933). 뉴욕 브루클린에서 태어났다. 화가를 지망하여 1886년 파리로 유학, 줄리앙 아카데미에서 배웠다. 귀국 후에는 『보그』, 『라이프』 등 각종 잡지에 삽화를 그리곤 했지만, ①을 포함한 단편집 『노란 옷 왕』(1995)이 호평을 받아 작가 활동에 전념. 초기에는 괴기 환상 소설을 중심으로 다루었지만, 후에 역사 소설이나 전기 문학으로 방향을 돌린다.
특히 일련의 역사 로맨스로서 『여점원의 셰헤라자드』로 불릴 정도로 광범위한 대중적 인기를 얻었다.
④는 뉴욕에 사는 화가와 연인인 모델이 구더기를 연상케하는 외모의 야경꾼이나 영구차의 악몽에 시달리던 중에, 책장에 뒤섞여 있던 금단의 희곡 「노란 옷 왕」의 제2부를 읽어 버렸기 때문에, 끔찍한 운명에 휩쓸리고 만다는 이야기. 본편을 포함한 단편집 『노란 옷 왕』에서는 이 섬뜩한 책이 ④뿐만 아니라 ①②③ 같은 각 편을 연결하는 역할을 담당하고 있는데, 이를 통해서 『네크로노미콘』 창출의 힌트가 되었다는 점

을, 러브크래프트 자신의 편지에서 언급하고 있다. 「노란 옷 왕」에서 암시적으로 거론되는 하스터, 하리의 물가, 히아데스 성단 같은 고유명사도 훗날 러브크래프트에 의해 신화 대계에 도입된다.
또한, 단편 집 「노란 옷 왕」의 앞 부분에서 소개된 같은 책의 한 구절에서는 하스터와 마찬가지로 비어스의 작품에서 유래한 카르코사의 이름도 보인다. 「작가가 앰브로스 비어스의 무시무시한 작품에서 대부분의 이름과 암시를 가져왔다는 점은 짚고 넘어가야 한다.」(홍인수 역). 체임버스 괴기 소설의 집대성이라고도 평가하는 장편 ⑤는 마왕 에르릭을 받드는 암살 교단의 신전에서 무녀로서 초능력 수행을 쌓은 미국 여성 트레서 넌, 일명 케우케 몽골이 세계의 파멸을 꾸미는 주술사들과 오컬트 전투를 펼치는 이야기. 신화 대계와 직접적인 관계는 없지만, 전설의 예지디족(예지디파)이 중요한 역할을 맡고 있는 점에 유의하기 바란다.

로버트 저민 경
Sir Robert Jermyn 용어

필립 경의 아들. 저명한 민속학자이기도 했다. 1815년에 브라이트홈 자작의 딸과 결혼, 3명의 아이를 낳았지만, 차남 네빌 이외는 사람의 눈에 띄지 않았다. 1852년 10월 19일에 갑자기 정신 이상에 빠져서, 3명의 아들과 사무엘 시튼을 살해하고 감금되어 2년 후 뇌출혈로 사망했다.
【참조작품】「고(故) 아서 저민과 그 가족에 관한 사실(한)」

로버트 크러그
Robert Krug 용어

런던에서 살고 있던 전쟁 고아. 세계 각지의 고대 유적을 돌아다닌 후에, 물도마뱀신 보크루그의 후예임을 알고 고향 르 이브로 돌아갔다.
【참조작품】「위대한 귀환」

로버트 하트 Robert Hart 용어

프로비던스에 있는 북쪽 묘지(North Burial Ground)의 야간 경비원. 1927년부터 다음 해에 걸쳐, 종종 무덤이 망가진 현장을 목격했다.
【참조작품】「찰스 덱스터 워드의 사례(한)」

로버트 해리슨 블레이크
Robert Harrison Blake 용어

미국 위스콘신 밀워키의 이스트냅가(East Knapp Street) 620번지에 사는 작가이자 화자. 「지하에 사는 것」,

「지하실의 계단」, 「샤 가이」 같은 기괴한 단편 소설로 세상에 알려져 있다. 프로비던스의 페더랄 힐에 있던 〈별의 지혜파〉 교회를 현지 조사한 후 1934년 8월 8일 밤 숙소 실내에서 괴상하게 죽음을 맞이했다.

【참조작품】「누가 블레이크를 죽였는가?(한)」, 「첨탑의 그림자」

로버트 헤이워드 발로
Robert Hayward Barlow 작가

① 모든 바다가 마를 때까지(Till A'the Seas)(한-황5) 1935

② 밤바다가(The Night Ocean)(한-황5) 1936

미국 플로리다주 출신 작가, 시인, 출판인에서 인류학자까지 다양한 경력을 가졌다(1918~1951). 13세에 러브크래프트와 편지 왕래를 시작하고 서로의 집에 머무르는 등 친하게 지냈다. 이윽고 러브크래프트의 신뢰를 얻고, 유고들을 관리하는 사람으로 지명된다. 러브크래프트의 유고와 수기의 정리와 보관(그렇게 많은 것을 브라운 대학의 존 헤이 도서관에 기증한 것은 발로 덕분이라고 해도 좋다.)에 힘썼다. 만년에는 멕시코로 이주하여 여러 대학에서 인류학 교편을 잡았다가 1951년 설날 동성애가 발각되어 자살했다.

러브크래프트와의 합작인 ①②가 있으며, 그 밖에도 플로리다의 발로의 주택에 머무는 동안 장난처럼 함께 만든 소품 「세기의 결전(The Battle That Ended the Century)」(1934)도 남겼다. ①은 태양과의 거리가 가까워져서 바다가 말라버리면서 멸망의 때를 맞이하는 초미래의 지구에서 인류 최후의 생존자가 된 젊은이 우르의 외로운 방황과 아이러니한 죽음을 그린다. 러브크래프트의 환상 우주 역사에 일맥 통하는 작품이다. 발로 자신의 손에 의해서 「대양에서 느긋하게 흐르는 파도 같은 문체」로서 점철된 ②는 해변의 외떨어진 집에서 머물고 있는 화가의 눈에 비추어진, 바다의 신비와 미혹과 외경을 하나씩 독백으로 그려내면서, 수수하지만 깊은 여운을 남긴 일품이다. 인스머스 이야기를 방불케 하는 작중 이야기 「동화 이야기」도 짧지만 인상적이다.

로본 Lobon 용어

사나스에서 숭배한 3주신 중 하나. 수염을 기른 우아한 모습을 담은 동상이 장려한 신전에 안치되어 있다.

【참조작품】「사나스에 찾아온 운명(한)」

로우리 Rowley (용어)

인스머스 근처에 있는 마을. 폐선된 철로와 나란히 로우리 가도가 세워져 있다.

【참조작품】「인스머스의 그림자」

로이거 Lloigor (용어)

〈성간 우주 속에서 바람 위를 걷는 것〉이라고 불리는 신성. 쑹고원 지하에서 차르와 함께 트쵸 트쵸인에게 숭배되고 있다. 「감각을 갖고 떠는 흉물스러운 고기의 산」이라고도 형용되며, 녹색으로 빛나는 눈과 긴 촉수를 갖고 있다고 한다.

【참조작품】「별의 자손의 소굴」, 「샌드윈관의 공포」

로이거의 부활
The Return of Lloigor (작품)

콜린 윌슨(Collin Wilson)

【첫 소개】 아캄 하우스 『크툴루신화작품집(Tales of the Cthulhu Mythos)』 1969년 간행

【개요】 영문학자 폴 던바 랭은 로저 베이컨이 지었다고 전해지는 암호문서 『보이니치 필사본』의 정체가 『네크로노미콘』이라는 수상한 책이라는 것을 밝혀냈다. 새로운 탐구를 계속하던 랭은 러브크래프트를 알고 나서 아서 매켄의 작품에 아클로 문자에 대한 언급이 있다는 것을 알게 된다. 단서를 찾아서 매켄의 고향 웨일즈로 향한 랭은 아커트 대령이라는 기인과 알게 된다. 아커트는 고대 무 대륙의 연구자로서, 별에서 내려와서 무를 지배했던 로이거족이라고 불리는 종족이 실재한다는 것을 확신하고 있었다.

로이거는 뮤의 인류를 노예로 부리기 위하여 만들어냈지만, 젊은 지구의 활력으로 압박을 받아서 점차 쇠퇴해졌고, 땅속이나 바닷속 깊은 곳으로 잠복할 수밖에 없었다. 하지만 지금도 웨일스나 미국의 로드 아일랜드 남부 같은 일부 지역에서는 로이거가 지상 인간들의 정신에 보이지 않는 영향을 미쳐서, 이상한 범죄를 일으키게 하고 있으며, 때로는 그 힘을 사용하여 지각 변동이나 폭발 사고도 일으키는 것이다…….

처음에는 반신반의하던 랭도 이곳의 지역 신문에 게재되는 흉악 범죄가 비정상적으로 많다는 점이나 방문한 곳에서 만난 집시 젊은이들의 수상한 행동, 나아가 지하실에서 아커트의 이상한 추락 사고 등으로 인해 로이거의 존재를 믿게 된다. 그들의 앞잡이가 되어 있다는 집시족의 악한인 벤 치쿠노는 술에 취해서 로이거의 비밀의 일부를 랭에게 밝

히기는 하지만, 다음 날 아침 수수께끼의 대폭발로 참살된다. 로이거의 위협을 확신한 랭과 아카트는 모든 인류에게 경고를 보내기 위하여 활동을 시작하지만…….

【해설】 콜린 윌슨은 「정신 기생체」나 「현자의 돌」 같은 장편에서도 크툴루 신화를 채용하고 있지만, 이 작품은 가장 기본적인 스타일의 순수한 크툴루 신화작품이며, 마치 윌슨판 「크툴루의 부름」과 같은 느낌이 있다. 그리고 본편에서 소개한 『보이니치 필사본』=『네크로노미콘』이라는 환상은 1978년에 간행된 기서 『마도서 네크로노미콘』에 직접 연결되어 간다.

로이거족 The Lloigor 용어

안드로메다 성운에서 찾아와서, 고대 무 대륙을 지배한 투명한 부정형 종족 〈로이거〉와 동의어로 생각되지만, 양자의 관계는 불명확한 점이 적지 않다. 무의 인류는 로이거족이 노예로 삼기 위해서 만들어 낸 것이라고 한다. 철저한 염세주의를 받드는 종족인 그들은 지구가 점차 활성화되면서, 그 활력에 의해서 압박을 받아서 점차 쇠약해져서 지하 깊은 곳으로 물러났다고 하지만, 지상에 돌아오려 하는 것으로 알려졌다. 가타노토아란 이 종족의 지도자의 이름이라고도 한다.

【참조작품】「로이거의 부활」

로저 리틀 Roger Little 용어

학구적인 오컬트 전문가로서, 영능력자이자 심리학자. 전에는 범죄 조사원을 하고 있었다. 타임-스페이스 머신을 발명하여 차우그나르 파우근의 위협을 물리쳤다.

【참조작품】「공포의 산」

로저스 박물관
Rogers' Museum 용어

런던의 사우스 워크가 지하에 있는, 이색적인 박물관. 성인만 입장할 수 있는 특별실에는 고르곤과 키마이라 같은 신화의 괴물 상에 섞여 차토구아와 크툴루의 무서운 밀랍 인형이 전시되어 있다.

【참조작품】「박물관에서의 공포(한)」

로콜 Rokol 용어

므나르의 변경 도시.

【참조작품】「사나스에 찾아온 운명(한)」

로튼 대장
Captain George B. Lawton 용어

1916년 5월 11일에 빙어 근처의 고

분 조사에 나가서 실종된 퇴역 군인. 1주일 정도가 지난 뒤에 마을에 돌아왔을 때는 마흔살 정도 젊어졌으며, 지하 세계에 관한 기괴한 이야기를 말하면서 숨을 거두었다.

【참조작품】「고분(한)」

로페스 Ropes 용어

미스캐토닉 대학의 남극탐험대에 참가한 대학원생.

【참조작품】「광기의 산맥(한)」

롬노드 Romnod 용어

화강암의 도시 텔로스에 살던 소년. 아름다움과 가무가 있는 땅을 동경하여 이라논과 여행을 계속하다가 환락의 도시 오오나이에 정착하여 방탕 끝에 죽었다.

【참조작품】「이라논의 열망(한)」

롱 톰 Long Tom 용어

킹스포트의 〈무서운 노인〉이 소유하는 병 중 하나에 붙인 이름.

【참조작품】「무서운 노인(한)」

루나자르 Runazar 용어

던세이니 경의 콩트 「사라진 제왕」(『시간과 신들』 수록)에서 등장하는 나라 이름. 같은 나라의 왕 알타자르는 페가나의 신들에 대한 불경한 발언으로 존재 그 자체가 말소되어, 조지프 커웬의 운명과 유사하다고 언급되었다.

【참조작품】「찰스 덱스터 워드의 사례(한)」

루드비그 프린
Ludvlg Prinn 용어

제9차 십자군(1271~1272)의 유일한 생존자를 자칭하는 악명 높은 마법사. 포로로서 시리아 마법사에게 접촉하여 마도 지식을 높였다고 한다. 이집트에서는 네프렌-카의 지하 신전에 잠입했다고도 전해진다. 만년에는 고향인 플랑더스(=플랑드르 지방)의 폐허에서 사역마와 이계의 물건에 둘러싸여 살았다고 한다. 브뤼셀의 이단심문소에서 처형되었지만, 옥중에서 『코어 벨미스 미스테이이스』(일명 『벌레의 신비』)를 집필했다.

【참조작품】「별에서 오는 요충」, 「검은 파라오의 신전」, 「예루살렘 롯(한)」

루미우스 Rumius 용어

마기족의 비밀 교단 지도자로서, 수도원장을 맡은 인물. 페르시아의 귀족 가문에서 태어나서 소년 시절부터 이 수도원에서 자랐다고 한다.

【참조작품】「네크로노미콘 알하즈레

드의 방랑」

루베-케라프
Luveh-Keraphf 용어

수상쩍은 데가 많은 바스트(=부바스티스)의 신관. 『검은 의식』을 저술했다.

【참조작품】「싱긋 웃는 구울」, 「자멸 마법」

루이스 페르난도 베리시모
Luis Fernando Verissimo 작가

① 보르헤스와 불사의 오랑우탄(Borges e os Orangotangos eternos) 2000

브라질 작가, 편집자(1936~). 남부의 포르토 알레그레(Porto Alegre)에서 태어났다. 아버지 에리코는 브라질 근대주의를 대표하는 작가였다. 미국에서도 오랫동안 생활하면서 출판사 근무 중에 영어 번역이나 소설이나 크로니카(시사 수필)의 저술에 종사한다.

①은 희대의 환상 작가 보르헤스가 밀실 살인 탐정역이 되어 수수께끼의 다이잉 메시지에 도전한다는 전대미문의 구상에 의한 현학적인 장편 문학 미스터리. 추리 과정에서 에드거 앨런 포나 존 디, 나아가 러브크래프트와 『네크로노미콘』이 인용되고 있다.

루즈포드 Roodsford 용어

미국 뉴잉글랜드의 변경 지대. 아무도 발을 들인 적이 없는 산과 언덕이 흩어져 있으며, 지금도 쇼고스에게 산 제물을 바치는 의식이 진행되는 것 같다.

【참조작품】「빈 집에서 발견한 수기」

루터 브라운
Luther Brown 용어

조지 코리(George Corey)의 집에 고용되어있는 목동 소년. 더니치의 투명 괴물의 맹위를 상세히 목격했다.

【참조작품】「더니치 호러(한)」

뤼벤 캘로웨이
Reuben Calloway 용어

영국 사우스다운 대학교에서 오컬트 방면에 해박한 지식을 가진 정의감 넘치는 사내. 타이터스 크로우와도 친분이 있는 것 같다.

【참조작품】「프리스쿠스의 무덤」

르뤼에 R'lyeh 용어

리예, 를리에, 라일러라고도 한다. 남태평양 뉴질랜드 앞바다 남위 47도 9분, 서경 126도 43분의 해저

에 펼쳐진 거대한 석조 도시. 그 한쪽의 산 꼭대기에는 무서운 돌기둥이 세워져 있는 〈크툴루의 묘소(the tomb of Cthulhu)〉가 있다. 미래파 그림과 닮은 모든 선과 모양이 비틀어진, 녹색의 끔찍한 물질을 흘려대는 악몽의 죽음의 도시로서 〈딥원〉이 지키고 있다.

【참조작품】「크툴루의 부름(한)」, 「영겁의 탐구 시리즈(어거스트 덜레스 참조)」, 「아캄 계획」, 「네크로노미콘 알하즈레드의 방랑」

르뤼에어 R'lyehian (용어)

인류 탄생 이전의 언어. 영겁의 태고에 〈크툴루의 사생아〉를 통해서 전 세계에 소개되었다고 한다. 지구 안팎의 금단의 장소에서는 현대도 사용되고 있는 것 같다. 다음은 그 예를 소개한다.

「Ph'nglui mglw'nafh Cthulhu R'lyeh wgah'nagl fhtagn(판그루 그루나파 크툴루 르뤼에 가나글 파탄)」(르뤼에에 있는 집에서 죽은 크툴루가 꿈을 꾸며 기다리고 있다, 정진영 역)

【참조작품】「크툴루의 부름(한)」, 「영겁의 탐구 시리즈(어거스트 덜레스 참조)」

『르뤼에 이본』 R'lyeh Text (용어)

크툴루 숭배에 관련된 금단의 책. 에이모스 터틀은 아시아의 어두운 내륙부에서 인간 가죽으로 꾸며진 사본을 10만 달러를 지불하고 입수했다. 이계의 것을 소환하는 주문 같은 게 기록되어 있는 것 같다.

【참조작품】「박공의 창」, 「하스터의 귀환」, 「언덕의 쏙독새」, 「땅을 뚫는 마」, 「마도서 네크로노미콘 외전」

『르뤼에 이본을 바탕으로 한 후기 원시인의 신화 형태 연구』 An Investigation Into the Myth—Patterns of Latterday Primitives With Especial Reference to the R'lyeh Text (용어)

라반 쉬류즈베리 박사의 저서.

【참조작품】「영겁의 탐구 시리즈(어거스트 덜레스 참조)」

르뤼에의 인장 The Seal of R'lyeh (작품)

어거스트 덜레스(August Derleth)

【첫 소개】『판타스틱 유니버스(Fantastic Universe)』 1957년 7월호

【개요】 인스머스의 구가인 필립스 가문의 후손인 나는 바다를 기피하는 조부의 뜻으로 내륙부에서 자라났다. 양친의 사후 조부 실반의 유산

을 상속한 나는 인스머스의 해변에 있는 숙부의 집에서 생활하기 시작했다. 숙부는 뭔가를 열심히 탐구하고 있었는지, 방에는 수많은 마도서와 함께 이상한 원반 모양 표시가 곳곳에 장식되어 있었다. 가정부로 고용한 아다 마시의 수상한 말. 우연히 발견한 숙부의 수기에는 한없는 과거로부터 현재에 이르는 암흑 신화의 기원, 그중에서도 물속에서 잠든 크툴루와 나의 혈족의 깊은 관계가 표시되어 있었다. 저택 지하를 통해서 먼바다로 수영해서 나온 나는 아다에게 이끌려 수생인으로서의 본능에 눈을 떠 간다.

【해설】〈크툴루-인스머스 이야기〉 중의 한편. 덜레스 신화작품 중에서도 후기에 속하기 때문에 작중에서 말하는 신화의 개요도 잘 정리되어 있으며, 크툴루 숭배의 실태를 이해하는 데 최적의 작품이 되고 있다.

르샤 L'thaa 용어

큰-얀의 도시. 현재는 폐허가 되었다.

【참조작품】「고분(한)」

르-이브 Lh-yib 용어

이브의 자매 도시. 영국 북동부 요크셔의 황야 지하에 있다. 물도마뱀 신족의 한 거점.

【참조작품】「위대한 귀환」

리 마이켈 Michael Leigh 용어

금단의 지식에 통달한 오컬트 전문가. 장신에 마른 체격으로 날카로운 회색 눈이 특징이다.

【참조작품】「세일럼의 공포」, 「암흑의 입맞춤」

리나르 Rinar 용어

〈드림랜드〉의 도시. 교역 시장이 있다.

【참조작품】「미지의 카다스를 향한 몽환의 추적(한)」

리사드 Lithard 용어

사크르-욘(Thak'r-Yon)이라 불리는 고향을 신성 폭발로 잃고, 불쌍하게 여긴 엘더 갓에 의해 엘리시아로 올 수 있었던 드래곤을 닮은 종족. 거대한 날개로 하늘을 날며, 엘리시아의 발이 되어주고 있다.

【참조작품】「타이터스 크로우의 귀환」, 「엘더 갓의 고향 엘리시아」

리안더 알윈
Leander Alwyn 용어

원래 인스머스의 선원으로 〈딥 원〉과 접촉하지만, 크툴루 신앙을 깨단고 위스콘신 산속의 관에 머물며, 이타콰를 소환했다. 그 후 조카 요시아(Josiah)는 그 비밀을 탐구하려다, 이타콰에게 납치됐다.
【참조작품】「문 저편으로」

리즈 서던 Liz Southern 용어

1612년에 처형된 영국 랭커셔의 마녀 중 하나. 로마족의 장로 펜 치크노와 관계가 있었던 것 같다.
【참조작품】「로이거의 부활」

리처드 A. 루포프 Richard A. Lupoff 작가

① 더니치의 파멸(The Doom that Came to Dunwich) 1997
미국의 SF 환타지 작가(1935~). 미스터리와 유머 소설, 논픽션 등을 다룬다. 에드거 라이스 버로우와 러브크래프트의 연구로도 알려져있다. 뉴욕의 브루클린에서 태어났다. 어릴 때부터 SF 팬덤에서 활약하며 많은 동인지를 편집 발행했다. 그 밖의 주요 작품으로 장편 판타지 『신의 검 악마의 검(Sword of the Demon)』(1976)나 『우주 다중 인격자(The Triune Man)』(1976), 『버로우즈 화성 환상(Edgar Rice Burroughs and the Martian Vision)』(1976)가 있다. 러브크래프트의 「사나스에 찾아온 운명」을 비틀어서 만든 제목도 유쾌한 ①은 「더니치 호러」의 먼 후일담으로 영화 『가메라 2』에서 센다이 지역의 파괴 장면에 필적할만한 규모의 대파국을 그린 수작.

리처드 F. 시라이트 Richard F. Searight 작가

① 잠긴 상자(The Sealed Casket) 1935
② 비밀 지식의 수호자(Warder of Knowledge) 1992(사후 발표)
미국의 작가(1902~1975). 1920년대부터 『위어드 테일즈(Weird Tales)』에 작품을 발표하고, 1933년 8월부터 러브크래프트와 편지 왕래를 나누었다. 『엘트다운 도편본』은 시라이트가 창안한 마도서라고 한다.
①은 봉인된 작은 상자에서 해방된 투명한 괴물을 그린 공포 저주물로서 서두에서 『엘트다운 도편본』을 인용했다는 점을 제외하면, 신화 대계와 관련이 적다. 반면, ②는 『엘트다운 도편본』의 점토판 해독에 뛰어든 학자가 열 아홉 개의 점토판에 기록된 주문을 외움으로써 〈비밀 지식의 수호자〉를 소환하여 초고대로부터 미래에 이르는 암흑의 지구 역사를 목격하는 이야기이다.

리처드 H. 존슨

Richard H. Johnson 용어

캐벗 고고학 박물관의 큐레이터. 1932년에 이 박물관에서 일어난 괴사건의 진상을 기록으로 남긴 이듬해 4월 22일에 기괴한 심장 마비로 급사했다.

【참조작품】「영겁으로부터(한)」

리처드 L 티어니

Richard L. Tierney 작가

① 차토구아에 대한 기도문(Petition: To Tsathoggua) 2001

② 아틀락-나챠에 대한 기도문(To Atlach-Nacha) 2001

③ 배교자 이즈더고르의 기도(The Prayer of Yzduggor the Apostate) 2001

④ 요크 조토트에 대한 기도(Prayer to Lord Yok-Zothoth) 2001

⑤ 기즈구스의 위안(The Appeasement of Ghizguth) 2001

⑥ 파롤의 소환(The Summoning of Pharol) 2001

⑦ 응답 없는 신들(The Unresponding Gods) 2001

⑧ 하온 도르의 저택(The House of Haon-Dor) 2001

⑨ 암흑의 마법사(The Dark Sorcerer) 2001

⑩ 명상하는 신(The Contemplative God) 2001

⑪ 사이크라노쉬를 향한 문 : 또는 에이본의 한탄(The Door to Cykranosh; or, Eibon's Lament) 2001

⑫ 하이퍼보리아: 또는, 에이본의 예언(Hyperborea; or, Eibon's Prophecy) 2001

⑬ 즈스틸젬그니의 부하(The Minions of Zstylzhemgni) 2001

⑭ 이그나근니스스스즈(Ycnágnnissz) 2001

미국 아이오와 출신 작가이자 시인, 러브크래프트 연구가(1936~). 덜레스, 완도레이와 친분이 있어, 아캄 하우스에서 시집도 저술하고 있다. 또한 로버트 E. 하워드가 남긴 단편을 신화 소설화하는 작업도 진행하면서 그 과정에서 태어난 〈레드 소냐〉 시리즈는 영화로 만들어져 히트 작품이 되었다. 티어니가 쓰는 신화 작품은 모두 엘더 갓=악과 그레이트 올드 원의 대립 구도가 중심을 이루고 있으며, 최강의 그레이트 올드 원 요그 소토스가 권속을 거느리고 엘더 갓에 반격을 시작한다는 세계관으로 그려져 있다. 또한, 시공을 질주하는 존 타가트와 기원 1세기의 로마 제국 마법사 시몬 마구스 두 명이 주인공으로 종종 등장하는 것도 특징이다. 앞에 소개한 일련의 카오시움판 『에이본의 서』의 「제4의 서 침묵의 시」를 위해 새로 쓴 것이다.

리처드 M. 존스 박사

Dr. Richard M. Jones 용어

포토원캣에 사는 과학자. 1913년 8월에 낙하한 운석을 가장 먼저 조사하여 반금속 물질 덩어리 속에서 고대 그리스어로 기록된 신기한 책자를 발견했다.

【참조작품】「초원(한)」

리처드 블레이크

Richard Blake 용어

보스턴 출신의 작가이자 시인. 종군 중에 눈과 귀와 입에 무거운 장애를 입었지만 오래전 시메온 태너(Simeon Tanner)가 참사를 당한 집에 머무르며, 집필 활동을 계속했다. 1924년 6월 28일, 착란한 하인의 통보로 의사들에게 참혹하게 변해 버린 모습으로 발견되는데, 그 직전까지는 어째서인지 실내에서 타자치는 소리가 들리고 있었으며, 남겨진 수기엔 매우 기괴한 내용이 적혀 있었다.

【참조작품】「보이지 않고, 들리지 않고, 말하지 않고도」

리처드 빌링턴

Richard Billington 용어

18세기 에일즈베리의 대지주. 북미 원주민 종자인 쿠아미스를 데리고, 뉴더니치(New Dunnich, 더니치의 옛 이름) 남쪽 부지에 세워진 석탑에서 요그 소토스 소환 의식을 벌려 자발적으로 이계로 향한다. 후에 자손인 알리야 빌링턴에게 빙의하려고 했지만, 실패하고 200년에 걸쳐서 일족의 후예인 앰브로스 듀워트의 육체에 깃들었다.

【참조작품】「암흑의 의식」

리처드 업튼 픽맨

Richard Upton Pickman 용어

미국 보스턴의 뉴베리가(Newbury Street)에 살았던 천재 괴기 화가. 세일럼 출신으로 조상 중에는 1692년에 교수형된 마녀가 있었다. 대표작 「구울」은 노스 엔드의 지하 아틀리에에서 실재하는 악귀를 모델로 그렸다. 픽맨은 1926년에 이상하게 실종된 뒤에, 〈드림랜드〉에서 구울의 리더가 된 것 같다.

【참조작품】「픽맨의 모델(한)」, 「미지의 카다스를 향한 몽환의 추적(한)」

릭 호수 Rick's Lake 용어

미국 위스콘신주의 북부 중앙에 있는 깊은 숲으로 둘러싸인 호수. 거대한 바다뱀을 닮은 생물이 목격되고 있으며, 주변 숲에서는 이상한 사건이 끊이지 않는다. 니알라토텝의 지구에서의 거처 중 하나로, 이 일대는 〈은가이의 숲〉이라고 불린다.

【참조작품】「어둠 속에 깃든 자」

린 카터 Lin Carter 작가

① 샤가이(Shaggai) 1971

② 분묘에 깃든 자(The Dweller in the Tomb) 1971

③ 두 개의 탑(The Double Tower) 1973

④ 나스 골짜기에서(In the Vale of Pnath) 1975

⑤ 시대를 지나(Out of the Ages) 1975

⑥ 진열실의 공포(The Horror in the Gallery) 1976

⑦ 몰록의 두루마리(The Scroll of Morloc) 1976

⑧ 나락 밑의 존재(The Thing in the Pit) 1980

⑨ 심연으로의 강하(The Descent Into the Abyss) 1980

⑩ 윈필드의 유산(The Winfield Heritance) 1981

⑪ 별에서 온 방문객(The Feaster from the Stars) 1984

⑫ 『에이본의 서』의 역사와 연표(History & Chronology of the Book of Eibon) 1984

⑬ 불꽃의 사제(The Acolyte of the Flame) 1985

⑭ 바라드의 사이론에 의한 에이본의 생애(The Life of Eibon According to Cyron of Varaad) 1988

⑮ 양피지 속의 비밀(The Secret in the Parchment) 1988

⑯ 달의 문서고로부터(From the Archives of the Moon) 1988

⑰ 암흑 지식의 파피루스(Papyrus of the Dark Wisdom) 1988(제1장만 1984)

⑱ 버몬트의 숲에서 발견한 기묘한 문서(Strange Manuscript Found in the Vermont Woods) 1988

⑲ 꿈에서 우연히(Perchance to Dream) 1988

⑳ 네크로노미콘 주해
(The Necronomicon:
The Dee Translation) 1989

㉑ 붉은 공물(The Red Offering) 1990

【클라크 애슈턴 스미스와의 합작】

㉒ 가장 혐오스러운 것(The Utmost Abomination) 1973

㉓ 굴로 통하는 계단(The Stairs in the Crypt) 1976

㉔ 극지로부터의 빛(The Light from

the Pole) 1980
미국 작가, 비평가, 편집자(1930~1988). 플로리다 출신. 에드거 라이스 버로우즈나 로버트 E. 하워드의 흐름을 이어받은 영웅 판타지의 작가로서 〈쏭거(Thongor)〉 시리즈나 하워드의 〈코난〉 시리즈의 속편 등을 집필했다. 1969년에는 발란틴사(Ballantine)의 페이퍼백 〈어덜트 판타지(Adult Fantagy)〉 시리즈의 감수자가 되어 고전 판타지의 복각이나 재평가에 공헌했다.
카터는 남들보다 앞서서 『러브크래프트: 크툴루 신화의 배경(Lovecraft: A Look Behind the Cthulhu Mythos)』(1972)라는 선구적인 연구서를 저술했다. 이 책은 크툴루 신화의 관점에서 러브크래프트 작품의 변천을 따라가는 입문서 성격이 강한 좋은 책으로서, 70년대의 러브크래프트 부흥에 이바지하는 바가 컸다. 또한 「크툴루 신화의 신들」, 「크툴루 신화의 마도서」 같은 지침서도 일부 자의적인 해석에 문제는 있지만, 유용한 지침서가 되고 있는 것은 틀림없다. 그 밖에도, 비어스, 체임버스 같은 선배 작가들의 관련 작품에도 관심을 기울인 신화작품 선집 『크툴루의 자식들(The Spawn of Cthulhu)』(1971)도 선보였다.
신화 관련 창작 활동에서는 선인이 남긴 미완된 이야기나 아이템을 활용하여 신화 세계를 확충해 나가려는 경향을 현저하게 보여주고 있다. 클라크 애슈턴 스미스의 착상 메모를 바탕으로 합작을 시도한 ㉒㉓㉔는 그 전형이다. 또한 『르뤼에의 꿈(Dreams from R'lyeh)』(1975)이라고 제목을 붙인 크툴루 시집도 시도하고 있지만, 모두 다소 취미의 영역에 불과하다는 느낌을 면치 못한다.
만년에 이르러 카터는 『네크로노미콘』이나 『에이본의 서』를 스스로 창조하려는 시도에 착수했다. 전자에 대해서는 ⑳에서 정리하고 있으며, 후자에 대해서는 사후, 그 유지를 이은 로버트 M. 프라이스가 로렌스 J. 콘포드 등과 협력하여 『에이본의 서(The Book of Eibon)』를 선보이고 있다.

릴리스 Lilith 용어

바빌로니아의 고대 전승에서 비롯되는 밤의 악마로, 인류의 시조인 아담의 첫 아내였다고 한다. 레드 훅 지역에서 진행되는 끔찍한 의식은 릴리스에게 바쳐지는 것인 모양이다. 일설에 따르면, 릴리스란 슈브니구라스의 다른 이름이라고 한다.
【참조작품】「레드 훅의 공포(한)」, 「네

크로노미콘 알하즈레드의 방랑」

림 샤이코스

Rlim shaikorth 용어

르림 샤이코스라고도 한다. 극지의 저편 우주로부터 거대 빙산 이킬스(Yikilth)를 타고 온, 다른 차원의 마신. 그 모습은 뚱뚱한 구더기를 닮았고, 바다코끼리보다도 크다. 육질이 두터운 원반 모양의 머리에는 이빨도 혀도 없는 입과 피처럼 붉은 안구 같은 작은 구슬이 끊임없이 떨어져 내리는 눈이 있다. 강력한 주술로 만물을 얼게 한다.

【참조작품】「백색 벌레의 출현」, 「림 샤이코스」

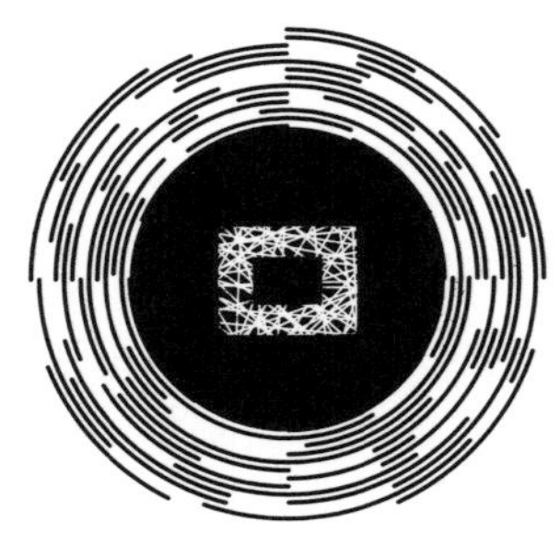

마가새 magah bird 용어

〈드림랜드〉에 서식하는 7색의 조류.

【참조작품】「미지의 카다스를 향한 몽환의 추적(한)」

마그나 마타
the Magna Mater 용어

〈키벨레〉를 참조.

마기족 the magi 용어

고대 바빌로니아의 고귀한 종족으로 〈시리우스의 자존〉이라고도 불린다. 페르시아의 다리우스 대왕(Darius the Great)의 궁정에서 섬겼던 사제 계급의 후손이라고 여겨지며, 천랑성을 숭배하고, 티그리스강의 2개의 지류가 합류하는 지점의 언덕 위에 세워진 수도원을 거점으로 그레이트 올드 원과 그 숭배자에 대항하기 위한 활동에 정진하고 있다. 이 세상에 사는 존재 중에서 지혜로써 마기족을 능가하는 것은 없다고 한다.

【참조작품】「네크로노미콘 알하즈레드의 방랑」

마날루스산
Mount Maenalus 용어

그리스의 아르카디아에 있는 산. 판(목신)이 즐겨 돌아다니는 땅으로 오래 전에는 언덕에 카로스과 무시데스가 사는 저택이 있었다.

【참조작품】「올리브 나무(한)」, 「달의 습지(한)」

마녀 케지아의 빛
Keziah's Witch—light 용어

브라운 젠킨과 케지아 메이슨의 유령 주위를 떠다니는 짙은 보랏빛의 괴광.

【참조작품】「위치 하우스에서의 꿈(한)」

「마녀가 매달려서」

The witch Is Hung (용어)
사이먼 맥로어가 쓴 병적인 상상력이 넘치는 시. 에드워스(Edsworth) 기념상을 받았다.
【참조작품】「악마의 꼭두각시」

『마녀에 대한 철퇴』
Malleus Maleficarum (용어)
도미니코 수도회 야콥 구스프렌게르(Jacob sprenger, 1437경~1494)와 하인리히 크라메르(Heinrich Kremer, 1430경~1505)가 1486년에 저술한 책. 악마와 마녀, 마법사의 위협에 대해서 거론하는 신학 문서로 마녀사냥 시 많이 활용되었다.
【참조작품】「피버디가의 유산」, 「다락방의 그림자」

마녀의 골짜기
witches' Hollow (용어)
위치즈 할로우라고도 한다. 아캄의 한 지역. 마도에 뜻을 둔 포터 집안 사람들이 살고 있다.
【참조작품】「마녀의 골짜기」, 「히치하이커」

마녀의 골짜기
Witches' Hollow (작품)
H.P. 러브크래프트&어거스트 덜레스(H.P. Lovecraft & August Derleth)
【첫 소개】 아캄 하우스 『다크 마인드 다크 하트(Dark Mind, Dark Heart)』 1962년 간행
【개요】 초등학교 교사인 내가 새로 부임한 아캄 제7지역 초등학교에서 앤드루 포터라는 이상한 소년을 맡게 되었다. 〈마녀의 계곡〉에 있는 소년의 집에 가정방문한 나는 괴상한 악의를 느끼는데, 과연 포터 일가는 마도에 뜻을 품은 저주받은 일족이었다. 마틴 킹 교수의 도움을 얻은 나는 오망성 모양의 돌을 가지고 소년과 가족의 구출에 나서지만…….
【해설】 크툴루 신화작품으로는 매우 드문 학원물이다. 마법사 가문에 태어난 소년의 성이 그 〈해리 포터〉 시리즈와 같은 포터 Potter라는 것도 우연이라면 참 재미있다. 오망성 부적의 위력이 유감없이 발휘된 작품이기도 하다.

『마녀의 심문』
Quaestio de Lamiis (용어)
비네트(De Vignate)의 저서. 울라이아 캐슬린이 소장하고 있다.
【참조작품】「다락방의 그림자」

마녀의 집 Witch-House (용어)
〈위치하우스〉를 참조.

마누셋강 Manuxet 용어

미국 매사추세츠주 북동부를 흐르는 강. 하구엔 저주받은 인스머스가 있다.

【참조작품】「인스머스의 그림자(한)」

마누엘 실바
Manuel Silva 용어

킹스포트에 있는 〈무서운 노인〉의 저택에 들어간 강도 일당 중 하나. 다음 날, 참혹한 시체가 되어 발견되었다.

【참조작품】「무서운 노인(한)」

마르셀리느 베타르
Marceline Bedard 용어

파리에서 컬트 교단의 여성 사제를 맡고 있던, 출신을 알 수 없는 미녀. 미국 미주리 지역에서 대농장을 운영하는 드 뤼시 집안의 후계자인 데니스(Denis de Russy)와 결혼하여, 미국으로 넘어갔다. 그 본체는 태고의 사악한 기운이 서려 있는 검은 머리카락이었다.

【참조작품】「메두사의 머리 타래」

마리너스 빅넬 윌리트
Marinus Bicknell Willett 용어

'마리너스 빅넬 윌레트'라고도 한다. 프로비던스의 반스가 10번지에 사는 의사. 친구이기도 한 워드가의 주치의를 오랫동안 맡았다. 찰스의 몸에 일어난 이변을 재빨리 감지하고 요그 소토스 주문을 사용하여 조지프 커웬의 야망을 간신히 막았다. 랜돌프 카터하고도 친분이 있는 것 같다.

【참조작품】「찰스 덱스터 워드의 사례(한)」

마리아 로빈스
Maria Robbins 용어

앤 화이트의 후임으로 해리스 가에 고용된 뉴 포트 출신의 고용인. 성격이 좋은 여장부로, 1769년부터 1783년까지 〈금단의 저택〉에서 살면서 해리스 가문의 비극의 산증인이 되었다.

【참조작품】「금단의 저택(한)」

마미 비숍 Mamie Bishop 용어

더니치에 사는 얼 소여의 내연녀. 호기심으로 휘틀리 노인의 집을 방문하여, 태어난 지 얼마 안 된 윌버를 목격했다.

【참조작품】「더니치 호러(한)」

『마법론』
Commentarles on witchcraft 용어

마이크로프트(Mycroft)가 저술한 책. 사이먼 맥로어가 소장하고 있던, 기묘한 고서적 중 하나.
【참조작품】「악마의 꼭두각시」

『마법사론』
Discours des Sorciers (용어)
프랑스 법학자 앙리 보게(Henri Boguet, 1550경~1619)가 1600년에 저술한 책. 악마학의 고전 명저로 알려져 있다.
【참조작품】「피버디가의 유산」

마법사 샤를
charles Le sorcier (용어)
13세기 프랑스의 마법사. 불로장생의 비법을 터득하고 아버지 미셸 모베를 살해한 영주 일족에게 600년에 걸쳐서 복수를 계속했다.
【참조작품】「연금술사(한)」

마법사의 귀환
The Return of the Sorcerer (작품)
클라크 애슈턴 스미스(Clark Ashton Smith)
【첫 소개】『스트레인지 테일즈(Strange Tales)』 1931년 9월호
【한국번역】 정진영 역 「마법사의 귀환」(클)
【개요】 나는 아랍어 학식을 인정받아 마법사 칸비의 비서를 맡게 되었다. 그는 나에게 『네크로노미콘』의 아랍어 원본 해독을 부탁한다. 그 때 복도에서 무언가가 질질 기어오는 소리가 들리고 칸비는 경악한다. 소리의 정체는 칸비에게 살해되어 토막 난 채 묻힌 그의 동생이 복수를 위해 돌아오는 소리였다. 굉장한 절규를 듣고 칸비의 거실로 향했을 때, 나를 기다리고 있던 것은 너무나 무서운 광경과의 만남이었다.
【해설】 토막 난 시체 상태로 기어오는 마법사라는 귀기가 넘치는 느낌이 인상적인 주술 전쟁 소설. 신화 대계의 한 측면인 〈마법사 이야기〉로의 전개를 예감케 하는 작품이며, 스미스는 이후, 하이퍼보리아의 대마도사 에이본을 비롯한 매력적인 마법사들의 이야기를 계속해서 펼쳐나간다.

마법의 숲
Enchanted Wood (용어)
〈매혹의 숲〉이라고도 한다. 〈드림랜드〉의 입구에 있는 거대한 떡갈나무들로 이루어진 숲. 밀집한 균류가 내는 인광으로 빛나는 것처럼 보인다. 숲의 중앙에는 거대한 원형으로 둘러선 돌기둥의 유적이 있고, 그 근처에는 즈구족 마을이 있다. 이 숲

은 두 지점에서 인간계와 접하고 있다고 한다.

【참조작품】「미지의 카다스를 향한 몽환의 추적(한)」

마시 가문 Marshes 용어

인스머스에 정착하는 저주받은 명문 일족. 19세기 초 오벳 마시 때 남양 교역에 나선 이후로, 금 제련소를 일으켜 마을의 유력 가문이 된다. 〈딥 원〉과의 통혼 결과 일족의 사람은 성장과 함께 양서류에 가까운 인스머스 외형으로 변모하여 결국엔 〈악마의 암초〉의 심연에 사는 동족에게로 돌아가는 것으로 알려져 있다.

【참조작품】「인스머스의 그림자(한)」, 「로이거의 부활」

마이켈 판티나 Michael Fantina 작가

① 우보-사틀라(Ubbo-sathla) 2001
② 아자토스(Azathoth) 2001
③ 차토구아(Tsathoggua) 2001
④ 림 샤이코스(Rlim Shaikorth) 2001
⑤ 심즈의 붉은 책(The Red Book of Simoons) 2010

미국의 시인(?~). 몇몇 대학을 졸업 후 한때 육군에 입대. 그 후에는 일용직 등의 일자리를 전전하면서 시를 발표한다. 시집으로 「This Haunted Sea」(2011), 「Sirens&Silver」(2013) 등.

①~⑤의 마신 시편은 카오시움사판 『에이본의 서』의 「제4의 서 침묵의 시」를 위해 새로 쓴 것이지만(러브크래프트, 클라크 애슈턴 스미스의 작품과 같은 이름의 작품도 있다.), 그 밖에도 크툴루 하이쿠(!)(일본의, 절구에 맞춘 짧은 시-역주)에도 손을 댔다든가.

마이클 마셜 스미스 Michael Marshall Smith 작가

① 바다를 보다(To Sea the Sea) 1994

영국의 작가, 극작가(1965~). 체셔주의 너츠포드에서 태어났다. 어린 시절에 미국, 남아프리카, 오스트레일리아에서 지냈다. 케임브리지 대학을 졸업하여 방송 작가로서 활동하면서 1991년에 발표한 데뷔작 『고양이를 그린 남자(The Man Who Drew Cats)』로 영국 판타지 소설 대상 단편 상을 수상. 1995년에는 첫 번째 장편인 『온리 포워드(Only Forward)』로 어거스트 덜레스상(!)을 받았다. 마이클 마셜 명의로 서스펜스를, 마이클 마셜 스미스 명의로 호러와 SF를 집필 중. 그 외 단편집으로 악몽과 같은 클론 환상 세계를 그린 걸작 SF 『스페어즈 (Spares)』 외에 『죽음의 그림자(The Straw Men)』, 『모두 함께 가자(What You Make It)』 등이 있다. 단편집의 표제작 등에서도 ①을 연상케 하는 현실과 이계의 경계세계를 바탕으로 한 비애가 깊이 느껴진다.

마이클 셰이
Michael Shea 작가

① 다른 시간의 색채(The Color out of Time) 1984

미국 작가(1946~2014). 캘리포니아에서 태어났다. 잭 반스와 러브크래프트의 영향 아래에서 괴기적인 색채가 짙은 판타지 등을 다루었다. 일본 번역 작품으로 세계 판타지 소설 대상 수상작인 『마계의 도적(Nifft the Lean)』(1983)이 있다. ①은 러브크래프트의 명작 「우주에서 온 색채」의 속편이나 현대판 같은 분위기의 이색 장편. 작품 속에 원전인 「우주에서 온 색채」 그 자체만이 아니라, 작가 러브크래프트 본인도 도입하여 일종의 메타 소설이 되었다.

마이클 시스코
Michael Cisco 작가

① 밤의 밤(The Night of the Night) 2001

미국 뉴욕에 사는 작가, 교사, 번역가(1970~). 처음에 손댔던 장편 호러 작품 『The Divinity Student』가 국제 호러 길드상의 1999년도 최우수 신인장편상을 수상한 것으로 알려졌다. 그 밖에 『The Great Lover』 등. ①은 카오시움사판의 『에이본의 서』에 기고한 산문시풍의 작품이다.

마추픽추 Machu Picchu 용어

고대 잉카의 케추아-아야루(Quechua-Ayars)족이 세운 요새 도시. 페루 남부 울반 협곡에 있다.

【참조작품】「영겁의 탐구 시리즈(어거스트 덜레스 참조)」, 「광기의 산맥(한)」

마크 쇼러 Mark Schorer 작가

【모두 어거스트 덜레스와 합작】

① 마신의 발걸음(The Pacer) 1930

② 별의 자손의 소굴(The Lair of Star-Spawn) 1934

③ 모스켄의 큰 소용돌이(Spawn of the Maelstrom) 1939

④ 호수바닥의 공포(The Horror from the Depths) 1940

⑤ 납골당기담(The Occupant of the Crypt) 1947

미국의 영문학자, 작가, 비평가(1908~1977). 캘리포니아 대학의 영문학 부장을 지냈다. 위스콘신 주 소크 시티에서 태어났다. 어거스트 덜레스와는 고교 시절부터 친구로 종종 합작을 시도하여, 『위어드 테일즈(Weird Tales)』 등에 투고했으며, 나중에 이들을 정리한 단편집 『Colonel MarkKesan and Less Peasant People』(1966)을 아캄하우스에서 출간했다. 쇼러 단독 저작으로는 『A House Too Old』를 비롯한 지방 소설이나 윌리엄 블레이크의 연구서 등이 있다.
초창기 작품 중 하나인 ①은 전에 살던 사람이 소환한 태고의 마신이 계단 위 방을 돌아다니는 무서운 집으로 이사 온 작가가 마주치는 참극을 그린 작품으로, 신화 대계 패턴을 답습한 방식으로 글을 쓰고 있지만, 고유명사를 가진 신화 아이템은 아직 등장하지 않는다. ③은 노르웨이의 고도에 서식하는 괴물이 인간으로 변하여 런던에 침공하려는 이변을 그려낸다. ⑤는 사교도의 의식 자리에 세워진 건물의 지하납골당에서 출몰하는 흡혈 괴물의 공포를 그린 작품으로, 이쪽도 신화 대계와는 관계가 깊지 않다. 그 밖에도 유령 저택이 아닌 좀비 저택의 이변을 그려낸 「되살아난 독이빨(Colonel Markesan)」 작품이 있다.

마탈라 martala 용어

멤피스의 도굴꾼 일가의 딸. 알하즈레드 일행에 참여하여 여행의 동반자가 된다.
【참조작품】「알하즈레드」

마테리아 Materia 용어

〈재료〉를 참조.

마텐스 관 Martense Mansion 용어

부유한 네덜란드 상인 게릿 마텐스(Gerrit Martense)가 1670년에 템페스트산 봉우리에 건조한 돌로 만든 저택. 일족이 실종된 이후 다양한 공포 전설의 무대가 되었다.
【참조작품】「잠재된 공포」

마틴 S 워네스 Martin S. Warnes 작가

① 알소포커스의 검은 대권(The Black Tome of Alsophocus) 1980
영국 브래드포드에서 태어나서 그곳의 섬유 산업 관계의 일에 종사하고 있었다는 아캄 투고 작가 중 하나(?~). ①은 덜레스의 스타일을 은근하게 따라 하는 느낌으로 러브크래프트가 남긴 작품 『어떤 책』에 워네스가 보완을 시도하여, 니알라토텝과 마도서 『검은 책』을 둘러싼 환시

내용으로서 완성한 것이다.

마틴 킨 Martin Keane 용어

미스캐토닉 대학의 교수. 『네크로노미콘』을 암기할 정도로 금단의 지식에 통달했으며, 포터 일가를 구하기 위해서 도움을 주었다.

【참조작품】「마녀의 골짜기」

말릭 타우스 Malik Tous 용어

이라크 북부 쿠르드고원에 있는 아라마운트산에 사는 〈예지디 파〉가 숭배하는, 사악하기 이를데 없는 신의 칭호. 『공작왕』을 의미하며, 그 우상도 공작 모습을 하고 있다. 전 우주의 사악한 존재인 세이탄의 다른 이름이라고도 한다. 1925년에 탐험가 윌리엄 씨브룩이 발견한 공작 천사성에서는 온 인류를 향해 악의 전파가 발신되고 있었다고 한다.

【참조작품】「매장이 필요없다」, 「레드 훅의 공포(한)」

말코프스키 의사
Doctor Malkowski 용어

아캄의 개업의. 의식 불명 상태로 발견된 월터 길먼을 진찰했다.

【참조작품】「위치 하우스에서의 꿈(한)」

매튜 페너
Matthew Fenner 용어

펙 벨리 마을에 사는 작은 체격의 노인. 1880년부터 다음 해까지의 겨울에 사망하여 조지 버치에 의해 매장되었다.

【참조작품】「시체안치소에서(한)」

매튜 핍스 실
Matthew Phipps Shiell
(M. P. Shiell) 작가

① 소리가 나는 집(The House of Sounds) 1911

② 유그닌의 아내(Huguenin's Wife) 1895

영국의 소설가(1865~1947). 서인도 제도의 영국령 몬트세라트섬에서 태어났다. 아버지는 아일랜드인. 런던에서 의학을 배운 후, 문필의 길을 걸었다. 탐정 소설집 『프린스 잘레스키』(1895)와 세계의 종말을 그린 초기 SF 장편 『Purple Cloud』(1901)으로 유명하지만, 왜곡되고 열광적인 문체로 펼쳐내는 괴기 소설에서도 때때로 에드거 앨런 포의 재림이라고 불릴만한 명작이 적지 않다. 러브크래프트는 「공포 문학의 매혹」 속에서 ①에 대해 「의심할 바 없는 걸작」, 「이러한 유형의 작품들 중에서 으뜸가는 자리를 차지할 만하다」

(홍인수 역)이라고 절찬하고 있다. 또한, 샘 모스코 위츠는 ②와 러브크래프트의 「픽맨의 모델」 사이에서 유사한 점이 있음을 시사하고 있다.

매트 엘리엇 Matt Eliot 용어

오벳 마시가 소유하는 선박의 일등항해사. 다곤 숭배에 비판적이어서, 제이독 노인에게 남쪽 바다에서 벌어지는 끔찍한 교역의 실상을 남몰래 알려주었다.

【참조작품】「인스머스의 그림자(한)」

매혹의 숲 Enchanted wood 용어

〈마법의 숲〉을 참조.

맥닐 Dr. McNeill 용어

오클라호마주의 거스리에 있는 정신 병원의 원장. 데이비스 부부에게 닥친 뱀신의 저주의 위력을 목격한 인물. 이 병원의 지하실에는 오드리 데이비스가 낳은 뱀과 뒤섞인 아이들이 수용되어 있다.

【참조작품】「이그의 저주(한)」

맥타이 McTighe 용어

미스캐토닉 대학 남극 탐험대의 무선 통신사.

【참조작품】「광기의 산맥(한)」

맨리 웨이드 웰먼 Manly Wade Wellman 작가

① 수수께끼의 양피지(The Terrible Parchment) 1937

미국 작가(1903~1986). 아버지의 일 관계로 포르투갈령 서아프리카(현 앙골라)에서 태어났다. 카우보이에서 신문기자까지 다양한 직업을 경험한다. 1927년경부터 『위어드 테일즈(Weird Tales)』나 『언노운(Unknown)』 같은 펄프 잡지에 공포, SF, 미스터리를 발표, 다작 작가로 알려진다. 제2차 세계 대전 후에는 노스캐롤라이나주의 산간부에 거주하면서 애팔래치아산맥 일대에 전해지는 민화와 민요의 수집, 조사에 착수했다. 이 지방을 방랑하는 「음유시인 존」과 괴물들의 싸움을 그린 연작 단편집 『악마 따위는 무섭지 않아(悪魔なんかこわくない)』(국서간행회) 같은 일본 번역작품이 있다.

맨해튼 미술관 the Manhattan Museum of Fine Art 용어

뉴욕에 있는 미술관. 고고학 부문에는 세계의 비경을 탐사하는 야외 조사원들이 지금까지 발견한 진기한 고대 유물들이 소장되어 있다.

【참조작품】「공포의 산」

머나먼 지하에서

Far Below (작품)

로버트 바로버 존슨(Robert Barbour Johnson)

【첫 소개】『위어드 테일즈(Weird Tales)』 1939년 6·7월 합병호

【개요】 여기, 뉴욕의 지하 깊은 곳에 마련된 작은 역에서는 오늘도 지하철을「그놈들」에게서 지키기 위한 순찰이 계속되고 있었다. 그놈들, 그것은 원시의 어둠의 사생아이자, 사람도 짐승도 가질 수 없는 모습으로 뉴욕의 지하 깊은 곳에 숨어있는, 구울들을 말한다. 전쟁 전에 일어난 끔찍한 지하철 사고 시에 우연히 포획된 1마리의 해부조사를 의뢰받은 고든 크레이그 교수는 사태를 무겁게 본 시 당국에 의해 지하철 특별반의 리더로 임명되었다. 이후 25년 동안, 그는 지하의 어둠 속에서 싸워왔다. 그러나 오랜 세월에 걸친 암흑과의 사투의 나날은 예상치도 못한 변화를 크레이그의 몸에 가져 왔다.

【해설】 러브크래프트의「픽맨의 모델」 이후 신화 대계에서 빼놓을 수 없는 조연이 된 구울의 공포를 현대적인 장면으로서 연출한 명작이다.

머윈 가드너

Merwin Gardner (용어)

나훔 가드너의 어린 삼남. 우물 근처에서 비명을 지르며 사라졌다.

【참조작품】「우주에서 온 색채(한)」

멀리간 숲

Mulliigan Wood (용어)

미국 파트리지 빌에 있는 숲. 뇌를 먹어치우는 무정형의 부유 생물이 출몰하는 마경이다.

【참조작품】「포식자들」

메네스 Menes (용어)

남쪽의 땅에서 울타르에 찾아온「검은 머리의 방랑자(dark wanderers)」의 카라반의 일원인 소년. 부모를 전염병으로 잃고 검은 새끼 고양이를 유일한 친구로 삼고 있다.

【참조작품】「울타르의 고양이(한)」

메도우 언덕 Meadow Hill (용어)

아캄에 있는 구릉지. 이 땅의 안쪽에 있는 채프먼 농장에서 허버트 웨스트가 시체 소생 실험을 진행했다. 이 일대에는 〈형언할 수 없는 것〉이 출몰한다는 소문도 있으며, 랜돌프 카터와 조엘 맨튼이 묘지에서 습격받기도 했다. 또한, 이 언덕을 넘어 어두운 골짜기의 오래된 하얀 돌이

서 있는 장소에서는, 4월 30일 밤에 발푸르기스의 마의 축제가 열린다고 전해진다.
【참조작품】「허버트 웨스트 리애니메이터(한)」, 「형언할 수 없는 것(한)」, 「위치 하우스에서의 꿈(한)」, 「우주에서 온 색채(한)」

메로에 Meroe (용어)
고대 에티오피아의 수도. 이 땅에서 이집트에 전해진 한 파피루스 문서에는 초고대의 생명 형태와 「오래된 것」에 관한 무서운 기술이 확인되고 있다.
【참조작품】「초원(한)」

메를조 신부
Father Merluzzo (용어)
프로비던스 성령 교회의 신부. 페더럴 힐의 구 〈별의 지혜파〉 교회에서 1935년 8월 8일에 일어난 괴현상을 목격한 사람이다.
【참조작품】「누가 블레이크를 죽였는가?(한)」

메이트 엘리스 Mate Ellis (용어)
킹스 포트의 〈무서운 노인〉이 소유한 병 중 하나에 붙여진 명칭.
【참조작품】「무서운 노인(한)」

메이필드 교수
Professor Mayfleld (용어)
미국 매사추세츠 공과 대학교수. 1913년 8월에 포토원켓에 떨어진 운석의 표본을 조사하고 운석이 확실하다고 밝혔다.
【참조작품】「초원(한)」

모건 미나
Mina Morgan (용어)
리랜드 농장의 임차인인 모건가의 딸. 물고기를 연상케 하는 납작하고 추악한 얼굴을 하고 있으며, 다곤 숭배의 의식을 잘 알고 있다.
【참조작품】「암흑신 다곤」

『모독자들』 The Defilers (용어)
미국 파트리지 빌에 사는 단편 소설 작가 하워드의 작품.
【참조작품】「포식자들」

모래 속의 존재
Sand-Dweller (용어)
미국 남서부의 동굴에 사는, 크툴루의 종자 중 한 종족. 거친 피부와 앙상하게 마른 몸에 코알라를 비틀어 놓은 것 같은 비정상적으로 큰 눈과 귀를 가진, 인간을 닮은 생물이다.
【참조작품】「박공의 창」

모렐라 고돌포

Morella Godolfo (용어)

스페인에서 캘리포니아로 건너 온 마녀. 해수의 일원이 되어 사라졌다.

【참조작품】「암흑의 입맞춤」

모루모 Mormo (용어)

레드 훅 지역에 있는 황폐한 교회 벽에 새겨진 고대의 주문 속에서 언급되는 마령의 이름.

【참조작품】「레드 훅의 공포(한)」

모르기 Morghi (용어)

무우 둘란에서 숭배하는 여신 이호운데의 신관. 마도의 라이벌인 에이본을 적대시하고 그 자취를 쫓아서 사이크라노쉬(토성)으로 향한 채 돌아오지 않았다.

【참조작품】「토성을 향한 문」

모르디기안 Mordiggian (용어)

조티크의 도시 주르-바-사일에서 숭배되던「죽음처럼 오래된 전능의 신」이자「죽은 자를 먹는」보이지 않는 신. 살아있는 이들에게는 자비롭고 공정한 신이라 한다. 그 신전은 구울과 같은 신관들에 의해서 수호되고 있다. 오래전에는 여러 대륙에서 숭배되었다고 한다.

【참조작품】「시체안치소의 신」

모리스, 다니엘

Daniel Morris (용어)

반 코란족의 혈통을 이은 마법사. 『에이본의 서』를 바탕으로 생물을 돌로 바꾸는 약품을 만들었다.

【참조작품】「석인(한)」

『모세 7경』

seventh Book of Mosse (용어)

펜실베이니아에 사는 미신을 믿고 있는 일부 노인들이 애지중지하는 악명 높은 책. 세스 비숍도 소유하고 있었다. 모세가 썼다고 하는 제1~제5의 경은, 구약 성경의 '창세기' 다음 다섯 권(이른바 모세 5경)에 해당하며, 제6경은「여호수아기」에 해당한다. 제7경 이후는, 본래라면 존재할 리가 없으므로, 이 책은 중세 이후에 위조된 마법서로 보인다. 제8, 제9경까지 등장한 것 같다.

【참조작품】「골짜기의 집」

모세스 브라운 스쿨

Moses Brown School (용어)

모제즈라고도 한다. 찰스 워드가 1918년에 입학한 프로비던스의 유서 깊은 학원.

【참조작품】「찰스 덱스터 워드의 사례(한)」

모제스 서젠트
Moses Sargent 용어

인스머스의 거주자. 아내 아비게일(Abigail)과 함께 오랫동안 에프라임 웨이트를 섬겼다.

【참조작품】「현관 앞에 있는 것(한)」

모트 캐슬 Mort Castle 작가

① 심장의 비밀(A Secret of the Heart) 1990

미국 작가, 연출가, 만화 원작자(1945~). 소년 시절부터 펄프 호러물을 좋아했으며, 1972년에 작가로 데뷔했다. 저서로 장편「스트레인저(The Strangers)」(1987) 등. ①은 앨런 포-러브크래프트 직계의 〈마법사 이야기〉를 기획한, 회고적인 오컬트 과학자 이야기의 단편이다.

『몬머스셔, 글로드셔, 버틀리의 마법 각서』 용어

Notes on Witchcraft in Mommouthshire, Gloucestershire and the Berkeley Region

생스터(Sangster)가 저술한 책. 거기에는 모리 경에 얽힌 무서운 전설이 기록되어 있다.

【참조작품】「성의 방」

몬터규 로즈 제임스
Montague Rhodes James 작가

① 망누스 백작(Count Mugnus)(한-조호근 역『세계문학 단편선 몬터규 로즈 제임스』현대문학) 1901(1902?)

② 토마스 수도원장의 보물(The Treasure of Abbot Thomas)(한-조호근 역『세계문학 단편선 몬터규 로즈 제임스』현대문학) 1904

③ 바체스터 대성당의 성가대석(The Stall of Barchester Cathedral)(한-조호근 역『세계문학 단편선 몬터규 로즈 제임스』현대문학) 1910

④ 호각 소리/호각을 불면 내가 찾아가겠네, 그대여(Oh Whistle, and I'll come to you, My Lad)(한-정진영 역『세계 호러 걸작선 1』책세상/조호근 역『세계문학 단편성 몬터규 로즈 제임스』현대문학) 1903

⑤ 대성당의 옛 이야기(An Episode of Cathedral History)(한-조호근 역『세계문학 단편선 몬터규 로즈 제임스』현대문학) 1914

영국 고문서학자, 성경학자, 괴담 작가(1862~1936). 켄트의 목사 집안에서 태어나 서퍽주의 리버무어의 목사관에서 소년 시절을 보냈다. 케임브리지 대학에서 수업을 거쳐, 젊은 나이에 고문서 학자이자 성경 학자로서의 명성을 확립. 피츠윌리엄 박물관장, 케임브리지 대학박물관장, 같은 대학의 킹스 칼리지아 이튼의 학장을 거쳐 1913년에 케임브리지 대학의 부총장에 취임했다. 평생 독신으로 학구 생활을 보냈으며, 동료와 제자들로부터는 「몬티」라는 애칭으로 사랑받았던 일대의 석학이었다. 만년에 메리트 훈장을 받았다.

케임브리지 대학에서 교사들과 학생들의 다과회(chitchat)가 자주 개최되었는데, 1893년 10월 28일 다과회에서 제임스 자신이 직접 낭독했던 것이 데뷔작인 「참사회 사제 알베릭의 수집책」과 「잃어버린 심장」이었다고 한다. (『MR 제임스 괴담 전집 1M·R·ジェイムズ怪談全集1』에 수록된 키다 준이치로의 해설을 참조) 이것이 평판을 얻어서, 상업지와 학술지에 작품이 게재되었고 『골동품 연구가의 유령 이야기』(1904)를 시작으로, 『골동품 연구가의 더 많은 유령 이야기』(1906), 『희미한 유령 이야기 및 다른 이야기들』(1919), 『호기심 많은 이에게 보내는 경고』(1925)의 4권의 양질의 괴담 소설집을 출간하였으며, 그 밖에도 장편 판타지 『다섯 개의 항아리』(1922) 외에 다수의 학술서가 있다.

러브크래프트는 「공포 문학의 매혹」의 최종장 「오늘날의 대가들」에서 던세이니과 대조를 이루는 작풍의 작가로서 제임스를 소개하고 ①에서 ⑤의 작품을 소개하면서 그 장점을 절찬하고 있다. 특히 ①에 대해서는 「암시와 서스펜스가 끝없이 쏟아진다.」, 「확실히 훌륭한 작품」(홍인수 역)이라고 평가하고 있으며, 이례적으로 많은 지면에 걸쳐서 그 내용을 소개하고 있어서, 정말로 마음에 드는 작품이었다는 것을 느끼게 한다. 내용 속에서 「사내의 뒤에서 다가오는 것은 두건이 달린 옷을 뒤집어쓴 낙지 다리 같은 것이 튀어나와서 꿈틀거리는 이형의 것」(전과 동일) 같은 내용은 그대로 크툴루 신화 세계로 연결해도 될 것 같아서 미소를 짓게 한다.

또한, 제임스가 주창한 괴기소설 창작의 3원칙에 동참하고 있다는 점도 러브크래프트 자신의 소설 작법을 이해하는 데 주목할만하다. 「괴기 소설은 우선 현대의 평범한 환경을 무대로 독자의 체험적 세계와 밀착해야만 한다. 두 번째로 기괴한 현상은 좋은 결과보다 위험한 결과를 낳아야만 한다. 왜냐하면, 공포감은 주로 자극을 통해서 생겨나는 감정이기 때문이다. 셋째, 오컬티즘이나 유사 과학의 전문 용어는 피해야 한다. 어디까지나 정말로 있을 법한 장면의 현명한 매력이 수상한 학문을 도입함으로써 엉망이 되어 버리기 때문이다.」(전과 동일).

몰리 L. 버를슨

Mollie L. Burleson 작가

① 축제의 유지(Keeping Festival) 1997

미국 작가이자 시인, UFO 연구가, 커버 아티스트(?~). 작가 도널드 R 버를슨의 아내. S.T. 요시가 편집한 경쟁작품집 『검은 날개(The Black Wing)』 시리즈 등에도 참여하고 있다. ①은 러브크래프트의 「축제」에 매료되어 그 무대를 성탄절 시즌에 방문한 화가가 체험하는 작은 신비를 그린, 인상적인 소품이다.

몰톤 Moulton 용어

미스캐토닉 대학의 남극 탐험대원. 레이크와 함께 광기산맥을 탐사한 후 소식이 두절되었다.

【참조작품】「광기의 산맥(한)」

무 Mu 용어

초고대의 태평양에 존재했다고 여겨지는 잃어버린 대륙으로 레무리아(Lemuria)라고도 불린다. 1874년에 영국의 동물학자 P.L. 스클레터(P.L. Sclater, 1829~1913)가 레무르(Lemur, 여우 원숭이)의 분포를 설명하기 위해서 오래 전에 인도양에 거대한 대륙이 있었다고 하는 가설을 세우고 이에 주목한 브라바츠키 부인 등의 신비학자들이 레무리아는 인도양이 아니라 태평양에 실재했다고 주장했다. 영국 군인 제임스 처치 워드는 인도에서 발견한 고대 비문을 해독하여 무라는 대륙이 5만 년 전에 태평양에 존재하여 고도의 문명을 구축했다고 주장, 레무리아를 무라고 개칭했다.

무 대륙의 성지 쿠나아에 있는 야디스 고우산의 지하에는 외우주에서 날아온 마신 과타노차가 있어 이호운데나 보르바도스, 슈브-니구라스와 이그 같은 땅신을 섬기는 사람들로부터 기피되고 있다. 또한, 일설에 의하면 무 인류는 과타노차를 우두머리로 하는 로이거족에 의해 만들어졌다고 한다.

【참조작품】「영겁으로부터(한)」, 「로이거의 부활」, 「현자의 돌」, 「분묘의 주인」, 「나락 밑의 존재」, 「고분(한)」

무덤은 필요없다

Dig Me No Grave 작품

R.E. 하워드(R.E. Howard)

【첫 소개】『위어드 테일즈(Weird Tales)』 1937년 2월호

【개요】 친구 콘라드(John Conrad)가

실망하는 표정으로 우리 집에 왔다. 전부터 나쁜 소문이 있던 오컬트 전문가 존 그림란(John Grimlan)이 오늘 밤 숨을 거뒀다 한다. 나는 시체를 기고한 곳에 놓아달라고 고인에게 부탁받은 콘라드와 동행하여, 그림란의 저택으로 향했다. 남겨진 편지에는 무서운 비사가 적혀 있었다. 그림란은 250년 전에 자신의 영혼과 육체를 마왕 말릭 타우스에 팔아넘겼고, 오늘 밤이야말로 바로 그 지급기일이었다.

【해설】 전형적인 〈마법사 이야기〉 중 한 편이지만, 말릭 타우스, 코스처럼 독자적인 신화 아이템이 풍성하게 담겨있다. 또한, 화자인 킬로완 교수와 콘라드 콤비는 1931년에 발표한 전생 환상담 「밤의 자손(The Children of the Night)」에서도 이미 등장하고 있다.

『무명 제사서』 Unausssprechhchen Kulten 용어

본 윤츠가 세계 각지를 순회하는 과정에서 보고 들은 기괴한 전승들을 적은 금단의 책. 『검은 책』이라고도 불린다. 고대의 비석과 비밀 종파의 경전에서 옮긴 고대 문자 등도 포함하고 있다고 한다. 1839년에 뒤셀도르프에서 초판이 간행되었다. 현재 일부 호사가들에 알려진 것은 1845년에 런던에서 나온, 오역이 많은 해적판과 1909년에 뉴욕의 골든 고블린 프레스에서 간행된, 철저하게 검열된 제거 버전들뿐이며, 무삭제 버전인 뒤셀도르프 버전은 전 세계에 6권도 현존하지 않을 것이라고 한다.

【참조작품】「밤의 후예」, 「검은 돌(한)」, 「누가 블레이크를 죽였는가?(한)」, 「영겁으로부터(한)」

무명부대 The Unnameables 용어

미국의 FBI(연방 수사국)에 극비리에 마련된 특무팀으로 특별 수사관 핀레이(Finlay)의 지휘로 다곤 비밀교단 등의 감시, 소탕 작전에 종사하고 있다.

【참조작품】「큰 물고기」

무서운 노인 Terrible Old Man 용어

'괴노인'이라고도 한다. 킹스포트의 북쪽, 워터가와 쉽가 사이에 있는 집에서 살고 있으며, 큰 키에 마른 체격의 과묵한 노인. 젊은 시절엔 동인도 회사의 쾌속 범선 선장이었다고 한다. 작은 납을 실로 묶은 기묘한 이상한 병을 여러 개 갖고 있으며, 때때로 병들을 향하여 이상한 대화를 나누는 것 같다. 태고의 신비를 이해하고 있는 것으로 여겨진다.
【참조작품】「무서운 노인(한)」, 「안개 속 절벽의 기묘한 집(한)」

『무서운 비밀』

Horrid Mysteries (용어)

그로세 후작(Marquis of Grosse)이 저술한 희귀서. 존 콘라드가 그 18세기판을 소장하고 있지만, 자세한 것은 알 수 없다.
【참조작품】「밤의 후예」

무스라 Mthura (용어)

초은하의 별. 랜돌프 카터는 즈카우바로서 야디스 행성에서 사는 동안 이 별에 여행했다고 한다.
【참조작품】「실버 키의 관문을 지나서(한)」

무우 툴란 Mhu Thulan (용어)

'무-툴란'이라고도 한다. 하이퍼보리아 대륙 북부의 황량한 반도. 현재의 그린랜드 부근에 해당한다고 한다.
【참조작품】「우보-사틀라」, 「백색 벌레의 출현(한)」, 「토성을 향한 문」

문의 저편으로

Beyond The Threshold (작품)

어거스트 덜레스(Agust Derleth)
【첫 소개】『위어드 테일즈(Weird Tales)』 1941년 9월호
【개요】 나는 사촌형 플로린으로부터 절박한 불안을 호소하는 편지를 받고, 북부 위스콘신의 숲에 위치한 얼윈 저택으로 향했다. 할아버지인 죠사이어는 서재에 틀어박혀 뭔가를 열심히 탐구하고 있는 것 같았다. 밤마다 집안에만 들리는 이상한 바람 소리, 거대한 발소리, 감미롭고 즐거운 소리. 할아버지의 탐구는 인스머스 선원이었던 큰숙부 리앤더와 관계가 있었다. 돌아가신 큰숙부는 이계의 존재와 손을 잡았고, 따라서 「문」이 집 어딘가에 숨겨져 있다는 것이 할아버지의 추측이었다. 하루하루 바람 소리가 거세어지며, 마침내 하늘을 덮는 거대한 그림자가 출현한 직후, 할아버지는 어디론가 사라져 버렸다. 그 뒤에는 서재의 벽에 열린 동굴이……. 얼윈 저택은 이계로의 문이 있는 동굴을 숨기기 위해서 세워져 있었던 것이다!
【해설】〈이타콰 이야기〉 중 1편. 작중에서 기괴한 사건을 일으키는 신성이 뭔지를 숨긴 채 이야기를 진행하면서, 말하자면 범인 찾기가 아닌 「마신 찾기」의 수법은 덜레스의 전매특허라고 해도 과언은 아닐 것이다.

뮐러 병조장

Boatswain Muller (용어)

독일군의 잠수함 U29 승무원으로 알자스 지방의 출신자. 격침한 빅토리호 선원이 되살아나 바다속으로 사라져 버린 이변을 목격하고 혼란 상태에 빠져 이후 함내에서 실종되었다.

【참조작품】「신전(한)」

뮤노즈 Munoz (용어)

뉴욕 서 14번지의 갈색 사암 4층 아파트에 숨어 사는 의사. 스스로 고안한 특이한 시체 소생술을 이용하여 사후 18년 동안 계속 살아 있었다.

【참조작품】「냉기(한)」

뮤시데스 Musides (용어)

그리스 시대의 조각가. 직접 만든 동상이 친구 카로스의 작품보다 뒤지는 것을 두려워하여 친구를 독살하지만 카로스의 환생인 올리브 나무에게 복수를 당한다.

【참조작품】「올리브 나무(한)」

므나르 Mnar (용어)

광대한 호수를 보유한 토지. 인류의 출현 이전에는 그 호반에 물도마뱀신 보크루그를 섬기는 이형의 생물이 이브라는 도시를 세우고 있었다. 후에 거대한 도시 사나스를 비롯해 토우라, 일라네크, 카다세론 등의 고대 도시가 이 땅에 인류의 손으로 만들어져 갔다.

【참조작품】「사나스에 찾아온 운명(한)」, 「므나르의 잊힌 의식」

므브와 M'bwa (용어)

콩고 오지의 골짜기에 우뚝 솟아 있으며, 끊임없이 모습을 바꾸는 〈회전류〉라고 불리는 적색의 건축물을 수호하는 나무로 변해버린 인간. 오래전 골짜기에 침입한 모험자들이 회전류에 사는 주민들에 의해 변한 모습이라고 한다.

【참조작품】「므브와의 나무 인간」

므브와의 나무 인간

The Tree-Men of M'bwa (작품)

도날드 완드레이(Donald Wandrei)

【첫 소개】『위어드 테일즈』 1932년 2월호

【개요】 콩고 상류의 전설적인 '달의 산맥'의 계곡에 들어선 탐험가 리처드는 중앙 부근에 서 있는 부정형의 구조물과 그 주위에 늘어선 나무에 다가갔다. 그러자 나무가 이쪽을 힐끗 보더니 덮쳐 오는 것이었다. 그들은 〈사악한 신들〉의 노예가 되었던 〈므브와의 나무 인간〉이었다.

【해설】 그레이트 올드 원의 일대 거점이 있는 콩고 오지를 무대로 한 이색작품.

므와누 Mwanu (용어)

콩고 오지의 카릴리 부족(Kaliris) 장로. 조사로 방문한 아서 저민 경에게 돌로 된 도시와 〈하얀 원숭이 여신〉에 대한 전설을 들려줬다.

【참조작품】「고(故) 아서 저민과 그 가족에 관한 사실(한)」

미-고 Mi-Go (용어)

〈유고스 행성의 균류 생물〉을 히말라야에서 부르는 다른 이름으로 여겨지는데, 그 모습은 백색의 부드러운 털에 덮인 거대한 유인원 같은 〈무서운 설인〉으로서 종종 목격되고 있다.

【참조작품】「어둠 속에서 속삭이는 자(한)」,「광기의 산맥(한)」, 「분묘의 주인」

『미국에서의 기독교의 위대한 업적』
Magnalia Christi Americana (용어)

보스턴의 목사 매더 코튼이 1702년에 저술한 초기 뉴 잉글랜드의 교회사.

【참조작품】「형언할 수 없는 것(한)」, 「그 집에 있는 그림(한)」

미스캐토닉 대학
Miskatonic University (용어)

1797년에 아캄에 설립된 종합 대학. 이 대학 부속 도서관에는 『네크로노미콘』을 비롯한 수많은 마도서가 소장되어 있으며, 같은 대학 부속 박물관에는 인스머스에서 발견된 기이한 장신구 등도 소장되어 있다. 이 때문에 마법과 원시 신앙에 관심이 있는 각 분야의 연구자를 다수 배출하고 있으며, 초고대 유적의 발굴 조사를 비롯해 그레이트 올드 원에 관한 학술 연구의 총본산이 되고 있다.

【참조작품】「더니치 호러(한)」, 「광기의 산맥(한)」, 「시간의 그림자(한)」, 「영겁의 탐구 시리즈(어거스트 덜레스 참조)」, 「아캄, 그리고 별의 세계로」, 「암초의 저편에」

미스쿠아마쿠스
Misquamacus (용어)

미스카마카스라고도 한다. 더니치 일대의 원주민인 왐파나우그족(Wampanaug) 제1의 현자라고 알려진 늙은 주술사. 리차드 빌링턴이 소환한 괴물을 〈엘더 사인〉을 이용하여 봉쇄했다. 빌링 턴 집의 종자인 쿠아미스와 동일 인물이 아닐까도 추측되고 있다.
【참조작품】「암흑의 의식」

미스터 X

Mr. X (작품)

피터 스트라우브

【첫 소개】 랜덤 하우스(Random House)『미스터 X(Mr. X)』 1999년

【개요】 이야기는 주인공의 청년 네드 던스턴이 어머니의 죽음을 알고 미국 중서부의 시골 마을 에드거톤으로 급히 귀향하는 대목에서 시작한다. 네드의 출생에 얽힌 복잡한 비밀, 생일 때마다 그를 괴롭게 만드는 기괴한 악몽, 항상 자신을 아껴주었던 어머니에 대한 사모의 정……정감넘치는 이야기를 예감하게 하는 잔잔한 시작 부분. 하지만 이로부터 이어지는 「미스터 X」라는 부제가 붙어있는 장(이 책은 「나=네드」와 「미스터 X」의 두가지 시점으로 각 장이 교차하는 형식으로 구성되어 있다)의 도입부 「오오, 그레이트 올드 원이여!」라고 하는 장엄한 부름으로부터 시작되는 펄프 호러 세계에서 튀어나온 듯한 의문의 인물의 독백으로 분위기가 달라진다. 러브크래프트의 「더니치 호러」를 바탕으로 하고, 폭력의 극을 달리는 초상적인 살인귀에 대해서 아마추어 괴기 작가인 미스터 X와 네드, 그리고 의문의 등장을 반복하는, 또 하나의 네드 사이에 감춰진 놀라운 인연이란?

【해설】 이 복잡기괴한 구성을 가진 대작을 크툴루 신화 소설이라고 단정하는 데는 이의를 제기하는 이도 있을 것이다. 오히려 저자가 의도한 것은 오래전 러브크래프트에게 수많은 명작을 낳도록 했던, 미국 동부의 풍토와 거기에 깃든 어둠과 정령들의 소란에 귀를 기울인다는 것, 즉, 신화 대계 탄생의 기본 바탕을 재현하려는 것처럼 보이기 때문이다. 결과적으로 이 책은 예를 들면 「암흑의 의식」으로 대표되는 신화 소설의 정형과 흡사한 구조를 가지게 되었다. 신화 대계의 문학으로서의 가능성을 추구하고자 한다면, 꼭 읽어보길 권한다.

미지의 카다스를 향한 몽환의 추적

The Dream-Quest of Unknown Kadath (작품)

H.P. 러브크래프트

【집필년도/첫 소개】 1926~27년/『아캄 샘플러(Arkham Sampler)』 제1호(1948년 겨울호)~같은 책 제4호(48년 봄호)

【한국번역】 정진영 역 「미지의 카다스를 향한 몽환의 추적」(황3)
【개요】 장려하기 이를 데 없는 도시의 꿈을 꾸다가 일어나기를 3번. 랜돌프 카터는 〈드림랜드〉에 있는 지구의 신들에게 바친 기도조차 소용없었기에, 미지의 카다스에 사는 신들에게 직접 호소하기 위해 〈드림랜드〉로 향한다. 우선 신들의 흔적이 남아 있다는 엔그라네크산으로 향하지만, 다이레스-린 항구에서 검은 갤리선에게 납치되어 월면에서 끔찍한 의식의 제물로 바쳐지려는 상황에서 동지인 고양이들에게 구출된다. 오리에브섬으로 건너간 카터는 엔그라네크산 중턱에 새겨진 신들의 얼굴을 볼 수 있었지만, 돌아가던 중, 나이트곤에게 휩쓸려 불길한 트로크산맥에 옮겨진다. 구울이 된 친구 픽맨의 도움으로 가구와 가스트의 위협을 떨쳐내고, 신들과 비슷한 외모를 가진 사람들이 사는 북쪽 땅 인콰노크로 향한다. 현지 주민도 두려워서 가까이 가지 않는 오지에 홀로 들어선 카터는 샨다크새를 거느린 상인에 의해 렝고원으로 납치된다. 거기에는 달에서 목격한 인간을 닮은 종족이 살고 있었다. 겨우 궁지를 벗어난 카터는 도망치다가 구울이 검은 갤리선의 인간을 닮은 종족과 달의 괴물에게 잡힌 것을 목격하여 이를 알리고, 급히 달려온 구울 군단과 나이트곤과 함께 괴물들을 습격하여 괴멸시킨다. 나이트곤의 등에 타고, 구울들을 이끌고 하늘을 거쳐 카다스의 마노성에 돌입한 카터를 기다리고 있던 것은?
【해설】 〈드림랜드〉를 무대로 하는 러브크래프트풍 판타지의 집대성이라 할만한 이 장편은 1926년 8월부터 다음 해 1월까지 집필되었지만, 작자의 생전에 발표할 기회는 얻지 못했다. 「공포와 암흑의 신화」인 크툴루 신화 대계의 본류와는 꽤 정취를 달리하지만, 〈크툴루 이야기〉, 〈요그 소토스 이야기〉의 계열과, 이 작품으로 대표되는 〈드림랜드 이야기〉의 계열과의 상관관계는 러브크래프트의 「기초 신화」의 성립 과정을 이해하는 데 중요한 열쇠가 될 것으로 보인다.

미첼 모베

Michel Mauvais 용어

13세기 프랑스의 악명 높은 마법사. 〈모베〉는 '악'을 의미하는 통칭. 아들 샤를과 함께 마도를 사용하지만, 영주에 의해 교살되었다.
【참조작품】 「연금술사(한)」

『미친 수도사 클리타누스의 고백록』 Confessions of Monk Clithanus (용어)

영국의 수도사 클리타누스가 라틴어로 저술하여, 로마에서 비밀리에 간행된 금단의 책. 〈크툴루의 사생아〉를 바다에서 소환하는 주문이 구체적으로 적혀 있다고 한다. 대영박물관이나 시카고의 필드 박물관(Field Museum)에 소장되어 있다.

【참조작품】「호수 바닥의 공포」, 「저편에서 나타나는 것」, 「에릭 홀름의 죽음」

미카엘 케룰라리우스 Michael Cerularius (용어)

콘스탄티노플의 총 대주교. 1050년에 『네크로노미콘』을 불살라버리라는 명령을 내렸다. 그리스어 사본 171부를 태워버렸다.

【참조작품】「『네크로노미콘』의 역사」, 「네크로노미콘 알하즈레드의 방랑」

밀리-니그리 Milli-Nigri (용어)

프랑스와 스페인의 국경을 이루는 피레네산맥에서 차우그나르 파우근의 종자 역할을 맡고 있는, 피부가 검은 소인족. 두꺼비로부터 만들어졌다고 하여 말을 할 수가 없다. 그들이 1년에 한 번씩 일으키는 너무나 무서운 의식에 관한 이야기는 멀리 로마 시대부터 두려워했던 소문이었다.

【참조작품】「공포의 산」

밀즈 Mills (용어)

미스캐토닉 대학의 남극탐사대원. 레이크와 함께 광기산맥을 탐사한 후 소식이 끊어졌다.

【참조작품】「광기의 산맥(한)」

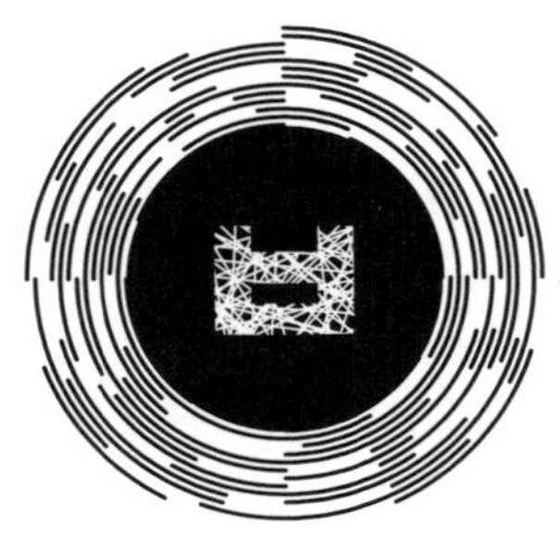

바나버스 마시

Barnabas Marsh (용어)

오벳 마시의 손자로 정련소의 경영자. 변화가 진행되어 사람들 앞에 모습을 드러내지 않게 되었다고 한다.

【참조작품】「인스머스의 그림자(한)」

바노프 골짜기

Vaney of Banof (용어)

로마르 땅에 있는 골짜기.

【참조작품】「북극성(한)」

바다를 보다

To See the Sea (작품)

마이클 마샬 스미스(Michael Marshall Smith)

【첫 소개】 피도건&브레머(Fedogan&Bremer) 『인스머스의 그림자(Shadows Over Innsmouth)』 1994년 간행

【개요】 반복되는 일에 쫓기는 도시 생활에 지친 나와 아내 수잔은 잠시 휴식을 취하고자 주말여행에 나섰다. 목적지는 영국 서해안의 한가한 마을 도튼. 기묘하게 실종된 수잔의 어머니는 이곳 앞바다에서 좌초된 여객선 올드윈클에 올라갔다가 구조될 때까지의 무서운 체험을 어린 딸에게 들려주었다. 쇠퇴한 마을의 기묘한 모습. 침몰선 올드윈클의 간판을 내건 섬뜩한 술집. 마을 사람들의 수상한 대응. 가도 가도 도달할 수 없는 해안선…. 민박에 돌아온 나는 갑작스레 혼수상태에 빠졌다. 깨어나고 보니 수잔의 모습은 없었다. 필사적으로 아내의 행방을 찾던 나는, 주민들이 진행하던 기묘한 의식을 목격하는데…….

【해설】 영국판 인스머스라고 할 만한 기괴한 마을에 도착한 남녀가 체험하는 괴이한 사건들을 정감이 넘

치는 필치로 그려낸 수작. 결말에서 기다리고 있는 애절한 현실 붕괴 감각을 만끽하기 바란다.

바람을 타고 걷는 것 The Thing That Walked on the Wind 작품

어거스트 덜레스(August Derleth)

【첫 소개】『스트레인지 테일즈(Strange Tales)』 1933년 1월호

【개요】 매니토바(캐나다)의 나비사 캠프에 체류 중인 경관 로버트 노리스는 갑자기 3명의 인간이 하늘에서 내려오는 것을 목격한다. 두 사내는 숨이 있었지만, 또 한 사람의 여성은 절명했다. 그들은 1년 전에 주민 모두가 기묘하게 실종되어버린 스틸워터 마을의 관계자였다. 의식을 회복한 남자의 입에서 진상이 밝혀진다. 마을은 바람의 신 이타콰를 비밀리에 숭배하고 있으며, 딸은 산 제물로 바쳐지는 것을 두려워하여 사내들과 도망쳤다는 것이다. 성난 이타콰는 그들과 마을 사람을 하늘로 끌고가서, 그로부터 1년 동안, 그들은 금단의 지대를 헤매다 온 것이라고 한다. 숨을 거두기 직전 남자는 말한다. '바람의 신을 본다면 죽음을 피할 수 없다'라고. 그리고 노리스는 뭔가가 하늘 높은 곳에서 자신을 내려다보는 것을 느낀다.

【해설】 덜레스 초기의 〈이타콰 이야기〉 중의 한 편. 여기에 등장하는 이타콰의 이미지는 알저넌 블랙우드의 「웬디고」와 많이 닮았다.

바르토로메오 코시 Bartolomeo Corsi 용어

12세기 플로렌스(피렌체)의 수도사. 〈위대한 종족〉에 의해 정신을 교환하여 너새니얼 피슬리와 대화했다.

【참조작품】「시간의 그림자(한)」

바스트 Bast 용어

〈부바스티스〉를 참조.

바실 엘튼 Basil Elton 용어

킹스 포트에 있는 노스 포인트의 등대지기. 화이트호를 타고 〈드림랜드〉를 여행했다.

【참조작품】「화이트호(한)」

바실 코퍼 Basil Copper 작가

① 셰프트 넘버 247(Shaft Number 247) 1980

② 암초 저편(Beyond the Reef) 1994

베이질 코퍼라고도 한다. 영국 작가(1924~2013). 런던에서 태어났다. 지역 신문의 기자로서 30년 가까이

근무하고 1970년부터 전업 작가로 활동하면서 스릴러나 호러를 주로 집필했다. 호러물의 첫 번째 작품은 1964년에 판북판 『공포소설집(Pan Book of Horror Stories)』 제5집에 게재된 「The Spider」. 제1회 월드 판타지 컨벤션에서 연간 최우수 작품의 차점으로 선정된 단편집 『From Evil's Pillow』(1973)나 고딕 장편 『Necropolls』(1977) 외에 많은 저서가 있다.
①는 다른 차원의 감시원을 좀먹는 폐쇄감을 암시적인 문체로 그려낸 이색적인 작품이다.

바이아구나 Byagoona 용어
〈모습 없는 것〉이라 불리는 신성. 얼굴 없는 검은 스핑크스의 모습으로 나타난다. 니알라토텝과 같은 존재라는 소문도 있다.
【참조작품】「아보르미스의 스핑크스」

바이아크헤 Byakhee 용어
파이아키, 비야키라고도 한다. 하스터를 섬기는 날개 달린 생물. 박쥐를 닮은 날개로 성간 우주를 날아다닌다. 금색의 벌꿀 술을 마시고, 돌피리를 불며, 주문을 외움으로써 쉬류즈베리 박사는 이 생물을 불러서 먼 곳으로 이동하거나 크툴루 세력으로부터 도망갈 때 사용했다.
【참조작품】「영겁의 탐구 시리즈(어거스트 덜레스 참조)」

바이아티스 Byatis 용어
마도서 『벌레의 신비』에 뱀의 수염을 기른 바이아티스〈Serpent-bearded Byatis〉라고 기록되어 있는 예언의 신.
【참조작품】「별에서 오는 요충」, 「성의 방」

바자이 Barzai 용어
울타르의 현자로 고성에 사는 영주의 아들. 고양이 살인을 금지하는 법률을 제창한 사람이다. 『나코트 필사본』을 비롯한 각종 비밀 책자를 소장하고 태고의 신비에 대해 잘 알고 있었다. 신들이 모이는 밤, 하세그-클라에 올라갔기에 목숨을 잃었다.
【참조작품】「또 다른 신들(한)」, 「미지의 카다스를 향한 몽환의 추적(한)」

바자이의 언월도
Scimitar of Barzai 용어
소환 주술에 사용되는 청동제 영검으로 손잡이는 흑단으로 만들었다. 화성의 날, 화성의 시각에 달이 그 빛을 더하는 때 주조된다.
【참조작품】「마도서 네크로노미콘」

바크 비라 주문
Vach—Viraj Incantation 용어

'와크 비라지 주문'이라고도 한다. 크토니안 같은 크툴루 권속들을 격퇴하는 데 일정한 효과가 있다는 주문.

【참조작품】「땅을 뚫는 마」, 「세일럼의 공포」, 「제7의 주문」

『바티칸 사본』
Vatican codex 용어

교황청 도서관에서 발견된 고대 마야의 상형 문자로 기록된 사본. 『포폴 부흐』의 원형으로 보이는 창세기 신화가 기록되어 있으며, 그에 따르면, 태고의 지구에 아크투루스(Arcturus)별로부터 날아온 과타노차나이그라는 신성한 존재의 정액에서 지상의 생물이 탄생했다고 한다.

【참조작품】「현자의 돌」

바하나
Baharna 용어

〈드림랜드〉의 오리에브섬에 있는 거대한 항구 도시. 쏜과 달 두 개의 등대가 다가오는 배를 환영한다. 도시는 항구에 면한 바위 선반에 층을 이루면서 펴져나간다.

【참조작품】「미지의 카다스를 향한 몽환의 추적(한)」

박공의 창
The Gable window 작품

H.P. 러브크래프트&어거스트 덜레스 (H. P. Lovecraft & August Derleth)

【첫 소개】『사탄(Satan)』 1957년 5월호

【개요】 나는 급사한 사촌 윌버 애클리의 농장으로 이주했다. 금단의 지식을 탐구하던 윌버는 남쪽에 접한 박공의 방에 큰 원형 창을 설치하고 항상 거기에서 생활하고 있던 것 같다. 기괴한 소리에 시달리던 나는 그것이 둥근 창문의 저편에서 울려온다는 것을 깨닫는다. 수수께끼를 푸는 열쇠는 사촌이 남긴 자료에 있었다. 히아데스 땅에서 만들어진 〈렝의 유리〉로 만든 둥근 창은 그레이트 올드 원의 추종자가 숨어있는 금단의 땅으로 통하는 문이었다. 주문을 외운 나는 황량한 사막의 광경과 추한 〈모래에 사는 물건〉을 목격하고….

【해설】 이계의 광경을 파노라마식으로 계속 보여주는 느낌은 같은 작가의 「암흑의 의식」이나 「알하즈레드의 램프」에서도 이용되고 있다.

박물관에서의 공포
The Horror in the Museum 작품

헤이젤 힐드(Hazel Heald)

【첫 소개】『위어드 테일즈(Weird Tales)』 1933년 7월호
【한국번역】 정진영 역(황5)
【개요】 로저스 박물관의 특별실은 무서운 곳이다. 거기에는 금단의 신들, 크툴루와 차토구아의 살아있는 것 같은 밀랍 인형이 전시되어 있으니까. 괴기 매니아인 존즈는 관장인 로저스와 친해진다. 미쳤다는 소문이 있는 이 사내는 전시물이 인공물이 아니라면서 암시할 뿐만 아니라 자신이 북극의 지하에서 발견했다는 가사상태의 「신」의 사진을 보여준다. 그의 발밑에는 무참하게 피를 빨린 개 시체가. 무서운 란 테고스는 정말로 살아났는가? 박물관에서 하룻밤을 보내는 스티븐에게 공포의 마수가 다가온다.
【해설】 마신들의 사실적인 동상이 늘어서 있는 밀랍 인형 박물관이라는 무대가 자아내는 이상한 분위기가 마신 부활의 광기 어린 분위기를 드높이고 있다. 어딘가의 테마파크에서 실현해주었으면 하는 마음이다.

반 데르 하일 일족

Van Der Heyls 용어

이상한 마법을 썼다는 의심을 받아서 1746년에 알바니아에서 뉴욕주 아티카로 이주한 마법사 일족.

【참조작품】「알론조 타이퍼의 일기(한)」

반 카우란 일족

Van Kaurans 용어

악마와 거래를 하여, 1587년에 위트가드(Wijtgaart)에서 교수형에 처해진 마법사 니콜라스 반 카우란(Nicholas Van Kauran)의 자손. 대대로 『에이본의 서』를 비장하고 마도에 빠져들었다.

【참조작품】「석인(한)」

반 후그스트라텐

Van Hoogstraten 용어

올드 더치 타운에 있는 참나무 숲의 집에서 금단의 지식 탐구에 종사하던 수수께끼의 네덜란드인.

【참조작품】「검은 시인」

발로르 Balor 용어

검은 고양이의 모습을 한 작은 괴물. 피버디 가문에서 대대로 마법사의 사역마이다.

【참조작품】「피버디가의 유산」

발루시아 Valusia 용어

뮤와 아틀란티스섬이 작은 섬에 불과했던 무렵부터 번성했던 초고대 왕국. 뱀신을 신봉하는 사인족이 암약하고 있던, 정신의 수도이자 그림

자 왕국이다.

【참조작품】「그림자 왕국」

밤의 악마

Night gaunt (용어)

〈나이트 곤〉을 참조.

방죽길

The Causeway (용어)

킹스포트의 북쪽에 서 있는 절벽의 한쪽에 지역민들이 붙인 이름. 기둥 모양이 층을 이루고 있는 지점을 가리킨다.

【참조작품】「안개 속 절벽의 기묘한 집(한)」

백색 벌레의 출현

The Coming of the White Worm (작품)

클라크 애슈턴 스미스(Clarke Ashton Smith)

【첫 소개】『스털링 사이언스 스토리즈(Sterling Science Stories)』 1941년 4월호

【한국번역】정진영 역(클)

【개요】이것은 『에이본의 서』에 기록된 이야기이다. 무우 둘란 백성은 북쪽 바다에서 도착한 갤리선의 이변을 보고 눈을 의심했다. 승무원들은 새하얗게 변해버렸고, 화장터에서 불을 붙여도 타지 않는 것이다. 북쪽의 마신에게 대항하는 주문을 조사하기 시작한 마도사 에바흐(Evagh)는 갑자기 강렬한 한기를 느끼게 된다. 깨닫고 보니, 주변은 빙원으로 변해 있었다. 북쪽 끝에서 거대한 빙산을 타고 다른 차원의 마신 림 샤이코스가 찾아온 것이다. 끔찍하기 이를 데 없는 하얀 구더기 같은 몸과 끊임없이 피 같은 물방울이 뚝뚝 떨어지는 얼굴을 가진 신은 에바흐를 포함한 8명의 마도사를 선택하여 종신 서약을 맺게 했다. 남쪽으로 향하는 빙산 위에서 한 사람, 또 한 사람 사라져 가는 마도사들. 마지막에 남은 에바흐는 동료들이 마신에게 잡아먹혔다는 것을 알게 된다. 잠에 빠진 신의 배에 에바흐가 목숨을 건 검의 일격을 가하는 그때…….

【해설】강렬한 존재감을 풍기는 다른 차원의 마신 림 샤이코스는 그레이트 올드 원의 별종으로서 설정되어 있는 것 같다.

백색변종의 펭귄

albino penguins (용어)

남극의 광기산맥에 있는 석조 도시 지하에 서식하는 펭귄. 황제펭귄보다도 훨씬 큰 미지의 거대한 종으로,

백화된 눈은 퇴화하고 있다.
【참조작품】「광기의 산맥(한)」

뱀 굴 Snake Den 용어

카터가의 집 뒤편에 있는 동굴로 그 안쪽에는 이계로 통하는 탑문을 지닌 광대한 암굴이 있다고 한다. 오래전 에드먼드 카터가 무서운 목적으로 이용했던 것을 비롯해, 기분 나쁜 전설이 많이 남겨져 있어 주변 사람들은 접근하려 하지 않는다. 그러나 랜돌프 카터는 어린 시절부터 이 동굴을 매우 좋아했다.
【참조작품】「실버 키의 관문을 지나서(한)」

버질 핀레이 Virgil Warden Finlay 작가

미국의 화가, 일러스트레이터(1914~1971). 뉴욕주 로체스터에서 태어났다. 21세 때 『위어드 테일즈(Weird Tales)』의 판스워스 라이트 편집장에게 자신의 작품을 보내어 채용되었다. 치밀한 점묘 기법을 구사한 환상적이고 관능적인 화풍은 해당 잡지를 비롯한 펄프 잡지의 표지나 지면을 요사하게 장식했다. 러브크래프트와도 친하게 편지를 주고받았으며, 소겐추리문고 『러브크래프트 전집』의 커버에도 사용된 러브크래프트의 초상화는 핀레이의 작품이다.

『버클리 계곡』 The Vale of Berkeley 용어

윌셔(Wilshire)라는 인물이 쓴 책.
【참조작품】「성의 방」

벅 로빈슨 Buck Robinson 용어

볼튼에서 개최된 권투의 뒷 시합경기 중에 사망한 흑인 복서. 고릴라와 같은 외모라는 점에서 허버트 웨스트의 실험 재료가 되었다.
【참조작품】「허버트 웨스트 리애니메이터(한)」

『벌레의 신비』 Mysteries of the Worm 용어

'해충의 신비'라고도 한다. 루드비히 프린이 옥중에서 집필한 악명높은 마도서이다. 원제는 『드 베르미스 미스테리이스(De Vermis Mysteriis)』라고 하며, 끔찍하고 무서운 지식으로 가득하다고 한다. 특히 중동지역의 이단 신앙에 대한 자세한 내용이 적혀 있다고 한다.
【참조작품】「별에서 오는 요충」, 「검은 파라오의 신전」, 「세베크의 비밀」, 「생존자」, 「벌레의 왕」

벌레의 왕

Lord of the Worms (작품)

브라이언 럼리(Brian Lumley)

【개요】 이것은 타이터스 크로우의 젊은 날의 이야기. 전쟁 중에 영적인 국방요원으로 육군성에 중용된 크로우였지만, 종전과 함께 실직하고, 줄리안 카스테아즈의 저택에서 비서로 일하게 된다. 카스테아즈는 〈벌레의 왕〉이라는 별명을 가진 늙은 마법사였다. 수십가지 마도서가 늘어서 있는 서재에서 장서 정리를 맡게 된 크로우는 카스테아즈의 언동에 의심을 품고 경계를 강화하게 된다. 『벌레의 신비』를 신봉하는 마법사는 체내에 품은 샤가이에서 온 곤충들의 새로운 숙주가 될 청년을 찾고 있었다. 신비학에 뛰어난 신구, 두 사람의 오컬트 전문가에 의한 조용한 사투가 막을 열었다….

【해설】 〈마법사 이야기〉의 흐름을 이어받은 중편으로, 럼리 자신이 「타이터스 크로우 이야기의 중편 중에서 단 하나만 골라야 한다면, 작가로서는 이 『벌레의 왕』을 찾을 것이다」라고 했을 정도의 자신 있는 작품이다.

벌레의 저택

House of the worm (용어)

〈드림랜드〉의 카르 평원에 있는 보르나이를 내려다보는 언덕 위에 세워진 황량한 저택. 엘더 갓의 봉인을 지키는 노인이 살고 있었다.

【참조작품】「벌레의 저택」

벌레의 저택

The House of the Worm (작품)

게리 마이어스(Gary Myers)

【첫 소개】『아캄 콜렉터(Arkham Collector) 제7호』 1970년 여름판

【개요】 〈깊은 잠의 문〉을 초월한 드림랜드의 산책자인 나는 보르나이시가 내려다보이는 언덕에 있는 〈벌레의 저택〉을 가까이서 보고 전해지는 전설에 귀를 기울였다. 오래전 관에는 기괴한 노인이 살면서, 보르나이의 젊은이들을 향연에 초대해서는, 이계의 신들에 대해 주의해야 할 점들을 말했다고 한다. 건물 옆에 선 돌기둥은 엘더 갓의 봉인이며, 노인은 〈봉인의 수호자〉였다. 그러나 실수로 지하 우물을 들여다본 노인은 무언가에 의해 심연으로 끌려갔다. 건물은 황폐해지고, 베텔게우스의 빛이 사라지면서 관의 아래에서는……. 이후, 나는 잠에 빠져들 용기가 없다.

【해설】 러브크래프트의 〈드림랜드〉를 무대로, 덜레스 신화의 엘더 갓대 그레이트 올드 원의 소재를 전개

하려는 의욕적인 작품. 본편에 따르면, 꿈의 세계에서는 이미 그레이트 올드 원이 부활하기 시작한 것 같다.

『벌레의 저택』
The House of the Worm 용어
'요충의 저택'이라고도 한다. 미국 파트리지 빌에 사는 단편 소설 작가 하워드의 작품. 훗날 게리 마이어스가 같은 제목의 단편을 집필했다.
【참조작품】「포식자들」, 「벌레의 저택」

베니자 코리
Benijah Corey 용어
크리스토퍼 카터의 집에서 일하고 있던 늙은 하인.
【참조작품】「실버 키(한)」

베르하디스 Verhadis 용어
무우 둘란의 사악한 마법사. 그리하여 「검은 베르하디스」라고 불리기도 한다. 틴달로스의 사냥개를 조종하여, 동료 흑 마법사들을 공격했다.
【참조작품】「만물 용해액」

베스무라 Bethmoora 용어
베트무라라고도 한다. 던세이니 경의 단편 「베스무라」에 아름답게 소개되는 사막의 버려진 도시. 헨리 W. 에이크리는 렝이나 할리 호수와 함께 베스무라의 이름을 언급했다. 「하지만 내 생각은 저 멀리, 문이 하늘하늘 열리고 닫히고 있을 고독한 베스무라로 향한다. 하늘하늘 열리고 닫히고, 바람에 비틀리면서, 하지만 아무도 그 소리를 듣지 않는다. 그 문은 녹색의 구리로 되어 실로 아름답지만, 아무도 그 모습을 보지 않는다. 사막의 바람이 모래를 경첩에 쏟아붓지만, 그것을 치울 문지기는 없으니.」
【참조작품】「어둠 속에서 속삭이는 자(한)」

베히모스 behemoth 용어
나일강에서 사는 흉포한 거대한 생물. 그레이트 올드 원에 의해 창조된 사악한 자들의 후손이라고 한다. 구약 성서의 「욥기」에서는 짐승들의 왕이나 사막의 악마로 등장. 중세에는 유명한 악마 중 하나로 여겨졌다.
【참조작품】「네크로노미콘 알하즈레드의 방랑」

벤 자리아트나트믹
Ben Zariatnatmik 용어
제데디어 오르니가 조지프 커웬에

게 보낸 편지에서 언급한 인물. 흑단 상자에 무서운 것을 감추어둔 모양이다.
【참조작품】「찰스 덱스터 워드의 사례(한)」

벤 치크노 Ben Chickno 용어
로이거족의 앞잡이가 되는 로마족 장로. 다양한 부정에 손을 댄 위험인물로 여겨진다. 로이거 비밀을 너무 많이 누설했기 때문에, 〈란다르펜의 대폭발〉시에 살해되었다.
【참조작품】「로이거의 부활」

벤자민 아담즈
Benjamin Adams 작가
① 강장동물 프랑크(Frank the Cnidarian) 1997
② 리키 페레스의 최후의 유혹(The Last Temptation of Ricky Perez) 2003
미국의 호러 작가(1966~). 작품은 『삶의 장식(The Frieze of Life)』(1995), 『두번째 행동(Second Movement)』(1996) 외 다수. 러브크래프트와 필립 K 딕에 관한 에세이 등을 집필하고 있다. ①은 웨이트 일족 최후의 후예인 딸과 결혼한 청년을 주인공으로, 가벼운 블랙코미디 스타일로 집필한 단편. 아캄 산 맥주인 〈젠킨즈 브라운(Jenkin's Brown)〉이라든가, 「고지라 대 스모그 괴물」(공해에 의해 만들어진 괴수, 헤도라를 뜻함)처럼 아는 사람은 싱긋 웃을 만한 소품도 눈에 띈다. ②는 크툴루 스타일의 청춘 소설로서 깊은 맛이 있다.

벤자민 오르니
Benjamin Orne 용어
아캄 주민. 남북 전쟁 직후, 뉴햄프셔의 마시 가문에서 신부를 맞이했지만, 그 정체는 오벳 마시와 딥원 중 하나인 프트트야-라이의 딸이었던 것 같다.
【참조작품】「인스머스의 그림자(한)」

벨드-엘-진
Beled-el-Djinn 용어
아랍에서 이름 없는 도시를 부르는 이름으로 〈괴물의 도시〉를 뜻한다.
【참조작품】「아슈르바니팔의 불길」

벨라카 Belaka 용어
고대 바빌로니아 동부의 산맥에 살던 마도사. 〈슈브-니구라스의 자식〉 중 하나인 머리가 7개인 괴물에게 잡아먹혔지만, 그 머리 중 하나가 되어서 요구에 따라 깊은 비술을 전수한다고 한다.

【참조작품】「네크로노미콘 알하즈레드의 방랑」

벨로인 대학

Beloin University (용어)

미국 중서부의 작은 대학. 부지 내의 어두운 구석에 있는 붉은 벽돌로 된 박물관에는 엘트다운 도편본의 점토판이 소장되어 있다.

【참조작품】「비밀 지식의 수호자」

별에서 오는 색깔 독

the poison of colors from the stars (용어)

그레이트 올드 원에 유력한 대항 수단으로서 마기족이 주목하는 천문현상. 그들이 믿는 바에 따르면, 그레이트 올드 원의 활동은 별에서 방출되는 빛의 색에 좌우되고, 그 색조가 변화하면서 지상에서 쫓겨났다고 한다.

【참조작품】「네크로노미콘 알하즈레드의 방랑」

별에서 온 요충

The Shambler from the stars (작품)

로버트 블록(Robort bloch)

【첫 소개】『위어드 테일즈(Weird Tales)』 1935년 9월호

【개요】괴기소설 작가인 나는 새로운 영감의 원천을 찾고 있었다. 친구인 프로비던스의 몽상가는 기괴한 전승을 기록한 고대의 책에 대해서 알려주었다. 찾아다닌 보람으로 나는 어떤 고서점 선반에서 루드비크 프린의 「벌레의 신비」를 발견했다. 그러나 그것은 라틴어로 적혀 있었기 때문에, 나는 프로비던스의 친구에게 향한다. 처음에는 망설이던 그는 곧 그 해독에 열중하기 시작했다. 프린이 별의 저편에서 사역마를 소환할 때 사용한 주문을 실수로 친구가 소리 내서 읽어 준 순간, 창밖의 허공에서 넘쳐나는 조소와 함께 그의 몸은 공중에 떠올라서 산산조각 난다. 분출하는 혈액을 빨아먹는 소리. 그리고, 아, 친구의 피를 빨아들이며 실체화한, 더없이 끔찍한 모습이 눈 앞에…….

【해설】젊은 날의 블록이 경애하는 러브크래프트를 모델로 하는 인물을 작중에 등장시켜, 게다가 끔찍한 방법으로 괴물의 먹이가 되게 했다는 기념비적(?) 작품. 또한, 이에 호응하여, 러브크래프트가 만년의 역작 「누가 블레이크를 죽였는가?」를 집필한 것은 유명한 일화이다.

별의 자손의 소굴

The Lair of Star-Spawn (작품)

어거스트 덜레스&마크 쇼러(Argust Derleth&Mark Schorer)

【첫 소개】『위어드 테일즈(Weird Tales)』1932년 8월호

【개요】미얀마(버마)의 오지를 향하던 호크스 탐험대 일행은 수수께끼의 소인족 트쵸 트쵸족의 습격을 받아 전멸한다. 우연히 위험을 피하게 된 에릭 마시는 쑹고원에서, 전설의 버려진 도시 알라오자르를 발견하지만, 트쵸 트쵸족에게 잡히고 만다. 거기에는 몇 년 전에 자택에서 살해되었을 포 란 박사가 있었다. 박사는 납치되어서, 도시 지하에 잠복하는 로이거와 차르를 부활시키는 계획에 가담하게 되었다. 그러나 박사는 정신 감응을 이용하여 우주의 저편에 있는 〈그레이트 올드 원〉에게 마신의 토벌을 부탁하고자 한다. 알라오자르를 탈출하여 상황을 살펴보고 있던 두 사람의 눈앞에서 놀라운 광경이 펼쳐진다. 머나먼 하늘에서 날아온 〈별의 전사〉가 엘더 갓의 무기를 가지고 저주받은 도시에 장렬한 공격을 시작한 것이다.

【해설】덜레스 신화의 형성 과정을 아는 데 중요한 초기 작품. 대체로 신비의 베일에 싸인 채 그 실태가 분명하지 않았던 엘더 갓에 대해서 구체적으로 묘사가 되고 있거나, 엘더 갓의 공격으로 마신이 살해된다거나 하는 대담한 성향은, 달리 예를 찾기 어렵다. 아직 〈그레이트 올드 원〉과 〈엘더 갓〉이 혼동되고 있다는 점에 주의하기 바란다.

별의 전사 Star-Warriors (용어)

인간을 닮은 모습을 한 화염 생물로, 끝이 뾰족한 가늘고 긴 원통형의 물건에 타고 오리온 자리로부터 날아온다. 양 옆구리에 팔을 닮은 3쌍의 부속 기관이 달려 있으며, 여기에 원통 모양을 한 엘더 갓의 태고의 무기를 가지고 있다. 엘더 갓의 명령으로 알라오자르를 파괴했다.

【참조작품】「별의 자손의 소굴」

별의 지혜파 Starry Wisdom (용어)

스태리 위즈덤이라고도 한다. 1844년에 이집트에서 귀국한 에녹 보웬 교수가 프로비던스에서 조직한 사악한 신흥 종파. 페더럴 힐의 프리윌 교회를 인수하고 본거지로 삼아, 〈빛나는 트레피저 헤드론〉을 받들며 니알라토텝에게 산 제물을 바쳤다. 한때는 신자 수 2백 명을 넘었지만, 당국의 탄압을 받아, 1877년에 교회는 폐쇄되었다. 후에 이 종파는

나이 신부라는 수상한 인물에 의해 재건되어있다.
【참조작품】「누가 블레이크를 죽였는가?(한)」, 「첨탑의 그림자」, 「아캄 계획」, 「공포를 먹는 다리」

보드류 Boudreau 용어
미스캐토닉 대학의 남극 탐험대원. 레이크와 함께 광기산맥을 탐사한 후 소식이 두절된다.
【참조작품】「광기의 산맥(한)」

보레누스 Borenus 용어
17세기 이탈리아의 저명한 수학, 물리학, 천문학자이자 의사이기도 했던 조반니 알폰소 보렐리(Giovanni Alfonso Borelli, 1608~1679)를 말한다. 주요 저서로 『동물의 운동에 대해서(De Monti Animalium)』(1680~1681)가 있다.
【참조작품】「찰스 덱스터 워드의 사례(한)」

보르나이 Vornai 용어
〈드림랜드〉의 칼 평원에 있는 도시 언덕 위에 〈벌레의 저택〉이 있다.
【참조작품】「벌레의 저택」

보르바도스 Vorvadoss 용어
원시 무 대륙에서 최초의 인류에게 숭배된 신들 중 하나. 〈회색만의 보르바도스(Vorvadoss of the Grey Gulf)〉, 〈불을 붙이는 자(Flaming One)〉 등으로 불린다. 다른 차원 생물의 침공에 즈음한 투쟁의 최전선에서 가장 용감하게 활약했다고 한다. 그 인상은 은빛의 안개 너머로 떠오르는 작은 불꽃이 반짝이는 모습으로서 사람의 눈에 비친다. 인류에게 우호적인 신이다.
【참조작품】「촉수」

보스톤 Boston 용어
미국 매사추세츠주의 주도. 뉴잉글랜드 지방의 핵심, 유서 깊은 항구도시이다. 노스 엔드 지역에는 화가 픽맨의 주택이 있었다.
【참조작품】「픽맨의 모델(한)」

『보이니치 필사본』
Voynich Manuscript 용어
보이니치 수기라고도 한다. 런던의 고서적상인 윌프레드 M. 보이니치(Wilfred M. Voynich, 1865~1930)가 1912년 이탈리아의 수도원에 보관되어 있던 상자에서 발견한 후 미국에 반입한 수수께끼의 사본. 오컬트 스타일의 채색된 그림과 암호 문서로 구성되어 있으며, 현재는 예일 대학의 도서관에 소장되어 있다

(인터넷에서 열람 가능). 역대 소장자 중에는 루돌프 2세나 아타나시우스 키르허의 이름도 거론되고 있다. 로저 베이컨(베이컨에 대해서는 〈화학보전〉을 참조)의 저작이라고 여겨지는 한편, 위서라는 주장도 적지 않아서, 진상은 현재도 명확하게 밝혀지지 않았다. 일설에는 그 정체가 『네크로노미콘』이라고도 한다. 게리 케네디와 로브 처칠의 최신 다큐멘터리 『보이니치 코드(The Voynich Code)』(2004)에서도 "그보다 훨씬 흥미 깊은 것은 H.P. 러브크래프트(1890~1937)와 콜린 윌슨의 문학 세계에서의 판타지와 현실의 혼합이다"라고 기술되어 있다.

【참조작품】「로이거의 부활」, 「현자의 돌」

보크루그 Bokrug 용어

이브와 자매도시인 르 이브에서 이형의 부족에 의해 숭배된 청색의 물도마뱀 신. 그 저주는 하루밤 사이에 사나스를 괴멸시켰다. 보크루그는 성인에 이르기까지 인간의 모습을 하고 있기 때문에, 태어난 아이는 일단 사람 세계에 보내져 성장한 후에 고향에 돌아간다고 한다.

【참조작품】「사나스에 찾아온 운명(한)」, 「위대한 귀환」

『보편적 마법』 Ars Magnaet Ultima 용어

〈최고의 위대한 예술〉을 참조.

본 윤츠 von Junzt 용어

1795년에 태어나 평생을 금단의 영역 탐구에 보낸, 독일의 기인. 무수한 비밀 결사에 참여하여 세상에 알려지지 않은 비밀서나 초안을 독파했다. 몽골로 향한 수수께끼 여행에서 귀국하여 반년 후 1840년에 밀실에서 날카로운 손톱자국이 남아있는 교살 시체가 되어 발견되었다. 그의 저서인 『검은 책』(별칭 『무명제사서』)은 1839년 뒤셀도르프에서 출판되었다.

【참조작품】「검은 돌(한)」, 「지붕 위에」, 「영겁으로부터(한)」

볼튼 Bolton 용어

미국 매사추세츠주의 도시. 아캄에 가까운 공장 마을이다. 이곳의 볼튼 우스테드 공장(Bolton Wosted Mills)은 미스캐토닉 골짜기에서 최대 규모를 자랑한다. 허버트 웨스트나 델라포어 가문이 한때 이 마을에 살았다.

【참조작품】「허버트 웨스트 리애니메이터(한)」, 「벽 속의 쥐(한)」

부니스 Voonith (용어)

〈드림랜드〉에 서식하는 양서류. 연못 기슭에서 울고 있다. 얕볼 수 없는 생물인 것 같다.

【참조작품】「미지의 카다스를 향한 몽환의 추적(한)」

부다이 Buddai (용어)

오스트레일리아 원주민의 여러 부족 전설에 등장하는 늙은 거인. 팔을 베고 오랫동안 땅속에서 자고 언젠가 깨어 세계를 완전히 먹어치운다고 한다.

【참조작품】「시간의 그림자(한)」

부를 Vhoorl (용어)

제23 성운 속 깊은 곳에 있던 행성. 인류와 비슷한 문명을 지닌 생물이 번성하고 있던 것 같다. 크툴루의 옛 땅이 아니냐고 추측하는 설도 있다.

【참조작품】「책의 수호자」

부바스티스 Bubastis (용어)

고대 이집트 왕국 시대에 숭배된 고양이의 여신. 이시스의 딸이라고도 한다. 바스트, 바스테트 같은 이름으로 불리기도 한다. 고양이의 머리에 인간의 육체를 갖고, 산 제물의 시체 고기를 먹어치우는, 무서운 신이다(부바스테스는 이집트 도시 이름으로 고양이 모양의 신 이름은 바스테트이다-역주).

【참조작품】「부바스티스의 자손」, 「미지의 카다스를 향한 몽환의 추적(한)」, 「네크로노미콘 알하즈레드의 방랑」, 「알하즈레드」

부바스티스의 자손
The Brood of Bubastis (작품)

로버트 블록(Robort bloch)

【첫 소개】『위어드 테일즈(Weird Tales)』 1937년 3월호

【개요】 내가 왜 극도의 고양이 공포증에 빠졌는지 그 이유를 알려준다. 작년에 나는 영국 콘월에 사는 친구 말컴 켄트(Malcolm Kent)를 만나고자 바다를 건넜다. 신비학 연구가인 말컴은 놀라운 발견을 했다고 말한다. 무려 콘월의 지하에 고대 이집트의 유적이 잠들어 있다는 것이다. 그에게 이끌려 해변 동굴에서 지하로 들어간 나는 상상을 넘어서는 경이에 말도 꺼낼 수 없었다. 거기에는 고양이 신 부바스티스를 살찌우기 위하여 왕국에서 쫓겨 난 이집트 신관들이 만든 꺼림칙한 사람과 짐승이 혼합된 미라가 줄지어 있던 것이다. 가장 깊은 동굴에서 나는 새로운 인골이 흩어져 있는 광경에 전

율한다. 그때 말컴이 갑자기 덮쳐 왔다. 나는 반대로 그를 때려누이고 떠나려고 했지만, 등 뒤에서 느껴지는 이상한 낌새에 뒤를 보고 말았다. 끔찍한 광경. 그것은 말컴을 집어삼키는 고양이 머리를 한 거인의 모습이었다…….

【해설】 고대 이집트의 마신과 구울이라는 블록의 가장 자신 있는 소재를 함께 묶어서, 게다가 전설의 땅 콘월의 지하에 있는 이집트의 유적을 조사한다는 놀라운 발상의 수작. 『벌레의 신비』가 등장한다.

부어 표식 Voorish Sign (용어)

윌버 휘틀리(Wilbur Whateley)가 일기에서 언급하고 있는 마법용어. 자세한 것은 불명이지만, 이를 통해 투명한 형제의 모습을 엿볼 수 있었다고 한다.

【참조작품】「더니치 호러(한)」

부어미사드레스산 Voormithadreth (용어)

하이퍼보리아 대륙 서부를 가로지르는 에이글로피안산맥의 최고봉. 지하에는 차토구아가 군림하는 마계가 펼쳐져 있으며 산중에는 부어미족과 마법사가 돌아다니는 마의 산이다.

【참조작품】「일곱개의 저주」, 「심연으로의 강하」

부어미족 Voormis (용어)

'부르미스'라고도 한다. 마봉 부어미사드레스산에 사는 털이 많이 난 야만족. 원시 시대, 같은 산의 지하 동굴 세계에서 나타난 어떤 잔인한 생물과 인간 여자 사이에서 태어난 것으로 알려져 있다.

【참조작품】「일곱개의 저주」, 「아삼마우스의 유고(한)」, 「몰록의 두루마리」, 「부어미족에 의한 구제의 찬가」

부오 Buo (용어)

〈초고대의 것(Arch-Ancient)〉라고 불리는 야디스 행성의 정신체. 상세한 것은 불명이다.

【참조작품】「실버 키의 관문을 지나서(한)」

부포스족 Buopoths (용어)

〈드림랜드〉에서 가장 기묘한 둔중한 종족. 오쿠라노스 강가의 숲에 서식하는 것 같다.

【참조작품】「미지의 카다스를 향한 몽환의 추적(한)」

분묘의 주인 Dweller In the Tomb (작품)

린 카터(Lin Carter)
【첫 소개】 아캄 하우스 『다크 식스(Dark Six)』 1971년 간행
【개요】 이것은 태평양 해역의 고고학의 권위자로 훗날 정신병에 걸린 코플랜드 교수가 중앙 아시아 사막에서 조난했을 때의 일기이다. 금단의 쑹고원을 횡단한 일행은 흰색 머리 원숭이 미 고우의 습격을 받지만, 어쨌선지 교수 혼자만 빠져나오게 된다. 간신히 도달한 고대의 매장지에서 교수가 찾아낸, 마법사 산토우의 무덤에 감춰진 놀라운 비밀은?
【해설】 신화 대계 연구가이기도 한 카터답게 익숙한 고유 명사를 멋지게 다용하고 있는 작품. 쑹고원과 렝과의 관련도 언급하고 있다.

불 안개의 후예
children of the Fire Mist 용어

원시 지구에 도착한 「게이트의 지식」을 인류에게 전해주었다고 알려진, 신비한 종족.
【참조작품】 「실버 키의 관문을 지나서(한)」

불꽃 동굴
cavern of flame 용어

얕은 잠의 영역에서 계단을 70개 지나간 지점에 있는, 불꽃의 기둥이 일어나고 있는 동굴 사원. 신관인 나쉬트와 카만-타가 이곳을 모시고 있다. 여기에서 또한, 계단을 700개 지나면 〈깊은 잠의 문〉이 있다.
【참조작품】 「미지의 카다스를 향한 몽환의 추적(한)」

브그라아 B'graa 용어

큰-얀의 차트 근교에 있는 지금은 폐허가 된 황금 도시.
【참조작품】 「고분(한)」

브나직 사막
Bnazic desert 용어

므나르의 변경에 있는 사막 지대.
【참조작품】 「사나스에 찾아온 운명(한)」, 「이라논의 열망(한)」

브라운 대학
Brown University 용어

프로비던스에 있는 대학. 러브크래프트는 학교에 입학하고 싶었지만, 병약해서 뜻을 이루지 못했다. 현재 이 대학에는 러브크래프트 기념 문고가 갖추어져 있다. 현대 호러 작가인 T.E.D 클라인의 모교이기도 하다. 부속 시설로 카터 도서관 및 존 헤이 도서관이 있다.
【참조작품】 「크툴루의 부름(한)」, 「찰스 덱스터 워드의 사례(한)」, 「금단

의 저택(한)」, 「누가 블레이크를 죽였는가?(한)」

브라운 젠킨

Brown Jenkin 용어

마녀 케지아의 사역마. 대형 쥐 정도의 크기로, 털이 북슬북슬한 쥐의 모양을 하고 있으면서 날카로운 노란색 송곳니와 수염이 난 얼굴은 인간을, 앞발은 작은 사람의 손과 비슷하다. 그 목소리는 비밀 대화를 나누는 것 같지만, 모든 언어를 할 수 있는 것 같다. 마녀의 피에 의해 길러지고 있다.

【참조작품】「위치 하우스에서의 꿈(한)」

브라이언 럼리

Brian Lumley 작가

① 자매 도시(The Sister City) 1969
② 빌리의 참나무(Billy's Oak) 1970
③ 괴물의 증거(An Item of Supporting Evidence) 1970
④ 심해의 함정(The Cyprus Shell) 1968
⑤ 도난된 눈(Rising With Surtsey) 1971
⑥ 속 심해의 함정(The Deep-Sea Conch) 1971
⑦ 검은 소환자(The Caller of the Black) 1971
⑧ 니토크리스의 거울(The Mirror of Nitocris) 1971
⑨ 바다가 외치는 밤(The Night Sea-Maid Went Down) 1971
⑩ 다른 차원의 관목(The Thing from the Blasted Heath) 1971
⑪ 다일라스-린의 재앙(Dylath-Leen) 1971
⑫ 드 마리니의 벽시계(De Marigny's Clock) 1971
⑬ 광기의 지하회랑(In the Vaults Beneath) 1971
⑭ 땅을 뚫는 마(The Burrowers Beneath) 1974
⑮ 타이터스 크로우의 귀환(The Transition of Titus Crow) 1975
⑯ 몽환의 시계(The Clock of Dreams) 1978
⑰ 풍신의 사악한 종교(Spawn of the Wind) 1978
⑱ 보레아의 요월(In the Moons of Borea) 1979
⑲ 엘더 갓의 고향 엘리시아(Elysia : the Coming of Cthulhu) 1989
⑳ 미이라의 손(The Second Wish) 1980
㉑ 이름수 비법(Name And Number) 1982
㉒ 벌레의 왕(Lord of the Worms)

1983

㉓ 속 검은 소환자(The Black Recalled) 1983

㉔ 다곤의 종(Dagon's Bell) 1988

㉕ 거대한 "C"(Big "C") 1990

㉖ 오염(The Taint) 2005

영국의 작가(1937~). 더럼주 호든에서 태어났다. 13세 때, 블록의 「빈집에서 발견한 수기」를 읽고 크툴루 신화의 포로가 된다. 21세에 영국 육군에 입대하여, 독일과 키프로스에 부임했을 때 소설 투고를 시작해 1968년 「심해의 함정」이 『아캄 콜렉터(Arkham Collector)』에 게재되었다. 1980년에 퇴역할 때까지 직업군인으로 근무하면서, 여가를 이용하여 신화 소설을 계속 쓰고 있었다고 한다.

②는 타이터스 크로우가 사는 부로운 관의 인연 이야기. ③은 신화작품의 비판자에게 크로우가 세상에 존재할 수 없는 유물 그 자체를 내미는 이야기. ④와 ⑥은 자코비의 「수조」에서 영감을 얻어 만들어진, 요괴가 아니라 괴물 조개 이야기. ⑦은 사악한 마법사와 크로우의 마법 전투담. ⑧은 고대 이집트의 마녀 니토크리스와 관련된 저주 호러. ⑨는 해저 시추 드릴이 심해 마신의 몸에 구멍을 뚫어 버려서……에 불과한 이야기. ⑩은 러브크래프트 「우주에서 온 색채」의 후일담. ⑪은 〈드림랜드〉 이야기에 도전한 이색적인 작품. ⑳은 스트레고이카바르로 〈검은 돌〉을 구경하러(?) 갔던 커플이 돌아오는 길에 들른 폐허의 교회에서 이변을 만나는 이야기. ㉑에서는 세계의 파멸을 꾀하는 수상쩍은 무기 상인의 야망을 크로우가 저지한다. ㉓은 ⑦의 후일담. 「암」과 「크툴루」라는 두 가지 의미로 해석할 수도 있는 ㉕는, 외계인에 의한 침략을 테마로 한 바보 같은 SF 호러. ㉖은 현대 영국의 어촌에서 은근히 반복되는 〈인스머스 이야기〉 후일담. 럼리로서는 억제된 필치가 인상적인 중편이다.

럼리의 초기 작품은 신화 항목을 열거하는 간단한 아이디어 스토리에서 벗어나지 않는 것이 많았지만, 타이터스 크로우가 앙리 로랑 드 마리니와 콤비를 이루어 마신 사냥꾼이 되어서 활약하는 길고 짧은 작품의 연작을 시작하면서, 점차 독자적인 노선을 찾았다고 볼 수 있다. 특히 ⑭~⑲로 이어지는 〈타이터스 크로우 사가〉는 좋든 나쁘든 초기의 럼리다운 모습이 완전히 펼쳐진다고 해도 좋다. ⑮에서는 크로우가 큰시계=타임머신으로 시간 여행을 즐기며 (백악기에선 프테라노돈 대활약!), ⑯에서는 드 마리니도 더해져 〈드림랜드〉 탐방의 대모험이 전개된다. 또한, 풍신 이타콰의 행성 보레아에서 정사의 항쟁을 그려내는 ⑰⑱에서는 크로우를 대체하는 마신 사냥꾼 행크 실버 버허트가 대활약한다. 엘더 갓의 세계가 무대가 되는 집대성적인 완결편이 되는 ⑲……괴기소설이 아닌 스페이스 히로익 판타지의 폭풍이 밀려온다.

브라이언 맥노튼

Brian McNaughton 작가

① 메리필리아 Meryphilla 1990

미국 작가, 평론가(1935~2004). 뉴저지 출신. 뉴스 프로그램의 리포터에서 작가로 변신, 첫 장편 「Satan's Love Child」(1977) 이후 에로틱한 오컬트 호러 작품을 집필했다. ①은 온화하고 우아한 구울 이야기의 수작이다.

브라이언 무니

Brian Mooney 작가

① 프리스쿠스의 무덤(The Tomb of Priscus) 1994

영국의 작가(1940~). 1971년, 『The London Mystery Selection』에 수록된 「아라비아의 병」으로 데뷔 이후 『The Pan Book of Horror Stories』를 시작으로 하는 선집이나 잡지에 호러 단편을 기고하고 있다. ①은 영국 서식스주 해변 마을에 있는 고대 유적의 발굴 현장에서 속출하는 괴사건에 카프웨이 교수와 셰이 신부의 콤비가 직면하는 이야기. 같은 콤비가 등장하는 작품으로 「The Affair at Dumamnay Hall」, 「Vultures Gather」 등이 있다.

브라이언 스테이블포드

Brian Stableford 작가

① 인스머스의 유산(The Innsmouth Heritage) 1992

영국의 SF 작가(1948~). 요크셔주의 쉬플리에서 태어났다. 요크대학을 졸업, 레딩 대학에서 사회학 강사를 맡았다. 1969년, 장편 『Cradle in the Sun』으로 작가 데뷔. 일본에 번역된 작품으로는 〈타르타로스 세계(The Realms of Tartarus)〉 3부작이나 『땅의 계승자(Inherit the Earth)』 등이 있다.

브래들리 교수

Professor Bradley 용어

콜롬비아 대학 교수. 1913년 8월에 포트원캣에 낙하한 운석을 조사하고 어떤 미지의 성분이 대량으로 확

ㅂ

인된다는 것을 지적했다.
【참조작품】「초원(한)」

브로운 관 Blowne House 용어
영국 런던 교외에 있는 레너드 워크 히스(Leonard's-Walk Heath)에 세워진 웅장한 단층 저택. 타이터스 크로우가 은둔 생활을 했던 집으로, 수많은 희귀본과 마법 도구, 〈드 마리니 벽시계〉를 비롯한 기괴한 유물을 소장하고 있었다. 1968년 10월 4일 밤 기괴한 태풍으로 파괴되었다.
【참조작품】「땅을 뚫는 마」, 「드 마리니의 벽시계」, 「이름수의 비법」

브리체스터 Brichester 용어
영국의 지방 도시. 주변에는 세반포드, 고츠우드, 캄사이드, 템플힐, 잃어버린 크로톤처럼 이상한 사건이 끊이지 않는 땅이 널려 있다.
【참조작품】「유고스의 광산」, 「샤가이에서 온 곤충」, 「다른 차원통신기」, 「하이스트리트 교회, 「공포의 다리」

브흐렘프로임족 The Bhlemphroims 용어
사이크라노쉬(토성)의 원주민. 가슴과 복부에 각각 얼굴이 있는, 두 발로 걷는 생물로 실리적인 문명을 구축하고 있다.
【참조작품】「토성을 향한 문」

브흐로르 Vhlorrh 용어
토성에 있는 브흐렘프로임족의 수도. 기괴한 거대 건축물이 즐비하게 늘어서 있다.
【참조작품】「토성을 향한 문」

블랑 노인 old Blandot 용어
오제이유 거리에서 5층짜리 기울어진 하숙집 관리인을 맡은 중풍병 든 노인.
【참조작품】「에리히 잔의 선율」

블로어-안-산테르 Belloy-en-Santerre 용어
베로이-안-산테르라고도 한다. 프랑스의 솜주 페론 카운티에 있는 도시. 제1차 세계 대전의 「솜 전투」의 격전지로 알려져 있다. 대전 중 외인부대에서 복무했던 랜돌프 카터는 이 땅에서 중상을 입은 것으로 알려졌다. 덧붙여서 케네디 대통령이 그 시를 애창하고 있던 것으로 알려진 미국 시인 앨런 시거(Alan Seeger, 1888~1916)는 솜 전투에서 전사하여, 카터가 부상 당한 상황에는 그 기억이 투영되었을 가능성이 있을 것이다.
【참조작품】「실버 키(한)」

『비밀 서기법』
De Furtivis Literarum Notis 용어
16세기 이탈리아의 자연 철학자 잠바티스타 델라 포르타(Giambattista della Porta, 1535~1615)가 1563년에 저술한 암호 연구책.
【참조작품】「더니치 호러(한)」, 「생존자」

비밀 지식의 수호자
Warder of Knowledge 용어
모든 지식의 수호자나 관리자로서 여겨지는, 악의적인 존재. 〈엘트다운 도편본〉의 제 9 점토판에 소환 주문이 적혀 있다.
【참조작품】「비밀 지식의 수호자」

『비밀의 감시자들』
The secret watcher 용어
작가 할핀 챌머즈의 저서.
【참조작품】「틴달로스의 사냥개」

비숍 가문 Bishops 용어
에일즈베리 일대에 정착한 일족. 본래는 휘틀리 일족과 비견될 만큼 명가였지만, 이계의 존재들과 교접한 자들이 많아서 곧 쇠퇴했다. 북미 원주민의 피가 섞여 있다고도 한다.
【참조작품】「공포를 먹는 다리」, 「골짜기의 집」, 「암흑의 의식」

『비주라노스의 야상록』
Noctuary of Vizooranos 용어
태고의 강대한 마도사 비주라노스(Vizooranos)가 남긴 비의서. 일명 『밤의 책(Book of Night)』. 에이본에 의해 재발견되었다.
【참조작품】「『밤의 책』에 대한 주석」

비질런트호 Vigilant 용어
모리슨 상선 회사의 화물선. 1925년 4월 12일 남위 34도 21분, 서경 152도 17분의 해상에서 표류 중이던 알러트호를 발견, 호주의 달링 항구까지 견인했다.
【참조작품】「크툴루의 부름(한)」

비텔리우스 프리스쿠스
Vitellius Priscus 용어
로마 제국의 귀족이자 군인, 학자로서도 알려졌다. 이집트의 부지사로 부임 중 오컬트 연구에 몰두하여, 금단의 의식에 손을 대었기에 브리튼 섬으로 추방, 이곳에서 사형에 처해졌다. 그 유해는 서식스주 로워 베드호(Lower Bedhoe) 해변에 묻혀 있다. 저서로는「수상21편」이 있다.
【참조작품】「프리스쿠스의 무덤」

빅토리호 Victory 용어
영국 화물선. 뉴욕에서 리버풀로 가

는 도중에 독일군 잠수함 U29에 의해 격침되었다. 익사한 선원 중 한 명의 손에는 월계관을 받드는 미청년의 머리 부분을 새겨넣은 이상한 상아 조각이 쥐어져 있었다.

【참조작품】「신전(한)」

빈 집에서 발견한 수기 Notebook Found in a Deserted House (작품)

로버트 블록(Robert Bloch)

【첫 소개】『위어드 테일즈(Weird Tales)』 1951년 5월호

【개요】 부모 없는 나는, 친척 아저씨 부부의 집에 맡겨졌다. 그곳은 한적한 언덕에 있으며, 주변의 숲에서는 기분 나쁜 외침이나 북소리가 들려온다는, 저주받은 전설이 있는 땅이었다. 격렬한 비가 내리는 가운데, 외출한 아저씨는 실종되고, 이어서 아줌마도 사라졌다. 놈들에게 끌려간 것이다. 쇼고스의 제물이 되는 거야. 나는 아슬아슬하게 우체부와 함께 도망쳤지만, 아아… 마차 앞길에, 새까만 나무 괴물이 밧줄 같은 팔을 뻗어…….

【해설】 이즈미 쿄카(泉鏡花)의 초기 작품, 예를 들어 「용표탄(龍漂弾)」(1896)이나 「괴물새(化鳥)」(1897) 같은 작품과 일맥상통하는 느낌으로, 소년의 1인칭 독백형이라는 신화작품로서는 드문 스타일로 쓰고 있다. 저자의 재기발랄한 감각이 돋보이는 작품.

빙어 Binger (용어)

오클라호마 카도(Caddo) 카운티의 작은 마을. 대평원 한가운데에 있으며, 부근에는 원주민의 유령담이나 뱀신 이그의 전설이 넘쳐나며, 큰-얀으로 연결된 고분이 있다.

【참조작품】「이그의 저주(한)」, 「고분(한)」

빛나는 트레피저헤드론 Shining Trapezohedron (용어)

균일하지 않은 금속 상자 안에, 7개의 지지대에 매달린 결정물. 약 10cm 크기에, 빨간 선이 들어간 검은 색의 다면체이다. 시간과 공간의 모든 것에 통하는 창문이라고 불리며, 어둠 속에서 상자로부터 해방됨으로써 니알라토텝을 소환한다. 유고스 행성에서 만들어진 후, 〈올드 원〉에 의해서 지구에 도착하게 되었으며, 남극의 불가사리형 생물, 벨루시아의 사인족이 소유했다가, 레무리아 대륙에서 처음으로 인류의 눈에 띄게 되었다. 이후 아틀란티스 대륙과 함께 바다속에 잠겨 있었지

만, 미노아의 어부가 해저에서 건져 내어 켐에서 온 상인에게 팔아 이집트의 파라오 네프렌-카의 소유가 되었다고 한다.

【참조작품】「누가 블레이크를 죽였는가?(한)」, 「첨탑의 그림자」, 「아캄 계획」

빛을 내는 존재

luminous thing 용어

캣스킬의 거주자인 죠 슬렌터의 육체에 깃든, 고급 지성을 갖고 시공을 넘어서 떠도는 우주적인 실체. 끔찍한 〈압제자〉에게 복수하고자 알골 행성으로 날아갔다. 〈위대한 종족〉과 어떤 관계인지는 알 수 없다.

【참조작품】「잠의 장벽 너머(한)」

뿔피리를 가진 그림자

Black Man with a Horn 작품

T.E.D. 클라인(T.E.D. Klein)

【첫 소개】 아캄 하우스 『신편 크툴루신화작품집(New Tales of the Cthulhu Mythos)』 1980년 간행

【개요】 러브크래프트 스쿨의 일원이었던 나는, 기내에서 옆에 앉게 된 말레이시아에서 돌아온 선교사로부터, 그가 부임한 말리의 오지에 있는 쵸챠족에 얽힌 무서운 경험담을 듣게 된다. 선교사는 무언가에 쫓기는 것처럼 무서워하고 있으며, 공항 매점에서 레코드 재킷을 보고 비명을 지른다. 거기에는 색소폰을 부는 남자의 실루엣이 그려져 있었다. 뉴욕 박물관에서 나는 그것과 비슷한 모양이 그려진 민족 복장을 발견한다. 그것은 트쵸 트쵸인의 「죽음의 천사」인 모양이었다. 여동생의 소식으로 나는 선교사가 행방불명이 되었다는 것을 알게 되었다. 내 이야기에 흥미를 가진 여동생은 사건을 조사하다가 급사한다. 그리고 뿔피리를 부는 그림자가 마침내 내 주변에도…….

【해설】 러브크래프트의 근처에 있었기 때문에 그 아류로 간주된 작가가 주인공인 굴절된 취향의 작품. 차우그나르 파우근과 공통되는 특징을 지닌 독특한 괴물 슈구오란이 등장한다.

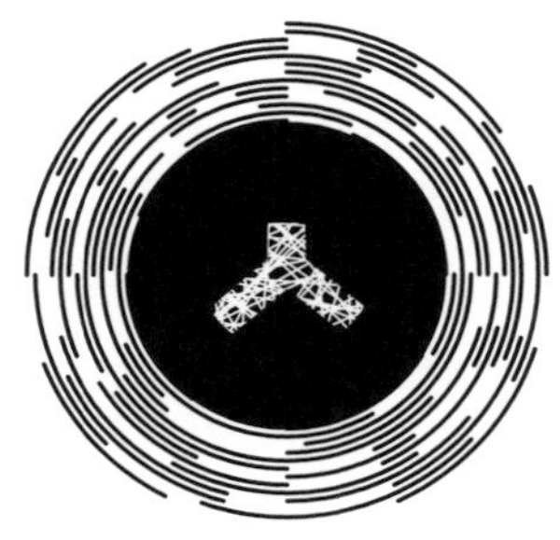

사나스 Sarnath (용어)

1만 년 전, 므나르 땅에 있던 광대한 호수가에 번성했던 장려한 도시. 흑발의 유목 민족이 땅에서 귀금속이 나는 이 땅에 도읍을 마련했다. 천 년의 긴 세월에 걸쳐 〈세계의 경이, 인류 모두의 자랑〉으로서 번영을 이루었지만, 나르기스-헤이 왕이 다스리던 때에 이브의 저주로 인하여 하룻밤에 멸망하였다.

【참조작품】「사나스에 찾아온 운명(한)」, 「이름 없는 도시(한)」

사냥개 hound (용어)

마견, 요견이라고도 한다. 날개를 가진 사냥개 혹은 어느 정도 개를 닮은 얼굴을 가진 스핑크스를 연상케 하는 모습의 괴물. 녹색의 비취로 된 부적을 빼앗아간 자들을 추적하여 끔찍한 죽음을 안겨주었다. 〈틴달로스의 사냥개〉와의 관계는 분명하지 않다.

【참조작품】「사냥개(한)」

사냥개 The Hound (작품)

H.P. 러브크래프트(H.P. Lovecraft)

【집필년도/첫 소개】 1922년/『위어드 테일즈(Weird Tales)』 1924년 2월호

【한국번역】 정진영 역 『세계 호러 걸작선』 책세상/김시내 역(위1)/정진영 역(황)/정광섭 역 「악마개」(동3)

【개요】 끝없는 엽기 탐구자인 세인트 존(Saint John)과 나는 네덜란드 교회 묘지에 매장된 도굴꾼의 유해에서 비취 부적을 훔쳐냈다. 거기에는 『네크로노미콘』에서 언급된 무서운 상징이 새겨져 있었다. 영국에 돌아온 내 주변에서 계속되는 괴기 사건. 밤의 바람을 타고 들려오는 거대한 사냥개의 울음소리. 세인트 존이 참살된다. 부적을 약탈한 것에 대한 보복이 내려온 것일까? 다음은

내 차례인가…….

【해설】『네크로노미콘』의 저자를 처음 압둘 알하즈레드라고 특정하는 언급을 제외하면 신화 대계와의 관련은 깊지 않지만, 「아무도 접근할 수 없는 중앙아시아의 렝고원에서 행해지는 시체를 먹는 제의에 대한 무시무시한 영적 상징」(정진영 역) 같은 암시적인 부분도 있다.

사냥하는 자 The Hunt (작품)

헨리 커트너(Henry Kuttner)

【첫 소개】『스트레인지 스토리즈(Strange Stories)』 1939년 1월호

【개요】유산 상속에 방해가 되는 사촌을 처치하기 위해 앨빈 도일은 〈수도사의 골짜기〉를 찾아왔다. 사촌의 윌 벤슨은 마을에서 6km 정도 떨어진 작은 골짜기의 오두막에서 은둔자처럼 살아가고 있던 마법사로서, 집 근처에서는 괴이한 소문이 끊이지 않았다. 때마침 벤슨은 오랫동안 찾고 있던 〈혼을 사냥하는 자〉 요드 소환 의식을 진행하는 중이었다. 하지만 도일은 무자비하게 벤슨을 사살한다. 차로 도주하던 도중, 도일은 끝없는 악몽에 시달리게 된다. 꿈속에서 창백한 빛을 내고 검은 촉수를 움직이는 무서운 괴물이 어디까지나 그를 추적해오는 것이었다. 그리고 결국…….

【해설】커트너의 독창적인 신격 요드의 공포를 생생하게 그린 작품. 악몽을 통해 습격해오는 다른 차원 생물이라는 착상이 빛난다. 또한, 매켄의 「검은 인장의 소설(한)」과도 관련성이 보인다는 점에도 주목하고 싶다.

사다드 Shaddad (용어)

고대 아라비아의 신비로운 4종족의 하나로 여겨지는 〈아드〉의 마지막 폭군. 무서운 귀신(terrific genius)과 함께 천 개의 기둥을 가진 도시 아이렘을 쌓고 아라비아 페트라 사막에 숨었다고도 한다.

【참조작품】「실버 키의 관문을 지나서(한)」

사도고와시 Sadogowash (용어)

〈오사다고와〉를 참조.

『사두개 교도들의 승리』 Saducismus Triumphatus (용어)

17세기 영국의 철학자이자 마녀 신앙의 옹호자이기도 한 조지프 글랜빌(Joseph Glanvil, 1636~1680)의 저서로, 사후인 1681년에 런던에서 출간되었다. 킹스포트의 사악한 사교도 집단의 장로가 소유하고 있었다. 참고로 이 책은 셜리 잭슨(Shirley Hardie Jackson, 1916~1965)의 명작 공포 단편「복권(The Lottery)」에서도 인상적인 형태로 인용되고 있다.

【추가】이 책의 제목에 포함된 Triumphatus는 일본에서(한국 번역도 같다-역주)「승리」라고 번역하고 있지만, 정확히는「패배하다」라는 뜻으로서「패배한 사두개 교도들」이나「사두개 교도에게 승리하다」같은 식으로 쓰는 게 적절하다. 수정이 필요할 것 같다.

【참조작품】「축제(한)」,「후안 로메로의 전이(한)」

사라 휘틀리
Sarah Whateley 용어

루터 휘틀리(Luther Whateley)의 딸. 인스머스에서 랄사 마시(Ralsa Marsh)와 관계를 맺고 이형의 존재를 수태하게 된다. 아버지에 의해서 집의 숨겨진 방에 죽을 때까지 유폐되었다. 그 사생아는 루터의 조카인 애브너 휘틀리(Abner Whateley)에 의해 불타 죽었다.

【참조작품】「잠긴 방」

『사령 비법 신역』
Note's the Necronomicon 용어

요아킴 피리(Joachim Feery)가 저술한『네크로노미콘』의 주석서.

【참조작품】「광기의 지저 회랑」,「땅을 뚫는 마」

『사령비법』
Necronomicon 용어

〈네크로노미콘〉을 참조.

사르코만드 Sarkomand 용어

〈드림랜드〉의 렝 아래쪽 골짜기에 있는 황폐한 무인 도시. 그 중앙 광장에는 한 쌍의 거대한 섬록암으로 만든 날개 달린 사자상이 〈절대 심연〉에 이르는 초석의 계단을 지키고 있다. 검은 갤리선이 찾아오기 전에는 렝의 유인족이 지배하고 있었다. 그 앞바다에는 무서운 소리를 지르는 이름 없는 톱니 모양의 바위 섬이 늘어서서, 선원들을 위협하고 있다.

【참조작품】「미지의 카다스를 향한 몽환의 추적(한)」

사무엘 시튼
Samuel Seaton 용어

탐험가. 1852년 10월 19일 콩고의 온가에서 수집한 기록의 초안을 갖고, 로버트 저민 경을 찾아서「백색 신에게 지배되는 흰 원숭이의 회색 도시」에 얽힌 전설의 중요성을 역설했지만, 갑자기 미쳐버린 로버트에

의해 살해되었다.
【참조작품】「고(故) 아서 저민과 그 가족에 관한 사실(한)」

『사보스의 카발라』
Cabala of Saboth 용어
사이몬 맥로어가 소장하고 있던 희귀본으로, 1686년에 간행되었다고 여겨진 그리스어판이다.
【참조작품】「악마의 꼭두각시」

사시 Sashi 용어
로버 엘 하리에 사막에 있는 〈바람의 정령〉인 차크라이 중 하나. 큰 머리는 박쥐와 같은 귀가 있으며, 크고 검은 눈은 떨어져 내릴 것 같으며, 입에는 칼날 같은 이가 나 있다. 시체를 먹는다. 알하즈레드의 몸에 들어가 방랑 여행에 함께 한다.
【참조작품】「알하즈레드」

사이다리아 Cydathrla 용어
〈퀴다트리아〉를 참조.

사이먼 오르니
Simon orne 용어
마녀사냥 이전 세일럼에 살던 오컬트 신봉자로 조지프 커웬의 동지. 몇 년이 지나도 외모에 변화가 드러나지 않기 때문에 주민들의 의혹을 불러 1720년에 잠적했다. 약 2백 년 후인 1928년 2월, 프라하 구시가지의 클라인 거리 11번지에서 찰스 워드에게 편지를 보내고 있지만, 그 직후에 화재로 사망했다고 전해진다. 프라하에선 요제프 나데(Josef Nadek)라고 칭하고 있었다.
【참조작품】「찰스 덱스터 우드의 사례(한)」

사이먼 캔필드
Simon Canfield 용어
포토윈켓의 어부. 1913년 8월에 낙하한 운석을 그물에 걸어서 동료와 함께 해안으로 옮겨주었다. 운석에 대해 "녹이 슬어 있었다"라고 증언.
【참조작품】「초원(한)」

사이몬 맥로어
Simon Maglore 용어
미국 동부의 브리지 타운에 사는 이탈리아계의 새우등 청년. 천재적인 글 실력을 타고 나서, 그의 시 「마녀가 매달려서」로 에드워스 기념상을 받았다. 종교 재판소의 추궁을 피해 이탈리아에서 미국으로 건너간 마법사 가문의 후손으로 자신의 육체에 기생하는 사역마에 의해 살해되었다.
【참조작품】「악마의 꼭두각시」

사이코폼포스

Psychopompos 작품

H.P. 러브크래프트(H.P. Lovecraft)

【첫 소개】『더 백랜드(The Back-land)』 1919년 10월호/『위어드 테일즈(Weird Tales)』 1937년 9월호

【해설】 프랑스 오베르뉴에서 스스로 성관에 은거한 드 블루와 경 부부의 기괴한 최후를 그려낸 시. 뱀여자와 늑대의 괴물이 암시적으로 소개되고 있다.

사이크라노쉬 cykranosh 용어

큐크라노쉬라고도 한다. 무우 둘란에서 부르는 토성의 통칭. 차토구아와 인연이 있는 흐지울 퀴그문즈하를 비롯한 기괴한 신들과 브흐렘프로 임족, 이도힘족 같은 기상천외한 민족이 살아가고 있다.

【참조작품】「토성을 향한 문」, 「사이크라노쉬로 향하는 문」

사이클롭스 Cyclops 용어

〈키클롭스〉 참고.

사인족 Serpent-people 용어

마봉 부어미사드레스산의 원시 지하 세계에서 과학 연구에 열중하고 있는, 고도의 지능을 가진 직립파충류. 벨루시아의 사인족과 같은 종족인지는 알 수 없다.

【참조작품】「일곱 개의 저주」, 「슬리식 하이의 재난」, 「가장 혐오스러운 것」

사인족

蛇人族 Serpent-men 용어

고대 괴물의 생존자인 뱀 종족. 뱀과 인간이 섞인 것처럼 생긴, 태고에 살던 괴물의 생존자. 초고대 대륙 벨루시아는 인간으로 변한 사인족에 의해 은밀한 지배가 오랫동안 계속되었다.

【참조작품】「그림자 왕국」, 「일곱개의 저주」, 「누가 블레이크를 죽였는가?(한)」

사일라스 웨이트

Silas Waite 용어

애플도어에 오랫동안 숨어 살면서, 부주의한 사람들을 비밀 통로를 통해서 인스머스로 납치하여 〈딥 원〉에게 산 제물로 바친 노인.

【참조작품】「횡단」

사츠메 세레케

Satsume Sereke 용어

요코하마 마루의 일본계 승무원. 이 배는 포나페 근해에서 〈딥 원〉의 습격을 받아 수상한 섬에 조난했다.

【참조작품】「영겁의 탐구 시리즈(어

거스트 덜레스 참조)」

사키아 Sarkia 용어

로마르 지역의 고원. 대리석 도시 올라소가 있다.

【참조작품】「북극성(한)」

사탐프라 제이로스 Satampra Zeiros 용어

우줄다롬의 뛰어난 도적. 동료인 티로브 옴팔리오스(Tirouv Ompalios)와 함께 콤모리옴의 차토구아 신전에 잠입하여 친구와 함께 자신의 한 팔을 잃는다.

【참조작품】「사탐프라 제이로스의 이야기(한)」

사탐프라 제이로스의 이야기 The Tale of Satampra Zeiros 작품

클라크 애슈턴 스미스(Clark Ashton Smith)

【첫 소개】『위어드 테일즈(Weird Tales)』 1931년 11월호

【한국번역】 정진영 역 「사탐프라 제이로스의 이야기」(황6)

【개요】 나는 우줄다롬 최고의 도둑인 사탐프라 제이로스. 친구 티로브 옴팔리오스와 함께 버려진 도시인 콤모리옴에 고대의 보물을 찾으러 왔다. 밀림에 묻힌 사신 차토구아의 신전에서 우리들은 박쥐나 나무늘보를 연상케 하는 추악한 신상과 점액이 가득 찬 대야를 찾아냈다. 그 대야를 들여다보자, 안의 점액이 갑자기 촉수로 변하여 습격해왔다. 우리는 필사적으로 도망쳤지만, 깨닫고 보면 다시 원래의 신전에 돌아와 있었다. 신전으로 도망쳐 들어간 우리를 탐욕스러운 마신은 봐주지 않았다. 친구의 육체와 내 한쪽 팔은 그 순간 마신의 체내로 사라져 버린 것이다.

【해설】 스미스가 창조한 마신 차토구아를 처음으로 만나는 작품. 던세이니 경이 즐겨 쓴 환상적인 도적 이야기의 영향을 느낄 수 있다.

산슈 Sansu 용어

금단의 영봉 하세그-클라에 오른 인물. 「나코트 사본」에는 산슈에 관련된 무시무시한 언급이 발견된다.

【참조작품】「또 다른 신들(한)」

살랄라 Salalah 용어

무스카트 오만(현재 오만)의 술탄의 여름 궁전이 있었다는 아라비아 사막의 도시. 이 근처에 이름없는 도시가 있다고 한다.

【참조작품】「영겁의 탐구 시리즈(어

ㅅ

거스트 덜레스 참조)」

살바토르 로자

Salvator Rosa (용어)

이탈리아의 화가(1615~1673). 로마와 피렌체에서 활약하고 음악과 시에도 재능을 발휘했다. 그 화풍은 낭만주의적 풍경화의 선구자로 간주되며, 특히 기괴한 분위기의 연출이 우수했다.

【참조작품】「우주에서 온 색채(한)」

살파풍코 Salapunco (용어)

페루 산악 지역 깊숙한 곳에 위치한 사람의 자취가 없는 땅. 이곳에서 더 산속으로 들어간 고대 요새 부근은 크툴루 숭배의 최대 거점이 되고 있다.

【참조작품】「영겁의 탐구 시리즈(어거스트 덜레스 참조)」

삼켜 먹는 것

Devourer (용어)

안데스 고지의 원주민 케추아-아야르(Quechua-Ayars)족이 숭배하는 전쟁의 신. 크툴루를 가리키는 것 같다.

【참조작품】「영겁의 탐구 시리즈(어거스트 덜레스 참조)」

『상아의 서』 Liber Ivonis (용어)

『에이본의 서(書)』의 다른 이름.

【참조작품】「누가 블레이크를 죽였는가?(한)」

샌드윈관의 공포

The Sandwin Compact (작품)

어거스트 덜레스(Argust Derleth)

【첫 소개】『위어드 테일즈(Weird Tales)』 1940년 11월호

【개요】 인스머스의 길가에 위치한 샌드윈 관의 당주인 아사는 불안한 나날을 보내고 있었다. 그의 일족은 3대 전부터 〈딥 원〉과 끔찍한 계약을 맺고 금전적 원조의 대가로 자신과 아들의 육체와 영혼을 바치고 있었던 것이다. 자신의 대에서 계약을 끝내려고 하는 아사의 몸에 다가오는 요괴들. 흠뻑 젖은 문의 손잡이, 이계로부터 들려오는 음악 소리. 크툴루와 이타콰의 위협으로부터 피할 방법을 잘 알고 있던 아사조차도 공포에 떨게 되는 예상 밖의 마신이란?

【해설】 그레이트 올드 원을 섬기는 자들 사이에 일어나는 내분과 갈등을 일종의 주술 전투 형태로 그린 작품. 「인스머스의 그림자」의 후일담이라고도 볼 수 있다.

샐리 소여 sally sawyer (용어)

더니치에 있는 세스 비숍 집안에서 일하던 가정부. 투명 괴물 사건의 희생자 중 한 사람.

【참조작품】「더니치 호러(한)」

샘 허치슨 Sam Hutchins (용어)

더니치에 사는 노인. 아미티지 박사 일행을 길 안내한 마을 사람 중 하나.

【참조작품】「더니치 호러(한)」

생존자 The Survivor (작품)

H.P. 러브크래프트&어거스트 덜레스(H.P.Lovecraft & August Derleth)

【첫 소개】『위어드 테일즈(Weird Tales)』1954년 7월호

【개요】골동품 수집가인 나는 프로비던스의 베니피트가(Benefit Street)에 세워진 샤리에르 저택(Charriere house)을 보고 한눈에 반하여, 유령 건물이라는 소문도 신경 쓰지 않고 빌렸다. 저택의 주인 샤리에르 의사는 몇 년 전에 사망했지만, 그 수상쩍은 경력에 나는 관심을 가지게 되었다. 그는 동일 인물이라고는 생각할 수 없을 정도의 장기간, 유럽 각지에 출몰하고 있었다. 샤리에르는 파충류가 장수하는 점에 주목하고 이를 일종의 수술로서 인체에 응용하려고 생각하고 있던 것 같다. 내 조사는 수상한 침입자에 의해 중단되었다. 그것은 마치 인간과 악어를 혼합한 것 같은 해괴하기 짝이 없는 모습을 하고 있었다. 그 끔찍한 정체를 알게 된 나는 쏜살같이 프로비던스를 뒤로했다.

【해설】프로비던스의 저택을 무대로, 사람과 짐승을 결합한 존재에 대한 악몽을 펼치는 본편은 러브크래프트 & 덜레스 명의의 작품 중에서도 1, 2위를 다투는 수작이라고 할 수 있다. 크툴루 신화와 파충류나 공룡을 묶는 사이비 과학적인 아이디어는 아마 덜레스가 구상한 것이라고 여겨지지만, 「가면 라이더」의 괴인을 연상케 하는 괴물의 조형은 상당히 매력적이다.

샤가이 shaggai (용어)

우주의 가장 먼 곳에 있는 죽음의 냄새로 가득한 악몽의 별. 회색 금속으로 이루어진 도시에 지성을 갖춘 사악한 곤충이 서식하며 그 지하에는 그들이 소환한 다른 차원의 거대한 구더기가 행성 그 자체를 먹어치우려고 하고 있다.

【참조작품】「샤가이」, 「누가 블레이크를 죽였는가?(한)」

「샤가이」 shaggai 용어

작가 로버트 블레이크가 1934년부터 다음 해에 걸친 겨울 동안 쓴 5편의 걸작 단편 소설 중 하나. 후에 린 카터(lin carter)가 같은 제목의 단편을 집필하고 있다.

【참조작품】「누가 블레이크를 죽였는가?(한)」

샤가이에서 온 곤충
The Insects From Shaggai 작품

존 램지 캠벨(John Ramsey Campbell)

【첫 소개】 아캄 하우스 『호반의 주민과 환영받지 못하는 임차인(The Inhabitant of the Lake and Less Welcome)』 1964년 간행

【개요】 영국의 브리체스터 교외의 고츠우드 숲에 전해지는 괴소문의 진상을 확인하기 위해 나는 숲에 발을 디뎠다. 안개 속에서 출현한 노페라보의 원통형 생물에 쫓겨서 나는 숲 속의 공터에 도착한다. 원추형의 탑이 있는 그곳에서, 나는 안에서 나온 곤충생물에게 빙의되고 말았다. 내 의식은 샤가이를 고향으로 하는 곤충 종족의 여정을 목격하며, 그들이 숭배하는 신에 대한 공포, 그리고 원추형 탑의 끔찍한 정체를 알게 되는 것이었다…….

【해설】 주인공이 보게 되는 성간 여정의 장면은 크툴루 신화 버전 이계 박물지의 정취가 있다.

샤가이의 곤충족
Insects from Shaggai 용어

거대한 안구와 3개의 입, 10개의 다리, 반원형의 날개를 가진 지적 생물. 고향인 샤가이 별이 멸망한 후, 자이크로틀, 사곤을 거쳐서 루기하쿠스(천왕성)에 정착했다. 훗날, 종교적 대립으로 인하여 그 일부가 영국의 고츠우드 근처 숲에 내려왔다.

【참조작품】「샤가이에서 온 곤충」, 「샤가이」

샤르노스 Sharnoth 용어

니알라토텝의 고향이라고 알려진 외우주의 땅. 거대한 흑단의 궁정이 있다고 한다.

【참조작품】「알소포커스의 검은 대권」

샤리에르 관
Charrlere house 용어

프로비던스의 베니피트가에 세워진 특이한 건축 양식의 저택. 소유자인 샤리에르 의사의 사후 흉가라는 소문이 돌고 있다.

【참조작품】「생존자」

샨타크새 Shantak (용어)

코끼리보다 거대하고, 말 같은 머리를 갖고, 깃털 대신 비늘 달린 괴조. 니알라토텝을 섬기며, 렝과 카다스를 지키지만, 나이트 곤에겐 약하다. 인가노크 궁전의 큰 지붕에는 다양한 샨타크새의 시조가 머무르면서, 호기심을 가진 자들에게 기괴한 꿈을 보내준다고 한다.

【참조작품】「미지의 카다스를 향한 몽환의 추적(한)」, 「박공의 창」

샬론 Shaalon (용어)

레바논 해안에 있는 작은 마을로 240여 명 정도의 혈족이 어업과 교역에 종사하고 있다. 〈딥 원〉과 통혼하여, 그들이 심해에서 가져온 금속을 다마스쿠스의 검 제조소에 팔아 막대한 부를 얻고 있다.

【참조작품】「네크로노미콘 알하즈레드의 방랑」

샬롯 퍼킨스 길먼 Charlotte Perkins Gilman (작가)

① 노란 벽지(The Yellow Wall Paper) (한-한기욱 역 「노란벽지」 창비 『필경사 바틀비』/정진영 역 「노란벽지」 책세상 『세계 호러 걸작선2』) 1892

미국 작가, 시인, 페미니스트(1860~1935). 명문의 후손으로 코네티컷주 하트포드에서 태어났다. 24세에 풍경화가인 찰스 스테트슨과 결혼하여 딸을 낳았지만, 출산을 계기로 조울증이 생겨서, 1888년에 이혼하고 딸과 함께 캘리포니아로 이주. 1900년에 사촌인 휴턴 길먼과 재혼. 페미니즘 운동과 글쓰기에 전념하는 인생을 보내다가 유방암 선고를 받고 3년 후 자살했다.

우울증과 신경쇠약에 시달린 경험을 바탕으로 작성했다는 ①에 대해 러브크래프트는 「공포 문학의 매혹」에서 「한때 어떤 미친 여자가 갇혀 있던 이 방에 다른 여자가 들어오게 되는 내용으로, 그녀에게 드리워지는 광기에 대한 묘사 때문에 이 작품은 고전의 위치에 오를 만하다」(홍인수 역)라고 평가하고 있다. 「인스머스의 그림자」에서 중요한 역할을 하는 〈길만 하우스〉의 괴이에 ①과 저자의 이름이 반영되었는지 여부는 확실하지 않다.

샴발리아 Shambaliah (용어)

동방의 사막에 있다는 영적인 장벽 너머에 존재하는 도시. 5천만 년 전에 레무리아인(Lemurians)에 의해서 세워졌다고 한다. 어쩌면 샴발라를 가리키는 걸까?

【참조작품】「알론조 타이퍼의 일기」

샹 shang 용어

울타르의 대장장이.

【참조작품】「울타르의 고양이(한)」

『서구에서의 마녀 신앙』 Witch-Cult in Western Europe 용어

〈서유럽의 마녀 의식〉을 참조.

서베르 Thurber 용어

보스턴의 아트 클럽 회원으로 괴기화의 논문을 작성하는 존경하는 화가 픽맨을 자주 찾아왔다. 노스엔드의 아틀리에로 안내되어 거기서 픽맨의 그림에 숨겨진 무서운 진실을 알게 된다.

【참조작품】「픽맨의 모델(한)」

서세이 Surtsey 용어

북위 63도 18분, 서경 20도 36분 50초. 스코틀랜드 앞바다에 떠오른 해저 화산. 북유럽 신화의 〈라그나로크에서 프레이 신과 싸우기 위해서 불길과 함께 남쪽에서 온 신〉 수르트의 이름을 따서 명명되었다.

【참조작품】「도난당한 눈」

『서식스의 단장』 Sussex Fragments 용어

자세한 내용을 알 수 없는 마도서. 『서식스 고본』을 가리키는 지도.

【참조작품】「르뤼에의 인장」, 「클레이본 보이드의 유서」, 「서식스 고본」

『서유럽의 마녀 의식』 Witch-Cult in Western Europe 용어

『서구에서의 마녀 신앙』이라고도 한다. 영국의 역사 민속학자 마가렛 머레이(Margaret Murray, 1863~1963)가 1921년에 간행한 고전적인 연구서. 마녀 신앙이 기독교 이전의 토착종교의 흔적이라고 하는 가설을 제창하여, 큰 논의를 일으켰다.

【참조작품】「크툴루의 부름(한)」, 「레드 훅의 공포(한)」

선주 종족 elder race 용어

저편의 우주에서 찾아와서, 약 6억 년 전에 지구를 비롯한 태양계의 4행성을 지배한 반쯤 해파리 모양의 생물. 물질적인 것은 몸의 일부뿐으로, 그 정신 구조는 〈위대한 종족〉조차도 교환할 수 없었다. 시각을 갖지 않고, 창문이 없는 탑으로 이루어진 아름다운 현무암 도시를 세우고 생물을 찾아내는 대로 포식했다. 큰 바람을 조종하여, 때때로 무기로 사용한다. 〈위대한 종족〉에 의해서 지하로 쫓겨났지만, 끊임없이 지상

침략의 기회를 엿보고 있다.

【참조작품】「시간의 그림자(한)」, 「이름 없는 도시(한)」

『세계의 이미지』

Image du Monde 용어

13세기 프랑스의 시인이자 성직자인 고티에 드 메츠(Gauthier de Meze)의 저작. 읽는 사람을 미쳐버리게 하는 모독적인 내용으로 가득 차 있다.

【참조작품】「이름 없는 도시(한)」

세네카 라팜

Seneca Lapham 용어

미스캐토닉 대학의 인류학 교수. 금단의 지식을 이용해 리처드 빌링턴에 의한 요그 소토스 소환을 막았다.

【참조작품】「암흑의 의식」, 「윈필드의 유산」

세라니언 serannian 용어

〈드림랜드〉의 도시. 서풍이 하늘로 오르는 푸른 빛의 물가에 세워진, 구름 위의 도시이다. 쿠라네스는 여기와 셀레파이스에서 교대로 집무를 한다고 한다.

【참조작품】「셀레파이스(한)」, 「미지의 카다스를 향한 몽환의 추적(한)」

세레네리안해

Cerenerian sea 용어

세레나리아해라고도 한다. 〈드림랜드〉에 있는 바다. 오스-나르가이와 북방의 대륙 사이에 펼쳐져 있다.

【참조작품】「셀레파이스(한)」, 「미지의 카다스를 향한 몽환의 추적(한)」

세번 골짜기

Severn Valley 용어

세번 밸리라고도 한다. 영국의 브리체스터 교외 세번 지구에 있는 골짜기 지역으로 글라키 신앙의 거점이 되는 호수가 있다.

【참조작품】「성의 방」, 「호반의 주민」

『세번 골짜기의 전설과 관습』

Legendry and Customs of the Severn Valley 용어

힐(Hill)이 저술한 책.

【참조작품】「성의 방」

세번포드 Severnford 용어

영국 브리체스터에 가까운 수상쩍은 토지. 그레이트 올드 원의 흔적이 남아 있는 고성이나 숲, 저주받은 비석이 세워져 있는 작은 섬이 흩어져 있다.

【참조작품】「샤가이에서 온 곤충」, 「다른 차원통신기」, 「성의 방」, 「저주

받은 비석」

세베크 Sebek (용어)

이집트에서 숭배된 영생의 근원을 관장하는 신. 마도서 『벌레의 신비』에 들어 있는 「사라센인의 의식(Saracenic Rituals)」의 장에 따르면, 남자의 몸에 악어의 머리가 있으며, 양쪽의 탐욕스러운 욕망을 지닌 무서운 신이다.

【참조작품】「세베크의 비밀」

세스 비숍 Seth Bishop (용어)

더니치의 주민. 그 주택은 불운하게도 마을 주변 휘틀리 노인의 집에 가장 가까운 위치에 있었다. 투명 괴물 사건의 희생자 중 한 사람.

【참조작품】「더니치 호러(한)」

세스 비숍 Seth Bishop (용어)

쇠퇴한 비숍 일족의 마지막 후예. 에일즈베리의 인적이 드문 고독한 집에서 크툴루 숭배에 관한 금단의 연구를 진행하다가 실종되었다. 1919년부터 1923년에 걸쳐서, 『네크로노미콘』, 『시식교전의』, 『나코트 필사본』, 『르뤼에 이본』에서 발췌한 내용을 필사하여 목제 표지로 된 책을 완성하고 있다.

【참조작품】「골짜기의 집」

세인트 존 St. John (용어)

탐미와 퇴폐 예술에 너무 빠진 나머지 친구와 함께 엽기적인 체험을 하고자 했던 영국인. 네덜란드의 교회 묘지에서 금단의 퇴마 부적을 파냈기 때문에, 무서운 괴물에게 추적당해서 참혹하게 죽었다.

【참조작품】「사냥개(한)」

세일럼 salem (용어)

미국 매사추세츠주의 도시. 1692년에 일어난 마녀 사냥 사건으로 알려졌다. 조지프 커웬을 비롯한 많은 마법사나 오컬트 전문가가 한번은 활동의 거점으로 삼았던 곳이기도 하다.

【참조작품】「찰스 덱스터 워드의 사례(한)」, 「세일럼의 공포」

세일럼의 공포 The Salem Horror (작품)

헨리 커트너(Henry Kuttner)

【첫 소개】『위어드 테일즈(Weird Tales)』 1937년 5월호

【개요】 인기 작가 카슨이 신작의 집필 작업을 하기 위해 빌린 방은 악명 높은 세일럼의 마녀 애비게일 프린이 마녀 사냥 군중에게 살해될 때까지 살던 집이었다. 시끄럽게 출몰하

는 쥐에게 이끌려서 카슨은 비밀 지하실을 발견한다. 거기에는 이상한 도형이 그려져 있고, 바닥에는 금속 접시가 놓인 방이었다. 그곳을 작업실로 정한 카슨은 견학하러 오는 오컬트 전문가들에게 일을 맡기는데, 그 중 마이클 리라는 사람에게 묘한 매력을 느끼게 된다. 리는 방을 한번 돌아보더니 긴장하는 표정으로 꿈을 꾸는지 아닌지 물어보았다. 카슨은 왠지 꿈에 대한 기억이 사라졌다는 것을 깨닫는다. 다음 날 아침 산책을 나온 그는 프린의 무덤이 파헤쳐져 있고, 행인이 쇼크사했다는 것을 알게 된다. 집에 돌아온 그에게 리는 말한다. 당신은 마녀에 조종되고 있다. 즉시 집을 떠나야 한다라고. 하지만 카슨은 거부한다. 작업실에서 잠든 카슨은 미라와 같은 괴물이 지하에서 새카만 아메바 모양의 괴물을 소환하는 모습을 목격한다. 그 순간 달려온 리는 소리 높여 괴물 퇴치의 주문을 발동하기 시작했다.

【해설】 오컬트 탐정 마이클 리 이야기의 첫편이지만, 러브크래프트 마녀 소설의 영향이 짙다. 마녀가 소환하는 검은 괴물은 그레이트 올드 원의 동포인 뇨그타라고 설명되어 있다.

세크메트의 별

The Star of Sechmet (용어)

로마인에 의한 이집트 침략 때, 암사자 머리를 한 여신상의 왕관에서 훔쳤다는 저주받은 보석의 명칭. 다른 차원을 들여다보는 렌즈 역할을 하지만, 그 소유자에게는 무서운 운명이 밀려오게 된다.

【참조작품】「마법사의 보석」

센트럴 힐 Central Hill (용어)

킹스포트의 지명. 이곳에 있던 교회 터에서 이상한 구멍과 지하 통로 같은 것이 발견되고 있다.

【참조작품】「실버 키(한)」

센티넬 언덕 Sentinel Hill (용어)

더니치 마을에서 가까운 언덕. 정상에는 태고의 인골이 묻힌 묘지가 있으며, 그 중앙에는 오래전에 제사에 사용되었던 것으로 보이는 큰 탁자 모양의 바위가 있다. 휘틀리 모자는 5월 축제 전날밤과 만성절에 여기에서 불꽃을 피워 수상한 의식을 진행했다.

【참조작품】「더니치 호러(한)」

셀라에노 Celaeno (용어)

플레이아데스 성단에 있는 한 행성. 거석을 이용하여 세워진 거대 도서

ㅅ

관에는 그레이트 올드 원이 엘더 갓에서 훔쳐낸 책과 비석이 소장되어 있다.

【참조작품】「영겁의 탐구 시리즈(어거스트 덜레스 참조)」

『셀라에노 단장』
Celaeno Fragments 용어

책과 사본이 아니라 깨진 석판의 형태로 남겨진 금단의 문헌. 엘더 갓과 그레이트 올드 원의 비밀이 적혀 있다. 쉬류즈베리 박사는 셀라에노의 거대 도서관에서 머무르면서 그 내용을 접한 듯, 자필 사본을 소지하고 있다.

【참조작품】「영겁의 탐구 시리즈(어거스트 덜레스 참조)」, 「박공의 창」

셀란 Selarn 용어

〈드림랜드〉의 도시. 인과노크 서쪽에 위치한다.

【참조작품】「미지의 카다스를 향한 몽환의 추적(한)」

셀라리온 Thalarion 용어

〈드림랜드〉에 있는 천가지 경이의 마의 도시. 인간이 알 수 없는 모든 신비가 깃들어있는 곳이라고 한다. 요괴 라티의 지배하에 주민은 괴물이나 사람이면서도 사람이 아니게 된 존재들이며, 이 도시에 들어서서 무사히 돌아온 자는 한 사람도 없다고 한다.

【참조작품】「화이트호(한)」, 「미지의 카다스를 향한 몽환의 추적(한)」

셀레파이스 celephais 용어

〈드림랜드〉의 오스-나르가이 골짜기에 있는, 아름다운 빛의 도시. 〈천 개의 탑의 도시〉라고도 불린다. 그 옥좌에는 기사단을 거느린 쿠라네스가 군림하고 있다.

【참조작품】「셀레파이스(한)」

셀림 바하두르
Selim Bahadur 용어

스트레고이카바르에 침공한 터키군 지휘관. 서기이기도 해서, 〈검은 돌〉 의식과 괴물을 둘러싼 무서운 원인 불명의 폭발 사고로 성과 함께 사라졌다고 한다. 두루마리에 견문 기록을 남겼다.

【참조작품】「검은 돌(한)」

셉티머스 비숍
Septimus Bishop 용어

더니치 북방에 있는 선조로부터 내려오는 집에 사는 마법사. 월버 휘틀리와 아세나스 보웬(Asenath Bowen)을 비롯한 많은 마법사, 오컬트 전문가와 편지를 주고 받다가, 갑작스럽게 실종되었다.

【참조작품】「공포를 먹는 다리」

셔먼 Sherman 용어

미스캐토닉 대학의 남극탐험대에 참가한 통신사.

【참조작품】「광기의 산맥(한)」

셔먼 소여
Chauncey Sawyer 용어

샐리 소여의 아들. 휘틀리 노인의 집이 파괴된 모습을 처음으로 목격했다. 투명 괴물 사건의 피해자 중 한 사람.

【참조작품】「더니치 호러(한)」

소금 Salts 용어

〈본질의 소금(the Essential Salts)〉라고도 한다. 미라가 된 시체를 솥에 끓여서 얻을 수 있는 백색의 분말. 강령술에 사용된다.

【참조작품】「찰스 덱스터 워드의 사례(한)」, 「네크로노미콘 알하즈레드의 방랑」

소나-닐 Sona-Nyl 용어

〈드림랜드〉의 시공과 생로병사를 초월한 국가. 한없이 아름답고 끝없이 넓으며 장려한 도시는 만족하지 못했던 이들이 완전한 행복 속에서 살고 있다.

【참조작품】「화이트호(한)」, 「미지의 카다스를 향한 몽환의 추적(한)」

소니아 그린
Sonia Haft Greene 작가

① 마틴 비치에서의 공포(The Horror at Martin's Beach)(한-황6) 1923

소냐라고도 한다. 미국의 아마추어 작가이자 실업가(1883~1972). 러시아계 유대인으로 9살 때 우크라이나에서 미국으로 이민하여, 1899년에 스탠리 그린과 결혼, 한 아이를 낳았지만 1916년에 사별했다. 1921년 여름 아마추어 작가 대회에서 러브크래프트와 만나 열렬한 교제 끝에 1924년 3월 3일, 뉴욕의 세인트 폴 교회에서 결혼식을 올렸다. 그러나 1년도 지나지 않아 별거하게 되었고, 1929년에 공식적으로 이혼했다. 후에 원래 캘리포니아 대학교수인 나사니엘 A. 데이비스와 결혼하여 데이비스로 성이 바뀌었다. 러브크래프트와의 결혼 경위에 대해서는 회상기 「본 모습의 러브크래프트」에 상세하게 나와 있다. 또한 앞에서 소개한 회상기의 완전판이 『The Private Life of H.P. Lovecraft』라는 이름으로 1985년에 네크로노미콘

ㅅ

프레스(Necronomicon Press)에서 출판되었다.
러브크래프트에 의해서 철저한 첨삭이 진행된 ①(『위어드 테일즈Weird Tales』에 게재될 때에 The Invisible Monster라고 제목이 변경되었다)은, 그로테스크한 바다의 괴물이 해변의 사람들을 물속으로 끌어들이는 참극을 그린 인상적인 공포 소품이지만, 특정한 신화 아이템은 등장하지 않는다. 그 밖에 산문시에 가까운 작품인 「오전 4시(Four O'Clock)」가 있다.

소다구이 sodagui 용어

차토구아의 다른 이름.
【참조작품】「암흑의 의식」

소여 휘틀리 Sawyer Whateley 용어

더니치의 지주. 1917년 미국이 제1차 세계 대전에 참전할 때 징병 선발 위원회의 위원장을 맡았다.
【참조작품】「더니치 호러(한)」

『소피스트의 생애』 Vitae sophistrarum 용어

에우나피우스(Eunapius)가 저술한 책.
【참조작품】「피버디가의 유산」

손튼 Thornton 용어

엑섬 수도원의 조사에 참가한 심령 연구가. 정신에 이상이 생겨서 항웰에 있는 시설에 수용되었다.
【참조작품】「벽 속의 쥐(한)」

쇼고스 Shoggoth 용어

원시의 남극에 내려온 〈올드 원〉이 도시를 건축하기 위한 노예로서 사용하기 위하여 무기물에서 합성하여 만들어 낸 끈적한 원형질 생물. 무한한 가변형과 연성을 갖추고 있어서, 자유 자재로 그 형태를 변화시킨다고 한다. 이후에 지능을 발달시켜 반란을 일으켜 결국엔 〈올드 원〉에 의해 지하 깊은 곳에 봉인되었지만, 여전히 무서운 증식을 계속하면서 때때로 사교 숭배자들의 기도에 대한 응답으로서 지상에 출몰한다. 만물을 먹어치워서 자신의 일부로 만든다고 한다.
【참조작품】「광기의 산맥(한)」, 「빈 집에서 발견한 수기」, 「현관 앞에 있는 것(한)」, 「인스머스의 그림자(한)」, 「광기의 지저 회랑」, 「땅을 뚫는 마」, 「네크로노미콘 알하즈레드의 방랑」, 「올드 원들의 무덤」

수도사의 골짜기 Monk's Hollow 용어

미국 동부의 구릉지대에 있는 후미진 골짜기 마을. 가까운 북쪽의 늪에는 태고시절부터 무서운 것이 살아가고 있으며, 마녀들의 끔찍한 마법이 이루어지고 있다.

【참조작품】「개구리」, 「사냥하는 자」

『수상 21편』

The Twenty-one Essays 용어

윌리우스 프리스쿠스의 저서이지만, 오컬트에 관련된 무서운 내용 때문에 발매 금지 처분되었다.

【참조작품】「프리스쿠스의 무덤」

수상쩍은 양피지

The Terrible Parchment 작품

맨리 웨이드 웰먼(Manly Wade Wellman)

【첫 소개】『위어드 테일즈(Weird Tales)』 1937년 8월호

【개요】아내가 『위어드 테일즈』 최신호를 가지고 왔다. 문 앞에서 이상한 할아버지로부터 건네받은 것 같다. 자세히 보니 묘한 것이 껴있다. 그것은 직사각형의 황갈색 양피지로, 파충류의 피부를 연상케 하는 기분 나쁜 느낌이 들었다. 게다가…… 그 상단에는 『네크로노미콘』이라는 단어가 헬라어로 기록되어 있었다. 더욱이 양피지에서는 「주문을 외우고, 우리에게 다시금 생명을 부여하라」라고 영어 문자가 떠오르면서, 마치 생물처럼 바닥을 기어 계속 여기로 오는 것이 아닌가?

【해설】마도서 『네크로노미콘』 그 자체를 괴물로 묘사한 기상천외한 작품 「숭배하는 마음을 담아 H.P. 러브크래프트의 추억에 바친다」라는 헌사처럼, 그해의 3월에 죽은 러브크래프트에 바친 이형의 진혼가이기도 하다.

『수생동물』

Hydrophinnae 용어

『휘드로피나에』라고도 한다. 갠틀리(Gantley)가 쓴 책. 바다의 괴물에 관련된 내용이 담겨 있다.

【참조작품】「수조」, 「도난당한 눈」, 「드 마리니의 벽시계」, 「다곤의 종」

『수신 크타아트』

Cthaat Aquadingen 용어

작가를 알 수 없는 무서운 책. 크툴루와 오툼처럼 물의 그레이트 올드 원을 불러낼 때의 주문과 소환 의식을 모은 전설적인 책으로 세계에 3권밖에는 없다고 한다. 그 중 한 권은 타이터스 크로우가 소장하고 있지만, 그 책의 표지에는 사람의 피부가 사용되는 것 같다.

【참조작품】「도난당한 눈」, 「빌리의 참나무」, 「광기의 지하회랑」, 「땅을 뚫는 마」

「수업」 The Lesson (용어)

괴기 화가 리처드 업튼 픽맨의 작품. 묘지에서 구울이 작은 인간의 아이에게 자신들의 식사법을 가르치고 있는 모습이 그려져 있다.

【참조작품】「픽맨의 모델(한)」

수틀탄 Xuthltan (용어)

사람의 자취가 없는 땅에 있는 동굴에서 괴물이 지키는 보석을 훔쳐낸 고대 아시리아의 마도사. 그 보석을 바라보면, 아담이 탄생하기 전의 기괴한 비밀을 읽어낼 수 있다.

【참조작품】「아슈르바니팔의 불길」

수틀탄 Xuthltan (용어)

스트레고이카바르의 오랜 이름. 같은 이름의 마도사와 관계가 있는지는 알 수 없다.

【참조작품】「검은 돌(한)」

슈 고론 Shoo Goron (용어)

〈슈그오란〉의 다른 이름

【참조작품】「뿔피리를 가진 그림자」

슈그오란 Shugoran (용어)

말레이 반도 일대에서 믿는 검은 괴물. 나팔을 부는 죽음의 천사의 모습으로 표현된다. 오란은 「사람」, 슈그는 「분다」라는 의미이지만, 원래의 뜻은 「코끼리의 코」를 뜻한다고 한다.

【참조작품】「뿔피리를 가진 그림자」

슈드 멜 Shudde-M'ell (용어)

지하도시 그한에 살고 있는 기괴한 이형의 생물(크토니안이라고도 부른다.)을 이끄는, 고무 같은 육체를 가진 괴물. 크툴루의 권속 중 하나라고도 한다.

【참조작품】「도난당한 눈」, 「광기의 지저 회랑」, 「땅을 뚫는 마」

슈라 Xura (용어)

〈드림랜드〉의 죽음의 냄새가 풍기는 「천상의 즐거움이 있는 땅 (the Land of Pleasures Unattanined)」. 묘지 정원이 있다고 한다.

【참조작품】「화이트호(한)」, 「미지의 카다스를 향한 몽환의 추적(한)」

슈라마 surama (용어)

아틀란티스의 사악한 마법사로, 현대까지 살아남아서 클래런던 박사의 조수를 조종하여 흑열병을 세계 전역으로 확산시키려고 했다.

【참조작품】「마지막 실험(한)」

슈브-니구라스 Shub-Niggurath (용어)

〈천 마리의 새끼를 밴 숲의 검은 염소(The Black Goat of the woods with a Thousand Young)〉라고 불리는 대지모신적인 신성. 주로 고대 무 대륙이나 큰-얀에서 숭배되어 뱀신 이그처럼 비교적 인간에게 호의적인 신으로서 여겨진다. 일설에 따르면, 〈크툴루의 사생아〉들은 크툴루와 슈브-니구라스의 교접으로 만들어졌다고도 한다.

【참조작품】「영겁으로부터(한)」, 「고분(한)」, 「파팔로이의 반지」, 「타이터스 크로우의 귀환」, 「터틀」, 「네크로노미콘 알하즈레드의 방랑」, 「알하즈레드」

슈브-니구라스의 자식 the offspring of Shub-Niggurath (용어)

바빌론(이라크)의 폐허에 군림하는, 날개에 7개의 머리를 가진 검은 짐승. 7개의 머리에는 먹이가 된 인간들의 얼굴이 번갈아 나타나며, 때로는 태고의 지식을 전해준다고 한다.

【참조작품】「네크로노미콘 알하즈레드의 방랑」

스니레스-코 Snireth-Ko (용어)

달의 뒤편을 본 유일한 인간이라고 알려진 몽상가.

【참조작품】「미지의 카다스를 향한 몽환의 추적(한)」

스로크 Throk (용어)

〈토크산맥〉을 참조.

스와인허드 swineherd (용어)

엑섬 남작가의 마지막 당주의 꿈에 나타난 「흰 수염을 기른 악마」(정진영 역). 오물이 가득한 희미한 빛의 동굴에서, 온몸이 균사로 뒤덮인 채 흐느적거리는 짐승 무리를 부리고 있었다.

【참조작품】「벽 속의 쥐(한)」

스은가크 S'ngac (용어)

지성을 지닌 보랏빛 기체. 오래전 쿠라네스와 이야기를 나누며 니알라토텝이나 아자토스의 위협에 대해 경고했다. 또한, 허공에서 낙하하는 랜돌프 카터에게 고지 뉴잉글랜드로 향하는 길을 보여주었다. 〈빛을 내는 존재〉와 어떤 관계가 있는지는 명확하지 않다.

【참조작품】「미지의 카다스를 향한 몽환의 추적(한)」

스카 페이스 Scar-Face 용어
킹스포트의 〈무서운 노인〉이 갖고 있는 병 중 하나에 붙인 이름.
【참조작품】「무서운 노인(한)」

스카이강 River Skai 용어
〈드림랜드〉를 흐르는 강. 렐리온 산을 지나 하세그, 니르, 울타르처럼 여러 마을이 있는 평야를 관통하고 있다.
【참조작품】「울타르의 고양이(한)」, 「미지의 카다스를 향한 몽환의 추적(한)」

스타크웨더-무어 탐험대 Starkweather-Moore Expedition 용어
미스캐토닉 대학의 남극 탐험대에 이어서, 대륙 깊은 곳의 조사를 대규모로 진행하고자 계획하고 있던 그룹.
【참조작품】「광기의 산맥(한)」

스태리 위즈덤 용어
〈별의 지혜파〉를 참조.

스탠리 아담즈 Stanley Adams 용어
이상한 목소리로 말하는 수상한 남자. 뉴햄프셔의 킨 역에서 운송 회사의 직원을 속여 짐 속에서 윌머스에게 보낸 〈검은 돌〉을 앗아갔다. 유고스별 갑각 생물의 부하로 여겨진다.
【참조작품】「어둠 속에서 속삭이는 자(한)」

스테틀로스 Stethelos 용어
스테텔로스라고도 한다. 므나르에 있는 도시. 대폭포 아래에 있으며, 거기에는 끝없이 늙은 젊은이들이 있다고 한다.
【참조작품】「이라논의 열망(한)」, 「초원(한)」

스트레고이카바르 stregoicavar 용어
헝가리의 산악 지대에 있는 한적한 마을. 〈마녀의 마을〉을 의미하는 지명대로 오래 전에는 근처에 있는 〈검은 돌〉에 모이는 사교도의 소굴이었지만, 1526년에 터키군에 의해 전체 주민이 소탕된 이후 선량한 사람이 사는 보통의 마을이 되었다.
【참조작품】「검은 돌(한)」, 「미라의 손」

스트론티 Stronti 용어
초은하의 별. 이 별의 생물은 인류의 멀고 먼 조상에 해당한다. 랜돌

프 카터는 야디스 행성의 즈카우바였을 때, 이 별을 방문한 적이 있는 것 같다.
【참조작품】「실버 키의 관문을 지나서(한)」

스티븐 베이츠
Stephen Bates 용어
앰브로즈 듀워트의 사촌 동생으로 역사학자. 초기 매사추세츠주의 역사의 권위자로 신비학에 대해서도 잘 알고 있는 학구파 선비. 애독서는 영국의 동화 작가 케네스 그레이엄 (Kenneth Graham, 1859~1932)의 「즐거운 강변(The Wind in the Willows)」. 듀워트의 요구에 따라 빌링턴의 저택을 방문해 무서운 운명을 마주하게 된다.
【참조작품】「암흑의 의식」, 「버몬트의 숲에서 발견한 기묘한 문서」

스티븐 세닛
Stephen Sennit 작가
① 녹색의 붕괴(The Green Decay) 2001
② 구멍에서 튀어나오는 것(The Disgorging of the Pit) 2001
③ 이그그르르의 주문(The Yggrr Incantation) 2001
④ 글로뉴의 증오의 저주(The Execrations of Glorgne) 2001
⑤ 프놈의 엄명(The Adjuration of Pnom) 2001
⑥ 자스터의 기도(The Litany of Xastur) 2001
⑦ 흐나아 방식(The Hnaa Formula) 2001
⑧ 리바시의 가호(The Warding of Rivashii) 2001
미국의 편집자(?~). 1986년부터 1991년에 걸쳐 오컬트 전문지인 『XENOX』에서 편집에 종사했다. 그 후, 초자연적 현상이나 마법 결사, 초기 영지주의 등에 관한 연구자가 되었다. 마법 관련 저서로는 「The Process」(1989), 호러 만화 연구서 『Ghastly Terror』(1999), 공포 소설집 『Creatures of Clay:and Other Stories of the Macabre』(2003) 등. 크툴루 신화와 관련해서는 다곤 비밀 교단과 요그-소토스 교단에 의한 마법책이라고 선전하는 『The Pylon』(1990)이라는 괴작도 있다. 또한, 『Headpress-A Sex Religion Death』 잡지에서 서평이나 영화평을 정기적으로 기고하고 있다. ①~⑧의 주문은 카오시움사판 『에이본의 서』의 「제5의 서 에이본의 의식」을 위해서 만들어진 것이다.

스티븐 존스

Stephen Jones 용어

런던에 사는 괴기 예술 애호가. 조지 로저스와 만나면서 무서운 체험을 한다. 『인스머스 연대기』 등의 편찬자인 동성동명의 비평가와 관계가 있는지는 확실하지 않다.

【참조작품】「박물관에서의 공포(한)」

스티븐 킹

Stephen Edwin King 작가

① 예루살렘 롯(Jerusalem's Lot)(한-황금가지 『스티븐킹 단편집 5』) 1978

② 크라우치 엔드(Crouch End)(한-엘릭시르 『악몽과 몽상 2:스티븐킹 단편집』) 1980

③ 나는 네가 원하는 것을 알고 있다(I Know What You Need)(한-황금가지 『스티븐킹 걸작선 5』) 1976

④ 할머니(Grandma)(한-황금가지 『스켈레톤 크루 하 밀리언셀러클럽43』) 1984

⑤ 안개(The Mist)(한-황금가지 『스켈레톤 크루 상 밀리언셀러클럽4』) 1984

미국의 모던 호러를 대표하는 작가라기보다는 현대 미국을 대표하는 작가 중 한 명(1947~). 메인주 포틀랜드에서 태어났다. 아일랜드계 아버지인 도널드는 킹이 2살 때 실종되었고 두 번 다시 돌아오지 않았다. 소년 시절부터 대학 졸업 후 고등학교 교사로 취직하기까지 소설 투고를 계속했지만 대부분 채용되지 않고, 처자와 함께 힘든 생활이 계속되었다. 1974년 처음으로 대형 출판사에 팔린 장편 「캐리」(한-황금가지 『스티븐킹 걸작선 1』)가 큰 성공을 거둔 이후 「샬렘스 롯」(1975/한-황금가지), 「샤이닝」(1977/한-빛샘/황금가지)과 화제작을 연발, 공포의 상식을 뒤집는 베스트셀러 작가가 되었다.

열두 살 때, 킹은 이모의 집 다락방에서 아버지가 남긴 단행본을 발견한다. 그중에는 러브크래프트의 단편 모음이나 『위어드 테일즈(Weird Tales)』 계열 작가의 걸작집 등이 포함되어 있으며, 이때의 만남이 공포 작가 킹이 탄생한 밑바탕이 되었다. 대학 시절, 고딕 소설의 숙제로 작성되었다는 ①이 러브크래프트에 의한 신화작품의 정형을 매우 충실하게 답습하고 있다는 점에서도 그 영향의 크기를 엿볼 수 있다. 킹은 자신의 작품 속에서 종종 〈아캄〉과 〈네크로노미콘〉같은 고유명사를, 러브크래프트를 사랑하는 마음과 함께 몰래 수록하고 있다. 예를 들어 「캐슬록의 비밀(Needful Thing)」(1991/한-대성) 제4장에 등장하는

〈요그 소토스의 법칙〉을 보고 싱긋 웃은 러브크래프티안도 적지 않을 것이다. 여주인공을 따라다니는 「마성의 연인」의 장서 중에서 『네크로노미콘』이 발견되는 ③이나 죽음에 처한 늙은 할머니가 「하스투르 데구리욘 요스 소오스 오스」(Hastur=하스터. 즉 하스터를 부르는 주문-역주)라고 외쳐대는 ④ 등은 신화 대계의 〈마법사 이야기〉 시리즈의 흐름을 이어받은 작품이라고도 볼 수 있다. 그러나 가장 러브크래프트적인 킹 작품이라고 하면, 역시 걸작 중편인 ⑤이 정점을 찍는다. 신화 아이템은 등장하지 않지만, 악몽과 같은 괴물 세계의 끔찍할 정도의 정밀한 묘사는 러브크래프트와 『위어드 테일즈(Weird Tales)』 계열의 펄프 작가들에게 바친 킹의 경의일지도 모른다.

스틸워터 Stillwater 용어

캐나다의 넬슨에서 50km 정도 북쪽에 떨어진 아라시 가도 근처에 있는 한적한 마을. 1930년 2월 25일 하룻밤 사이에 주민 모두가 기묘하게 실종되는 사건이 발생했다.

【참조작품】「바람을 타고 걷는 것」

스패니시 조 SpanishJoe 용어

킹스포트의 〈무서운 노인〉이 갖고 있는 병 중 하나에 붙인 이름.

【참조작품】「무서운 노인(한)」

스핑크스 sphinx 용어

고대 오리엔트 신화에 등장하는 인간의 얼굴에 사자몸을 한 괴물. 이집트에서 기원하며, 그 석상은 왕가 권위의 상징으로서 건립된 가장 크고 가장 오래된 조각상이다. 기자의 대 스핑크스상의 지하에는 니알라토텝을 받드는 신관들의 소굴이 있으며, 그들은 〈본질의 소금〉을 이용하여 무서운 강령술을 행하고 있다고 한다.

【참조작품】「네크로노미콘 알하즈레드의 방랑」, 「아보르미스의 스핑크스」

슬리식 하이 S'lithik Hhai 용어

하이퍼보리아의 사인족이 세운 습지의 왕국.

【참조작품】「슬리식 하이의 재난」

시간의 그림자
The Shadow out of Time 작품

H.P. 러브크래프트(H.P. Lovecraft)

【집필년도/첫 소개】 1934년/『어스타운딩 스토리즈(Astounding Stories)』 1936년 6월호

【한국번역】 정광섭 역 「시간으로부터

의 그림자」(동3)/정지영 역「시간의 그림자」(황2)

【개요】미스캐토닉 대학 정치경제 학부교수 너새니얼 윈게이트 피슬리는 1908년 5월 14일 강의 중에 갑자기 혼수상태에 빠졌다가 회복했지만, 그때까지의 기억을 모두 잃고 말았다. 성격도 다른 사람처럼 바뀌고, 문화계의 여러 학문과 신비학을 놀라운 이해력으로 습득한 그는 히말라야와 아라비아로 탐험을 떠나거나 한다.

그리고 1913년 9월에 다시 혼수에 빠졌다가 일어났을 때는 원래의 성격으로 돌아와 있었다. 회복 후 피슬리는 거석 건조물이 늘어선 괴상한 세계의 광경을 꾸게 되면서, 기억 상실 중에 자기가 행했던 지적 탐구의 흔적을 추적한 결과, 금단의 지식을 담은 책에서 시간의 비밀을 규명한 초 생명체 〈위대한 종족〉의 존재를 알게 된다. 그들은 과거와 미래에 자신들의 정신을 투영하고 그 시대의 생물의 육체에 깃들어 지적 탐구를 한다는 것이다. 피슬리는 꿈을 기록하는 사이에 자신이 〈위대한 종족〉의 육체에 깃들어 있던 때의 기억을 점차 회복하고 그동안 보고들은 초고대로부터 아득한 미래에 이르는 지구의 연대기를 떠올리는 것이었다.

그러던 중, 서 오스트레일리아의 사막에서 수수께끼의 거석 유적이 발견되었다는 연락을 받은 피슬리는, 미스캐토닉 대학의 조사대와 함께 현지로 향한다. 거기는 확실히 꿈속에서 친근하게 접했던 〈위대한 종족〉의 거대한 도시 폐허였다. 홀로, 유적 깊이 들어간 피슬리는 꿈의 기억을 의지하면서 도시의 중앙 기록 보관소에 도착하여 원하는 것을 손에 넣지만, 그때 지하의 심연에서 〈위대한 종족〉을 위협했던 〈선행 종족〉의 접근을 알리는 마의 바람이 불어온다. 필사적으로 도망친 피슬리는 그 직전 확실히 보았던 것을 잊을 수가 없었다. 기록 보관소에 저장되어 있던 용기 안의 두루마리에 영어로 적혀 있었던, 틀림없는 자신의 필적을….

【해설】본편은 러브크래프트 신화의 집대성이자「미지의 카다스를 향한 몽환의 추적」에 이르는 〈꿈 이야기〉의 더욱 현실적인 변주곡으로 볼 수도 있다. 가히 초 시공 작가인 러브크래프트의 총결산이라고 할만한 작품일 것이다. 이형의 생물의 몸에 강제로 머물게 된 피슬리의 말투에서 그다지 혐오하는 느낌도 전해지지 않는다는 점이 그야말로 러브크

래프트답다.

시나라 Sinara 용어

므나르의 남쪽 구릉에 있는 도시. 그 시장에는 쾌활한 단봉낙타 사람들이 머문다고 한다.

【참조작품】「이라논의 열망(한)」

시다스리아 Cydathria 용어

'사이다리아'라고도 한다. 므나르의 한 지방.

【참조작품】「이라논의 열망(한)」, 「사나스에 찾아온 운명(한)」

시드니 H 사임
Sidney H Sime 용어

영국의 삽화 화가(1867~1941). 맨체스터에서 태어나 탄광업 등 다양한 직업을 전전한 후 런던에 나와 잡지에 삽화를 그리게 된다. 던세이니 경에게 재능을 인정받아 『페가나의 신들』이나 『경이의 서』를 비롯한 경의 저서에 놀라운 묘사의 걸작 환상화들을 그렸다. 심이 그린 이계의 광경은, 러브크래프트의 다른 차원 묘사에도 영향을 미친 것으로 보인다.

【참조작품】「크툴루의 부름(한)」, 「픽맨의 모델(한)」

시드니 블루틴
Sydney Bulletin 용어

오스트레일리아에서 발행되는 신문. 그 1925년 4월 18일자 지면에는 「수수께끼의 표류 선박 발견」 기사와 기괴한 동상의 사진이 게재되었다.

【참조작품】「크툴루의 부름(한)」

시드락산 Sidrak 용어

므나르의 도시 텔로스 근교에 위치한 산.

【참조작품】「이라논의 열망(한)」

시리우스의 자식들
the Sons of Sirius 용어

마기족이 스스로를 부를 때 사용하는 호칭. 그들이 숭배하는 신의 현신을 시리우스(천랑 별)이라고 인정하기 때문에 이렇게 부른다.

【참조작품】「네크로노미콘 알하즈레드의 방랑」

시메온 타너
Simeon Tanner 용어

시미언이라고도 한다. 페남의 소택지에 있는 집에 은거하고 있던 노인. 마법사 집안의 후손으로 조상 중엔 세일럼의 마녀사냥으로 처형된 사람도 있다고 한다. 1819년, 무시무시한 모습으로 살해된 것이 발견되었으며, 유해는 실내의 책이나 서류와 함께 불태워졌다. 그 두개골에는 두 개의 돌기가 나와 있는 게 보인다.

【참조작품】「보이지 않고, 들리지 않고, 말하지 않고도」

시비리 Cybele (용어)

〈키벨레〉를 참조.

식시귀 Ghoul 屍食鬼 (용어)

〈구울〉을 참조.

실라스 비숍 Silas Bishop (용어)

더니치에 사는 「아직 타락하지 않은」 비숍 집안. 센티넬 언덕으로 향하는 휘틀리 모자의 모습을 보고 놀란다.

【참조작품】「더니치 호러(한)」

실바누스 코키디우스 Sylvanus Cocidius (용어)

제데디어 오르니가 조지프 커웬에게 보낸 편지에서 언급되는 인물. 하드리아누스 방벽의 지하 매장지에서 〈검은 자(Black Man)〉에게 뭔가를 지시한 것 같다.

【참조작품】「찰스 덱스터 워드의 사례(한)」

실반 피립스 Sylvan Phillips (용어)

그 인스머스의 외톨이 집에 은거하여 르뤼에 탐구에 일생을 바친 인물. 필립스 가문은 마시 가문과 손을 잡고 〈딥 원〉과 관계가 깊은 일족으로, 후일 실반의 조카인 마리아스(Marius)도 아내인 아다(Ada, 기존성 마시)와 함께 포나페 앞바다에서 사라졌다.

【참조작품】「르뤼에의 인장」

실버 키의 관문을 지나서 Through the Gates of the Silver Key (작품)

H.P. 러브크래프트&E. 호프만 프라이스(H.P. Lovecraft&E. Hoffman Price)

【집필년도/첫 소개】 1933년/『위어드 테일즈(Weird Tales)』 1934년 7월호

【한국번역】 정광섭 역 「은제 열쇠로 문을 열고」(동5)/정진영 역 「실버 키의 관문을 지나서」(황3)

【개요】 뉴올리언스의 신비학자 드 마리니의 주택에 모인 4명의 남자들. 법률가인 에스핀월, 프로비던스의 신비학자 필립스, 수수께끼의 인도인 찬드라푸트라, 그리고 호스트 역의 에티엔느 마리니. 그들은 실종된 랜돌프 카터의 재산을 처분하는 문제에 대해 협의했다. 카터가 유년기

의 꿈의 왕국에 군림하고 있다고 주장하는 필립스를 현실주의자인 에스핀월은 비웃지만, 그때 찬드라푸트라가 입을 열어 카터의 실종에 대한 놀라운 진실을 말하기 시작한다. 〈실버키〉를 사용하여 〈궁극의 문〉에 이르는 문턱에 선 카터는 움르 아트 타윌에 이끌려 마침내 궁극의 문을 통과했다. 그곳에서 초월적인 〈실체〉로부터 〈궁극의 신비〉를 전수받았다. 그리고 우주에 존재하는 머나먼 시대와 땅의 모든 것을, 육체를 가진 채로 방문하는 소망을 품었다. 소원은 이루어지고 깨닫고 보니 그의 앞에는 아늑한 외우주 야디스 행성의 마도사 즈카우바가 있었다. 그런데 카터는 〈실버키〉가 지구의 인간에만 효력을 갖는 것을 깜박 잊고 있었다. 장기간에 걸친 연구와 자신의 내면에 있는 〈즈카우바 국면〉과의 항쟁을 거쳐 드디어 카터는 지구로 귀환하는 방법을 알아내어, 실행에 옮긴 것이었다. 그 이야기를 불신하는 에스핀월에게 찬드라푸트라가 보여준 확실한 증거는?

【해설】〈드림랜드 이야기〉의 도달점이자, 러브크래프트 이계 환상의 극치라고 할 이색 작품이다. 신화 대계 중에서도 특히 수수께끼 존재인 움르 아트 타윌을 이해하는 데 빼놓을 수 없는 작품이다. 또한, 합작한 호프만 프라이스(E. Hoffman Price, 1898~1988)는 이국적인 환상을 자랑한 위어드 테일즈 작가 중에서도 신비학에도 조예가 깊었다.

실버키 The Silver key 용어

아캄의 카터 가문에 대대로 전해지는 마력을 지닌 열쇠. 초고대의 하이퍼보리아에서 주조된 것으로 알려져 있다. 길이는 13cm 정도로 표면에 기분 나쁜, 극히 괴기한 상형문자가 빽빽이 새겨져 있다. 랜돌프 카터는 이 열쇠를 사용하여 시공을 초월하여 〈드림랜드〉에 도착했다. 또한 야디스 별의 마도사도 이 열쇠를 사용하여 시공을 넘는 비술에 뛰어난 것 같다.

【참조작품】「실버 키(한)」, 「실버 키의 관문을 지나서(한)」

「심연 속 울리지 않는 암흑」 The unreveberate blackness of the abyss 용어

〈이름 없는 도시〉에 도착한 여행자가 몇 번이고 영창했다는, 던세이니 경의 이야기에 등장하는 구절. 『경이로운 책(The Book of Wonder)』(1912)에 수록된 『3명의 문사에게 닥친, 있어야 할 모험(The Probable

AdVenture of the Three Litera)』의 마지막 말에 해당한다.
「그러나 위에 있는 그 비밀의 방에 불이 켜진 이유와 불을 밝힌 사람의 정체를 모두 알고 있는 스리스는, 이 세상의 인연을 뛰어넘었다. 그리고 소리 하나 없는 나락의 어둠을 낙하하면서 여전히 우리에게서 멀어지는 것이다.」

『심연에 사는 자』
Dwellers in the Depths (용어)
가스통 르 페(Gaston Le Fe)가 저술한, 바다의 괴물에 관련한 책.
【참조작품】「수조」, 「도난당한 눈」, 「드 마리니의 벽시계」

심연의 공포 The Abyss (작품)
로버트 A.W. 로운데스(Robert A. W. Lowndes)
【첫 소개】『스털링 사이언스 스토리즈(Stirling Science Stories)』 1941년 2월호/『매거진 오브 호러(Magazine of Horror)』 1965년 겨울호(개정판)
【개요】 그랜빌, 채머스, 코울비, 그리고 나를 포함한 4명은, 친구였던 그라프 노든의 사체를 산속으로 옮겨서 자동차채로 태워버렸다. 모든 발단은 우리가 참석했던 헬드 교수의 강의에서 두린이라는 이름의 국적 불명의 수상한 사내가 추가된 것이었다. 어느날, 최면술과 관련하여 두린과 코울비가 논쟁을 벌이고, 노든의 집에서 진위를 밝히기로 한다. 두린의 시술에 걸린 코울비는 파란색 융단의 중앙을 지나고 있는 검은 띠를, 무서운 심연에 걸린 좁은 다리라고 느낀다. 더욱이 그 심연은 살아있는 그림자 같은 다른 차원의 생물이 사는 소굴이었다! 코울비는 노든의 도움으로 위기를 빠져나가지만, 그 대신에 노든이 그들의 먹이가 되어 버렸다. 『이스테의 노래』에 기록된 바에 따르면 그들 아둠브랄리는 다른 차원에 〈탐구자〉를 보내어, 환영의 덫을 이용해서는 그들 세계로 희생자를 끌어들인다. 그들에게 습격당한 시체는, 온 몸에 기분 나쁘게 빛나는 반점이 퍼져서…….
【해설】 마도서 『이스테의 노래』와 아둠브랄리, 딜카 같은 매력적이고 독자적인 신화 아이템을 도입하여 코스믹 호러의 정신을 독자적으로 계승하려고 한 의욕적인 작품이다.

심연의 문
Gate of Deeper Slumber (용어)
〈깊은 잠의 문〉를 참조.

『심해 탐색』

Undersea Quest (용어)
디프넷의 자회사인 펠라직 소프트웨어 프로덕션 (Pelagic Software Production)이 개발한 컴퓨터 게임 소프트웨어.
【참조작품】「디프넷」

심해의 켈프 deep kelp (용어)
영국 하틀풀(Hartlepool)로부터 선더랜드(Sunderland)에 걸친 해변에 가을이 되면 밀려오는 수수께끼의 해초를 지역 사람들이 부르는 이름. 줄기는 백색 잎은 짙은 녹색으로 악취가 심하다.
【참조작품】「다곤의 종」

『심해제사서』
Unter-Zee Kulten (용어)
『울텐 제 쿨텐』이라고도 한다. 독일에서 간행된 바다의 괴물에 관련된 마도서.
【참조작품】「수조」, 「도난당한 눈」, 「드 마리니의 벽시계」, 「다곤의 종」

싱긋 웃는 구울
The Grinning Ghoul (작품)
로버크 블록(Robert Bloch)
【첫 소개】『위어드 테일즈(Weird Tales)』 1936년 6월호
【개요】6달 전까지 저명한 정신과 의사였던 나는 지금은 자발적으로 요양원에 수감된 몸이었다. 모든 것은 초핀 교수(Alexander Chaupin)의 방문에서 시작되었다. 수척한 모습의 초핀은 밤마다 기괴한 악몽에 시달리고 있다면서 그 내용을 말하기 시작했다. 그는 미저리코드 묘지의 지하로 내려가서, 비밀의 굴에서 구울들의 광연을 엿보는 것이었다. 사실을 확인하기 위해 나는 초핀과 현지에 다녀왔다. 과연 묘지의 지하에는 기분 나쁜 굴이 펼쳐져 있었다. 교수는 구울이 실재한다는 증거를 보여주겠다며, 그 굴 속으로 사라졌다.
그리고…… 어둠 속에서 나타난 한 무리의 괴물들 앞에서 비뚤어진 웃음을 짓고 있는 그것은, 완전히 변해버린 초핀의 모습이었다.
【해설】지하를 향해 내려가면서 이형으로 변신한다는, 그리고 악몽이 실제로 나타난다는 러브크래프트가 자신 있는 테마를 자기 방식의 그로테스크한 충격으로 응용한, 블록의 재기를 느끼게 하는 구울 이야기.

쏜 Thon (용어)
달과 마주하고 있는 바하나의 등대.
【참조작품】「미지의 카다스를 향한 몽환의 추적(한)」

쑹고원 Plateau of Sung 용어

미얀마(버마) 산악 지대 안쪽에 있는 잊혀진 고원. 중심부에 있는 〈공포의 호수〉에는 트쵸 트쵸인에 의해 지켜지는 버려진 도시 알라오자르가 있다.

【참조작품】「별의 자손의 소굴」

쓰란 Thran 용어

〈투란〉을 참조.

【참조작품】「이라논의 열망(한)」

씨 쇼고스 sea-Shoggoth 용어

쇼고스의 일종으로 겔-호 같은 해저의 요새에서 크툴루의 권속으로서 일하고 있다. 생명이 있는 거대한 코르크 덩어리 같은 체구에 수많은 눈과 주둥이를 가지며, 악취가 심하다.

【참조작품】「땅을 뚫는 마」

C.J. 헨더슨
C.J. Henderson 작가

① 콜롬비아 테라스의 공포(The Horror at columbia Terrace) 1997

미국 작가(1951~). 호러나 하드보일드 소설을 집필. 〈탐정 잭 헤지(Jack Hagee)〉 시리즈로 유명하다. 「크툴루의 부름」에 등장하는 레그라스 경위를 주역으로 한(!) 연작 단편집 『Tales of Inspector Legrasse』와 린 카터가 만들어 낸 신비로운 탐정 안톤 잘낙이 등장하는 『Admission of Weakness』 등을 만들었다. 러브크래프트의 「레드 훅의 공포」의 외전이라 할 수 있는 ①도 그러한 저자의 특색이 유감없이 발휘된 멋진 작품이다.

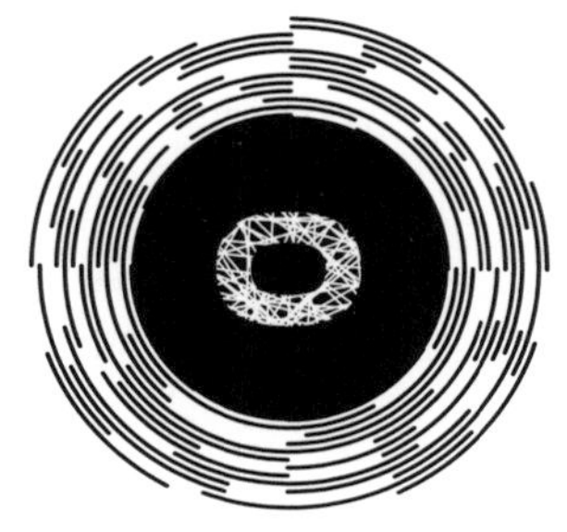

ㅇ

아나스타샤 볼레코
Anastasia Wolejko 용어

아캄 오르니의 갱웨이(Orne's Gangway)에 사는 세탁부. 2살이 되는 딸 라디스라스(Ladislas)를 발푸르기스의 밤(축제)에 산 제물로서 빼앗겼다.

【참조작품】「위치 하우스에서의 꿈(한)」

아돌프 데 카스트로
Gustaf Adolphe de Castro 작가

① 마지막 실험(The Last Test)(한-황6) 1928

② 전기처형기(The Electric Excutioner)(한-황6) 1930

미국의 작가이자 시인(1859~1959). 본명은 구스타프 아돌프 단치거(Gustav Adolphe Danzigar)로 미국으로 건너온 후에 이름을 바꾸었다. 독일계 이민자에 본래는 치과 의사이며, 다양한 나라의 말을 할 수 있어서, 마드리드의 미국 영사를 맡은 적도 있다고 한다. 마크 트웨인과 앰브로즈 비어스와 친분이 있어 비어스는 1892년에 『수도사와 사형집행자의 딸』이라는 고딕 로맨스를 합작(드 카스트로가 독일어 문헌에서 번역한 원고를 비어스가 자유롭게 각색)하고 있다. 게다가 『Portrait of Ambrose Bierce』 같은 저작도 있다.

데 카스트로는 러브크래프트의 첨삭지도 아래 두 편의 괴기 소설을 『위어드 테일즈』에 발표했다. ①과 ②가 그것으로, ①은 고대 아틀란티스의 후예를 악역으로서 부활시킨 의사가 휘말리는 광기의 실험 결말을 그려낸 전형적인 매드 사이언티스트 이야기로서, 『네크로노미콘』이나 아이렘에 대한 언급이 있다. 러

브크래프트가 타인의 작품에 신화 아이템을 도입한 효시이자 최초로 유상으로 첨삭을 맡은 작품으로도 알려져 있다. 또한 프리츠 라이버의 『어둠의 성모』에는 데 카스트로를 모델로 하는 인물이 매드 사이언티스트로 등장하고 있다.

아둠브랄리 Adumbrali 용어
악의를 품고 있는, 〈살아있는 그림자〉라고 불리는 다른 차원의 부족. 다른 세계와 차원에 그 세계의 주민들과 흡사한 〈탐구자(Messengers)〉를 보내어, 최면으로 피해자의 영혼을 자신의 세계에 납치하여 먹이로 삼는다. 『이스테의 노래』에서 언급되었다.
【참조작품】「저 너머에서(한)」

아드 Ad 용어
고대 아라비아의 전설적인 수수께끼의 네 종족 중 하나. 아라비아 반도 남부에 거주하고 있었다. 원주 도시 아이렘은 아드의 폭군 사다드에 의해서 세워졌다고 한다.
【참조작품】「아캄, 그리고 별의 세계로」

아란산 Aran 용어
스나르가이에 있는 산. 산 정상에는 눈이 쌓여 있으며 산 중턱에서 은행잎이 바닷바람에 흔들리는 아름다운 모습의 산이다.
【참조작품】「셀레파이스(한)」, 「미지의 카다스를 향한 몽환의 추적(한)」

아르도 보노
Ardois-Boonot 용어
프랑스의 화가. 1926년 봄 파리의 살롱에 「꿈의 경치(DreanlLandscape)」이라는 모독적인 그림을 출품했다.
【참조작품】「크툴루의 부름(한)」

아르케타이프들
Archetypes 용어
마봉 부어미사드레스산(Mount Voormithadreth)의 지하 깊은 곳에 있는 원시 동굴에 사는 거대하고 부정형으로 흔들리는 영체에 가까운 존재. 원시 세계의 존재 형태를 지금도 유지하고 있는 것으로 여겨진다.
【참조작품】「일곱개의 저주」

『아메리카 심리학 협회 저널』 용어
Journal of the American Psychological Society
너새니얼 피스리가 1928년부터 이듬해까지 자신의 체험과 복구했던 기억을 정리한 논문을 연속투고한 학술잡지.
【참조작품】「시간의 그림자(한)」

아미 피어스 Ammi Pierce 용어
나훔 가드너의 이웃으로, 그 집안과는 아내를 포함한 가족 모두가 교류가 있다. 1882년 6월에 있었던 〈이상한 날들〉의 진상을 유일하게 상세히 목격하고 전한 인물이다.
【참조작품】「우주에서 온 색채(한)」

아미티 하우 Amity How 용어
세일럼의 마녀재판에서 사이먼 오르니가 악마와 계약을 맺었다고 증언한 여성.
【참조작품】「찰스 덱스터 워드의 사례(한)」

아미티지 하퍼
Armitage Harper 용어
본래 미스캐토닉 대학의 역사학 교수로 도서관장을 역임한 석학. 매사추세츠 역사의 전문가로서 은퇴 후에도 같은 대학 부속 도서관에 연구실을 갖는다.
【참조작품】「암흑의 의식」

아밍턴 Armington 용어
펙 발리 묘지의 문지기. 어린 아들 에드윈(Edwin)과 함께 조지 바치를 묘지에서 발견하여 구조했다.
【참조작품】「시체 안치소에서(한)」

아발로스 Avaloth 용어
「악랄하다」라고 묘사될 만큼 수상쩍은 신격으로 「엘트다운 도편본」의 5번째 점토판에 그 불쾌하기 이를 데 없는 습성에 관해서 기록되어 있다고 한다.
【참조작품】「비밀 지식의 수호자」

아발자운트 Avalzaunt 용어
하이퍼보리아의 흑마법사. 매장된 후에 미라의 모습으로 되살아나서 살아 있는 사람의 피를 얻고자 제자들을 습격했다.
【참조작품】「굴로 통하는 계단」

아버지인 넵투누스
Father Neptune 용어
킹스 포트의 북쪽에 있는 절벽의 일부에 주민들이 붙인 이름. 괴기한 윤곽을 보이고 있는 부분이 있다.
【참조작품】「안개 속 절벽의 기묘한 집(한)」

아베르와뉴 Averoigne 용어
프랑스 남부에 있다고 알려진 한 지방. 중심도시는 비욘느(Vyones). 드

ㅇ

루이드 승려가 출몰하는 광대한 숲이나 높은 산으로 둘러싸였으며, 일찍이 로마의 지배지역이었던 역사가 있다. 여성 라미아나 목축의 신, 늑대인간, 흡혈귀, 마녀나 마법사나 연금술사가 배회하고 있는 마법에 걸린 땅이다.
【참조작품】「일로르뉴의 거인(한)」, 「아베르와뉴의 맹수」, 「아제다락의 신성」

아벨 하로프 Abel Harop 용어

에일즈베리 주민. 요그 소토스 소환 의식을 하고 실종되었다.
【참조작품】「언덕 위의 쏙독새」

아브라함 휘플 Abraham Whipple 용어

프로비던스에 사는 사략선 선장. 조지프 커웬 습격 실행 부대의 지휘관을 맡았다.
【참조작품】「찰스 덱스터 워드의 사례(한)」

아비게일 프린 Abigail Prinn 용어

세일럼에 살았던 악명 높은 마녀. 1692년에 사망한 후에도 집의 비밀방에 빙의하여 뇨그타를 소환하여 주민들에게 복수하려고 했다.
【참조작품】「세일럼의 공포」

아사 샌드윈 Asa Sandwin 용어

아캄 근교 인스머스로 향하는 길가에 있는 샌드윈관의 당주. 개구리 남자라고 불릴 정도로 추악한 외모의 작은 사내지만, 〈딥 원〉과의 계약을 자신의 대에서 중단시키기 위해서 과감히 맞서서, 로이거에게 납치되었다.
【참조작품】「샌드윈관의 공포」

아사프 길먼 Asaph Gilman 용어

전 하버드 대학 핵물리학 교수. 정년퇴직 후는 미스 캐토닉 대학에서 교편을 잡았다. 만년에, 크툴루 교단의 조사에 전력을 기울였지만, 런던의 중국인 거리에서 사고로 사망한다.
【참조작품】「영겁의 탐구 시리즈(어거스트 덜레스 참조)」

아사프 소여 Asaph Sawyer 용어

펙 벨리 마을 주민으로 1880년부터 다음해에 걸친 겨울에 열병으로 사망했다. 생전에 지나치게 집념이 강하다는 것이 유명했다. 매장될 때, 발목이 절단되어 작은 관에 억지로 넣었던 것에 대한 원한을 잊지 않고,

부패한 시체가 되어서 장의사에게 복수했다.

【참조작품】「시체안치소에서(한)」

아사프 웨이트

Asaph Waite 용어

호바스 브레인의 할아버지. 인스머스의 선원으로 한때는 매쉬가의 대리인을 맡은 적도 있다. 1928년 연방 정부의 인스머스 급습 때 사라졌다.

【참조작품】「영겁의 탐구 시리즈(어거스트 덜레스 참조)」

아사프 피버디

Asaph Peabody 용어

매사추세츠주 윌브라함(Wilbraham)에 사는 마법사. 유아를 산 제물로 바치는 끔찍한 혼을 불러들이는 의식을 진행했다.

【참조작품】「피버디가의 유산」

아삼마우스의 유고

The Testament of Athammaus 작품

클라크 애슈턴 스미스(Clark Ashton Smith)

【첫 소개】『위어드 테일즈(Weird Tales)』 1932년 10월호

【한국번역】정진영 「아삼마우스의 유고」(한-클)

【개요】하이퍼보리아의 수도 콤모리움의 제1사형 집행인이었던 아삼마우스가 기술한 왕도가 파괴된 사건의 진상. 그 당시 콤모리움 주변부는 흉악한 사건이 횡행하고 있었다. 그것은 에이글로피안산맥에 살던 부어미 부족의 소행으로 그들의 수령은 크니가딘 자움이라는 기이한 사람이었다. 그 핏줄은 마신 차토구아, 그리고 차토구아와 함께 이계에서 날아온 변화무쌍한 자들로부터 이어진다는 소문이 있었다. 콤모리움 경찰의 필사적인 수색 결과 자움은 잡혔지만, 진정한 악몽은 그때부터 시작되었다. 아삼마우스에 의해 목이 잘려서 매장된 야만인이 다음날 수도에 나타나 행인을 잡아먹은 것이다. 처형과 재생이 반복되면서 그때마다 불사신의 괴물은 보기에도 무섭게 변모해갔다. 화가 치민 아삼마우스는 잘라낸 목과 몸통을 서로 다른 곳에 매장하게 했지만….

【해설】〈차토구아 이야기〉 중 한 편. 마신의 피를 물려받은 자의 추악하고 괴이한 생태를 스미스 스타일의 열띤 필치로 생생하게 묘사한 역작이다. 하이퍼보리아 대륙의 지리를 파악하는 데도 유용한 정보가 포함되어 있다.

아서 고든 핌

Arthur Gordon Pym 용어

에드거 앨런 포가 1838년에 뉴욕의 하퍼&브라더스사(Harper&Brothers)에서 냈던 장편 소설. 정확한 표현은 「낸터킷의 아서 고든 핌의 이야기(The Narrative of Arthur Gordon Pym of Nantucket)」으로 선원을 동경하여 친구와 포경선에 올라탄 핌 소년이 선원들의 폭동 사건을 계기로 예기치 못한 모험의 항해를 체험하는 이야기이다. 일행이 여행의 마지막에 극지에서 듣게 되는 「테켈리-리!」라는 기묘한 단어에 대해서, 작품 뒤에 기술된 「노트」로부터 인용한다.

'테켈리-리!'라는 것은 제이슨 가이호의 선장이 바다에서 건져 올렸던 그 하얀 동물의 사체를 차랄섬 원주민들이 처음으로 보았을 때 두려워하면서 외친 소리였다. 이것은 또한, 포로로 잡은 그 차랄섬 원주민이 핌 씨가 갖고 있던 하얀 천을 만졌을 때 몸을 떨면서 외친 소리이기도 했다. 더욱이 이것은 그 「남방」의 수증기의 하얀 막에서 날아오른, 빠르고 하얀 거대한 새의 울음소리이기도 했다.

【참조작품】「광기의 산맥(한)」

아서 그림블 경

Sir Arthur Grimble 용어

길버트 제도(영연방 킬리바시)의 식민지 총독으로 부다리아리(Butaritari, 부타리타리라고도 함) 산호초를 방문했을 때, 돌고래들과 영적으로 교감하는 마을을 목격하고 저서에 기록한 인물.

【참조작품】「딥 원」

아서 매켄 Arthur Machen 작가

① 위대한 목신(The Great God Pan)(한-윤효송 역 『세계 괴기소설 걸작선 1』 자유문학사) 1890

② 검은 인장의 소설(The Novel of the Black seal)(한-황6/이한음 역 「검은 인장 이야기」 『불타는 피라미드 바벨의 도서관21』 바다출판사) 1895

③ 하얀 가루(The Novel of the White Powder)(한-『불타는 피라미드 바벨의 도서관21』 바다출판사) 1895

④ 불타는 피라미드(The Shining Pyramid)(한-『불타는 피라미드 바벨의 도서관21』 바다출판사) 1895

⑤ 백마(The White People) 1899

메이첸이라고도 한다. 영국 웨일즈 출신의 작가, 언론가(1863~1947). 몬머스셔주의 카리온 온 아스크의 가난한 목사의 아들로 태어났다. 10대 시절 런던으로 향하여, 가정 교사

등을 하면서 문학에 뜻을 두었다. 1894년에 간행된 ①을 통해 19세기 말 문단의 주목을 받았다. 그 후, 오컬티즘에 빠져들거나 벤슨 극단의 지방 순회공연에 배우로 참여하곤 했지만, 1910년 이후는 『이브닝 뉴스(Evening News)』지의 기자로서 많은 칼럼과 소설을 집필했다.

특히 1914년 발표한 「궁수」(정진영 역 『세계 호러 단편선』 책세상)는 대전 시 전선에서 실화로서 유포되어, 매켄의 이름을 일약 유명하게 만들었다(한국 번역 작품집으로 바다출판사의 『바벨의 도서관 21 불타는 피라미드』가 있다-역주). ①은 〈위대한 목신〉 항목을 참조. ②와 ③은 장편 『세 명의 사기꾼(The Three Imposter)』에 수록된 에피소드이지만, 각각 독립적인 단편으로도 각종 단편집에 소개되고 있다. 산속에 숨어 사는 태고의 난쟁이족과 인간의 딸 사이에 태어난 무서운 사생아의 공포를 그린다. ②는 사교 축제의 영액을 우연히 복용했기 때문에, 세상에 없는 쾌락을 맛보면서 녹아 무너져내리는 남자의 비극을 그린다. ③은 어느 쪽인가 하면, 전자는 「더니치 호러」를 비롯한 사악한 존재와 맺어지는 이야기를 그린 작품으로서, 후자는 수많은 〈마법사 이야기〉로서 신화 대계에 포함되게 되었다. ④도 기분 나쁜 소인족의 암약을 미스터리 분위기로 그린 작품이다. 마도에 뛰어드는 가녀린 소녀의 수기 형식을 취한, 매켄식의 마법사 소설의 극치라고도 할만한 ⑤는 아클로 문자, 키오스어, 도르, 우아스처럼 훗날 신화 아이템의 원형이 되는 것들이 눈에 띈다. 러브크래프트는 「공포 문학의 매혹」의 최종장 「오늘날의 대가들」에서 가장 먼저 매켄을 소개하면서 「코스믹 호러를 가장 예술적인 경지로 끌어올린 살아있는 창작자 중에서 다재다능한 아서 매켄에 비견할 수 있는 작가는 없을 것이다. 그는 십 수편의 장 단편을 썼고, 감추어진 전율과 끔찍한 공포 요소를 다루면서 사실적 예리함과 비교할 데 없는 실체에 도달한다.」(홍인수 역)라고 기록하고 있으며, F.B.롱의 시 「아서 매켄을 읽으며」까지 일부러 인용하면서(뉴욕 시대의 러브크래프트 서클, 통칭 〈케이렘 클럽〉의 분위기가 전해져 오는 것 같다) 그 육성과 작풍에 대해 열심히 소개하고 있다. 특히 ⑤나 ②와 ③을 높이 사고 있는 것이 '확실히 그렇군.'이라는 느낌이다. 한편, 신화 작가에 미치는 영향이라는 점에서 매켄은 러브크래프트 이상으로, 로버트 E. 하워드에게 큰 영향을 준 것으로 보인다. 실제로 하워드의 「밤의 후예」에는 「어셔가의 몰락」의 포, 「크툴루의 부름」의 러브크래프트와 함께 「검은 인장의 소설」의 매켄의 이름이 「괴기소설의 3대 거장」으로 거론되고 있다.

아서 먼로 Arthur Munroe 용어

템페스트산의 참극을 취재하던 신문기자. 사건을 조사 중에 살해되었다.

【참조작품】「잠재된 공포」

아서 저민 경
Sir Arthur Jermyn 용어

아프리카 오지의 〈흰 원숭이의 여신〉의 전설에 빠져서 저주받은 저민 일족의 마지막 장남. 알프레드 경과 음악홀의 가수 사이에서 태어났다. 못생긴 외모와는 달리, 시인이자 몽상가 기질을 갖고 있으며 학문을 좋아하여, 옥스포드 대학을 수석으로 졸업했다. 선조로부터 내려온 아프리카 민속학 연구에 뜻을 두고 현지 조사도 갔지만, 1913년 8월 3일, 아프리카에서 도착한 화물을 개봉한 직후 장렬하게 분신 자살했다.

【참조작품】「고(故) 아서 저민과 그 가족에 관한 사실(한)」

아서 펠던 Arthur Feldon 용어

멕시코의 산 마테오 산맥에 있는 광산의 부감독. 케찰코아틀이나 위칠로포치틀리(Huizilo-pochtli) 같은 이름으로 불리는, 고대 아즈텍에서 숭배된 마신의 계시를 받아 무서운 전기 처형기구를 발명했다.

【참조작품】「전기처형기(한)」

아세나스 웨이트
Asenath Waite 용어

에프라임 웨이트의 딸. 킹스포트 홀 학원을 거쳐서, 미스캐토닉 대학의 중세 철학 특강을 수강 중인 에드워드 더비를 만나게 되어, 나중에 결혼했다. 최면과 마법에 재주가 있었던 것 같다.

【참조작품】「현관 앞에 있는 것(한)」, 「아캄, 그리고 별의 세계로」

아슈르바니팔의 불길
The Fire of Asshurbanipal 용어

고대 아시리아 왕 아슈르바니팔(재위 기원전 668~기원전 627)의 궁정 마법사 수틀탄(Xuthltan)이 마귀로부터 빼앗아 온 불타는 듯이 빛나는 보석. 카라셰르(Karashehr)에서 참살당한 수틀탄의 저주로 인해 이 보석을 손에 넣은 사람에게는 무서운

운명이 내린다고 한다.
【참조작품】「아슈르바니팔의 불길」

아슈르바니팔의 불길
The Fire of
Asshurbanipal 작품

로버트 E. 하워드(Robert E. Howard)
【첫 소개】『위어드 테일즈(Weird Tales)』 1936년 12월호
【개요】무모한 모험가 스티브 클라니(Steve Clarney)와 늙은 아프간인 야르 알리(Yar Ali)는 페르시아 사막에 있다는 암흑의 도시, 카라셰르(Karashehr)를 찾아서 떠났다. 원주민들도 두려워하여 가까이 가지 않는다는 그 고대 도시에는, 해골이 된 채 왕좌에 앉아 있는 왕의 손에 쥐어진 보석이 지금도 타는 듯 빛을 발하고 있다고 한다. 말을 잃고 작열하는 사막을 방황하던 두 사람은 우연히 카라셰르를 발견하지만, 뒤를 쫓아 온 도둑집단과 난투극 끝에 포로가 된다. 도적의 수령이 보석에 손을 뻗자, 그 순간 벽에 열린 구멍에서 기괴한 촉수가! 마도사 수틀탄(Xuthltan)이 태고의 괴물로부터 빼앗은 보석에는 무서운 저주가 걸려 있었다!
【해설】하워드 특유의 경쾌한 모험활극풍으로 전개한 신화 대계 중에서는 매우 독특한 스타일의 작품. 영화 〈인디아나 존스〉 시리즈의 선구적 작품.

아시브 Athib 용어

〈드림랜드〉를 항해하는 갤리선 선장. 크라네스의 승선을 승낙했다.
【참조작품】「셀레파이스(한)」

아우구스티누스
Augustine 용어

아우렐리우스 아우구스티누스 히포넨시스(Aurelius Augustinus Hipponensis, 354~430). 초기 기독교 교회의 저명한 성직자이자 사상가. 북아프리카에서 태어나, 마니교, 신플라톤 철학을 거친 뒤에, 밀라노에서 세례를 받았다. 훗날 고향으로 돌아가서 히포(Hippo)의 사교가 되었다. 자전적인 내용의 『고백론(Confessiones)』과 저서 『하나님의 도성(De civitate Dei)』을 통해서 중세 이후 신학과 종교 철학에 막대한 영향을 미쳤다.
영국의 린볼드에서 크리타누스가 소환한 〈크툴루의 별의 자식들〉을 오망성 모양 돌의 힘으로 석관에 봉인하고, 미쳐버린 크리타누스를 로마로 추방했다고도 한다.

【참조작품】「저편에서 나타나는 것」, 「에릭 홀름의 죽음」, 「호수 바닥의 공포」

『아웃사이더와 그 밖의 이야기들』 The Outsider and Others 용어

어거스트 덜레스와 도널드 완드레이가 1939년에 아캄 하우스를 설립하여 간행한, 역사상 최초의 H.P. 러브크래프트 작품집. 36편의 이야기와 에세이 「문학에서의 초자연적 공포」를 수록했다. 표지는 바실 핀레이. 〈그레이트 올드 원〉의 존재를 뒷받침하는 자료로서 덜레스의 작품 중에서도 언급되고 있다.

【참조작품】「어둠 속에 깃든 자」, 「문 저편으로」

아이강 Ai 용어

므나르 지역 중앙을 굽이치며 관통하는 큰 강. 강 주변에는 트라아, 일라네크, 카다세론 같은 도시가 존재하고 있다.

【참조작품】「사나스에 찾아온 운명(한)」

아이라 Aira 용어

'이라'라고도 한다. 방랑 시인 이라논이 열심히 찾아다니고 있는 가장 아름다운 도시. 대리석과 녹주석으로 이루어진 웅장하고 화려한 도시라고 한다.

【참조작품】「이라논의 열망(한)」

아이렘 Irem 용어

'이렘'이라고도 한다. 아드 최후의 폭군 사다드가 귀신과 함께 세운 천 개의 기둥을 가진 도시로서 『쿠란』이나 『천일야화』에서도 언급되고 있는 것을 볼 수 있다. 웅장한 원형 지붕의 건축물과 무수한 빛의 탑으로 구성되어 있다. 하드라만트(Hadramant)라고 불리는 지역에 있었다고도, 아라비아의 페트라(Phetri. Petraea라고도 함) 사막에 묻혀 있다고도 전해지며, 때로는 이름 없는 도시와 혼동되기도 한다. 크툴루 교단의 본부가 있다고도 전해진다.

【참조작품】「크툴루의 부름(한)」, 「실버 키의 관문을 지나서(한)」, 「아캄, 그리고 별의 세계로」, 「검은 파라오의 신전」, 「네크로노미콘 알하즈레드의 방랑」, 「알하즈레드」

아이작 부어덴 Isaac Voorden 용어

사우스 키니킥에 있는 골동품 가게의 주인. 오컬트에 정통하며, 마법과 관련된 물품의 소장품이 있다.

【참조작품】「마법사의 보석」

아자니 A'zani 용어

아이렘의 깊은 지하를 흐르고 있던 고대의 강. 지금은 완전히 말라버려 거대한 동굴만 남아 홍해 해안의 암굴까지 연결되어 있다고 한다. 그 어두운 바닥에는 파충류 종족 후예들이 기어 다니고 있다.

【참조작품】「네크로노미콘 알하즈레드의 방랑」

아자토스 Azathoth 용어

아자트호스라고도 한다. 시공을 초월한 궁극적인 혼돈의 중심에 있으며, 마음이 존재하지 않는 무정형의 무희들에게 둘러싸여, 비천한 북소리와 가냘프고 단조로운 플루트 음색으로 위로받으면서 누워 있는 〈만물의 왕이며, 장님이자 백치의 신(the blind idiot god, Lord of All Things)〉. 그 사자는 니알라토텝이다. 그 모습을 엿보는 자는 발광하게 된다고 알려져 있다. 이 세계는 아자토스가 부는 피리 소리로 만들어졌다고도 한다. 아자토스와 니알라토텝은 한쪽은 질서를 한쪽은 혼돈을 체현하는 배다른 형제라는 설도 제기되고 있다.

【참조작품】「미지의 카다스를 향한 몽환의 추적(한)」, 「누가 블레이크를 죽였는가?(한)」, 「위치 하우스에서의 꿈(한)』, 「아자토스(한)」, 「하이드라」, 「샤가이에서 온 곤충」, 「아자토스의 회색 의식」, 「네크로노미콘 알하즈레드의 방랑」

『아자토스와 또 다른 공포』 Azathoth and Other Horrors 용어

에드워드 픽맨 더비가 18세에 출판한 시집. 그 내용은 우주적인 공포의 감정을 담고 있어, 읽는 자를 전율하게 한다고 전해진다.

【참조작품】「현관 앞에 있는 것(한)」

아카리엘 Akariel 용어

아크리엘이라고도 한다. 셀레리온 부두 근처에 있는 거대한 조각문.

【참조작품】「화이트호(한)」

아캄 Arkham 용어

'어컴'이라고도 한다. 미국 매사추세츠주에 있는 지방 도시. 미스캐토닉강이 시가 중심을 흐르며, 급경사의 삼각형 지붕의 낡은 거리를 따라서 북쪽으로 올라가면 인스머스, 뉴버리포트에 이른다. 미스캐토닉강을 거슬러 올라가면 더니치에 도달한다. 마녀사냥으로 유명한 세일럼이

나 보스톤, 프로비던스와도 가깝다. 미스캐토닉강의 작은 섬이나 메도우 힐의 안쪽 지방에서는 지금도 악마 숭배자들의 집회가 비밀리에 열리고 있다고 한다.

【참조작품】「아캄, 그리고 별의 세계로」,「위치 하우스에서의 꿈(한)」,「현관 앞에 있는 것(한)」,「우주에서 온 색채(한)」,「저 너머에서(한)」,「강장동물 프랑크」

아캄 계획 Strange Eons (작품)

로버트 블록(Robert Bloch)

【첫 소개】 위스퍼즈 프레스(Wispers Press),『아캄 계획』1979년

【개요】 수집가인 키스(Albert Keith)가 골동품점에서 구매한 그림을 보자마자 친구인 웨이버리는 놀란 목소리로 외친다. 이건「픽맨의 모델(한)」이잖아! 러브크래프트의 작품은 실제로 있었던 일이란 말야? 두 사람이 의문을 밝혀내려 하는 순간에, 골동품점의 주인은 '스며드는 공포'의 모습 그대로 잡아먹히고, 조사로부터 돌아온 웨이버리는「어둠 속에서 속삭이는 것」처럼 다른 존재로 바뀌어버렸다. 그 무렵, 남태평양에서는 해저 도시 르뤼에가 떠오르기 시작하고 있었다. 크툴루의 부활을 저지하기 위하여 키스는 홀로 남해로 향하지만……. (이상 제1부)

키스의 헤어진 아내 케이(Kay Keith) 앞에 나타난 의문의 사내는 정부의 첩보원이었다. 그들은 그레이트 올드 원 부활의 음모를 저지하고자 계속되는 테러의 흑막으로 여겨지는 〈별의 지혜파〉의 나이 신부를 쫓고 있었다. 모델로서 나이에게 초대받은 케이는 어렵게 일당의 아지트로부터 탈출하여 워싱턴에서 열리는「아캄 계획」회의에 출석한다. 르뤼에에 대한 원자력 잠수함 공격은 성공하지만, 크툴루는 이스터섬으로 이동한 뒤였다. 기지에 납치당한 케이가 사신의 신부로서 바쳐지려는 때, 폭음이……. (이상 제2부)

가까운 미래, 암흑 교단의 수수께끼를 쫓는 신문 기자 마크(Mark Dixon)는 길러준 부모인 모이브릿지가 러브크래프트 작품의 진실성을 완전히 부정하는 저작을 발표한 것에 불만을 품는다. 양부는 심한 협박을 받고 입을 닫는다. 그 직후, 거대한 지진이 세계 각지를 휩쓴다. 정신없이 도망치던 마크는 묘지 지하가 식인귀들의 소굴이 되어 있다는 것에 전율한다. 물고기 눈의 사내들에게 납치되어 마크는 나이 신부와 대면한다. 나이가 밝히는 두려운 진상. 그리고 드디어 세계는……. (이상,

제3부)

【해설】 러브크래프트 주요 작품의 취향을 충실하게 엮어내면서 니알라토텝의 크툴루 부활 음모를 암담한 느낌으로 그려낸 걸작 장편. 러브크래프트, 블록의 사제 콤비가 키운 〈니알라토텝 이야기〉들의 총결산이라고 부를 만한 역작이다.

『아캄 애드버타이저』 Arkham Advertiser (용어)

아캄에서 발행하는 지방 신문.

【참조작품】「더니치 호러(한)」, 「광기의 산맥(한)」, 「어둠 속에서 속삭이는 자(한)」

아캄, 그리고 별의 세계로 To Arkham and the Stars (작품)

프리츠 라이버(Fritz Leiber)

【첫 소개】 아캄 하우스(Arkham House) 『어둠의 형제들과 그 밖의 단편(The Dark Brotherhood and Other Pieces)』 1966년 출간

【개요】 9월 14일 저녁 무렵, 나는 아캄에 도착했다. 지금은 공항이나 고속도로도 정비된 도시지만, 근대적인 건축물 사이에는 예부터 내려온 급경사의 삼각형 지붕이 보여서 포근한 기분을 전한다. 숙소인 아캄 하우스에 짐을 맡긴 나는 바로 미스캐토닉 대학으로 향했다. 여기에서는 알버트 윌머스 교수를 비롯하여 윈게이트 피슬리, 윌리엄 다이어, 프랜시스 모건 같은 유명한 사건의 증인들이 나를 따뜻하게 맞아주었다. 아미티지 박사의 묘지로 향하는 도중에 나는 윌머스 교수로부터 놀라운 사실을 듣게 되었다. 유고스 성인은 뇌를 육체로부터 꺼내어 보관하는 기술을 갖고 있어서. 1937년의 3월 14일 밤쯤에 로드 아일랜드 병원에서 임종을 맞고 있던 그 신사의 뇌도 그처럼 우주로 옮겨졌다는 것이다!

【해설】 신화 소설 중에서도 눈에 띄는 이색 작품. 그것은 러브크래프트의 작품과 등장인물이 모두 실재한다는 가정으로 묘사되었던 현대의 아캄 방문기이기 때문이다. 1937년 3월 14일이 어떤 날에 해당하는지는 굳이 얘기할 필요가 없을 것이다.

아큐리온 Akurion (용어)

사나스에 접한 호수 물가에 서 있는 회백색 바위.

【참조작품】「사나스에 찾아온 운명(한)」

아클로 문자 Aklo (용어)

태고 시대부터 존재한 사교 종파

가 가진 특수한 언어. 윌버 휘틀리(Wilbur Whateley)는 「지배자 사바오트(Sabaoth)를 위한 아클로 문자」(소겐추리문고판 『러브크래프트 전집5』에 수록된 오오타키 케이스케의 「작품 해설」에 따르면, 사바오트란 그노시스 주의에서 악마적인 존재인 알콘의 명칭에서 유래한다)를 배웠다고 일기에 적고 있다.

【참조작품】「더니치 호러(한)」, 「누가 블레이크를 죽였는가?(한)」, 「알론조 타이퍼의 일기(한)」, 「로이거의 부활」

아탈 Atal 용어

에이탈이라고도 한다. 울타르의 신관. 울타르의 여관의 아들로 태어났지만, 현인 바루자이에게 가르침을 받아 수련을 거쳐, 스승과 함께 하테그 크라에 올라서 스승의 장렬한 최후를 보고 돌아왔다. 대략 3세기 후 울타르를 방문한 랜돌프 카터에게 지구의 신들에 대한 다양한 금단의 비사를 들려줬다.

【참조작품】「다른 신들(한)」, 「미지의 카다스를 향한 몽환의 추적(한)」

아토크 Athok 용어

테로스의 주민으로 구두수선가게를 운영한다.

【참조작품】「이라논의 열망(한)」

아튀스 Atys 용어

대지모신 키베레의 애인이 된 젊은이. 질투에 불타는 퀴베레의 저주로 광기에 빠져 스스로 온몸을 찢어서 죽었다. 후에 키베레와 함께 숭배된다.

【참조작품】「벽 속의 쥐(한)」

아틀라아나트 Atlaanat 용어

「시들었다(hoary)」라고 묘사할 정도로 굳이 입에 담는 이가 드문 땅. 랜돌프 카터(Randolph Carter)는 이곳을 방문한 적이 있는 모양이다.

【참조작품】「실버 키의 관문을 지나서(한)」

아틀락-나챠 Atlach—Nacha 용어

아틀라나카, 아틀락 나카라고도 한다. 차토구아 동굴 깊숙한 곳의 심연에 사는 거미신. 인간만큼이나 큰 거미 몸통에 털로 둘러싸인 매우 교활해 보이는 작은 눈을 갖고, 높은 소리를 낸다.

【참조작품】「일곱개의 저주」, 「아틀락-나챠에 대한 기도문」

아틀란티스 Atlantis 용어

초고대 고도 문명을 구축했음에도 하룻밤 사이에 대서양 바다 속에 잠겼다고 전해지는 전설적인 대륙. 〈헤라클레스의 기둥(Pillars of Hercules)〉 저편의 대양에 있었다고 한다. 일찍이 플라톤의 대화 편에는 『티마이오스』와 『크리티아스』라고 언급되고 있다. 〈안개 속 기이한 높은 집〉에 사는 은자에 따르면 한때 아틀란티스의 여러 왕은 〈대양 바다의 균열에서 나타난 모독적인 생물〉과 싸웠다고 한다. 또한, 아틀란티스의 붕괴가 〈딥 원〉이 침공한 결과라는 설도 있다.

【참조작품】「영겁의 탐구 시리즈(어거스트 덜레스 참조)」, 「안개 속 절벽의 기묘한 집(한)」, 「마지막 실험(한)」, 「고분(한)」, 「네크로노미콘 알하즈레드의 방랑」, 「올드 원들의 무덤」

『아틀란티스와 잃어버린 레무리아』 Atlantis and the Lost Lemuria 용어

영국의 신학자 엘리엇 W. 스코트(W.Scott Elliot, 1849~1919)가 1896년에 저술한 책. 에인절 교수가 남긴 메모 안에서 자주 인용되고 있다고 한다.

【참조작품】「크툴루의 부름(한)」

아페프 Apep 용어

이집트에서 부르는 이그의 다른 호칭.

【참조작품】「네크로노미콘 알하즈레드의 방랑」

아포라트의 제니그 Zenig of Aphorat 용어

〈얼어붙은 황무지 카다스〉에 도달하려다 살해당한 인물.

【참조작품】「미지의 카다스를 향한 몽환의 추적(한)」

아품 자 Aphoom Zhah 용어

만물을 얼리는 막강한 존재로, 〈극지의 군주(Polar One)〉, 〈차가운 불꽃(flame of Coldness)〉라고도 불린다. 『나코트 필사본』에 암시적으로 언급되어 있다. 포말 하우트에서 지구에 도래하여 북쪽의 극점에 있는 얼음산 야라크 지하에 봉인되었다고 한다. 림 샤이코스를 무우 둘란에 보낸 것은 아품 자라고 알려져 있다.

【참조작품】「극지로부터의 빛」

아프라시압 Afrasiab 용어

중세 이란 서사시 「샤나메 (왕서)」에 등장하는 투란(Turan)의 왕. 사마르

ㅇ

칸트에 거성을 지었다고 한다.
【참조작품】「이름 없는 도시(한)」

『아프리카 각 부의 고찰』 Observation on the Several Parts of Africa 용어

18세기 영국 탐험가 웨이드 저민 경의 저서. 콩고 일대를 자세히 답사한 연구 결과에 근거하여 선사 시대 콩고의 백인 문화에 대해 고찰한 기서이다.
【참조작품】「고(故) 아서 저민과 그 집안에 대하여(한)」

아호투 Ahtu 용어

아프리카에서 부르는 니알라토텝의 다른 명칭.
【참조작품】「꿈틀거리는 밀림」

『악마 숭배』 Daemonolatreia 용어

프랑스의 이단 심문관 니콜라스 레미(Nicholas Remi, 1530~1612)가 레미기우스(Remigius)라는 필명으로 완성한 책. 1595년 출간. 마녀와 마법에 관한 자료집으로 마녀재판에서 심문관의 참고자료로서 중시되었다.
【참조작품】「축제(한)」, 「더니치 호러(한)」, 「생존자」

『악마성』 Daemonialitas 용어

프란체스코회 수도사인 루도비코 마리아 시니스트라리(Ludovico Maria Sinistrari, 1622~1701)가 집필한 책. 작가 사후, 1875년이 되어 완전판이 발견되었다. 주로 몽마에 대한 문제를 다루고 있다.
【참조작품】「피버디가의 유산」

악마의 계단 Devil's steps 용어

영국 브리체스터 교외에 있는 바위. 하늘을 향해 뻗어 있는 바위가 계단처럼 보여서 이렇게 불리게 되었다. 그 정상에는 세 개의 석탑이 세워져, 지구와 유고스별을 잇는 출입구가 있다.
【참조작품】「유고스의 광산」

악마의 꼭두각시 The Mannikin 작품

로버트 블록(Robert Bloch)
【첫 소개】『위어드 테일즈(Weird Tales)』 1937년4월호
【개요】요양을 위해서 브리지 타운을 방문한 나는 대학 시절 제자로서 특이한 글솜씨를 높이 평가했던 사이먼 맥로어와 재회한다. 그는 당시부터 등에 생긴 종양 같은 증식물 때문에 고생하고 있었지만, 건강 상태는 점점 악화하고 있는 것 같았다. 나는

맥로어 일족이 악명 높은 마법사의 가계임을 알고, 견딜 수 없는 불안에 휩싸인다. 사이먼은 점차 착란상태가 심해져 가고 마침내 기묘한 죽음을 맞이하게 된다. 그리고 남겨진 편지에는 그의 육체에 태어날 때부터 빙의되어 있던 끔찍한 '형제'와의 처절한 투쟁 내용이 밝혀져 있었다.
【해설】 블록이 가장 자신하는 그로테스크한 충격 기법을 살린 〈마법사 이야기〉. 마도서 『벌레의 신비(Mysteries of the Worm)』나 〈드의 찬가〉, 〈아버지 이그의 의식〉 같은 것에 대한 언급을 제외하면 신화 대계와의 관계는 많지 않다.

『악마의 도망』 Fuga Satanae (용어)

페트루스 안토니우스 스탐파(Petrus Antonius Stampa)가 저술한 악마 퇴치에 관한 책. 아사프 피버디가 소장하고 있다.
【참조작품】「피버디가의 유산」, 「다락방의 그림자」

『악마의 본성에 대해서』 De Natura Daemonum (용어)

이탈리아의 악마학자 죠반니 로렌초 아나니아(Giovanni Lorenzo Anania)의 저서. 1589년에 출간. 아사프 피버디가 소장하고 있다.
【참조작품】「피버디가의 유산」, 「다락방의 그림자」

악마의 샘 Devil's Pool (용어)

영국 요크셔주의 딜햄(Dilham) 근처의 무어(황야)에 있는 샘. 〈루 리브〉로 향하는 입구가 있는 모양이다.
【참조작품】「위대한 귀환」

악마의 암초 Devil Reef (용어)

데빌스 리프라고도 한다. 인스머스 앞바다에서 2km 정도 떨어진 지점에 있는 검고 어두운 암초. 암초 앞은 절벽처럼 깊은 바다로 이어져 있으며, 여기에서 찾아오는 〈딥 원〉이 암초 위나 주변에서 밤마다 날뛴다고 한다. 오벳 마시(Obed Marsh)는 이 암초에서 〈딥 원〉과 무서운 거래를 하고 있었다.
【참조작품】「인스머스의 그림자(한)」

악셀 홀름 Axel Holm (용어)

덴마크의 수도 코펜하겐 출신의 유리 장인으로 악마주의자. 불멸의 거울을 제작하여 내부의 다른 차원 세계에 인간과 물품을 빠뜨린 일이 있었다.
【참조작품】「함정」

안개 속 절벽의 기묘한 집 The Strange High House in the Mist (용어)

킹스포트의 북쪽 끝, 무섭게 솟아 있는 절벽에 세워진 낡은 회색 집. 지역 주민은 그 집에 검은 수염을 기른 은자가 수백 년 동안 살고 있다고 믿고 있다.

【참조작품】「안개 속 절벽의 기묘한 집(한)」, 「인스머스의 그림자(한)」

안나 틸튼 Anna Tilton (용어)

뉴베리포트 역사 협회(Newburyport Historical Society)의 학예원. 해당 협회의 전시실에는 1873년에 인스머스의 주정꾼이 맡겼다고 하는, 교묘한 삼중관의 장신구가 전시되어 있다.

【참조작품】「인스머스의 그림자(한)」, 「인스머스로 돌아가다」

안드라다 Andrada (용어)

페루 인디오의 선교 활동에 종사하고 있던 신부. 후에 〈딥 원〉으로서의 본성에 눈을 떠 크툴루 부활을 예언하고, 획책하게 된다.

【참조작품】「영겁의 탐구 시리즈(어거스트 덜레스 참조)」

안젤로 리치 Angelo Ricci (용어)

킹스 포트에 있는 〈무서운 노인〉의 저택에 침입한 강도 일당 중 하나. 다음날 참혹한 시체로 발견되었다.

【참조작품】「무서운 노인(한)」

『알 아지프』 Al Azif (용어)

『네크로노미콘』의 아랍어 제목. 아지프란 아랍인이 괴물의 울음소리라고 생각했던, 밤에 우는 벌레 소리를 의미한다고 한다.

【참조작품】「『네크로노미콘』의 역사(한)」, 「영겁의 탐구 시리즈(어거스트 덜레스 참조)」, 「네크로노미콘」

알 카지미아 Al Kazimiyah (용어)

이라크에 있는 로이거족의 거점.

【참조작품】「로이거의 부활」

알골 Algol (용어)

〈악마의 별(Demon-Star)〉라고도 불린다. 페르세우스 자리 β성인 대표적인 변광성으로 알려져 있다. 알골은 아랍어로 악마를 뜻한다. 〈압제자〉와 관계가 있는 모양으로 1901년 2월 22일에 〈빛을 내는 존재〉는 알골을 향하여 날아갔다.

【참조작품】「잠의 장벽 너머(한)」

알라릭 웨이트 Alaric wayt (용어)
영국에 사는 고고학자로서 인스머스의 웨이트 가문의 생존자 중 하나. 로워 베드호에서 유적 발굴 중에 비텔리우스 프리스쿠스의 묘지를 발굴하여 무섭게 변화하고 말았다.
【참조작품】「프리스쿠스의 무덤」

알라오자르 Alaozar (용어)
쑹고원(Plateau of Sung)의 〈공포의 호수(Lake of Dread)〉에 있는 〈별의 섬(Isle of the Stars)〉에 세워진 고대 도시. 트쵸 트쵸인이 지키고 있는 그 지하 동굴에는 로이거와 차르가 유폐되어 있다.
【참조작품】「별의 자손의 소굴」

알러트호 Alert (용어)
뉴질랜드 더니던(Dunedin)에 선적을 두고 있는 중장비의 증기선. 카나키인의 혼혈들로 구성된 험상궂은 인상의 선원들이 탑승하여, 약탈 무역선으로서 악명을 떨치고 있었다. 1925년 3월 22일에 남위 49도 51분, 서경 128도 34분의 해역에서 엠마호와 마주쳐 교전한 결과 승무원은 몰살되었다. 엠마호 선원들은 알러트호로 항해를 계속하여, 23일에 떠오른 르뤼에와 마주쳤다. 이 배는 항행 불능에 빠져 4월 12일 비질런트호에 발견되어 오스트레일리아로 견인되었다.
【참조작품】「크툴루의 부름(한)」

알렉산더 초팡
Alexander Chaupin (용어)
〈알렉산더 초핀〉을 참조

알렉산더 초핀
Alexander Chaupin (용어)
뉴베리 대학의 교수. 밤마다 구울의 악몽에 시달리다가, 미자리코드 묘지(Misericorde Cemetery) 지하로 사라졌다.
【참조작품】「싱긋 웃는 구울」

알렉시스 라드
Alexis Ladeau (용어)
본 윤츠의 친구였던, 프랑스인. 윤츠가 죽음 직전에 남긴 초고를 한번 읽은 후에 모두 소각하고, 스스로 목을 잘라서 끝냈다.
【참조작품】「검은 돌(한)」

알로스 Alos (용어)
로마르 땅에 있는 대리석 도시 오라토에의 총 지휘관. 이누토족과의 전투를 지휘했다.
【참조작품】「북극성(한)」

알론조 웨이트

Alonzo Waite 용어

빌헬름 박사의 동물학 연구소 근처 해변에 거주하는 히피족이지만, 그 정체는 그레이트 올드 원의 해방을 목표로 하는 결사에 대항하기 위해 결성된 공동체의 영적 지도자. 원래 미스캐토닉 대학의 임상 심리학 조교수로서 마약을 이용한 환시 실험에 관련하여 대학에서 쫓겨났다. 연구소의 인간에게 돌고래를 연구하는 게 위험하다고 경고한다.

【참조작품】「딥 원」

알론조 타이퍼의 일기

The Diary of Alonzo Typer 작품

윌리엄 럼리(William Lumley)

【첫 소개】『위어드 테일즈(Weird Tales)』1938년 2월호

【개요】 친족 간의 혼인을 거듭하여 퇴화한 사람들이 사는 마을 코라친(Chorazin). 태고의 환상열석이 서 있는 언덕 기슭에는 기괴한 소문이 끊이지 않는 반 데르 하일(Van der Heyl) 일가의 저택이 있었다. 저택의 주민들은 대대로 마법을 신봉하여 때때로 기묘하게 실종되었다. 1935년에 집이 붕괴되었을 때, 폐허에서 한 권의 일기장이 발견된다. 거기에는 오컬트 학자 타이퍼가 집에서 체험한 사건이 극명하게 적혀 있었다. 금단의 도시 이안 호에서 가져온 열쇠의 비밀이란. 그리고 반 데르 하일의 후예에게 밀려오는 무서운 운명은….

【해설】「드잔의 책」을 시작으로「엘트다운 도편본」이나「에이본의 서」외에도 다양한 마도서의 도서관이라 할 만한 독특한 요소로 가득한 현학적인 작품. 러브크래프트에 의해 첨삭 개정되었다.

알론조 하스브라우치 타이퍼

Alonzo Hasbrouch Typer 용어

알론소라고도 한다. 뉴욕주 킹스톤에서 사는 오컬트 연구가로 저주받은 혈통의 후예. 1908년, 코라친의 반 데르 하일 집에서 사라졌다.

【참조작품】「알론조 타이퍼의 일기」

알리스테어 H. 그린비

Alistair H. Greenbie 용어

애드버케이트호의 승무원. 그 배는 뉴질랜드 앞바다에서 조난되어, 기분 나쁜 작은 섬 근처에서 〈딥 원〉의 습격을 받았다. 유일하게 살아남은 그린비는 자신의 수기를 병에 넣어서 바다에 흘려보내고는 소식이 끊겼다.

【참조작품】「영겁의 탐구 시리즈(어거스트 덜레스 참조)」

알리야 애트우드
Alijah Atwood 용어

저명한 수집가. 1930년, 프로비던스의 베니피트가(Benefit Street)에 있는 샤리에르 저택의 특이한 스타일에 매료되어 같은 건물에 머물었다. 샤리에르 의사의 기괴한 실험 결과를 목격한다.

【참조작품】「생존자」

알비온의 환상열석신전
The Temple of Monoliths on the isle of Albion 용어

일찍이 요그 소토스 숭배의 중심지였던, 알비온섬(잉글랜드의 옛 이름)에 남아 있는 거대한 유적. 그 내부에는 요그 소토스에게 산 제물을 바치는 제단이 있다.

【참조작품】「네크로노미콘 알하즈레드의 방랑」

알소포커스 Alsophocus 용어

초고대에 에론길(Erongill) 지역에 살았던 위대한 마법사. 『검은 대권』을 저술했다.

【참조작품】「알소포커스의 검은 대권」

알저논 해리스
Algernon Harris 용어

맨하탄 박물관 고고학 부문의 소장 주임 학예원. 차우그나르 파우근의 괴이에 직면하여 로저 리틀에게 협력을 요청했다.

【참조작품】「공포의 산」

알프레드 델라포어
Alfred Delapore 용어

델라포어 가문(이전에는 드 라 푀르)의 후손인 미국 공군 장교. 제1차 세계 대전에서 영국으로 건너가 조상의 옛 땅에 대해 전우의 에드워드 노리스에게 알려주었다. 부상병이 되어, 귀환 1921년 사망했다.

【참조작품】「벽 속의 쥐(한)」

알프레드 앙게로 아타나지오
Alfred Angero Attanasio 작가

① 별의 호수(The Star Pools) 1980

미국의 작가(1951~). 뉴저지주 뉴어크 출신. 주로 SF와 공포물 분야에서 활약. 러브크래프트 작품과의 만남은 7학년 문학 수업 중에 월터 스코트 작품의 커버를 씌워서 위장한 「우주에서 온 색채(한)」를 탐독하면서라고 한다. ①은 마신에 씌운 것이 마약 거래 문제에 말려든 갱이라는 점에서 색다른 맛이 있는 토속계

ㅇ

신화 소설.

알프레드 저민 경

Sir Alfred Jermyn (용어)

네빌경의 아들. 20세 때 음악홀의 예인 집단에 참여했으며, 35세에 처자를 버리고, 순회 서커스에 뛰어들었다. 마지막에는 서커스의 고릴라와 격투하여 비참하게 죽었다.

【참조작품】「고(故) 아서 저민과 그 가족에 관한 사실(한)」

알하즈레드의 램프

Lamp of Alhazred (용어)

전설적인 고대 종족 아드에 의해 만들어져 아이렘에서 발굴된, 마력을 지닌 램프. 압둘 알하즈레드가 소지하고 있었기 때문에 이렇게 불린다. 빛을 켜면, 그레이트 올드 원이 남긴 이계의 광경을 비춘다고 한다.

【참조작품】「아캄, 그리고 별의 세계로」

알하즈레드의 램프

The Lamp of Alhazred (작품)

H.P. 러브크래프트&어거스트 덜레스(H.P. Lovecraft & August Derleth)

【첫 소개】『매거진 오브 판타지&사이언스 픽션(Magazine of Fantasy&-Science Fiction)』 1957년 10월호

【개요】 몽상가이자 가난한 작가 워드 필립스(Ward Phillips)는 실종된 조부 위플(Whipple)의 유품인 이상한 아라비아 램프를 물려받았다. 어느 날 밤 램프에 불을 켤 때 실내의 벽면에 이계의 광경이 비추어졌다. 그것은 소유자가 체험한 놀라운 일들을 재현하는 마법 램프였다. 필립스는 이끌리듯이 그 광경을 바라보다가, 이윽고 이를 자신의 이야기로 작품화하였다. 시간이 흘러 병에 시달린 필립스가 다시 램프에 불을 밝혔을 때, 거기에 떠오른 것은 어린 시절 고향의 모습이었다. 그는 그 풍경 속으로 걸어 들어가 다시는 돌아오지 않았다.

【해설】 창조주인 러브크래프트도 신화 대계에 가져오려고 한, 덜레스의 치기 넘치는 사랑스러운 단편. 활극풍 작품보다 이러한 서정적인 작품에서 저자 본래의 재능이 느껴진다고 여겨진다.

암초의 저편

Beyond the Reef (작품)

바실 코퍼(Basil Copper)

【첫 소개】 피드건&브레머(Fedogan & Bremer)『인스머스 연대기(Shadows Over Innsmouth)』 1994년 간행

【개요】 이것은 1930년부터 1932년에

걸쳐서 아캄에서 인스머스에 걸친 일대에서 일어난 일련의 이변에 관한 이야기이다. 미스캐토닉 대학 캠퍼스에서 함몰 사고가 발생하여 신비한 지하 통로가 발견된다. 조사를 의뢰받은 측량 기사 배로우즈(Barrows)는 학부장인 대로우(Darrow)와 함께 터널에 잠입하여, 그 끝이 인스머스 쪽으로 이어져 있다는 것을 확인하지만, 몸부림치는 뱀처럼 생긴 기괴한 생물을 목격하고 철수한다. 한편, 일련의 이변을 조사하기 위해 주경찰에서 파견된 오츠 경위는 신분을 숨기고 인스머스에 잠입하여 주민들의 이상한 적대감에 직면하고 당황한다. 오츠는 경찰들을 이끌고 대학 관계자와 함께 터널에 들어가지만, 기괴한 생물과 교전하여 많은 희생자를 낸다. 그때 일시적으로 실종되었던 암호 학자 홀로이드는 정신이 이상해져서 대로우 학부장을 살해하고 정신병원에 수용된다. 오츠는 대량의 폭발물을 사용하여 터널을 파괴하기로 한다.

【해설】 신화 대계에서는 빠뜨릴 수 없는 무대인 미스캐토닉 대학이지만, 그 캠퍼스를 구체적으로 등장시킨 작품은 드물다. 아캄과 인스머스의 지역 갈등을 배경으로 설정한 점에도 주목할 가치가 있는 역작이다.

『암호 해독』

Cryptomenysis Patefacta (용어)

윌리엄 팔코너(William Falconer)가 쓴 암호 해독에 관한 서적.

【참조작품】「더니치 호러(한)」

『암호』

Kryptographik (용어)

식니스(Thicknesse)의 저서. 샤리엘 의사가 소장하고 있었다.

【참조작품】「생존자」

암흑신 다곤 Dagon (작품)

프레드 차펠(Fred Chappell)

【첫 소개】 하코트 브레이스(Harcourt Brace 『다곤Dagon』) 1968년 간행

【개요】 북부 캘리포니아 업튼에 있는 퍼스트 메스지스토 교회의 목사 피터 리랜드(Peter Leland)는 남부의 벽촌 사사나스에 있는 조부모의 농장과 저택을 물려받는다. 거기는 어렸을 때 그의 아버지가 수수께끼의 착란상태에서 죽음을 맞이한 곳이기도 했다. 고대 이교도 숭배가 남아 있는 것에 관한 논문 집필에 전념하기 위해 2개월간의 휴가를 얻은 리랜드는 아내 세일라(Sheila)를 따라 농장에 온다. 크툴루나 요그 소토스처럼 이해할 수 없는 말이 적힌 오래된 편지, 일찍이 뭔가를 매어두

었던 것처럼 보이는 다락방의 사슬과 수갑. 세입자인 모건의 오두막에서 물고기를 연상시키는 외모를 한 딸 미나(Mina)와 만난 리랜드는 그녀가 풍기는 이상한 성적 매력의 포로가 된다. 이윽고 비몽사몽 중에 아내를 살해한 리랜드는, 모건의 오두막에 숨어 미나에게 보호받으면서 끊임없이 폐인이 되어간다. 미나는 불량배 청년에게 차를 운전시켜서 고든 마을의 폐가에 리랜드를 옮기고, 그 전신에 기괴한 문양의 문신을 새긴다. 종자로서 이계로 향하는 리랜드를 기다리는 것은?

【해설】〈남부 고딕 스타일과 코즈믹 호러의 독특한 융합〉(『St. James Guide to Horror, Ghost&Gothic Writers』)이라고 불리는, 신화 장편 중에서 매우 이색적인 작품. 조상의 기억이 깃들어 있는 저택을 방문하는 저주받은 가문의 후예라는, 신화 작품의 전형적인 패턴을 답습하면서도, 모방과 반복에 빠지지 않고 포크너와 윌킨스 프리먼의 세계를 방불케 하는 남부적인「암흑 가정 소설」의, 한 변종이라 할 만한 독자적인 세계를 구축하고 있다.

암흑의 마신 Black One (용어)

〈다크 원〉을 참조.

암흑의 의식 The Lurker at the Threshold (작품)

H.P. 러브크래프트&어거스트 덜레스(H.P.Lovecraft & August Derleth)

【첫 소개】 아캄 하우스『암흑의 의식(The Lurker at the Threshold)』 1945년 간행

【개요】 아캄 북부의 구릉 지대를 통과하는 에일즈베리 가도의 빌링턴 숲은 불길한 장소이다. 더니치 같은 주변 지역 주민들은 지금도 이 숲에 남아 전설이 두려워서 떨고 있다고 한다…. 숲과 저택의 주인인 빌링턴 일족의 후예인 앰브로스 듀워트(Ambrose Dewart)는 남은 인생을 조상의 땅에서 지내고자 홀로 영국에서 찾아왔다. 고조부인 알리야 빌링턴(Alijah Billington)이 영국에 이주할 때 이전 영지의 상속자에게 남긴 지시서에는「탑을 훼손하지 마라」,「수상한 때와 장소로 통하는 문을 열지 마라」라는 등의 이상한 말이 적혀 있었다. 듀워트는 영지 내의 작은 섬에서 환상열석에 둘러싸인 탑을 발견한다. 조상의 역사에 흥미를 품은 그는 저택에 남아 고문서와 지역 신문을 조사하기 시작한다. 고조부 대와 그보다 1세기 전의 조상 리처드 시대에 비슷한 실종, 살

해 사건이 빈발했으며, 이들은 빌링턴 일족과 영지, 특히 그 탑과 관련되었다는 소문이 있었다. 알리야의 종자였지만, 나중에 실종된 쿠아미스(Quamis)의 존재에 주목한 듀워트는 조사를 위해 더니치로 향하지만, 주민들은 그를 보자마자 "그 사람이 돌아왔다"라며 두려워한다. 그의 외모는 고조부와 똑같이 생겼기 때문이다. 탑의 정상을 막고 있던, 표시가 새겨진 돌을 치운 이후로 듀워트는 뭔가가 자신을 감시하고 있는 것처럼 느끼면서 악몽에 시달리게 된다. 그리고 다시금 반복되는 실종, 살해 사건. 불안해진 듀워트는 보스턴에 사는 사촌 동생 스티븐 베이츠에게 광기로 가득한 편지를 써서 보냈다. (이상 제1장)

편지를 받은 베이츠가 집에 도착해보니, 왠지 듀워트는 그의 방문을 환영하지 않는 기색을 보인다. 그날 밤 베이츠는 듀워트가 「요그 소토스」나 「니알라토텝」처럼 뜻을 알 수 없는 말을 내뱉으며 방황하는 것을 목격한다. 듀워트가 모은 자료를 읽어본 베이츠는 빌링턴 집 사람이 다른 차원의 괴물과 교섭하고 있다는 것, 탑이 괴물을 소환하는 통로로 이용되고 있던 것, 듀워트의 정신이 어떤 존재에게 침식되고 있는 것을 알고 고민하게 된다.

베이츠의 권유에 따라 겨울을 보스턴에서 보낸 듀워트는 봄이 되어 집에 억지로 귀환한다. 베이츠는 더니치의 노파 비숍 여사를 만나, 빌링턴과 탑에 얽힌 인연을 알게 되지만, 동시에 자신의 몸에 다가오는 위험을 알게 된다. 그날 밤 이상한 개구리의 울음소리에 깨어난 베이츠는 듀워트가 탑의 꼭대기에 서 있고, 공중에 보기에도 기괴한 날개 달린 부정형생물을 소환하는 광경을 목격했다. (이상 제2장)

듀워트가, 일찍이 실종되었던 것과 같은 이름의 원주민을 거느리고 있는 것을 보고 불안해진 베이츠는 미스캐토닉 대학의 라팜 박사와 상담을 가진 후, 실종된다. 박사와 조수 필립스는 일련의 괴사건이 고대의 사악한 숭배 의식에서 비롯되었다고 확신하고 더 큰 재앙을 막기 위해 탑으로 향한다. 그들이 거기서 보게 된 것은…. (이상 제3장)

【해설】 모든 신화작품 중에서도 최고의 대작. 러브크래프트가 남긴 일련의 장편 같은 완성도와 구상의 예술에 비하면 다소 부족하고, 일부 중복되는 느낌은 피할 수 없지만, 곳곳에 덜레스 신화의 세부 사항이 제시되어 있는 점에서 꼭 볼 만한 작품이라

O

할 수 있다. 덧붙여 본편은 1923년부터 이듬해에 걸쳐 사건이 설정되어 있지만, 러브크래프트의 「더니치 호러(한)」는 1928년의 사건. 두 〈요그 소토스 이야기〉를 읽고 비교해 보면 흥미로운 발견을 하게 될 것이 틀림없다.

『암흑의 의식』 Black Rites 용어

〈검은 의식〉을 참조.

압둘 레이스 Abdul Reis 용어

이집트인 관광 안내인. 그 외모는 케프렌왕과 똑 닮았으며, 때때로 여행자를 피라미드 지하의 마계로 끌어들이는 모양이다.

【참조작품】「피라미드 아래서(한)」

압둘 알하즈레드 Abdul Alhazred 용어

'압둘 알하자드'라고도 한다. 예멘의 수도인 사나(Sana) 출신의 미친 시인. 압둘 알하즈레드는 통칭으로, 아라비아어로 「먹어치우는 좋인 나」를 의미한다. 바빌론과 멤피스의 고대 유적을 탐방하고 아라비아 남부의 대사막에서 의문에 싸인 십 년의 세월을 보낸다. 순회 중에 견문하고 체득한 금단의 지식을 바탕으로 말년에는 다마스쿠스에서 「아르아지프」(『네크로노미콘』의 아라비아어 원제)를 작성하지만, 738년 이상하게 실종되었다. 일설에는 대중 앞에서 투명한 괴물에게 먹혔다고도, 〈이름없는 도시〉에 납치되어 고문사했다고도 한다. 또한, 의문에 싸인 전반부의 삶과 관련하여 젊은 시인으로서 국왕의 총애를 얻었지만, 공주와 정을 통했기 때문에 거세되어 사막에 추방된 것이라는 이야기도 있다.

【참조작품】「『네크로노미콘』의 역사(한)」, 「이름 없는 도시(한)」, 「영겁의 탐구 시리즈(어거스트 덜레스 참조)」, 「네크로노미콘」, 「스승의 생애」, 「네크로노미콘 알하즈레드의 방랑」, 「알하즈레드」

압제자 the oppressor 용어

〈빛을 내는 존재〉가 복수심에 불타 타도하려고 하는 우주적인 존재이지만, 자세한 것은 불명이다. 알골성과 관계가 있는 것 같다.

【참조작품】「잠의 장벽 너머(한)」

압호스 Abhoth 용어

고대의 마봉인 부어미사드레스산의 지하에 펼쳐진 지하 세계의 가장 깊은 곳, 끈적거리는 해안에 누워서 끊임없이 분열을 계속하는 회색의 덩

어리. 〈우주의 모든 부정적인 것의 어머니이자 아버지(father and mother of all cosmic uncleanness)〉라고 불린다. 그 주변에는 탐욕스러운 〈압호스의 자손(the spawn of Abhoth)〉들이 꿈틀거리고 있다.
【참조작품】「일곱개의 저주」, 「무우 둘란에서의 압호스에 대한 기도」

앙그스톰 Angstrom 용어

엠마호 승무원. 요한센 일행과 함께 르뤼에에 상륙. 〈크툴루의 묘소〉의 문을 발견하지만, 부활한 크툴루의 먹이가 되었다.
【참조작품】「크툴루의 부름(한)」

앙리 로랑 드 마리니 Henri-Laurent de Marigny 용어

에티엔느 로랑 드 마리니의 아들. 아버지의 지시에 따라 1930년대 후반에 영국으로 이주하여, 타이터스 크로우와 친교를 맺었다. 이후 크로우와 함께 웜마스 재단의 중심 인물로서 활약한다.
【참조작품】「땅을 뚫는 마」, 「타이터스 크로우의 귀환」, 「몽환의 시계」, 「니토크리스의 거울」, 「이름수의 비법」, 「엘더 갓의 고향 엘리시아」

애머리 웬디 스미스 경 Sir Amery Wendy-Smith 용어

그한의 수도를 찾고자 아프리카 깊은 곳으로 향한 탐험가. 『구-한의 단장』의 부분적인 해석에 성공한다.
【참조작품】「위대한 귀환」, 「도난당한 눈」, 「광기의 지저 회랑」, 「땅을 뚫는 마」

애브너 에제키엘 호에이그 Abner Ezekiel Hoag 용어

아캄에 사는 선장. 1734년 무렵, 남태평양을 탐험하는 동안 포나페섬에서 『포나페섬 경전』을 발견했다.
【참조작품】「분묘의 주인」, 「버몬트의 숲에서 발견한 기묘한 문서」

애트우드 Atwood 용어

미스캐토닉 대학의 물리학과 교수. 운석학자이기도 하다. 1930년 미스캐토닉 대학이 실시한 남극 탐험에 참여했다.
【참조작품】「광기의 산맥(한)」

애플도어 Appledore 용어

영국 데반 북부의 쇠퇴한 어촌. 그 골목 구석에는 인스머스의 피시 가로 통하는 비밀 통로가 있는 것 같다.
【참조작품】「횡단」

앤 K. 슈웨더
Ann K Schwader 작가

① 잿빛 방직자(Rede of the Gray Weavers) 2001
② 무우 둘란에서의 압호스에 대한 기도(Mhu Thulanese Invocation to Abhoth) 2001
③ 부르미에 의한 구제의 찬가(Voormi Hymn of Deliverance) 2001
SF, 판타지계의 미국 시인(?~). 소설『Strange Stars & Alien Shadows』(2003) 외에 러브크래프트의 「유고스의 균류(The Fungi From Yuggoth)」에서 영감을 얻은 시집『In The Yaddith Time』(2007) 등을 발표했다. ①②③의 시편은 카오시움사판『에이본의 서』의「제4의 서 침묵의 시편」을 위해서 새로 쓴 것이다.

앤 엘리엇
Ann Eliot 용어

인스머스의 엘리엇 가문에서 영국으로 건너간 분가의 후예. 삼촌 네드 엘리엇의 자산을 이어받아 황폐한 인스머스의 4분의 3에 해당하는 토지를 소유하고 호텔 경영 등을 실시하고 있었다. 〈악마의 암초〉 바다에서 소식이 끊어졌다.
【참조작품】「인스머스의 유산」

앤 화이트
Ann white 용어

프로비던스의 〈금단의 저택〉에 고용된 사람 중 하나. 미신 깊은 지방인 엑시터(Exeter) 출신으로 저택 아래에 묻힌 뱀파이어가 이변을 일으키고 있다는 소문을 퍼뜨려서 해고되었다.
【참조작품】「금단의 저택(한)」

앤게콕 angekok 용어

그린랜드 서쪽 해안에 가까운 고지대에 사는 퇴화한 에스키모 부족의 주술 제사장 호칭. 웹 교수는 토르나크스에 바치는 기괴한 의식의 주문을 앤게콕에게 들었다.
【참조작품】「크툴루의 부름(한)」

앤드류 벨로우즈
Andrew Bellows 용어

아캄에 사는 측량 기사로 미스캐토닉 대학의 대로우 학장의 친구. 대학 캠퍼스에서 일어난 수수께끼의 함몰 사고를 조사하면서, 인스머스까지 연결되는 무서운 지하도를 발견한다.
【참조작품】「암초의 저편에」

앤드류 펠란
Andrew Phelan 용어

미국 매사추세츠주 록스베리 출신의 청년. 하버드 대학교에서 언어학을 전공했다. 쉬류즈베리 박사에게 고용되어, 페루의 크툴루 출현을 저지하는 데 협력했다.

【참조작품】「영겁의 탐구 시리즈(어거스트 덜레스 참조)」

앤드류 펠란의 수기 (영겁의 탐구 1부) The Trail of Cthulhu/ The Manuscript of Andrew Phelan 작품

어거스트 덜레스(August Derleth)

【첫 소개】『위어드 테일즈(Weird Tales)』 1944년 3월호

【개요】구인 광고를 보고, 수상쩍은 검은 안경의 신사 쉬류즈베리(Laban Shrewsbury) 박사를 방문한 청년 펠란은 격투기와 언어학의 재능을 인정받아 박사의 조수가 된다. 20년 전에 기묘하게 실종되었다가 최근에야 갑자기 아캄의 자택에 모습을 드러냈다는 쉬류즈베리 박사는 인지를 초월한 금단의 지식에 통달한 인물이었다. 펠란은 박사와 함께 생활하는 가운데 크툴루라는 고대의 마신과 그 부활을 대망하는 사악한 교단의 존재를 알게 된다. 박사는 바이아크헤(Byakhee)라는 기묘한 생물을 조종하여 벨의 고대 유적이나 태평양에 솟아오른 섬처럼 불온한 장소로 향해서는 크툴루 부활을 미연에 방지하고 있었다.

【해설】덜레스 신화의 대표작이라고 할 연작 장편「영겁의 탐구(The Trail of Cthulhu) 시리즈」 제1부로서, 전체 작품의 도입부에 해당하는 성격이 짙은 작품. 바이아크헤를 몰고 크툴루 퇴치에 분주한 쉬류즈베리 박사는 신화 대계 중에서도 완전히 새로운 성격의 캐릭터였다.

앤소니 앙갈로라 Anthony Angarola 용어

미국의 화가(1893~1929). 이탈리아 이민자 출신으로, 시카고 미술학교를 졸업하고 화가이자 미술교사로 1920년대에 활약했다.

【참조작품】「크툴루의 부름(한)」,「픽맨의 모델(한)」

앨런 박사 Dr. Allen 용어

찰스 워드와 행동을 같이하던, 마른 체격의 학자풍 남자. 항상 검은 안경을 쓰고 턱수염을 기르고 있다. 그 정체는 소생한 조지프 커웬으로 여겨진다.

【참조작품】「찰스 덱스터 워드의 사례(한)」

ㅇ

앨런 홀시

Allan Halsey 용어

미스캐토닉 대학의 의대 학장. 학식이 풍부하고 점잖은 인물로 존경받지만, 전염병으로 사망. 허버트 웨스트의 소생 실험으로 흉포한 식인귀가 되어 되살아나 세프톤(Seffton)의 정신 병원에 수용되었다.

【참조작품】「허버트 웨스트 리애니메이터(한)」

앨리스 킬리아

Alice Kilrea 용어

아일랜드 출신의 영국 귀부인. 금단의 지식 연구에 평생을 바쳐, 콩고 오지에 출현한 니알라토텝을 술식으로 격퇴했다.

【참조작품】「꿈틀거리는 밀림」

앨버트 N. 윌마스

Albert N. Wilmarth 용어

미스캐토닉 대학에서 영문학을 가르치는 아마추어 민속학자. 아캄의 솔튼스톨가(Saltonstall St.) 118번지에 거주. 버몬트주에서 홍수가 일어났을 때 목격된 괴생물에 관한 의견을 신문에 투고한 것을 인연으로 헨리 애클리와 편지를 주고받으면서 〈유고스 별의 균류 생물〉의 암약을 목격한다.

【참조작품】「어둠 속에서 속삭이는 자(한)」, 「광기의 산맥(한)」, 「아캄, 그리고 별의 세계로」

앨버트 영

Albert Young 용어

런던에 사는 오컬트 연구가. 마법과 전승에 관한 저서를 집필하고자 템프힐에 머무르던 중 사라진다.

【참조작품】「하이스트리트 교회」

앨저넌 블랙우드

Algernon Blackwood 작가

① 버드나무(The Willows)(한-황6) 1907

② 웬디고(The Wendigo)(한-이지선 번역, 문파랑) 1910

③ 하숙집에서 생긴 일(An Episode in a Lodging House) 1906

④ 환상의 하숙인(The Listener) 1907

⑤ 고대의 마법(Ancient Sorceries) 1908

⑥ 짐보(Jimbo) 1909

⑦ 켄타우르스(The Centaur) 1911

영국의 소설가(1869~1951). 켄트주 슈타즈 힐에서 태어났다. 아버지는 고급 관료이자 열렬한 복음주의 기독교 활동가. 독일 기숙 학교와 에딘버러 대학에서 배웠다. 1890년에 캐나다로 건너가서 이후 각종 기업 경영을 비롯한 다양한 직업에 종사하지만, 모두 오래 가지 않았고, 1899년에 영국으로 돌아와 데뷔작 『유령섬(A Haunted Island)』을 발표한 것을 시작으로, 괴기 환상 소설을 다루게 된다. 단편 연작집 『존 사일런스(John Silence)』(1908)의 성공으로 전업 작가가 되어, 평생 200편 가까운 호러와 판타지 작품을 완성했다. 또한, 젊은 시절부터 동서의 신비 사상에 심취하여 그 영향은 많은 작품으로 인정된다. 만년에는 라디오와 텔레비전에 출연, 「고스트맨」이란 애칭으로 사랑받았다.

러브크래프트는 「공포 문학의 매혹」의 최종장 「오늘날의 대가들」에서 블랙우드를 소개하면서 , 「그 누구도 블랙우드의 기교와 진중함은 물론, 일상적인 것들과 경험에 깃든 기묘함이 띠는 뉘앙스를 기록한 그의 꼼꼼한 성실성에는 근접할 수 없다」(홍인수 역)라면서 높게 평가하고, 특히 권장할만한 작품으로 ①과 ②을 들고 있다(「반 자전적 각서」는 「지금까지 완성된 것 중에서 최고의 호러 소설은 아마도 앨저넌 블랙우드의 『버드나무』일 것이다」라고 단정하고 있다). 모두 대자연의 정령과 같은 존재의 위협을 그려낸 명작이며, ②는 러브크래프트뿐만 아니라 덜레스 같은 후속 작가의 신화 작품에도 영향을 미치게 되었다. 또한, 『존 사일런스』 수록 작품 중에서 백미라는 ⑤는 「인스머스의 그림자」와 주목할만한 구조적 유사성을 보여준다. (⑤ 쪽이 훨씬 더 로맨틱하고 생선 냄새도 안 나지만) 또한, ⑥이나 ⑦에 대해 「꿈의 가장 내밀한 본질에 가슴 떨릴 만큼 가까이 다가가며, 현실과 상상 사이에 놓인 기존의 경계에 엄청난 대혼란을 만들어낸다.」(앞과 같음)라고 말하고 있는 점도 빼놓을 수 없을 것이다.

앰브로스 덱스터

Ambrose Dexter 용어

프로비던스의 베니피트가에 거주하는 의사. 로버트 블레이크의 사후, 〈빛나는 트레피저헤드론〉을 내러간셋만의 해저에 투하한다. 이후 핵물리학자가 되어 핵무기 개발을 추진했다.

【참조작품】「누가 블레이크를 죽였는가?(한)」, 「첨탑의 그림자」

앰브로스 듀워트

Ambrose Dewart 용어

영국에서 미국 에일즈베리에 있는 비린톤족의 땅으로 이주한 그의 후손. 외모가 알리야 빌링턴(Aljah Bil-

lington)과 흡사하다.
【참조작품】「암흑의 의식」

앰브로스 비어스

Ambrose Bierce 작가

① 카르코사의 망자(An Inhabitant of Carcosa)(한-공진호 역「카르코사의 망자」『노란옷 왕 단편선』 아티초크)/정진영 역「카르코사의 주민」『아울크리크 다리에서 생긴 일』 혜윰) 1893
② 양치기 하이타(Haita the Shepherd)(한-황5) 1893
③ 요물(The Dammed Thing)(한-정진영 역「요물」『아울크리크 다리에서 생긴 일』 혜윰) 1893

미국 작가, 언론인(1842-1914?). 오하이오 메이구즈 카운티의 가난한 개척 농가에서 태어났다. 15살에 집을 떠나 1861년 남북 전쟁이 시작되자, 북군의 의용병으로 종군하여, 수많은 군공을 올렸다. 이후 샌프란시스코로 향하여, 날카로운 혀를 가진 민완 기자로서 1880~1890년대에 서해안의 신문 업계에서 명성을 떨쳤다.

또한, 단편집「생의 한가운데에」를 비롯한 날카롭고 예리한 맛의 단편 소설 명수로서 알려졌다. 만년에는 현실을 혐오하는 마음이 깊어져서 혁명으로 인한 동란 상태였던 멕시코에서 홀연히 소식이 두절되었다. 진상은 지금도 밝혀지지 않았지만, 막다른 동굴에 홀로 발을 들여놓은 채 실종되었다고 하는, 작가 본인의 괴담, 또는 신화 작품과 유사한 소문까지 퍼져나갔다. (참고로『주간 소년 매거진』 1969년 9월 28일호에 게재된 미즈키 시게루의 화보「대요기경(大妖奇境)」속의「동굴 거인경」에서는 비아스가 동굴에서 거인족을 만나는 광경이 그려져 있다. 또한, 제럴드 카쉬의「병 속의 수기(The Oxoxoco Bottle)」는 비어스의 실종을 소재로 한 단편으로, 비어스가「오래된 종족」과 만나는 이야기이다) 단편의 대표작으로 유명한「아울 크리크 다리의 한 사건」을 비롯하여 비어스는 삶과 죽음의 틈새가 흔들리는 듯한 분위기의 작품을 많이 다루고 있다. ①은 영매를 통해 전해진, 죽은 이의 말을 그대로 적는다는 것을 소재로 이용한 이색적인 작품. 끝없이 묘지가 이어지는 음울한 황야에서 잠시 멈춰선 남자는 지나가던 야만인에게 카르코사 마을로 가는 길을 묻지만……. 〈하리의 영령〉, 〈알데바란과 히아데스 성단〉, 〈선사 시대 종족의 묘지〉처럼 신화 대계로 계승되는 문구가 등장하는, 신비롭고도 어렴풋한 분위기의 소품이다.

②는 양치기 신(!) 하스터를 섬기는 순박한 양치기 젊은이를 둘러싼 우화적이고 목가적인 이야기. 하스터는 은혜로운 신으로 묘사되어서, 신화 대계 안에서 해당 신이 때로는 인류에게 우호적인 측면을 보여주는 신으로 설정된 것도 뜻밖에 여기에서 비롯되었을지도 모른다.

③은 사냥꾼의 오두막 주변에 출몰하는 눈에 보이지 않는 괴물의 위협을 현장감 넘치는 필치로 그린 단편으로서, 괴이하게 유사과학적인 설명을 펼쳐내고 있다는 점에서 「더니치 호러」의 〈그것〉과 일맥상통하는 점이 있다.

야넥산
Mount Yaanek 용어

에드거 앨런 포의 시 「울라움(Ulaumeo)」(1847)에서 이야기하는 북극땅의 화산. 댄포스는 남극의 에레버스산을 보면서, 그 시의 한 구절을 연상했다. 거기에는 In the ghoul-haunted woodland of Weir(구울이 산다는 위어의 숲 안에서)라는 문구가 자주 등장한다.

【참조작품】「광기의 산맥(한)」

야드 Yad 용어

에데나(구약 성경의 '에덴') 골짜기에 사는 원시적인 부족이 섬기는 신.

【참조작품】「네크로노미콘 알하즈레드의 방랑」

야디스 Yaddith 용어

태양계에서 훨씬 떨어진 곳에 있는, 5개의 태양을 가진 행성. 곤충처럼 관절이 많은 육체에 날카로운 손톱과 원숭이 코를 가진 생물이 고도의 문명을 구축하고 있다. 랜돌프 카터는 이 별의 마도사 즈카우바의 육체에 들어가서 야디스의 생활을 체험했다.

【참조작품】「실버 키의 관문을 지나서(한)」, 「알론조 타이퍼의 일기」, 「누가 블레이크를 죽였는가?(한)」, 「야디스의 검은 의식」

야디스-고
Yaddith-Gho 용어

무 대륙의 쿠나아에 있는 성스러운 산. 그 꼭대기에는 유고스 생물이 만든 거석 구조의 요새가 마련되어 있으며, 지하의 굴에는 마왕 과타노차가 숨어 있다.

야라크 Yarak 용어

하이퍼보리아의 북쪽의 극점에 서 있는 얼음의 산.

ㅇ

【참조작품】「극지로부터의 빛」

야마다 박사

Doctor Yamada 山田博士 용어

마이클 리의 친구이자 오컬트 전문가. 모렐라 고돌포 격퇴 시에 리에게 협력했다. 일본계 사람 같다.

【참조작품】「암흑의 입맞춤」

야스 호수 Lake of Yath 용어

〈드림랜드〉의 오리에브섬 안쪽에 있는 호수. 그 안쪽 정면에 지금은 폐허가 된 원초의 벽돌 마을이 있다.

【참조작품】「미지의 카다스를 향한 몽환의 추적(한)」

얀슬레이 Y'ha-nthlei 용어

〈악마의 암초〉 앞바다 깊은 곳에 있는, 아름다운 기둥이 즐비한 거석 구조의 해저 도시. 〈딥 원〉의 일대 거점이다. 인광을 발하는 궁전에는 테라스가 많이 설치되어 있으며, 정원에는 아가미가 있는 기괴한 꽃이 만발하고 있다고 한다.

【참조작품】「인스머스의 그림자(한)」, 「타이터스 크로우의 귀환」

얌비 Yambi 용어

무 대륙 사람들이 믿고 있던 바다의 요괴. 로이거를 가리키는 것 같다.

【참조작품】「로이거의 부활」

양-리 Yiang-Li 용어

찬-첸(Tsan-Chan) 제국의 철학자. 〈위대한 종족〉에 의해 정신이 교환되어 너새니얼 피슬리와 대화를 나누었다.

【참조작품】「시간의 그림자(한)」

어거스트 덜레스

August William Derleth 작가

① 바람을 타고 걷는 것(The Thing That Walked on the Wind) 1933

② 하스터의 귀환(The Return of Hastur) 1939

③ 에릭 홀름의 죽음(The Passing of Eric Holm) 1939

④ 샌드윈관의 공포(The Sandwin Compact) 1940

⑤ 이타콰(Ithaqua) 1941~1944

⑥ 문의 저편으로(Beyond the Threshold) 1941

⑦ 앤드류 펠란의 수기(영겁의 탐구 1부)(The Trail of Cthulhu/The Manuscript of Andrew Phelan) 1944

⑧ 어둠 속에 깃든 자(The Dweller in Darkness) 1944

⑨ 에이벨 킨의 편지(영겁의 탐구 2부)(The Watcher from the Sky/The

Deposition of Abel Keane) 1945
⑩ 수수께끼의 부조(Something in Wood) 1948
⑪ 언덕의 쏙독새(The Whippoorwills in the Hills) 1948
⑫ 클레이본 보이드의 유서(영겁의 탐구 3부)(The Testament of Claiborne Boyd) 1949
⑬ 저편에서 나타나는 것(Something from Out There) 1951
⑭ 네일랜드 콜럼의 진술(영겁의 탐구 4부)(The Keeper at the Sky/The Statement of Nayland Column) 1951
⑮ 호바스 블레인의 이야기(영겁의 탐구 5부)(The Black Island/The Narrative of Hovath Blayne) 1952
⑯ 골짜기의 집(The House in the Valley) 1953
⑰ 르뤼에의 인장(The Seal of R'lyeh) 1957

【아래는 러브크래프트와의 합작 작품】
① 암흑의 의식(The Lurker at the Threshold) 1945
② 생존자(The Survivor) 1945
③ 박공의 창(The Gable Window) 1957
④ 알하즈레드의 램프(The Lamp of Alhazred) 1957
⑤ 다른 차원의 그림자(The Shadow Out of space) 1957
⑥ 피버디가의 유산(The Peabody Heritage) 1957
⑦ 잠긴 방(The Shuttered Room) 1959
⑧ 팔콘 곶의 어부(The Fisherman of Falcon Point) 1959
⑨ 마녀의 골짜기(Witches' Hollow) 1962
⑩ 다락방의 그림자(The Shadow in the Attic) 1964
⑪ 포의 후예(The Dark Brotherhood) 1966
⑫ 공포를 먹는 다리(The Horror from the Middle Span) 1967
⑬ 인스머스의 점토상(Innsmouth Clay) 1974

【마크 쇼러와의 합작 작품은 마크 쇼러의 항목을 참고】

미국의 작가, 편집자, 출판인(1901~1971). 위스콘신 소크 시티에서 태어났다. 13살에 창작을 시작하여, 17살 때『박쥐의 종루』가『위어드 테일즈(Weird Tales)』1926년 5월호에 소개되었다. 위스콘신 대학의 석사 논문의 주제는「1890년 이후의 영국괴기담」. 1931년에 오컬트 잡지『마인드 매직』의 편집에 종사한 후에 전업 작가가 된다.『위어드 테일즈』의 선배 작가인 러브크래프트의 작품에 감복한 덜레스는 1926년 7월부터 편지를 주고받기 시작하여 많은 감화를 받았지만, 실제로 대면할 기회는 얻지 못했다. 러브크래프트 사후, 덜레스는 스승의 작품집을 출간하려 했지만, 맡아주는 출판사가 없어서, 친구의 도널드 완드레이와 공동으로 출판사 아캄 하우스(Arkham House)를 설립, 1939년 러브크래프트 작품집 「아웃사이더와 그 밖의 이야기(The Outsiders and the Others)」를 처음으로 소개했다. 회사는 러브크래프트 서클 작가의 작품을 중심으로 꾸준히 출간책자를 늘려서 세계에서도 유례없는 괴기 환상 소설 전문 출판사로 성장, 덜레스 사후인 현재도 탄탄한 출판 활동을 이어나가며, 많은 신진 작가를 발굴해내고 있다.

덜레스는 200점에 가까운 저서를 가진 다작 작가이지만, 그 실력은 괴기소설보다도 고향 위스콘신을 무대로 하는 지방 소설이나 명탐정 솔라 폰스를 주인공으로 내세운 미스터리 시리즈 등으로 발휘되고 있다고 여겨진다. 괴기소설 분야에서의 업적으로는 크툴루 신화 대계의 관리자로서의 활동이나, 『Sleep No More』(1944) 『칠흑의 영혼(Dark Mind, Dark Heart)』(1962), 『Travelers By Night』(1967)을 비롯한 우수한 단편선집의 편찬으로 주목받는다. 그 중에는 고금의 괴기환상시를 모은(이라고 해도 후반은 러브크래프트 서클 특집이지만……) 『Dark of the Moon』(1947) 같은 이색적인 작품도 있다(한국에는 덜레스의 크툴루 신화 중 SF 단편 「타임머신으로 할 수 있는 일들」이 위즈덤커넥트에서 전자책으로 소개되었다-역주).

덜레스의 신화작품은 러브크래프트와의 합작 작품과 오리지널 작품으로 크게 나눌 수 있는데, 합작이라고 칭하는 것도 대부분 러브크래프트가 남긴 메모를 바탕으로 덜레스가 창작한 것으로 생각하는 것이 타당할 것이다. 오리지널 작품 중 ③은 마도서 『미친 수도사 클리타누스의 고백록』을 통해 생겨나는 괴물을 그려낸 〈마법사 이야기〉 계열의 평범한 작품. 그 책은 ⑬에서도 중요한 역할을 하지만, 이쪽의 작품은 영국의 폐허를 무대로 한 M.R.제임스풍의 작품으로 읽을만하다. ⑩도 나무로 만든 크툴루 조각상과 관련한 기이한 일을 그려낸 호러 저주물 작품이다. 독자적인 작품 중 러브크래프트 스타일을 답습한 평범한 형태의 ④⑧⑪⑯ 등은 덜레스의 약점인 문체, 구성의 평범함이 두드러진 작품이라서 그다지 성공적이라고 말하기는 어렵다. 오히려 독자적인 신인 이타콰를 다룬 ①⑤⑥나, 크툴루 헌터물의 선구적인 작품인 ⑦⑨⑭⑮의 연작 「영겁의 탐구 시리즈(The Trail of Cthulhu)」 같은 작품을 보는 것을 권한다.

합작 작품인 ⑥은 「찰스 덱스터 워드의 사례」나 「위치 하우스에서의 꿈」에서 이어지는 전형적인 〈마법사 이야기〉로서 새로운 맛이 부족하다. ⑩도 기가 막힐 정도로 비슷한 구성의 이야기이지만, 주인공의 연인인 여성이 적극적으로 괴물과 맞선다는 전개는 러브크래프트 작품에서는 생각할 수 없는 일이다. ⑪은 프로비던스와 관련된 작가 에드거 앨런 포와 똑같이 생긴 「포씨」가 몇 명이나 시내를 배회한다는 기상천외한 작품. 결말 부분에 등장하는 원추형의 외계인을 〈이스의 위대한 종족(이 차지한 생물)〉이라고 생각하면 크툴루 신화이지만, 그렇지 않으면 단순한 침략물 SF가 되어버린다. ⑧은 이상한 어부를 ⑬은 조각가를 각각 주인공으로 「얀슬레이로의 귀환」을 테마로 그려낸 작품으로, 역시 새로운 맛은 부족하다.

덜레스는 아캄 하우스에서 러브크래프트의 작품뿐만 아니라 다른 작가의 신화작품도 체계적으로 정리하여 간행해 나갔다. 특히 동료나 후배 작가의 신화작품 선집 『Tales of the Cthulhu Mythos』(1969)나 러브크래프트가 첨삭한 작가들의 작품집 「The Horror in the Museum and Other Revisions」(1970)의 두 권은 신화 대계의 신약성서라고 할만한 기본적인 도서로서 1970년대 이후에 크툴루 신화가 인기를 누리는 데 실질적인 기폭제가 되었다. 또한, 직접 편찬하고 출판한 신작 단편집에도 젊은 작가의 신화작품을 적극적으로 수록하면서 새로운 작가를 키워나간 점도 주목할만하다. 러브크래프트 작품의 끈질긴 소개와 계몽 활동을 포함하여 덜레스는 무엇보다도 「크툴루 신화를 키운 아버지」로서, 그 공적은 매우 크다고 할 수 있다.

어니스트 B. 에스핀월
Ernest B. Aspinwall 용어

랜돌프 카터의 먼 사촌으로 시카고에 사는 법률가. 카터보다 10살 연상이라 한다. 카터의 유산 분배를 추진하려고 했지만, 뉴올리언스의 드 마리니 저택에서 유산 조정 회의를 하던 중에 이변에 휩쓸려 쇼크사했다.

【참조작품】「실버 키(한)」, 「실버 키의 관문을 지나서(한)」

어둠 속에서 속삭이는 자 The Whisperer in Darkness (작품)

H.P. 러브크래프트(H.P. Lovecraft)

【집필년도/첫 소개】 1930년/『위어드 테일즈(Weird Tales)』 1931년 8월호

【한국번역】 정광섭 역 「어둠 속의 속삭임」(동1)/김지현 역 「어둠 속의 손님」(현)/정지영 역 「어둠 속에서 속삭이는 자」(황2)

【개요】 미국 버몬트주에 닥친 홍수 때, 하천에서 목격된 괴물의 시체에 대해 합당한 소견을 발표한 내게, 헨리 애클리라는 사람의 편지가 도착한다. 오지의 다크 마운틴에 있는 오두막에 사는 그는 문제의 괴생물을 자주 목격하고 있으며, 증거 사진이나 음반을 소지하고 있다고 한다. 그의 설명에 따르면 그것은 우주에서 날아온 날개 달린 갑각생물로서, 인근 언덕에 전초기지를 두고 몰래 인류의 동정을 엿보고 있다고 한다. 애클리와 편지를 주고받는 사이, 점차 그의 편지는 신변의 위험을 호소하는 절박한 것이 되어 간다. 밤마다 집 주위에 갑각 동물이 나타나, 편지나 물건의 분실이 계속된다. 그런데 마지막에 도착한 편지는 내용이 반대로 바뀌어 위기가 떠났다면서, 나를 자택에 초대하는 것이다. 애클리와 대면한 나는, 생기를 잃은 그의 행동에 이상한 낌새를 느꼈다. 집을 탈출하기 직전 나는 의자에 남겨진 애클리의 얼굴과 손을 보고 경악했다. 유고스 행성에서 온 생물은 애클리의 뇌수를 원통에 넣어 이미 우주 저편으로 가져간 것이다.

【해설】 「크툴루의 부름」, 「더니치 호러」에 이어지는 본격적인 신화작품인 이 작품은, 비어스나 체임버스 같은 선행 작품과 로버트 E. 하워드, 클라크 애슈턴 스미스, 롱, 비숍 같은 동년배의 작가들의 작품에 등장하는 신의 이름, 지명을 적극적으로 도입한다는 점에서 매우 획기적인 작품이다. UFO 목격담과 관련하여 거론되는, 이른바 「검은 남자(Man in Black)」 모티브의 선례로서도 흥미롭다. 신화작품 중에서 가장 SF와 도시 전설에 가까운, 〈유고스 이야기〉의 시초 중 하나. 또한, 러브크래프트에겐 「버몬트주—그 첫 인상(Vermont A First Impression)」(1928)이라는 흥미 깊은 기행문도 있으며, 그 내용 중 일부가 작품에서 활용되고 있다.

어둠에 깃든 자

The Dweller in Darkness (작품)

어거스트 덜레스(August Derleth)

【첫 소개】『위어드 테일즈(Weird Tales)』 1944년 11월호

【개요】 세상에는 발을 들여선 안 되는 장소가 있다. 위스콘신 북부 릭 호수를 둘러싼 숲도 그 중 하나다. 거기는 일명 〈은가이의 숲〉이라고 불리는 금단의 땅인 것이다. 민속학자 앱턴 가드너 교수가 릭 호수의 조사에 나간 채 소식이 두절되었다. 나는 교수의 조수인 레어드와 함께 수색에 나서지만, 남겨진 교수의 편지에는, 인지를 초월한 존재와 호수의 관계가 암시되어 있었다. 우리는 파티엘 교수를 만나서, 호수에 출몰하는 요괴가 니알라토텝이 틀림없다고 알렸다. 호반의 여관에 두고 온 녹음기에는 더욱 놀라운 것이 기록되어 있었다. 기분 나쁜 플루트의 선율이나 기괴한 울음소리, 주문과 함께 들려 온 것은, 가드너 교수의 목소리였다. 마신에게 사로잡힌 교수는 크투가를 주문으로 소환해서 니알라토텝을 이곳에서 몰아내라고 말하고 있었다. 수상쩍은 평석이 있는 숲속의 공터에서 우리는 하늘에서 나타나는 얼굴 없는 신의 끔찍한 모습을 목격하고, 교수의 말이 사실이었음을 깨닫는다. 다가오는 어둠의 악마를 향해 레어드는 크투가 소환 마법을 외쳤다.

【해설】 〈니알라토텝 이야기〉에 속하는 역작. 인간으로 변한 니알라토텝이 점차 본성을 나타내는 모습을, 발자국의 변화로써 암시하는 수법은 블랙우드의 「웬디고」에서 선례를 볼 수 있어서, 해당 작품이 덜레스에게 미친 영향이 크다는 것을 느낄 수 있다.

어빈 S. 코브

Irvin S. Cobb (작가)

① 물고기 머리(Fish Head)(한-황6) 1913

미국의 유머 작가, 언론인, 칼럼니스트(1876~1944). 켄터키주의 퍼두카에서 태어나 10대의 나이로 지방 신문에서 근무. 1904년에 뉴욕으로 이주하여 언론가로 활약하면서 60여 권의 저서와 300편을 넘는 단편 소설을 남겼다.

러브크래프트는 「공포 문학의 매혹」 속에서 ①에 대해서 「혼혈아와 호수에 사는 기괴한 물고기 사이의 초자연적인 혼종을 다루었다. 마지막에 두 발 달린 친족들이 저지른 살해에 대한 이종족의 복수를 그려 낸 부분이 파멸적인 효과를 거두는 작품이

다」(홍인수 역)라고 평가하고 있으며, 〈딥 원〉으로 연결되는 환상의 일단이 ①에서 유래하는 것은 다음 인용 구절에 비추어 보았을 때, 틀림없을 것이다.

「물고기 머리는 영락없이 악몽이 현실화된 인간 괴물이었다. 몸은 사람-땅딸막하고 다부진 체격-이었으나 얼굴은 사람의 흔적이 어느 정도 남아있을 뿐이지 실상 커다란 물고기에 가까웠다. 두상은 뒤쪽으로 절벽처럼 푹 꺼져서 이마가 있다고 말하기 어려웠다. 턱 부분이 있긴 해도 쓸모는 없었다. 옅은 황색의 작고 동그란 눈은 얄팍하고 흐리며 눈 사이가 넓은 데다 깜빡거리지 않고 물고기의 눈알처럼 빤히 열려 있었다. 코라고 해봐야 누런 얼굴 한복판에 작게 째진 두 개의 홈에 불과했다. 가장 볼썽사나운건 입이었다. 메기를 닮은 흉한 입은 입술이 없고 양쪽으로 길게 찢어져 있었다.」(정진영 역)

또한 S.T.요시의 『The Annotated Supernatural Horror in Literature』에 따르면, 앞의 내용에 이어서 러브크래프트가 작품 이름을 쓰지 않고 언급하는 또 하나의 「선조의 기억을 언급한 작품」은 번역되지 않은 「The Unbroken Chain」(1923)으로, 이쪽은 「벽 속의 쥐」에 영향을 주고 있다고 한다.

어팸 Upham (용어)

미스캐토닉 대학의 수학과 교수. 월터 길만의 고등 수학 이론에 감명을 받는다.

【참조작품】「위치 하우스에서의 꿈(한)」, 「아캄, 그리고 별의 세계로」

언덕 위의 쏙독새
The Whippoorwills in the Hills (작품)

어거스트 덜레스(August Derleth)

【첫 소개】『위어드 테일즈(Weird Tales)』 1948년 9월호

【개요】 1928년 4월, 나는 기묘하게 실종된 사촌동생인 에이발 하롭의 집으로 이주했다. 그 집은 아캄 교외의 에일즈베리 골짜기에 있었다. 인근 주민은 사촌동생을 몹시 무서워했던 모양이라서 내 질문에 완고하게 입을 다물지만 에이모스 휘틀리만은 '사촌동생의 장서를 불살라 버리고 여기를 떠나라'라고 경고한다. 나는 사촌동생이 소장하고 있던 마도서에 기재된 기묘한 주문을 읽어보았다. 밤마다 집 주변에 날아오는 것은 소름끼치는 울음소리를 내는 쏙독새 떼. 더 이상 참을 수 없었

던 나는 곤봉을 갖고 나가서 새들을 죽이며 돌아다녔지만, 다음날 일어나자 근처에서 사람이나 가축이 살해된 것을 알게 된다. 이것은 우연의 일치일까? 그리고 오늘 밤도 쏙독새의 끔찍한 울음소리가.

【해설】〈요그 소토스 이야기〉 중의 하나. 주인공이 이 세상의 존재가 아닌 것에 영혼을 빼앗겨가는 과정을 기분 나쁜 쏙독새 무리를 통해서 효과적으로 그려내고 있다. 「더니치 호러(한)」와 환상의 관계가 암시되고 있는 점에도 주목할 만하다.

얼 소여 Earl Sawyer 용어

더니치 주민. 아미티지 박사 일행에 의한 괴물 퇴치 장면을 목격한 사람 중 하나이다.

【참조작품】「더니치 호러(한)」

얼굴 없는 신 The Faceless God 작품

로버트 블록(Roboert Bloch)

【첫 소개】『위어드 테일즈(Weird Tales)』 1936년 5월호

【개요】고문대 위의 노인이 굴복하는 비명을 지르고, 닥터 카노티는 냉혹한 미소를 지었다. 카이로에서 이름 있는 인물인 그는 어떤 밀무역상이 사막에서 희귀한 신상을 발견했다는 소문을 들었다. 노인에게서 그 위치를 들은 카노티는 현지인을 데리고 발굴에 나선다. 모래 속에서 모습을 드러낸 신상을 본 현지인들은 겁을 먹는다. 그것은 니알라토텝의 무서운 모습과 똑 닮았다. 카노티가 한눈판 틈에 현지인들은 전부 도망치고 말았다. 대 사막의 한가운데에 낙타도 안내인도 없이 남겨진 카노티는 필사적인 탈출을 시도하지만, 열사 지옥 끝에 겨우 도착한 것은 신상이 원래 있던 곳. 정신이 나간 카노티를 니알라토텝의 환영이 비웃듯이 둘러싸고, 그리고…….

【해설】〈니알라토텝 이야기〉 중의 하나. 사막의 신으로의 기괴한 측면을, 날뛰는 대자연의 묘사를 뒤섞어서 강렬하게 안겨주는 작품이라고 할 수 있다.

업다이크 부인 Mrs. Updike 용어

클로포드 틸링해스트(Crawford Tillinghast)에게 고용되었던 가정부. 실험으로 희생되어 다른 하인들과 함께 이상하게 실종되었다.

【참조작품】「저 너머에서(한)」

업튼 가드너 Upton Gardner 용어

위스콘신 주립 대학교수. 릭 호수의 전설을 조사하는 중에 실종되었다. 니알라토텝에게 납치된 것으로 여겨진다.
【참조작품】「어둠 속에 깃든 자」

에노이클라 Enoycla 용어
무우 둘란의 고참 연금술사. 만물을 녹이는 강력한 산을 조합하여 〈틴달로스의 사냥개〉의 무서운 추적을 유일하게 피할 수 있었던 인물로 여겨진다.
【참조작품】「만물 용해액」

에녹 보웬 Enoch Bowen 용어
보안이라고도 한다. 고고학과 신비학 연구로 유명한 대학교수. 1844년 5월에 이집트에서 〈빛나는 트레피저헤드론〉을 갖고 돌아와서, 7월에 프로비던스의 프리윌 교회에 팔았다.
【참조작품】「누가 블레이크를 죽였는가?(한)」

에드 클레이 Ed Clay 용어
빙어에 사는 클레이 가문의 젊은이. 1920년 9월 동생인 워커(walker)와 함께 교외의 고분 탐험에 나섰다가 실종. 3개월 후 밤에 홀로 돌아와서 고분의 위험성을 경고하는 수기를 남긴 후에 권총 자살했다. 그의 장기는 어떻게 설명할 수 없을 정도로 뒤집혀져 있었다고 한다.
【참조작품】「고분(한)」

에드거 앨런 포
Edgar Allan Poe 작가
① 아서 고든 핌의 모험(The Narrative of Arthur Gordon Pym of Nantucket)(한-황금가지/「아서 고든 핌의 이야기」『에드거 앨런 포 소설 전집 5』 창비/「낸터킷의 아서 고든 핌 이야기」 시공사) 1838
미국의 시인, 소설가, 잡지 편집자(1809~1849). 보스턴에서 태어났다. 어려서 고아가 되어, 리치몬드의 부유한 상가에서 양육되었다. 방탕한 학생 생활과 군대 생활을 거쳐 제대 후 길러준 집안과 인연을 끊는다. 빈곤 속에서 시와 단편 소설을 집필하고 잡지 편집 등으로 끼니를 때우는 날이 계속된다. 1839년에 첫 번째 단편집 『그로테스크와 아라베스크 이야기』를 간행하면서 명성이 올라, 미스터리나 SF의 원점이라고 할만한 명작들을 차례차례로 세상에 선보이지만, 생활고는 해소되지 않고, 어린 아내 버지니아의 지병과 자신의 질병으로 인하여 술에 빠지는 일이 잦았다. 1949년 10월 볼티모어의 거리에서 의식불명 상태로

발견되어 그대로 사망했다. (한국에 번역된 작품으로 시공사의 『에드거 앨런 포 전집』 전 6권 등이 있다-역주)

러브크래프트는 「공포 문학의 매혹」에서 1장을 통째로 사용하여, 뉴잉글랜드가 낳은 위대한 공포 문학의 선배에게 그 장식 문체로, 더할 나위 없는 최대의 찬사를 열심히 보내고 있다. 특히 시작 부분의 「1830년대, 기괴한 이야기의 역사뿐만 아니라 단편 소설 전체의 역사에 직접적으로 영향을 끼친 문학의 여명이 밝았다. (생략) 미국인으로서 그 여명이 우리의 것이라고 말할 수 있어 행운이니, 그가 바로 누구보다도 유명했던 동시에 불행했던 에드거 앨런 포다」(홍인수 역)라는 대목은 평생에 괜찮은 책을 한 권도 출판하지 못하고 요절한 크툴루 신화의 창조주 바로 그 사람의 불행을 떠올리게 하면서, 말하기 어려운 감회를 느끼게 한다. 러브크래프트에게는 「포 시인의 악몽(The Poe-et's Nightmare)」(1918)이라는 제목의 패러디풍의 시 작품과 포와 관련된 지역을 소개한 에세이 「포와 관련된 집과 성지(Homes and Shrines of Poe)」(1934)도 있다.

「광기의 산맥」의 직접적인 원점이 되었던 장편 ①은 물론이고, 러브크래프트가 구체적으로 언급하고 있는 「M. 발데마르 사건의 진실(The Facts in the Case of M. Valdemar)」, 「군중 속의 남자(The Man of the Crowd)」, 「어셔가의 몰락(The Fall of the House of Usher)」, 「메첸거슈타인(Metzengerstein)」(모두 시공사 『시공 에드거 앨런 포 전집 1 모르그 가의 살인』에 수록), 「리지아(Ligeia)」(민음사 『에드거 앨런 포 단편선』 수록)이라는 명단편의 모티브나 기법은 다양한 러브크래프트 작품에 활용되고 있다. 또한, 「바닷 속 도시(The City in the Sea)」, 「꿈나라(A Dream Within a Dream)」, 「울랄룸(Ulalume)」(모두 시공사 『에드거 앨런 포 전집 6 까마귀』/삼인 『에드거 앨런 포 시전집』에 수록) 같은 기괴한 환상시가 러브크래프트의 〈드림랜드 이야기〉에 준 영향도 무시할 수 없다.

에드거 헨키스트 고든
Edgar Henquist Gordon 용어

괴기 환상 소설의 대가. 진정한 괴기 소설은 괴물 그 자체의 관점에서 이야기해야 한다는 신념에서 만들어진 작품들이 너무 무서워서 악평을 사기도 했다. 꿈 속에서 〈검은 존재〉의 계시를 받아서『악의 원리(The Principle of Evil)』,『밤의 악마(Night-Gaunt)』,『혼돈의 영혼(The Soul of Chaos)』 같은 저작을 남기고 사라졌다.
【참조작품】「암흑의 마신」,「윈필드의 유산」

에드먼드 카터
Edmund Carter 용어

랜돌프 카터의 조상인 마도사. 세일럼에서 마법을 사용한 혐의로 교수형에 처할 뻔한 상황을 어렵게 벗어나서 1692년에 아캄으로 돌아왔다. 조상으로부터 내려오는 〈실버 키〉를 고대의 유서 깊은 상자에 넣어서 자손에게 전했다.
【참조작품】「실버 키(한)」,「실버 키의 관문을 지나서(한)」

에드문드 피스케
Edmund Fiske 용어

시카고에 사는 작가. 친구였던 로버트 블레이크의 갑작스러운 죽음에 의문을 품고 15년간에 걸쳐서 조사를 계속하여, 놀라운 진상을 밝혀냈다.
【참조작품】「첨탑의 그림자」

에드워드 노리스
Edward Norrys 용어

영국 웨일즈의 앤체스터 마을에 사는 영국 육군 항공대 대위. 엑섬 수도회와 드 라 푀르 가문에 얽힌 토지의 전설을 친구 알프레드 델라포어에게 알려주었고, 그 아버지의 제안으로 수도원 유적의 조사에 동행하지만, 이상하게 참살되고 말았다.
【참조작품】「벽 속의 쥐(한)」

에드워드 픽맨 더비
Edward Pickman Derby 용어

아캄 출신의 시인이자 신비주의자. 미스캐토닉 대학에서는 영국과 프랑스 문학을 전공했다. 조숙한 천재로 18살 때 간행한 시집『아자토스와 또 다른 공포』는 독서계에서 화제를 불러일으켰다. 38세에 아세나스 웨이트와 결혼하지만, 사악한 함정에 빠져서 목숨을 잃었다.
【참조작품】「현관 앞에 있는 것(한)」

에드워드 허치슨
Edward Hutchinson 용어

세일럼 교외 단바즈(구 세일럼 마을)에 사는 오컬트 전문가. 밤에 소리가 들리는 숲 근처의 집에 살면서 괴상한 방문자를 대접했다. 세일럼의 마녀사냥이 시작되기 직전, 갑자기 잠적했지만, 약 2세기 후 1928년에 중부 트란실바니아의 페렌치 성에서 찰스 워드에게 기괴한 편지를 보내왔다. 그 직후 원인불명의 폭발 사고로 성이 전부 소실되었다고 한다. 견문을 두루마리에 기록했다.
【참조작품】「찰스 덱스터 워드의 사례(한)」

에드윈 M. 릴리브릿지
Edwin M. Lillibridge 용어
『프로비던스 텔레그라프』지의 기자. 1893년, 〈별의 지혜파〉를 취재하던 중 실종되었다.
【참조작품】「누가 블레이크를 죽였는가?(한)」

에디오비스 Vediovis 용어
요드의 다른 이름 중 하나. 〈요드〉를 참조.

에러버스산
Mt. Erebus 용어
남극의 맥머도 해안(Mcmurdo Sound)에서 바라볼 수 있는, "일본의 성스러운 후지산의 판화 같은(Japanese print the sacret Fujiyama)" 활화산. 1840년에 영국의 J.C.로스 남극 탐험대가 발견하여 그들이 타고 있던 배의 이름으로 명명되었다.
【참조작품】「광기의 산맥(한)」

에레로 부인 Mrs. Herrero 용어
뉴욕 서 14번지에 있는 갈색 사암으로 된 4층 아파트에서 하숙집을 운영하는 스페인 출신의 여주인. 아파트 주민도 대부분 가난한 스페인 사람이었다. 에스테반(Esteban)이라는 이름의 아들이 있다.
【참조작품】「냉기(한)」

에리히 잔 Erich Zann 용어
오제이유 거리의 하숙집 다락방에 사는 독일 출신의 늙은 비올라 연주자. 말을 하지 못하며, 싸구려 극장의 오케스트라에서 연주로 생계를 이어나가고 있다. 밤마다 다락방에서 이 세상의 것이 아닌 선율을 연주하다가, 마침내 이계의 악마에 의해 목숨을 잃었다.
【참조작품】「에리히 잔의 선율(한)」

에릭 몰랜드 크래팸리
Eric Moreland Clapham-Lee 용어
제1차 세계 대전에 외과 의사로서 종군한 미국인 소령. 추락사한 후 허버트 웨스트의 손으로 소생했다. 웨스트에 복수하기 위해 모인 살아있는 죽은 자들의 리더가 된다.
【참조작품】「허버트 웨스트 리애니메이터(한)」

에바흐 Evagh 용어

무우 둘란의 마도사. 본의 아니게, 다른 차원에서 나타난 림 샤이코스(Rlim Shaikorth)의 하인이 되지만, 결국엔 이를 물리치고 만다.

【참조작품】「백색 벌레의 출현」, 「극지로부터의 빛」

에베네저 홀트

Ebenezer Holt 용어

미스캐토닉 골짜기의 동떨어진 집에 사는 노인에게 희귀서 『콩고 왕국』을 양보했다고 여겨지는 인물.

【참조작품】「그 집에 있는 그림(한)」

에이글로피안산맥

Eiglophian Mountains 용어

하이퍼보리아의 수도 콤모리옴 근교에 있는 험준한 산맥. 부어미족이 살고 있다.

【참조작품】「아삼마우스의 유고(한)」, 「행성에서 온 방문객」

에이드리안 콜

Adrian Cole 작가

① 횡단(The Crossing) 1994

영국 작가(1949~). 데본주의 플리머스에서 태어났다. 군인인 아버지를 따라서 어린 시절에는 말레이시아에서 보냈다. 도서관에서 근무하면서 작가를 지망하여 1976년에 〈The Dream Lords〉 3부작을 첫 출판. 대표작으로, 영웅 판타지와 호러의 융합을 시도한 〈The Omaran Saga〉 시리즈 등.

①는 영국 남서부의 소박한 어촌, 애플드와 미국의 인스머스가 시공을 넘어 이어져 있다는, 그야말로 작가다운 환상적인 착상에 바탕을 둔 단편이다.

에이모스 터틀

Amos Tuttle 용어

에일즈베리 가도 곁의 저택에 머물면서, 수많은 마도서를 독파한 인물. 유폐된 하스터가 지상으로 귀환하기 위한 안식처를 제공하겠다는 약속을 했기 때문에, 처참하게 죽게 된다.

【참조작품】「하스터의 귀환」

에이모스 파이퍼

Aimos Piper 용어

미스캐토닉 대학의 인류학자. 〈위대한 종족〉에 의한 정신 교환을 몸소 체험했다.

【참조작품】「다른 차원의 그림자」

에이벨 킨 Abel Keane 용어

보스턴에 사는 신학생. 이전에 앤드류 펠란이 살던 방을 빌린 인연으로 그와 함께 인스머스에 잠입, 에이하프 마시를 물리친다. 훗날 그로체스터에서 익사했다.

【참조작품】「영겁의 탐구 시리즈(어거스트 덜레스 참조)」

에이벨 킨의 편지 (영겁의 탐구 2부) The Watcher from the Sky - The Deposition of Abel Keane (작품)

어거스트 덜레스(August Derleth)

【첫 소개】『위어드 테일즈(Weird Tales)』 1945년 7월호

【개요】 신학생 에이벨 킨(Abel Keane)은 자기 방의 앞에 거주했던 사람으로 2년 전에 실종되었던 펠란(Andrew Phelan)의 갑작스러운 방문을 받는다. 인스머스를 정찰하는 펠란의 모습을 꿈에서 본 킨은 호기심이 생겨서 직접 인스머스에 가서 마시와 다곤 비밀 교단에 관련된 무서운 소문을 알게 된다. 펠란에게서 마신들에 대해 알게 된 킨은 자신도 사악한 존재와 맞서겠다는 결의를 다지고 펠린에 의한 에이하브 마시 습격 계획에 동행한 것이다.

【해설】 연작 『영겁의 탐구(The Trail of Cthulhu) 시리즈』의 제2부. 「인스머스의 그림자(한)」의 후일담으로 되어 있으며, 쉬류즈베리 박사는 본편에는 등장하지 않는다.

에이본 Eibon (용어)

무우 둘란의 대마도사. 차토구아에 귀의하여 얻은 금단의 지식들을 『에이본의 서』에 정리한 후 이호운데(Yhoundeh)의 신관의 박해를 피해 사이크라노쉬(토성)로 떠났다.

【참조작품】「토성을 향한 문」, 「샤가이」, 「바라드의 사이론에 의한 에이본의 생애」, 「에이본은 말한다」

에이본의 반지 Ring of Eibon (용어)

고대 하이퍼보리아에서 전해지는 반지로서, 오래전 마도사 에이본이 소지하고 있었다고 한다. 보라색 보석 안에는 인류 탄생 이전에 지구에 도래한 화염의 정령이 봉인되어 있다.

【참조작품】「아베르와뉴의 맹수」, 「반지의 악마」

『에이본의 서(書)』 Book of Eibon (용어)

대마도사 에이본이 저술한 것으로 알려진 초고대부터 전해지는 마도서. 암흑의 신화나 사악한 주문, 의식, 전례 등의 집대성으로 그 『네크로노미콘』에도 누락된 금단의 지식

이 무수히 기록되어 있는 것 같다. 특히 차토구아와 요그 소토스에 대한 언급이 눈에 띈다고 한다.

【참조작품】「우보-사틀라」,「현관 앞에 있는 것(한)」,「모습 없는 신」,「흑단의 서」,「『에이본의 서』의 역사와 연표」

에이비자 호들리 목사 Reverelld Abaijah Hoadley 용어

더니치 마을의 조합 교회에 부임한 목사. 1747년에 산속에서 들려오는 악마의 목소리를 언급한 설교를 한 후에 행방불명되었다. 이 때의 설교는 스프링필드 지에 수록되어 소개되었다.

【참조작품】「더니치 호러(한)」

에이탈 Atal 용어

〈아탈〉을 참조

에일즈베리 Aylesbury 용어

'아일스베리'라고도 한다. 아캄 북부에 펼쳐진 구릉 지대. 부근에는 수상한 소문이 끊이지 않는 숲이나 마을, 집들이 흩어져 있다. 인스머스 유료 도로가 지나고 있다.

【참조작품】「암흑의 의식」,「언덕의 쏙독새」,「박공의 창」

에일즈베리 트랜스크립트 Aylesbury Transcript 용어

에일즈베리의 지방 신문. 더니치에서 일어난 괴물 소동의 첫 소식을 수록했다.

【참조작품】「더니치 호러(한)」

에즈다고르 Ezdagor 용어

마봉 부어미사드레스산에 은거 중인 마법사. 콤모리옴의 귀족 라리바르 부즈(Lord Ralibar Vooz)가 초혼 의식을 방해한 것에 분노하고 무서운 저주를 건다.

【참조작품】「일곱개의 저주」

에즈라 위든 Ezra Weeden 용어

크로포드 내해에 있는 운수기선의 이등 항해사(1740~1824) 일라이저 틸링해스트(Eliza Tillinghast)와 약혼이 일방적으로 파기되어버린 것에 대한 원한으로 조지프 커웬(Joseph Curwen)의 소행을 철저하게 조사하고 그 악업을 폭로하려 했다. 자손인 해저드 위든(Hazard Weeden)은 엔젤가 598번지에 거주.

【참조작품】「찰스 덱스터 워드의 사례(한)」

에티엔느 로랑 드 마리니 Etienne-Laurent

de Marigny 용어

〈드 마리니〉를 참조.

에티엔느 로렌트 드 마리니

Etienne-Laurent de Marigny 용어

데 마리니라고도한다. 신비학과 동양의 옛 물건에 뛰어난 크리올인(식민지 태생의 백인). 미국 뉴 올리언스에 거주. 제1차 세계 대전 중 프랑스 외인 부대에 소속되어, 전우인 랜돌프 카터와 절친한 사이가 되었다. 카터와 함께 〈지구의 연장부〉를 체험한 단 한 사람이기도 하다. 그가 가진 관 모양의 이상한 시계는 일종의 타임머신인 것 같다.

【참조작품】「실버 키의 관문을 지나서(한)」, 「영겁으로부터(한)」, 「드 마리니의 벽시계」

에티엔느 루레

Etinge Roulet 용어

1696년에 동쪽 그리니치에서 프로비던스로 이주해온 루레 가문의 가장이자 성직자. 본래는 프랑스의 코데(Caud) 출신의 위그노 교도로서, 조상 중 한 사람인 자크 루레(Jacques Roulet)는 1598년에 악마에 씌웠다는 이유로 사형을 당했다. 루레 부부는 이듬해인 1697년에 현재의 〈금단의 저택〉이 있는 부지 일부를 빌려서 저택과 묘지를 마련했다.

【참조작품】「금단의 저택(한)」

에-포오 E-poh 용어

쑹고원(Plateau of Sung)에 사는 트쵸 트쵸인(Tcho-Tcho People)의 수령. 나이가 7천 살에 달한다고 한다. 강력한 정신 감응력의 소유자이다.

【참조작품】「별의 자손의 소굴」

F. 그윈플레인 매킨타이어

F. Gwynplaine Macintyre 작가

① 엑섬 수도원의 모험(The Adventure of Exham Prior) 2003

영국의 작가, 일러스트레이터(1949~). 셜록 홈즈 이야기의 오마주로서 잘 알려졌다. ①도 그중 하나로, 「벽 속의 쥐」의 세계와 홈즈 세계가 예기치 못하게 교차한다.

F. 폴 윌슨

F. Paul Wilson 용어

① 더 키프(The Keep) 1981

② 황무지(The Barrens) 1990

미국 작가(1946~). 뉴저지 출신. 소년 시절부터 펄프 매거진을 좋아했다. 의대를 나와 의사가 되지만, 그 와중에서도 작가를 지망하여 데뷔작 장편 『힐러(Healer)』(1976)를 비

롯한 SF를 집필. 1981년에 발표한 모던 호러 장편『더 키프』가 베스트셀러가 되고 나서는 주로 전기 공포물과 의학 스릴러 분야에서 활약하고 있다. 윌슨은 대표작 〈나이트 월드 사이클(Night world Cycle〉 6부작(최근에는 〈애드버서리 사이클(The Adversary Cycle)〉이라는 이름이 정착되고 있지만)의 첫 작품인 ①에서『알 아지프』,『에이본의 서』 외에 크툴루 신화의 마도서들을 대량으로 도입하였고, 두 번째 작품인『맨해튼의 전율(The Tomb)』에서도 요수라코시를 비롯한 민족 계열 신화작품에 관련한 아이템을 등장시키는 등, 위대한 선배 러브크래프트에 대한 경애의 마음을 작품 전체에 표현하고 있다. 본래 위에서 소개한 연작, 특히, 마지막 작품인『나이트 월드(Nightworld)』는 지구 규모의 웅장한 아마겟돈 환상 활극을 그려내어 덜레스 신화에 가까운 세계를 더욱 본격적으로 전개하려고 한 느낌이 있다. ②는 그런 폴 윌슨이 러브크래프트의「우주에서 온 색채(한)」를 의식하고 쓴 걸작 단편. 고향 뉴저지에 실제로 전해지는 〈저지 데블〉의 괴기 전설을 바탕으로 다른 차원을 접하게 된 남자의 비극을 그려내어, 본가에 뒤지지 않는 우주적 공포를 완성하고 있다.

에프라임 웨이트

Ephraim Waite 용어

인스머스의 워싱턴가에 있는 무너진 집에 사는 악명 높은 마법사. 철회색의 턱수염을 기른 늑대 같은 외모를 하고 있다. 영원한 삶을 얻기 위해 딸 아세나스의 육체에 깃들었고, 에드워드 더비의 육체도 노렸다. 마녀 집회에서 불리는 비밀명칭은 〈카모그(Kamog)〉.

【참조작품】「현관 앞에 있는 것(한)」,「아캄, 그리고 별의 세계로」

에픽족 Ephiqhs 용어

사이크라노쉬(토성)의 수다스러운 난쟁이족. 요정이면서도 버섯의 집에 살고 있다.

【참조작품】「토성을 향한 문」

엑섬 수도원

Exham Priory 용어

영국 웨일스의 앤체스터(Anchester) 마을에 있는 기묘한 절충주의 양식의 건축물. 그 땅에는 선사 시대 전부터 신전이 세워져 있었다고 하는데, 나중에 로마인에 의해 반입된 키벨레 숭배 의식이 합쳐지면서, 무서운 교단의 본거지가 되었다. 1261년부터 엑섬 남작인 드 라 포아가의 저택이 된다. 그 깊은 지하에는 무서운 반인반수와 쥐들의 뼈가 퇴적되어 있는 거대한 동굴이 숨겨져 있으며, 그 안쪽에는 니알라토텝이 머무르고 있는 어두운 구멍이 있다고 한다.

【참조작품】「벽 속의 쥐(한)」

엔그라네크산 Ngranek 용어

〈드림랜드〉 남쪽 바다에 떠 있는 오리에브섬 내륙에 있는 용암으로 이루어진 휴화산. 그 남쪽의 바위에는 지구 신들의 거대한 얼굴이 새겨져서 지금도 남겨져 있다고 한다.

【참조작품】「미지의 카다스를 향한 몽환의 추적(한)」

엘더 갓 Elder Gods 용어

'옛 신', '고대 신'이라고도 한다. 우주적인 선을 구현하는 전능한 존재. 오리온 자리의 베텔기우스에 머무른다고 하지만, 그 실체는 신비에 싸여 있다. 영겁의 옛날, 모반을 일으킨 그레이트 올드 원과 엘더 갓 사이에 펼쳐진 격렬한 투쟁과 관련하여 다음과 같은 말이 전해진다.

"인간에게는 상상도 할 수 없는 존재들이 서로 싸우고 있었다. 한쪽의 존재는 거대하고, 끊임없이 모습을 바꾸는, 순수한 빛의 덩어리처럼 보였다. 기둥 모양을 취하는가 하면, 거대한 공 모양, 눈덩어리 같은 모양을 취하기도 했다. 이러한 덩어리가 똑같이 모습, 농도, 색상을 변화시켜 계속 다른 덩어리와 싸우고 있었다. 그 크기는 괴물과도 같았다", "때때로 빛의 기둥에 적대하는 것 중 하나가 잡혀 멀리 던져졌다. 그러면 던져진 것은 무서운 모습으로 바뀌어서 육체를 갖추기 시작하면서 변성을 계속했다."(오오타키 케이스케, 이와무라 미츠히로 역『영겁의 탐구(The Trail of Cthulhu) 시리즈』에서)

【참조작품】「영겁의 탐구 시리즈(어거스트 덜레스 참조)」,「하스터의 귀환」,「별의 자손의 소굴」,「호수 바닥의 공포」,「저편에서 나타나는 것」,「모스켄의 큰 소용돌이」

엘더 사인 Elder Sign 용어

〈오망성 모양 인장〉을 참조.

엘더 실 Elder Seal 용어

〈그레이트 올드 원의 위대한 봉인〉이라고도 한다. 영겁의 태고에 크툴루의 군단과 싸웠던, 상고 부족에 의해 만들어졌다는 부적으로 그레이트 올드 원이 통과하는 것을 방해하는 힘이 있다.

【참조작품】「네크로노미콘 알하즈레드의 방랑」

『엘더 키』Elder Key 용어

전설적인 일종의 암호 문서라고 하지만, 자세한 것은 불명이다.

【참조작품】「사냥하는 자」

엘러리 교수
Professor Ellery 용어

미스캐토닉 대학의 화학 교수. 〈위치 하우스〉의 다락방에서 발견된 〈올드 원〉을 본떠 만든 작은 동상을 조사하고 동상에 미지의 원소가 포함되어 있다는 것을 발견했다.

【참조작품】「위치 하우스에서의 꿈(한)」

엘레노아 쿼리
Eleanor Quary 용어

조모인 쿼리와 함께 통칭되는 영매 노부인. 타이터스 크로우에게 이타콰가 온다고 경고하여 절대적인 위기를 구했다.

【참조작품】「땅을 뚫는 마」, 「타이터스 크로우의 귀환」

엘리 데이븐포트
Eli Davenport 용어

버몬트주 노인들에게서 1839년 이전에 들었다는 전승 자료를 포함한 논문을 집필한 인물.

【참조작품】「어둠 속에서 속삭이는 자(한)」

엘리시아 Elysia 용어

엘더 갓의 본거지라고 여겨지는 신의 땅. 크타니드나 티아니아도 살고 있다. 지평선 끝이 보이지 않을 정도로 광대한 장소인 듯, 아름답게 나열된 산들과 곳곳에 강이나 호수, 그 사이에 아름다운 첨탑이 세워진 도시가 곳곳에 흩어져 있다. 그 상공을 용과 닮은 거대 생물 리샤드가 때때로 주민을 태우고 날아다니고 있다.

【참조작품】「타이터스 크로우의 귀환」, 「엘더 갓의 고향 엘리시아」

엘리엇 가문 Eliots 용어

인스머스의 명문 중 하나. 그 자손은 워싱턴 스트리트에 있는 저택에 은거하고 있다.

【참조작품】「인스머스의 그림자(한)」

엘리자 스미스
Eleazar Smith 용어

프로비던스에 사는 선원. 에즈라 위든에게 협력하여 조지프 커웬의 비밀을 조사하고 추구하여, 그 내용을 일기에 남겼다.

【참조작품】「찰스 덱스터 워드의 사례(한)」

엘리자 오르니 Eliza Orne 용어

아캄에 사는 벤자민 오르니의 딸. 1867년에 태어나 17살에 오하이오의 제임스 윌리엄슨과 결혼했다. 조부는 오벳 마시, 조모는 〈딥 원〉 중 하나인 프트트야-라이(Pth'thya-l'yi)이다. 아들 더글라스가 자살한 후에 실종되어 현재는 해저도시 얀슬레이(Y'ha-nthlei)에서 사는 것 같다.

【참조작품】「인스머스의 그림자(한)」

엘리자 틸링해스트
Eliza Tillinghast 용어

프로비던스에 사는 듀티 틸링거스트(Dutee Tillinghast) 선장의 딸. 1763년 3월 7일 조지프 커웬의 적극적인 구애를 받아 결혼했지만 커웬의 사후 딸인 앤과 함께 본래의 성으로 돌아가, 1817년에 세상을 떠났다.

【참조작품】「찰스 덱스터 워드의 사례(한)」

엘리자베스 버클리
Elizabeth Berkeley 작가

① 포복하는 혼돈(The Crawling Chaos)(한-황5) 1921

② 초원(The Green Meadow)(한-황5) 1927

미국 보스턴의 시인(1876~1959). 본명은 윈필드 버지니아 잭슨(Winfield Virginia Jackson). 아마추어 언론 활동을 통해 러브크래프트와 만나, 짧은 기간이지만 친하게 지냈다고 한다. ①② 모두 두 사람이 편집에 관여하고 있던 동인지에 버클리나 루이스 테오발드 주니어(Lewis Theobald Jr, 러브크래프트의 다른 이름)의 합작으로 발표되었지만, 실제로는 러브크래프트가 대부분을 집필한 것으로 추정되고 있다. 모두 〈드림랜드〉와 연결되는 듯한 이계의 광경을 충실하게 묘사한 산문시풍의 소품이다.

엘리자베스 베어
Elizabeth Bear 작가

① 쇼고스 개화(Shoggoths in Bloom) 2008

미국의 SF 작가(1971~). 〈사이보그 사관 제니 케이시(The Jenny Casey trilogy)〉 3부작 같은 작품으로 유명하다. ①은 신화 대계의 인기 캐릭터인 쇼고스를 박물지처럼 그려낸 독특한 수작으로서, 2009년에 휴고상 중편 소설 부문을 수상했다.

엘리파스 레비
Eliphas Levi 용어

프랑스의 오컬트 전문가(1810~1875). 본명은 알퐁스 루이 콩스탕(Alphonse Louis Constant). 카발라학의 권위로서 알려졌으며, 근대 오컬티즘 중흥의 시조로서 많은 문학자나 문예가에게 영향을 주었다. 저서로는 『고등 마법의 교리와 미사(Dogme et Ritual de la Haute Magie)』(1855년 간행)가 있다. 찰스 워드가 1927년 4월 15일에 자기 방에서 외친 내용은 레비의 책에 기록된 그것과 아주 비슷했다.

【참조작품】「찰스 덱스터 워드의 사례(한)」

엘리후 휘플
Elihu Whipple 용어

프로비던스에 사는 의사이자 향토역사, 골동품 연구가. 베니피트가의 〈금단의 저택〉에 대한 조사 기록을 남겼다. 1919년 6월 25일 깊은 밤, 같은 집의 지하실에서 무서운 변이에 휩쓸려서 처참하게 변모했다. 향년 81세.

【참조작품】「금단의 저택(한)」

엘머 프라이 Elmer Frye 용어

더니치의 콜드 스프링 골짜기 동쪽에 거주하는 농부. 투명 괴물의 습격으로 일가가 전멸했다.

【참조작품】「더니치 호러(한)」

엘므산 Elm Mountain 용어

아캄 북부의 구릉지대에 있는 산. 산 중턱에는 카터 가문의 저택 폐허와 〈뱀굴〉이 있다. 랜돌프 카터는 이 땅에서 소식이 끊겼다.

【참조작품】「실버 키(한)」

엘우드 프랑크
Frank Elwood 용어

미스캐토닉 대학의 학생으로, 월터 길먼의 친구. 가난하기 때문에 〈위치 하우스〉에 하숙하고 있었다.

【참조작품】「위치 하우스에서의 꿈(한)」

『엘트다운 도편본』
Eltdown Shards 용어

'엘트다운 도편'이라고도 한다. 20세기 초 영국 남부 엘트다운에 가까운 모래 채취장에서 고제3기 초기의 지층으로부터 출토된 점토판들에 새겨진 고대 문자를 1912년에 서세스의 목사 아서 브룩 윈더스홀(Arthur Brooke Winters-Hall)이 해독하여 책자 형태로 발간한 초고대 문서. 〈위대한 종족〉이나 〈비밀 지식의 수호자〉에 대한 언급이 있다. 총 23개인 점토판은 모양도 크기도 다양하고, 쇠처럼 딱딱한 회백색으로, 미국 중서부의 베로인 대학 박물관에 보관되어 있다.

【참조작품】「시간의 그림자(한)」, 「알론조 타이퍼의 일기」, 「저편으로부터의 도전, 「비밀 지식의 수호자」

M. 베라레인

M. Verhaeren 용어

콩고의 통상을 맡은 벨기에인. 1913년 6월 나방구족이 가져간 〈흰 원숭이 여신〉 미라의 소재를 밝혀내서, 아서 저민 경에게 보냈다.

【참조작품】「고(故) 아서 저민과 그 가족에 관한 사실(한)」

엠마호 Emma 용어

뉴질랜드 오클랜드 선적의 스쿠너선. 1925년 3월 22일 남위 49도 51분, 서경 128도 34분의 해역에서 앨러트호에게 진로를 방해받고 무장 공격을 받아 침몰했다.

【참조작품】「크툴루의 부름(한)」

여섯 왕국

Six Kingdom 용어

〈드림랜드〉에 있는 6개의 왕국.

【참조작품】「미지의 카다스를 향한 몽환의 추적(한)」

『연금술 연구 각서』

Remarks on Alchemy 용어

영국의 저명한 오컬트 전문가인 E, A, 히치콕(E.A. Hichicock)이 1865년에 저술한 책. 아클로 문자에 대한 단편적인 언급이 포함되어 있다고 한다.

【참조작품】「로이거의 부활」

『연금술 연구서』

clavis Alchimiae 용어

17세기 영국의 밀교학자 로버트 플러드(Robert Fludd, 1574~1637)가 1633년에 저술한 책. 연금술과 카발라를 옹호하는 내용인 것으로 알려졌다.

【참조작품】「찰스 덱스터 워드의 사례(한)」, 「암흑의 의식」

영겁으로부터

Out of the Aeons 작품

헤이젤 힐드(Hazel Heald)

【첫 소개】『위어드 테일즈(Weird Tales)』 1935년 4월호

【한국번역】 정진영 역 「영겁으로부터」(황5)

【개요】 1932년 보스턴의 캐벗 박물관에서 일련의 괴사건이 일어났다. 초

고대사에 관심을 가진 한 신문기자의 기사가 계기가 되어, 이 박물관이 소장하고 있는 미라(1879년 태평양 해저에서 융기한 섬에서 발견된 것)가 대중의 관심을 끌게 되고, 오컬트 신봉자나 수상한 외국인이 찾아와서 소동이 일어난 것이다. 저명한 신비학자 드 마리니에 의해 밝혀진 미라의 유래는 놀라운 것이었다. 그것은 마신 과타노차를 쓰러뜨리려 했다가 반대로 산 채로 석화된 고대 무 대륙의 신관 트요그(T'yog)였던 것이다. 전시된 미라에 변화의 조짐이 나타나고 결국 참극이 일어난다. 미라를 훔쳐내려던 두 외국인의 변사체가 발견된 것이다. 1명은 공포에 죽어버렸고, 또 한 명은 미라처럼 돌로 변해버려서, 그리고…… 닫혀야 할 미라의 눈이 열려있었다. 미라의 해부조사에 나선 학자들이 발견한, 새롭고 놀라운 사실이란?

【해설】 러브크래프트류의 신화와 스미스류 신화를 뒤섞은 듯한 느낌이 있는 수작. 게다가 하워드가 창조한 마도서 『무명제사서』가 『네크로노미콘』이나 『에이본의 서』 이상으로 중요한 역할을 담당하는 등, 마치 선배 작가들에 의한 신화 아이템을 총망라한 듯한 정취가 있다. 과타노차가 등장하는 작품은 드물다.

영혼의 병 Soul bottle 용어

터그의 여성들에게 전해지는 주술도구 중 하나로, 죽은 영혼을 소환하여 집어넣는 데 사용되는 작은 유리병.

【참조작품】「네크로노미콘 알하즈레드의 방랑」, 「무서운 노인(한)」, 「검은 두 개의 병」

예그-하 Yegg-ha 용어

눈도 코도 없는 얼굴에 날개가 달린, 키가 3m에 달하는 괴물. 로마 군단에 대적하는 야만인에 의해 소환되어, 처참한 사투 끝에 퇴치되며 유해는 잉글랜드 북부, 하드리아누스 장벽(Hadrian's Wall) 아래에 매장되었다. 타이터스 크로우(Titus Crow)는 「국경의 요새」에 기술된 내용을 바탕으로 매장 지점을 규명하여, 두개골과 날개의 뼈를 발굴한 것 같다.

【참조작품】「괴물의 증거」, 「타이터스 크로우의 귀환」

「예그-하 왕국」 Yegg-ha's Realm 용어

타이터스 크로우가 집필한 단편 소설의 제목.

【참조작품】「괴물의 증거」, 「타이터스 크로우의 귀환」

예루살렘스 롯

Jerusalem's Lot 용어

미국 메인주 해안에 있는 저주받은 마을. 1710년, 광신적인 목사 제임스 분의 지도 아래 건설되었다. 근친 관계를 상습화하는 종교 공동체를 형성하여 인근 주민으로부터 기피 대상이 되지만, 분이 마도서 『벌레의 신비』를 입수하고 얼마 지나지 않은 1789년 10월 31일. 하룻밤 만에 주민 모두가 실종되고 말았다.

【참조작품】「예루살렘 롯(한)」

예루살렘 롯

Jerusalem's Lot 작품

스티븐 킹(Stephen King)

【첫 소개】 더블데이 『심야 근무(Night Shift)』 1978년 간행

【한국번역】 김현우 역 『스티븐킹 단편집 5』 황금가지

【개요】 미국의 메인주 해안 채플웨이트 곶에 위치한 사촌의 집에 찾아온 찰스 분과 종자인 칼빈은 인근 주민이 분 일족에게 드러내는 괴상한 적대감과 벽 속에서 들려오는 기괴한 소리에 고민하게 된다. 2명은 가까운 버려진 마을로 향하고, 교회의 제단에 방치된 『벌레의 신비』를 발견한다. 예루살렘스 롯이라는 이름의 그 마을은 마도를 받드는 목사 제임스 분이 창건하여 근친상간을 계속하는 저주받은 종교 공동체였다. 자신이 돌아왔기 때문에 이변이 시작된다는 사실을 깨달은 찰스는 칼빈과 함께 사악한 교회를 다시 방문하고 『벌레의 신비』에 불을 붙이지만, 그때 제단 지하에서 무서운 괴물이 출현한다.

【해설】 저주받은 저택으로 귀환하는, 마법사의 후손, 쇠락한 마을, 쏙독새의 외침, 벽 속의 쥐, 점액질의 괴물, 그리고 금단의 마도서. 젊은 날의 킹이 러브크래프트 스타일의 오싹 놀라는 요소들을 충실하게 재현해 보인 작품. 무대가 되는 예루살렘스 롯은 장편 『살렘스 롯』의 마을인 살렘스 롯의 전신이며… 라는 것은(확대 해석한다면) 그 명작 『살렘스 롯』도 크툴루 신화 중 한 편이라는 것!?

예브 Yeb 용어

슈브 니구라스와 함께 고대 무 대륙에서 숭배한 신. 큰-얀에서도 숭배되고 있다.

【참조작품】「영겁으로부터(한)」, 「고분(한)」, 「누그와 예브의 검은 기도」

예지디족 Yezidees 용어

'이예지디족'이라고도 한다. 쿠르디스탄의 저주받은 아라마운트산에

사는 수수께끼 같은 사교 집단. 암흑의 마왕 사탄을 숭배한다고 알려졌다. 또한, 실재하는 예지디파는 이슬람화된 미트라교를 받드는 종파로서, 신화 대계의 그것과는 관계가 없다.

【참조작품】「레드 훅의 공포(한)」, 「매장이 필요없다」, 「영혼 도살자」

옐로 사인 Yellow Sign 용어

인간이 아닌 자의 문자를 금으로 상감한 흑마노의 메달. 이를 소지한 사람은 곧 무서운 운명이 밀려온다고 한다.

【참조작품】「노란 표적(한)」, 「어둠 속에서 속삭이는 자(한)」

옛 신 Elder Gods 용어

〈엘더 갓〉을 참조.

옛 지배자
Great Old Ones 용어

〈그레이트 올드 원〉을 참조.

오그로던 Ogrothan 용어

〈드림랜드〉에 있는 도시. 교역 시장이 있다.

【참조작품】「미지의 카다스를 향한 몽환의 추적(한)」

오드리 데이비스
Audrey Daviss 용어

미국 오클라호마주의 작은 마을 빙어에 사는 개척민 워커(Walker)의 아내. 방울뱀을 죽였기 때문에 뱀신 이그의 저주에 걸려서, 그 자식을 낳았다.

【참조작품】「이그의 저주(한)」

오렌도르프 Orrendorf 용어

미스캐토닉 대학의 남극 탐험대원. 레이크와 함께 광기산맥을 탐사하다가, 〈올드 원〉의 화석을 발견했다. 그 후 소식이 두절되었다.

【참조작품】「광기의 산맥(한)」

오르니 할멈 Granny Orne 용어

킹스포트의 쉽가에 있는 이끼와 담쟁이에 뒤덮인 박공 지붕 구조의 오두막에 사는 노파. 〈안개 속 절벽의 기묘한 집〉에 대한 기괴한 목격담을 조모로부터 들었다고 한다.

【참조작품】「안개 속 절벽의 기묘한 집(한)」

오리에브 Oriab 용어

〈드림랜드〉 남쪽 바다에 있는 거대한 섬. 강대한 항구도시 바하나가 있으며, 도심을 관류하는 대운하는 도랑처럼 내륙부의 야스호로 연결되며, 그 안쪽의 호숫가에는 원초의 벽돌로 세워진 마을의 폐허가 있다. 그 중심부에는 영봉 엔그라네크가 서 있다.

【참조작품】「미지의 카다스를 향한 몽환의 추적(한)」

오리온 자리 Orion 용어

베텔게우스(Betelgeuse), 리겔(Rigel)처럼 밝은 별을 포함한 별자리. 엘더 갓과 그레이트 올드 원의 옛 땅이라 하며, 엘더 갓과 하스터는 지금도 그들의 땅에 머물러 있는 것 같다.

【참조작품】「영겁의 탐구 시리즈(어거스트 덜레스 참조)」

오린 B. 에디 Orrin B. Eddy 용어

1857년에 〈별의 지혜파〉의 실태에 관하여 보고를 한 인물.

【참조작품】「누가 블레이크를 죽였는가?(한)」

오망성 모양 인장 seal of the five-pointed star 용어

므나르의 회백색 돌에 불꽃의 기둥을 둘러싼 오망성 모양을 새긴 부적. 이를 소지한 자는 〈딥 원〉, 쇼고스, 트쵸 트쵸인, 미-고우 같은 그레이트 올드 원을 따르는 자들로부터 몸을 보호할 수 있다. 그러나 그레이트 올드 원 자체와 직속 부하에게는 효과가 없다. 〈엘더 사인〉, 〈르뤼에의 봉인〉이라고도 불린다.

【참조작품】「영겁의 탐구 시리즈(어거스트 덜레스 참조)」, 「마녀의 골짜기」, 「암흑의 의식」, 「공포를 먹는 다리」, 「호수 바닥의 공포」, 「저편에서 나타나는 것」, 「모스켄의 큰 소용돌이」

오멜리 신부 Fr. O'Malley 용어

프로비던스에 사는 신부. 이집트의 폐허에서 발견된 상자를 사용하여 집요하게 행해지는 악마 숭배에 대해 릴리브리지 기자에게 말했다.

【참조작품】「누가 블레이크를 죽였는가?(한)」

오벳 마시 Obed Marsh 용어

인스머스 출신의 해운 선박 선장. 동인도 제도의 작은 섬에서 〈딥 원〉의 존재를 알고 인스머스 바다의 〈악마의 암초〉에서 그들에게 제물을 바친 대가로 금괴와 물고기떼를 얻었다. 이어 다곤 비밀 교단을 조직하고 1846년 대학살 이후 사실상 마을의 지도자가 되었다.

【참조작품】「인스머스의 그림자(한)」

오사다고와 Ossadagowah 용어

북미 원주민 사이에 전해 내려오는 괴물. 우주로부터 내려와 북쪽 땅에서 숭배되는 사도쿠아의 새끼라고 한다. 차토구아와 그 권속을 부르는 다른 이름이 아닌가 하고 생각되기도 한다. 완파노아그족, 난세트족, 나라간세트족 등은 이 괴물을 하늘에서 부르는 방법을 알고 있다고 한다.

【참조작품】「암흑의 의식」, 「버몬트의 숲에서 발견한 기묘한 문서」

오스-나르가이 Ooth-Nargai 용어

〈드림랜드〉의 타나리안 언덕 너머에 있는 영원한 젊음의 골짜기. 셀레파이스 시가 있다.

【참조작품】「셀레파이스(한)」

오스-네스 Oth-Neth 용어

엘리시아의 리사드 중 한 마리로, 여신 티아니아를 섬긴다. 헤엄치는 모습은 네스호(스코틀랜드)의 괴물 네시와 비슷하다고 한다.

【참조작품】「타이터스 크로우의 귀환」, 「엘더 갓의 고향 엘리시아」

오스본 잡화점 Osborn's 용어

더니치에 있는 잡화점으로, 마을 사람이 모이는 장소.

【참조작품】「더니치 호러(한)」

오안네스 Oannes 용어

페니키아에서 다곤을 부르는 이름. 반물고기, 반인간의 신으로 사람들에게 문명을 전해준 것으로 알려졌다. 프랑스 작가 귀스타브 플로베르(Gustave Flaubert, 1821~1880)의 희곡 형식 소설 「성 앙투안의 유혹」(1872)에 등장하는 오안네스를 상징주의 화가 오딜롱 르동(Odilon Redon, 1840~1916)이 그런 그림으로도 유명하다.

"그는 아직 형태가 정해지지 않은 세계에 살고 있었지만, 거기에는 정체된 대기의 중량 아래에 어두운 바닷물 깊은 곳에서 두 성별을 가진 동물이 잠자고 있었다. 그때에는 손가락도 지느러미도 날개도 혼돈으로써 뒤섞여 아직 눈구멍에 정착되지 않은 안구가 인간의 얼굴을 한 황소와 개 다리를 가진 뱀 사이를 연체동물처럼 떠돌았다."(와타나베 카즈오 역 「성 앙투안의 유혹聖アントワヌの誘惑」 이와나미문고)

【참조작품】「다곤의 종」

오오나이 Oonai 용어

'우나이'라고도 한다. 카르티아 언덕 저편에 있는 〈류트와 무도의〉 환락 도시. 겉으로만 보아도 불건전해 보이는 주민들은 음주 방가와 통음에 몰두하고 있다.

【참조작품】「이라논의 열망(한)」

오제일가 Rue d'Auseil 용어

프랑스 어딘가에 있다는, 지도에 없는 시가지. 검고 악취가 나는 물이 흐르는 강 저편에 좁고 가파른 언덕이 이어지는 오래된 거리에는 주민의 대부분이 차분한 노인이다. 그 높은 지대 한편에는 에리히 찬이나 형이상학 전공의 대학생이 살던, 브랜드 노인의 하숙집이 있다.

【참조작품】「에리히 잔의 선율(한)」

오크 곶 Oak Point 용어

아캄 교외, 인스머스로 향하는 중간 지점에 있는 곶으로 파출소가 있다. 해안가의 습지대에는 반딧불이 반짝이며, 개구리가 울부짖는, 신에게 버림받은 것 같은 땅이라고 한다.

【참조작품】「암초의 저편에」

오크라노스강 Oukranos 용어

〈드림랜드〉를 흐르는 강. 갤리선이 오가고 있으며, 그 상류에는 이레크-바드 도시가 있다.

【참조작품】「실버 키(한)」

오툼 Othuum 용어

크툴루 휘하의 신격으로 〈크툴루의 기사(Knight of Cthulhu)〉 등으로 불린다. 북쪽의 심연 겔 호를 거점으로 하고 있다.

【참조작품】「도난당한 눈」

온가 Onga 용어

콩고 오지의 지명. 이 땅의 부족 사이에는 기괴한 혼혈 생물이 사는, 사라진 도시의 존재를 암시하는 전설이 전해지고 있다고 한다.

【참조작품】「고(故) 아서 저민과 그 가족에 관한 사실」

올드 더치타운 Old Dutchtown 용어

캣츠킬 산록에 있는 네덜란드계 정착민 마을. 이 마을에 있는 〈참나무 숲의 집〉은 이계로 통하는 문이 있는 것으로 알려져 있다.

【참조작품】「검은 시인」

올드 원 Old Ones 용어

'고대종'이라고도 한다. 태고의 남극에 별의 저편에서 날아온 지적 생물. 높이 약 2.5m의 원통형 몸통에

막 모양의 날개가 나 있으며, 머리는 불가사리를 연상케 하는 작은 별 모양이다. 높은 지능을 갖고, 무기물을 합성하여 생명체를 만들어냈다. 그 중에는 거석 도시 건설에 사용하기 위한 쇼고스와 식용이나 애완용으로 사육한 인류의 먼 조상도 포함되어 있었다. 다른 우주 생물과의 항쟁과 쇼고스의 반란, 지각 변동 등에 의해 점차 쇠퇴하여 빙하기의 도래와 함께, 마지막 거점이었던 남극의 바닷속 깊은 곳으로 모습을 감추었다.

【참조작품】「광기의 산맥(한)」, 「광기의 지저 회랑」, 「암흑 지식의 파피루스」

올드윈클 Aldwinkle 용어

영국의 여객선. 1955년에 310명의 승객과 승무원을 태우고 도튼 앞바다에서 좌초했다. 마을에는 이 배와 같은 이름의 술집이 있다.

【참조작품】「바다를 보다」

올라소 Olathoe 용어

로마르 땅의 사르키스고원에 있는 푸른 대리석으로 건설된 도시. 로마르에서 가장 용감한 군대가 있었지만, 이누토족의 기습으로 멸망되었다.

【참조작품】「북극성(한)」, 「이라논의 열망(한)」, 「미지의 카다스를 향한 몽환의 추적(한)」

올라우스 마그누스 Olaus Magnus 용어

아사프 피버디는 이 인물이 저술한 제목 없는 책을 소장하고 있었는데, 그 표지는 인간의 피부로 되어 있었다고 한다.

【참조작품】「피버디가의 유산」

올라우스 워미우스 Olaus Wormius 용어

『네크로노미콘』의 라틴어판 번역자. 1228년에 완성된 이 번역 원고는 15세기에 독일에서, 17세기에는 스페인에서 각각 비밀리에 인쇄되었다. 또한, 러브크래프트의 시 「레그날 로드브루그의 애가(Regnar Lodbrug's Epicedium)」(1920?)에는 "8세기의 장송곡…… 올라우스 워미우스에 의해 번역"이라고 기재되어 있다.

【참조작품】「네크로노미콘의 역사」, 「네크로노미콘 알하즈레드의 방랑」

올리버 웬델 홈스 Oliver Wendell Holmes 작가

① 엘시 베너(Elsie Venner) 1859

미국의 작가, 의학자(1809~1894).

매사추세츠주 케임브리지 미들섹스에서 태어났다. 하버드 대학 의대를 졸업 후, 다트머스 의과 대학 교수, 하버드 의대 교수를 역임. 의학 개혁자로서도 알려지는 한편, 글에도 재능을 발휘하여, 에세이집 「아침 테이블의 독재자(The Autocrat of the Breakfast-Table)」(1858) 시리즈 등으로 인기를 끈다. 동명의 아들은 저명한 법률가로 대법관. 홈스가 처음 손댄 장편 소설인 ①에 대해서, 러브크래프트는 「공포 문학의 매혹」에서 「태내에 있을 때 받은 영향 때문에 초자연적으로 뱀 같은 기질을 타고난 젊은 여성을 등장시키며, 훌륭하게 절제된 분위기와 눈에 확 띄는 배경 묘사로 작품을 이끌어 나간다」(홍인수 역)라고 평하고 있다. 젤리아 비숍의 「이그의 저주」 같은 것과 연관이 있다는 점에서도 주목할만한 작품이다.

와이드너 도서관 Widener Library 용어

하버드 대학의 부속 도서관. 미스캐토닉 대학과 함께 『네크로노미콘』을 소장하고 있다고 한다.

【참조작품】「더니치 호러(한)」, 「찰스 덱스터 워드의 사례(한)」, 「영겁으로부터(한)」

와크 비라지 주문 vach-Viraj Incantatlon 용어

〈바크 비라 주문〉을 참조.

왈라키아 Walakea 용어

〈딥 원〉에게 산제물을 바치고 교역을 하고 통혼하던, 카나카인 늙은 추장.

【참조작품】「인스머스의 그림자(한)」

왐프족 wamps 용어

〈드림랜드〉의 버려진 도시에서 사는 종족으로 「붉은 다리의 왐프족(red-footted wamps)」이라 불린다. 그 생태는 구울과 비슷한 모양이다.

【참조작품】「미지의 카다스를 향한 몽환의 추적(한)」

요가쉬 Yogash 용어

카다스의 마노성에서 니알라토텝을 모시고 있던 흑인 노예 중 하나.

【참조작품】「미지의 카다스를 향한 몽환의 추적(한)」

요고스 Yoggoth 용어

〈유고스〉를 참조.

요그 소토스 Yog-Sothoth 용어

요그 소토호스, 요그 소토트, 또는

ㅇ

요구르트(미즈키 시게루 「지하의 발소리 地底の足音」 참조)라고도 한다. 그레이트 올드 원이 사는 외우주에서 〈문의 열쇠이자 수호자〉인 신성. 그 모습은 무지개색의 구체의 집적물이라는 가면을 갖고, 시공의 혼란 속에서 원시 점액으로 둘러싸인 채, 더듬이를 가진 무정형의 괴물로서 인간의 눈에 비친다.
【참조작품】「더니치 호러(한)」, 「암흑의 의식」, 「언덕의 쏙독새」, 「실버 키의 관문을 지나서(한)」, 「타이터스 크로우의 귀환」, 「네크로노미콘 알하즈레드의 방랑」

요드 Iod (용어)
'이오드'라고도 한다. 〈빛나는 사냥꾼 요드(Iod the Shining Hunter)〉라고 불리는 지구 본래의 신. 차원들을 떠돌며 인간의 영혼을 사냥하기를 좋아한다. 그 실체는 광물질의 결정체가 모여서 만들어진 비늘로 뒤덮인 반투명의 빛나는 육체에서, 식물 모양의 촉수가 돋아난 무서운 모습이라고 한다. 고대 무 대륙에서 크툴루와 보르바도스와 함께 숭배되었고, 그리스인들은 〈토르포니오스〉, 에트루리아인은 〈베디오비스〉라는 이름으로 이 신을 숭배했다. 「별에서 온 요충」이나 「이샤크샤르」, 「고대의 열쇠」에 단편적인 언급이 있다.
【참조작품】「촉수」, 「사냥하는 자」, 「크랄리츠의 비밀」, 「공포의 종소리」

『요드의 서』 Book of Iod (용어)
조한 니거스(Johann Negus)가 번역한 금단의 서적. 고대 신비주의의 주문이 기록되어 있으며, 인류 탄생 이전의 고대 언어로 기록된 원본은 단지 일부만이 현존한다고 한다. 니거스의 번역서는 그 삭제판으로, 헌팅턴 도서관(Huntington Library)에 일부가 소장되어 있다.
【참조작품】「공포의 종소리」

『요마의 통로』 Gargoyle (용어)
괴기 작가 에드거 고든의 대표작. 우주 끝에 있는 암흑도시나 그 기묘한 주민, 초지구적인 생명 형태 등에 관련된 이야기라고 한다.
【참조작품】「암흑의 마신」

요스 Yoth (용어)
요트라고도 한다. 큰-얀의 중층부에 있는 세계로 〈붉게 빛나는 요스(Red-litten Yoth)〉라고도 불린다. 현재는 사람이 없지만, 오래 전에는 파충류에 속하는 네 다리의 주민이 이 땅을 지배하고 있었다. 그들은 생명을 합성하는 기술을 가지고 있으며, 가이아-손도 그 중 하나로 간주되고있다.
【참조작품】「고분(한)」, 「어둠 속에서 속삭이는 자(한)」

『요스 사본』
Yothic manuscrlpts 용어
요스 최대의 도시 진에서 발견된 고대 문서. 차토구아의 기원이 기록되어 있다.
【참조작품】「고분(한)」

요스 칼라 Yoth Kala 용어
〈조스 사이라〉의 신민인, 심연의 생물로, 카산드라 히스의 끔찍한 약혼자. 젤리 느낌인 부정형의 체구는 악취를 뿜는 점액질로 둘러싸여 있으며, 괴상하게 감겨있는 덩굴손과 끝에 눈이 달려 있는 촉수를 갖고 있다.
【참조작품】「녹색 심연의 사생아」

요트 Yoth 용어
〈요스〉를 참조.

요한 하인리히 휘슬리
Johann Heinrich Fussli 용어
휴 슬리라고도 한다. 스위스의 화가(1741~1825). 주로 런던에서 활약했다. 유명한 「몽마」(1781)를 비롯해 괴기환상 색채가 짙은 화풍으로 알려져 있다.
【참조작품】「우주에서 온 색채(한)」, 「픽맨의 모델(한)」

욤-비 Y'm-bbi 용어
〈임-비〉를 참조.

『욥기』 제14장 14절
Job XIV. XIV 용어
조지프 커웬이 사이먼 오르니에게 보낸 편지에서 언급하고 있는 성경 중 한 구절『욥기』는 구약 성경 중의 한 내용으로, 욥(Job)이라는 신앙자의 고난이 대화 형식으로 소개되어 있다. 그 14장 14절에는「장정이라도 죽으면 어찌 다시 살리이까. 나는 나의 모든 고난의 날 동안 참으면서 풀려나기를 기다리겠나이다」라고 적혀 있다.
【참조작품】「찰스 덱스터 워드의 사례(한)」

『용각류의 시대』
The Saurian Age 용어
밴포드(Banford)가 저술한 책. 샤리에르 의사가 소장하고 있었다.
【참조작품】「생존자」

용암 채취자
lava-gatherer 용어

오리에브섬의 내륙부에서 용암 채취를 생업으로 살아가는 사람. 터번을 두르고, 캠프에서 이동 생활을 한다.
【참조작품】「미지의 카다스를 향한 몽환의 추적(한)」

우나이 Oonai (용어)
〈오오나이〉를 참조.

우르그 Urg (용어)
인가노크 근처에 있는, 대상들이 들르는 마을. 교역 상인들과 광부의 휴식처가 되고 있다.
【참조작품】「미지의 카다스를 향한 몽환의 추적(한)」

우르하그 urhags (용어)
〈드림랜드〉의 비행 생물.
【참조작품】「미지의 카다스를 향한 몽환의 추적(한)」

우리아 개리슨 Uriah Garrison (용어)
아캄의 악명 높은 마법사. 죽은 후에도 여자 몽마와 함께 에일스베리가의 저택에 씌어서 자손의 육체를 빼앗으려했다.
【참조작품】「다락방의 그림자」

우말 U'mal (용어)
〈슈브-니구라스의 자식〉이 밤마다 방문하는 고산의 정상에만 자라는 식물. 그 뿌리는 만병에 잘 듣는다고 한다.
【참조작품】「네크로노미콘 알하즈레드의 방랑」

우보-사틀라 Ubbo-Sathla (용어)
'웃보 사트라'라고도 한다. 생겨난 지 얼마 되지 않은 지구의 증기를 뿜는 늪에서 존재하던 머리도 손발도 장기도 없는 무정형의 거구로서, 생명의 원형인 단세포 생물을 낳은 신성한 존재. 지구 생물은 모두 위대한 윤회의 끝에 이 신에게로 돌아간다고 한다.
【참조작품】「우보-사틀라」, 「심연으로의 강하」

우보-사틀라 Ubbo-Sathla (작품)
클라크 애슈턴 스미스(Clark Ashton Smith)
【첫 소개】『위어드 테일즈(Weird Tales)』 1933년 7월호
【개요】 오컬트 연구가 폴 트리가디스(Paul Tregardis)는 런던의 골동품 가게에서 그린란드의 빙하 아래

에서 발굴됐다는 수정을 구매했다. 눈알을 연상케 하는 모양의 돌에 말할 수 없을 정도로 친숙한 느낌을 받은 것이다. 그는 그것이 『에이본의 서』에 기록된 〈존 메자말레크(Zon Mezzamalech)의 수정〉이라고 확신한다. 그리고 자신이 오래전 무-투란의 마법사 메자말레크였다는 사실도. 수정을 통해서 그는 지구 창조 시기의 원초적 혼돈으로의 여행을 감행했다. 거기에서는 무정형의 덩어리인 우보-사틀라가 점액과 증기에 몸을 뉘인 채 모든 생명의 원형인 단세포 생물을 낳고 있는 것이었다…….

【해설】 우보-사틀라는 환상시인인 스미스 특유의 점착질적인 몽상이 만들어낸 특이한 신성으로, 신화 대계에 위치시키기에는 조금 곤란한 면이 있다.

우스노르 Uthnor 용어

하이퍼보리아의 동쪽에 연결되어, 에이글로피안산맥 남쪽 기슭에 위치하는 땅. 이곳의 스파타인(Spathain) 마을에는 일시적으로 과거 세계의 망령이 구체화한다.

【참조작품】「우스노르의 망령」

우줄다롬 Uzuldaroum 용어

하이퍼보리아에 있다는 도시. 콤모리옴이 멸망한 후에 새로운 수도가 되었다. 주위에는 전원 지대와 밀림이 펼쳐져 있다.

【참조작품】「광기의 산맥(한)」, 「사탐프라 제이로스의 이야기(한)」

우트레소르 Utressor 용어

폴라리온의 전설적인 골짜기에 있는 신령한 땅. 눈을 가리는 환상의 너머에는 대마도사가 통치하는 수많은 탑의 신전이 있다고 한다.

【참조작품】「우트레소르」

『운테르-제 쿨텐』 Unter-Zee Kulten 용어

〈심해제사서〉를 참조.

울타르 Ulthar 용어

'울사'라고도 한다. 참나무 숲을 지난 평야에서 스카이강 건너편에 있는 마을. 이 마을의 주민은 그 누구라도 고양이를 죽여서는 안 된다는 규율이 있다. 「나코트 필사본(나코트 사본)」의 마지막 1권이 이 마을에 감추어져 있다고도 한다.

【참조작품】「울타르의 고양이(한)」, 「미지의 카다스를 향한 몽환의 추적(한)」

움르 아트-타윌
Umr At-Tawil 용어

태초부터 지구의 연장부에 있는 옥좌에 앉아서, 다차원으로 향하는 〈문을 지키는 존재〉이자 〈이끄는 존재〉인 특이한 신성. 〈연명시키는 존재(The Prolonged of Life)〉, 〈가장 오랜 존재(Most Ancient One)〉라고도 한다. 예로부터 인류에게 있어 두려운 존재였지만, 랜돌프 카터에게는 호의적이었다.

【참조작품】「실버 키의 관문을 지나서(한)」, 「네크로노미콘 알하즈레드의 방랑」

워드 필립스
Ward Phillips 용어

프로비던스에 사는 초로의 오컬트 연구가. 수면 중에 몇 번이나 〈드림랜드〉를 방문하는 것 같다. 랜돌프 카터와 오랜 기간에 걸쳐 편지 왕래를 계속한 좋은 이해자로서, 카터의 실종에 관련된 내용을 독자적인 이야기로 정리하여 발표하고 있다. 카터의 유산 분배에 이의를 제기했다.

【참조작품】「실버 키의 관문을 지나서(한)」

워드 필립스
Ward Phillips 용어

프로비던스의 에인절가에 있는 집에 사는 펄프 잡지 작가. 할아버지 위플(Whipple)의 유품인 〈알하즈레드의 램프〉를 통해 신기한 이계의 광경을 목격하여 많은 작품을 남기고 실종되었다.

【참조작품】「알하즈레드의 램프」

워드 필립스 신부
Rev. Ward Phillips 용어

19세기 아캄에 거주한 신부. 『뉴잉글랜드 낙원의 마법적 경이』를 저술했지만, 나중에 책을 회수하여 소각하려고 했다.

【참조작품】「암흑의 의식」, 「언덕 위의 쏙독새」, 「윈필드의 유산」

워런 라이스 Warren Rice 용어

미스캐토닉 대학교수. 잿빛의 머리색에, 약간 둔해 보이는 체격. 1928년, 아미티지 교수의 더니치 괴물 퇴치에 협력했다.

【참조작품】「더니치 호러(한)」

워트킨스 Watkins 용어

미스캐토닉 대학의 남극 탐험대원. 레이크와 함께 광기산맥을 탐사하여 〈올드 원〉의 화석을 발견했다.

【참조작품】「광기의 산맥(한)」

월터 길먼 Walter Gilman 용어

하버힐(Haverhill) 출신으로 미스캐토닉 대학에 다니는 학생. 아캄시의 〈위치 하우스〉에 하숙하면서 다른 차원 공간의 연구에 몰두하지만, 마녀 케지아 메이슨의 영혼에 씌어, 그레이트 올드 원을 만나는 이세계의 꿈에 시달린 끝에 마지막은 케지아의 사역마 브라운 젠킨에게 심장을 먹혀 절명했다.

【참조작품】「위치 하우스에서의 꿈(한)」

월터 데라메어 Walter de la Mare 작가

① 귀향(The Return) 1910

② 시튼의 이모(Seaton's Aunt)(한-정진영 역『뱀파이어 걸작선』책세상) 1923

영국의 시인이자 소설가(1873~ 1956). 켄트주 찰튼에서 태어났다. 아버지는 교회 관리인, 어머니는 시인 로버트 브라우닝의 먼 친척에 해당한다. 4세에 아버지를 여의고 런던으로 이사. 세인트 폴 대성당의 소년 합창단에 참가하여 부속 성가 학원에서 교육을 받는다. 14세 때 학원을 중퇴하고 석유 회사에 취직. 한편으로 시와 소설의 투고를 시작해 1895년에 발표된 단편「키스메트」로 눈길을 끈다. 소설 대표작으로『헨리 브로켄』(1904),『무르가의 아늑한 여행』(1910),『수수께끼 그 밖에』(1923), 시집『피코크 파이』(1913),『요정 시집』(1922) 등. 1947년에 카네기 상을 수상, 1953년에는 메리트 훈장을 수여 받았다.

러브크래프트는「공포 문학의 매혹」에서「더 없이 활발한 산문과 잊을 수 없는 시를 통해 존재의 끔찍한 차원과 감추어진 아름다운 공간으로 깊숙이 파고드는 기묘한 시선을 꾸준히 유지한다」(홍인수 역)라며 데라메어의 문학 세계를 기린다. 묘지에서 죽은 영혼이 살아있는 자에게 빙의되는 공포를 차근차근 그려내는 ①이나「공포와 마법이 유발하는 음침한 결말은 결코 잊을 수 없는」(앞과 같음) 단편으로 ②을 비롯해「나무(The Tree)」,「심연 밖으로(Out of the Deep)」,「은둔자(A Recluse)」,「켐페 씨(Mr. Kempe)」,「만성절(All-Hallows)」등을「걸작」으로 열거하고 있다. ①에 등장하는 육체 탈취라는 모티브는 예를 들어「찰스 덱스터 워드의 사례」이나「현관 앞에 있는 것」, 묘지의 공포와 매혹은「형언할 수 없는 것」, 버려진 집의 은자는「무서운 노인」,「안개 속 절벽의 기묘한 집」등등, 데라메어 세계의 영향을 엿보게 하는 작품은 적지 않다. 또한 ②에서 눈에 띄는「몽롱」기법도 분위기 조성에 신경쓰는 러브크래프트 작품에 반영되어있는 것처럼 느껴진다.

월터 드 라 푀르
Walter de la Poer 용어

제11대 엑섬 남작. 4명의 하인과 공모하여 아버지, 형제, 자매를 포함한 모든 가족을 취침 중에 살해하고 미국 버지니아주로 도망쳤다. 그 흉행은 현지 앤체스터 주민들에게 칭찬받았다고 한다.

【참조작품】「벽 속의 쥐(한)」

월터 드와이트
Walter Dwight 용어

프로비던스의 컬리지 힐에 아틀리에를 두고 있는 라틴 화가로, 그림 복원 실력이 뛰어나다. 찰스 워드의 요청에 따라 아르니 코트의 고택에 남아있던 조지프 커웬의 초상화 복구 작업을 맡았다.

【참조작품】「찰스 덱스터 워드의 사례(한)」

월터 브라운
Walter Brown 용어

미국 버몬트주 윈덤 카운티의 타운센드 교외 산 중턱에 사는 농부. 유고스 행성의 갑각 생물의 앞잡이가 되어, H.W. 애클리를 감시하고 있던 것 같다.

【참조작품】「어둠 속에서 속삭이는 자(한)」

웨스트강 West River 용어

버몬트주 윈덤카운티(Windham County)를 흐르는 강. 1927년 11월에 일어난 대홍수로 불어난 강을 흘러가는 이형의 존재가 목격되었다.

【참조작품】「어둠 속에서 속삭이는 자(한)」

웨슬리 코리
Wesley Corey 용어

더니치의 주민 중 하나. 아미티지 박사 일행에 의한 괴물 퇴치 장면을 망원경으로 바라보았다.

【참조작품】「더니치 호러(한)」

웨이드 저민 경
Sir Wade Jermyn 용어

아서 저민보다 5대 이전 당주로서, 저민 일족의 광증의 발단이 된 인물. 저명한 탐험가로서 가장 초기에 콩고 범위를 답사한 사람 중 한 명이었다. 저서로서 기서로 유명한「아프리카 일부 지역에 대한 고찰」이 있으며, 그가 취해서 떠들었던 아프리카 오지의 무서운 토속 신앙의 견문담은 양식 있는 사람들의 비웃음을 샀다. 아프리카에서 데리고 온 수수께끼 아내와의 사이에 외아들 필립이 있다. 1765년에 헌팅턴(Huntingdone) 정신 병원에 수용되어 3년 후 사망.

【참조작품】「고(故) 아서 저민과 그 가족에 관한 사실(한)」

웨이트 가문 Waites 용어

인스머스의 명문가 중 하나. 그 후손은 워싱턴가에 있는 저택에 은거하고 있다.

【참조작품】「인스머스의 그림자(한)」, 「강장동물 프랑크」

웨이트 박사 Dr. Waite 용어

프로비던스에 사는 정신과 의사. 찰스 워드의 치료를 담당한 의사 중 1명. 커나니컷섬(Conanicut Island)에서 개인 병원을 운영.

【참조작품】「찰스 덱스터 워드의 사례(한)」

웬디고 Wendigo 용어

캐나다 삼림지대에서 두려운 존재로 알려진 전설적인 괴물. 알샤논 블랙우드의 중편소설 「웬디고」(1910)는 그 신비와 아늑한 공포가 생생하게 묘사되어 있다. 이타콰의 별칭이라고도 하며, 그 친족이라는 설도 있다.

【참조작품】「르뤼에의 인장」, 「바람을 타고 걷는 것」, 「문 저편으로」, 「웬디고」

위누스키강
Winooski River 용어

버몬트주 몬트필리어(Montpelier) 근처를 흐르는 강. 1927년 11월의 대홍수 직후, 불어난 강물을 따라서 흘러가는 이형의 존재들이 목격되었다.

【참조작품】「어둠 속에서 속삭이는 자(한)」

위대한 귀환
The Sister City 작품

브라이언 럼리(Brian Lumley)

【첫 소개】 아캄 하우스 『크툴루 신화 작품집』 1969년 간행

【개요】 런던 공습으로 부모를 잃고 나 자신도 2년 동안 입원을 할 수밖에 없었던 나, 로버트 클라크는 퇴원 후 고대 유적의 연구에 몰두하여 세계 각지를 돌아다니며 이름 없는 도시나 사나스에도 발을 옮겼다. 그리고 이브의 폐허에서 어째서인지 친

ㅇ

숙한 느낌을 받으면서, 돌기둥에 새겨진 문자를 읽었다. 거기에는 이브의 자매 도시가 킨메리아 땅에 있다고 기록되어 있었다. 킨메리아, 그것은 나의 고향인 영국 북동부의 옛 이름이 아닌가? 고향으로 돌아온 나는 아버지의 유언장에서 내가 이브의 자매 도시인 르-이브의 도마뱀 신의 자손임을 알게 되었다.

【해설】 유럽에서 흔했던 「체인질링(요정이 아이를 바꾸어간다는 이야기)」 전설을 도마뱀신인 보크루그에 연결한다는 착상이 재미있다. 신화 세계 속에서 순수하게 노는 듯한 느낌의 글솜씨는 신세대 신화 작가의 출현을 느끼게 한다.

「위대한 목신」

The Great God Pan (용어)

영국의 작가 아서 매켄이 1890년에 발표한 단편 소설. 뇌 수술 결과 금단의 〈위대한 목신〉을 만나게 된 소녀가 낳은 요녀 헬렌 본(Helen Vaughan)이 런던 사교계에서 남자들을 성의 신비로 이끌어서 차례대로 자살로 몰아간다는, 음란하고 기괴한 이야기이다. 헬렌은 마지막에 진화의 과정을 역행하는 것처럼 끔찍하기 이를 데 없는 육체적 변화 모습을 보여준다. 그 묘사는 윌버 휘틀리의 마지막 대목에 영향을 준 것으로 보인다.

【참조작품】「더니치 호러(한)」

『위대한 비법』

Ars Magna et Ultima (용어)

〈최고의 위대한 예술〉을 참조.

위대한 옛 것들

Great Old Ones (용어)

〈그레이트 올드 원〉을 참조.

위대한 이름 없는 자

Magnum Innominandum (용어)

〈이름 지을 수 없는 위대한 분〉이라고도 한다. 마도서 『벌레의 신비(Mysteries of the Worm)』에서 요마를 소환하는 주문 속에 언급되는 수상한 신격으로서, 아자토스의 사생아라는 설도 있다. H.W. 애클리도, A.N. 윌마스에게 보낸 편지에서 그 이름을 거론하고 있다. 러브크래프트 자신이 본 로마 시대의 꿈에도 이 이름이 등장하고 있다. 요그 소토스, 하스터, 샤우구나 판 같은 존재들과도 관계가 있다고 여겨지고 있다.

【참조작품】「별에서 오는 요충」, 「어둠 속에서 속삭이는 자(한)」, 「공포의 산」

위대한 종족 Great Race 용어

'그레이트 종족'이라고도 한다. 초은하세계인 〈이스〉로부터 6억 년 전에 지구를 찾아온 정신 생명체. 높이 약 3m의 비늘이 많은 거대한 원통형 생물과 정신을 교환하여, 〈선주 종족〉을 몰아내고 지구의 통치자가 되었다. 그 이름은 시간의 비밀을 깨우친 유일한 종족이라는 점에서 유래한다. 이들은 모든 시대에 정신을 투영하고 지식을 섭취하고자 노력하고 있다. 지하에서 강해진 〈선주 종족〉의 복수로 존망의 위기에 처하지만, 인류 멸망 후에 번성하는 〈강대한 갑충류〉의 육체로 옮겼으며, 지구가 종말을 맞이할 때에는 수성의 구근형 식물에 몸을 옮기게 된다고 한다.

【참조작품】「시간의 그림자(한)」, 「다른 차원의 그림자」, 「네크로노미콘 알하즈레드의 방랑」

『위스퍼즈』 Whispers 용어

미국에서 1920년대에 발행된 엔터테인먼트 소설 잡지. 1922년 1월호에 게재된 랜돌프 카터의 단편 「다락방의 창문」은 양식 있는 독자의 비난을 받고 남부와 태평양 연안에서 게재지의 회수 소동으로 발전했다.

【참조작품】「형언할 수 없는 것(한)」

『위어드 테일즈』 Weird Tales 용어

미국 시카고를 기반으로 하는 출판인 제이콥 C. 헤네버거(J.C. Henneberger, 1890~1969)가 1923년 3월에 창간한 괴기 환상 소설 전문 펄프 매거진(펄프란 싸고 조악한 용지에 인쇄된, 대중을 위한 오락 소설 잡지의 총칭). 판스워스 라이트(Farnsworth Wright, 1888~1940)가 제2대 편집장으로서 실력을 발휘한 1930년대 초반에 황금기를 맞이하여 러브크래프트는 물론 로버트 E. 하워드(Robert E. Howard), C.A. 스미스나 로버트 블록, 어거스트 덜레스에 이르는 작가들과 바실 핀레이, 하네스 보크 같은 삽화 화가처럼 많은 관계자의 활동 무대가 된, 크툴루 신화의 고향이라고도 할 수 있는 전설적인 명잡지이다. 1954년 9월, 통권 279권을 끝으로 종간했다.

【참조작품】「하스터의 귀환」, 「어둠 속에 깃든 자」, 「큰 물고기」

위치 하우스 Witch-House 용어

17세기에 마녀 케지아 메이슨이 숨어 있었다고 하는 아캄의 낡은 가옥. 그 다락방은 이상하게 왜곡된 구조

ㅇ

를 가진다. 오랫동안 낮은 임대료의 하숙집으로 사용되고 있었지만, 월터 길먼의 괴사 사건 이후 무인의 폐가가 되어, 1931년에 붕괴. 잔해 속에서 많은 고문서와 기괴한 형상을 한 동물의 뼈 등이 발견되었다.

【참조작품】「위치 하우스에서의 꿈(한)」

위칠로포치틀리

Huitzilopochtli (용어)

'위치로포치트리'라고도 한다. 멕시코의 아즈텍족이 숭배한 군신이자 태양신. 산 제물의 피를 바라는 무서운 신. 왕도의 위대한 사원에서 장대한 인신 공양 의식이 진행되었다. 최후의 순간 후안 로메로는 이 신의 이름을 외치고 있었다고 한다.

【참조작품】「후안 로메로의 전이(한)」

위퍼윌

Whippoorwills (용어)

아캄 북쪽 산기슭에 사는 쏙독새의 일종. 임종을 맞아 죽은 영혼을 빼앗아가려고 울고 있다고 여겨지며, 이계의 존재들의 기색에도 민감하게 반응한다.

【참조작품】「더니치 호러(한)」, 「언덕의 쏙독새」, 「샌드윈관의 공포」

윈게이트 피슬리

Wingate Peaslee (용어)

너새니얼 윈게이트 피슬리의 차남으로 1900년에 태어났다. 미스캐토닉 대학의 심리학 교수가 된다. 1935년 아버지와 함께 그레이트 선데이 사막 유적 조사에 참여했다.

【참조작품】「시간의 그림자(한)」, 「아캄, 그리고 별의 세계로」, 「땅을 뚫는 마」

윌 벤슨 Will Benson (용어)

〈수도사의 골짜기〉 마을에서 3km 떨어진 골짜기의 오두막에서 은거 중인 마법사. 요드 소환 의식을 하던 중, 찾아온 사촌 동생 앨빈 도일의 흉탄에 쓰러졌다.

【참조작품】「사냥하는 자」

윌리엄 다이어

William Dyer (용어)

미스캐토닉 대학의 지질학 교수. 1930년부터 다음 해에 걸쳐서 실시된 남극 탐험 대장을 맡아 조수 댄포스와 함께 〈올드 원〉이 쌓아 올린 고대 유적을 답사하고, 무서운 쇼고스를 목격했다. 1935년에는 같은 대학에 의한 그레이트 선데이 사막 유적 조사에도 동행했다.

【참조작품】「광기의 산맥(한)」, 「시간의 그림자(한)」, 「아캄, 그리고 별의

세계로」, 「광기의 지저 회랑」

윌리엄 럼리

William Lumley 작가

① 알론조 타이퍼의 일기(The Diary of Alonzo Typer) 1938

미국 뉴욕주 버펄로의 경비원(1880~1960). 작가 지망으로 오컬트에도 관심이 있어서, 세계 각지의 신비 지역들을 돌아다녔다고 한다. 러브크래프트 등의 작품 세계를 사실이라고 믿고 있는 듯. 러브크래프트와 몇 번이고 편지를 주고받으면서, 그 초고 메모를 바탕으로 러브크래프트가 전면적으로 다시 쓴 ①가 『위어드 테일즈(Weird Tales)』에 게재되었다.

윌리엄 J. 모노한

William J. Monohan 용어

프로비던스 중앙 경찰서의 순경. 페더럴 힐의 구 〈별의 지혜 파〉 교회에서 1935년 8월 8일에 일어난 괴현상을 목격한 사람이다.

【참조작품】「누가 블레이크를 죽였는가?(한)」

윌리엄 벡포드

William Beckford 작가

① 바테크(History of the Caliph Vathek)(한-문은실 역, 바다출판사/정영목 역 『바텍』 열림원) 1782

영국의 작가 및 기행 작가, 미술 비평가, 수집 작가(1760~1844). 휘그당의 거물 정치인으로 런던 시장도 맡은 대부호의 후계자로, 윌트셔주 폰트힐의 대저택에서 태어났다. 10세에 아버지가 병사했지만, 성인이 되고 난 후에 자메이카의 장원의 권리를 포함한 막대한 유산을 상속하여 평생 취미와 유흥으로 보냈다. 특히 열정을 들인 것은 건축으로, 자신의 부지에 큰 탑이 있는 고딕양식의 수도원 『폰트힐 어베이(Fonthill Abbey)』를 건설하고, 방대한 장서와 미술품과 함께 고독한 은둔 생활을 계속했다. 그 기묘한 생애에 대해서는 시부사와 다쓰히코가 「바벨탑의 은둔자」(『역사 속의 이단자들』 수록)에서 사드 후작이나 루트비히 2세와 대비하면서 인상적으로 그려내고 있다(한국에선 가람기획에서 번역 출간-역주).

①은 어린 시절부터 동경했던 『아라비안 나이트』의 세계를 작가 자신의 상상과 취향을 뒤섞어 새롭게 만들어낸 오리엔탈 고딕 소설의 걸작이다. 러브크래프트는 「공포 문학의 매혹」에서 ①이 등장하는 문화적 배경을 언급하면서, 「오직 동양인만이

이해했던 유머가 교묘하게 섞인 기괴함은 교양 있는 한 세대의 마음을 사로잡았고, 이는 과거 이탈리아와 스페인의 지명들처럼 바그다드나 다마스쿠스와 같은 이름이 통용될 때까지 지속되었다」(홍인수 역)라고 소개하고 있다. 이는 벡포드처럼 어릴 때부터 『아라비안 나이트』에 매료되어, 압둘 알하즈레드를 비롯한 캐릭터나 지명을 즐겁게 자신의 작품 속에 등장시킨 러브크래프트 자신의 동양 취미와도 연결되는 기술이다.

윌리엄 브라이덴

William Briden 용어

엠마호 승무원. 요한센과 함께 앨러트호로, 떠오른 르뤼에를 간신히 탈출했지만, 쫓아오는 크툴루의 모습을 보고 정신이 나가서, 배 안에서 숨지고 말았다.

【참조작품】「크툴루의 부름(한)」

윌리엄 브린튼 경

Sir William Brinton 용어

트로아스(소 아시아의 고대 도시 트로이를 중심으로 하는 지역)의 발굴로 알려진 고고학 애호가. 엑섬 수도원의 조사에 참여했다.

【참조작품】「벽 속의 쥐(한)」

윌리엄 채닝 웹

William Channing Webb 용어

프린스턴 대학의 인류학 교수이자 저명한 탐험가. 린랜드 서부의 고원지대에서 퇴화한 에스키모 부족에 의한 악마 신앙 현장을 마주쳤다. 앤게콕이라는 늙은 주술사에게 제사에 대한 청취 조사를 하였다. 1908년에 미국 고고학 협회의 연례 회의에서 루그라스 경찰이 가지고 온 이형의 조각상에 대해서 주목할 만한 견해를 피로하고 있다.

【참조작품】「크툴루의 부름(한)」

윌리엄 해리스

William Harris 용어

프로비던스에 사는 부유한 상인으로, 서인도 제도 무역에 종사하고 있었다. 1763년에 세워진 〈금단의 저택〉의 첫 번째 거주자가 되었지만, 이후 5년 동안 본인과 아이들, 하인들 7명이 숨지고 아내인 로비(Rhoby)도 폐인으로 전락했다.

【참조작품】「금단의 저택(한)」

윌리엄 호프 호지슨

William Hope Hodgson 작가

① 글렌캐리그의 선박들(The Boats of the Glen Carrig) 1907

② 이계의 집(The House on the

Borderland)(한-김상훈 역, 행복한 책읽기) 1908
③ 유령 해적단(The Ghost Pirates) 1909
④ 나이트랜드(The Night land) 1912
⑤ 유령 사냥꾼 카나키(Carnacki, the Ghost-Finder) 1913
⑥ 밤의 목소리(The Voice of Night) 1907
(황금가지 『러브크래프트 전집 6』에 단편 「돼지(The Hog)」가 수록되어 있다. 이 작품은 러브크래프트가 『유령 사냥꾼 카낙키』 중에서 수작이라 평가한 작품 중 하나이다-역주)
영국의 소설가(1877~1918). 에섹스주의 블랙모어 엔드에서 자식이 많은 목사의 집에서 태어났다. 선원을 동경하여 기숙 학교를 탈출하고, 견습을 거쳐서 항해사가 된다. 항해 중에 괴롭힘을 당했던 경험에서 육체 단련을 시작했다. 그 노하우를 살려 1899년에 영국의 블랙번에서 헬스장 사업을 시작했다. 1902년, 마술사 해리 후디니의 탈출 마술에서 밧줄을 묶는 역할을 맡아서, 후디니가 이 녀석에게 묶이는 건 두 번 다시 하고 싶지 않다고 소리를 질렀다는 일화는 유명하다. 헬스장 경영을 하면서 소설 창작에도 손을 대기 시작했으며, 장편과 단편의 해양 모험 소설이나 괴기 환상 소설을 영국과 미국의 잡지들에 발표했다. 제1차 세계 대전이 시작되어 지원병으로 참전. 벨기에의 전쟁터에서 정찰 임무 중 유탄을 맞고 명예롭게 전사했다. 러브크래프트는 「공포 문학의 매혹」에서 이례적으로 많은 지면을 호지슨에 할당하여 ①~⑤에 대해 간절하게 소개하고 그를 재평가하는 데 열을 올렸다.
「실재하지 않는 것을 진지하게 다루는 측면에서라면, 호지슨이야말로 앨저넌 블랙우드 다음 가는 작가이리라. 또한, 대수롭지 않은 세부 사항과 가벼운 암시를 통해 이름 모를 힘들과 주변을 둘러싼 괴물 같은 존재들의 접근을 어렴풋이 그려 내거나, 어떤 장소나 건물과 연관된 기괴하고 비정상적인 느낌을 전달하는 데 있어 비견할 상대가 없는 작가이기도 하다.」(홍인수 역)
특히 「가장 뛰어난 작품일 것이다」라고 평하는 ②에 대해서는, 「방랑하는 화자의 영혼은 우주에서 영겁의 시간 동안 무한한 공간을 떠돌고 태양계의 마지막 붕괴를 목격하는데, 이런 장면들이 일반 문학에서는 유일무이하다고 할 수 있는 그 어떤 것을 성취한다」(앞과 같음)라고 서술하고 있어, 뜻밖에도 러브크래프트 자신이 추구하는 문학관을 시준하는 것처럼 보인다. ④에 대해서는 「모든 부문의 문학을 통틀어 견줄 작품이 없을 만큼 우주적 소외감과 숨 가쁜 미스터리와 겁에 질린 기대를 오롯이 담고 있다」(앞과 같음)라고 소개하는 것도 마찬가지이다. 또한, 호지슨이 부활하는 계기가 된 해양 공포 단편인 ⑥은 토호사의 영화 「마탕고」(1963)의 원작이 된 것으로 알려져 있다.

윌리엄슨 Williamson 용어

미스캐토닉 대학의 남극탐험대원 중 한 사람.

【참조작품】「광기의 산맥(한)」

윌마스 재단 Wilmarth Foundation 용어

미스캐토닉 대학의 교수진에 의해 조직된 비공식적인 공동체 조직. 고 앨버트 N. 윌마스의 유지를 이어, 크툴루 종족 마신들을 몰아내고 섬멸하는 것을 목적으로 설립되었다. 초대 총괄 책임자로는 윈게이트 피슬리가 취임. 5백 명 가까운 마신 사냥꾼으로 구성된 글로벌 조직으로 성장하고 있다.

【참조작품】「땅을 뚫는 마」, 「타이터스 크로우의 귀환」

윌버 휘틀리 Wilbur Whateley 용어

라비니아 휘틀리가 요그 소토스와 맺어져서 낳은 쌍둥이 중 하나로 투명한 괴물인 형제와는 달리 인간적인 특성을 더 물려받았다. 1913년 2월 2일(성촉절, 그리스도 봉헌축일 및 성모의 취결례를 기리는 축제일-역주) 오전 5시 출생. 어린시절부터 지능, 체격 면에서 이상할 정도로 조숙하여 대대로 가문에 전해지는 마도의 연구에 몰두. 마신의 소환을 시도하지만, 『네크로노미콘』을 훔쳐내려고 미스캐토닉 대학에 침입하다 경비견에게 물려죽게 되어 「악취를 뿜는」, 「염소와 뒤섞인 듯한」 반인 반수의 무서운 본성을 드러낸 후 소멸했다.

【참조작품】「더니치 호러(한)」, 「공포를 먹는 다리」

윌슨 의사 Dr. Wilson 용어

아캄의 의사. 1913년 9월에 다시 이변에 휩쓸린 너새니얼 피슬리를 진료했다.

【참조작품】「시간의 그림자(한)」

윌프레드 블랜치 탈먼 Willfred Blanch Talman 작가

① 두 개의 검은 병(Two Black Bot-

tles) 1927
톨먼이라고도 한다. 미국의 편집자(1904~1986). 브라운 대학 재학 중에 자신의 시집을 러브크래프트에 기증하면서 편지를 주고 받기 시작, 일생에 걸친 친구가 되었다. 러브크래프트의 처지를 보다 못해 몇 번이고 일을 맡기려고 했지만, 실현되지 않았다. 1973년에 회상록을 썼다. ①은 러브크래프트의 첨삭을 받아서 『위어드 테일즈(Weird Tales)』에 게재된 단편으로, 산 자의 영혼을 병에 봉쇄하는 마법을 사용하는 노인이라는 주제는 러브크래프트의 「무서운 노인」이나 「찰스 덱스터 워드의 사례」를 연상케 한다.

유갸 Yuggya 용어

이소그타와 조스 옴모그를 섬기는 점액 투성이로 기어 다니는 「불길하기 이를데 없는, 인류 이전의 종자의 지도자이자, 조상이 되는 것」. 금단의 사본 『유갸 찬가(Yuggya chants)』가 전해져 내려오고 있다.
【참조작품】「나락 밑의 존재」, 「시대로부터」

유고스 Yuggoth 용어

요고스라고도 한다. 균류 생물의 거주지가 있는 암흑 행성. 명왕성의 별명라고도 한다.
【참조작품】「어둠 속에서 속삭이는 자(한)」, 「광기의 산맥(한)」, 「실버 키의 관문을 지나서(한)」, 「유고스의 광산」, 「책의 수호자」, 「유고스의 균류」

유고스 행성의 균류생물 Fungus-beings of Yuggoth 용어

무한 우주의 저편(일설에는 큰곰자리)에서 태양계로 날아온, 암흑성 유고스를 본거지로 하는 지적 생물. 텔레파시를 사용하여 대화를 나누며, 인간을 조종할 수도 있다. 고도로 발달한 과학력을 갖고 있으며, 육체 개조 수술을 사용하여, 인간의 뇌수를 꺼내서 원통형 용기에 넣은 채 계속 살려둘 수도 있다. 그 실체는 일종의 균류이기 때문에, 종족에 따라서 형태가 다르다. 버몬트산에 전초 기지를 마련한 종족은 갑각류 같은 몸통에 몇쌍의 막으로 된 날개와 여러 쌍의 관절 사지를 갖고, 머리는 나선형 타원체이다. 한편, 히말라야 산중의 〈미-고〉라고 불리는 종족은 좀 더 인간에 가까운 설인 같은 모습을 한 모양이다.
【참조작품】「어둠 속에서 속삭이는 자(한)」, 「광기의 산맥(한)」, 「실버 키의 관문을 지나서(한)」, 「유고스의

광산」, 「네크로노미콘 알하즈레드의 방랑」

유고스의 광산

The Mine on Yuggoth (작품)

존 램지 캠벨(John Ramsey Campbell)

【첫 소개】 아캄 하우스 『호수의 주민들과 환영받지 못하는 세입자들(The Inhabitant of the Lake and Less Welcome Tenants)』 1964년 간행

【개요】 젊은 오컬트연구자 에드워드 테일러(Edward Taylor)는 불멸을 얻는 데 필요한 토클 금속(Tok'l-metal)을 찾고자, 유고스 별의 광산으로 향하는 계획을 세운다. 「글라키의 묵시록」 완전판을 소지하고 있는 다니엘 노턴(Daniel Norton)을 찾아간 테일러는 유고스 별과 지구를 잇는 〈악마의 계단〉에 대한 이야기와 함께 비의서를 물려받는다. 노력 끝에 〈악마의 계단〉을 지나 유고스 별에 이른 테일러. 하지만 유고스의 거주자인 갑각 생물이 한 마리도 보이지 않는 것을 깨닫는다. 그들은 광산 구덩이의 바닥에서 기어 올라오는 존재를 두려워하여 벌써 도망친 것이다. 이를 모르는 테일러가 얼떨결에 들여다본 것은….

【해설】 새로운 세대의 신화 작가다운, 어이없을 정도로 유머가 넘치는 집필 솜씨가 인상적인 작품. 무대로 등장하는 브리체스터(Brichester)는 러브크래프트에게 있어 아캄과 같은 존재로서, 젊은 날의 작가가 창조한 영국의 가상 도시이다.

유고스의 균류

Fungi from Yuggoth (작품)

H.P. 러브크래프트

【첫 소개】 『위어드 테일즈(Weird Tales)』 1930년 9월호~31년5월호 / 아캄 하우스 『잠의 장벽 너머』 1936

【개요】 「1. 책」, 「2. 추적」, 「3. 열쇠」, 「4. 인식」, 「5. 귀향」, 「6. 램프」, 「7. 제이만 언덕」, 「8. 항구」, 「9. 중정」, 「1. 비둘기를 날리는 것」, 「11. 우물」, 「12. 짖는 것」, 「13. 헤스페리아」, 「14. 별의 바람」, 「15. 남극 대륙」, 「16. 창」, 「17. 기억」, 「18. 인의 정원」, 「19. 종」, 「20. 나이트곤」, 「21. 니알라토텝」, 「22. 아자토스」, 「23. 신기루」, 「24. 운하」, 「25. 성토우드의 파종」, 「26. 사역마」, 「27. 파로스」, 「28. 기대」, 「29. 향수」, 「30. 배경」, 「31. 주민」, 「32. 소원함」, 「33. 항구의 기적」, 「34. 탈환」, 「35. 저녁별」, 「36. 연속성」

【해설】 36편의 시로 구성된, 사상 공전의 크툴루 신화시를 시도한 작품. 마치 신화 창조주인 러브크래프트

의 내우주를 여행하는 듯한 느낌도 있다. 또한, 이 연작에 담긴 다양한 이미지는 곰팡이의 포자처럼 퍼져 나가서 후속 작가들의 신화작품에도 다양한 파문을 남겼다.
「화자가 헌책방에서 1권의 책을 손에 넣는, 그야말로 러브크래프트다운 장면으로 시작되는 이 시집은, 책을 몰래 가져온 죄가 재앙을 불러일으키는 듯한 분위기를 풍기면서, 꿈과 현실의 경계가 아련한 느낌으로 시공의 벽을 넘어가면서, 끝없는 경이의 상황을 계속 이끌어나간다. 좌절에 대한 낙담과 계시에 대한 공포가 겹치듯이 보이지만, 이루지 못한 꿈은 끝날 곳을 모르며, 과거에 대한 동경의 마음을 잔잔하게 노래하면서, 절대로 변하지 않는 것들이 어떻게 연결되는지를 잔잔히 보여주면서 끝낸다. 서사시는 안정적으로 마지막을 정리한다.」(오오타키 케이스케 「문학의 초자연 공포 '수록' 작품 해설」에서)

유그 Yug (용어)
〈진의 동굴〉 아래의 동굴에 사는 신. 〈유그의 주문(formula of Yug)〉을 이용하면, 직접 정신을 다른 사람의 육체로 보낼 수 있다고 한다.
【참조작품】「네크로노미콘 알하즈레드의 방랑」

유니스 밥슨 Eunice Babson (용어)
인스머스 주민. 아세나스 웨이트에게 고용되어, 클라우닝실드 장에서 일하고 있었다.
【참조작품】「현관 앞에 있는 것(한)」

『유목기마민족 마쟈르인의 민화』 Magyar Folklore (용어)
돈리(Dornly)의 저서. 꿈의 신화를 다룬 장에는 〈검은 돌〉에 관련된 이야기가 소개되어 있다.
【참조작품】「검은 돌(한)」

유인족 almost-humans (용어)
렝지언이라고도 한다. 렝에 사는 인간과 비슷하게 생긴 종족. 뿔이 있는 머리와 큰 입, 짧은 꼬리를 갖고 있으며, 달의 괴물에게 예속되어있다. 검은 갤리선을 타고 〈드림랜드〉 항구에 출몰한다.
【참조작품】「미지의 카다스를 향한 몽환의 추적(한)」

은가이의 숲 Woods N'gai (용어)
니알라토텝의 지구의 거주지. 미국 위스콘신 릭 호수 주변 숲이 이에 해당한다고 전해진다. 은카이와의 관계는 불분명하다.
【참조작품】「어둠 속에 깃든 자」

은가-크툰 N'gha-Kthun 용어
엔가크툰이라고도 한다. 그레이트 올드 원 중 하나이거나 그와 관련된 지명으로 보이지만, 자세한 것은 불명이다.
【참조작품】「어둠 속에서 속삭이는 것(한)」, 「하스터의 귀환」

은카이 N'kai 용어
엔카이, 느카이라고도 한다. 큰-얀의 〈붉게 빛나는 요스〉 하층에 있다는 암흑세계. 오래전에는 위대한 신과 문명이 번성했지만, 지금은 황폐해져서 부정형의 검고 끈적끈적한 점액 물질 덩어리가 차토구아의 동상을 숭배하고 있을 뿐이라고 한다.
【참조작품】「고분(한)」, 「어둠 속에서 속삭이는 자(한)」

『은폐된 것들의 책』
Book of Hidden Things 용어
마도서의 하나로 여겨지지만, 자세한 것은 불명이다. 클라에스 반 데르 하일(Claes van der Heyl)이 비장하고 있던 고문서 속에 언급되어 있다.
【참조작품】「알론조 타이퍼의 일기」

음란한 쌍둥이
Twin obscenities 용어
로이거와 차르의 호칭.
【참조작품】「별의 자손의 소굴」

의태하는 것 Forms 용어
〈궁극의 문〉 앞에서 화를 내는, 두려운 존재.
【참조작품】「실버 키의 관문을 지나서(한)」

E. 라팜 피버디
E. Lapham Peabody 용어
아캄의 역사 협회 큐레이터. 일라이저 오르니의 손자의 가계 조사에 협력했다.
【참조작품】「인스머스의 그림자(한)」

이가 Yig'a 용어
그레이트 올드 원의 언어로 「큰 입」을 의미한다고 한다.
【참조작품】「네크로노미콘 알하즈레드의 방랑」

이계의 존재 Outer Ones 용어
유고스별 균류 생물의 다른 이름.
【참조작품】「어둠 속에서 속삭이는 자(한)」

이그 Yig (용어)

미국 중서부 평원에서 숭배하는 뱀의 신. 자신의 자식인 뱀에게 경의를 표하는 사람에게는 온화한 태도를 보이지만, 뱀들이 굶주리는 가을에는 난폭한 신으로 변한다. 또한, 뱀에게 위해를 가한 자는 철저하게 괴롭힌 끝에 반점이 있는 뱀으로 바꾸어버린다. 무 대륙과 큰-얀에서도 숭배되고 있었다.

【참조작품】「이그의 저주(한)」, 「고분(한)」, 「영겁으로부터(한)」, 「어둠 속에서 속삭이는 자(한)」, 「악마의 꼭두각시」, 「네크로노미콘 알하즈레드의 방랑」

이그나근니스스스즈

Ycnágnnisssz (용어)

「알려지지 않은 세계의 저주받은 주인」으로, 아자토스와 대등한 존재로 여겨진다.

【참조작품】「이그나근니스스스즈」

이그의 저주

The curse of Yig (작품)

질리아 비숍(Zelia Bishop)

【첫 소개】『위어드 테일즈(Weird Tales)』 1929년 11월호

【한국번역】 정진영 「이그의 저주(한)」(황5)

【개요】 미국 원주민의 민속 문화를 연구하는 나는 1925년 뱀의 전승을 찾아서 오클라호마를 찾았다. 현지 정신병원에서 뱀으로 변해 기어 다니는 환자를 목격하고, 원장으로부터 그에 관한 이야기를 듣게 된다. 그것은 마신 이그나의 전설이 남아 있는 빙어라는 땅에 이주해 온 젊은 부부의 이야기였다. 여행 도중 아내인 오드리(Audrey)는 뱀을 너무 싫어하는 남편을 염려하여 바위 그늘에서 찾은 방울뱀 새끼를 무심코 죽여버린다. 새 집에 정착하여 당분간은 평화로운 날들이 계속되었지만, 그 해의 할로윈날 밤 참극이 일어났다. 오드리가 악몽에서 깨어났을 때 오두막은 뱀으로 가득하고, 남편은 기절해버린다. 그리고 어둠 속에서 뱀의 신이 침대로 다가왔다……. 다음날 이웃은 도끼로 살해된 남편의 시신 곁을 기어 다니는 오드리의 변해 버린 모습을 발견했다. 원장의 마지막 한마디가 나를 얼어붙게 한다. 조금 전에 환자는 오드리가 아니라 그녀가 후에 낳은 아이 한 마리였다.

【해설】 크툴루 신화가 내포하고 있는 토속적인 호러 측면이 강조된 한 편. 코스믹 호러라기보다는, 예를 들어 「얼룩무늬 소녀(まだらの少女)」

ㅇ

(1965)를 비롯한 우메즈 카즈오의 공포 만화 같은, 생리적인 공포를 일으키는 이색작이다. 러브크래프트의 첨삭이 가해진 작품인 만큼 마지막의 반전까지 계산된 공포 묘사가 생생하다.

이노크 콩거
Enoch Conger 용어

인스머스에 가까운 팔콘 곶에서 홀로 사는 괴짜 어부. 〈악마의 암초〉에서 반인 반물고기의 여성을 그물로 잡았다. 후에 실종되었다가, 〈딥 원〉의 일원이 되었다.

【참조작품】「팔콘 곶의 어부」

이누토족 Inutos 용어

땅딸막하고 추악하기 이를 데 없는 황색의 악귀로 전투에 뛰어나다. 미지의 서쪽으로부터 나타나서 로마르 땅을 정복했다.

【참조작품】「북극성(한)」

이다-야 Idh-yaa 용어

크툴루와의 관계를 통해 과타노차, 이소그타, 조스 오므그의 〈조스 3신〉을 낳은 어머니 역할의 신성.

【참조작품】「시대로부터」

이드힘족 Ydheems 용어

'이딤족'이라고도 한다. 사이크라노쉬(토성) 출신이지만, 브흐렘프로임족(Bhlemphroims)과 달리 머리의 흔적이 있다. 흐지울쿼그문즈하(Hziulquoigmnzhah)를 주신으로 하는 신들을 숭배하고 있다. 마법사 에이본과 모르기는 그들에게 신탁을 내리는 자로서 맞아 들여져서 그 땅에 안주했다.

【참조작품】「토성을 향한 문」

이라 Aira 용어

〈아이라〉를 참조

이라논 Iranon 용어

가장 아름다운 도시 아이라를 찾아서, 므나르 각지를 방랑하는 음유시인 젊은이. 아이라의 왕자로 태어났지만, 어렸을 때 유배형을 받았다고 말하곤 한다.

【참조작품】「이라논의 열망(한)」

이레드-나아 Ired-Naa 용어

랜돌프 카터가 찾아다니는 〈일몰의 도시(Sunset City)〉에 있는 신전. 그 제단에는 불멸의 불길이 빛나고 있다고 한다

【참조작품】「미지의 카다스를 향한 몽환의 추적(한)」

이레크-바드 Ilek-Vad (용어)
〈드림랜드〉의 수도. 중앙에 유리 절벽이 펼쳐져 있고, 작은 탑이 즐비한 전설적인 도시이다. 하얀 돌로 되어 있는 옥좌에는 랜돌프 카터(Randolph Carter)가 군림하고 있다고 한다.
【참조작품】「실버 키(한)」, 「실버 키의 관문을 지나서(한)」, 「미지의 카다스를 향한 몽환의 추적(한)」

이렘 Irem (용어)
〈아이렘〉을 참조

이르 Yr (용어)
캐나다의 오지에 있다고 알려진 머나먼 땅.
【참조작품】「암흑의 의식」

이름 없는 도시
Nameless City (용어)
네임리스 시티라고도 한다. 아라비아 남부 로바 엘 할리예 또는 다나라고 불리는 대사막 저편에 몰래 존재한다고 하는, 금단의 버려진 도시. 티므나나 사하라의 유적 근처에 있다고 한다. 악어나 바다 표범을 연상시키는, 기어다니는 파충류에 의해 건설되어, 1천만 년의 영화를 누렸지만, 밀려오는 사막에 굴복하여, 주민은 지상의 도시를 버리고 지하 세계로 모습을 감추었다고 한다. 터키에서는 카라세르(암흑의 도시), 아랍에서는 베레드=엘=진(괴물의 도시)처럼 각 민족에 따라 다양한 이름이 전해지고 있지만, 그들이 진정으로 이 도시를 가리킨 것인지는 불분명하다. 압둘 알하즈레드는 이 땅의 꿈을 꾼 다음날 『네크로노미콘』의 가장 유명한 두 줄을 읊었다고 한다.
That is not dead which can eternal lie,
And with strange aeons death may die.
「그것은 영원히 누워 있을 죽음이 아니며,
기이한 영겁 속에서 죽음은 죽음마저 소멸시킨다.」(정진영 역)
【참조작품】「이름 없는 도시(한)」, 「영겁의 탐구 시리즈(어거스트 덜레스 참조)」, 「아슈르바니팔의 불길」

이름 없는 도시
Nameless City (작품)
H.P. 러브크래프트
【집필년도/첫 소개】 1921년/동인지 『울버린』 1921년 11월호, 후에 『위어드 테일즈(Weird Tales)』 1938년 11월호에 게재

【한국번역】 정진영 역「이름 없는 도시」(황4)/김시내 역「이름 없는 도시」(위1)/정광섭 역「무명도시」(동2)
【개요】 미쳐버린 아랍인 압둘 알하즈레드가 꿈에서 보았다는 저주받고 버려진 땅 〈이름 없는 도시〉에 들어간 나는, 이상하게 천장이 낮은 성전을 방황하던 끝에 아득한 지하로 이어지는 어두운 통로를 내려갔다. 통로의 벽면에는 도시의 흥망사가 그려져 있으며, 파충류를 연상케 하는 기어다니는 생물의 미라가 안치되어 있었다. 이윽고 불어오는 열풍 속에서 나는 보았다. 지금도 지하에서 살아가고 있는, 그들 선주 종족의 끔찍한 모습을!
【해설】 이후 신화 대계의 경전인『네크로노미콘』의 저자 이름과 〈크툴루 이야기〉 군에서 익숙한 구절,『그것은, 영겁 속에서……』가 처음으로 등장한 기념비적인 작품. 러브크래프트 특유의「어디까지나 하강하는 상상력」과 뛰어난 이계 묘사 감각이 유감없이 발휘된 작은 걸작이다.

이리미드 Yrimid 용어

달 세계인(Selenites)의 멸망해가는 왕국.
【참조작품】「달의 문서고로부터」

이바니츠키 신부 Father Iwanicki 용어

아캄의 성 스타니슬라우스 교회(St. Stanislaus Church)의 신부. 〈위치 하우스〉의 거주자에게 액막이로 은 십자가를 주었다.
【참조작품】「위치 하우스에서의 꿈(한)」

이브 Ib 용어

인류 여명기에 므나르 땅의 호수가에 있던 회색의 석조 도시. 기이한 동상으로 둘러싸여 있는 첨탑이나 물도마뱀신인 보크루그(Bokrug)를 본뜬 녹색 바다빛 석상이 세워져 있다. 주민은 녹색의 추악한 생물로 그들은 도시와 함께 달에서 내려왔다고도 한다. 인접한 신흥 도시 사나스로부터 공격당하여 멸망하고, 주민의 유해는 호수에 버려졌다.
【참조작품】「사나스에 찾아온 운명(한)」,「위대한 귀환」,「이름 없는 도시(한)」

이브-츠틀 Yibb-Tstll 용어

그레이트 올드 원 중 하나. 빛 없는 무한한 심연에 숨어 있는 암흑신으로 인간의 혼을 먹는 악귀, 정신을 해치는 흡혈귀라고도 불린다. 마법사가 사용하는 〈검은 것〉은 이브-츠틀의 혈액이자 영령이라고도 한다.

【참조작품】「검은 소환자」, 「속 검은 소환자」

이븐 가즈의 가루
The Powder of Ibn Ghazi 용어

윌버 휘틀리(Wilbur Whateley)가 일기에서 언급하고 있는 마법용어. 자세한 내용은 알 수 없지만, 이 가루를 뿌리면 투명한 형제의 모습을 엿볼 수 있었다고 한다.

【참조작품】「더니치 호러(한)」, 「마도서 네크로노미콘」

이븐 샤카바오
Ibn Schacabao 용어

조지프 커웬이 사이먼 오르니에게 보낸 편지에서 언급한 인명. 『네크로노미콘』의 요그 소토스 소환에 대한 구절에 언급되어 있다. 저서로는 『내성록(Reflections)』.

【참조작품】「축제(한)」, 「찰스 덱스터 워드의 사례(한)」, 「땅을 뚫는 마」, 「네크로노미콘 알하즈레드의 방랑」

『이상한 나라의 앨리스』
Alice in Wonderland 용어

영국의 수학자이자 동화 작가 루이스 캐럴(Lewis Carroll, 1832~1898)이 1865년에 출간한 장편 동화. 존 테니얼 경(Sir John Tenniel, 1820~1914)이 그린 책 삽화에 등장하는 〈개구리 사내〉의 그림은 〈딥 원〉의 특징을 연상시킨다.

【참조작품】「영겁의 탐구 시리즈(어거스트 덜레스 참조)」

이상한 날들 strange days 용어

1882년 6월부터 다음 해의 11월까지 아캄 서쪽 구릉지에 있는 가드너가의 농장 일대에서 일어난 일련의 괴사건과 이상 현상을 가리키는 데 사용되는 지역 주민에 의한 통칭.

【참조작품】「우주에서 온 색채(한)」

『이샤크샤르』 Ishakshar 용어

리비아 오지의 비경에 서식하고 있던 인간과 비슷하나 인간이 아닌 부족이 섬기는 검은 돌. 그 표면에는 육십 개의 고대 문자가 새겨져 있어서 〈육십석(Hexecontalitho)〉이라고도 불리곤 한다. 요드 소환에 관한 설명을 담고 있는 모양이다.

【참조작품】「검은 인장의 소설(한)」, 「사냥하는 자」

『이세계의 감시자』
The watchers on the other side 용어

영국의 작가 네이란드 콜럼이 집필한 장편 소설. 고대의 전설에 바탕

을 둔 괴기하고 환상적인 작품에서 현실의 크툴루 신앙과 흡사한 부분이 있었기 때문에 저자의 몸에 위험을 초래했다.

【참조작품】「영겁의 탐구 시리즈(어거스트 덜레스 참조)」

이소그타
Ythogtha (용어)

크툴루의 3주의 자식신 중 두 번째인「심연에 잠드는 불길한 것」. 엘더 갓의 문장으로 봉인되어 사슬로 묶여, 이헤에 누워 있다고 한다.

【참조작품】「꿈에서 우연히」,「타이터스 크로우의 귀환」

이슈타르 Ishtar (용어)

고대 바빌로니아에서 숭배된 여신. 마기족은 자애로운 이슈타르를 냉혹한 그레이트 올드 원과의 싸움의 상징으로서 숭배하고 있다. 그 고향은 시리우스 저편의 공간에 있다고 한다.

【참조작품】「네크로노미콘 알하즈레드의 방랑」

이스 Yith (용어)

이이스라고도 한다. 〈위대한 종족〉의 발상지라고 하는 초은하 우주「엘트다운 도편본」속에서 언급되고 있다.

【참조작품】「시간의 그림자(한)」,「암흑 지식의 파피루스」,「네크로노미콘 알하즈레드의 방랑」

이스인 Yithians (용어)

〈위대한 종족〉의 다른 이름.「지켜보는 자」라고 불리기도 한다. 고대 바빌로니아에서는「신의 자손」으로서 숭배되었고, 그들의 자손은 시간을 넘어선 광선을 발하는 거대한 지구라트(ziggurat)를 건조했다. 최대 지구라트는 이스 사람의 말로「끝없는 문」을 뜻하는, 바벨(Babel)이라는 이름으로 알려져 있다.

【참조작품】「네크로노미콘 알하즈레드의 방랑」

『이스테의 노래』
Song of Yste (용어)

때때로『네크로노미콘』이나『에이본의 서』와 함께 소개되는 마도서. 디루카족의 손으로 고대의 전설적인 형태로부터 인류 여명기의 삼대 문명 언어로 번역되었고, 나아가 그리스어, 라틴어, 아랍어, 엘리자베스 시대의 영어로 번역되었다고 한다.

【참조작품】「저 너머에서(한)」,「그라그의 망토」

『이슬람의 카논』 Qanoon-e-Islam 용어

『네크로노미콘』의 다른 이름.

【참조작품】「찰스 덱스터 워드의 사례(한)」

이안 호 Yian Ho 용어

태고의 비밀이 숨겨진 금단의 도시. 종종 렝고원과 결부시켜 이야기된다.

【참조작품】「알론조 타이퍼의 일기(한)」, 「실버 키의 관문을 지나서(한)」, 「미지의 카다스를 향한 몽환의 추적(한)」, 「어둠 속에서 속삭이는 자(한)」

이에모그 Yhemog 용어

부어미족 기도사.

【참조작품】「몰록의 두루마리」

E.M. 보일 E.M. Boyle 용어

오스트레일리아의 퍼스에 사는 의사. 로버트 매켄지의 친구로서, 너새니얼 피슬리에게 연락을 취하도록 조언했다. 지성이 풍부하고 쾌활한 노신사로 심리학에 조예가 깊다.

【참조작품】「시간의 그림자(한)」

이오드 Iod 용어

〈요드〉를 참조.

이타콰 Ithaqua 용어

그레이트 올드 원 중 하나로 여겨지는 바람의 정령. 〈바람을 걷는 것(Wind-Walker)〉이라고도 하며, 큰 하얀 침묵의 신이라고도 불린다. 하스터를 따른다고도 한다. 산 제물을 아늑한 하늘 높이 옮겨서는 금단의 토지들을 지나 마지막에는 눈의 거즈로 둘러싼 것 같은 상태로 지상에 던져 버린다. 그 모습은 거인의 윤곽을 닮은 구름과 녹색에 불타는 눈처럼 빛나는 별로서 인간의 눈에 비치지만, 그것을 목격한 사람은 예외 없이 죽음을 맞이하게 된다. 북미 원주민이 경외하는 괴물 〈웬디고(Wendigo)〉는 이타콰를 가리킨다고도 한다.

【참조작품】「바람을 타고 걷는 것」, 「문 저편으로」, 「이타콰」

이타쿠아 I'thakuah 용어

아이렘 지하에 사는 한때 인간의 여자였던 추악한 생물로, 마녀라고도 한다. 그레이트 올드 원의 전승을 비롯한 태고의 신비를 깨달았다고도 한다.

【참조작품】「네크로노미콘 알하즈레드의 방랑」, 「알하즈레드」

이헤 Yhe 용어
이에라고도 한다. 태평양에 잠겼다고 전해지는 섬. 일찍이 고명한 마법사가 살았다고 한다.
【참조작품】「시간의 그림자(한)」, 「꿈에서 우연히」, 「타이터스 크로우의 귀환」

이형의 존재 Shapes 용어
지구에서 다차원으로 통하는 첫 번째 문에서 육각형에 가까운 받침에 앉아 사제의 모자를 쓰고 있는, 사람이 아닌 존재들. 움르 아트 타윌의 종자나 움르 아트 타윌의 현신체 중 하나라고 생각된다.
【참조작품】「실버 키의 관문을 지나서(한)」

이호운데 Yhoundeh 용어
하이퍼보리아에서 공개적으로 숭배되었던 엘크의 여신. 그 신관은 차토구아 숭배를 탄압했다.
【참조작품】「토성을 향한 문」

인도하는 자 Guide 용어
〈움르 아트 타윌〉를 참조.

인스머스 Innsmouth 용어
'인스마우스', '인즈머스'라고도 한다. 매사추세츠주 에섹스 카운티, 마뉴셋강(Manuxet)의 하구에 위치한 오랜 항구 도시. 주변은 황량하여 사람들이 살 수 없는 소금기가 많은 습지가 펼쳐져 있어서 교통에 방해가 된다. 1643년에 건설되어 독립전쟁 이전에는 조선업으로, 19세기 초반에는 해운업으로 번성했지만, 1812년 전쟁(미영 전쟁)을 거쳐 점차 쇠퇴하여 1846년에 전염병의 만연과 폭동 이후에는 오벳 마시가 이끄는 크툴루 숭배자의 거점으로 변해버렸다. 그리고 1927년 겨울에 일어난 연방 정부에 의한 주민 일제 검거로 인하여 더욱 황폐해지고 말았다. 주민들은 〈딥 원〉과의 혼혈로 〈인스머스 외형〉이라 불리는 특이한 용모를 하고 있어서, 주변 지역 주민으로부터 차별받고 있다.
【참조작품】「인스머스의 그림자(한)」, 「위치 하우스에서의 꿈(한)」, 「현관 앞에 있는 것(한)」, 「영겁의 탐구 시리즈(어거스트 덜레스 참조)」, 「르뤼에의 인장」, 「셀레파이스(한)」, 「딥 원」, 「암초의 저편에」, 「큰 물고기」, 「인스머스로 돌아가다」, 「장화」, 「인스머스의 황금」, 「3시 15분전」, 「인스머스의 유산」, 「디프넷」, 「세계의 끝」

인스머스 리코더
Innsmouth Recorder 용어

인스머스에서 발행되는 지역 신문.
【참조작품】「암초의 저편에」

인스머스 외형

Innsmouth look (용어)

인스머스 주민에게 공통된 특징인, 어류나 양서류를 연상시키는 기이한 용모. 숱이 없는 머리 부분은 묘하게 가늘고 코는 납작하고, 깜빡이지 않는 눈은 튀어나와 있으며, 피부는 딱지가 덮이고 목의 양쪽에는 물고기의 아가미를 연상시키는 주름이 확인된다. 나이가 들수록 더 심하게 변형되어간다.
【참조작품】「인스머스의 그림자」, 「인스머스의 유산」

인스머스 증후군

Innsmouth syndrome (용어)

인스머스 주민의 외모에서 확인되는 유전학적 특징을 가리키는 명칭. 데이비드 스티븐스가 이름을 지었다.
【참조작품】「인스머스의 유산」

인스머스의 그림자

The shadow over Innsmouth (작품)

H.P. 러브크래프트(H.P. Lovecraft)
【집필년도 / 첫 소개】 1931년 / 1936년 (개인출판 단행본으로 간행)
【한국번역】 정지영 역 「인스머스의 그림자(한)」(황1)/정광섭 역 「인스마우스의 그림자」(동1)
【개요】 성인이 된 기념으로, 자유롭게 뉴잉글랜드 여행을 즐기고 있던 나는 뉴베리포트에서 아캄으로 향하는 도중, 인스머스라는 항구 도시에 들렀다. 주변의 주민들은 인스머스와 그 주민을 꺼리고 있는지, 낡은 노선버스의 승객은 나 한 명뿐이었다. 한때 조선과 해운업으로 번성했던 이 도시도 1846년에 역병이 유행하고 주민 대부분이 사망하면서 현저히 쇠퇴했다고 하며, 현재 주민 대부분이 묘하게 양서류를 연상시키는 〈인스머스 외형〉을 하고 있었다. 항상 어디에선가 감시당하고 있는 듯한 압박감을 느끼면서 황폐한 도시를 산책하던 나는 제이독 앨런이라는 술주정꾼 노인에게서 무서운 비밀을 듣게 된다.
마을의 유력자였던 오벳 마시라는 사람이 교역을 할 때에 심해의 마신과 기이한 관계를 맺고 있던 섬 사람들을 만나게 되어, 1838년에 주변 섬 사람들에 의해서 섬 사람들이 쫓겨난 이후에는, 직접 마신과 거래를 하게 됐다는 것이다.
〈딥 원〉이라는 괴물들은 크툴루, 다

곤, 하이드라 같은 신들을 숭배하며 인스머스 해안 구석에서부터 〈악마의 암초〉 깊숙한 곳을 거주지로 삼고 있으며, 마시는 그들에게 산 제물을 바치며 무서운 통혼 요구에 응하는 대신에 귀금속과 풍부한 어획량을 보장받고 있다고 한다. 그리고 1846년에 〈딥 원〉의 상륙, 습격으로 마시 일족의 반대 세력이 일소된 이후로 인스머스는 괴물의 소굴이 되어버린 것이다……. 노인은 거기까지 말하고는 "놈들이 우리를 봤어! 어서, 이 마을에서 나가!"라는 말을 남기고는 떠나버린다. 노선버스가 고장나서 떠날 수 없게 된 나는 마을에서 유일한 숙소 길먼 하우스에 머물렀지만, 불온한 주민의 거동을 통해서 위험이 다가오고 있음을 느끼고, 필사적인 도주를 시도한다. 도피 도중 내가 발견한 것은, 반인반어 괴물들의 무서운 대열이었다. 간신히 도망친 나는 연방 정부에 이 사실을 알렸고, 대규모 소탕 작전이 비밀리에 실행되었다. 한편, 나는 자신의 가계가 마시 가문과 관계가 있다는 것을 알고, 점차 밀려오는 변신의 공포와 심해의 유혹에 떠는 것이었다…….

【해설】〈인스머스 이야기〉의 원점인 동시에 괴기소설로서 크툴루 신화의 절정이라고 해도 과언이 아닌 걸작. 기괴한 이종혼에 의해 타락해가는 폐쇄 사회를 압도적인 현장감으로 생생하게 그려낸, 귀기 어린 글솜씨는 가히 타의 추종을 불허한다.

인스머스의 유산

The Innsmouth Heritage (작품)

브라이언 스테이블포드(Brian Stableford)

【첫 소개】 네크로노미콘 프레스(Necronomion Press) 『인스머스의 유산(The Innsmouth Heritage)』 1992년 간행

【개요】 생화학자로서 유전자 연구에 종사하게 된 나는 대학 시절의 친구 앤 엘리엇(Ann Eliot)의 초청으로 인스머스를 찾아갔다. 앤은 삼촌 네드(Ned)의 유산을 물려받아서, 이곳의 지주가 되어, 호텔 경영과 부동산 개발 사업을 전개하고 있었다. 「인스머스 외형」을 유전학적으로 해명하고 싶다고 바라던 나는 앤의 소개로, 어부인 기디온 사전트(Gideon Sargent)를 만나게 된다. 기디온은 "마지막에 우리를 죽이는 건 뻐나 눈이 아냐…. 꿈이 우리를 암초로 불러서 심해로 뛰어들라고 명령하지"라면서 꿈에 대한 두려움을 고백한다. 사랑하는 앤을 위해서라도 나는

「인스머스 증후군」을 규명하려고 노력하지만…….

【해설】 현대에는 흔한 소재라고 할 수 있는 인스머스의 변모 상황과 심해에 대한 변함없는 공포를 사실적으로 추구한 이색작. 연애 소설로서의 달콤한 양념도 적당해서 즐겁다.

일곱 개의 저주 The Seven Geases 작품

클라크 애슈턴 스미스

【첫 소개】『위어드 테일즈(Weird Tales)』 1934년 10월호

【개요】 콤모리옴의 행정장관 라리발 부즈는 부어미족을 사냥하던 중, 마법사 에즈다고르가 의식을 진행하는 자리에 무심코 발을 디디고 말았다. 격노한 마법사는 부즈에게 저주를 걸어서 사신 차토구아의 공물로 바쳤다. 사역마인 괴조 라프톤티스에게 끌려서 부즈는 마신의 눈 앞에 도착하지만, 배가 부른 신은 부즈에게 새로운 저주를 걸어서 거미신 아틀락-나챠에게 공물로 보낸다. 마법사 하온 도르, 사인족, 아르케타이프들의 곁으로 보내진 부즈는 마지막으로 압호스의 동굴에 이른다. 일곱 개의 저주를 거친 부즈의 운명은 어떻게 될 것인가?

【해설】 하이퍼 보리아에 서식하는 마신이나 괴생물의 기상 천외한 박물지라고 할만한 분위기의, 흥미진진한 이색 작품. 곳곳에 보여지는 그로테스크한 유머 감각은 이계의 환상 시인 클라크 애슈턴 스미스 특유의 것이다.

일라네크 Ilarnek 용어

'일라넥'이라고도 한다. 므나르 땅에 있는 도시. 그 대신전에는 사나스의 유적에서 발견된 보크루그신의 석상이 안치되어 있다.

【참조작품】「사나스에 찾아온 운명(한)」

『잃어버린 제국들』 Remnants of Lost Empires 용어

도스트만(Dostmann)의 저서. 1809년 베를린의 데어 드라첸하우스 출판사(Der Drachenhaus Press)에서 간행되었다. 〈검은 돌〉에 대한 언급이 적지만 수록되어 있다.

【참조작품】「검은 돌(한)」

임 브히 Y'm-bhi 용어

욤 비히라고도 한다. 큰-얀의 주민들이 기르는 노예 계급으로 인간을 닮았다. 원자의 힘과 사고의 힘으로 기계적으로 움직이는 살아있는 시

체. 불완전한 표본은 가축으로 다루어진다.

【참조작품】「묘지에서의 공포(한)」

임종의 간호 The Death Watch 작품

휴 B. 케이브

【첫 소개】『위어드 테일즈(Weird Tales)』 1939년 6·7월 합병호

【개요】 무선 기사인 나는 친구로서 플로리다의 소택지에 사는 잉그램 부부의 상황을 염려하고 있었다. 아내인 일레인은 죽은 동생이 돌아올 거라고 믿고 수상한 선주민 사내 야고에게 방을 내어주고 있었다. 남편 피터도 극초단파 장치를 이용한 이상한 실험에 열중하기 시작했다. 그는 그 장치를 이용하여 일레인이 외치고 있던 것과 같은 주문을 보내려고 하고 있었다. 우주의 저편, 암흑신 니알라토텝을 향하여… 내가 지켜보는 앞에서 그가 「응답이 있었다」라고 외친다. 그 때, 아래층에서 엄청난 발소리가…….

【해설】 무선 장치라는, 당시의 첨단 과학을 다른 차원의 존재와 관련지으려는 발상은 러프크래프트의 「랜돌프 카터의 진술」에서 선례가 있다. 니알라토텝과 할리 호수가 연관되었다는 점, 하스터가 「사악한 황태자」라고 불리는 점에 주목하고 싶다.

입스위치 Ipswich 용어

인스머스 근처에 있는 마을. 두 마을을 잇는 주요 도로는 입스위치 가도라고 불린다.

【참조작품】「인스머스의 그림자(한)」

잉과노크 Inquanok 용어

〈잉쿠아노크〉를 참조

잉쿠아노크 inquanok 용어

〈드림랜드〉의 도시. 서늘하고 햇빛이 적은 땅으로, 렝고원에 가깝다고 한다. 건물들은 마노로 세워져 있으며, 중심부에는 〈올드 원〉들을 숭배하는 16각형의 중앙대신전이 세워져 있고, 언덕 부근에는 얼굴을 가린 왕이 군림하는 마노로 된 성이 있다. 지구의 신들의 피를 이어받았다는 주민들은 눈이 가늘고 귓불이 길며, 코가 낮고 턱이 튀어나온 독특한 얼굴을 하고 있으며, 태고의 신비를 깨우치고 있다. 현무암의 방파제로부터 출발하는 검은 갤리선은 정기적으로 셀레파이스를 방문하여 교역하고 있다.

【참조작품】「미지의 카다스를 향한 몽환의 추격」

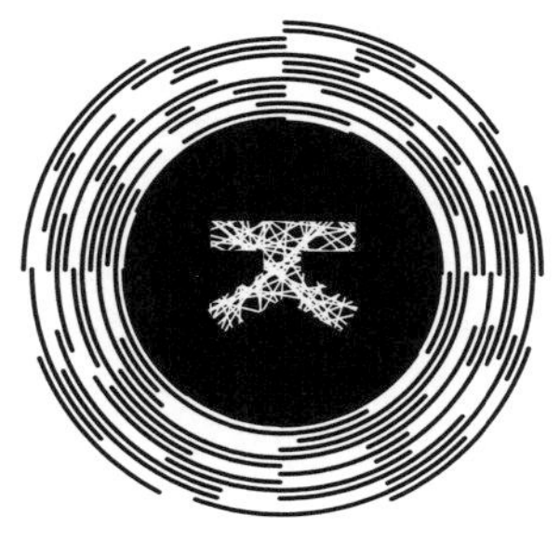

ㅈ

자니스 마시

Janice Marsh 용어

할리우드의 영화배우. 비경 모험 영화『정글 질리안의 위기(The Perils of Jungle Jilian)』의 팬서 프린세스(The Panther Princess) 역으로 시선을 끌었지만 미일 개전 직후에 실종되었다. 그 정체는 오벳 마시의 후예로, 캘리포니아의 베니스(Venice)에 본사를 둔 다곤 비밀 교단의 지도자였다.

【참조작품】「큰 물고기」

자디스 Jadis 용어

고대 아라비아에서 수수께끼의 4종족 중 하나. 아라비아 반도의 중앙부에 거주했다고 한다.

【참조작품】「알하즈레드의 램프」

자렌 Jaren 용어

므나르의 크사리강 연안에 위치한 도시. 마노 성벽으로 둘러싸여 있다.

【참조작품】「이라논의 열망(한)」

자르 Zar 용어

사람들이 보고 잊어버리는 아름다운 꿈이나 생각이 모두 모여 있다고 하는 〈드림랜드〉의 도시. 자르의 초원을 밟고 걸은 자는 두 번 다시 고향의 해안에 돌아갈 수 없다.

【참조작품】「화이트호(한)」, 「미지의 카다스를 향한 몽환의 추적(한)」

자베스 보웬

Jabez Bowen 용어

보안이라고도 한다. 아프리카 리호보스(Rehoboth)에서 프로비던스로 이주하여 약재 상점을 개업한 늙은 의사. 조지프 커웬은 보웬 상점에 자주 찾아다녔다.

【참조작품】「찰스 덱스터 워드의 사례(한)」

자스 Zath 용어

울타르의 검시관.

【참조작품】「울타르의 고양이(한)」

자이클로틀 Xiclotl 용어

샤노가이 근처에 있는 식민 행성. 사이크로틀족이라고 불리는 밋밋한 원통형 생물이 살고 있다. 육식동물이지만, 샤가이 곤충족에게 예속되어 있다.

【참조작품】「샤가이에서 온 곤충」

자일락 Zylac 용어

무우 둘란의 대마도사로, 에이본의 스승.

【참조작품】「가장 혐오스러운 것」

잔투 Zanthu 용어

잔토우라고도 한다. 고대 무 대륙의 술법사이자 승려. 무의 멸망에 즈음하여 고대 종교의 경전을 가지고 중앙 아시아의 찬 고원으로 달아났다. 일설에 따르면, 무의 멸망은 잔투 때문이라고도 한다.

【참조작품】「분묘의 주인」, 「붉은 공물」

『잔투의 점토판』 Zanthu Tablets 용어

잔투 석판이라고도 한다. 1913년, H.H. 코플랜드 교수가 중앙 아시아의 오지에 있는 술법사 잔투의 묘에서 발견하여 해독한 수수께끼의 고대문서.

【참조작품】「분묘의 주인」, 「타이터스 크로우의 귀환」, 「붉은 공물」, 「나락 밑의 존재」, 「시대로부터」

잠긴 방 The Shuttered Room 작품

H.P. 러브크래프트&어거스트 덜레스(H.P. Lovecraft & August Derleth)

【첫 소개】 아캄 하우스 『잠긴 방과 그 밖의 파편(The Shuttered Room and other Pieces)』 1959년 간행

【개요】 애브너 휘틀리는, 더니치 근교에 있는 할아버지 루터의 집으로 돌아왔다. 할아버지는 집의 제분소를 해체하고, 만일 거기에 생물이 있다면 단호하게 죽이라는 이상한 유언을 남기고 있었다. 제분소에는 오래전 백모인 사라가 유폐되어 있던 것을 애브너는 기억해낸다. 사라의 이야기는 집안에서는 절대적인 금기로서, 아무도 그녀의 숨겨진 방을 들여다보는 것이 허용되지 않았다. 할아버지의 유품을 조사하던 중 애브너는 무서운 진상을 알게 된다. 사라가 먼 친척에 해당하는 인스머스의 마시 일족 사람과 친밀한 관계를 맺고, 그 아이를 임신하고 있었던 것

이다. 애브너가 숨겨진 방문을 연 날부터 더니치 일대에 빈발하는 괴 사건. 주민이 나타내는 심한 적대감. 닫힌 방에 숨어있던 무서운 것은?

【해설】「더니치 호러」의 인스머스 버전이라는 독특한 취향의 작품이지만, 결말에서 「엄마, 엄마아」하고 비통하게 외치는 괴물의 끔찍한 모습은 상당한 수준이다. 『태양의 손톱자국』이라는 일본어 제목으로 영화화되었지만, 정작 중요한 괴물은 뭔가 어울리지 않는 연출이라서 괴물파 팬을 실망시켰다.

장 프랑소와 샤리에르 Jean-Francois Charriere 용어

수상쩍은 프랑스인 의사. 1636년 바욘느에서 태어나 파리에서 의학을 배우고, 인도와 캐나다에서 의료 활동에 종사한 후, 1697년에 미국 프로비던스에 샤리에르 관을 세우고 은거. 1927년에 죽었다고 한다. 파충류의 장수를 인간에게 적용하는 기괴한 연구 과정에서 〈딥 원〉에 주목했다.

【참조작품】「생존자」

재료 Materials 용어

조지프 커웬이 끔찍한 목적으로 죽음에서 소생시킨 현인, 사상가들의 통칭. 그들의 〈소금〉을 담은 항아리는 「마테리아(Materia)」(라틴어로 「재료」라는 뜻)이라고 표기되어 있었다. 그중 한 사람(118번 항아리에 담겨 있는 인물)은 윌리트 의사의 소환에 따라서 커웬 일당의 소탕을 도왔다.

【참조작품】「찰스 덱스터 워드의 사례(한)」

잭 Jack 용어

킹스포트의 〈무서운 노인〉이 소유한 병 중 하나에 붙인 이름.

【참조작품】「무서운 노인(한)」

잰 마텐스 Jan Martense 용어

미국 캣츠킬 지방의 템페스트산에 살았던, 좌우 눈 색깔이 다른 일족의 후예.

【참조작품】「잠재된 공포」

잿빛 독수리 Grey Eagle 용어

미국 오클라호마주 카도우카운티의 특별 보호 구역에 사는 위치타(Wichita)족 추장. 연령 150세에 가까운 현자로 고분의 지하에 사는 존재에 대해서 경고했다.

【참조작품】「고분(한)」

저바스 더들리

Jervas Dudley (용어)

보스턴에 살고 있는 몽상가로 신비주의자. 사악한 하이드 가문의 무덤에 씌어서 밤마다 무덤 안에서 교감했다. 훗날 정신 병원에 수용된다.

【참조작품】「고분(한)」

저스틴 제프리
Justin Geoffrey (용어)

조프리라고도 한다. 뉴욕에 사는 미친 천재 시인으로 E.P. 더비와도 친분이 있었다. 『구 시대로부터』, 『돌기둥의 사람들(The People of the Monolith)』 같은 시에 이계의 분위기를 담아서 절찬받았지만, 1926년에 정신 병원에서 절규하면서 사망했다. 향년 21. 10살 때 올드 더치 타운의 참나무 숲의 집에서 하룻밤을 보내고 그 이후 밤마다 이계의 악몽에 시달렸다고 한다.

【참조작품】「검은 돌(한)」, 「검은 시인」, 「검은 소환자」

저편에 누워 있는 것
Him Who Lies Beyond (용어)

유고스성의 생물이 사용하는 요그 소토스의 호칭.

【참조작품】「네크로노미콘 알하즈레드의 방랑」

전기 처형기
The Electric Executioner (작품)

아돌프 데 카스트로 (Adolphe de Castro)

【첫 소개】『위어드 테일즈(Weird Tales)』 1930년 8월호

【한국번역】정진역 역(『황6』)

【개요】멕시코의 산 마테오 산맥에 있는 우리 회사의 광산에서 불상사가 일어났다. 제3 광산부의 감독 아서 펠든이 서류와 증권을 갖고 도망친 것이다. 나는 사장의 명령으로 철도로 현지에 향했다. 야간 열차 차내에서 나는 수상한 거동의 큰 사내와 함께 탔다. 멕시코의 사신 위칠로포치틀리의 재림을 믿는 그 사내는 자신이 고안한 기괴한 모자형의 처형기구의 실험물로 나를 택한 것이다. 이를 염려한 내가 광부에게서 들어서 기억한 주문을 외우자 사내는 스스로 처형기를 쓰고 기도를 시작한다. 그 때 기구의 스위치가…….

【해설】첨삭 과정에서 러브크래프트에 의해 철저한 가필 윤색이 가해졌다고 여겨지는 작품. 에도가와 란포의 『누비그림과 여행하는 남자』를 상기시키는 설정 아래 멕시코 토속 신화를 신화 대계에 도입하려고 시도하는 점이 흥미롭다.

제나스 가드너
Zenas Gardner 용어

나훔 가드너의 장남. 몸집이 크고 활발한 성격. 운석의 작용으로 혼수 상태에 빠진 채, 우물 속으로 끌려들어가 모습을 감추었다.

【참조작품】「우주에서 온 색채(한)」

제니그 Zenig 용어

〈아포라트의 제니그〉를 참조.

제데디어 오르니
Jedediah Orne 용어

사이먼 오르니가 실종되고 30년 후에 세일럼에 나타나 아들이라고 칭하고 유산을 상속하여 정착한 오컬트 신봉자. 조지프 커웬과 편지를 주고받다가 1771년에 행방을 감추었다. 그 정체는 사실 사이먼 오르니 자신이었다고 한다.

【참조작품】「찰스 덱스터 워드의 사례(한)」

제블론 휘틀리
Zebulon Whateley 용어

더니치의 주민. "아직 타락하지는 않았지만, 그렇다고 해도 평범하다고는 볼 수 없는 분가에 속한" 휘틀리 일족의 노인으로, 투명 괴물 사건에 즈음하여 산정에서 의식을 거행할 필요가 있다고 호소했다.

【참조작품】「더니치 호러(한)」

제스로 스테이블리
Jethro Staveley 용어

미스캐토닉 대학 부속 도서관의 도서관장. 도서관에서 소장하고 있는 희귀서의 보관에 엄중한 주의를 기울였다.

【참조작품】「암초의 저편에」

제이 R. 보난싱가
Jay R. Bonansinga 작가

① 씩 Sick 1995

미국 작가(1959~). 일리노이주 에반스턴 거주. 영상학 석사 학위를 소지하고 단편 영화나 프로모션 비디오를 제작하는 한편, SF, 호러계 잡지에 단편 소설과 에세이를 발표했다. 1994년 첫 번째 장편인「블랙 마피아(The Black Mafia)」로 모던 호러의 샛별로 주목받았다. ①은 기분 나쁜 연쇄살인범「탈출장인」에게 위협받는 스트리퍼의 공포를 그려낸 사이코 호러이지만, 주인공의 고향이 위스콘신주(아캄 하우스가 있는 곳이다!)의 아캄이라고 설정된 점, 그리고 러브크래프트와도 인연이 적지 않은 마법사 해리 후디니가 중요한 요소로 등장한다는 점에 주목하고 싶다.

J. 램지 캠벨

John Ramsey Campbell 작가

① 하이 스트리트의 교회(The Church in High street) 1962

② 유고스의 광산(The Mine on Yuggoth) 1964

③ 다른 차원통신기(The Plain of the Sound) 1964

④ 샤가이에서 온 곤충(The Insects from Shaggai) 1964

⑤ 성의 방(The Room in the Castle) 1964

⑥ 베일을 찢는 것(The Render of the Veils) 1964

⑦ 마녀의 귀환(The Return of the Witch) 1964

⑧ 저주받은 비석(The Stone on the Island) 1964

⑨ 스탠리 브룩의 유지(The Will of Stanley Brooke) 1964

⑩ 공포의 다리(The Horror from the Bridge) 1964

⑪ 문 렌즈(TheMoon—Lens) 1964

⑫ 호반의 주민(The Inhabitant of the Lake) 1964

⑬ 콜드 프린트(Cold Print) 1969

⑭ 파인 듄즈의 얼굴(The Faces at Pine Dunes) 1980

영국의 작가, 영화 비평가(1946~). 리버풀에서 태어났다. 10대 때 어거스트 덜레스가 그의 재능을 발견하고, 1962년, 아캄 하우스 선집『어두운 정신, 어두운 마음(Dark Mind, Dark Heart)』에 수록된 ①로 데뷔. 1964년에는 같은 회사에서 크툴루 신화작품집『호반의 주민과 환영받지 못하는 임차인(The Inhabitant of the Lake and Less welcome Tenants)』이 출간되었다. 그 후 세무서나 도서관 등에서 일하면서 창작을 계속하고 1973년부터 전업작가로 활동했다. 점차 러브크래프트 색채를 확립하면서 장편 첫 번째 작품인『어머니를 먹은 인형』이후 영국 현대 호러물을 대표하는 작가의 한 사람으로서 오랜 세월에 걸쳐 활약하고 있다.

캠벨의 신화작품은 러브크래프트의 아캄에 상당하는 영국의 가상 도시 브리체스터(Brichester)와『네크로노미콘』을 의식한 마도서『그라키의 묵시록』을 비롯한 오리지널 신화 아이템을 멋지게 도입하고 있다는 점에서 신화 대계가 갖고 있는 게임적인 성격에 적극적으로 참여하려는 자세가 눈에 띈다. ①~⑫이 젊은 시절의 작품임에도 지금도 다시 읽히고 있는 것도 그러한 저자의 열정이

독자에게도 전해질 만큼 기분 좋은 일체감이 있기 때문이다. 그 기점이 된 ①은 요그 소토스 숭배가 지금도 숨쉬는 도시 템프힐을 방문하는 사람들이 마주치는 「빠져나갈 길이 없는」 공포를 잘 그려내고 있다. ③은 브리체스터 근처의 폐가에서 이상한 통신 기기를 발견한 학생들이 무서운 이계의 광경을 엿보는 이야기. ⑤는 세반포드의 고성을 무대로 의문에 가득찬 신격 바이아티스의 공포를, ⑥은 다오로스 소환의 무서운 전말을 그린다. 마녀가 사는 집을 둘러싼 도시 전설풍의 ⑦이나, 세반포드 교외의 작은 섬에 얽힌 기묘한 일을 쓴 ⑧처럼 괴담적인 접근을 인정한다는 것도 흥미롭다. ⑩은 캠벨 버전의 「더니치 호러(한)」라고 할만한 역작 중편. ⑪은 고트우드 마을에서 모습을 드러내는 슈브-니구라스의 공포를 그린다. 데뷔 단편집의 표제작인 ⑫는 브리체스터 근교의 세반 골짜기에 있는 기분 나쁜 호수가의 주택에 입주한 화가가 호수 속에 숨어있는 그라키에게 매료되어 가는 과정을 냉정한 필치로 생생하게 묘사하고 있다.

J. 토드 킹그리
J. Tod Kingrea 작가

①반 그라프의 그림(Van Graf's Painting) 1997

미국 작가, 감리교 목사(?~). 버지니아주 출신. 1988년, 러드포드 대학을 졸업 후 그래픽 아티스트와 프리랜서 작가로 활동. 그 후, 2000년에 애드버리 신학 대학에서 신학 석사 학위를 취득. 목사로서 직무를 계속하여, 『Carrying on the Mission of Jesus』 같은 종교 방면의 저작도 있다. R.M. 프라이스나 킹그리 같은 성직자가 크툴루 신화 소설을 쓰고 있는 것은 매우 흥미로운 일이다. ①은 챔버스의 「노란 표적(한)」의 영향과 비슷한 느낌을 주는 기분 나쁜 이야기이다.

제이독 알렌 Zadok Allen 용어

인스머스에 사는 96세의 술 취한 노인. 도시의 북쪽 외곽에 있는 구호소에서 살고 있다. 인스머스의 끔찍한 변모를 목격한 유일한 산증인이다.

【참조작품】「인스머스의 그림자(한)」, 「영겁의 탐구 시리즈(어거스트 덜레스 참조)」

J.B. 더글라스
J.B. Douglas 용어

2개의 돛대를 가진 범선 아캄호의

선장. 오랜 기간, 남빙양에서 고래잡이에 종사했다. 미스캐토닉 대학의 남극 탐험대에 동행했다.
【참조작품】「광기의 산맥(한)」

제이슨 웩터
Jason Wecter 용어
보스턴에 사는 비평가이자 원시 미술 수집가. 크툴루로 여겨지는 생물을 묘사한 고대의 부조를 입수했기 때문에 무서운 최후를 맞았다.
【참조작품】「수수께끼의 부조」

제이슨 카펜터
Jason Carpenter 용어
영국의 하든에 있는 케틀토프(Kettlethorpe) 농장에서 애견 본즈(Bones)를 단짝으로 30년 가까이 은거하고 있던 노인. 오래전 인스머스에서 〈딥 원〉에 처자를 빼앗긴 원한을 풀고자 농장 지하에 모여든 〈딥 원〉을 살육하는 것을 삶의 보람으로 삼고 있었다.
【참조작품】「다곤의 종」

제임스 로버트 스미스
James Robert Smith 작가
① 터틀(Turtle) 1997
미국 작가(1957~). 가족과 함께 노스 캐롤라이나에 거주. 소설 외에도 만화 각본을 60개 이상 집필하였다. 저서로 『Flock』, 『The Living End』 등. 단편소설도 다수. 아캄 하우스사에서 출판된 선집 『Evermore』의 편집자이기도 하다. ①은 아캄의 구릉지대에 코뮨을 만들려고 이주한 히피들을 침식하는 슈브-니구라스의 그림자를 은은하게 그려낸 작품이다.

제임스 매터슨
James Mathewson 용어
프로비던스에 사는 엔터프라이즈호 선장. 성실하고 영향력 있는 인물로 위든과 스미스에 의한 조지프 커웬의 조사보고를 받고 마을의 명사들과 대책을 나누었다.
【참조작품】「찰스 덱스터 워드의 사례(한)」

제임스 분 James Boon 용어
드 구지(de Goudge)의 마서 『악마가 사는 집(Demon Dwellings)』를 성경과 나란히 복음의 책이라고 주장한 광신자. 1710년 미국 매사추세츠에 예루살렘스 롯이란 마을을 세우고, 근친상간적인 종교 공동체의 지배자로 군림하고, 1789년에 마도서 『벌레의 신비』를 입수한 후 주민 모두와 함께 실종되었다.

【참조작품】「예루살렘 롯(한)」

제임스 우드빌
James Woodville 용어

크롬웰 시대의 서펵의 향토신. 〈위대한 종족〉과 정신을 교환하고 너새니얼 피슬리와 대화했다.

【참조작품】「시간의 그림자(한)」

제임스 웨이드
James Wade 작가

① 딥 원(The Deep Ones) 1969

미국 작가이자 작곡가, 언론인(1930~1983). 일리노이에서 태어났다. 한국에서 병역을 마친 뒤 서울에 살면서 음악 교수 외의 여러 일을 하면서 저서 『한 사내의 한국(One Man's Korea)』(1967)을 출판. 교향곡과 실내악 작품에서도 알려져 있다. ①을 시작으로 소설에도 손을 대어, 많은 신화 소설 선집에 「에리카 잼의 침묵(The Silence of Erika Zam)」, 「유고스의 붕괴(Planetfall of Yuggoth)」, 「기다리는 자(Those Who Wait)」 같은 작품을 기고하고 있다.

제임스 처치워드 용어

영국 출신의 저술가로 고대사 연구가(1852~1936). 원래 영국 육군 대령이라고 자칭. 군무 중 인도에 주둔하고 있었다는 1868년 벵골 지방의 힌두교 사원에서, 미지의 점토판을 발견, 해독한 결과, 무 대륙의 존재를 알게 되었다는데, 진위는 확실하지 않다. 미국 뉴욕에서 집필하여 간행된 저서 「잃어버린 무 대륙」(1931)은 큰 반향을 불러 초고대사 붐에 불을 지폈다.

【참조작품】「실버 키의 관문을 지나서(한)」, 「영겁으로부터(한)」

제임즈 윌리엄슨
James Williamson 용어

오하이오주 클리블랜드의 거주자. 엘리자 오르니과 결혼하여 2남 1녀를 낳았다.

【참조작품】「인스머스의 그림자(한)」

제커라이어 휘틀리
Zechariah Whateley 용어

더니치에 사는 "아직 타락하지 않은" 휘틀리 가문의 노인. 휘틀리 노인에게 투명 괴물의 식량이 되는 소를 팔고 있었다.

【참조작품】「더니치 호러(한)」

제퍼슨 홀로이드
Jefferson Holroyd 용어

미스캐토닉 대학에 소속한 암호학

자. 부속 도서관에 소장된 마도서 해독에 획기적인 성과를 거두지만 나중에 정신이 나가서, 학장 대로우 박사를 살해한다.

【참조작품】「암초의 저편에」

제프리 하이드 경

Sir Geoffrey Hyde 용어

미국 보스턴에서 악명을 떨친 하이드 일가의 일원으로 1640년에 영국 서식스에 이주하여 몇 년 후 이곳에서 죽었다.

【참조작품】「고분(한)」

젤리아 비숍 Zelia Bishop 작가

① 이그의 저주(The Curse of Yig)(한-황5) 1929

② 메두사의 머리 타래(Medusa's Coil)(한-황5) 1939

③ 고분(The Mound)(한-황4) 1940

미국 작가(1897~1968). 미주리 출신. 1927년부터 1936년까지 러브크래프트의 첨삭지도를 받아 『위어드 테일즈(Weird Tales)』에 ①~③을 발표했다. 저자가 살던 지역인 중서부 풍토에 바탕을 둔 공포를 추구한 ①과 ③은 다른 작가의 신화작품에서는 거의 볼 수 없는 미국 국경 지대 특유의 토속적인 괴기가 풍성하게 담겨서 이채롭다. 뱀처럼 꿈틀거리는 머리칼을 가진 여자 괴물에게 매료된 청년의 비극을 그린다. ②는 앞의 두 작품과는 꽤 정취를 달리하는, 작가의 로맨스 소설 지향을 느끼게 하는 작품이다.

조 마즈레브치

Joe Mazurewicz 용어

〈위치 하우스〉의 1층에 하숙하는 오컬트를 좋아하는 수선사.

【참조작품】「위치 하우스에서의 꿈(한)」

조 서젠트 Joe Sargent 용어

아캄=인스머스=뉴베리포트를 연결하는 노선버스 운전사. 그가 운전하는 회색의 낡은 버스는 뉴베리포트의 하몬드 약국(Hammond's Drug Store) 앞 광장에서 오전 10시와 오후 7시의 2편이 다니고 있지만, 인스머스 주민 이외에는 거의 이용하지 않는 것 같다.

【참조작품】「인스머스의 그림자(한)」

조 슬레이터 Joe slater 용어

슬래터라고도 한다. 캐츠킬 산맥의 오지에서 고립된 집단을 꾸려나가고 있는 타락한 일족의 후손으로 우둔하고 야만적인 사내. 우주의 생명체인 〈빛나는 것〉에 빙의되어 흉포한 발작을 일으키고, 장려한 꿈의 세계에서의 경험을 말했다. 수용된 정신 병원에서 1901년 2월 21일에 사망했다.
【참조작품】「잠의 장벽 너머(한)」

조 오스본 Joe Osborn 용어
더니치의 주민. 아미티지 박사 일행에 의한 괴물 퇴치를 지켜본 사람 중 하나.
【참조작품】「더니치 호러(한)」

조각상산맥 Gargoyle Mountains 용어
〈가고일산맥〉을 참조.

조나산 다크 Jonathan Dark 용어
아캄의 체임버스 저택에 살고 있던 악명 높은 시체 도굴자. 1818년의 마녀 사냥 직전에 재판을 당하여 지하에 숨어 있는 존재에 관한 모독적인 내용을 말하고, 감옥에서 사망했다.
【참조작품】「구멍에 숨은 것」

조브나 Zobna 용어
로마르인들이 큰 빙하가 밀려오기 전에 거주하던 조상들의 땅.
【참조작품】「북극성(한)」

조셉 D. 갈베즈 Joseph D. Galvez 용어
뉴올리언스 경찰서의 경관으로서 남부 소택지에서 크툴루 교단의 체포에 종사했다. 스페인계로 상상력이 풍부하여, 숲속에서 사교도들의 소환에 응하는 소리가 나는 것을 들었다고 증언했다.
【참조작품】「크툴루의 부름(한)」

조셉 F. 퍼밀리어 Joseph F. Pumilia 작가
① 몸로스 관련 문서(M.M. Moamrath: Notes toward a Biography) 1975
미국 작가(1945~). ①의 일본 번역판 이토 노리오(伊藤典夫) 씨의 해설에 따르면 「70년대, 오마주 놀이로 넘쳐나는 단편을 자주 호러 계열 출판물에 발표했다」인 모양이다. 빌 월러스(Bill Wallace)(경력 불명)와 합작한 ①은 평전 「M. M. 몸로스 그 진정한 인물상을 찾아서(M. M. Moamrath: Notes Toward a Biography)」, 「M.M. 몸로스 『놀라운 결말』 명작선(Famous Last Lines of M. M. Moamrath)」, 몸로스 단편 『격투 슬라임 평원(Rides of the Purple Ooze)』이라는 3부 구성으로, 묻혔던 펄프 호러 작가 모티머 메비

우스 몸로스의 글을 띄워 올려주는 역작. 참고로 몸로스는 「보기에 역겹고 한편으론 시시한 공포 소설을 쓰고 평생을 뉴잉글랜드에서 보냈다」라는 작가로서, 출신지는 매사추세츠주의 호캄. 그가 창조한 몸로스 신화에 대해서 『디프레이브드 테일즈(Depraved Tales)』의 전 편집장인 나이젤 R. 라트호테프는 「이 이야기의 밑바탕에 있는 가설에 의하면, 지구는 오래전 오래된 종족에 의해 지배되고 있었지만, 너무 무능했기 때문에 사람들은 이들을 내버렸고, 아예 다른 차원에서 헤매면서 거기에서 돌아오는 길을 계속 찾고 있는 것」이라고 하고 있으며, 여기엔 호캄의 마스카토닉 대학 도서관에 소장되어 있는 『네그로그노미콘』을 비롯한 수많은 기교한 아이템이 등장한다던가?

조셉 펄버

Joseph S. Pulver 작가

① 이아그사트의 악마 퇴치(The Exorcism of Iagsat) 2001
② 야디스의 검은 의식(The Black Rite of Yaddith) 2001
③ 므나르의 잊힌 의식(The Forgotten Ritual of Mnar) 2001
④ 키노스라브의 장송가(Kynothrabian Dirge) 2001
⑤ 공허의 의식(The Ritual of the Outer Void) 2001
⑥ 아자토스의 잿빛 의식(Grey Rite of Azathoth) 2001
⑦ 검은 불길의 경배(The Adoration of the Black Flame) 2001
⑧ 누그와 예브의 검은 기도(The Black Litany of Nug and Yeb) 2001
⑨ 네 적을 물리치고자 차토구아를 소환하는 법(To Call Forth Tsathoggua to Smite Thy Enemy) 2001
⑩ 「요스의 방사」 조그트크를 소환하여 명령하는 법(To Summon and Instruct Zhogtk, the Emanation of Yoth) 2001
⑪ 진의 위험 속을 자유롭게 걷는 법(To Walk Free Among the Harms of Zin) 2001
호러, 판타지, 하드 보일드 작가, 시인, 편집자(1955~). 뉴욕 출신으로 도잇에서 거주. 1990년대부터 작가 활동을 시작했다. 데뷔작은 러브크래프트 스타일의 호러 소품 「Nightmare's Disciple」(1999) 소설 작품으로 『Nightmare's Disciple』(1999), 『The Orphan Palace』(2011)가 있다. 편집자로서는 크툴루 연구 동인지 『Crypt of Cthulhu』의 공동 편집자로 활약했다. 출간한 책으로는

크툴루 신화 경쟁작품집 『Midnight Shamler』, 앤 K. 슈웨더나 존 B. 포드의 작품지 등을 편찬하고 있다. ①~⑪의 주문은 카오시움사판 『에이본의 서』의 「제5책 에이본의 의식」을 위해서 집필한 것이다.

조셉 페인 브레넌 Joseph Payne Brennan 작가

① 제7의 주문(The Seventh Incantation) 1963

미국 작가, 시인(1918~1990). 코네티컷주 브리지 포트 출신. 사춘기 시절부터 『위어드 테일즈(Weird Tales)』에 투고하지만 채택되지 않았고, 한때에 시 짓기에 전념. 전쟁 후 도서관 근무를 하면서 서부극 소설을 쓰기 시작, 1952년에는 『The Green Parrot』으로 염원하던 『위어드 테일즈(Weird Tales)』에 첫 등장. 1954년에 폐간될 때까지 4작품을 기고했다. 그 밖에도 SF, 미스터리 등의 저작이 있다. 대표작으로 『Nine Horrors and a Dream』(1959)를 비롯한 괴기소설집과 오컬트 탐정물의 연작 『The Casebook of Lucius Leffing』(1973) 등.

①은 뇨그타 소환의 공포를 그린 프로토타입적인 〈마법사 이야기〉로서 딱히 색다른 곳은 없다. 오히려 아메바 괴물이 미쳐 날뛰는 「슬라임(Slime)」 같은 비신화작품에서 작가의 러브크래프티안 스피릿이 잘 발휘되고 있는 것으로 보인다. 또한, 브레넌은 『H.P. Lovecraft: A Bibliography』(1952), 『H.P. Lovecraft:An Evaluation』(1955) 같은 저작도 있다.

조스 Zoth 용어

녹색의 2중 항성. 크툴루의 사생아인 과타노차, 이소그타, 조스 옴 모그의 세 신이, 이 성계에서 무 대륙에 강림했다고 『포나페섬 경전』에 기록되어 있다.

【참조작품】「진열실의 공포」, 「나락 밑의 존재」, 「타이터스 크로우의 귀환」

조스 사이라 Zoth syra 용어

〈녹색 심연의 제국〉이라는 심해의 마계에 군림하는 〈심연의 여왕〉. 그리스 신화의 세이레네스처럼 감미로운 목소리로 뱃사람을 심해로 불러들여 끔찍한 관계를 맺는다.

【참조작품】「녹색 심연의 사생아」

조스 옴모그 Zoth-ommog 용어

크툴루의 세 자식신 중 하나로, 조스에서 찾아와서, 포나페섬 앞바다의 바닥을 알 수 없는 해구에서 광기의

ㅈ

미친 기운에 둘러싸이는 꿈을 꾸고 있다.

【참조작품】「진열실의 공포」, 「타이터스 크로우의 귀환」

조엘 맨튼 Joel Manton 용어

아캄에 있는 이스트 하이 스쿨 교장. 보스턴 출신. 아캄의 낡은 묘지에서 랜돌프 카터와 함께 〈형언할 수없는 것〉을 만난다.

【참조작품】「형언할 수 없는 것(한)」

조지 가멜 에인절 George Gammell Angell 용어

'조지 감멜 에인절'이라고도 한다. 브라운 대학의 명예 교수로 전공은 셈족의 언어. 고대 비문의 권위자로서, 윌콕스가 제작한 부조를 보게 되면서, 크툴루 신앙의 존재를 발견하고 광범위한 조사 활동을 전개. 『크툴루 교단』이라는 제목의 초안을 남겼지만 1927년에 기괴하게 횡사하고 말았다.

【참조작품】「크툴루의 부름(한)」

조지 굿이너프 애클리 George Goodenough Akeley 용어

헨리 애클리의 아들로, 캘리포니아주 샌디에고에 거주하고 있다.

【참조작품】「어둠 속에서 속삭이는 자(한)」

조지 로저스 George Rogers 용어

악몽의 기형학과 도상학에 빠져있던, 런던의 천재 밀납인형 장인. 투소 인형 박물관에서 이해할 수 없는 이유로 해고되어 직접 로저스 박물관을 개설했다. 고대의 폐허로부터 란-테고스를 발굴했기에 끔찍하기 이를 데 없는 운명을 맞이하게 된다.

【참조작품】「박물관에서의 공포(한)」

조지 버치 George Birch 용어

펙 벨리의 장의사로 상당히 무신경하고 평이 나쁜 인물. 1881년 4월 15일에 지하납골당에 갇혀서 손과 발에 중상을 입고 일을 관두었다.

【참조작품】「시체안치소에서(한)」

조지프 커웬 Joseph Curwen 용어

'죠셉'이라고도 한다. 1662년 또는 다음해인 1663년 2월 18일(음력)에 세일럼 교외 댄버즈(Danvers, 이전 이름은 세일럼 마을)에서 태어났다. 15살에 선원이 해외에서 가져온 기이한 책들에 빠져들어, 화학과 연금술 연구에 착수했다. 세일럼에서 일어난 마녀사냥을 피해, 프로비던스의 오르니 코트(Olney Court, 알니 코트라고도 함)로 이주하여 지방에서도 손에 꼽는 해운 무역 사업을 운영하면서 농장에서 수상한 연구를 계속했다. 그 용모는 100살이 넘고도 30대처럼 젊은 모습이었으며, 다양한 이단의 지식에 정통하여 취미로 묘지를 돌아다니곤 했다. 1771년 4월 12일 밤, 마을의 유력자가 이끄는 백여 명의 주민들에게 습격당하여 살해되었지만, 그 영혼은 부활의 기회를 호시탐탐 엿보고 있었다.

【참조작품】「찰스 덱스터 워드의 사례(한)」

「조지프 커웬의 생애와 1678년에서 1687년까지의 여행기: 여행지와 체류지, 만남 사람들과 배운 것에 대하여」
Joseph Curwen his Life and Travells Bet'n ye Yeares 1678 and 1687: Of Whither He Voyag'd, Where He Stay'd, Whom He Sawe, and What He Learnt. 용어

찰스 워드가 오르니 코트의 구 커웬 저택에서 발견한 고문서 중 하나.

【참조작품】「찰스 덱스터 워드의 사례(한)」

조지핀 길만
Josephine Gilman 용어

조세핀이라고도 한다. 미스카토닉 대학에서 해양학을 전공한 후 빌헬름 박사의 동물학 연구소에서 조수를 맡은 보스턴 출신의 젊은 여성. 해군이었던 아버지는 인스머스의 길만 가문 출신이었다. 수조에서 실험 중 돌고래의 아이를 임신하고, 결국 돌고래를 타고 바다로 떠났다.

【참조작품】「딥 원」

조카르 Zokkar 용어

사나스의 고대의 왕. 장려한 정원을 조성했다.

【참조작품】「사나스에 찾아온 운명(한)」

조-칼라 Zo-Kalar 용어

조-카라르라고도 한다. 사나스에서 숭배되던 세 주신 중 하나. 수염을 기른 우아한 모습을 한 꼭 닮은 동상이, 거대한 신전에 세워져 있다.

【참조작품】「사나스에 찾아온 운명(한)」

조타쿠아 Zhothaqquah 용어

'조탓쿠아'라고도한다. 차토구아의 다른 이름이라고 여겨진다. 조타구아(Zhothagguah)라고 불리기도 한다.

ㅈ

【참조작품】「토성을 향한 문」, 「암흑의 의식」

조티크 Zothique 용어

조티쿠라고도 한다. 아득한 미래, 종말기의 지구에 출현하는 대륙. 그곳에서는 잊힌 고대 신들에 대한 신앙이 부활하고 강령술사나 마법사가 돌아다닌다고 한다.
【참조작품】「무덤의 사생아」, 「시체안치소의 신」, 「영겁의 탐구 시리즈(어거스트 덜레스 참조)」

『조하르』 Zohar 용어

『조하르의 서』라고도 한다. 카발라의 교전으로, 조지크 커웬이 소장하고 있던 책 중의 하나라고 하지만, 실제로는 13세기 후반에 스페인에서 만들어진 복제품(전22권)에서 만들어진 책이다.
【참조작품】「찰스 덱스터 워드의 사례(한)」

존 R. 풀츠 John R. Fultz 작가

① 슬리식 하이의 재난 The Devouring of S'lithik Hhai 1997
켄터키 출신의 판타지 작가(1969~). 현재 캘리포니아의 북쪽 베이 지역에 거주. 2012년에 『The Seven Princess』로 데뷔. 여기에 『The Seven Things』, 『Seven Sorcerers』을 더한 〈셰이퍼(Shaper) 3부작〉 외에도 『The Thirteen Texas of Arthyria』 등의 저서를 발표. 좀비와 크툴루 테마 소품들을 집필하고 있다. 온라인 매거진 『Cosmic Visions』의 편집장이기도 하다. 『에이본의 서』의 1장으로서 만들어진 ①은 하이퍼보리아의 사인족의 왕국 슬리식 하이(Slithik Hhai)가 조타쿠아의 습격으로 멸망하는 모습을 그린 이야기.

존 그림란 John Grimlan 용어

영국 서포크의 〈두꺼비의 황야 장원(Toad's heath Manor)〉에서 1630년 3월 10일에 태어난 마법사. 마왕 세이탄인 말리크 타우스와 계약을 통해 300년의 시간에 걸쳐 세계 각지를 배회하고, 그 영혼과 육체는 마왕의 손에 돌아갔다.
【참조작품】「매장이 필요없다」

존 레이몬드 레그라스 John Raymond Legrasse 용어

미국 뉴올리언스 경찰의 경위. 뉴올리언스의 비안빌가 121번지에 거주. 1907년, 남부의 미개척 소택지에서 크툴루 교단의 의식을 급습하여 기괴한 신상을 압수했다.
【참조작품】「크툴루의 부름(한)」

존 리치몬드

John Richmond 용어

포토원켓의 어부. 1913년 8월에 낙하한 운석을 그물에 걸어서 동료와 함께 해안으로 옮겼다.

【참조작품】「초원(한)」

존 메자말렉

Zon Mezzamalech 용어

무우 둘란의 대마도사. 안구를 연상케 하는, 양쪽이 다소 짓눌리고 불투명한 수정을 통해서 지구의 과거 모습을 보았다.

【참조작품】「우보-사틀라」, 「아보르미스의 스핑크스」, 「프나스의 골짜기」

존 버컨 John Buchan 작가

① 마녀 숲(Witch Woods) 1927

스코틀랜드의 작가, 편집자, 역사, 정치인(1875~1940). 초대 트위즈뮈어(Tweedsmuir) 남작. 제5대 캐나다 총독. 스코틀랜드 자유 교회 목사였던 아버지의 장남으로 스코틀랜드 퍼스에서 태어났다. 옥스퍼드 대학에서 고전학을 전공하고, 우수한 성적으로 졸업한다.

런던에서 출판사의 공동 경영자를 맡는 한편, 정치 세계에도 의욕을 보여 1927년에 국회의원에 당선, 1935년에는 캐나다 총독에 임명되었다. 그 와중에서도, 소설이나 논픽션 집필에 적극적으로 임하여, 스파이 모험 소설 「39계단」(1915)(한-문예출판사) 등으로 인기를 얻었다.

러브크래프트는 「공포 문학의 매혹」에서 ①에 대하여 「스코틀랜드의 오지에 살아남아 있는 사악한 마녀의 연회를 굉장히 힘 있게 그려 낸다.」, 「사악한 돌이 존재하는 암흑의 숲과 마침내 공포가 근절되었을 때 그 모습을 드러내는 무시무시한 우주적 전조에 대한 묘사가 무척이나 훌륭해서, 과도한 스코틀랜드 사투리와 지지부진한 액션을 힘겹게 헤쳐나갈 만하다.」(홍인수 역)이라고 평가하고 있다. 후기의 러브크래프트 작품에서 자주 등장하는 인적이 드문 지역에서 펼쳐지는 태고의 공포를 그려낸 선각자로서 주목할만한 작가이다.

존 브라운 John Brown 용어

프로비던스의 거물로 유명한 브라운 4형제의 장남으로, 조지프 커웬 습격의 지휘관을 맡았다.

【참조작품】「찰스 덱스터 워드의 사례(한)」

존 카터 브라운 도서관

John Carter Brown

Library 용어
프로비던스의 브라운 대학에 있는 도서관.
【참조작품】「찰스 덱스터 워드의 사례(한)」

존 칸비 John Carnby 용어
미국 캘리포니아주의 오클랜드에서 사는 오컬트 신봉자. 지나칠 정도로 열심히 『네크로노미콘』의 해독에 임하지만, 그 보람도 없이 끔찍한 운명에 처하게 된다.
【참조작품】「마법사의 귀환」

존 콘라드 John Conrad 용어
신비학 연구자로서 진귀한 유물 수집가이기도 하여 『무명제사서』 같은 금단의 책도 소장하고 있다. 친구인 키로완(Kirowan) 교수와 함께 수많은 기괴한 경험을 한다. 저스틴 제프리의 행적을 조사하던 중에 의문의 자살을 하고 만 제임스 콘라드가 동일 인물이 아닌가 생각된다.
【참조작품】「밤의 자손」, 「매장이 필요없다」, 「검은 시인」

존 클로서 John Clothier 용어
영국의 템플힐 주민. 사우스가 8번지에 살면서 옆집에 체류 중인 앨버트 영에게 하이스트리트 교회에서 진행되는 의식에 대해서 알려주었다.
【참조작품】「하이스트리트 교회」

존 헤이 도서관 John Hay Library 용어
프로비던스의 브라운 대학 부속 도서관. 대리석 건물로서 러브크래프트 관련 도서 코너도 마련되어 있다. 로버트 블레이크는 1934년에 이 도서관에서 가까운 컬리지 가의 변두리에 있는 집을 빌려서 제작에 몰두했다.
【참조작품】「찰스 덱스터 워드의 사례(한)」, 「누가 블레이크를 죽였는가?(한)」

존재 the Being 용어
〈궁극의 문〉의 저편에 있는 심연에 도달한 탐구자에게 호소하여, 지구의 생물에게는 11번만, 인간이나 인간을 닮은 생물은 5번만 허용하는 〈궁극의 신비(the Ultimate Mystery)〉를 나타내는, 전능한 존재. 랜돌프 카터에게는 「때리고 불타올라 울려 퍼지는 경이로운 파도」로서 인식되었다. 〈올드 원들〉은 지구의 연장부에 있어 그 현현한 모습이며, 요그 소토스와 유고스 행성의 갑각 부족이 섬기는 〈저편의 존재(Be-

yond-One)〉 같은 신성도 사실 〈존재〉의 다른 이름인 것 같다.
【참조작품】「실버 키의 관문을 지나서(한)」

죠 자넥 Joe Czanek 용어
킹스포트에 있는 〈무서운 노인〉의 집에 숨어 들어간 강도 중 하나. 다음날 참혹한 시체로 발견되었다.
【참조작품】「무서운 노인(한)」

주그 족 Zoogs 용어
〈드림랜드〉의 〈마법의 숲〉에 사는 참견하기 좋아하는 종족. 작은 갈색의 몸에 민첩하게 움직이는 요정 같은 존재로, 구멍이나 나무줄기에서 살고 있다. 균류를 주식으로 하며, 혀를 떨어서 독특한 언어를 사용한다.
【참조작품】「미지의 카다스를 향한 몽환의 추적(한)」

주샤콘 Zushakon 용어
사악한 종소리에 의해 지하로부터 소환된 괴물. 지진과 함께 출현하여 지상에 칠흑의 어둠과 차가운 죽음을 가져온다. 오래전 큰-얀과 무에서 숭배되었고, 인디오들도 소환술을 사용할 수 있었다. 『요드의 서』에서 〈주샤콘〉이라고 표기되어 있다.
【참조작품】「공포의 종소리」

줄리안 호트리 Julian Haughtree 용어
글래스고(스코틀랜드)에 사는 작가. 정신을 교체하여 페슈-트렌에게 육신을 빼앗긴다.
【참조작품】「도난당한 눈」

쥬로강 Zuro 용어
델로스의 화강암 도시를 천천히 흐르는 강.
【참조작품】「이라논의 열망(한)」

즈 체 퀀 Zuchequon 용어
〈주샤콘〉의 다른 이름.
【참조작품】「공포의 종소리」

즈빌포과 Zvilpogghua 용어
차토구아의 첫 번째 자식. 얼어붙은 먼 땅 어비스에 거주하고 있으며, 지상에 소환될 때는 인간의 혈육을 요구한다고 한다. 그래서 〈별에서 온 방문객(The Fester from the Stars)〉이라고 불리곤 한다.
【참조작품】「행성에서 온 방문객」, 「버몬트의 숲에서 발견한 기묘한 문서」

즈인 Zin 용어
〈진〉을 참조.

즈카우바 Zkauba 용어

원숭이의 코와 발톱, 곤충을 연상시키는 관절이 많은 몸을 지닌 야디스 행성의 노 마도사. 도르족을 봉인하는 주문을 작성하느라 여념이 없다. 랜돌프 카터의 다른 차원의 반신이며, 카터는 일시적으로 즈카우바 속에 깃들어 있었다.

【참조작품】「실버 키의 관문을 지나서(한)」

즐로이근 Zloigm 용어

사인족의 마법사 중에서도 제1급이라고 알려진 흑마법사. 공룡 디플로도쿠스의 피부에 새긴 금단의 마도서를 남겼다.

【참조작품】「두개의 탑」, 「가장 혐오스러운 것」

지붕 위에

The Thing on the Roof 작품

R.E. 하워드(R.E. Howard)

【첫 소개】『위어드 테일즈(Weird Tales)』 1932년 2월호

【개요】 내 연구를 비난한, 욕심이 많은 타스먼이 갑자기 찾아왔다. 본 윤츠가 지은 『무명제사서』의 초판을 찾아달라는 것이다. 발견하면, 나에 대한 비난에 대해 사과 광고를 게재하겠다는 것. 그는 온두라스 밀림에서 고대 신전을 우연히 발견하고, 숨겨진 보물과 관련한 전설이 필요하였다. 운 좋게 입수한 『무명제사서』의 기술을 확인하자, 그는 급히 남미로 향한다. 수개월 후, 귀국한 타스먼은 나를 불렀다. 그는 성전의 미라가 갖고 있던 두꺼비 모양의 보석을 보여주며 탐색의 경위를 말한다. 제단이 감추어진 문 안쪽에는 아무런 보물도 보이지 않았다고 한다. 그는 경솔하게도 『무명제사서』의 기술을 제대로 읽지 않았다. 〈두꺼비 신전〉의 보물은 고대 종족이 숭배한 「촉각과 발굽을 갖춘」 신 그 자체를 의미하고 있었다. 그때 지붕 위에서 발굽을 울리는 듯한 소리가…….

【해설】 하워드의 독자적인 마도서 『무명제사서』가 중요한 역할을 맡은 작품. 첫머리에는 역시 작가가 직접 창조한 미친 시인 저스틴 제프리의 시가 소개되고 있다.

「지하의 토굴」

The Burrower Beneath 용어

작가 로버트 블레이크가 1934년부터 다음 해에 걸쳐 겨울 동안 쓴 5편의 걸작 단편 소설 중 하나. 훗날, 브라이언 럼리가 같은 제목의 작품을 저술했다.

【참조작품】「누가 블레이크를 죽였는

가?(한)」

「지하철 사건」
Subway Accident (용어)

리처드 업튼 픽맨이 실종되기 직전에 그려 준 그림 중 하나. 지하 납골당에서 나온 구울 무리가 지하철의 보일스톤 역에 모여 있는 사람들을 습격하는 처참한 광경이 생생하게 묘사되어 있다.

【참조작품】「픽맨의 모델(한)」

『지혜의 열쇠』
Key of Wisdom (용어)

『지혜의 서』라고도 한다. 중세의 전설적인 연금술사 아르피테우스(Artephius)의 저서라고 한다.

【참조작품】「찰스 덱스터 워드의 사례(한)」, 「암흑의 의식」

진 Zin (용어)

즈인이라고도 한다. 〈구울의 심연〉과 〈마법의 숲〉의 사이에 있는 거그족 국가의 묘지에 가까운 동굴. 가스트의 서식지이다. 지하 세계 요스 도시와 관련이 있는지는 확실치 않다.

【참조작품】「미지의 카다스를 향한 몽환의 추적(한)」

진의 굴 Vaults of Zin (용어)

요스 최대 도시의 폐허 지하에 있는 동굴. 요스의 잃어버린 주민들이 남긴 문서와 조각이 발견된 장소이다.

【참조작품】「고분(한)」, 「진의 위험 속을 자유롭게 걷는 법」

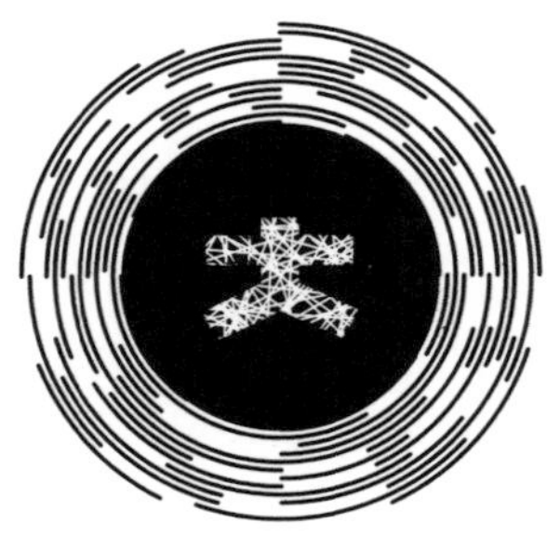

차르 Zhar (용어)

로이거와 함께 쑹고원의 땅 속에 살면서 트쵸 트쵸인에게 숭배되는 신성. 로이거보다도 강대하고 나이가 많다고 하지만, 상세한 것은 알려지지 않았다.

【참조작품】「별의 자손의 소굴」

차우그나르 파우근

chaugnar Faugn (용어)

츠앙고원의 동굴에 기록되었던 흡혈신. 코끼리 닮은 긴 코와 촉수가 달린 큰 귀, 입 양쪽에서 튀어나온 거대한 송곳니를 가진다. 보통은 석화되어 있지만, 피 냄새와 함께 움직이기 시작한다. 이 신은 수천 년 전까지 피레네산맥의 동굴에서 〈밀려오는 살아있는 산〉이라고 로마인들이 묘사한 무서운 〈형제들〉과 함께 밀리 니그리를 종자로 하여 살아간 모양이다.

【참조작품】「공포의 산」, 「분묘의 주인」

차이나 미에빌

China Tom Miéville (작가)

① 세부에 머무르는 것(Details) 2002

영국의 작가(1972~). 호러, 판타지, SF 등을 모두 아우르는 하이퍼 장르 판타지 소설을 제창하고 실천하고 있다(한국에 번역된 작품으로는 「이중 도시」, 「바스라그 연대기」 등 다수-역주). ①은 〈틴달로스의 사냥개〉를 모티브로 한 작품이다.

차크라이 chaklah'i (용어)

차크라라고도 한다. 로바 엘 할리예에 출몰하는 사막의 정령 중 하나. 날개 없는 큰 박쥐를 닮은, 들개의 하반신과 다리를 갖고 있다. 무리를 지어 먹이를 덮쳐 질식시켜서 죽이고 생명의 본질을 먹는다.

【참조작품】「네크로노미콘 알하즈레드의 방랑」, 「알하즈레드」

차토구아 Tsathoggua 용어

츠아토구아라고도 한다. 지구가 탄생한 지 얼마 되지 않아 사이크라노쉬(토성)에서 찾아와서 부어미타드레스산의 지하에 있는 비밀 동굴에서 영겁의 세월동안 웅크리고 있는 게으른 신성. 튀어나온 거대한 배, 두꺼비 모양의 머리에는 졸린듯한 눈꺼풀에 동그란 눈이 반쯤 감겨 있으며, 혀끝이 입에서 튀어나와 있다. 새까만 피부는 짧고 부드러운 털로 둘러싸여 박쥐와 나무늘보를 연상케 한다. 하이퍼보리아와 암흑 세상 은카이에서 널리 숭배되었다. 버려진 도시 콤모리옴에는 사각형의 현무암으로 세워진 차토구아 신전이 남아 지금도 산 제물이 오길 기다리고 있다. 조타쿠아나 소다구이는 차토구아의 다른 이름이라고 전해진다. 훗날, 하닐강 상류에 사는 켐 민족들도 숭배했다.

【참조작품】「사탐프라 제이로스의 이야기(한)」, 「고분(한)」, 「일곱 개의 저주」, 「토성을 향한 문」, 「차토구아에 대한 기도문」, 「차토구아」, 「네 적을 물리치고자 차토구아를 소환하는 법」, 「뒷길」, 「네크로노미콘 알하즈레드의 방랑」

차토-요 Tsatho-yo 용어

차스-요라고도 한다. 초고대 언어 중 하나로 〈원시의 차토-요어〉라고 불린다.

【참조작품】「실버 키의 관문을 지나서(한)」, 「영겁의 탐구 시리즈(어거스트 덜레스 참조)」

차트 Tsath 용어

츠아트라고도한다. 큰-얀의 수도. 백천의 광탑이 평원에 늘어서 있는 거대하고 전능한 도시로, 〈파랗게 빛나는(Blue-Litten)〉 차트라고 불린다. 그 이름은 차토구아에서 유래된다.

【참조작품】「고분(한)」

찬드라푸트라 Swami Chandraputra 용어

힌두교 최대 성지인 인도 북부의 베나레스(현재 지명은 발라나시)에서 랜돌프 카터의 소식에 대해 전하고자 하는 중대한 연락을 위해서 미국 뉴올리언스에서 열린 회의에 왔던 달인. 기묘하고 이질적인 목소리로 말했다. 보스턴의 캐벗 박물관을 방문한 적도 있는 것 같다.

【참조작품】「실버 키의 관문을 지나서

ㅊ

(한)」, 「영겁으로부터(한)」

찬-첸 Tsan-chan 용어

3천 년 후에 지구에서 번영한다는 『가혹한 제국(Cruel Empire)』.

【참조작품】「시간의 그림자(한)」, 「잠의 장벽 너머(한)」

찰스 덱스터 워드 Charles Dexter Ward 용어

1902년 프로비던스에서 태어나 1928년에 기묘하게 실종된 오래된 가문의 후예인 청년 신사. 일찍이 고고학 취미에 빠져 5대 전 할아버지에 해당하는 조지프 커웬의 사적 조사에 몰두. 1923년에서 1926년에 걸쳐 신비학 연구를 위해 유럽 각지를 돌아다녔다. 점점 정신에 이상이 일어나서 실종 직전에는 커나니컷 섬의 웨이트 정신 병원(Dr. Waite's hospital)에 수용되어 있었다.

【참조작품】「찰스 덱스터 워드의 사례(한)」

찰스 덱스터 워드의 사례 The Case of Charles Dexter Ward 작품

H.P. 러브크래프트(H.P. Lovecraft)

【집필년도/첫 소개】1927년/『위어드 테일즈(Weird Tales)』 1941년 5월호·7월호

【한국번역】정광섭 역 「찰스 워드의 기괴한 사건」(동2)/정지원 역 「찰스 덱스터 워드의 사례」(황3)/변용란 역 「찰스 덱스터워드의 비밀」(영언문화사)

【개요】프로비던스의 유서 깊은 부유층 집안에서 태어나 자란 온화하고 수줍은 청년, 찰스 덱스터 워드는 고고학에 대한 취미를 타고나서 5대 전에 할아버지에 해당하는 조지프 커웬이 남긴 문서를 발견하고 그 포로가 된다. 소재를 알 수 없는 조상의 무덤을 열심히 탐색하고 신비한 학문 연구에 전념하는 모습은 점차 열기를 더해갔다. 커웬은 세일럼의 마녀사냥을 피해 프로비던스에 이주하여 해운 사업으로 막대한 부를 얻는 한편, 포터크시트 농장에서 수상한 실험에 탐닉했던 희대의 괴인이었다. 백 살이 넘어도 중년 정도로 혼동될 만한 외모가 의혹을 부르고 마법사 동료와 친구라는 사실이 발각되어 어느 날 밤, 마을 주민들에 의해 습격받아 살해된 것이 분명하다. 문서와 함께 발견된 커웬의 초상화는 찰스 워드와 판박이였다…….

갑작스러운 유럽 여행에서 돌아온 후, 워드의 행동은 점점 커웬처럼 변

해 갔으며, 근처에서는 흡혈귀의 소행으로 보이는 살인사건이 벌어지고 있었다. 워드 가문의 주치의이자, 탄생의 순간부터 찰스 워드를 지켜보았던 윌리트 의사는 이변의 진상을 재빨리 감지하여, 자손의 육체를 빼앗아 숙원을 이루고자 한 커웬의 책략을 미리 방지하는 것이었다.

【해설】〈마법사 이야기〉의 원점 중 하나로서 최고 걸작의 이름에 부끄럽지 않은 불후의 명작. 러브크래프트가 사랑해 마지않는 고향 프로비던스에 바친 진혼곡 같은 분위기도 있어서 잿빛 역사의 퇴적 사이에서 아른거리는 이변의 묘사에는 읽는 이의 혼을 울리는 깊이와 강렬함이 담겨있다. 또한, 러브크래프트 자신에 의한 프로비던스 거리 산책 같은 분위기의 에세이「오래된 벽돌 거리(The old Brick Row)」(1929)도 있다.

찰스 로버트 매튜린

Charles Robert Maturin 작가

① 방랑자 멜모스(Melmoth, the Wanderer) 1820

아일랜드 목사, 소설가, 극작가(1782~1824). 프랑스에서 망명한 위그노 교도의 자손으로 그 자신도 더블린의 트리니티 칼리지를 졸업 후, 개신교 목사가 된다. 그와 함께 소설과 희곡을 발표. 악마와 계약하여 끝없이 지상을 방황하는 숙명을 갖게 된 주인공 멜모스의 편력을 그린 ①은 바자익에서 보들레르에 이르는 서구의 낭만주의와 상징파의 시인, 소설가들의 열렬한 지지를 얻었다.

러브크래프트는「공포 문학의 매혹」에서 ①을 평하여「이런 산만함 속에서도 과거 이런 종류의 소설 어디에서도 찾지 못했던 힘이 여기저기서 맥동하는 게 느껴진다. 인간 본성에 대한 진실의 정수에 한층 더 다가갔고, 진정한 코스믹 호러의 가장 심원한 원천에 대해 이해했다」(홍인수 역) 등을 지적하며,「편견 없는 독자라면『방랑자 멜모스』가 호러 소설의 커다란 진보를 보여주는 표본이라는 데 의심을 품지 않을 것이다. 공포는 틀에 박힌 영역을 벗어나 인류 문명을 사악하게 내려다보는 영역으로 상승하였다.」(앞과 같음)라면서 코즈믹 호러의 선구라는 관점에서 칭찬을 아끼지 않는다. 추가로, 작중에서 선조의 초상화와 매우 닮은 인물이 현대에 출몰하는 공포의 장면이나 수상쩍은 편지를 발견하는 설정은「찰스 덱스터 워드의 사례」의 그것을 방불케 한다.

大

찰스 브록덴 브라운 Charles Brockden Brown 작가

① 빌란드(Wieland; or, the Transformation)(한-황재광 역, 한국 문화사) 1798

미국의 소설가, 편집자(1771~1810). 필라델피아의 퀘이커 교도 가정에서 태어났다. 아메리칸 고딕의 창시자로서 데뷔작인 ①와 「에드거 헌틀리(Edgar Huntly)」(1799) 등의 장편소설을 발표. 러브크래프트는 「공포 문학의 매혹」에서 브라운을 초기 고딕을 대표하는 걸작 『우돌포성의 비밀』의 작가인 앤 래드클리프와 비교할만한 작가로서 높이 평가하면서, 「(브라운이) 래드클리프와의 차이점이라면 그가 고딕 소설의 외적 장치를 경멸하며 대신에 현대적인 미국 풍경을 미스터리의 배경으로 선택한다는 점이다.」(홍인수 역)라며 그 독자성을 지적하고 있다.

또한, 현실에 일어난 광신자에 의한 일가 살인사건을 소재로 하는(그것은 러브크래프트뿐만 아니라 멀리는 스티븐 킹의 『샤이닝』이나 『예루살렘스 롯』까지 이어지지만) ①에 대해 다음과 같이 말했다. 「미팅겐 사유지에서 벌어지는 사건을 지극히 생생하게 그려냈다. 클라라의 두려움, 계속 들려오는 기괴한 목소리, 커져 가는 공포, 외딴집에서 들리는 낯선 발소리 등에서 진정 예술적인 힘이 느껴진다.」(앞과 같음)

덧붙여서 ①에 등장하는 사악한 복화술사의 성이 "찰스 덱스터 워드의 사례"의 마법사와 마찬가지로 "커웬"이라는 점에 주목할 만하다.

찰스 포트 Charles Hoy Fort 용어

미국의 초자연 현상연구가(1874~1932). 1908년부터 각종 신문, 잡지에 게재된 초상현상과 관련된 기사 수집을 시작하고 그들을 『저주받은 사람의 책(The Book of the Dammed)』(1919), 『봐라!(Lo!)』(1931) 같은 4권의 저서로 정리했다. 1931년에는 벤 헥트와 존 쿠퍼 포이스 같은 유명 작가가 함께 참여한 〈포티안 협회(Fortean Society)〉가 영국에서 설립되어, 포드의 업적이 계승되었다. 『초 생명 바이톤』의 E.F. 라셀을 비롯한 SF 작가, 그리고 러브크래프트를 비롯한 괴기환상 작가에게 준 영향도 상당한 것이었다.

【참조작품】「어둠 속에서 속삭이는 자(한)」, 「후손」, 「르뤼에의 인장」, 「포의 후예」, 「암흑의 의식」, 「로이거의 부활」

찰스 홀 톰슨

Chales Hall Thompson 작가

① 초록 심연의 사생아(Spawn of the Green Abyss) 1946

톰프슨이라고도 한다. 미국 작가(1923~1991). 『위어드 테일즈(Weird Tales)』에 1946년부터 48년까지 4편의 작품을 발표했다. 러브크래프트의 영향을 진하게 느끼게 하는 ①과 제2작「Will of Claude Ashur」, 에드거 앨런 포 풍의 고딕 호러「창백한 범죄자」, 저주받은 가문의 후예에게 씌인 괴이를 아슬아슬하게 그려낸「저주의 계보」등 모두 펄프 호러 특유의 선정적인 공포 묘사에 뛰어난 수작이기 때문에 유명 작가의 가명은 아닐까라는 추측도 있었다.

채프먼 농장

Chapman farmhouse 용어

아캄의 메도우 언덕 안쪽에 있는 폐가가 있던 농장. 의대생 시절의 허버트 웨스트는 여기를 실험실로 개조하여 조수와 둘이서 끔찍한 시체 소생 실험을 진행했다.

【참조작품】「허버트 웨스트 리애니메이터(한)」

채프먼강

Chapman's Brook 용어

아캄 서쪽 구릉지에 있는 〈불타버린 들판〉 근처를 흐른다.

【참조작품】「우주에서 온 색채(한)」

챈들러 데이비즈

chandler Davies 용어

영국의 괴기 화가. 종간 전『그로테스크』잡지에 다수의 그림을 소개했다. 오망성을 모티브로 한「별들와 얼굴들」이 걸작으로 가장 비싸게 팔린다. 무아지경에 빠져「그한의 풍경」을 그린 우드홀름에서 미쳐 죽었다.

【참조작품】「도난당한 눈」,「괴물의 증거」,「땅을 뚫는 마」

첨탑의 그림자

The Shadow from the Steeple 작품

로버트 블록(Roboert Bloch)

【첫 소개】『위어드 테일즈(Weird Tales)』1950년 9월호

【개요】 시카고에 사는 괴기 소설가 에드먼드 피스크는 오랫동안 친하게 편지를 주고받던 작가 로버트 블레이크의 수상한 죽음에 의문을 품고, 제2차 세계대전 기간을 포함한 15년간, 열심히 진상을 밝히려고 노력해왔다. 그러나 사건을 소설로 그린 러브크래프트를 비롯해 관계자

대부분이 잇따라 세상을 떠나고 단 한명의 증인인 덱스터 의사는 어디에 있는지 전혀 알 수가 없었다.
전쟁이 끝나고, 피스크는 덱스터가 핵무기 개발 연구에 참여하고 있었다는 사실을 알게 된다. 그리고 15년 만에 사립 탐정의 보고서를 통해서 덱스터가 프로비던스에 돌아온 것을 알았다. 피스크는 홀로 의사를 찾아간다. 덱스터는 어째서인지 강의실 조명이 어두워지는 것을 두려워하고 있었다. 그 이상하게 검게 그을린 얼굴을 보았을 때, 피스크는 갑자기 깨달은 것이다. 〈빛나는 트레피저헤드론〉을 어두운 심해에 던져버진 행위가 어떤 문제를 가져왔는지. 그리고 지금 덱스터라고 말하는 사내의 정체에 대해서. 그리고 그가 핵무기 개발에 참여하고 있는 전율할만한 이유에 대해서.
【해설】본편은 러브크래프트의 「누가 블레이크를 죽였는가?」의 후일담인 동시에 러브크래프트의 장편시 「유고스의 균류」에서 보이는 묵시록풍의 한 구절을 블록 스타일의 스릴러풍으로 소설화했다는, 여러 가지 노력을 거쳐 완성한 작품이다.

체서쿡 chesuncook (용어)

미국 메인주의 황량한 삼림지대에 가까운 마을. 숲 중심부에 위치한 거석 기념물 폐허에는 그레이트 올드 원과 쇼고스에 관한 무서운 의식이 진행되곤 한다.
【참조작품】「현관 앞에 있는 것(한)」

체임버스 교수
Professor Chambers (용어)

챔버스라고도 한다. 하버드 대학 교수. 1913년 8월에 포토원켓에 떨어진 운석에서 발견된 책자의 분석 작업을 담당했다.
【참조작품】「초원(한)」

체임버스 저택
Chambers' house (용어)

챔버스라고도한다. 아캄의 프링글가에 위치한 오랜 건물. 식민지 시대의 마법사 이지칼 케임버스나 조나단 다크가 살고 있었다. 그 지하실에 있는 철문은 언덕 묘지에 통하고 있다고 한다.
【참조작품】「구멍에 숨은 것」

체트 윌리엄슨
Chet Williamson (작가)

① 헬무트 헤켈의 일기와 편지(The Papers of Helmut Hecke)
미국 작가(1948~). 펜실베니아주 랭커스터 출신. 1981년에 작가로 데뷔

하여 장편 「소울 스톰(Soul Storm)」(1986) 이후 주로 모던 호러 분야에서 활약.
일본에 번역된 작품으로 인기 게임의 소설판인 「헬 : 사이버펑크 스릴러(Hell: A Cyberpunk Thriller)」(1995) 등이 있다.
①은 고상한 분위기를 뽐내는 순수 문학작가가 러브크래프트의 환생으로 여겨지는 기묘한 고양이에게 매료되어……라는 포복절도할 만한 작품. 어쩐지 보르헤스와 러브크래프트의 관계를 상기시켜 유쾌하다.

초월왕

the transcendent lord 용어

유고스 행성의 생명이 사용하는, 요그 소토스의 다른 이름.
【참조작품】「네크로노미콘 알하즈레드의 방랑」

『최고의 위대한 예술』

Ars Magna et Ultima 용어

『위대한 비법』, 『보편적 마법』이라고도 한다. 13세기 스페인의 철학자이자 신학자, 연금술사인 레이몬드 루리(Raimundus Lullus, 1235경~1316)가 저술한 마법서. 이슬람교도를 개종시키는 목적으로 작성되었다고 한다. 조지프 커웬이 소장하고 있던 것은, 제츠너(Zetsner)판이었다.
【참조작품】「찰스 덱스터 워드의 사례(한)」, 「언덕 위의 쏙독새」, 「암흑의 의식」, 「로이거의 부활」

축제 The Festival 작품

H.P. 러브크래프트(H.P. Lovecraft)
【집필년도/첫 소개】 1923년/『위어드 테일즈(Weird Tales)』 1925년 1월호
【한국번역】 정광섭 역 「악마들의 축제」(동3)/정진영 역 「축제」(황4)
【개요】 성탄절(크리스마스)의 날에 나는 조상과 관련된 땅, 뉴잉글랜드의 어촌 킹스포트를 처음 방문했다. 1세기에 한 번 열리는 축제에 참석하기 위해 일족의 장로에 이끌려 비밀스러운 지하 동굴에 이른 나는 무서운 불기둥 너머의 어둠에서 괴상한 날개가 달린 생물이 날아오는 것을 보았다. 의식의 참가자들은, 한 사람, 또 한사람 그 생물에 매달려서 어둠의 저편으로 사라져 간다. 마지막으로 남겨진 나를 재촉하는 장로의 무표정한 얼굴이 가면임을 깨달은 순간, 나는 주저 없이 어두운 지하의 강으로 몸을 던진 것이다.
【해설】 옛 땅 뉴잉글랜드의 낡고 한적한 마을에 대한 러브크래프트의 애착과 두려움이 선명하게 드러난

좋은 단편. 『네크로노미콘』에 대한 언급을 제외하면 신화 대계와의 관계는 대단치 않다. 지하 세계에서의 의식이나 날개가 달린 생물, 「모습을 정의할 수 없는 플루트 연주자」처럼 크툴루 신화의 기본이 되는 이미지가 널려 있는 게 흥미롭다.

츠아트 Tsath 용어
〈차트〉를 참조.

츠앙고원 Tsang plateau 용어
창고원이라고도 한다. 중앙 아시아의 고원 지대. 미 고우가 출몰하는 극한의 불모지다. 골짜기에는 무 술법사 산토우의 무덤이 있으며, 근처의 동굴은 차우그나르 파우근의 석상이 안치되어 있다. 렝과 어떤 관계가 있는 것 같다.
【참조작품】「공포의 산」, 「분묘의 주인」

치버 보르데스 경 Sir Cheever Vordennes 용어
고고학자. 호주 서부에서 검은 비석군을 발견한 후 사고사했다.
【참조작품】「영겁의 탐구 시리즈(어거스트 덜레스 참조)」

치안 Chian 용어
키안이라고도 한다. 선행 인류가 사용했다고 하는 언어. 작가 아서 매켄의 저작권에 단편적인 언급이 있다.
【참조작품】「암흑의 의식」, 「로이거의 부활」

70가지 환희의 궁전 Palace of the seventy Delights 용어
셀레파이스의 장미빛 크리스탈로 만든 궁전. 쿠라네스가 왕으로 군림하고 있다.
【참조작품】「미지의 카다스를 향한 몽환의 추적(한)」

『침략의 서』 Book of Invaders 용어
아일랜드를 침공한 그리스인들의 역사를 적은 책이라고 하지만, 상세한 것은 불명이다.
【참조작품】「달의 습지(한)」

침입자 The Invaders 작품
헨리 커트너(Henry Kuttner)
【첫 소개】『스트레인지 스토리즈(Strange Stories)』 1939년 2월호
【개요】 박진감 넘치는 괴기 소설로 유명한 작가 헤이워드로부터 전보를 받고, 나와 메이슨은 산타 바바라(캘리포니아주)의 해변에 있는 별

장으로 향했다. 헤이워드는 굉장히 겁에 질린 모습으로, 밖에서 들려오는 날카로운 울음소리를 걱정하고 있었다. 나는 창밖에서 꿈틀거리는 덩굴 같은 것을 목격한다. 밖으로 뛰쳐나간 메이슨은 뭔가에 끌려가 버렸다. 헤이워드는 마도서 『벌리의 신비』의 비법에 따라서 시간을 여행할 수 있는 약을 만들어서, 그것을 복용하여 작품의 아이디어를 얻고 있었던 것이다. 어느날, 그는 태고의 세계로 거슬러 올라가 다른 차원의 괴물과 지구의 신들이 항쟁을 벌이는 것을 목격한다. 그의 전생은 인류에게 우호적인 신 보르바도스의 대신관이었다. 그런데 그는 잘못하여 다른 차원의 괴물을 봉인한 「문」을 열어버리고 만 것이다. 무리를 지어 별장으로 밀려오는 괴물들. 이제는 끝이라고 생각되는 순간, 헤이워드의 입에서 보르바도스를 소환하는 주문이…….

【해설】 이 작품은 같은 저자의 「사냥하는 자」와 마찬가지로 단편적이지만, 덜레스 신화와는 다른 종류의 신화 대계를 상정하고 있다는 점에서 매우 흥미로운 작품이다.

ㅊ

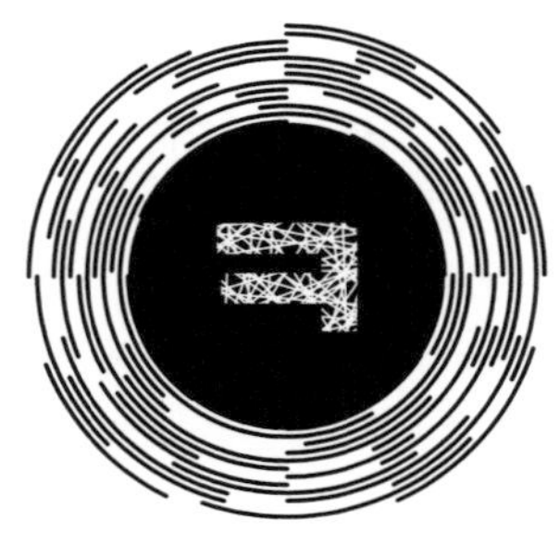

카나키인 Kanaky 용어

서태평양 미크로네시아섬에 사는 원주민의 총칭 중 하나. 그들 가운데는 〈딥 원〉과 저주받은 관계를 맺는 부족이 있었지만, 다른 섬 사람에 의해 근절된 것 같다.

【참조작품】「인스머스의 그림자(한)」

카다세론 Kadatheron 용어

므나르 지방에 있는 도시. 이브의 생물에 대해서 기록된 원통형 점토가 소장되어 있다.

【참조작품】「사나스에 찾아온 운명(한)」, 「미지의 카다스를 향한 몽환의 추적(한)」

카다스 Kadath 용어

〈지구의 드림랜드〉의 끝, 렝고원을 넘어선 얼어붙은 황야에 존재하는 땅. 그 헤아릴 수 없는 높이의 꼭대기에는 미지의 별의 이중관이 걸려 있는 마노로 된 성이 세워져 있으며, 온후하고 허약한 지구의 신들이 니알라토텝과 아우터 갓에게 보호받으며 살아가고 있다. 또한, 남극의 광기산맥의 배후에 걸쳐 있는 사악한 초거대산맥을 카다스의 원형이라고 보는 설도 있어서, 「남극의 카다스(the South Pole near the mountain Kadath)」(「고분(한)」에서)라고 불리기도 한다.

【참조작품】「미지의 카다스를 향한 몽환의 추적(한)」, 「광기의 산맥(한)」, 「또 다른 신들(한)」, 「고분(한)」, 「네크로노미콘 알하즈레드의 방랑」

카디포넥 Kadiphonek 용어

로마르 땅에 서 있는 높은 봉우리.

【참조작품】「북극성(한)」

카라-셰르 Kara—shehr 용어

〈암흑의 도시〉를 뜻한다. 아라비아

사막의 오지에 있다는 침묵의 석조 도시. 멸망해버린 도시의 옥좌에 앉아 있는 해골은 진홍의 보석 〈아슈르바니팔의 불꽃〉을 들고 있다고 한다. 이름 없는 도시의 다른 이름이라고도 한다.
【참조작품】「아슈르바니팔의 불길」, 「위대한 귀환」

카르 Kaar 용어
〈드림랜드〉의 평원. 보르나이 마을이 있다.
【참조작품】「벌레의 저택」

『카르낙의 서(書)』
Book of Karnak 용어
이집트에서 나온 것으로 추정되는 마법서. 다른 차원의 지적 생명체에 관한 기록이 있다고 한다.
【참조작품】「사냥하는 자」

카르스산맥
Karthian hills 용어
〈카르티아 언덕〉을 참조.

카르스텐 보르크그레빙크
Carsten E. Borchgrevingk 용어
노르웨이 탐험가(1864~1934). 1894년 남극 대륙에 처음으로 발을 디뎠으며, 1998년 겨울에는 처음으로 겨울을 보냈다. 남극의 바다표범에 잔인한 수수께끼의 흉터를 발견했다는 것을 보고하고 있다.
【참조작품】「광기의 산맥(한)」

카르시안 언덕
Karthlan hllls 용어
'카르스산맥'이라고도 한다. 므나르에 있는 구릉지대. 그 너머에는 환락 도시 오오나이가 있다.
【참조작품】「이라논의 열망(한)」

카르코사 Carcosa 용어
히아데스 성단의 알데바란을 가까이 바라다보는 황량한 고대도시. 훗날 『노란 옷 왕』이나 하스터와 관련되어서 언급된다.
【참조작품】「카르코사의 망자(한)」, 「노란 표적(한)」, 「하스터의 귀환」

카만-타 Kaman-Thah 용어
〈불꽃 동굴〉의 신관. 수염을 기르고 고대 이집트의 이중관을 쓰고 있다.
【참조작품】「미지의 카다스를 향한 몽환의 추적(한)」

카모그 Kamog 용어
〈에프라임 웨이트〉를 참조.

ㅋ

카산드라 히스
Cassandra Heath 용어
라자루스 히스의 딸. 뇌 외과의인 제임스 아크라이트(James Arkwright)의 아내이지만, 그 정체는 조스 사이라가 라자루스와 맺어져서 낳은 〈녹색 심연의 사생아〉였다.
【참조작품】「녹색 심연의 사생아」

카스 Kath 용어
초은하의 별. 랜돌프 카터가 즈카우바가 되어 야디스성에서 살고 있을 때, 이 별을 여행했다고 한다.
【참조작품】「실버 키의 관문을 지나서(한)」

카스트로 Castro 용어
스페인인과 인디오의 혼혈인, 크툴루 교도의 노인. 세계 각지의 이름도 알 수 없는 항구를 방문하며, 중국의 산악 지대에서는 교단의 불사의 지도자들과 이야기를 했다고 한다. 뉴올리언스 경찰의 심문에 응하여, 크툴루 숭배에 대해서 알려주었다.
【참조작품】「크툴루의 부름(한)」

카슨 Carson 용어
세일럼에 사는 작가. 로맨스 소설로 인기를 누리지만, 뇨그타의 공포와 마주친 후로 무서운 괴기소설만을 쓰게 되었다.
【참조작품】「세일럼의 공포」

카실다 Kassilda 용어
저주받은 희곡「노란 옷 왕」에 등장하는 인물. 제1막 제2장의「카실다의 노래」에서는 〈사라져버린 카르코사 땅(Lost Carcosa)〉의 정경을 노래하고 있다고 한다.
【참조작품】「가면」,「노란 표적(한)」

카우다 드라코니스
cauda draconis 용어
〈드래곤 꼬리〉를 참조.

카투른 Kathulhn 용어
행성 부르의 수학자로, 시공의 심오한 신비를 끝없이 추구하는 탐구자. 다른 차원에 도달하는 방법을 발견했지만, 거기에서 나타난 사악한 실체에 의해 농락당하고 끔찍한 운명을 맞이했다. 그가 남긴 문서는 1권의 저주받은 책으로 완성되어, 지금도 우주의 어딘가를 책의 수호자와 함께 방황하고 있다고 한다. 또한, 명칭이 유사하다는 점에서 카투른과 크툴루를 연관짓는 흥미로운 견해도 있다고 부언해둔다.
【참조작품】「책의 수호자」

카투리아 Cathuria (용어)

〈드림랜드〉 서쪽 먼 곳에 있는 서편의 현무암 기둥(the basalt pillars of the West)의 저편, 위험한 바다를 넘은 곳에 있다는 전설상의 이상적인 국가. 신들이 사는 수많은 황금 도시가 있는 것 같지만, 아무도 본 사람은 없으며, 실제로는 〈지구의 드림랜드〉의 바다가 무의 심연으로 밀려드는 큰 폭포가 있을 뿐이라고 한다.

【참조작품】「화이트호(한)」, 「미지의 카다스를 향한 몽환의 추적(한)」

카푸트 드라코니스 Caput draconis (용어)

〈드래곤 머리〉를 참조.

칼 리처드 자코비 Carl Richard Jacobi (작가)

① 수조(The Aquarium) 1962

미국 작가, 언론가(1908~1997). 미네소타주의 미네아폴리스에서 태어났다. 1932년 『위어드 테일즈(Weird Tales)』에 실린 「마이브(Mive)」를 통해 주목받았다. 해당 잡지나 『스릴링 미스터리(Thrilling Mystery)』에 호러 단편을 발표했지만, 40년대에 들어서면 SF 등으로 이행했다. 70편에 이르는 호러 작품은 『검은 묵시록(Revelations in Black)』(1947), 『Portraits in Moonlight』(1964), 『Disclosure in Scarlet』(1973)에 정리되어 있다.

①은 기분 나쁜 수조가 설치된 임대 주택으로 이사한 여류 화가와 룸메이트가 마주치는 공포를 그린 수작. 수조 안에는 전에 살던 어류학자가 심해에서 채집한 기괴한 조개를 사육하고 있었는데, 그는 조개에게 산제물을 바치는 망상에 빠져있었던 것 같다. 한밤중에 수상한 소리와 함께 기르던 고양이가 사라지는 사건이 발생하고……. 저주 받은 저택, 금단의 책, 괴물의 출현이라는 신화 대계의 3원칙(?)을 바탕으로 하지만, 선행하는 다른 작가의 신화작품과의 관계는 많지 않다. 브라이언 럼리가 좋아하는 이야기 중 하나로, 럼리의 「심해의 함정(Cyprus Shell)」이나 「속 심해의 함정(The Deep-Sea Conch)」는 이 이야기에서 영향을 받아서 완성된 것이며, 『수생동물』이나 『심해제사서』 같은 서명도 계승하고 있다.

칼 하인리히 그라프 폰 알트베르그-에른슈타인 백작 Karl Heinrich, Graf von Altberg-Ehrenstein (용어)

독일 제국 해군 소령으로 U보트 함장. 그가 지휘하는 잠수함 U-29은 침몰한 영국 화물선의 선원이 소지하고 있던 이상한 상아 세공을 회수하였다. 이후 잇단 이변에 휩쓸려 북위 20도 서경 35도의 해저에서 좌초되었다. 칼 하인리히는 1917년 8월 20일 수기를 담은 병을 바다에 던진 뒤에, 해저에 있는 고대의 신전으로 사라졌다.

【참조작품】「신전(한)」

칼로스 Kalos (용어)

'카로스'라고도 한다. 그리스 시대의 조각가. 친구인 뮤시데스에 의해 독살되었다.

【참조작품】「올리브 나무(한)」

캄사이드 Camside (용어)

영국 브리체스터 근교의 수상한 마을. 지금도 그레이트 올드 원 숭배가 진행되고 있는 것 같다.

【참조작품】「하이스트리트 교회」

캐롤 carroll (용어)

미스캐토닉 대학의 대학원생. 같은 대학의 남극 탐험대에 참여하여, F.H. 피버디 교수와 함께 난센산(Mt. Nansen) 등정에 성공했다.

【참조작품】「광기의 산맥(한)」

캐벗 고고학 박물관 Cabot Museum of Archeology (용어)

'카봇'이라고도 한다. 보스턴의 고급 주택가 비콘 힐에 있는 작은 박물관. 고대 문명의 유물을 전문으로 전시할 뿐만 아니라, 연구 분야에서도 높은 평가를 받고 있다. 이 박물관의 미라 콜렉션은 미국 최고라고 하며, 무 대륙의 신관 트요그의 미라도 여기에 소장되어 있었다.

【참조작품】「영겁으로부터(한)」

캣스킬산맥 Catskill Mountains (용어)

미국 뉴욕주 동부의 완만한 구릉지. 이곳에 있는 템페스트산에는 괴물이 숨어 있다고 전해지며, 부근에는 초기 식민지 농민의 자손이 사는, 폐쇄적이고 쇠퇴한 마을이 군데군데 존재한다.

【참조작품】「잠재된 공포」, 「잠의 장벽 너머(한)」

커티스 휘틀리 Curtis Whateley (용어)

더니치에 사는 휘틀리 일족의 일원이지만 "아직 타락에는 이르지 않은 분가" 출신. 아미티지 박사 일행에 의한 괴물 퇴치의 모습을 망원경으로 지켜보다 괴물의 엄청난 정체를 목격하고 실신했다.

【참조작품】「더니치 호러(한)」

케니스 J. 스털링

Kenneth J. Sterling 작가

① 에릭스의 미로(In the Walls of Eryx) 1939

미국의 의학자(1920~1995). 콜롬비아 대학 의학부 교수를 지냈다. 프로비던스에서 지내던 소년 시절 SF를 좋아하는 사람을 만나고 싶어서, 갑자기 러브크래프트의 집을 찾아가 면담을 청했다고 한다. 두 사람의 합작으로 러브크래프트 사후에 『위어드 테일즈(Weird Tales)』에 수록된 ①은 환상의 금성을 무대로, 원주민 부족이 설치한 보이지 않는 미궁에 포로가 된 남자의 수수께끼와 공포를 그린 SF 호러물이다. 스털링은 인세의 절반을 러브크래프트의 유족에게 전달했다고 한다.

케이시 Casey 용어

뉴베리포트의 공장 감독관. 인스머스의 길먼 하우스에서 숙박하면서 공포의 하룻밤을 보냈다.

【참조작품】「인스머스의 그림자(한)」

케지아 메이슨

Keziah Mason 용어

17세기 말의 아캄에서 악명을 떨친 마녀. 사역마인 브라운 제킨과 함께 자유자재로 다른 차원의 공간을 왕래했다. 마녀 집회에서 비밀의 이름은 〈나하브〉이다.

【참조작품】「위치 하우스에서의 꿈(한)」

케찰코아틀

Quetzalcoatl 용어

고대 멕시코의 아즈텍 왕국에서 숭배한 신으로, 농경의 신이자 문화신, 바람신의 성격을 가진다. 마야 신화의 지고신 쿠쿨칸(Kukulcan)과 동일시된다. 「케찰」은 새의 이름, 「코아틀」은 뱀이라는 뜻으로 종종 '깃털이 달린 뱀'의 모습으로 표현된다. 크툴루 신화 속에서 크툴루 신앙이나 뱀신 이그나와 결부시켜 이야기되기도 한다. 1971년에 텍사스에서 발굴된 사상 최대의 익룡은 이 신의 이름을 따서 「케찰코아틀」이라고 이름 붙여졌다.

【참조작품】「영겁의 탐구 시리즈(어거스트 덜레스 참조)」, 「이그의 저주(한)」, 「전기 처형기(한)」, 「고분(한)」

케틀토프 농장

Kettlethorpe Farm 용어

영국 하든(Harden) 북방의 언덕 지대에 펼쳐진 유서 깊은 농장. 그 지하에는 지하 호수와 다곤을 모시는 지하 신전이 태고부터 존재하여 〈딥 원〉의 거점 중 하나가 되고 있다. 오래전 인스머스의 웨이트 가문의 생존자가 이 땅에 이주한 일도 있다고 한다.

【참조작품】「다곤의 종」

케프네스 Khephnes (용어)

이집트 제14왕조 사람. 〈위대한 종족〉과 정신을 교환하여, 너새니얼 피슬리와 대화를 나누고, 니알라토텝의 비밀을 알려주었다.

【참조작품】「시간의 그림자(한)」

케프렌 Khephren (용어)

케후렌이라고도 한다. 고대 이집트 제4왕조의 왕(=파라오). 기자에 있는 제2 피라미드를 건조했으며, 한쪽에 앉아 있는 대 스핑크스의 얼굴은 케프렌의 얼굴을 본뜬 것으로 알려졌다. 아랍의 전설에 따르면 케프렌은 니토크리스와 함께 지금도 이집트 지하에서 끔찍한 합성 미라의 군대를 이끌고 있다고 한다.

【참조작품】「피라미드 아래서(한)」

『켄타우로스』 The Centaur (용어)

앨저넌 블랙우드가 1911년에 출간한 장편 판타지 소설. 켈트계 젊은이들이 러시아의 신비주의자의 인도를 받아서 원초의 세계로 향하여, 반인반마의 신화적인 존재가 되고 대우주와 하나가 된다는, 크툴루 신화의 한가지 유형의 선구라고 간주할 수 있는 작품이다. 러브크래프트는 「크툴루의 부름」 초반에 이 책의 제10장의 한 구절을 소개하고 있다.

【참조작품】「크툴루의 부름(한)」

켐 Khem (용어)

〈그림자가 모이는 태고의(antique and shadowy)〉 도시. 여기에서는 니알라토텝이 인간의 모습으로 출몰한다고 한다. 미노아 어부가 건져 올린 〈빛나는 트레피저헤드론〉을 구입한 것은 이 땅에 온 검은 피부의 상인이었다. 일설에는 나일강 상류에 있는 검은 백성이 사는 땅을 가리킨다고도 한다.

【참조작품】「누가 블레이크를 죽였는가?(한)」, 「네크로노미콘 알하즈레드의 방랑」

코넬리아 게릿센 Cornelia Gerritsen (용어)

로버트 쉬담의 신부가 된 여성. 신

혼 여행에 나선 직후, 선실 내에서 신랑과 함께 참혹한 시체로 발견되었다.
【참조작품】「레드 훅의 공포(한)」

코넬리우스 오츠
Cornelius Oates 용어
'코닐리어스'라고도 한다. 매사추세츠주 경찰 형사과 소속의 베테랑 경감. 1932년에 아캄과 인스머스 지역에서 발생한 일련의 이변을 조사할 때 대규모 폭파 작전을 지휘했다.
【참조작품】「암초의 저편에」

코라친 Chorazin 용어
뉴욕주 아티카에 가까운 황폐한 마을. 잡다한 인종으로 구성된 배교자들이 살고 있다.
【참조작품】「알론조 타이퍼의 일기」

코스 Koth 용어
태고의 마신들 중 하나로서, 크툴루와 요그 소토스와 함께 거론되지만, 자세한 것은 알려지지 않았다.
【참조작품】「아슈르바니팔의 불길」

『코스 세라피스의 암흑의 의식』
The Black Rituals of Koth—Serapis 용어
잃어버린 아케론의 시대에 세계를 어지럽힌 불멸의 마법사 코스-세라피스가 파피루스에 기록한 마도서.
【참조작품】「땅을 뚫는 것」

코스의 검은 성
Black Citadels of Koth 용어
말릭 타우스(Malik Tous)라는 이름으로 알려진 암흑의 제왕이 다스리는 죽음의 도시. 검은 색의 거대한 성벽으로 둘러싸인 코스의 성에 이르러, 마의 주인과 계약을 맺은 자는 250년의 수명을 얻는다고 한다. 또한 신성으로서의 〈코스〉나 〈코스의 문장〉과의 관계는 확실하지 않다.
【참조작품】「매장이 필요없다」

코스의 인장
Sign of Koth 용어
〈코스의 탑〉을 비롯하여 〈드림랜드〉와 각성의 세계를 연결하는 출입구에 기재된 마법적인 인장으로 봉인의 힘을 갖는 것 같다. 조지프 커웬의 실험실 안쪽의 문에도 이 표시가 새겨져 있던 것을 윌릿 의사가 목격했다.
【참조작품】「미지의 카다스를 향한 몽환의 추적(한)」, 「찰스 덱스터 워드의 사례(한)」, 「마도서 네크로노미콘」

ㅋ

코스의 탑 tower of Koth 용어

거그족 왕국에서 〈드림랜드〉 상층부의 〈마법의 숲〉에 이르는 거대한 계단이 있는 큰 탑. 문 위에는 확연하게 〈코스의 인장〉이 새겨져 있다.

【참조작품】「미지의 카다스를 향한 몽환의 추적(한)」

코즈모 알렉산더
Cosmo Alexander 용어

뉴 포트에 거주하는 스코틀랜드인 화가. 조지프 커웬의 의뢰로 그 초상화를 그렸다.

【참조작품】「찰스 덱스터 워드의 사례(한)」

코튼 매더
Cotton Mather 용어

1663년 미국 보스턴에서 태어나 1728년에 같은 곳에서 죽은 개신교 목사, 신학자. 청교도 진흥에 진력하여 『보이지 않는 세계의 경이(Wonders of the Invisible World)』(1693), 『선행록(Bonifacius)』(1710) 외에도 방대한 저작을 남겼다. 세일럼의 마녀사냥에도 관여했기 때문에 나중에 화가 픽맨은 매더를 강렬하게 비난하고 있다.

【참조작품】「픽맨의 모델(한)」, 「형언할 수 없는 것(한)」

코하셋 Cohasset 용어

미국의 남부 로드 아일랜드의 어촌. 브라운 대학의 조지 로러데일(George Lauerdale)에 따르면, 1915년에 러브크래프트는 이 마을을 방문하여, 마시 선장(Captain Marsh)이라는 인물을 만났다고 한다.

【참조작품】「로이거의 부활」

콘 Kon 용어

고대 잉카 족이 숭배한 해저 공포의 신으로 〈지진의 왕〉이라고도 불린다. 크툴루의 다른 이름인 것 같다.

【참조작품】「영겁의 탐구 시리즈(어거스트 덜레스 참조)」

콜드 스프링 협곡
Cold Sprlng Glen 용어

더니치 교외의 큰 골짜기. 위퍼빌의 서식지이며, 여름에는 반딧불이 이상할 정도로 많이 돌아다닌다. 같은 곳의 「낙석의 산」과 「곰의 동굴」 사이에는 때때로 기괴한 소리가 들린다고 한다.

【참조작품】「더니치 호러(한)」

콜드 프린트 Cold Prlnt 작품

램지 캠벨(John Ramsey Campbell)

【첫 소개】 아캄 하우스 『크툴루 신화

작품집』 1969년 간행

【개요】 우연히 만난 한 부랑자의 안내로 영국의 브리체스터의 뒷골목에서 폐허나 다를 바 없는 고서점에 들어간 독서광 샘 스트랫은 모습이 보이지 않는 가게 주인과 비정상적으로 무서워하는 부랑자를 의심스럽게 여기면서도, 예상치 못했던 보물들을 발견했다는 것에 기쁜 마음으로 다음날 다시 가게를 방문한다. 기묘하게 뚱뚱한 모습의 주인은 러브크래프트나 덜레스의 책이 놓여 있는 책장에서 한권의 낡은 책을 스트랫에게 보여준다. 그것은 『글라키의 묵시록』의 존재하지 않았을 제12권이었다. 먹이감을 찾아서 시가에 숨어든 마신 이골로냑의 덫이 스트랫을 노리는데…….

【해설】 크툴루 신화 운동의 산물로서 멋지게 데뷔한 작가의 초기 단편 중에도 뛰어난 작품. 섬뜩한 분위기로 가득한 암시 기법이나 잔학한 취향처럼 작가의 후년에 눈에 띄는 분위기가 일찍부터 개화하고 있다는 점에 주목했으면 한다.

콜드 하버 Cold Harbor 용어

캐나다 중앙 매니토바주의 한 지방. 교외의 숲 안쪽에는 3개의 원형으로 둘러선 돌기둥과 제단이 세워져 있으며, 원주민에 의한 이타콰 숭배의 의식이 진행되고 있다. 1933년 봄, 이곳에서 기괴한 연속 실종, 동사 사건이 보고되고 있다.

【참조작품】「이타콰」

콜린 윌슨 Colin Wilson 작가

① 정신기생체(The Mind Parasites) (한-김상훈 역 「정신기생체」 폴라북스) 1967

② 현자의 돌(The Philosopher's Stone) 1969

③ 로이거의 부활(The Return of the Lloigor) 1969

④ 올드원들의 무덤(The Tomb of the Old Ones) 1999

⑤ 마도서 네크로노미콘(The Necronomicon) 1978

⑥ 마도서 네크로노미콘 속편(Hidden Leaves from the Necronomicon) 1995

⑦ 마도서 네크로노미콘 위조의 기원(The Necronomicon: The Origin of a Spoof) 1984

영국의 작가, 평론가(1931~2013). 레스터 출신. 제화공의 아들로 태어나 공업 고등학교 중퇴 후 다양한 직업을 전전하면서 독학. 1956년 평론서 『아웃사이더(The Outsider)(한-범우사)』를 통해서 「분노한 젊은이」

의 일원으로서 충격적인 데뷔를 장식했다. 저서로는 「종교와 반역자(Religion and the Rebel)」(1957), 「인류의 범죄사(A Casebook of Murder)(한-알마)」(1969), 「오컬트의 역사(The Occult: A History)」(1971) 외 다수. 윌슨은 평론집 『꿈꾸는 힘(The Strength to Dream: Literature and the Imagination)』(1961)에서 자신의 데뷔작과 같은 제목의 소설을 쓴 작가 러브크래프트에 주목하여 "20세기 최악의 가장 현란한 문장가", "문학으로서는 실패작이지만 심리학적인 병력 문서로 흥미롭다"라고 평했다. 이에 어거스트 덜레스가 편지로 이의를 제기한 것이 계기가 되어, ①로 시작하는 신화작품을 집필하게 되었다고 한다(①과 ③은 당초 아캄 하우스에서 간행되었다).

①의 「서문」에서 윌슨은 『꿈꾸는 힘』에서 기재한 러브크래프트에 대한 견해를 대폭적으로 수정한 내용을 수록했다. 그 결론 부분에서 다음의 내용을 인용한다.

"만약 영국에서 태어났다면, 그는 존 키츠와 같은 시인이 되었을 것이다. 그는 음악, 그림, 책, 산, 호수를 마음의 양식으로 삼지 않을 수 없었던 인간이었다. 만약 소호나 비엔나, 프라하에 살았다면 더 행복했을 것이 틀림없다. (중략) 다양한 젊은 작가들에게 보냈던 그의 편지는 그가 자신과 같은 친구를 갖고 싶어 하는 매우 사교적인 인간이었다는 것을 보여주고 있다. 하지만, 한편으로 또한 그는 어딘가 귀족적인 면을 타고났기 때문에 뉴어크와 런던에서 가난하게 사는 것을 견디지 못할 테고, 그럴 바에야 태어난 고향인 프로비던스에서 평범한 삶을 사는 것이 나았을 것이다. (중략) 그렇다는 것은 곧, 그는 백 년 후에 다른 수만의 〈아웃사이더들〉이 느끼게 될 참담한 심정을 특히 깊게 경험한 것이다. 그래서 그의 작품은 실제의 문학적 가치보다 아니 어쩌면 그가 의도하지 않았을 정도로 매력을 품고 있다. 헤밍웨이와 포크너보다……. 아니, 카프카와 비교하더라도 그는 20세기의 아웃사이더 예술가의 의연한 상징이다."

윌슨의 신화작품, 특히 ①과 ②는 공포 소설을 의도하고 작성한 것이 아니라, 오히려 SF적인 설정 속에서 인간 의식의 확장, 잠재적 능력의 발현이라는 윌슨 자신의 테마를 전개한 것이기 때문에 여타 작가의 신화작품과 꽤 다른 느낌을 풍긴다. ①은 고대부터 인간의 정신에 둥지 틀고 있는 생물과 인류의 투쟁을 그린다.

②는 불로장생 탐구의 부산물로서 자유자재로 과거를 들여다보는 능력을 얻은 청년이 인류의 발생에 구지배자가 관련되어 있다는 금단의 비밀을 알게 되는 이야기이다. 단순한 혼성 작품이 아니라 러브크래프트 신화의 본질을 확실하게 응시하고 있는 작품으로서, 오리지널 신화로서도 꼭 읽어볼 만한 명작이다. 만년에「광기의 산맥(한)」의 추모 앤솔로지를 위해서 새로 쓴 ④는 후일담적인 설정과 줄거리로서 별로 새로운 맛은 없지만, 초능력자 미소녀 잉가가 중요한 역할로 등장하는 등 저자의 오컬트 지향이 전면에 발휘된 역작 중편이었다.

⑤는 윌슨 개인의 저작은 아니지만, 윌슨에 의한 기묘한 서문이 전체의 중반 가까이 차지하고 있는 점이라든가, ②나 ③에 등장하는 〈보이니치 필사본〉 같은 개념으로 이 책이 성립하고 있다는 점을 보아도, ⑤의 흑막이 윌슨이라는 점은 분명히 틀림없다고 여겨진다. (이 추측이 맞는지는 내막을 회고한 수필 ⑦로서 입증된다) ⑥은 그 속편이다.

콜린스 함장 Capt. Collins (용어)

엠마호의 함장. 앨러트호의 습격을 받았을 때 살해되었다.

【참조작품】「크툴루의 부름(한)」

콤모리옴 Commoriom (용어)

콤모리움이라고도 한다. 하이퍼보리아의 옛 수도. 오래 전엔 〈대리석과 화강암의 왕관〉이라고 표현되는 아름다운 도시였지만, 로쿠아메트로스왕(King Loquamethros)의 치세 시기에 크니가딘 자움의 저주로 황폐해졌다.

【참조작품】「아삼마우스의 유고(한)」, 「사탐프라 제이로스의 이야기(한)」

콤프턴 가문 Comptons (용어)

'컴프턴'이라고도 한다. 오클라호마주 카도 카운티의 빙어 마을에서 옛날부터 살고 있던 개척자 집안. 이곳에서 일어난 괴사건을 종종 목격했다.

【참조작품】「이그의 저주(한)」, 「고분(한)」

『콩고 왕국』 Regnum Congo (용어)

선원 로펙스(Lopex)의 기록을 바탕으로 피가페타가 라틴어로 기록하여 1591년에 출간한 콩고의 지리서. 1591년에 프랑크푸르트에서 출판된 버전은 드 브로이 형제에 의한 기괴한 목판 삽화가 담겨있다.
【참조작품】「그 집에 있는 그림(한)」

쿠라네스 Kuranes 용어
오스-나르가이와 그 인근의 〈꿈의 영역〉을 창조하고 지배하는, 왕이자 주신. 별의 심연으로 향하여 광기에 빠지지 않고 귀환한 단 한 사람이다. 아름다움을 추구하는 몽상가 기질의 작가로서 인간계의 런던에 있을 때의 이름은 알려져 있지 않지만, 랜돌프 카터와 친분이 있었던 것 같다. 오랜 잉글랜드를 각별히 사랑한다고 전해진다.
【참조작품】「셀레파이스(한)」, 「미지의 카다스를 향한 몽환의 추적(한)」

쿠스토데스 Custodes 용어
〈파수꾼〉을 참조.

쿠아미스 Quamis 용어
〈미스쿠아마커스〉를 참조.

『쿠하야 의식』
chhaya Ritual 용어
자세한 내용을 알 수 없는 마도서. 다른 차원의 지적 생명체의 존재에 관한 기록이 있다고 한다.
【참조작품】「사냥하는 자」

크나아 K'naa 용어
무 대륙의 성지로서, 중앙에 야디스고우 산기슭에는 사신 과타노차를 모시는 신전이 있다.
【참조작품】「영겁으로부터(한)」

크니가딘 자움
Knygathin Zhaum 용어
부어미족의 잔인하고 무쌍한 수령. 차토구아와 이계에서 온 부정형의 사생아의 혈통을 계승했기 때문에, 털이 하나도 없고, 전신에 검은색과 노란색의 큰 반점이 있으며, 온몸을 찢어버려도 몇 번이나 소생하는 힘을 가지고 있다. 마지막에는 부정형의 거대한 괴물이 되어 미쳐 날뛰면서 수도 콤모리옴 일대를 폐허로 만들었다.
【참조작품】「아삼마우스의 유고(한)」

크라강 Kra 용어
아이라 골짜기를 흐르는 강으로 아름다운 폭포가 있다.
【참조작품】「이라논의 열망(한)」

크라논 노인
old Kranon 용어
울타르의 시장.
【참조작품】「울타르의 고양이(한)」

크라우닌실드 장

Crowninshield place (용어)

아캄의 하이가 변두리에 있는 낡은 저택. 아세나스 웨이트는 에드워드 더비와 결혼한 뒤에 여기를 매입하여, 인스머스에서 데려온 3명의 하인과 함께 끔찍한 삶을 새로 시작했다.

【참조작품】「현관 앞에 있는 것(한)」

크라우치 엔드

Crouch End (용어)

런던의 변두리에 가까운 한 지역. 다른 차원과의 벽이 극히 얇은 지역으로 종종 정체를 알 수 없는 괴사건이 발생하고 있다.

【참조작품】「크라우치 엔드」

크라우치 엔드

Crouch End (작품)

스티븐 킹(Stephen King)

【첫 소개】아캄 하우스 『신편 크툴루 신화작품집(New Tales of the Cthulhu Mythos)』 1980년 간행

【한국번역】이은선 역 「크라우치 엔드」『악몽과 몽상』 엘릭시르

【개요】미국인 변호사인 프리먼 부부는 런던의 크라우치 엔드 지역에 사는 친구 집으로 향하지만, 도중에 길을 잃어버린다. 승차 거부를 하는 택시 운전사, 새의 발톱 같은 손을 가진 소년, 음침한 상가, 그리고 민가의 잔디에 열려 있던 구멍에서 들리는 신음소리. 도우러 간 남편 로니는 구멍 속에서 무언가와 싸우다가 공포에 질린 채 뛰쳐나온다. 보이지 않는 추격자로부터 벗어나고자 헤매는 두 사람. 그러나 피 같은 석양이 비치는 가운데, 남편은 사라지고 남겨진 아내는 지하로부터 꿈틀거리며 나오는 촉수를 보게 된다. 크라우치 엔드——그곳은 이계와의 벽이 매우 얇은 곳이다.

【해설】모던 호러의 대가인 킹이 아캄 하우스의 요청에 부응하여 독자적인 스타일로 신화 대계에 본격적으로 도전한 의욕적인 작품. 이계와의 경계에 있는 도시의 섬뜩한 분위기가 외부인의 관점에서 훌륭하게 그려져 있다.

크라이스트 처치 묘지

Christchurch Cemetery (용어)

아캄에 있는 공동묘지.

【참조작품】「허버트 웨스트 리애니메이터(한)」

크랄리츠 남작가

the House of the Baron Kralitz (용어)

독일의 유서 깊은 집안. 초대 남작이 죽인 수도원의 대수도원장에 의해 저주를 받았다. 따라서 대대로 당주는 어느 시기가 오면 검은 옷을 입은 비밀 파수꾼에 의해 성 지하에 있는 동굴로 안내되어 그레이트 올드 원의 권속과 끔찍한 연회를 연다고 한다.
【참조작품】「크랄리츠의 비밀」

크로포드 틸링해스트
Crawford Tillinghast (용어)
과학 철학의 탐구에 헌신하는 인물. 프로비던스의 바네바란트가(Benevolent Street)의 낡은 저택에서 음울한 연구를 계속하고 있었다. 인간 속에 잠재하는 다양한 감각을 불러 일으키고 다른 차원을 엿보는 무거운 색상으로 빛을 내는 전기 장치를 고안했지만, 결과적으로 시공의 저편에 존재하는 괴물까지도 소환해 버린다.
【참조작품】「저 너머에서(한)」, 「어둠 속에서 속삭이는 자(한)」

크롬-야 Crom-Ya (용어)
기원전 1만5천 년의 킨메리아 족장. 〈위대한 종족〉에 의해 정신을 교환하여 너새니얼 피슬리와 대화했다.
【참조작품】「시간의 그림자(한)」

크리스토퍼 카터
Christopher Carter (용어)
랜돌프 카터의 종조부. 아캄의 구릉지대에 있는 선조가 살던 땅으로, 아내인 마사(Martha)와 함께 살았다.
【참조작품】「실버 키(한)」

크사리강 Xari (용어)
나르토스를 흐르는 차가운 강.
【참조작품】「이라논의 열망(한)」

크실 X'hyl (용어)
슬리식 하이에 사는 사인족 중에서도 최고위의 하나로서, 저명한 약사. 「현자 크실」이라는 별명이 있다.
【참조작품】「슬리식 하이의 재난」

크타니드 Kthanid (용어)
엘더 갓 중 하나. 엘리시아의 영구빙하 안쪽에 있는 〈크리스탈과 진주 궁전〉에 자리잡고 있다. 엘더 갓과 인간 양쪽의 피를 이어받은 티아니아나 크로우를 수호하는 존재이기도 하다. 그 모습은 크툴루와 꼭 닮았다고 한다.
【참조작품】「타이터스 크로우의 귀환」, 「엘더 갓의 고향 엘리시아」

크토니안 Cthonian (용어)
일명 「땅을 뚫는 것」. 크툴루의 권속

마신 중의 한 종족으로 거대하고 추악한 오징어 모양을 하고 있으며, 지하에 서식한다. 그 수괴는 슈드 뮤엘이다. 난생이며 물과 방사능에 약하다. 오래전 아프리카의 지하에 봉인되어 있었지만, 현재는 세계 각처의 지하에 잠입하여 꿈을 통해 인간을 조종하여, 크툴루 부활을 획책하고 있다고 한다.

【참조작품】「땅을 뚫는 것」

크투가 Cthugha (용어)

지구에서 27광년 떨어진 포말하우트 행성에 사는 화염의 정령. 〈크투가의 부하(the Minions of Cthugha)〉라고 불리는 무수한 빛의 작은 공을 거느리고 살아있는 불꽃으로서 출현한다. 니알라토텝의 천적이며, 그 한 거점인 〈은가이의 숲〉을 불태웠다.

【참조작품】「어둠 속에 깃든 자」

크툴루 Cthulhu, Kthulhut (용어)

크루우루, 크툴루흐, 크툴루프, 크리틀 리틀, 츄우루, 9머리 용이라고도 한다. 머나먼 별의 세계로부터 태고의 지구를 찾아온 위대한 존재. 머리는 문어와 닮았고, 얼굴에는 무수한 촉수가 나 있다. 몸통은 고무 모양으로 비늘로 덮여 있으며, 손발에는 거대한 손톱, 허리에는 가늘고 긴 날개가 있다.

그 권속인 크툴루의 별의 자손들은 오래전에 남극의 불가사리 모양 생물과 지구의 패권을 다투었고, 현재의 태평양 부근에 솟아오른 대륙에 르뤼에를 비롯한 거대한 석조 도시들을 세웠다. 이윽고 별들의 위치가 변화하면서 크툴루는 르뤼에의 저택에서 죽음의 잠에 빠져들었고, 이어서 일어난 지각 변동으로 르뤼에도 해저에 수몰되었다.

그러나 크툴루 숭배는 다음에 출현한 일부 일류에게 면면히 이어져서, 그들은 르뤼에를 수호하는 〈딥 원〉과 결탁하여 예언된 부활의 시절을 기다리고 있다. 크툴루 숭배는 고대 무 대륙과 지저세계인 큰-얀에서도 인정받았으며, 현재는 남태평양 포나페와 페루의 마추픽추, 북미 인스머스가 그 주요 거점이 되고 있다.

【참조작품】「크툴루의 부름(한)」, 「인스머스의 그림자(한)」, 「영겁의 탐구 시리즈(어거스트 덜레스 참조)」, 「아캄 계획」, 「광기의 산맥(한)」, 「고분(한)」, 「땅을 뚫는 마」, 「타이터스 크로우의 귀환」, 「몽환의 시계」, 「엘더 갓의 고향 엘리시아」, 「암흑 지식의 파피루스」, 「네크로노미콘 알하즈레

ㅋ

드의 방랑」

크툴루 교단

Cthulhu Cult (용어)

지하와 해저에 봉인된, 그레이트 올드 원은 최초의 인류 중에서도 예민한 사람에게 꿈을 보내 감춰진 지식을 전했다. 그 인간들이 그레이트 올드 원의 조각상 숭배를 중심으로 조직한 것이 크툴루 교단이다. 원주 도시 아이렘이 잠든 아라비아의 사막 지대에 본사를 두고, 세계 각지의 변방에 잠복하여 끔찍한 의식을 계속하면서 별들이 제자리로 돌아오고 르뤼에가 부상하여 위대한 크툴루가 풀려날 때를 교인들은 기대하고 있다고 한다.

【참조작품】「크툴루의 부름(한)」, 「영겁의 탐구 시리즈」

『크툴루 교단』

Cthulhu Cult (용어)

에인절 교수가 죽기 직전에 쓴 초안으로 「1925년 로드아일랜드 프로비던스 토머스 7번가, H.A. 윌콕스의 꿈에 기초한 몽환적인 작품」과 「1908년 미국 고고학회 세미나에 참석한 루이지애나주 뉴올리언스 비엔빌 121번가의 존 R. 레그라스 경위의 설명 및 동일 내용에 대한 웹 교수의 설명」이라는 제목이 붙은 2부로 구성된 내용이 중심이다. 신문 기사를 발췌한 내용이나 점토판의 부조와 함께 상자에 담겨서 엄중하게 보관되어 있었다.

【참조작품】「크툴루의 부름(한)」

크툴루의 권속

Demons of Cthulhu (작품)

로버트 실버버그(Robert Silverburg)

【첫 소개】『몬스터 퍼레이드(Monster Parade)』 1959년 3월호

【개요】미스캐토닉 대학 부속 도서관에서 정리 직원으로 근무하던 17세의 마티는 상사인 대학원생 보리스에 내밀한 부탁을 받는다. 특별 서고의 책을 연구 관외로 반출하는 것을 도와달라는 것이다. 예정대로 밖에서 기다리던 마티가 맡은 것은……『네크로노미콘』이었다. 욕심을 품고 책을 가로챈 마티가 그 안에 기록된 나라토스 소환 마법을 외우자, 예상대로 다른 차원의 괴물이 실내에 출현하여 마티의 소망을 무엇이든 들어준다. 황급히 달려간 보리스가 말리는 것을 무시하고 복귀의 주문을 외운 마티였지만….

【해설】SF업계의 거물의 손으로 쓰인 드문 신화 소설. 가장 소환하기 쉬

운 하급 괴물과 평범한 젊은이를 주인공으로 앉힌 발상의 전환이 뛰어나며, 우화풍의 느낌을 잘 빚어내고 있다.

크툴루의 권속 마신군

Cthulhu Cycle Deities 용어

주로 윌마스 재단에서 사용하고 있는, 그레이트 올드 원의 별칭. CCD라고 줄여서 말하기도 한다.

【참조작품】「땅을 뚫는 마」, 「타이터스 크로우의 귀환」, 「몽환의 시계」

크툴루의 부름

The Call of Cthulhu 작품

H. P. 러브크래프트(H.P. Lovecraft)

【집필년도/첫 소개】 1926년/『위어드 테일즈(Weird Tales)』 1928년 2월호

【한국번역】 정광섭 역 「크투르프가 부르는 소리」(동1)/김지현 역 「크툴루의 부름」(현)/정진영 역 「크툴루의 부름」(황1)

【개요】 큰백부에 해당하는 고고학자 에인절 교수의 유고를 정리하고 있던 나는 괴이한 수생 생물이 그려진 점토판 부조와 일련의 문서가 담긴 서류 상자를 발견한다. 중심이 된 문서에는 『크툴루 교단』이라는 표지가 붙어 있으며, 전반에는 1925년에 프로비던스에 살던 조각가 윌콕스가 본 요몽에 대해서, 후반에는 1908년에 뉴올리언스의 레그라스 경위가 관여한 사교 숭배 사건의 기괴한 경위가 기록되어 있었다. 윌콕스가 꿈에 본 그대로의 모습을 조형했다는 부조를 본 교수는 레그라스 경위가 사건 현장에서 압수한 태고의 석상과 비슷하다는 점에 주목하고, 괴상한 거대한 석조물로 가득한 조각가의 꿈을 상세하게 기록하기 시작하지만, 윌콕스는 갑자기 혼수상태에 빠졌다가 1주일 뒤에 회복하고 나서는 그동안의 기억을 모두 잃어버렸다. 교수가 수집한 자료에 따르면, 같은 시기에 세계 각지에서 예술가들이 악몽에 시달리다 발광하거나, 수상쩍은 흉악한 사건이나 소란이 계속되고 있던 것이었다. 또 레그라스에 관련된 보고에는 해저 도시에 유폐된 크툴루 부활을 대망하는, 태고부터 이어져 내려온 사교 집단의 존재가 암시되어 있었다. 백부의 유고에 흥미를 품고, 추적 조사를 시작한 나는 우연히 발견한 신문 기사에서 놀라운 사실을 알게 된다. 그 기사는 1925년에 일어난 화물선의 해난 사건에 관한 것으로, 예의 석상과 꼭 닮은 두 동상의 사진이 첨부되어 있었다. 단 한 명의 살아난 항해사 요한센을 만나고자 나

는 노르웨이의 오슬로로 향하지만, 항해사는 이미 사고로 사망한 뒤였고, 나는 과부의 유품 초안을 빌린다. 거기에는 승무원 일행이 남태평양에 솟아오른 한 섬에 도착하여 심연에 이르는 엄청난 크기의 문 앞에서, 보기에도 끔찍한 거대한 생물에게 습격당한 모습이 기록되어 있었다. 백부와 요한센의 죽음으로, 크툴루 교단의 마수를 확인한 나는 나 자신의 죽음도 임박했다고 예측하고 이 문서를 남긴 것이었다.

【해설】〈크툴루 이야기〉뿐만 아니라, 크툴루 신화 대계 전체의 큰 원점이라고도 할 걸작. 지금까지 단편적으로 언급될 뿐이었던 고대의 마신과 환상 도시, 마도서 같은 정보가 본편에 이르러 유기적으로 결합되어, 암흑의 우주 연대기를 배경으로 하는 환상 신화 대계가 여기에서 탄생한 것이다.

크툴루의 사생아

Cthulhu spawn (용어)

크툴루의 후예, 크툴루의 별의 자손이라고도 한다. 문어와 같은 형태를 한 육지 종족. 남태평양에서 신대륙이 솟아오른 시대에 지구로 날아와서, 〈올드 원〉과 엄청난 항쟁을 계속했다. 석조 도시 르뤼에를 건설하고 신대륙에 군림했지만, 대륙이 침몰하면서 운명을 같이했다고 한다.

【참조작품】「광기의 산맥(한)」, 「호수 바닥의 공포」, 「저편에서 나타나는 것」, 「에릭 홀름의 죽음」, 「광기의 지저 회랑」, 「네크로노미콘 알하즈레드의 방랑」

크툴루의 후손

Cthuluh spawn (용어)

〈크툴루의 사생아〉 참고.

크틸라 Cthylla (용어)

크툴루의 〈딸〉이라고도 하고 〈감춰진 자손〉이라고도 불리는 여성신. 해저도시 얀슬레이의 깊숙한 해저 동굴에 다곤과 하이드라가 지키면서 감추어져 있다고 하며, 그 존재는 모든 기록에서 말소되었다.

【참조작품】「타이터스 크로우의 귀환」

큰 머리를 가진 갈색 인종

greatheaded brown people (용어)

기원전 5만 년에 남아프리카를 지배하고 있던 종족. 그 장군은 〈위대한 종족〉에 의해 정신이 교환되어 너새니얼 피슬리와 대화했다.

【참조작품】「시간의 그림자(한)」

큰 물고기 The Big Fish (작품)

킴 뉴먼(Kim Newman, 필명 잭 요빌Jack Yeovil)

【첫 소개】『인터존(Interzone)』 1993년 10월호

【개요】 때는 태평양 전쟁 개전 직후. 장소는 진주만 공격의 충격이 식지 않은 캘리포니아 베이 시티. 사립 탐정인 나는 여배우인 쟈니 와일드의 의뢰를 받아서 실종 중인 거물 도박사 레어드 블루넷의 탐색에 착수한다.

하지만 블루넷의 동료였던 파스트리는 호텔의 욕조에서 익사하고, 나는 현장에 나타난 미국과 영국, 프랑스 혼성의 특무기관원에게 심문을 받는다. 그들은 다곤 비밀 교단과 〈딥 원〉이 사건에 관여하고 있음을 암시하면서, 조사에서 손을 떼라고 말한다. 블루넷은 쟈니와 영화에서 함께 출연한 적도 있는 개성파 여배우 제니스 마시를 애인으로 둔 이후, 기괴한 신흥 종교에 심취해버린 것 같다. 허버트 웨스트 러브크래프트라는 가명을 사용하여 교단 본부에 잠입한 나는, 쟈니스가 오벳 마시의 자손이자 교단의 지도자가 되었다는 것을 알게 되는데…….

【해설】 뛰어난 재능을 가진 킴 뉴먼이 다른 명의로 발표한 이 작품은 러브크래프트와 동시대에 활약한 레이먼드 챈들러의 작풍을 뒤섞은 분위기의 하드보일드 신화 소설이 되었다. 전쟁 중의 시대 풍속을 교묘하게 담는 등, 곳곳에서 절묘한 재미 요소를 더한, 재기 넘치는 작품이다.

큰-얀 K'n-yan (용어)

미국 중서부의 지하에 펼쳐진 지하 세계. 그 입구 중 하나는 오클라호마주 카도 카운티의 빙어 근교의 묘에 있다. 이곳의 주민은 태고에 툴루(크툴루의 다른 이름)와 함께 다른 별에서 왔다고 전해진다. 영생의 기술로서 불사를 실현하고 신체 조직을 분자로 분해하여 자유롭게 재생할 수 있는 능력을 갖추고 텔레파시를 통해 대화한다. 〈파랗게 빛나는 차트〉와 〈붉게 빛나는 요스〉의 두 도시가 있었지만 정복 종족인 현재의 주민은 차트에서 살고 요스는 폐허가 되었다. 요스 지하에는 암흑 세계 은카이가 있다고 한다. 또한, 큰-얀은 중국 지하까지 이르는 광대한 지하 세계로서, 지구 공동설의 기원이 되었다는 설도 있다.

【참조작품】「고분(한)」, 「어둠 속에서 속삭이는 자(한)」

클라카쉬-톤

Klarkash-Ton 용어

아틀란티스의 대제사장이자, 콤모리옴 신화의 계승자. 러브크래프트가 붙인 클라크 애슈턴 스미스의 별명이기도 하다.

【참조작품】「어둠 속에서 속삭이는 자(한)」, 「아틀란티스의 악몽」

클라크 애슈턴 스미스 Clark Ashton Smith 작가

① 마법사의 귀환(The Return of the Sorcerer)(한-클) 1931
② 사탐프라 제이로스의 이야기(The Tale of Satampra Zeiros)(한-황6) 1931
③ 토성을 향한 문(The Door to Saturn) 1932
④ 이름 없는 자손(The Nameless Offspring)(한-클) 1931
⑤ 아삼마우스의 유고(The Testament of Athammaus)(한-클) 1932
⑥ 저편에서 오는 사냥꾼(The Hunters from Beyond) 1931
⑦ 빙마(The Ice-Demon)(한-클) 1933
⑧ 아베르와뉴의 맹수(The Beast of Averoigne) 1933
⑨ 우보-사틀라(Ubbo-Sathla) 1933
⑩ 아제다락의 신성(The Holiness of Azedarac) 1933
⑪ 납골당의 신(The Charnel God)(한-클) 1934
⑫ 무덤의 사생아(The Tomb Spawn) 1934
⑬ 일로르뉴의 거인(The Colossus of Ylourgne)(한-클) 1934
⑭ 일곱개의 저주(The Seven Geases) 1934
⑮ 하얀 무녀(The White Sybil) 1934
⑯ 먼지를 밟고 걷는 것(The Treader of the Dust) 1935
⑰ 백색 벌레의 출현(The Coming of the White Worm)(한-클) 1941
⑱ 39개의 속옷 훔치기(The Theft of Thirty-Nine Girdles) 1958

미국의 시인, 작가, 화가, 조각가(1893~1961). 캘리포니아주 롱 밸리에서 태어났다. 아버지는 금광 탐색을 위해 이주한 영국인. 14세에 학교를 중퇴하고 『브리태니카 백과사전』과 사전을 바탕으로 독학, 희귀한 단어나 고어가 뒤섞인 독특한 문체의 소양을 쌓았다. 육체 노동을 하면서 시짓기에 뜻을 두고, 당시 신비한 작풍으로서 주목을 받고 있던 시인 조지 스털링(George Sterling, 1869~1926) 밑에서 수업을 쌓았다. 그의 추천으로 『The Star Treader』(1912)를 비롯한 4권의 시집을 냈다.

1922년 8월 스미스의 그림과 시에 감명을 받은 러브크래프트에게서 칭찬의 편지가 수없이 날아오면서, 이후 둘은 친하게 편지를 나누게 되었다. 다음 해, 스미스는 러브크래프트의 추천으로 『위어드 테일즈(Weird Tales)』에 시를 발표하였으며, 1928년 9월호에 게재된 「9번째 해골 9」을 시작으로 괴기 환상 소설도 집필하기 시작했다.(하지만 스미스는 1911년부터 다음해에 걸쳐서 이미 『블랙캣』 같은 잡지에서 모험소설을 발표하고 있었다.) 1930년대 초반에는 러브크래프트, 하워드와 대등한 『위어드 테일즈』의 삼대 대가 중 한 사람으로서 활약했다. 그러나 부모와 러브크래프트의 잇단 죽음을 계기로 점차 소설 쓰기에서 멀어져서, 말년에는 주로 조각 작품에만 전념했다.

스미스가 남긴 120편에 가까운 소설 작품은 그 대부분이 조티크(죽어가는 지구의 마지막 대륙), 아베르와뉴(프랑스 남부에 있다는 가공의 왕국), 하이퍼보리아(고대 북극의 대륙), 그리고 아틀린티스 같은 환상 세계를 무대로 한 그로테크스&아라베스크 기담이다. 또한, 스미스가 자기 작품의 구상이나 메모를 적은 『The Black Book』이라고 불리는 검은 가죽 수첩이, 1979년에 아캄 하우스사에서 나왔다. 러브크래프트 서클 작가 중에서 유일하게 러브크래프트와는 완전히 다른 방향에서 신화 대계에 참여한 것이 스미스였다. 「크툴루 / 네크로노미콘」에 대비하여 「차토구아 / 에이본의 서」를 중심으로 한 스미스류의 크툴루 신화(라기보다도 차토구아 신화라고 해야 할까)는 그 무대가 현실에서 떨어진 가공 세계라는 점도 있었기에, 러브크래프트 신화 이상으로 자유분방한 환상성이 넘쳐난다. ④는 스미스로서는 드물게, 『네크로노미콘』에서의 인용으로 시작하는, 영국의 시골을 무대로 하는 현대물. 에드거 앨런 포의 영향을 강하게 느끼게 하지만, 구울 이야기로서는 최고의 부류에 속하는 작품이다. ⑥도 현대물로 「픽맨의 모델」의 조각가 버전 같은 분위기의 작품, 나오는 괴물에서는 F.B.롱의 영향도 느껴진다. ⑪에서는 구울의 신까지 등장한다. 한편, ⑩은 아베르와뉴를 무대로 하는 마법사 이야기 중 1 편으로, 『에이본의 서』나 요그 소토스, 소다구이 같은 이름이 등장하지만, 영약을 이용한 시간 여행과 관련된 본편의 이야기와는 별로 관련이 없다. ⑯에서는 독자적인 마도서 『카르나마고스의 유언』과 괴물 쿠아킬 우타우스가 등장한다. 가장 만년에 쓴 ⑱은 ②의 주인공이 활약하는 도적 이야기이다.

러브크래프트는 「공포 문학의 매혹」에서 스미스의 시와 소설에 대해서 「순수한 악마적 기괴함과 개념의 풍부함으로 보자면, 세상을 떴거나 살아있는 작가들 중에서 스미스를 능가할 사람은 아무도 없으리라. 그 누가 무한한 영역들과 다양한 차원에 대한 뒤틀린 상상을 그토록 다채롭고 열정적으로 직시하고 이야기하며 살았겠는가?」(홍인수 역)라면서 극찬하고 있다. 그리고 자기가 죽기 직전에도 「아베르와뉴의 주인 클라카쉬톤에게 바친다(To Klarkash-Ton, Lord of Averoigne」(1937)라는 짧은 시를 써서, 친구를 칭찬했다.

클라크 얼만
Clark Ulman (용어)

울만이라고도 한다. 맨해튼 미술관의 야외 조사원. 츠앙고원의 동굴에서 코끼리 신 차우구날 파우군의 석상을 발견한다.

【참조작품】「공포의 산」

클레드 Kled (용어)

〈드림랜드〉에 있는 도시. 상아 기둥이 늘어선 궁전이 밀림 안에 잠들어 있는 버려진 도시이다.

【참조작품】「실버 키(한)」, 「실버 키의 관문을 지나서(한)」

클레이본 보이드
Claiborne Boyd (용어)

미국 뉴올리언스에 사는 학생. 예기치 못한 죽음을 맞이한 종조부 아사프 길먼의 유품으로, 크툴루 교단의 존재를 알고 쉬류즈베리 박사의 계시를 받았다. 페루의 교단 아지트에 잠입하여 신부로 둔갑한 지도자를 사살했다.

【참조작품】「영겁의 탐구 시리즈(어거스트 덜레스 참조)」

클레이본 보이드의 유서
The Testament of Claiborne Boyd (영겁의 탐구 3부) (작품)

어거스트 덜레스(August Derleth)

【첫 소개】『위어드 테일즈(Weird Tales)』 1949년 3월호

【개요】 크리올 문화 연구가인 클레이본 보이드는 종조부인 아사프 길먼의 유품을 통해서 크툴루 교단의 존재를 알게 된다. 사악한 교단의 마수가 다가오고 있다는 위기감이 점차 깊어져가는 가운데, 보이드의 꿈

에 쉬류즈베리 박사가 나타나고 안드라다라는 수수께끼의 인물의 탐색을 보이드에게 의뢰한다. 안드라다는 페루 오지에서 크툴루 부활을 획책하는 마신부였다. 페루로 향한 보이드는 신부를 사살하고 다이너마이트로 지하 호수를 파괴한 뒤에 사라졌다.

【해설】 연작 『영겁의 탐구(The Trail of Cthulhu)』의 제3부. 전반의 전개는 「크툴루의 부름(한)」을 충실하게 답습하고 있지만, 후반의 활극풍은 덜레스다운 개성을 느끼게 한다.

클렌체 대위

Lieutenant Klenze 용어

키엔체라고도 한다. 독일군의 잠수함 U29에 탑승하고 있던 장교. 격침한 빅토리호 선원이 갖고 있던 상아 세공을 얻고서, 다양한 환영에게 농락당하다가 미쳐 죽었다.

【참조작품】「신전(한)」

클루루 Clooloo 용어

〈크툴루〉의 다른 표기.

클리타누스 Clithanus 용어

영국 해안 린월드(Lynwold)의 수도원에서 살던 수도사. 그레이트 올드 원과 관련한 금단의 지식에 통달하여 이곳 해안에서 〈크툴루의 사생아〉를 소환하고, 정신에 이상을 일으켜 로마에 송환되었다. 그의 고백록(『미친 수도사 클리타누스의 고백록Confessions of Monk Clithanus』)은 로마에서 비밀리에 출판되었다.

【참조작품】「저편에서 나타나는 것」, 「에릭 홀름의 죽음」, 「호수 바닥의 공포」

클리포드 마틴 에디 주니어

Clifford Martin Eddy Jr. 작가

① 보지않고, 듣지 않고, 말하지 않는 것(Deaf, Dumb, and Blind) 1925

미국 프로비던스에 사는 펄프 작가(1896~1971). 러브크래프트보다 빨리 데뷔했지만 『위어드 테일즈(Weird Tales)』에 투고한 작품이 채용되지 않아서, 친구인 러브크래프트에게 4작품의 첨삭을 부탁했다. 그중에는 네크로필리아와 엽기 범죄를 정면으로 그려내어 충격을 준 「사랑하는 죽은 자(The Loved Dead)」(1924)가 유명하지만, 신화와 관련되었다고 간주할 수 있는 작품은 ① 뿐이다. 종군 중에 시각, 청각, 발성을 빼앗긴 시인 작가가 과거에 마법사가 거주하던 집에서 기괴한 환각을 맞이하게 된다……라는 구성과 광기가 넘치는 수기로서 마무리하

는 구성, 작가의 이름이 리처드 블레이크라는 점 등에서 이후의 「누가 블레이크를 죽였는가?(한)」와 일맥상통하는 점이 있어 흥미롭다.

키나라톨리스 왕
King Kynaratholis 용어
지금은 죽음밖에 없는 폐허가 된 나라를 오래전에 다스리던 왕. 정복지에서 귀환하여, 신들의 복수를 목격했다고 한다.
【참조작품】「셀레파이스(한)」

키나스 Kynath 용어
유고스와 함께 태양계 외곽에 위치한 행성.
【참조작품】「실버 키의 관문을 지나서(한)」

키나이안 Xinaian 용어
〈큰-얀〉의 다른 이름.
【참조작품】「고분(한)」

키란의 벽옥 대지
Jasper Terraces of Kiran 용어
〈드림랜드〉를 흐르는 오우쿠라노스 강가의 대지에서, 이레크-바드의 왕이 매년 한 번 방문하는, 장려한 벽옥의 신전이 있다.
【참조작품】「미지의 카다스를 향한 몽환의 추적(한)」

키베레 Cybele, Kybele 용어
'시빌리', '퀴벨레'라고도 한다. 고대 소아시아 지방에서 숭배된 대지모신. 마그나마타(모든 신의 어머니)라고도 한다. 애인인 아튀스와 함께 열광적인 제사로써 숭배의 대상이 되었다. 영국의 웨일즈의 엑섬 수도원에는 키벨레 신앙이 비밀리에 전해내려오는 모양이다.
【참조작품】「벽 속의 쥐(한)」

키안 Chian 용어
〈치안〉을 참조.

키클롭스 Cyclops 용어
'사이클롭스'라고도 한다. 그리스 신화에 등장하는 외눈의 거인. 이마의 중앙에 한 개의 눈을 가지고 있다. 대장장이의 장인으로 알려졌다. 고대 그리스의 시인 호메로스의 서사시 「오디세이아」에 그려진 키클롭스는 이탈리아의 해변에 사는 광포하고 잔인한 식인족이다.
【참조작품】「크툴루의 부름(한)」

키타밀 Kythamil 용어
오래전 아크투르스성 주위를 돌고 있었다는 이중성. 거기에서 날아온,

차토구아를 섬기는 무정형의 키타밀 성인은 인류의 먼 조상이라고도 한다.
【참조작품】「실버 키의 관문을 지나서(한)」

킬데리 Kilderry 용어

'킬더리'라고도 한다. 아일랜드의 추운 마을. 돌로 만들어진 거리가 가라앉는다고 전해진, 금단의 습지이다.
【참조작품】「달의 습지(한)」

킴 뉴먼 Kim Newman 작가

① 3시 15분 전(A Quarter to Three) 1988
② 큰 물고기(The Big Fish) 1993
다른 필명으로 잭 요빌(Jack Yeovil)이라고도 한다. 영국의 작가이자 영화 비평가, 언론인(1959~). 런던에서 태어나 서머셋주에서 자라났다. 서식스 대학을 졸업했다. 1985년 『Ghastly Beyond Belief:The science fiction and Fantasy Book of Quotations』(닐 게이먼과 공저) 및 『Nightmare Movies : A critical history of the horror film, 1968-88』을 잇따라 출간하면서 데뷔. 소설가로서는 1989년에 요빌의 명의로 발표한 『The Night Mayor』가 첫 번째 작품이다. ①는 인스머스의 간이 음식점에서 야간 근무에 종사하는 청소년과 그 지역의 제멋대로인 아가씨의 나른한 대화를 그려내는 서정적인 소품이다.

킹스포트 Kingsport 용어

아캄의 동쪽에 위치한 낡은 항구 도시. 마을 북쪽 외곽의 큰 절벽은 이계와 인접해 있으며, 교회의 지하 깊은 곳에서는 오래전부터 크리스마스에 비밀의 의식이 진행되며, 마을 가운데에는 〈무서운 노인〉이 사는 집이 있는 등 도처에 수상한 기운이 숨어 있는 마을이다.
【참조작품】「축제(한)」, 「안개 속 절벽의 기묘한 집(한)」, 「무서운 노인(한)」, 「인스머스의 그림자(한)」, 「축제의 유지」

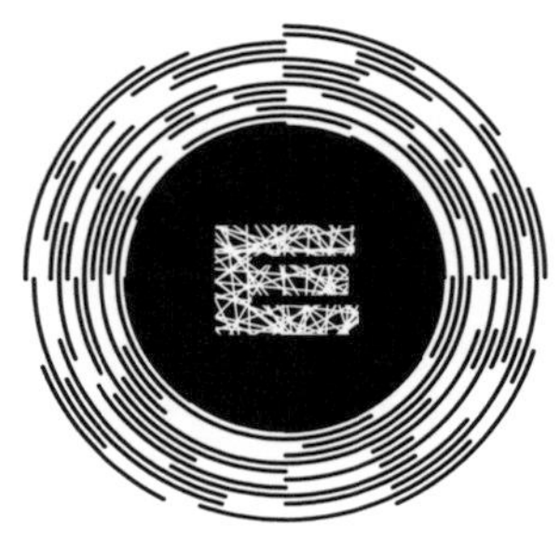

타나리안 언덕
Tanarian Hills 용어
〈드림랜드〉의 신비한 구릉지대로 그 너머에는 오스-나르가이 골짜기가 있다.
【참조작품】「셀레파이스(한)」, 「미지의 카다스를 향한 몽환의 추적(한)」

타디우스 가드너
Thaddeus Gardner 용어
나훔 가드너의 차남. 감수성이 예민한 15살 소년으로 운석에 의한 오염의 영향으로 정신 착란에 빠져 다락방에 유폐되었다.
【참조작품】「우주에서 온 색채(한)」

타란-이쉬 Taran-Ish 용어
사나스의 대신관. 이브를 멸망시킨 사나스의 백성이 승리한 직후에, 돌 제단에 파멸의 경고를 남기고, 공포 속에 숨을 거두었다.
【참조작품】「사나스에 찾아온 운명(한)」

타마쉬 Tamash 용어
타마슈라고도 한다. 사나스에서 숭배한 3주신 중 하나. 턱수염을 기른 우아한 모습에, 살아 있는 듯한 석상이 거대한 신전에 안치되어 있다.
【참조작품】「사나스에 찾아온 운명(한)」

타버린 땅
blassted heath 용어
아캄 서쪽의 험난한 구릉 지대 안쪽에 있는 회색 황무지. 현지에서는 〈이상한 나날〉을 기점으로 사악한 장소로 간주되었다. 조만간 저수지가 건설되어, 수몰될 예정이다.
【참조작품】「우주에서 온 색채(한)」

타윌 아트움르

Tawil At'Umr 용어

움르 아트 타윌의 다른 이름.

【참조작품】「네크로노미콘 알하즈레드의 방랑」

타이터스 셈프로니우스 브라이수스

Titus Sempronius Blaesus 용어

장군 술라(Sulla, 기원전 138~78)의 시대에 집정관을 하고 있던 로마인. 〈위대한 종족〉과 정신을 교환하고 너새니얼 피슬리와 대화했다.

【참조작품】「시간의 그림자(한)」

타이터스 크로우

Titus Crow 용어

런던 교외의 브로운관에 은거 중인 오컬트 전문가. 금단의 서적의 수집가로서도 잘 알려져 있다. 후일 사교에 대항하는 조직인 윌마스 재단의 대표적인 활동가가 되어, 유령 사냥꾼이 아니라 마신 사냥꾼으로서 활약한다.

【참조작품】「검은 소환자」, 「드 마리니의 벽시계」, 「땅을 뚫는 마」, 「타이터스 크로우의 귀환」, 「몽환의 시계」, 「엘더 갓의 고향 엘리시아」, 「프리스쿠스의 무덤」

타일러 M. 프리본

Tyler M. Freeborn 용어

미스캐토닉 대학의 인류학 교수. 대학에서 실시한 그레이트 선데이 사막의 발굴 조사에 참여했다.

【참조작품】「시간의 그림자(한)」

타즘 Tasm 용어

고대 아라비아의 신비한 4종족 중 하나. 아라비아 반도 중앙부에 거주하고 있었다고 한다.

【참조작품】「알하즈레드의 램프」

『탐구의 서』

Liber-Investigationis 용어

8세기 아랍의 연금술사 게베르(Geber)가 썼다고 전해지는 전설의 책.

【참조작품】「찰스 덱스터 워드의 사례(한)」

탐무드 Thamood 용어

고대 아라비아의 수수께끼의 4종족 중 하나. 아라비아 반도의 북부에 거주했다.

【참조작품】「알하즈레드의 램프」

터그 Thugians 용어

노란 마차를 타고 여러 나라를 떠도는 방랑의 백성. 저주받은 카인 후손이라고도 불리며 슈브-니구라스

를 숭배하고, 암살과 주술에 뛰어나다.

【참조작품】「네크로노미콘 알하즈레드의 방랑」

테오도루스 필레타스
Theodorus Philetas 용어

테오도라스 필레타스라고도 한다. 콘스탄티노플의 서기이자, 현자. 950년에 『알 아지프』를, 아라비아어 사본에서 그리스어로 몰래 번역하여, 『네크로노미콘』이라고 이름 붙였다.

【참조작품】「『네크로노미콘』의 역사(한)」, 「네크로노미콘 알하즈레드의 방랑」

테오도어 하우랜드 워드
Theodore Howland Ward 용어

찰스 워드의 아버지. 포텍스 밸리의 리버포인트에 면직물 공장을 소유하고 있는 부유한 사업가로, 프로스펙트가 100번지에 조지 왕조 양식의 호화로운 저택을 소유하고 있다.

【참조작품】「찰스 덱스터 워드의 사례(한)」

테오로라스 필레타스
Theodorus Philetas 용어

〈테오도루스 필레타스〉를 참조.

테오필 고티에
Théophile Gautier 작가

① 클레오파트라의 밤(Une unit de Cléopâtre) 1845

프랑스의 시인, 소설가, 비평가(1811~1872). 처음에는 파리에서 화가를 지망했지만, 이른바 「에르나니 사건」을 계기로 젊은 낭만파 시인들의 중심에 서게 된다. 후에 「예술을 위한 예술」 이론을 전개하여, 화려한 환상을 펼치는 시와 소설에 실력을 발휘하여, 보들레르 등에게 영향을 주었다. 괴기소설의 대표작으로, 요염한 흡혈 미녀의 유혹을 그리는 「사랑에 빠진 죽은 여인」(1836) 등.

①에 대해서 러브크래프트는 『공포 문학의 매혹』 속에서 「『클레오파트라의 밤』에서 보여주는 이집트식 환상은 아주 날카롭고 풍부한 힘을 표출한다. 고티에는 불가해한 삶과 거석 건축을 잘 묘사했다. 그리고 시간이 끝나는 순간까지 뻣뻣하게 굳고 절여진 수백만의 시체들이 유리 같은 눈으로 암흑을 올려다보며 어마어마하고 설명될 수 없는 소환을 기다리는 지하 세계의 영원한 공포가 담긴 이집트의 가장 깊은 정수를 담아냈다」(홍인수 역)라고 적고 있다. 특히 후반의 묘사는 크툴루 신

화에서 드러나는 이집트 환상담이 나 미라의 공포담과 매우 가까운 정취가 아닐까?

「테켈리-리! 테켈리-리!」
Tekeli! Tekeli-li (용어)

광기산맥의 지하에 서식하는 쇼고스가 그레이트 올드 원의 음성을 흉내내는, 휘파람 같은 소리. 에드거 앨런 포의 「아서 고든 핌」에 그려진 남극 장면에도 희고 거대한 조류와 원주민이 「테켈리-리! 테켈리-리!」 라고 외치는 수상한 대목이 있다.
【참조작품】「광기의 산맥(한)」, 「하스터의 귀환」

테흐 아흐트 Teh Atht (용어)

초고대 대륙 티무흐드라의 명성 높은 마도사. 위대한 마이라크리온 후손이다.
【참조작품】「이름수의 비법」

텔레파시 라디오
Telepathy Radio (용어)

조 슬레이터가 수용된 주립 정신 병원에 근무하던 인턴 의사가 고안한 이상한 송수신 장치. 송신기와 수신기를 각각의 이마에 장착하여 생각의 전달을 가능하게 한다.
【참조작품】「잠의 장벽 너머(한)」

텔로스 Teloth (용어)

테로스라고도 한다. 므나르에 있는 도시. 화강암의 도시라고 불리며, 음침하지만 실리적인 주민이 근로를 미덕으로 하는 신들을 숭배하고 있다.
【참조작품】「이라논의 열망(한)」

템페스트산
Tempest Mountain (용어)

폭풍산이고도 한다. 미국 캐츠킬 지역에 있는 산으로, 뇌우 다발 지대. 괴물이 산다며 무서워하는 마의 땅이며, 산정에는 마텐스 관(Martense Mansion)이 있다.
【참조작품】「잠재된 공포」

템프힐 Temphill (용어)

영국 카츠월드 구릉에 있는 저주받은 마을. 중심의 하이 스트리트에 위치한 폐 교회는 오래전 요그 소토스 숭배의 신전이 있던 장소로서, 지금도 그 지하에는 이계로 향하는 입구가 입을 벌리고 있다고 한다.
【참조작품】「하이스트리트 교회」

「토굴로 통하는 계단」
The Stairs in the Crypt (용어)

작가 로버트 블레이크가 1934년부터 이듬해에 걸쳐 겨울 동안 쓴, 다섯 편의 걸작 단편 소설 중 하나.

【참조작품】「누가 블레이크를 죽였는가?(한)」, 「굴로 통하는 계단」

토니 고메스

Brava Tony Gomes 용어

찰스 워드에게 고용된 포르투갈인 혼혈인 하인. 흉악한 표정으로 영어를 거의 말하지 않았다고 한다.

【참조작품】「찰스 덱스터 워드의 사례(한)」

토레스 박사 Dr. Torres 용어

발렌시아(스페인의 자치령)의 늙은 개업의. 무뇨스 박사의 초기 실험에 협력했다고 한다.

【참조작품】「냉기(한)」

토르나수크 tornasuk 용어

그레이트 올드 원의 언어로 「충성을 바칠만한 군신」을 뜻하며, 크툴루를 가리킨다.

【참조작품】「네크로노미콘 알하즈레드의 방랑」

토르나수크 Tornasuk 용어

북극에서 일부 이누이트족(=에스키모)이 숭배하는 고대의 지고의 악마. 그 신상은 그레이트 올드 원의 동상과 흡사하다.

【참조작품】「크툴루의 부름(한)」, 「영겁의 탐구 시리즈(어거스트 덜레스 참조)」

토머스 리고티

Tomas Ligotti 작가

① 할리퀸 최후의 축제(The Last Feast of Harlequin) 1990

미국의 호러 작가(1953~). 디트로이트 출신. 철학 호러라고도 할 수 있는 유일무이한 문체로 컬트적인 인기를 누린다. 브램 스토커 상 외에 많은 수상 작품이 있다. 알 사란토니오가 편집한 호러 & 서스펜스 경쟁작품집 『999-미친 개의 여름』에도 저자의 단편 「그림자와 어둠(The Shadow, The Darkness)」이 수록되어 있다. ①은 어릿광대의 기이한 의식을 조사하러 시골 마을을 방문한 인류학자들이 경험하는 기이한 사건을 진지하게 펼쳐낸 역작이다.

토머스 말론

Thomas F. Malone 용어

뉴욕 버틀러가 경찰서의 형사. 아일랜드의 피닉스 파크(제임스 조이스의 『피네건스 웨이크』에도 등장하는 유명한 공원) 근처의 저택에서 태어나 더블린 대학을 졸업하고, 젊을 때에는 『더블린 리뷰』 같은 잡지에 시나 이야기를 발표한 바 있다. 이민으로 미국으로 건너가 브루클린의 레드 훅 지역의 괴사건을 담당한 후 정신적 충격으로 장기 요양을 했다.
【참조작품】「레드 훅의 공포(한)」

토머스 무어

Thomas Moore 용어

아일랜드의 시인(1779~1852). 서정시집 『아일랜드 가곡집(Irish Melodies)』(1807~1835)으로 국민 시인이라 불린다. 그 밖에는 동방 환상의 서사시 『라라 루크(Lalla Rooke)』(1817) 등. 이름 없는 도시에 들어간 화자는 너무 무서운 나머지 무어의 시를 중얼거린다.
【참조작품】「이름 없는 도시(한)」

토머스 오르니

Thomas Olney 용어

〈토머스 올니〉를 참조.

토머스 올니

Thomas Olney 용어

오르니라고도 한다. 철학자. 피서를 위해 킹스포트에 머무는 동안 〈안개 속 절벽의 기묘한 집〉을 방문해 은자와 대면하였다. 해양의 신비에 대한 이야기를 듣고, 노덴스를 비롯한 바다의 신들을 보았다. 그 집에서 귀환한 후에는 인격이 변했다고 한다.
【참조작품】「안개 속 절벽의 기묘한 집(한)」

토머스 윌러

Thomas Wheeler 작가

①신비결사 아르카눔(The Arcanum) 2004

미국의 극작가(? ~). 약관 22세에 데뷔하여 할리우드에서 활약. 로마 제국을 그린 TV 드라마 미니 시리즈나 미스터리 시리즈의 각본과 제작 총지휘를 담당했다. 소설가로서 데뷔작이 된 ①은 1919년 뉴욕을 무대로 문호인 코난 도일, 마법사 해리 후디니, 부두교 주술사 마리 라보(2대째), 그리고 바로 우리의 러브크래프트라는 역사적 인물들이 비밀 결사 우르카눔(라틴어로 '비밀'을 뜻한다)을 결성하여, 『에녹서』의 행방을 둘러싼 의문의 사건을 규명한다는 기쁠 정도로 허실을 뒤섞은 오컬트 전기 서스펜스물이다. 이 책에 나오는 러브크래프트는 젊은 악마학자로서, 오컬트 살인 혐의로 구금 중이라는 엉뚱한 모습으로 등장한다. 알레이스터 크로울리나 판스워즈 라이트(!)와 얽힌다는 내용도 유쾌하다. 〈엘트다운 도편본〉, 〈크툴루 교단〉 같은 신화 아이템도 여럿 등장한다.

토비 의사 Dr. Tobey (용어)

프로비던스의 타이어가에 진료소를 가진 의사. 윌콕스가의 주치의로서 열병에 시달린 H.A. 윌콕스를 진찰했다.

【참조작품】「크툴루의 부름(한)」

토성을 향한 문 The Door to saturn (작품)

클라크 애슈턴 스미스

【첫 소개】『스트레인지 스토리즈(Strange Stories)』 1932년 1월호

【개요】하이퍼보리아 대륙의 반도인 무우 둘란에 숨어 있던 마도사 에이본은 귀의하는 마신 조타쿠아로부터 다가오는 위험에 대해서 듣게 되고, 이계의 문을 빠져나가 조타쿠아와 관련 있는 행성 사이크라노쉬에 도달한다. 에이본의 적인 여신 이호운데의 신관 모루기도 마도사를 쫓아 이계의 문에 몸을 던진다. 이리하여 귀환의 희망이 많지 않은 이계에서 부득이하게 여행 동반자가 된 두 마도사의 여정이 시작된다. 기상천외한 괴물이 활개 치고 괴상한 풍속의 주민이 사는 토지들을 거쳐 그들이 감수한 새로운 삶이란?

【해설】『에이본의 서』 원저자로 유명한 마도사의 여정이 어떻게 끝나는지, 혼란한 여정의 상황을 기상천외하고 유머가 섞인 필치로 펼쳐낸다. 토성의 진묘하고 괴이한 박물지를 생생하게 묘사하는 장엄하고도 탐미적인 스타일은 시인 스미스의 독무대라고 할 수 있다.

『토트의 서』 Book of Thoth (용어)

이집트 신화에 등장하는 전설적인 책. 『네크로노미콘』에도 요그 소토스에 관련하여 이 책에 대한 언급이 있는 것 같다. 〈아틀란티스인 토트의 책〉이라고 알려진 이집트의 대피라미드에서 발견된 환상의 초고대 문서 『에메랄드 타블렛(Tabula smaragdina)』을 말하는 것일지도.

【참조작품】「실버 키의 관문을 지나서(한)」, 「네크로노미콘 알하즈레드의 방랑」

톤드 Tond (용어)

이프네(Yifne)의 녹색 태양과 죽은 별 발블로(Baalblo) 주위를 공전하고 있는 공포의 행성. 인간을 닮은 몸에 위축된 귀를 가진 지배 종족 야쿠다오(Yarkdao)가 서식하는 푸른 금속과 검은 돌로 이루어진 도시가

곳곳에 존재한다.
【참조작품】「호반의 주민」

투라 Thraa 용어
토우라라고도 한다. 므나르 땅에 있는 도시.
【참조작품】「사나스에 찾아온 운명(한)」

투라 Thurai 용어
오래전 지구의 신들이 살던 산봉우리 중 하나로. 하얀 눈으로 뒤덮여 있다.
【참조작품】「또 다른 신들(한)」

툴 Thul 용어
울타르의 명공.
【참조작품】「울타르의 고양이(한)」

툴란 Thulan 용어
하이퍼보리아의 북쪽 끝에 있는 도시.
【참조작품】「아삼마우스의 유고(한)」

툴루 Tulu 용어
투르, 츄르라고도 한다. 태고에 별의 세계에서 온 낙지의 머리를 한 신이자, 우주의 조화 영. 큰-얀에서 크툴루를 부르는 다른 이름으로 보인다.
【참조작품】「고분(한)」, 「사교의 신」

툴루 금속 Tulu-metal 용어
큰-얀에서 발견되는 「자력이 있는 검고 반들반들한」 귀금속. 위대한 툴루와 함께 지구에 왔다고 하여, 지하 세계 주민들이 숭배하는 대상으로서 우상과 성직자의 장신구로 가공된다. 잿빛 독수리는 그중 하나를 소유하고 있었다.
【참조작품】「고분(한)」

트라스크 박사 Dr. Trask 용어
엑섬 수도원 조사에 참가한 인류학자.
【참조작품】「벽 속의 쥐(한)」

트라유브 T'la—yub 용어
차트의 귀족(문을 수호하는 가문)의 딸. 자마코나에 호의를 느껴서 그가 도망치는 것을 도왔다가 끔찍한 처벌을 받는다.
【참조작품】「고분(한)」

트란 Thran 용어
스란이라고도 한다. 〈드림랜드〉의 도시. 세레네리안 해로 향하는 오쿠라노스강 하구에 있으며, 황금빛 장려한 천 개의 첨탑으로 유명하다. 단 1개의 설화 석고로 세워졌다는 성벽이 주변을 둘러싸고 있다.
【참조작품】「미지의 카다스를 향한 몽

ㅌ

환의 추적(한)」, 「실버 키(한)」, 「실버 키의 관문을 지나서(한)」

트레버 타워즈

Trevor Towers 용어

쿠라네스와 그 조상이 태어나 대대로 이어진 저택. 영국 콘월 시골에 있다.

【참조작품】「미지의 카다스를 향한 몽환의 추적(한)」

트로크산맥 Throk 용어

스로크라고도 한다. 〈드림랜드〉의 전설적인 산악 지대. 영원한 열은 어둠에 인지를 넘어선 높이의 잿빛 회색 봉우리가 늘어서, 도울족이 살아가는 나스 골짜기를 이루고 있다.

【참조작품】「미지의 카다스를 향한 몽환의 추적(한)」

트로포니오스

Trophonius 용어

요드의 다른 이름 중 하나. 〈요드〉를 참조.

트리톤 Tritons 용어

그리스 신화의 바다의 신. 상반신은 인간, 하반신은 물고기의 모습을 하고 쾌활하게 고둥을 불면서, 대신 포세이돈을 따른다. 노덴스와 함께 〈안개 속 절벽의 기묘한 집〉에 강림했다.

【참조작품】「안개 속 절벽의 기묘한 집(한)」

트요그 T'yog 용어

쿠나아에 사는 슈브-니구라스의 대신관. 모신의 영시를 받아서, 고대 무 대륙을 위협하는 재앙 과타노차를 물리치려고 했지만, 암흑 신의 신관인 이마슈-모(Imash-Mo)의 음모로 패배하고 산 채로 미라가 되었다. 그의 이름은 나고브(Nagob), 토그(Tog), 티오크(Tiok), 요그(Yog), 조브(Zob), 요브(Yob) 등으로 바뀌어서 후세에 전해졌다.

【참조작품】「영겁으로부터(한)」, 「나락 밑의 존재」

트쵸-트쵸인

Tcho-Tchos 용어

쵸-쵸라고도 한다. 미얀마(버마) 오지 쑹고원에 사는 사악한 소인족. 키가 큰 사람도 1.2미터를 넘지 않으며, 괴상한 모양의 작은 눈이 돔 모양의 털없는 머리에 깊이 파고 든 것처럼 달려 있다. 7천살인 장로 에-포오에 인도되어, 알라오자르를 지킨다. 또한 말레이 반도에서도 같은 종족의 마을이 있다.

【참조작품】「별의 자손의 소굴」, 「뿔피리를 가진 그림자」, 「시간의 그림자(한)」

트파파페조헤드론
Trapapezohedron 용어

〈빛나는 트레피저헤드론〉를 참조.

티모토 페르디난데즈
Timoto Fernandez 용어

남미 출신의 선원. 페루의 마추픽추 유적 근처 호수에서 크툴루 같은 것을 목격했기 때문에 목숨을 잃었다.
【참조작품】「영겁의 탐구 시리즈(어거스트 덜레스 참조)」

티므나 Timna 용어

로마의 박물학자 플리니우스(23~79)가 〈40의 신전으로 이루어진 도시〉라고 적은 아라비아 사막의 도시 유적.
【참조작품】「이름 없는 도시(한)」

티므흐드라 Theem'hdra 용어

공룡이 번성하기 이전의 선사 시대에 존재했다는, 잃어버린 초고대대륙. 그 사회는 마법이 매우 발달하여, 위대한 마이라크리온(Mylakhrion)을 필두로 수많은 마도사들을 배출했다.
【참조작품】「이름수의 비법」

티아니아 Tiania 용어

여신이라고도 하는, 〈신들에 의해 정해진 것(Chosen of the Godth)〉라고 불리는 여성. 타이터스 크로우의 이계의 연인이 된다. 그 거성에서는 리사드와 거미 남자가 종자로 일하고 있다.
【참조작품】「타이터스 크로우의 귀환」, 「엘더 갓의 고향 엘리시아」

티이디 T.E.D.클라인
T.E.D.Klein 작가

① 포로스 농장의 이변(The Events at Poroth Farm) 1972
② 뿔피리를 가진 그림자(Black Man with a Horn) 1980
③ 왕국의 아이들(Children of the Kingdom) 1980
④ 부활의 의식(The Ceremonies) 1984
미국 작가(1947~). 평생토록 뉴요커로서 러브크래프트와 관련된 브라운 대학과 컬럼비아 대학에서 배웠다. 고등학교 교사와 파라마운트 픽쳐스 근무를 거쳐, 직업 작가가 된다. ②③을 포함하는 걸작 단편집 『Dark Gods』(1985)과 장편 ④ 등이 있다. 때때로 신화 대계에 대한 열망에 가

득 찬 반면 문장이 따르지 못하는 신세대 작가 중에서, 클라인은 억제되고 치밀한 문체로 매켄-러브크래프트의 계보를 잇는 암시적 공포를 잘 연출해내고 있다. ③에는 명확한 신화 아이템은 등장하지 않지만 러브크래프트가 「레드 훅의 공포」나 「그 남자」에서 그려낸 마도 뉴욕의 어두운 면을 더 세심한 필치로 그린 역작으로, 힐끗 모습을 드러내는 괴물의 묘사에서 그 혈맥이 충실하게 계승되고 있음을 느끼게 한다. 단편 소설로 발표된 ①을 장편화한 ④에는 저자가 가지는 그러한 자질이 충분하게 발휘되어 볼 만하다.

미국 동부의 시골 마을 지하에 태고로부터 살아가고 있는 사악한 존재를 소환하기 위해 그 꼭두각시가 된 노인이 끔찍한 의식을 집행하려고 획책한다. 의식에 필수적인 산제물의 후보자가 된 것은 뉴욕 토박이인 젊은 대학 강사와 도서관에 근무하는 딸. 전혀 접점이 없었던 남녀는 노인의 음모라는 것을 모른 채 서로 만나게 되어 호의를 갖게 되고, 끔찍한 함정이 기다리고 있는 시골 마을로 여행을 떠난다…….

〈마법사 이야기〉의 전형이라고 할 만한 설정이 작가의 손을 통해서 싱싱한 정감을 가득 채운 괴기소설 버전의 보이 미츠 걸(소년이 소녀를 만나는) 이야기——현실에 대한 위화감을 안고 도시의 구석에 사는 고딕 로맨스 연구가(!) 청년과 꿈이 가득한 오컬트 여성의 풋풋한 러브 로맨스로 변한다. 더욱이 두 사람이 만나게 되는 인연이 여성이 근무하는 도서관에 전시되어 있는 아서 매켄의 작품집 『영혼의 집』이었다는 점은! 위에서 소개한 내용에서도 알 수 있듯이 ④는 러브크래프트 이상으로 매켄의 영향이 농후하며, 그 현대판이라고 해도 과언이 아니다. 매켄-러브크래프트-클라인이라는 「영혼의 혈족」에게는 자기가 자라난 고향에 대한 깊은 애착이라는 공통점이 있으며, 그만큼 이계에 대한 동경도 명확하다.

티코운 영액

Tlkkoun Elixir 용어

티쿠온의 영액이라고도 한다. 성수를 비롯한 귀중한 효능 높은 성분을 배합하여 만든 비약으로 크토니안이 꿈을 통해서 침공하고 추적하는 것을 막는 효과가 있다.

【참조작품】「땅을 뚫는 마」, 「세일럼의 공포」, 「제7의 주문」

틴달로스의 사냥개

Hounds of Tindalos (용어)

시간을 거슬러 올라간 끝에 이상하기 짝이 없는 모서리 공간에 서식하는 부정한 것. 우주의 사악한 모든 것이 그 마르고 굶주린 몸에 응축되어 있다고 한다. 오직 모서리를 통해서만, 3차원으로 침입할 수 있다고 한다.

【참조작품】「틴달로스의 사냥개」, 「어둠 속에서 속삭이는 자(한)」, 「타이터스 크로우의 귀환」, 「만물 용해액」

틴달로스의 사냥개

The Hounds of Tindalos (작품)

프랭크 벨냅 롱(Frank Belknap Long, Jr)

【첫 소개】『위어드 테일즈(Weird Tales)』 1929년 3월호

【개요】 오컬트 작가 할핀 챌머즈가 기획한 신비한 약물로 시간을 거슬러 올라가는 실험에서 내가 곁에 있게 되었다. 챌머즈의 의식은 점점 시간을 넘어가고, 생명 창조 이전의 심연까지 들어가게 된다. 거기에는 이상한 모서리를 통과하여 움직이는 부정한 것 〈틴달로스의 사냥개〉가 있었다. 놈들은 나의 냄새를 맡고는, 언젠가 뒤를 좇아서 이 세계에 침입할 것이라면서, 정신을 차린 챌머즈는 절망적으로 내뱉는다. 놈들은 모서리를 통해서 다가온다고 믿는 챌머즈는 실내의 모든 모서리를 석고로 굳혀 버리지만…….

【해설】 모서리를 통해서 습격하는 다른 차원의 괴물이라는 탁월한 착상으로 알려진 롱의 대표작. 틴달로스의 사냥개를 돕는 〈돌〉에 대한 묵시적 언급도 소개된다.

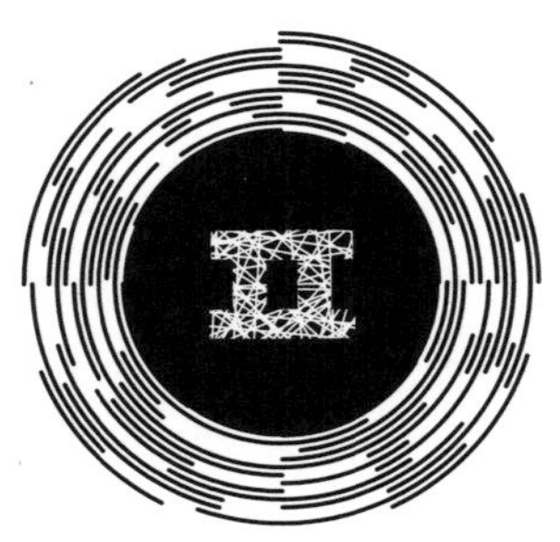

파라진 Pharazyn 용어

무우 둘란의 예언자. 자부다마루(Zabdamar) 북쪽 해안에 자리 잡은 화강암 집에 살고 있었다. 무서운 아품-자의 한기가 밀려오는 것을 예감하고, 자살을 선택한다.

【참조작품】「극지로부터의 빛」

파로스 등대 Pharos 용어

셀레파이스의 항구를 아름답게 비추는 등대.

【참조작품】「미지의 카다스를 향한 몽환의 추적(한)」

파롤 Pharol 용어

마도사 에이본에 의해 소환된 악마. 꿈틀거리는 뱀처럼 생긴 팔과 이빨을 가진 거대한 검은 괴물의 모습으로 등장한다.

【참조작품】「샤가이」, 「파롤의 소환」

파르그 Parg 용어

<드림랜드>의 도시. 스카이강 하구, 다이레스-린의 강 건너편에 있는 흑인들의 상아 세공과 황금의 거래처로서 알려졌다.

【참조작품】「미지의 카다스를 향한 몽환의 추적(한)」

파수꾼 Guards 용어

조지프 커웬이 무서운 목적으로 <소금>에서 되살려내어 사역하고 있던 「대식가」인 존재들. 그들의 소금을 담은 항아리에는 「쿠스토데(Kcustodes)」(라틴어로 「파수꾼」이란 뜻)라고 적혀 있었다.

【참조작품】「찰스 덱스터 워드의 사례(한)」

파울러 Fowler 용어

미스캐토닉 대학의 남극 탐험대원. 레이크와 함께 광기산맥을 탐사한 후 소식이 끊어졌다.

【참조작품】「광기의 산맥(한)」

파울러 Fowler (용어)

아캄 배후의 구릉에 있는 오두막에서 비법의 독약을 만들고 있었다는 마녀.

【참조작품】「실버 키(한)」, 「실버 키의 관문을 지나서(한)」

파인 듄즈 Pine Dunes (용어)

영국 북서부 랭커셔 지방에 있는 해안 마을. 예로부터 마녀 집회와 유령의 소문이 끊이지 않는 땅의 특성상, 숲 안의 동굴에는 〈그레이트 올드 원의 양자〉가 끔찍한 모습을 드러내기도 한다.

【참조작품】「파인 듄즈의 얼굴」

파인 듄즈의 얼굴 The Faces at Pine Dunes (작품)

존 램지 캠벨(John Ramsey Campbell)

【첫 소개】 아캄 하우스 『신편 크툴루 신화작품집』 1980년 간행

【개요】 마이클의 부모는 그가 태어났을 때부터 계속 트레일러에서 살면서 방랑 생활을 계속하고 있었다. 그러나 여기 파인 듄즈에 도착한 이후로, 아버지는 정착하겠다는 결의를 다지면서 어머니의 호소에도 귀를 기울이려 하지 않았다. 마이클은 인근 마을의 클럽에서 일자리를 얻어서, 마약 중독 상습자인 준이라는 여성을 알게 된다. 최근 기묘하게 살이 찌기 시작한 아버지. 뭔가를 두려워하는 어머니. 매일 밤 어딘가로 외출하는 부모님. 꿈에서 나타나는 기분 나쁜 얼굴……. 마이클은 지금까지 지나쳐온 땅이 모두 마녀 신앙의 거점임을 알고 깊은 의혹을 품게 된다. 어느 날 밤, 준과 함께 근처의 숲으로 들어간 마이클은 미로 같은 나무 터널을 빠져나간 광장의 구멍에서 끔찍한 빛을 발하는 거대한 물체를 목격한다. 그것은 세대를 거듭할수록 무서운 '부모'의 모습에 가까워지는 〈그레이트 올드 원의 양자〉였다.

【해설】 고독한 청년의 폐쇄된 일상에 밀려오는 그레이트 올드 원의 어두운 그림자……. 크툴루 청춘 소설이라고 할만한 신선한 느낌을 가득 채운 이 작품은 작가 캠벨이 성장한 모습을 확실하게 느낄 수 있는 수작이다.

파커 Parker (용어)

엠마호 승무원. 요한센 일행과 르뤼에에 상륙하여 〈크툴루 묘소〉의 문

을 발견하지만, 부활한 크툴루로부터 도망치던 중, 석조 건축물의 모서리에 삼켜져 버렸다.
【참조작품】「크툴루의 부름(한)」

파커 플레이스
Parker Place 용어

미국 브루클린의 레드 훅 지역에 있는 빈민굴 근처의 다른 이름. 로버트 쉬담이 반지하의 장소를 빌린 곳으로, 「국적 불명의 동양인으로 이루어진 아주 독특한 거주지가 형성되어 있었다」(정지원 역)라고 한다.
【참조작품】「레드 훅의 공포(한)」

파크스 Parks 용어

랜돌프 카터를 섬기고 있던, 늙고 작은 몸집의 하인. 오랜 세월에 걸쳐서 주인의 기행을 견뎌오다가 1930년 초에 세상을 떠난 것 같다.
【참조작품】「실버 키(한)」, 「실버 키의 관문을 지나서(한)」

파티에르 Partier 용어

미국 위스콘신 주립 대학의 인류학 교수. 그레이트 올드 원에 관한 금단의 지식에 통달하고 있다.
【참조작품】「어둠 속에 깃든 자」

파팔로이의 반지
The Rings of the Papaloi 작품

D.J. 월쉬 Jr.(D.J. Walsh Jr.)
【첫 소개】아캄 하우스 『다크 식스(Dark Six)』 1971년 간행
【개요】뉴올리언스 대학의 민속학 교수 칼튼은 6명의 학생을 인솔하여 부두 신앙 조사를 위하여 미시시피 삼각주의 깊은 곳으로 들어갔다. 데루니엘=임종의 섬이라 불리는 그 일대는 주변 사람들이 두려워하여 가까이 다가가지 못하는 마경으로, 중심부의 광장에는 돌기둥과 예배당이 있었다. 6일째 밤 이상한 북소리에 잠에서 깨어난 일행이 확인해보니, 거기에는 나체의 원주민에 의한 의식이 진행되고 있었다. 광란의 와중에 〈천의 새끼를 가진 숲의 검은 염소〉 슈브-니구라스의 기도에 대한 응답으로 날개 가진 요마가 돌기둥에 내려왔다. 홀로 괴로워하면서도 살아 돌아온 교수였지만, 끔찍한 북의 울림이 지금 서재에…….
【해설】농경신과 같은 성격을 보여주는 슈브-니구라스의 등장으로 부두교와 신화 대계를 직결시킨 이색적인 작품.

판필로 데 자마코나
Pánfilo de Zamacona 용어

풀네임은 판필로 데 자마코나 이 누

네스(Pánfilo de Zamacona y Núñez). 고향 아스투리아스(스페인 자치주)에서 뉴 스페인(스페인 제국의 부왕령)으로 나와서, 프란시스코 바스케스 데 코로나도(Francisco Varquez de Coronado) 장군에 의하여 멕시코 북부 탐험에 함께 나선 16세기의 스페인인. 1541년 10월 원주민에게 들은 골짜기의 동굴을 통해서 지하 세계 큰-얀에 들어가 경이로운 광경들을 목격하고 견문을 기록한 두루마리를 남겼다.

【참조작품】「고분(한)」

팔콘 곶 Falcon Point 용어

인스머스에서 몇 마일 떨어진 지점에 있는, 덩그러니 바다에 돌출한 곶. 어부 이노크 콩거의 집이 있었다.

【참조작품】「팔콘 곶의 어부」

패섬시크강 Passumpsic 용어

미국 버몬트주 칼레도니아 카운티(Caledonia County)를 흐르는 강. 1927년 11월의 대홍수 후 늘어난 강물을 헤엄치는 이형의 것이 목격되었다.

【참조작품】「어둠 속에서 속삭이는 자(한)」

패트릭 라프카디오 헌 Patrlck Lafcadio Harn 작가

① 변덕초(Fantatics and Other Fancies) 1914

② 괴담(Kwaidan)(한-심정명 역, 혜음/김시덕 역「일본 괴담집」문) 1904

일본 이름은 고이즈미 야쿠모(小泉八雲, 1850~1904). 그리스의 레프카다섬에서 태어났다. 아버지는 아일랜드 출신의 영국 육군 군의관, 어머니는 그리스인. 어릴 때 아버지의 고향 더블린에서 보내지만 6세 때 부모가 이혼, 아버지의 큰 숙모에게 거두어진다. 잉글랜드와 프랑스의 가톨릭 학교에서 교육을 받고 1969년에 미국으로 건너갔다. 그 사이에, 놀이 중의 사고로 왼쪽 눈을 실명했다, 신시내티, 뉴올리언스에서 신문기자 생활을 하면서, 1981년 『타임즈 데모크라트』지의 문학부 부장이 되었다. 프랑스/독일의 새로운 문학을 적극적으로 번역하여 소개하면서 이름을 높였다. 1987년부터 2년간 서인도 제도에 머무르면서, 출세작이 된 소설 『치타』 같은 작품을 저술했다. 1890년 『하퍼스 맨슬리』지의 특파원으로서 일본에 왔지만, 계약상의 문제로 사직하고 마츠에 중학교의 영어 교사로서 이즈모로 향한다. 옛 일본의 분위기가 농

후하게 남아있는 마츠에의 풍물과 인정에 깊이 매료된 헌은 같은 해, 구 무사족 출신의 딸, 고이즈미 세츠코와 결혼하여, 안정된 환경에서 일본문화 연구에 도전하려는 생각을 굳혔다. 쿠마모토 제5 고등학교의 교사, 『코베 크로니클』 기자를 거쳐서 1896년에 도쿄로 올라가서, 도쿄대학 문학부 영문학을 강의했다. 그 동안 『모르는 일본의 흔적(知られぬ日本の面影)』을 시작으로, 일본문화를 소개하는 양심적인 저서를 차례대로 미국에 출판. 1896년에는 일본에 귀화하여, 고이즈미 야쿠모라는 이름으로 바꾸었다. 일본 연구의 총결산이라고도 할 수 있는 저서 『일본(日本)』을 정리하고 오래지 않아, 협심증으로 사망했다.

야쿠모는 대표작인 ②를 시작으로 하는 저작 중에, 의욕적으로 일본의 전통적인 괴담을 수집하고 재현하는 데 노력했지만, 이것은 〈꿈꾸는 민족〉인 켈트인의 피를 물려받아서, 그 기질 덕분이라고 볼 수 있다. 이미 미국에서 생활할 때부터 동서이방인의 옛 전설을 수집한 데뷔작 『비화낙엽집(飛花落葉集)』과 고티에 작품의 영어 번역물인 『클레오파트라의 밤과 그 외』, 프랑스어 문헌을 취재한 『중국 괴담집』과 괴기 환상색이 강한 저작들을 잇달아 저술하고, 지방의 유령 저택이나 엽기 사건의 탐방에 나서는 등, 괴기파 언론가로서의 실력을 유감없이 발휘하고 있었다. 그와 같은 자신의 괴기에 대한 취향을 수록한 에세이로는 『그림자』에 수록된 『몽마의 감촉』이나 「고딕의 공포」가 있으며, 이를 일종의 기괴 문학으로 높여나간 것이 1899년에 도쿄대학에서 강의했던 「문학에 있어서 초자연적인 것(The Value of the Supernatural in Fiction)」이였다. 이 내용에서 야크모는 꿈과 괴담의 관계를 분석하고, 블르와 릿튼의 「저택과 저주의 뇌수」를 세계 최고의 괴기소설이라고 말하고 있다.

①은 뉴올리언스에서 신문 기자 시대에 지역 신문에 기고한 문장을 모아서 사후에 간행된 소품집. 그 제목으로는 〈변덕초〉만이 아니라 〈환상〉이나 〈몽상〉이라는 의미도 짙은 것으로, 「유령의 입맞춤」, 「돌에 새겨진 이름」, 「사후의 사랑」처럼, 운명적인 사랑과 죽음을 주선율로 하는 내용이 소개되고 있다.

러브크래프트는, 기이하게도 헌의 괴기 문학론과 흡사한 제목을 붙인 「공포 문학의 매혹」에서 『괴담』과 함께 『변덕초』를 언급하고 있어, 왠지

모를 영향을 받았다는 점을 위에서 열거한 작품을 통해서도 확인할 수 있다.
「미국에서 쓴 『환상(Fantastic)』에는 모든 문학을 통틀어 가장 인상에 남는 엽기적인 요소가 들어있다. 반면, 일본에서 쓴 『괴담』은 다채로운 색채를 자랑하는 일본의 기이한 전승과 전설을 비할 데 없는 기교와 섬세함으로 그려 낸 작품집이다. 그는 프랑스 문학을 번역하기도 했는데, 특히 고티에와 플로베르의 작품 번역은 언어의 마술이라고 할 만하다.」(홍인수 역)
이러한 점을 볼 때 러브크래프트가 헌의 좋은 이해자로서, 『괴담』을 통해서 일본의 요괴 이야기를 친근하게 느낀 것은 일본의 러브크래프티안에게 있어 기쁜 일이 아닐까?

퍼스트 내셔널 체인 First National Chain 용어

식료품을 취급하는 전국 규모의 체인점. 인스머스에도 지점이 있다.
【참조작품】「인스머스의 그림자(한)」

퍼시스 윈스롭 Persis Winthrop 용어

오래전 〈수도사의 골짜기〉에 살고 있던 마녀. 그 아버지는 인디언(북미 원주민)이 태고 때부터 숭배하고 있던 개구리를 닮은 괴물이며, 그녀 자신도 〈마녀의 돌(Witch Stone)〉 아래에 묻힌 후 아버지와 같은 모습으로 변했다.
【참조작품】「개구리」

페나 가문 the Fenners 용어

포터식의 커웬 농장 근처에 사는 일가. 농장에서 빈발하는 이변을 종종 목격했다. 아들 중 하나인 루크(Luke)가 카웬 농장 습격 상황을 극명하게 기록한 편지를 코네티컷에 사는 친척에게 보내고 있다.
【참조작품】「찰스 덱스터 워드의 사례(한)」

페나쿡족 Pennacooks 용어

북미 원주민 중 한 부족. 〈유고스 행성의 균류 생물〉에 관한 신화 전승이 내려온다고 한다.
【참조작품】「어둠 속에서 속삭이는 자(한)」

페더럴 힐 Federal Hill 용어

페더럴 언덕이라고도 한다. 프로비던스 시내에 있는 「유령이 깃든 듯한(spectral)」 모습의 원형 언덕으로, 이탈리아계 이민자가 많이 거주하는 지역. 오래전 〈별의 지혜파〉의

ㅍ

거점이 된 이후로, 수상한 사건이 끊이지 않는 교회가 있다.

【참조작품】「누가 블레이크를 죽였는가?(한)」, 「첨탑의 그림자」

페렌치 남작 Baron Ferenczy 용어

트란실바니아 오지 라크스(Rakus) 동쪽에 있는 산맥에 영지를 가진 무서울 정도로 나이가 많은 남작. 바위 위에 세워진 성에 유럽 여행 중인 찰스 워드를 머물게 했다. 후에 성은 기묘한 폭발로 거주자들과 함께 붕괴했다고 한다. 남작의 정체는 에드워드 핫친슨이 아닌가 추측되고 있다.

【참조작품】「찰스 덱스터 워드의 사례(한)」

페르디난드 C. 애슐리 Ferdinand C. Ashley 용어

미스캐토닉 대학의 고대사 교수. 미스캐토닉 대학이 실시한 그레이트 선데이 사막 발굴에 참여했다.

【참조작품】「시간의 그림자(한)」

페르세이 신성 Nova Persei 용어

1901년 2월 22일 에딘버러의 앤더슨 박사가 알골 근처에서 발견한 신성.

【참조작품】「잠의 장벽 너머(한)」

페스 틀렌 Pesh-Tlen 용어

크툴루의 부하인 오툼을 섬기는 북쪽의 심연 겔-호의 마도사. 그 모습은 밧줄 같은 촉수와 복수의 입을 갖고 있으며, 검고 미끄덩거리는 3m 정도 되는 덩어리이다.

【참조작품】「도난당한 눈」

펙 박사 Drs. Peck 용어

프로비던스에 사는 정신과 의사. 찰스 워드의 치료를 담당한 의사 중 한 사람.

【참조작품】「찰스 덱스터 워드의 사례(한)」

펙 벨리 Peck Valley 용어

뉴잉글랜드의 작은 마을. 이곳의 묘지에서는 1881년에 무서운 사건이 일어났다.

【참조작품】「시체안치소에서(한)」

포나페 Ponape 용어

미크로네시아(북서 태평양)의 캐롤라인 제도 동부에 있는 화산섬. 섬 앞바다의 심연에 있는 르뤼에가 〈딥원〉의 최대의 거점이다.

【참조작품】「인스머스의 그림자(한)」, 「영겁의 탐구 시리즈(어거스트 덜레

스 참조)」

『「포나페섬 경전」에서 고찰한 선사시대의 태평양 해역』
The Prehistoric Pacific in the Light of the 'Ponape Scripture' (용어)
해롤드 해들리 코플랜드 교수가 1911년에 간행한 저서.
【참조작품】「분묘의 주인」, 「진열실의 공포」, 「시대로부터」

『포나페섬 경전』
Ponape Scripture (용어)
『포나페 교전』이라고도 한다. A.E. 호에이그 선장이 1734년 무렵, 남태평양을 탐험하는 동안 포나페섬에서 발견, 아캄에 가져온 수수께끼의 경전. 야자 잎의 굵은 섬유로 만든 종이에 쓰여 있다고 한다. 무 대륙의 비밀이 적혀 있는 것 같다.
【참조작품】「분묘의 주인」, 「진열실의 공포」, 「시대로부터」, 「타이터스 크로우의 귀환」

포-란 Fo-Lan (용어)
중국인 과학자. 트쵸 트쵸인에게 납치되어 마도 알라오자르에서 마신 부활에 협력하게 되지만, 강력한 사념파를 엘더 갓에게 보내어 도움을 요청하고 알라오자르를 괴멸시켰다.
【참조작품】「별의 자손의 소굴」

포르탈레자호 사건
Fortaleze Occurred (용어)
1770년 1월 스페인 바르셀로나 선적의 거룻배 포르탈레자호가 이집트의 카이로에서 프로비던스로 가는 도중에 영국 해군에 나포되어, 짐이 모두 이집트의 미라였다는 것을 발견한 괴사건. 수취인은 조지프 커웬이었다는 소문이 돌았다.
【참조작품】「찰스 덱스터 워드의 사례(한)」

포식자들
The Space Eaters (작품)
프랭크 벨냅 롱(Frank Belknap Long, Jr)
【첫 소개】『위어드 테일즈(Weird Tales)』 1928년 7월호
【개요】공포가 안개가 되어 파트리지빌에 도달했다…. 친구이자 괴기 작가인 하워드와 내가 다른 차원의 공포를 두고 담론이 한창이던 중에, 이웃 집에 사는 사내가 창백한 안색으로 찾아왔다. 그는 근처에 있는 멀리건의 숲에서 촉수가 나고 공중에 떠 있는 괴물에게 습격당하여, 뇌에

ㅍ

구멍이 나면서도 간신히 도망친 것이었다. 숲에서 들려오는 비명을 듣고 우리가 달려가자, 역시 괴물에게 습격당한 이웃 사람이 죽은 채로 누워 있었다. 괴물의 접근을 알리는 기분 나쁜 울음소리 속에서도 어떻게든 사내를 구해내긴 했지만, 그 뇌를 진찰한 의사는 너무도 끔찍한 모습에 미쳐버리고 만다. 이윽고 무서운 뇌를 먹는 괴물은 숲을 나와 우리의 곁으로…….

【해설】 러브크래프트의 허락을 받아 『네크로노미콘』의 한 구절을 첫머리에 내건 이 작품은 롱의 첫 번째 신화작품일 뿐만 아니라, 러브크래프트가 아닌 작가에 의한 신화 창조의 사실상 첫 번째가 되는 기념비적 작품이다. 『네크로노미콘』 이외에 고유 아이템은 등장하지 않지만 철저하게 코스믹 호러를 추구한 내용은 크툴루 신화의 원점이 어디에 있는지를 확실하게 알려주고 있는 것 같다.

포쿰턱족 Pocumtucks 용어

더니치의 원주민이었던 부족. 원형으로 둘러선 돌기둥이나 테이블 바위 주변은 오래 전에 포쿰턱 족의 매장지였다는 설이 있다.

【참조작품】「더니치 호러(한)」

포터 가문 Potters 용어

아캄 서쪽 변두리의 〈마녀의 골짜기〉에 사는 일가. 마법사로서 악명 높은 포터 노인의 농장을 상속하여 미시간에서 이주해 왔지만, 포터 노인이 히아데스 성단에서 불러온 괴물에게 씌어 버렸다.

【참조작품】「마녀의 골짜기」

포터싯 Pawtuxet 용어

프로비던스 교외의 마을 지역. 조지프 커웬이 마법에 관한 다양한 책들을 갖추고, 기괴한 실험을 진행한 농장이 있었다. 커웬을 둘러싼 사건의 주무대가 되었고, 찰스 워드 사건 때도 흡혈귀 소동이 이 땅에서 일어나고 있다.

【참조작품】「찰스 덱스터 워드의 사례(한)」

포토원켓 Potowonket 용어

미국 메인주의 작은 해변의 마을. 1913년 8월 27일 밤 거대한 불덩어리가 바다로 떨어지는 것이 목격되었다. 이후 석질 운석으로 판명되었다.

【참조작품】「초원(한)」

폰 빈테르펠트 교수 Dr. von Winterfeldt 용어

독일 하이델베르크 대학교수. 1913년 8월에 미국의 포토윈켓에 떨어진 운석을 조사하고 일반 운석이라는 견해에 이의를 제기했다. 제1차 세계 대전 말기인 1918년에는 위험한 적성 외국인으로서 구금되었다.
【참조작품】「초원(한)」

폴 던바 랭
Paul Dunbar Lang 용어
미국 버지니아 대학의 영문학자이자, 에드거 앨런 포 연구가. 『보이니치 필사본』의 암호 해독에 성공하고 그 정체가 『네크로노미콘』임을 밝혔다. 웨일즈에서 어거트 대령과 만나서 로이거족의 수수께끼를 파고들지만, 경비행기로 워싱턴에 가는 길에 소식이 두절되었다.
【참조작품】「로이거의 부활」

폴 루레 Paul Roulet 용어
에티엔느 루레의 아들. 무뚝뚝하고 기괴한 행동으로 마법사라는 소문이 돌아서, 루레 일가가 모두 살해되는 사건을 초래했다. 그 시체는 〈금단의 저택〉 지하에 묻혀 있다.
【참조작품】「금단의 저택(한)」

폴 웬디 스미스
Paul Wendy Smith 용어
1933년 젊은 나이에 실종된 전기, 기담 소설 작가. 웬디 스미스 경의 조카.
【참조작품】「땅을 뚫는 마」

폴 코인스키
Paul Choynski 용어
〈위치하우스〉에서 하숙 중인 사람 중 하나.
【참조작품】「위치 하우스에서의 꿈(한)」

폴 트리가디스 tregardis 용어
런던에 사는 신비학자이자 인류학 아마추어 연구가. 골동품 상점에서 구입한 크리스탈을 바라보는 동안 자신이 무우 둘란의 대 마도사 존 메자말렉의 환생임을 알고 1933년에 기괴하게 실종되었다.
【참조작품】「우보-사틀라」

폴라리온 Polarion 용어
무우 둘란의 북쪽 끝에 있는 땅으로 오래전 북쪽 군도 중 일부였지만, 빙하에 의해 육지와 연결되었다.
【참조작품】「우트레소르」

폴라리온의 하얀 무녀
white sybil of Polarlon 용어
하이퍼보리아의 무녀. 콤모리옴의

멸망을 예언했다.
【참조작품】「사탐프라 제이로스의 이야기(한)」, 「백색의 무녀」

폴레슨 Follexon 용어
런던에 사는 학자. 동인도 제도에서 고대의 생존물에 대한 발견을 공표하기 직전에 중국 도시의 변두리에서 익사했다.
【참조작품】「영겁의 탐구 시리즈(어거스트 덜레스 참조)」

『폴리네시아 신화—크툴루신화 대계에 관한 고찰』 Polynesian Mythology with a Note On The Cthulhu Legend-Cycle 용어
해롤드 해들리 코플랜드 교수가 1906년에 저술한 책. 그 오컬트 이론이 이상한데도 불구하고 과학연구의 대작으로 평가받고 있다.
【참조작품】「분묘의 주인」, 「진열실의 공포」

『폴리네시아인과 남미 대륙의 인디오 문명의 관련성의 고찰—페루에 대한 견해를 포함』 An Inquiry into the Relationship of the Peoples of Polynesia and the Indian Cultures of the South American Continent with Special Reference to Peru 용어
샤리에르 의사가 소장한 책.
【참조작품】「생존자」

폴리페모스 Polypheme 용어
그리스 신화에 등장하는 외눈의 거인 키클롭스족의 하나로 해신 포세이돈의 아들. 오디세우스 일행을 동굴에 가두어 6명의 부하를 잡아먹었지만, 만취한 틈에 오디세우스에게 하나밖에 없는 눈을 찔리고 말았다.
【참조작품】「크툴루의 부름(한)」

「프나스의 골짜기」 In the Vale of Pnath 용어
작가 로버트 블레이크가 1934년부터 다음 해에 걸쳐 겨울 동안 쓴 5편의 걸작 단편 소설 중 하나.
【참조작품】「누가 블레이크를 죽였는가?(한)」, 「프나스의 골짜기」

『프나코틱 필사본』 Pnakotic Manuscrlpts 용어
〈나코트 필사본〉을 참조.

프노스 Pnoth 용어
노스라고도 한다. 사나스에 의해 정

복된 땅. 그 굴을 통해 사나스 왕에게 오래된 술이 헌상되었다.
【참조작품】「사나스에 찾아온 운명(한)」

프노스 골짜기 vale of Pnoth 용어

노스 골짜기라고도 한다. 트로크 봉우리들의 바닥에 있는 골짜기로, 도울족이 서식한다. 구울이 뼈를 버리는 곳도 있다고 한다.
【참조작품】「미지의 카다스를 향한 몽환의 추적(한)」, 「프나스의 골짜기」

프놈 Pnom 용어

수많은 강력한 괴물을 몰아낼 수 있는 주술을 교정했다고 알려진 현자. 최고위의 계보학자로서 예언자라고도 한다. 무우 둘란의 마도사 에바흐는 프놈의 저서를 잘 알고 있었다.
【참조작품】「백색 벌레의 출현」, 「밑에서 본 얼굴」, 「프놈이 엄명」

프란시스 X. 피니 Francis X. Feeney 용어

〈별의 지혜파〉 신도. 1849년에 입교. 임종 시에 찾아온 오말리 신부에게 종파의 비밀을 고백한 것 같다.
【참조작품】「누가 블레이크를 죽였는가?(한)」

프란시스 마리온 크로포드 Francis Marion Crawford 작가

① 2층 침대의 괴물(The Upper Berth)(한-한국톨스토이 『2층침대의 괴물 외2편~EQ세계 추리 SF문학 35~』) 1894
미국의 소설가(1854~1909). 미국 국적의 부모 밑에서 이탈리아에서 태어났다. 아버지 토마스는 조각가이며, 친척도 문학가나 예술가가 많았다. 1879년에 산스크리트어 연구를 위하여 인도로 향해서, 그곳에서 영어 신문의 편집을 맡았다. 이때의 견문을 바탕으로 1882년 첫 장편 소설 『Mr Issacs』을 완성하고, 이후 적극적으로 로맨스 소설을 발표하여 유행 작가가 되었다. 그러나 현재는 오컬트 장편인 『프라하의 마법사(The Witch of Prague)』(1891)나 동양풍의 판타지인 『요운 하리드(Khaled:A Tale of Arabia)』(1891), 사후에 출판된 괴기 소설집 『방황하는 유령(Wandering Ghosts)』(1911)로 기억되고 있다.
『방황하는 유령』에 수록된 ①에 대하여 러브크래프트는 『공포 문학의 매혹』에서 「모든 문학을 통틀어서

ㅍ

가장 무시무시한 작품 중 하나다.」, 「자살이 속출하는 선실과 유령 같은 바닷물의 습기, 이상하게 열린 현창, 정체 모를 대상과 싸우는 악몽 등 다양한 요소들을 비할 데 없이 능숙한 솜씨로 그려 보였다」(홍인수 역)라면서 상찬을 아끼지 않는다. 특히 익사체를 닮은 형용하기 어려운 물속 괴물의 묘사가 매우 탁월하며, 러브크래프트 스타일에도 뭔가 영향을 주고 있다고 여겨진다.

프란시스 웨이랜드 서튼

Francis Wayland Thurston 용어

종조부에 해당하는 에인절 교수가 남긴 자료를 바탕으로 1925년에 일어난 크툴루 부활에 얽힌 일련의 사건의 진상을 규명한 인류학자. 미국 보스턴 거주.

【참조작품】「크툴루의 부름(한)」

프랜시스 모건

Francis Morgan 용어

미스캐토닉 대학에 근무하는 마른 체격의 박사. 1928년, 아미티지 교수가 더니치 괴물을 퇴치하는 데 협력했다.

【참조작품】「더니치 호러(한)」, 「아캄, 그리고 별의 세계로」

프랜시스 하리

Francis Harley 용어

벨뷰에 사는 모험을 좋아하는 신사. 월터 드 라 푀어에 대해 「정의와 명예와 겸손을 중시하는 탁월한 인물」이라고 일기에 적고 있다.

【참조작품】「벽 속의 쥐(한)」

프랭크 벨냅 롱

Frank Belknap Long 작가

① 포식자들(The Space Eaters) 1928
② 틴달로스의 사냥개(The Hounds of Tindalos) 1929
③ 공포의 산(The Horror from the Hills) 1931
④ 뇌를 먹는 괴물(The Brain-Eaters) 1932
⑤ 암흑의 부활(Dark Awakening) 1980

미국 작가(1903~1994). 뉴욕 출신. 조상 중에는 신대륙 최초의 정착민을 날랐던 메이플라워호의 승무원이 있다고 한다. 2권의 시집을 출판한 후, 펄프 작가로 전향하여 1924년 11월 「The Desert Lich」로 『위어드 테일즈(Weird Tales)』에 첫 등장. 이후 이 잡지의 단골 기고가 중 한 사람으로서 오랜 기간 활약했다. 후에 『언노운(Unknown)』이나 『스릴링 미스터리(Thrilling Mystery)』 등

에도 진출하여 SF나 스릴러를 집필했다.
롱은 러브크래프트 서클 중에서도 최고선임에 속하며, 러브크래프트와 서신을 주고받았을 뿐만 아니라, 뉴욕의 문학 동아리 「케이렘 클럽(Kalem Club)」의 일원으로서 직접 그 목소리를 접한 많지 않은 프로작가 중 한 명이다. 신화 대계에 가장 먼저 진입한 것도 롱으로 ①은 기념할만한(러브크래프트가 아닌 작가의) 신화 소설 제1호가 되었다. ④는 ①과 비슷한, 뇌를 먹는 다른 차원의 괴물이 등장하는 해양 괴기소설이다. 만년의 작품인 ⑤는 피서지의 해변을 무대로 천천히 다가오는 그레이트 올드 원 부활의 공포를 로맨틱하게 그려내어 인상 깊다. 롱의 신화작품은 수는 많지 않지만, 안일하게 기존의 아이템에 의존하지 않고, 다른 차원의 괴물과 인간의 관계를 한결같이 추구하고 있다는 점에서 매우 호감이 간다. 또한, 롱은 러브크래프트와의 친교를 회상한 장편 에세이 「Howard Phllips Lovecraft: Dreamer on the NightsideJ」(1975)도 썼다.

프랭크 우트파텔
Frank Utpatel (용어)

'유트파텔'이라고도 한다. 미국의 삽화가(1905~1980). 일리노이주에서 태어났다. 자가 출판으로 간행한 러브크래프트 『인스머스의 그림자』(1936)의 삽화를 담당한 것을 계기로 아캄 하우스의 많은 간행물의 표지와 삽화를 그렸다.

프랭크 피버디
Frank Peabody (용어)

페보디라고도 한다. 미스캐토닉 대학 공학과 교수. 지층 조사를 위한 고성능 드릴 장비를 개발했다. 1930년 해당 대학의 남극 탐험대에 참가한다.

【참조작품】「광기의 산맥(한)」

프레게톤 Phlegethon (용어)

그리스 신화에 등장하는 명계의 불의 강.

【참조작품】「또 다른 신들(한)」

프레데릭 윌슨 박사
Frederick Wilson (용어)

미국 캘리포니아주 산 시미안 근처의 동물학 연구소에서 돌고래의 연구에 종사하고 있던 해양 생물학자. 돌고래와 인간 여성을 텔레파시로 교신하게 하는 실험을 하던 중, 어느 날 밤, 사고로 숨졌다.

【참조작품】「딥 원」

프레드 L. 펠톤
Fred L. Pelton 작가

① 서식스 고본(The Sussex Manuscript) 1989

미국 네브래스카주 링컨에 살았던 러브크래프트 연구가. 자세한 경력은 불명. 1950년 사망. 저서로는『A Guide to the Cthulhu Cult』(1946)가 있다.

①은 서식스 남작인 프레드릭 1세가 라는 인물이 1593년에 라틴어에서 영어로 번역한『네크로노미콘』의 사본. 본래 제목은『마신과 계약한 자의 예배(Culutus Maleficarum)』로 4권으로 구성되어 있다. 펠튼은 원고를 직접 채색한 사본풍으로 완성하여 제본해서 덜레스에게 보냈다고 한다.

프레드 베렌트
Fred Behrendt 작가

① 그 후(In the Time After) 1997

미국의 게임 작가, 시인(?~). 펜실베이니아주 에리 호반에서 아내, 딸과 함께 살고 있다. 소니아 H. 그린의 눈에 비친「끌리는 사람」러브크래프트의 모습을 현혹적으로 그려낸 ①은 작가가 처음으로 손을 댄 소설 작품이라고 한다.『광기의 저택(Mansions of Madness)』(한-코리아보드 게임스 출시)를 시작으로 몇 개의 크툴루 신화 게임에도 참여하고 있다.

프레드 차펠
Fred Chappell 작가

① 암흑신 다곤(Dagon) 1968

② 두려운 이야기(Weird Tales) 1984

미국 작가이자 시인, 영문학자(1936~). 노스캐롤라이나주 캔턴에서 태어났다. 듀크 대학에서 영문학 학위를 취득하고 대학에서 교편을 잡는 한편, 시와 소설 창작, 비평 활동에 종사했다. 대표작으로 장편『Farewell, I'm Bound to Leave You』, 단편집『More Shapes Than One: A Book of Stories』등.

신화 소설에 기존과는 전혀 다른 이질적인 접근을 시도하여, 특히 유럽에서 반향을 불렀다는 ①도 물론이지만, 무려 원제가「위어드 테일즈」인 ②또한 러브크래프트 본인은 물론, 사무엘 라부만, 하트 크레인 같은 실존 인물이 등장하는 지극히 이색적인 작품이다. 사실을 교묘하게 엮으면서 바다의 사신 〈드제임부(Dzhaimbu)〉의 위협을 그리고 있다.

프레드 파 Fred Farr 용어
더니치 주민. 아미티지 박사 일행을 길 안내한 마을 사람 중 하나.
【참조작품】「더니치 호러(한)」

「프로비던스 농장과 후기 세일럼에서 보낸 조지프 커웬의 일기와 비망록」
Journall and Notes of Jos : Curwen, Gent. of Providence-Plantations, Late of Salem 용어
찰스 워드가 오르니 코트의 구 커웬 저택에서 발견한 조지프 커웬의 일기. 초상화 뒤의 벽 안에 숨겨져 있었다.
【참조작품】「찰스 덱스터 워드의 사례(한)」

프로비던스 Providence 용어
미국 뉴잉글랜드의 로드 아일랜드 주에 있는 도시. 내러간셋만에 접하고 있으며, 서쪽으로는 페러랄 힐이 있다. 베니펏가에는 〈금단의 저택〉이나 덱스터 박사의 주택이, 프로스펙트 x테라스의 언덕 쪽에는 찰스 워드의 저택이, 스탠퍼즈 힐의 오르니 코트에는 조지프 커웬의 저택이 있었다. 랜돌프 카터와 러브크래프트 본인이 사랑한 도시이다. 스완레이크 묘지에 있는 러브크래프트의 묘비에는 〈I AM PROVIDENCE〉라는 문장이 새겨져 있다.
【참조작품】「찰스 덱스터 워드의 사례(한)」, 「금단의 저택(한)」, 「실버 키(한)」, 「어둠의 프로비던스」

프로스펙트 테라스
Prospect Terrace 용어
프로비던스를 한눈에 내려다 볼 수 있는 언덕. 어린 찰스 워드가 유모와 함께 산책을 하며 방문한 장소이며, 여기에서 바라본 신비한 저녁의 경치는 최초의 기억 중 하나로서 그의 뇌리에 새겨져 있다.
【참조작품】「찰스 덱스터 워드의 사례(한)」

프리츠 라이버
Fritz Reuter Lelber 작가
① 아캄, 그리고 별의 세계로 (To Arkham and the Stars) 1966
② 어둠의 성모(Our Lady of Darkness) 1977
미국 작가(1910~1992). 셰익스피어 배우의 아들로 시카고에서 태어났다. 견습 목사나 배우 수업을 거쳐 1939년 『언노운』지에 발표한 〈파어드&그레이 마우저(Fafhrd&Gray Mouser)〉 시리즈로 데뷔. 단번에 영

ㅍ

웅 판타지 분야의 인기 작가가 되었다. 1943년, 「아내라는 이름의 마녀들」 이후 오컬트 호러와 SF 장편에도 손을 댔다. 1958년 『빅 타임』으로 휴고상을 수상했다.
러브크래프트 작품에 등장하는 캐릭터들의 그 후를 그린 ①을 저자가 러브크래프트와 아캄시에 바친 열렬한 찬사라고 한다면, ②는 마도 샌프란시스코에 모인 비운의 환상 작가들 A 비어스, 잭 런던, 조지 스털링들에게 바치는 레퀴엠이라 할 수 있는 이색적인 오컬트 스릴러 작품이다. 게다가 이야기의 열쇠 중 하나가 되는 신비한 일기 필자가 클라크 애슈턴 스미스이고, 마도사 드 캐스트리스의 모델이 아돌프 드 카스트로라는 것을 생각하면, 비록 신화대계와 직접적인 관계는 없더라도 놓치기엔 아까운 작품. 라이버에게는 작가 러브크래프트의 본질에 육박한 2편의 에세이 『괴기소설의 코페르니쿠스』, 『브라운 젠킨과 함께 시공을 거쳐』가 있지만, ②에도 그러한 러프크래프트 마니아라는 특성이 곳곳에서 자연스럽게 드러나고 있다.

프타곤 섬유

Pthagon membrane 용어

무 대륙에서 사용한 종이 중 하나. 본 윤츠에 따르면 멸종된 야키스 도마뱀(Yakith-lizard)의 안 가죽으로 만들었다고 한다.
【참조작품】「영겁으로부터(한)」

프테톨리테스인

Ptetholites 용어

프레트라이트족이라고도 한다. 선사시대에 존재한 아인류 중 하나로 악마를 소환하여 적에게 보내 버리는 습관이 있었다고 한다. 스스로 소환한 〈검은 존재〉에 의해 괴멸되었다.
【참조작품】「검은 소환자」, 「속 검은 소환자」

프트트야-라이

Pth'thya-l'yi 용어

〈딥 원〉중 하나로 8만 년 전부터 얀틀레이에서 살고 있다. 오벳 마시와 통혼한 후 다시 물속으로 돌아왔다.
【참조작품】「인스머스의 그림자(한)」

플레르 드 리스

Fleur-de-Lys 용어

프라덜리즈 관이라고도 한다. 프로비던스 토마스가에 있는 아파트. 17세기 브리트니 건축 양식을 모방한 추악한 빅토리아 시대의 건물로 주변 거리와 부조화를 이루는 외견을 갖고 있다. 로드 아일랜드 미술학원에 가까워서 H.A. 윌콕스를 비롯한 예술가들이 하숙 생활을 하고 있다. 「플레르 드 리스」란 창포를 양식화한 디자인을 의미한다.

【참조작품】「크툴루의 부름(한)」

플립 Flip 용어

빌헬름 박사의 동물학 연구소에서 사육되고 있던 돌고래. 인간의 말을 알아듣는 것 같다.

【참조작품】「딥 원」

피가페타 Pigafetta 용어

『콩고 왕국』의 저자(1533~1603). 아프리카 여행 동안 포르투갈 선원인 둥 드아르테 로페즈와 알게 되어, 그의 견문담을 책으로 정리했다.

【참조작품】「그 집에 있는 그림(한)」

피버디 가문 Peabodys 용어

매사추세츠주 세일럼에서 같은 주의 윌프라함으로 이주한 수상한 일족. 검은 고양이 모습의 사역마를 이끄는 마법사의 가문이다.

【참조작품】「피버디가의 유산」

『피슬리 체험담』 Peaslee Narratlve 용어

너새니얼 윈게이트 피슬리의 기괴한 경험을 담은 책으로 H.P. 러브크래프트가 대신 기록했다. 아들 윈게이트 피슬리가 출판해 물의를 빚었다.

【참조작품】「광기의 지저 회랑」

피에르 루이 몬태규 Pierre-Louis Montagny 용어

루이 13세 시대의 나이든 프랑스인, 〈위대한 종족〉에 의해 정신을 교환하고 너새니얼 피슬리와 대화했다.

【참조작품】「시간의 그림자(한)」

피터 캐논 Peter Cannon 작가

① 아캄의 수집가(The Arkham Collector) 1997

미국 공포 작가, 러브크래프트 연구가(1951~). 뉴욕 거주. 스릴러와 미스터리 전문지 『퍼블리셔즈 위클리(Publishers Weekly)』의 편집자이기도 하다. 러브크래프트에 관한 평론으로 알려져 있으며, 러브크래프트 작품이 셜록 홈즈물이나 윌리엄 벡퍼드의 『바텍』, 너새니얼 호손(Nathaniel Hawthorne) 같은 이들의 작품에서 영향을 받았다고 지적하고 있다. 또한 프랑크 벨냅 롱의 전기도 저술했다. 창작 작품으로는 러브크래프트의 전기 소설 외에도 많은 신화작품이 있다. ①은 아캄에 사는 비평가를 찾은 소설가(던세이니풍의 장편 『황금의 운명』이라는 저서가 있다)의 기묘한 체험을 그린 작품이다.

피터 B 카 Peter B. Carr 용어

포토원켓의 어부. 1913년 8월에 낙하한 운석을 그물에 걸어서 동료와 함께 해안으로 옮겨주었다.

【참조작품】「초원(한)」

피터 리랜드

Peter Leland 용어

북부 캘리포니아의 아프턴에 사는 감리교 목사. 「미국의 청교도 주의에 있어서 이교의 잔상」을 주제로 연구 논문을 작성하기 위해, 조부모부터 물려받은 새서너스의 리랜드 농장에서 머무르던 중 아내를 살해하고 실종되었다.

【참조작품】「암흑신 다곤」

피터 스트라우브

Peter Straub 작가

① 미스터 X(Mr. X) 1999

미국 작가(1943~). 위스콘신주 밀워키에서 태어났다. 위스콘신 대학과 컬럼비아 대학에서 현대 문학을 전공. 아일랜드에 유학 중이던 1973년에 순문학 장편 「Marriage」을 첫 출판. 1975년에 간행된 「줄리아의 저택(Julia)」을 통해서 호러 작가로 전향. 스티븐 킹 작품에 자극되어 쓴 대작 『고스트 스토리(Ghost Story)』(1979/한-황금가지)가 베스트셀러에 오르면서 킹과 대등한 모던 호러 작가로서 명성을 얻게 되었다. 그 밖에도 『섀도우랜드(Shadowland)』, 『코코(Koko)』, 여러 작품의 단편집인 『문 없는 집(Houses Without Doors)』, 친구이기도 한 킹과 공동 제작한 다크 판타지 『부적(The Talisman)』 등. 추가로 킹의 「크라우치 엔드」는 스트라우브의 집을 찾아서 런던의 항구를 헤맸던 실제 경험에 바탕을 둔 작품이라고 한다.

피터 트레메인

Peter Tremayne 작가

① 다오이네 돔하인(Daoine Domhain) 1992

트레마인이라고도 한다. 유명한 켈트학자 피터 베레스포드 엘리스(Peter Berresford Ellis, 본명)와 소설가 피터 트레메인이라는 두 개의 얼굴을 갖고 있다. 1943년 영국 워릭셔주 코번트리에서 태어났다. 언론가인 아버지는 아일랜드 남서부 코크주의 유서 깊은 가문 출신으로, 가족은 종종 이곳을 찾곤 했다고 한다. 대학 졸업 후 언론의 길을 선택하여, 주간지 잡지의 편집 작업에 종사하면서, 켈트 역사에 관한 저작을 집필. 1977년부터 소설 쓰기에도 착수하여, 켈트 민화와 전설에 바탕을 둔 단편과 역사 미스터리 〈수냐 피델마(Sister Fidelma)〉 시리즈 등을 발표하고 있다 ①을 포함한 호러 단편집 『아일랜드 환상(Aisling and other Irish Tales of Terror)』에는 그 밖에도 『석주』, 『환상의 섬 하이 브라실』, 『마법사』처럼 신화 소설에 가까운 색채의 수작이 많다.

피터스 Peters 용어

킹스포트의 〈무서운 노인〉이 소유하는 병 중 하나에 붙인 이름.

【참조작품】「무서운 노인(한)」

픽맨 카터 Pickman Carter 용어

2169년에 신비한 수단으로 몽골인 집단을 오스트레일리아에서 몰아내게 되는 인물. 랜돌프 카터의 먼 자손인 모양이다.

【참조작품】「실버 키의 관문을 지나서(한)」

필립 저민 경 Sir Philip Jermyn 용어

웨이드 경의 아들로 매우 엉뚱한 인물. 몸집은 작지만, 힘은 강하고 민첩했다. 집시의 피를 이은 사냥터지기의 딸과 결혼 직후, 해군에 입대하여 상선을 탔으며, 콩고 앞바다에 정박 중인 배에서 행방을 감추었다.

【참조작품】「고(故) 아서 저민과 그 가족에 관한 사실(한)」

필립스 일족 Phillips 용어

인스머스의 유서 깊은 명가의 하나. 일찍이 마시 일족과 함께 중국 무역을 하고 있었다.

【참조작품】「르뤼에의 인장」

핍스 가문 Phipps 용어

영국 브리체스터의 크로톤에 있는 강가의 집에 살고 있던 마법사 일가. 금방이라도 쓰러질 것 같은 걸음걸이가 공통된 특징이다. 1898년에 가장인 제임스가 사망하고 아들 라이오넬이 그레이트 올드 원 소환의 바람을 이어받았다. 1931년, 이곳을 흐르는 강에서 출현한 이형의 괴물들에 의한 재앙은 라이오넬이 일으킨 것으로 알려졌다.

【참조작품】「공포의 다리」

하네스 보그

Hannes Bok (용어)

미국의 화가, 소설가(1914~1964). 본명은 웨인 우다드(Wayne Woodard). 미네소타에서 태어났다. SF 팬덤에서 활동한 후 로스앤젤레스에서 레이 브래드버리와 알게 되었으며, 그의 소개로 『위어드 테일즈(Weird Tales)』 1939년 12월호에서 데뷔. 사숙하던 맥스필드 패리쉬의 화풍에도 정통하여 몽환적인 표지나 삽화를 많은 펄프 잡지에 기고했다. 러브크래프트 작품의 삽화는 「픽맨의 모델」의 구울 그림으로 유명하다. 소설에도 손을 뻗어 『마법사의 배(The sorcerer's ship)』(1942), 『황금 계단 너머(Beyond the Golden stair)』(1948)이라는 두 권의 장편 판타지를 남겼다. 만년에는 가난 속에 고독사했다고 한다.

하레이 워렌

Harley Warren (용어)

'워런'이라고도 한다. 미국 남부 사우스캐롤라이나에 사는 금단의 지식에 통달한 신비주의자. 고대 나칼어의 연구를 통해서 엄청난 결론을 끌어내고 있었다고 한다. 랜돌프 카터의 친구로서 7년간 함께 생활하며 연구를 계속했다. 인도에서 온 신비한 책들과 전화 송신기를 갖고 빅 사이프러스 늪(Big Cypress Swamp) 근처의 묘지 지하에 홀로 내려가서, 그대로 소식이 끊어졌다. 그때, 지상에서 대기하고 있던 카터는 누군가 이 전화로 "You fool, Warren is DEAD!(바보 같은 놈, 워런은 죽었다!)"라고 말하는 것을 들었다.

【참조작품】「랜돌프 카터의 진술(한)」, 「실버 키의 관문을 지나서(한)」

하세그 Hatheg (용어)

하테그라라고도 한다. 〈드림랜드〉의 마을. 영봉 하세그-클라 산기슭에 있다.

【참조작품】「또 다른 신들(한)」

하세그 클라 Hatheg-Kla 용어

하테그-클라라라고도 한다. 하세그 마을의 오지, 돌 황야를 넘어 먼 곳에서 있는 영봉. 오래전 대지의 신들이 살고 있었기에, 지금도 산 중턱을 창백한 안개가 감싸는 밤에는 신들이 구름으로 된 배를 타고 찾아와 옛날을 그리워하며 춤추며 논다고 한다.

【참조작품】「또 다른 신들(한)」

하스터 Hastur 용어

하스투르라고도 한다. 어떻게도 〈형언할 수 없는 것(the Unspeakable)〉이라고 불리는 것처럼, 그레이트 올드 원 중에서도 의문이 많은 신성이다. 〈성간 우주를 걷는 것〉이라고도 불리며, 히아데스 성단의 알데바란 근처 어두운 별에 숨어있다. 그 땅은 때때로 〈검은 할리 호수〉라고 불리기도 한다. 바이아크헤가 섬기고 있다.

【참조작품】「카르코사의 망자(한)」, 「양치기 하이타(한)」, 「어둠 속에서 속삭이는 자(한)」, 「하스터의 귀환」, 「영겁의 탐구 시리즈(어거스트 덜레스 참조)」, 「이타콰」

하스터의 귀환

The Return of Hastur 작품

어거스트 덜레스(August Derleth)

【첫 소개】『위어드 테일즈(Weird Tales)』 1939년 3월호

【개요】 변호사인 나는 고객 중 1명인 에이모스 터틀의 말기 상황을 상속자인 폴과 함께 지켜봤다. 에이모스의 시신은 물고기 같은 모습으로 변모했기 때문에 서둘러 묻었다. 주거를 철저히 파괴하라는 유언을 무시하고 삼촌의 집에서 생활하기 시작한 폴은 남겨진 자료에서 에이모스가 그레이트 올드 원의 비밀을 알고 하스터와 끔찍한 계약을 맺고 있었다는 것을 알게 된다. 폴에게서 전화를 받은 나는 에이모스를 위협했던 위기가 조카에게 닥쳐오고 있다는 것을 알고 놀라게 된다. 저택에 다가오는 땅속의 발소리는? 그리고 무서운 '안식처'란 무엇인가?

【해설】 하스터와 크툴루가 괴수 영화를 방불케 하는 격투를 펼치고, 그것을 엘더 갓이 울트라맨처럼 격퇴한다는, 러브크래프트가 읽으면 망연자실할 수도 있는 파격적인 작품. 좋든 나쁘든 덜레스 신화의 본 실력

이 발휘되고 있다.

하얀 번개 white lightening 용어

1930년 가을에 마누셋강에서 발생한 거대한 역류와 이에 따른 일련의 이상한 현상을 가리키는 지역에서의 호칭.

【참조작품】「암초의 저편에」

하얀 원숭이 여신 white ape-gooddess 용어

유인원 여신, 백색신이라고도 한다. 아프리카 콩고 오지에 회색 석조 도시를 구축한, 기괴한 혼혈 생물이 숭배하던 여신. 그 정체는 미지의 유인원으로서는 믿기 어려울 정도로 백인종에 가까운 모습을 하고 있었다. 웨이드 경 이후 저민 일족은 그 혈통에 끌리고 있다고 한다.

【참조작품】「고(故) 아서 저민과 그 가족에 관한 사실(한)」

하온 도르 Haon-Dor 용어

마봉 부어미사드레스산의 끝없는 심연에 있는 천 개 기둥의 궁전에 사는 인류 이전의 마법사. 그 궁전에는 수많은 사역마가 돌아다니고 있다.

【참조작품】「일곱 개의 저주」, 「심연으로의 강하」, 「양피지 속의 비밀」, 「하온 도르의 저택」, 「암흑의 마법사」

하워드 Howard 용어

하트리지 빌에서 사는 단편 소설 작가. 진정한 우주적 공포를 작품화하려고 했지만 뇌를 먹는 괴물의 먹이가 되었다.

【참조작품】「포식자들」

하워드 필립스 러브크래프트 Howard Phillips Lovecraft 작가

① 다곤(동2)/데이곤(위3, 황1) Dagon 1917

② 냐르라트호테프/니알라토텝 / 니알랏호텝(동4, 황1, 화수분출판사 『러브크래프트 영한대역』) Nyarlathotep 1920

③ 이름 없는 도시(황4, 위1)/무명도시(동2) The Nameless City 1921

④ 사냥개(황4, 위1, 책세상 『세계 호러 걸작선』)/악마개(동3) The Hound 1922

⑤ 축제(황4)/악마들의 축제(동4) The Festival 1923

⑥ 크툴루의 부름(황1)/크투르프가 부르는 소리(동1) The Call of Cthulhu 1926

⑦ 픽맨의 모델(동5, 황4) Pickman's Model 1926

⑧ 실버 키(황3)/은으로 된 열쇠(동5) The Silver 1926
⑨ 미지의 카다스를 위한 몽환의 여정(황3)/미지의 카다스를 꿈에 그리며(동5) The Dream-Quest of Unknown Kadath 1926~1927
⑩ 네크로노미콘의 역사(황1) History and Chronology of the 'Necronomicon' 1927
⑪ 찰스 덱스터 워드의 사례(황3)/찰스 워드의 기괴한 사건(동2)/찰스 덱스터워드의 비밀(변용란 역-영언문화사) The Case of Charles Dexter Ward 1927~28
⑫ 더니치 호러(황1)/던위치의 공포(동4) The Dunwich Horror 1928
⑬ 어둠 속에서 속삭이는 자(황2)/어둠 속의 속삭임(동1)/어둠 속의 손님(현) The Whisperer in Darkness 1930
⑭ 광기의 산맥(황2, 변용란 역-씽크북)/광기의 산맥에서(동4) At the Mountains of Madness 1931
⑮ 인스머스의 그림자(황1)/인스마우스의 그림자(동1) The Shadow over Innsmouth 1931
⑯ 현관 앞에 있는 것(황1)/문 앞의 방문객(동3) The Thing on the Doorstep 1933
⑰ 실버 키의 관문을 지나서(황3)/은제 열쇠로 문을 열고(동5) Through the Gates of the Silver 1932~33
⑱ 시간의 그림자(황2)/시간으로부터의 그림자(동3) The Shadow out of Time 1934
⑲ 누가 블레이크를 죽였는가?(황1, 위3)/어둠 속을 헤매는 것(동3) The Haunter of the Dark 1935
【메릿, 무어, 하워드, 롱과 합작】
⑳ 저편으로부터의 도전 The Challenge from Beyond 1935

미국의 작가(1890~1937). 1890년 8월 20일 오전9시. 로드 아일랜드주 프로비던스시 에인절가 194번지 필립스 집(외가)에서 태어났다. 은식기 영업 사원인 아버지 윈필드 스콧 러브크래프트(Winfield Scott Lovecraft, 1856~1898)와 어머니 사라 수잔(Sara Susan, 옛성 필립스/1857~1921)의 외아들이었다. 두 살 때 아버지가 정신발작을 일으켜서 입원 생활을 하게 되었기 때문에, 모자는 어머니의 친가에 가서 살았다. 할아버지 휘플 반 부렌 필립스(Whipple Van Buren Phillips, 1833~1904)는 부유한 사업가로서, 서재나 장서에 대해서 애착하던 분이었다고, 훗날 러브크래프트는 소개하고 있다. 서너 살 때부터 그림동화와 아라비안나이트, 그리스 신화 같은 작품에 친숙했던 그는 다섯 살부터 창작을 시작한다. 병약해서 학교에는 만족스럽게 다니지 못하고 오직 가정 교사와 독서를 통해 교양을 축적했다. 1904년 할아버지의 사망으로 저택은 남의 손에 넘어갔기에, 에인절가 598번지로 이사. 이때부터 천문학에 관심이 깊어져 『사이언티픽 아메리칸』 같은 과학 잡지에 투고를 시작했다. 1908년, 신경증으로 인해 고등학교를 자퇴하고 지역 명문 브라운 대학 진학을 포기한다. 어린 시절에 창작한 작품 대부분을 폐기하고 잠시 소설에서 멀어졌다.

1914년, UAPA(유나이티드 아마추어 프레스 협회)에 가입, 동인지에 에세이, 논고, 시 작품 등을 열정적으로 기고하는 한편, 이듬해부터 문장의 첨삭지도 업무를 시작한다. 1917년부터는 W.P쿡의 격려로 소설 쓰기를 재개, 주로 동인지에 작품을 발표하게 된다. 1919년 로드 던세이니의 작품을 접하고 감명을 받아 보스턴에서 열린 던세이니 강연회에 참석했다. 1921년 어머니가 사망. 아마추어 작가 대회에서 소니아 H. 그린을 알게 된다.

1923년, 창간된 지 얼마 되지 않은 『위어드 테일즈(Weird Tales)』의 10월호에 「다곤」이 게재된 이후 러브크래프트는 해당 잡지를 통해서 꾸준히 작품을 소개하게 된다. 1924년 소니아와 결혼, 뉴욕의 브루클린에서 새로운 생활을 시작하여, 이곳의 문학 서클 〈케이렘 클럽(Kalem Club)〉의 작가 동료들과 친분을 나누었다. 하지만 1926년 러브크래프트는 홀로 프로비던스로 돌아가서 1929년에 정식으로 이혼했다.

1933년부터 컬리지가 66번지의 집에서 이모 애니 E. 갈웰과 함께 살았다. 만년에는 편지를 나누는 친구들과 종종 캐나다와 뉴잉글랜드 각지로 탐방 여행을 떠나거나 뉴욕에서 크리스마스 휴가를 케이렘 클럽 동료들과 보내고 있다. 1937년 3월 15일 오전 6시, 제인 브라운 기념 병원에서, 암으로 사망. 향년 46세. 시신은 스완 레이크 묘지에 있는 필립스가의 무덤에 묻혔다. 1977년에는 유지의 손으로 러브크래프트 단독의 묘비가 세워져 「I AM PROVIDENCE 나는 프로비던스이니」라는 비문이 새겨졌다. 2013년 7월에는, 에인절가와 프로스펙트가의 교차점이 「H.P. 러브크래프트 스퀘어」라고 명명되었다.

러브크래프트의 소설 작품은 호러와 판타지의 두 계통으로 크게 나눌 수 있지만, 그중에서 크툴루 신화작품을 추출하는 작업은 상당히 어렵다. 왜냐하면, 러브크래프트의 신화 대계는 작가 자신에 의한 창작(때때로 다른 작가의 작품도)을 통합하고 연관 짓는 과정에서 나온 결과물이며, 시간이 지나면서 변화하고 형성되었기 때문이다. 신화작품의 판정 기준을 어디에 두는가에 따라서 해당 목록은 크게 달라진다. 여기서는 고유의 신화와 마도서가 이야기 전개와 밀접하게 얽혀있는 작품에만 한정하고『미지의 카다스를 향한 몽환의 여정』을 비롯한 〈드림랜드〉 계열의 작품에 대해서는 다른 신화작품과 관계가 깊은 후기의 대표작을 소개하는 데 그쳤다. (마지막은 모두 집필한 년도)

저자의 실질적인 데뷔작인 ①은 바다에서 솟아오른 섬에 상륙한 선원이 태고의 사악한 존재를 목격하는 이야기로, ⑥ 등의 원형이 되었다. ②는 나중에 신화 대계에서 중요한 역할을 하는 존재로 떠오르는 니알라토텝의 첫 등장 작품. 작가가 꾼 꿈을 거의 그대로 쓴 것이라고 한다(각켄『몽마의 서(夢魔の書)』 참조). 〈구울〉을 신화 대계 고유의 캐릭터로 보는지에 대해서는 의견이 분분하지만, ⑦의 주인공인 구울 화가 픽맨은 신화 세계의 유명 인사이다. ⑧은 ⑰의 후일담이 아닌 전일담으로, 작가의 고향에 대한 사랑과 유년기에 대한 향수가 넘쳐흐르는 명품. ⑩은『네크로노미콘』에 대해 창조주 스스로 주석을 단 작품으로 귀중한 기초 자료가 되고 있다.『판타지 매거진』 1935년 9월호에 게재된 ⑳은 C.L.무어, 에이브람 메릿, 로버트 E. 하워드, 프랭크 벨냅 롱, 그리고 러브크래프트라는, 펄프 업계의 인기 작가 5명에 의한 릴레이 소설로서, 러브크래프트는 제3장을 담당하고 있다. 원반이 묻혀있는 이상한 수정체를 입수한 주인공이 그 안으로 빨려 들어가서……라는 어처구니없는 이야기지만 러브크래프트는『엘트다운 도편본』을 들고 나와서 신화작품으로 만들고 있다.

다음에는 앞에서 소개한 것 이외의 모든 작품을 판타지 계열, 호러 계열로 나누어서 집필한 연도순으로 정리했다.

【판타지 계열】

북극성(황3) Polaris 1918

초원(황5) Green Meadow 1918(1919?)

기억(황4) Memory 1919

화이트 호(황4)/하얀범선(동3) The White Ship 1919

사나스에 찾아온 운명(황4) The Doom that Came to Sarnath 1919

올리브 나무(황4) The Tree 1920
시와 신 Poetry and the Gods 1920
울타르의 고양이(동4, 황3)/울타르의 고양이들(송승현 역 『고양이를 쓰다』 시와서)/지은현 역 『고양이를 읽는 시간』 꾸리에) The Cats of Ulthar 1920
거리(황4) The Street 1919
셀레파이스(동5, 황4) Celephais 1920
망각으로부터(황4) Ex Oblivione 1920
이라논의 열망(황4) The Quest of Iranon 1921
달의 습지(황4) The Moon-Bog 1921
아웃사이더(정진영 역 『세계 호러 단편 100선』 책세상, 동2, 현, 황4) The Outsider 1921
또 다른 신들(황4)/낯선 신(동5) The Other Gods 1921
히프노스(황3) Hypnos 1922
달이 가져온 것(황4) 1922
안개 속 절벽의 기묘한 집(황4) The Strange High House in the Mist 1926
이비드(황4) Ibid 1928
【호러 계열】
동굴 속의 짐승(황4) The Beast in the Cave 1905
연금술사(황4) The Alchemist 1908
무덤(황4) The Tomb 1917
잠의 장벽 너머(황3) Beyond the Wall of Sleep 1919
후안 로메로의 전이(황4) The Transition of Juan Romero 1919
랜돌프 카터의 진술(동5, 현, 황3) The Statement of Randolph Carter 1919
무서운 노인(황4) The Terrible Old Man 1920
신전(동3, 위1, 황4) 1920
고(故) 아서 저민과 그 가족에 관한 사실(황4)/고(故) 아서 저민과 그 집안에 대하여(동3) Facts Concerning the Late Arthur Jermyn and His Family 1920
저 너머에서(황2) From Beyond 1920
그 집에 있는 그림(황1)/집속의 그림(동2) The Picture in the House 1920
에리히 잔의 선율(황1)/에리히 짠의 음악(동2)/에리히 잔의 연주(현) The Music of Elich Zann 1921
허버트 웨스트 리애니메이터(황1)/시체를 되살리는 허버트 웨스트(동4, 현) Herbert West-Reanimator 1921~1922
잠재된 공포(황4)/숨어 있는 공포(동2) The Lurking Fear 1922
아자토스(황4, 『하워드 필립스 러브크래프트 단편선 착한 영한대역』 화수분출판사) Arathoth 1922
벽 속의 쥐(동1, 황1)/벽 속의 쥐들(현) The Rats in the Wall 1923
형언할 수 없는 것(황4)/말로는 표현

할 수 없는 것(동5) The Unnamable 1923
금단의 저택(황2) The Shunned House 1924
피라미드 아래서(황6) Under the Pyramids 1924
(이 작품은 해리 후디니의 이름으로 러브크래프트가 대필한 작품으로, 처음 게재 시에는 「파라오와 함께 닫히다(Imprisoned with Paraoh)」라는 제목이었다. 이후 「피라미드 아래서」로 변경되었다-역주)
레드훅의 공포(동5, 황4) The Horror at Red Hook 1925
그(황4)/그 남자(현) He 1925
시체 안치소에서(황4) In the Vault 1925
냉기(동3, 황2, 현) Cool Air 1926
우주에서 온 색채(황2, 현)/우주에서 온 빛(동3)/어떤 색채(위2) The Colour out of Space 1927
후손(황4) The Descendant 1927
위치 하우스에서의 꿈(황4)/마녀의 집에서 꾸는 꿈(동4) The dream in the WitchHouse 1932
어떤 책(황4) The Book 1933
달이 가져온 것(황4) The Thing in the Moonlight 1934
사악한 성직자(황4) The Evil Clergyman 1937

【평론, 에세이】
다곤 변호론 In Defence of Dagon 1921
로드 던세이니와 그 저작 Lord Dansany and His Work 1922
공포 문학의 매혹 (홍인수 역-폴라북스) Supernatural Horror in Literature 1927~1936
공포 소설의 집필에 대해서 Notes on Writing Weird Fiction 1934
행성 간 여행소설에 관한 노트 Some Notes on Inter-planetary Fiction 1934
로버트 하워드를 기리며 In Memoriam : Robert Ervin Howard (정7-1) 1936

【시】
포 시인의 악몽 The Poe-et's Nightmare 1916?
우주에 홀로 Alone in Space 1917
사이코폼포스 Psychopompos 1918
네메시스 Nemesis 1918
악몽의 호수 The Nightmare Lake 1919
도시 The City 1919
꿈을 꾸는 이에게 To a Dreamer 1920
레그나르 로드브러그의 애가 Regnar Lodbrug's Epicedium 1920?
고대의 길 The Ancient Track 1929
전초지 The Outpost 1929

ㅎ

이형의 사자 The Messenger 1929
유고스의 균류생물 Fungi from Yuggoth 1929~1930
블록씨의 소설 『얼굴없는 신』의 삽화를 그린 핀레이씨에 대해 Go To Mr. Finlay, Upon His Drawing for Mr. Bloch's Tale, "The Faceless God" 1936
아베로와뉴의 주인 크라카쉬톤에게 바치다 To Klarkash-Ton, Lord of Averoigne 1936

『하이 스트리트 교회의 전설에 대해서』
On the legend of the High Street Church (용어)

영국의 템프힐에서 조사하던 앨버트 영이 실종 전에 남긴 취재 메모집.

【참조작품】「하이스트리트 교회」

하이드라
Hydra (용어)

히드라라고도 한다. 생물의 뇌수를 먹어치우는 다른 차원의 괴물. 그 모습은 무수한 목이 튀어나와 있는 회색의 점액의 바다처럼, 인간의 눈에 비친다. 〈어머니인 하이드라〉와는 다른 존재로 보인다.

【참조작품】「하이드라」

하이드라
Hydra (용어)

히드라라고도 한다. 〈아버지인 다곤〉와 대칭되는 존재로서, 〈딥 원〉에 의해 〈어머니인 하이드라〉로 숭배되는 신으로서 크툴루를 따른다.

【참조작품】「인스머스의 그림자(한)」

하이드라
Hydra (작품)

헨리 커트너(Henri Kuttner)

【첫 소개】『위어드 테일즈(Weird Tales)』 1939년 4월호

【개요】 작가 에드먼드는 친구의 루드비히(Robert Ludwig)의 고서점에서 찾은 소책자 『영혼의 투사에 대해서』에 기재되어 있는 별 기체의 투사 실험을 해보기로 했다. 루드비히는 두 사람이 스승으로 모시고 있는 오컬트 연구가 케네스 스코트(Keneth Scott)에게 조언을 구하는 편지를 보내지만 답장이 오지 않는 사이에 실험을 강행하게 된다. 약물로 인해 일어난 환각 속에서 에드몬드는 무수한 인간과 괴물의 목이 자라난 잿빛의 바다를 목격한다. 그후, 에드몬드의 의식은 스코트의 집에 도착하지만, 어째서인지 스코트는 미쳐 날뛰는 상태로 무언가로부터 도망치려고 하고 있었다. 다음

날, 스코트의 목이 없는 시체가 발견된다. 죽기 직전에 그가 보낸 편지에는 무서운 내용이 적혀 있었다. 두 사람이 발견한 책은 생물의 뇌수를 흡수하는 다른 차원의 괴물 하이드라에게 산 제물을 바치기 위해서, 그 숭배자가 고안한 함정이었다고 한다. 괴물의 먹이가 된 스코트의 목을 구하기 위해서, 루드비히는 다른 차원으로 향하지만, 거기에는 아자토스의 혼란이 기다리고 있었다…….

【해설】 신화 대계 속에서도 속성이 뭔가 명확하지 않은 신성인 하이드라가 등장하는, 진귀한 에피소드.

하이퍼보리아

Hyerborea 용어

휘페르보레오스라고도 한다. 빙하기 이전에 존재한 북방의 대륙. 중심부에 있는 수도 콤모리옴은 오래전에는 매우 번화한 도시였지만, 이변으로 인하여 버려지고, 남쪽 우줄다롬으로 천도했다. 북부에는 무우둘란 반도가, 남부에는 츠초 벌파노미(Tscho Vulpanomi)의 호수 지대가 있다. 대 한파가 밀려오면서 멸망했다고 전해진다.

【참조작품】「아삼마우스의 유고(한)」, 「광기의 산맥(한)」, 「일곱개의 저주」, 「백색 벌레의 출현」, 「하이퍼보리아」

하이퍼볼리아

Hyperborea 용어

〈하이퍼보리아〉를 참조.

하트웰 의사

Dr. Hartwell 용어

아캄에 사는 의사로서, 헨리 아미티지 박사의 주치의.

【참조작품】「더니치 호러(한)」

학자의 골목길

Lane of Scholars 용어

다마스쿠스(시리아의 수도)의 북쪽 지역에 있는 조용한 거리. 깊은 연구에 열중하는 마도사들이 살고 있다고 하며, 오래전 압둘 알하즈레드도 그 한 구석에 살면서 『알 아지프』를 집필했다.

【참조작품】「네크로노미콘 알하즈레드의 방랑」

한 Han 용어

마도서 『벌레의 신비』에서 〈어두운 한(dark Han)〉이라고만 기술되는, 예언의 신.

【참조작품】「별에서 오는 요충」

한스 칼 아르트만

Hans Carl Artmann 작가

① 카펜타리아 만에서 1969
② 콘라드 트레게라스의 모험 1969
③ 위험한 모험 1969

오스트리아의 시인, 작가, 극작가(1921~2000). 패러디와 언어유희로 가득 찬 특이한 스타일로 알려져 있다. 러브크래프트 작품의 뛰어난 독일어 번역가이기도 하다. 신화 대계의 패러디를 포함한 단편집으로『배깃발의 머릿 글자』(1969/카와데쇼보신샤『서세스의 프랑켄슈타인』에 수록)가 있다.「나는 잊혀진 미국인을 한 명 알고 있다. 그의 문체는 특별하지 않지만, 스토리는 각별하다. H.P. 러브크래프트. '불치의 마약 상용자'라고 하지만, 그렇게 생각되지 않는다. 내게는 정상적인 모습으로 보이기 때문이다. 나는 떠올린다,「에리히 잔의 선율(한)」,「트레스홀드의 잠복자」,「지하실의 쥐」,「더니치 호러(한)」등. 나는 마음이 순수한 사람을 떠올린다. 이 러브크래프트 씨는 무엇보다도 동화적인 사람이었음이 틀림없다. 시인은 무엇보다도 동화적이지 않으면 안 된다.」(전게서「자료와 해설」중에서/타네무라 스네히로種村季弘 역)

이 내용은 아마 러브크래프트에 대한 최고의 찬사 중 하나일 것이다. ①에서는 고대 부족의 주술사가 "오아루롱 므므므므흐르루루루루 아하루쿠프프 웅웅웅슈르!"라고 어디선가 들어본 듯한 함성을 올린다. ②에선 지옥의 괴물을 조종하는 마법사와의 대결을 그린다, ③에서는 구울의 비행선 파티에 잠입한 사내의 공포를 그린다……. 모두 짧으면서도 흥미로운 패러디로서 완성하고 있다.

할리 Hali 용어

히아데스 성단의 어두운 별에 있다는 거대한 검은 호수. 하스터가 숨어 사는 땅이라고 한다. 태고의 지식을 익히고 있는 인물로서 언급되기도 한다.

【참조작품】「카르코사의 망자(한)」,「노란 표적(한)」,「어둠 속에서 속삭이는 것(한)」,「영겁의 탐구 시리즈(어거스트 덜레스 참조)」

할핀 챌머즈
Halpin Chalmers 용어

파트리지 빌에 사는 오컬트 작가이자 언론가. 저서로『비밀을 보고 지키는 자들』이 있다. 중국의 비약을 복용하여 시간을 거슬러 올라간 끝에 〈틴달로스의 사냥개〉의 모습을 엿보았다.

【참조작품】「틴달로스의 사냥개」

합성 미라
composite Mummies 용어

인간의 몸통과 사지에 황소나 고양이, 악어 같은 성수의 머리를 결합하여 만든 미라. 고대 이집트의 타락한 제사장이 만들어낸 것이라고 하며 전설에 따르면 미라들은 케프렌 왕과 니토크리스 왕비가 군림하는 지하 왕궁에서 사역되고 있다고 한다.

【참조작품】「피라미드 아래서(한)」

해럴드 해드리 코프랜드
Harold Hadley Copeland 용어

명저 『선사시대의 태평양 해역-동남아 신화의 원형에 대한 예비 조사 Prehistory in the Pacific:A Preliminary Investigation with Reference to the Myth-Patterns of Southeast Asis』(1902)를 저술한 고명한 고고학자. 훗날 『폴리네시아 신화-크툴루 신화 대계에 관한 고찰』(1906)과 『「포나페섬 경전」에서 고찰한 선사시대의 태평양 해역』(1911)으로 물의를 빚고, 말년에는 정신 이상을 일으켰다. 1913년에 중앙 아시아 찬 고원에서 무 대륙의 마법사 산토우의 무덤을 발견했다.

【참조작품】「분묘의 주인」, 「나락 밑의 존재」, 「시대로부터」, 「진열실의 공포」

해저 쇼고스
sea-shoggoth 용어

〈씨 쇼고스〉를 참조.

「행성에서 온 방문객」
The Feaster from the Stars 용어

작가 로버트 블레이크가 1934년부터 이듬해까지 겨울 동안 쓴, 다섯 편의 걸작 단편 소설 중 하나.

【참조작품】「누가 블레이크를 죽였는가?(한)」, 「행성에서 온 방문객」

행크 실버헛
Hank Silberhutte 용어

텍사스 출신의 거한으로 원래 〈윌마스 파운데이션〉 소속의 마신 사냥꾼. 뛰어난 정신 감응 능력자로서 마신의 접근을 감지한다. 이후 〈이타콰 프로젝트〉 조사대의 대장이 되어 동료와 함께 바람신 이타콰의 거점인 행성 보레아(Borea)에 납치되었다. 이곳에서 이타콰 군대에 항전하는 바람의 무녀 아르만드라(Armandra)의 시민군을 이끌고 「장군」

ㅎ

이라 불리게 된다.
【참조작품】「바람신의 사교」, 「보레아의 요월」, 「땅을 뚫는 마」

허버트 웨스트
Herbert West 용어

미스캐토닉 대학 의학부 출신의 외과 의사. 생명기계론에 매료되어 시체를 소생하는 실험에 몰두. 제1차 세계 대전 중에는 군의로서 종군하여 전사자의 몸을 실험대로 삼았지만, 마지막에는 자신이 소생시킨 좀비(살아 있는 시체) 무리에게 찢겨져 죽었다.
【참조작품】「허버트 웨스트 리애니메이터(한)」

「헤이, 아~ 샨타 니그」
Hei! As-shanta 'nygh! 용어

카다스의 마노 성에서 샨타크 새들을 이용해 랜돌프 카터를 보낼 때 니알라토텝이 내뱉은 수수께끼의 말.
【참조작품】「미지의 카다스를 향한 몽환의 추적(한)」

헤이젤 힐드
Hazel Heald 작가

① 석인(The Man of Stone)(한-황5) 1932
② 박물관에서의 공포(The Horror in the Museum)(한-황5) 1933
③ 날개 달린 사신(Winged Death)(한-황5) 1934
④ 영겁으로부터(Out of the Aeons)(한-황5) 1935
⑤ 묘지에서의 공포(The Horror in the Burying-Ground)(한-황5) 1937
미국 매사추세츠주 소마빌에 살았던 아마추어 작가(1896~1961). 윌리엄 W 드레이크(William W. Drake)와 아내 오라에타(Oraetta J.)의 딸이지만, 자세한 경력은 불명이다. 1932년에 C.M. 에디 부인의 소개로 러브크래프트와 알게 된 것 같은데, 이후 ①의 첨삭지도를 요청. 이 작품은 『원더 스토리즈(Wonder Stories)』 1932년 10월호에 게재되었다. 이후, ②~⑤는 모두 러브크래프트의 첨삭을 거쳐 『위어드 테일즈(Weird Tales)』에서 소개되었다. ③은 우간다의 오지에 있는 마신을 숭배하는 폐허가 있는 마경에서 나온, 악마의 파리가 일으키는 이변을 그린 작품으로 죽음을 확인하지 않고 너무 빨리 매장한다는 소재를 매드 사이언티스트 이야기와 결합시킨 ⑤와 마찬가지로 신화 대계와의 관계는 희박하다. 힐드의 신화작품에는 「고르곤 망상」이라고 부를 만한, 사람이 돌로 변하는 가능성에 대한

공포와 유혹이 공통으로 그려지고 있어서, 나름대로 독자적인 색깔이 나온 세계를 형성하고 있다.

헨리 센트 클레어 화이트헤드

Henry St. Clair Whitehead 작가

① 함정(The Trap) 1931

미국의 펄프 작가(1882~1932). 성공회 사제의 자격도 있어서 1921년부터 1929년에 걸쳐 서인도 제도에 부임했다. 그동안 수집한 지역의 토속 전승을 바탕으로 이국적인 괴기소설을 다수 집필. 러브크래프트와는 만년에 친교를 맺고 고대 거울의 마력에 사로잡힌 소년의 공포와 구출극을 그린 ①을 합작하고 있다(발표는 화이트헤드 명의). (한국에선 황금가지의 『러브크래프트 전집 6』에 청각 이상으로 치료를 받던 중 초고대세계의 인물에 대한 꿈을 꾸는 주인공을 소재로 한 작품 「보손(Bothon)」이 수록되어 있다-역주)

헨리 아미티지

Henry Armitage 용어

미스캐토닉 대학 도서관장을 맡은 백발의 노박사. 미스캐토닉 대학 문학석사, 프린스톤 대학 철학박사, 존스 홉킨스 대학 문학박사 학위를 취득. 1928년. 73세의 나이로 더니치에서 진행되고 있던 휘틀리 형제의 야망을 가장 먼저 알아채고, 은밀한 수단을 이용하여 이를 어렵게 저지했다.

【참조작품】「더니치 호러(한)」, 「아캄, 그리고 별의 세계로」, 「더니치의 파멸」

헨리 앤소니 윌콕스

Henry Anthony Wilcox 용어

프로비던스의 토마스가 7번지에 거주하는 청년 조각가로서 지역의 명성 높은 집안 출신. 로드 아일랜드 미술학원에서 조각을 배우고 프레일 드 리스 예술가 아파트에서 혼자 살고 있었다. 1925년 2월 28일 밤 이상한 악몽에 휩쓸려 르뤼에로 보이는 거대한 석조 도시의 환상을 보고, 그 기억을 바탕으로 기괴한 부조를 제작했다. 이후에도 기괴한 꿈을 보고는 에인절 교수에게 보고했지만, 3월 23일부터 4월 2일까지 혼수상태에 빠져서 회복된 후에는 꿈의 기억을 완전히 잃었다.

【참조작품】「크툴루의 부름(한)」

헨리 웬스워스 애클리

Henry Wentworth Akeley 용어

ㅎ

미국 버몬트주 윈덤 카운티의 어두운 산에 은거하고 있는 학식이 뛰어난 지역의 명사. 명망 높은 집안의 자손으로 버몬트 대학에 재학하던 중 수학, 천문학, 생물학, 고고학, 민속학에서 우수한 성적을 거둔다. 집 주변에 출몰하는 〈유고스별의 갑각 생물〉을 조사하던 중 몇 번이나 협박과 폭행을 받다가 1928년에 실종되었다. 그 뇌수는 산 채로 우주의 저편으로 날아간 것으로 여겨진다. 그의 조카 윌버(Wilbur)도 아캄의 〈렝의 유리(the glass from Leng)〉 창문을 가진 집에서 기묘하게 실종되었다.

【참조작품】「어둠 속에서 속삭이는 자(한)」, 「박공의 창」

헨리 윌러

Henry Wheeler 용어

더니치의 주민. 아미티지 박사 일행의 괴물 퇴치 상황을 망원경으로 지켜본 사람이다.

【참조작품】「더니치 호러(한)」

헨리 커트너

Henry Kuttner 작가

① 크랄리츠의 비밀(The Secret of Kralitz) 1938

② 세일럼의 공포(The Salem Horror) 1937

③ 다곤의 후예(Spawn of Dagon) 1938

④ 사냥하는 자(The Hunt) 1939

⑤ 개구리(The Frog) 1939

⑥ 침입자(The Invaders) 1939

⑦ 하이드라(Hydra) 1939

⑧ 공포의 종소리(Bells of Horror) 1939

⑨ 암흑의 입맞춤(The Black Kiss) 1937

미국 작가(1915~1958). 로스앤젤레스에서 태어났다. 1936년, 러브크래프트의 영향이 짙은 작품 「공동 묘지의 쥐(The Graveyard Rats)」(한-황6)로 데뷔했다. SF, 호러, 판타지의 전 장르를 솜씨 좋게 연출하는 실력자로, 1940년 여성 SF 작가 C.L. 무어와 결혼한 뒤에는 부부의 합작도 많이 다루고 했다.

커트너의 신화작품은 수는 많지 않지만, 각자 특색이 있어서, 러브크래프트-덜레스 노선과는 다른 독자적인 색채를 내고 있는 점에서 중시할 필요가 있다. 그 선구라고 할 수 있는 ①은 러브크래프트의 「축제(한)」의 중세 독일판이라고 할 만한 내용, ⑤는 「더니치 호러(한)」의 괴물 개구리판이라는 특색이 있다. ③은 아틀란티스의 도적 왕자 에라크를 주인공으로 하는 영웅 판타지 시리즈 중 하나로서, 다곤을 숭배하는 반물고기족에게 부추김을 당한 에라크가 그들의 약점을 쥐고 있는 마도사를 실수로 쓰러뜨려 버리려는 이야기. 〈인스머스 이야기〉의 외전 같은 분위기도 있다. ⑧은 사악한 종소리에 의해 소환되어 땅에 재앙을 가져오는 지하의 괴물 〈즈-체-콘〉의 공포를 그린다. 뛰어난 청각을 가진 괴물의 묘사가 독특하다. 블록과 함께 작업한 ⑨는 오컬트 탐정인 마이클리 이야기 중 한 편이지만, 먹이로 삼는 인간의 육체를 차지하는 바다의 괴물이라는, 매우 러브크래프트 스타일에 가까운 테마를 다룬 작품. 다만, 기존의 크툴루 신화와의 관련을 명시하는 고유명사는 전혀 나오지 않는다.

헨리 핫세

Henry L. Hasse 작가

① 책의 수호자 The Guardian of the Book 1937

하세라고도 한다. 미국 작가(1913~1977). 초창기의 SF 팬 라이터로서 활동을 계속하여 데뷔 당시 레이 브래드버리와 이미르 펜저, A. 페드 등과 합작을 진행했다. 1940~50년대에는 『어메이징 스토리』 같은 여러 펄프 SF 잡지에 작품을 기고했다. ①는 『네크로노미콘』조차 넘어서는 최고의 마도서가 등장하는, 그야말로 펄프다운 혼란으로 가득한 저주 공포물. 크툴루의 출신을 둘러싸고 매우 흥미로운 가설이 제시되는 점에서도 주목할 만한 작품이다.

헬만 칸비

Helman Carnby 용어

존 칸비의 쌍둥이 동생. 형을 능가하는 요력의 소유자로, 형에게 사지가 찢겨졌음에도 처참한 복수를 완수한다.

【참조작품】「마법사의 귀환」

헵지바 로슨

Hepzibah Lawson 용어

허치슨 저택 뒤 숲에서 마녀와 악마가 집회를 열고 있던 것을 세일럼의 마녀 재판에서 증언한 여자.

【참조작품】「찰스 덱스터 워드의 사례(한)」

현관 앞에 있는 것

The Thing on the Doorstep 작품

H.P. 러브크래프트(H.P. Lovecraft)

【집필년도/첫 소개】 1933년/『위어드 테일즈(Weird Tales)』 1937년 1월호

ㅎ

【한국번역】 정광섭 역「문 앞의 방문객」(동3)/김지현 역「현관 앞에 있는 것」(현)/정지영 역「현관 앞에 있는 것」(황1)

【개요】 내 친구 에드워드 다비는 두뇌가 명석하지만, 의지가 강하지 못해서 탐미 문학과 오컬트에 몰두하고 있었다. 그런 다비가 사랑에 빠진 여성 아세나스는 인스머스의 마법사 에프라임 웨이트의 딸로서, 아버지와 마찬가지로 괴상한 마도에 정통해 있었다. 두 사람은 결혼하고 아캄의 클라우닝실드 장에 새집을 마련했다. 오래지 않아 다비는 때때로 다른 사람처럼 행동했다. 아내가 자신의 육체를 빼앗으려고 한다고, 그는 나에게 호소한다. 불사를 바랬던 에프라임 웨이트가 먼저 아세나스의 육체로 전이하고 이번에는 또한 다비를 노리고 있었던 것이다.

【해설】 사악한 영혼에 의한 육체 납치범이라는 주제는 신화작품에서 종종 볼 수 있지만, 본편은「찰스 덱스터 워드의 사례」와 더불어 그 원점이 된 작품이다.

『현자의 돌』 De Lapide Philosophico 용어

신학자 트리세미우스(Trithemius, 1462~1516)가 저술한 연금술의 기본 문헌 중 하나. 조지프 커웬이 소장하고 있었다.

【참조작품】「찰스 덱스터 워드의 사례(한)」

『현자의 무리』 Turba Philosopharum 용어

『철학자의 일군』, 『마법 철학』이라고도 한다. 전설적인 현자 헤르메스 트리스메지스터스(Hermes Trismegistus)가 저술한 책. 조지프 커웬이 소장하고 있는 책 중 하나.

【참조작품】「찰스 덱스터 워드의 사례(한)」

형언할 수 없는 것 The Unnameable 용어

아캄의 오래된 묘지에 출몰하는 괴물. 젤라틴 모양으로 다양하게 변화하는 무서운 외모와 상처가 있는 눈을 가진, 가장 끔찍한 존재이다. 때로는 큰 소용돌이로 변하기도 한다. 랜돌프 카터와 조엘 멘튼이 목격하고 있다.

【참조작품】「형언할 수 없는 것(한)」

호르마고르 Hormagor 용어

하이퍼보리아의 남반부 지역에서 최강이라고 주목받는 마법사. 존 메자말렉의 라이벌이었다.

【참조작품】「아보르미스의 스핑크스」

호르헤 루이스 보르헤스

Jorge Luis Borges 작가

① 더 많은 것들이 있다(There Are More Things)(한-황병하 역 『보르헤스전집 5 셰익스피어의 기억』 황금가지) 1975

② 틀뢴, 우크바르, 오르비스 떼르띠우스(Tlon, Uqbar, Orbis Tertius)(한-황병하 역 『보르헤스전집 2 픽션들』 황금가지) 1940

③ 아스테리온의 집(La casa de Asterión)(한-황병하 역 『보르헤스전집 3 알렙』 황금가지) 1947

④ 알렙(L'Aleph)(한-황병하 역 『보르헤스 전집 3 알렙』 황금가지) 1945

아르헨티나 작가, 시인, 비평가(1899~1986). 부에노스아이레스에서 태어났다. 십대 후반을 유럽에서 보내고, 1921년에 귀국 후 본격적인 문필 활동에 들어간다. 처음에는 시인이자 서유럽 전위시의 소개자로서 인정받아, 카프카의 흐름을 이어받은 환상 문학 작가, 편집자로서 일가를 이루고 전 세계적으로 높은 평가를 얻었다. 50대 후반부터 시력 저하에 시달리고 있지만, 만년까지 왕성한 문필, 강연 활동을 계속했다(한국에 번역된 작품으로 『보르헤스 전집』 민음사 등-역주).

『보르헤스와의 대화』라는 인터뷰 집에서 러브크래프트를 「매우 불쾌하고 상당히 엉터리」라고 평했다. 그 후 어째서인지 「H.P. 러브크래프트를 그리워하며」라고 붙인 단편 ①을 발표했다. 처음 이 글이 수록된 단편집 「모래의 책(The Book of Sand)」의 작가의 말에서 다음과 같이 말한다. 「운명은 잘 알다시피 헤아릴 수 없지만, H.P. 러브크래프트—이 작가를 나는 애드거 앨런 포의 무의식적인 패러디 작가였다, 라고 종종 생각하고 있지만—의 사후 소설이라고 할 만한 것을 만들지 않고서는 도저히 안심할 수 없었다. 결국 포기하기로 했지만, 이 통탄할 만한 결실이 「더 많은 것들이 있다」라는 제목으로 표현되었다.」……. ①은 러브크래프트 & 덜레스의 합작 작품에 자주 있는 「불길한 옛 땅으로 귀환」물을 몇 번이고 비튼듯한 분위기의 작품으로, 정체를 알 수 없는 이형의 것이 사는 저택에 발을 디딘 화자가 체험하는 우주적 공포를 그리고 있다. 그리고 1978년에 이르면, 폴 데 로스와의 대화 속에서 '러브크래프트 작품이 좋다'라고 단정하고 있으니, 점점 알 수 없게 된다. 그런데 왜 보르헤스는 그렇게까지 러브크래프트에 집착하는 것일까? 아마도 그것은 C. 윌슨이 이미 지적했듯이, 러브크래프트(August Derleth)와 보르헤스가 매우 비슷한 유형의 상상력을 가진 작가라는 점에서 유래하는 것 같다. 책을 매개로 가공의 세계가 현실에 침범하는 ②는 그 구체적인 예로 자주 인용되는 걸작이다. 그 밖에도, 이름 없는 도시를 연상케하는 사막의 버려진 도시가 등장하는 ③이나, 「모든 각도에서 본 세계 각지의 장소가 뒤섞이는 일 없이 존재하는 장소」라는 빛나는 무지개빛 구체 〈알렙〉을 둘러싼 ④ 등도 문예 러브크래프티안이라면 꼭 볼 필요가 있다고 할 수 있다. 또한, 러브크래프트의 연구가 B.L. 세인트 아먼드가, 두 작가의 공통성을 성실하게 검증한 「러브크래프트와 보르헤스」라는 에세이도 있다.

호바스 블레인

Horvath Blayne 용어

고고학자. 남태평양의 고대 문화 연구의 권위자로 쉬류즈베리 박사의 포나페 작전에 협력하지만, 나중에 자기 자신이 저주받은 혈통이라는 것을 알게 된다. 인스머스의 웨이트 일족의 후예.

【참조작품】「영겁의 탐구 시리즈(어거스트 덜레스 참조)」

호바스 블레인 이야기

The Narrative of Horvath Blayne 작품

어거스트 덜레스(August Derleth)

【첫 소개】『위어드 테일즈(Weird Tales)』 1952년 1월호

【개요】 민속학자 호바스 블레인은 싱가포르의 바에서 쉬류즈베리 박사와 청년 일행을 만나서, 남태평양의 〈검은 섬〉 탐험에 협력하게 된다. 박사의 이야기를 들으면서 블레인은 묘하게 마음이 심란하다는 것을 느끼게 되고, 할아버지의 유품을 조사한다. 그리고 자신이 인스머스의 웨이트 가문의 후예임을 알게 된다. 쉬류즈베리 일행은 미국 해군의 엄호하에 포나페 바다에 떠오른 〈검은 섬〉에 상륙하여 섬에 폭발물을 설치하지만, 심연에서 출현한 거대한 괴물은 폭발로 네 조각이 나면서도 다시 결합하여 날뛴다. 마침내 미군은 원폭 투하를 결정하고 검은 섬은 순식간에 소멸하지만, 그러나 블레인은 알고 있었다. 위대한 크툴루가 원폭 따위로 쓰러질 리가 없다는 것을…….

【해설】 연작 『영겁의 탐구』의 제5부

로 완결편. 크툴루에게 핵 공격을 하는 단순강직한 착상이 그야말로 덜레스답다고 할 수 있다. (토호사의 영화「신 고질라」에까지 이르는 거대 괴수에게 핵 공격을 한다는, 익히 잘 알려진 설정의 선구이기도 하다.) 블록의「첨탑의 그림자」와 비교해서 읽으면 더 좋다.

호킨즈 Hawkins 용어

엠마호의 귀가 밝은 승무원. 요한센 일행과 함께 르뤼에에 상륙하여 〈크툴루의 묘소〉의 문을 발견하지만, 부활한 크툴루을 목격하자마자 숨졌다.

【참조작품】「크툴루의 부름(한)」

호튼 의사 Dr. Houghton 용어

에일즈베리에 사는 의사. 1924년 수확제날 밤, 휘틀리 노인의 괴상한 임종에 함께 했다.

【참조작품】「더니치 호러(한)」

『혼돈의 영혼』
The Soul of Chaos 용어

괴기 작가 에드거 고든의 저서. 출판사와 인연을 끊은 후에 처음으로 자비 출판한 단행본이다.

【참조작품】「암흑의 마신」

홀버그 준장
Brlgadier-General Holberg 용어

쉬류즈베리 박사의 포나페 작전을 보좌한 미해군의 지휘관. 1947년 남태평양에 출현한 크툴루에 대한 원폭 투하를 명령했다.

【참조작품】「영겁의 탐구 시리즈(어거스트 덜레스 참조)」

『홈즈, 로웰 그리고 롱펠리우가 붉은 산에 묻혀 잠들다』
Holmes, Lowell and Longfellow Lie Buried in Mount Auburn 용어

리처드 업튼 픽맨이 실종되기 전에 그려준 그림 중 하나. 보스턴의 지하 관광에 홍미를 느끼는 구울들의 모습이 그려져 있다.

【참조작품】「팩맨의 모델(한)」

『화학보전』
Thesaurus Chemicus 용어

놀랍도록 박식했던 13세기 영국의 철학, 자연과학자 로저 베이컨(Roger Bacon, 1220년경~1292년경)가 저술한 책.

【참조작품】「찰스 덱스터 워드의 사례(한)」

『황금가지』 The Golden Bough 용어

영국의 인류학자 J.G. 프레이저(James George Frazer, 1854~1941)가 1890년에 낸 책. 주술과 종교의 발생과 변천을 방대한 사료를 바탕으로 정리한, 민속, 종교학 분야의 고전 저서이다.

【참조작품】「크툴루의 부름(한)」

『황무지』 The Waste Land 용어

영국의 시인 T.S. 엘리엇(T.S. Eliot, 1888~1965)이 1922년 10월에 발표한 장편시. 그 제1부는 「죽은 자의 매장」이라는 제목이다. 동서고금의 신화 전승과 고전 문학에서 인용하며 완성한 현대시의 금자탑. 윌리트 의사는 일찍이 조지프 카웬의 농장이 있던 포터크시트의 지하에서 꺼림칙한 것을 본 후에 이 구절을 상기했다.

【참조작품】「찰스 덱스터 워드의 사례(한)」

후안 로메로 Juan Romero 용어

노턴 광산에서 일하던 멕시코 광부. 1894년 10월 18일 자정. 지하에서 들려오는 고동 같은 소리에 이끌려 유체 이탈하고 이형의 존재로 변했다.

【참조작품】「후안 로메로의 전이(한)」

『휘드로피나에』 Hydrophinnae 용어

〈수생동물〉을 참조.

휘틀리 가문 Whateleys 용어

'웨이틀리'라고도 한다. 더니치 일대에 사는 저주받은 혈통. 원래는 매사추세츠의 문장을 붙이는 자격을 지닌 세일럼의 명가였지만 대대로 근친혼을 거듭하여, 마도에 빠져서 타락하게 되었다.

【참조작품】「더니치 호러(한)」, 「잠긴 방」, 「암흑의 의식」, 「던위치의 파멸」

휘틀리 노인 Old Whateley 용어

'웨이틀리 영감'이라고도 한다. 더니치 마을에서 6.5km 떨어진 교외의 큰 농가에 사는 기묘한 노인. 흑마법과 태고의 전승을 이해하고 있다. 1924년 추수 감사절 저녁 라비니아와 윌버에게 간호받으며 세상을 떠났다.

【참조작품】「더니치 호러(한)」

휘틀리 영감 old wateley 용어

〈휘틀리 노인〉을 참조.

휴즈 B 케이브

Hugh Barnett Cave 작가

① 임종의 간호(The Death Watch) 1939

미국 작가(1910~2004). 영국 체셔주 체스터에서 태어났지만, 5살 때 일가 전원이 미국으로 이주했다. 1930년부터 『위어드 테일즈(Weird Tales)』, 『타임 미스터리(Time Mystery)』 같은 각종 펄프 잡지에서 호러나 스릴러를 발표. 훗날 모험물과 웨스턴 장르를 많이 다루어 작품 수가 800편에 이르는 다작 작가였다. 2차 세계대전 이후에로 슬릭 매거진에 350여 편의 작품을 발표하고, 1949년에는 아이티와 자메이카에 머물면서 커피 농장 경영에 착수. 이때의 경험을 바탕으로 『Haiti:Highroad to Adventure』(1952)와 『Shades of Evil』(1982) 같은 장편 호러 작품도 집필했다. 케이브는 이른바 러브크래프트 서클의 작가는 아니지만, ① 외에 『4차원의 요괴』에서도, 점액질의 다른 차원 요괴의 습격이라는, 신화작품과 공통된 분위기의 테마를 다루고 있다.

흐라니스 Hlanith 용어

〈드림랜드〉의 세레네리안 해에 접한 대 교역 도시. 탄탄한 작품을 만드는 장인들이 있는 것으로 유명하다. 여기의 거주자는 각성하는 세계의 사람들에 가깝다고 한다.

【참조작품】「미지의 카다스를 향한 몽환의 추적(한)」

흐산의 수수께끼의 7대서

The Seven Critical Books of Hsan 용어

고대의 신들에 관한 비전인 것 같지만, 그 이름대로 내용은 전혀 알 수가 없다. 울타르의 현인 바자이는 이 책을 잘 알고 있었다고 한다. 〈대지의 수수께끼의 7대서(the Seven cryptical book of earth)〉라고도 불린다.

【참조작품】「또 다른 신들(한)」, 「박공의 창」

흐지울퀴그문즈하

Hziulquoigmnzhah 용어

사이크라노쉬(토성)의 신격으로 조타쿠아의 아버지뻘 숙부가 된다. 짧은 다리와 긴 팔, 졸린 표정의 머리가 제멋대로 구형의 몸에서 늘어져 있으며 기괴한 말을 한다.

【참조작품】「토성을 향한 문」, 「묵상하는 신」

흐타군 fhtagn 용어

그레이트 올드 원의 말로 「명상하고 있다」, 「잠자고 있다」, 「꿈꾸고 있다」 등 다양한 의미를 갖고있으며, 크툴루의 현재 상태를 암시한다.
【참조작품】「네크로노미콘 알하즈레드의 방랑」

히드라 Hydra 용어
〈하이드라〉를 참조.

히스 Hith 용어
하이퍼보리아의 사인족(蛇人族)의 다른 이름.
【참조작품】「슬리식 하이의 재난」

히아데스 Hyades 용어
알데바란과 함께 하스터의 거주지로 종종 언급되는 성단. 카르코사나 할리 호수도 여기에 있다는 설이 있다.
【참조작품】「박공의 창」, 「하스터의 귀환」

히어로 Hero 용어
아미 피어스의 애마. 가드너 농장에서 운석이 일으킨 이상 현상으로 희생되었다.
【참조작품】「우주에서 온 색채(한)」

히튼 Heaton 용어
카도 카운티의 작은 마을 빙어에 살던 젊은이. 1891년에 근처의 기묘한 분묘를 탐험하던 중, 밤이 되어 마을로 돌아왔을 때는 제정신을 잃고 있었다.
【참조작품】「고분(한)」

히프노스 Hypnos 용어
탐욕스러운 잠의 신. 달걀 모양의 얼굴을 한 미청년의 모습으로 등장한다.
【참조작품】「잠의 신」

힌터스토이 스타니슬라우스 Stanislaus Hinterstoisser 용어
1896년에 슐레지엔(=실레지아)의 레그니차에서 태어난 경제학자이자 마법과 심령 현상의 연구가. 제2차 세계 대전 이후 잘츠부르크 마법 초자연 현상 연구소(Salzburg Institute for the Study of Magic and Occult Phenomena)를 설립했다. 저서로는 『마법 역사 서설(Prolegomena zu einer Geschichte der Magie)』 전3권(1943년 간행)이 있다. 러브크래프트와 『네크로노미콘』과 관련하여 작가인 콜린 윌슨(Colin Wilson)과 주목할 만한 편지를 주고받은 직후인 1977년 10월에 갑작스레 사망한 것으로 알려졌다.
【참조작품】「마도서 네크로노미콘」, 「마도서 네크로노미콘 위조의 기원」

다른 차원의 인간
—러브크래프트의 생애와 문학

시작하며

하워드 필립스 러브크래프트는 1890년에 미국 동해안 지역의 로드아일랜드주 프로비던스에서 태어나 1937년에 같은 곳에서 병사했습니다.

그가 살았던 시대에 일어난 세계 역사적 사건이라고 하면, 역시 제1차 세계 대전(1914~1918)과 러브크래프트와도 연고 깊은 뉴욕에서 시작된 대공황(1929)을 주목할 만합니다. 모두 인류의 장래에 어두운 불안의 그림자를 드리운 전대미문의 재앙이었지만, 전란의 땅 유럽에서 멀리 동떨어진 신흥 대국 미국은 구시대의 혼란을 틈타 오히려 눈부신 발전을 이루게 됩니다.

러브크래프트는 비참한 전쟁과 화려한 문화적, 경제적 번영이 교차하는, 광란의 시대를 살아가던 작가였습니다.

그런데, 미국 출신 공포 작가라고 하면 많은 분들이 「모던 호러의 제왕」이라고 불리는 당대 밀리언 셀러 작가인 스티븐 킹(Steven King)의 이름을 가장 먼저 떠올리지 않을까요? 또는 「애셔가의 붕괴」나 「검은 고양이」로 친숙한 문호 에드거 앨런 포(Edgar Allen Poe)를 기억하는 분이 있을지도 모릅니다.

러브크래프트는 19세기에 「포」로 시작하여, 현대의 「킹」에 이르는 미국 호러물의 화려한 역사 속에서 경외감을 담아 〈중흥의 시조〉라고 불리는 거장입니다.

예를 들어 킹은 소년 시절 숙모 집의 다락방에서, 집을 나가 행방을 알 수 없게 된 자기 아버지의 장서를 발견하는데, 이 장서 중에 있던 러브크래프트 단편집과 만난 것이 커서 호러 작가를 지망하는 계기 중 하나가 되었다고 감회를 담아 회상하고 있습니다. 그리고 나중에 유명한 중편 「안개(Mist)」나 「크라우치 엔드(Crouch End)」를 비롯한 러브크래프트풍의 작품을, 매우 기뻐하는 듯한 필치로 계속 써내려 갑니다.

킹만이 아닙니다.

전위적인 현대 문학의 거장으로서 세계적으로 알려진 아르헨티나의 문호 호르헤 루이스 보르헤스(Jorge Francisco lsidoro Luis Borges)와 영국의 비평가이자 오컬트 연구가로 유명한 콜린 윌슨(Colin Wilson), 심지어 「노르웨이의 숲」이나 「기사단장 죽이기」로 친숙한 무라카미 하루키(村上春樹)처럼 국적도 전문 분야도 다른 유명한 문학가들이 웬일인지 러브크래프트의 사람과 작품에 이상할 정도로 관심을 보입니다. 그뿐만 아니라, 그 자신도 러브크래프트풍 작품을 어딘가 즐기는 듯한 모습으로 집필하곤 합니다.

작가만이 아닙니다.

러브크래프트와 그가 창조한 「크툴루 신화 대계」라는 환상 신화의 세계관(나중에 자세히 설명합니다)은 현재 각종 게임이나 만화, 애니메이션, 영화 등 실로 다양한 엔터테인먼트 첨단 분야에 침투하여, 세계 각지의 젊은이들을 밤낮을 가리지 않고 이아 이아~! 하며 열광하게 만듭니다. 그런 방면에 관심이 있는 분이라면 아마 한 번쯤은 「크툴루(크툴루프 등으로도 표기)」라거나 「네크로노미콘(사령 비법이라고도 표기)」이라든가 「아캄」이라든가 「마신 소환」, 「움직이는 촉수」, 「기어오는 혼돈」처럼, 어딘가 주문처럼 들리는 키워드들을 보거나 듣거나 하지 않았을까요?

사후 70여 년이 지났음에도 전혀 쇠퇴하지 않는 인기를 계속 유지하는 러브크래프트의 작품들. 분명 생전에도 킹이나 하루키처럼 국민적인 인기 작가로, 필시 화려한 영광에 둘러싸인 삶을 보냈으리라고 생각하게 되겠지요.

전혀 그렇지 않습니다.

문단의 성공은 고사하고 그 반세기도 되지 않는 생에 걸쳐서 러브크래프트는 단 1권의 책도 상업출판사에서 내지 못했던 것입니다. 오늘날 주요 작품들이 영어권만 아니라 세계 각국에서 번역되어 엄청난 판매 부수를 올리는 것을 생각하면 전혀 믿을 수 없는 이야기입니다만, 여기에는 주로 두 가지 요인을 들 수 있습니다.

첫째, 작품 발표 장소의 문제.

러브크래프트의 주요 소설 작품은 그 대부분이 「펄프 잡지」라는 싸고 조악한 용지에 인쇄된 대중용 오락물 잡지나, 그렇지 않으면, 요즘 말하는 동인잡지 같은 데 실린 것이었습니다. 『위어드 테일즈(Weird Tales, 기괴한 이야기)』, 『어스타운딩 스토리즈(Astounding Stories, 경천동지할 이야기)』, 「어메이징 스토리즈(Amazing Stories, 놀라운 이야기)」라는 잡지 이름에서도 알 수 있듯이 이러한 펄프 잡지에서는 괴기소설은 물론 범죄 소설이나 모험 소설, 초창기 SF나 판타지 같은 장르에 속하는 오락 소설이 반나체의 글래머 미녀와 추악한 촉수투성이 괴물이 가득한 선정적인 그림으로 장식되어 게재되고 역 앞이나 번화가 상점에서 판매되고 있었습니다.

즉, 그것들은 일시적인 오락물로서 읽고 버려지는 숙명이었습니다. 그리고 러브크래프트뿐만 아니라 펄프 잡지에 채용·게재될 수 있도록 투고를 반복했던 미국 전역의 작가들도 그 대부분이 프로 작가로서 이름을 알리지 못하고 사라져가는 운명에 처했던 것입니다. 그중에는 경력은 고사하고 본명조차 확실하지 않은 사례도 보인다는 점에서 당시 펄프 작가들이 놓여 있던 사회적 위치를 짐작할 수 있겠지요. 러브크래프트 또한, 세간에서는 거의 무명에 가까운 펄프 소설 작가, 실질적으로는 반만 프로인 아마추어 작가로 출판계에서 눈길을 끌지 못하고 고고하게 생을 마친 것입니다.

하지만 펄프 잡지 작가로서 러브크래프트는 결코 작은 존재가 아니었습니다. 괴기 환상 소설을 판매하는 「위어드 테일즈」의 간판작가 중 한 사람으로서 활약하던 1924년에 잡지의 편집장 자리를 제안 받을 만큼 중시되었던 것입니다. 만약 이때 제안을 수락하여 출판계에서 실력을 떨쳤다면, 그의 후반 인생은 완전히 달라졌을지도 모릅니다.

그러나, 러브크래프트는 모처럼의 요청을 거절하게 됩니다. 이유는 동인 작가 동료인 소니아 H. 그린(Sonia H. Greene)과 결혼하여, 새로운 생활을 시작한 지 얼마 되지 않은 뉴욕을 떠나 「위어드 테일즈」의 편집부가 있는 중서부 시카고로 이주할 결심이 서지 않았기 때문입니다.

동시에, 오로지 세속을 혐오하고 고독과 태평과 자유를 사랑하면서 그 이상으로 고향 뉴잉글랜드 지방을 사랑해 마지않는 타고난 기질도 편집장 취임을 주저하는 큰 요인이 된 것으로 여겨집니다.

결국 이때만이 아니라 러브크래프트는 평생토록 단 한 번도 회사 근무 등의 일정한 직업에 종사한 적이 없었습니다. 그렇다고 놀고먹을 만큼 재산이 많은 것도 아니었습니다.

'응? 그럼 도대체 어떻게 생계를 유지했나요?'랄까…

'그런데 어떻게 결혼을 할 수 있었던 거야?'

'그렇게 불운했던 작가의 작품이 이제 와서 이렇게 주목받고 있는 이유는 도대체 왜?'

……다양한 물음표가 독자 여러분의 뇌리에 깜박이겠지요. 다음 부분부터 그의 생애를 확인하면서 그 신비를 파고들고자 합니다. 우선은 이상한 인물의 핵심을 파악하기 위해서, 러브크래프트 자신이 정리한 「개인 프로필」을 읽어주십시오.

> "하워드 필립스 러브크래프트. 1890년 8월 20일 로드아일랜드주 프로비던스시의 영국계 양키의 옛집에서 태어났다. 이후, 여러 번에 걸쳐서 단기간 집을 비운 것을 제외하면 그 도시에서 머물렀다. 현지 교사와 가정교사에게 교육을 받았다. 병약해서 대학에는 진학하지 못했다. 어릴 때부터 색채감이 풍부한 것이나 신비한 것에 흥미를 나타냈다. 주로 시와 에세이—실력은 좋았지만, 가치는 인정받지 못하고, 대부분은 자비 출판물이었다—에 관심을 가졌다. 1906년부터 1918년까지 천문학에 관한 에세이를 신문에 기고하고, 회의적인 합리주의의 관점에서 과학을 매우 존중하면서도, 현재 주요 작품은 꿈의 세계, 기괴한 환영, 우주의 「이계」 등을 소재로 하는 소설뿐. 고전과 고대 유물 연구를 취미로 하고 평온한 생활을 영위. 특히 식민지 시대의 흔적이 남아 있는 뉴잉글랜드의 분위기를 좋아한다. 좋아하는 작가—친근하게 느낀다고 하는 심히 개인적인 의미지만—는 애드거 앨런 포, 아서 매컨, 로드 던세이니, 앨저넌 블랙우드 등. 직업은 첨삭이나 특수한 편집 작업을 맡

는 서푼짜리 글쟁이. 1923년부터 『위어드 테일즈(Weird Tales)』지에 괴기소설을 상시 기고. 예술에 있어서의 환상과 철학의 기계론적인 유물주의에 저촉되지 않는 이상, 일반적인 물건의 견해나 행동은 보수적. 로드아일랜드주 프로비던스시 거주. (국서간행회国書刊行会판 『정본 러브크래프트 전집定本 ラヴクラフト全集 8』에 수록된 「개인 프로필」 사토 츠구지佐藤嗣二 역)

이 내용은 에드워드 J 오브라이언이 편집한 앤솔로지 『1928년도 단편소설 걸작선 및 미국 단편소설연감(The Best Short Stories of 1928 and the Yearbook of the American Short Story)』(1928)에 러브크래프트의 「우주에서 온 색채」가 ★★★(3성급)의 높은 평가를 받으면서 수록되었을 때 직접 기재한 프로필입니다(다음 해에는 「더니치 호러」가 역시 ★★★ 순위로 수록되어 있습니다).

작가 활동을 하면서 거의 없었던 화려한 무대에 서는 상황에서, 높은 자부심과 함께 그려진 반생의 자화상이라는 점이 제한된 문자를 통해서도 생생히 전해져 오는 듯합니다. 특히 "회의적인 합리주의의 관점에서 과학을 매우 존중하면서도, 현재 주요 작품은 꿈의 세계, 기괴한 환영, 우주의 「이계」 등을 소재로 하는 소설뿐"이라는 작가로서의 자기 인식은 참으로 정확한 것입니다. "직업은 첨삭이나 특수한 편집 작업을 맡는 서푼짜리 글쟁이"라는 구절에 담긴 복잡한 심경을 추측하다 보면 안타까운 마음도 금할 수 없습니다.

러브크래프트라는 작가의 밑바탕, 가장 존중할 만한 순수한 면은 이 「개인 프로필」에 거의 전부 담겨 있다고 해도 과언이 아닐 것입니다.

하지만 이것만으로는 그야말로 단편적이므로 다음 내용을 통해서 보충하는 형태로 그 생애를 추적해보고자 합니다.

러브크래프트의 생애

고요한 강에 걸친 돌다리,
집은 언덕의 경사면에 늘어서서,
뒷골목에는 신비와 꿈이
머물러 있는 안개에 가득하다.

골목의 험한 계단은 덩굴에 뒤덮여,
산기슭 근처에 남겨진,
아늑한 들판의 황혼이,
작은 박공의 창문에 빛을 비춘다.

나의 프로비던스여, 그대의 황금의
풍향계를 돌리는 것은 어떤 바람의 군단인가.
그대가 골목을 음울한 망령으로 가득 채우는 건
어떠한 요마의 소행이던가.

(러브크래프트 「프로비던스」 코바야시 유지小林勇次 역/국서간행회 판『정본 러브크래프트 전집 7-2』 수록)

러브크래프트가 탄생한 땅, 프로비던스는 당시 동양과 아프리카의 무역항으로 번성했던 로드 아일랜드의 주도이며, 미국에서 가장 오래된 도시 중 하나입니다. 뉴욕에서 잠시 결혼 생활을 보내던 약 2년 동안을 제외하면 러브크래프트는 평생토록 이 마을에서 살고, 그 아름다운 모습을 사랑한 것이었습니다.

1926년 4월——결혼 생활을 마치고, 홀로 귀향한 러브크래프트는 1개월 뒤인 5월 16일, 친구인 제임스 F 모튼에게 보낸 편지에서 다음과 같이 당시의 심경을 토로하고 있습니다.

> 오오 한없는 힘의 소유자여.
>
> ……집에 돌아가는 열차 안에서 읽고자 「홉하우스의 작품」을 꺼내들었지만, 뉴잉글랜드를 보게 되니 다시 살아난 것 같은 느낌에 넋을 잃고 결국 창밖 석벽과 굴곡진 들판이나 교회의 하얀 첨탑을 정신없이 바라볼 수밖에 없었습니다——보이지 않을 때는 마음속으로 그리면서…….
>
> ……원래 자신이 속해 있던 곳으로 돌아온 이후, 얼마나 잘 생각이 정돈되던지 놀라울 따름입니다. 계속 유랑하던 중, 독서하고 글을 쓰는 속도도 느려지고 몹시 힘들었습니다. 따라서 편지는 심하게 짧아졌음에도 쓰고자 많은 노력이 필요했습니다. 하지만 지금은 이전 프로비던스 시대의 유창함이 점차 돌아오고 있어서 브루클린의 잡종들 소굴에 삼켜졌던 때에 필요했던 노력에 비하면 아주 적은 노력으로도 훨씬 괜찮은 편지를 쓸 수 있게 되었습니다.
>
> 그 시절의 체험은 이미 모호한 꿈으로 변해가고 있습니다——잠시라도 여기서 떨어져 있었다는 사실을, 조금이라도 확신을 갖고 확실히 의식하고 이해하고자 하면 어려움을 느낄 정도로. 나는 프

로비던스이며, 프로비던스가 나 자신——둘이 확실히 나뉘기 어려울 만큼 묶인 상태로, 시간의 흐름을 헤쳐나간다. 눈을 품은 더피(더피 힐)의 그늘에 영원히 남을 기념비로서!

모든 걱정을 담아서
귀하에게 가장 충실한
데오바르도스
(국서간행회판『정본 러브크래프트 전집 9』/사토 츠구지 역)

덧붙여서 편지의 마지막 부분에 보이는 "나는 프로비던스이며, 프로비던스가 나 자신"(원문은 'I am Providence, and Providence is myself.')이라는 구절의 전반 부분은 사후 40년이 지난 1977년, 유지에 의해 세워진 러브크래프트 단독 무덤에 비문으로서 새겨지게 되었습니다.

앞에 나온 "나는 프로비던스이며, 프로비던스가 나 자신——둘이 확실히 나뉘기 어려울 만큼 묶인 상태로, 시간의 흐름을 헤쳐나간다"라는 부분은 이로부터 얼마 지나지 않아 쓰인 장편 고딕 호러「찰스 덱스터 워드의 사례」의 핵심 부분을 이미 암시하고 있는 것처럼 느껴집니다. 이 이야기에서도 고향 프로비던스를 특별히 사랑하는 주인공은 다른 존재와 '나뉘기 어려울 만큼 묶인 상태로, 시간의 흐름을 헤쳐나가게' 되기 때문입니다.

앞에 나온 모튼에게 보낸 편지에 앞서서 아마도 뉴욕에서 귀환하기 직전에 프로비던스에 사는 이모에게 보낸 편지에서도 러브크래프트는 "내가 원하는 것은 휴식과 망각——적어도 현대의 현실 세계를 박차고 오래된 곳에 틀어박혀, 독서나 글쓰기를 하거나, 엉뚱한 장소, 역사가 남아 있는 장소를 방문하며 조용히 사는 것입니다. 어린 시절을 보냈던 환경 속에서 꿈을 꾸고싶습니다"라고 적고 있습니다. (국서간행회판『정본 러브크래프트 전집 9』사토 츠구지 역)

「찰스 덱스터 워드의 사례」초반에는 어린 시절부터 청년 시대에 걸쳐서 주인공이 경치 좋은 고향 마을에 매료되어 성장하면서, 산책 범위가 넓어지고 마침내 고향에서 과거에 있었던 광활한 역사의 영역에 관심을 기울여나가는 과정이 참으로 세밀한 필치로 생생하게 묘사되어 있습니다만, 그것은 귀향 직후의 러브크래프트의 마음 흐름 그대로였다는 것이 이러한 편지의 구절을 통해서 느낄 수 있습니다.

한편, 러브크래프트가 태어나 자란 프로비던스의 필립스가(에인절가 454번지)는 어머니인 사라 수잔의 본가로 사라의 아버지인 휩플 필립스는 부동산업 등으로 재산을 모은 사업가였습니다.

반면, 부친인 윈필드 스콧 러브크래프트는 당시 프로비던스의 은식기 회사에서 근무하는 영업 사원이었습니다. 러브크래프트 집은 영국계 일족으로, 러브크래프트의 증조부에 해당하는 조지프 S. 러브크래프트 부부가 1831년에 영국 데본에서 미국의 뉴욕주 로체스터에 이주해 온 것 같습니다. 윈필드 자신도 영국 사투리가 있어서, 오만한 영국인(pompous Englishman) 같은 별명으로 부르는 지인도 있었던 모양이지만, 결혼 전까지의 경력은 알려지지 않았습니다. 18세기 대영제국의 열렬한 숭배자였던 러브크래프트는 아버지가 영국에서 유래한 일족이라는 것에 자부심을 느끼고 있었던 점을, 앞에서 제시된「프로필」의 기재 내용에서도 짐작할 수 있습니다.

윈필드와 사라는 외아들인 하워드가 탄생하기 1년 전인 1889년 6월에 연애결혼을 했습니다.

러브크래프트가 3살 때 그의 생애에 먹구름을 드리운 첫 번째 이변이 일어났습니다. 시카고에 출장 중이던 아버지가 갑자기 착란상태에 빠져 정신병원에 수용된 것입니다. 진단은 매독에 의한 전신 장애였습니다. 앞서 소개한 「찰스 덱스터 워드의 사례」나 만년의 장편 「시간의 그림자」(1934년 집필)에서 비슷한 사건(갑작스러운 정신 착란과 시설에 수용)이 그려져 있는 것을 보더라도 이 불행한 사건이 일가에 끼친 영향이 심각했다는 점을 짐작할 수 있습니다. 갑작스레 일어난 남편의 발병과 장기 입원 요양 사태에 직면하여, 어린 아기를 안은 젊은 아내 사라는 친정에 몸을 의지하기로 합니다.

이렇게 러브크래프트는 어린 시절 대부분을 부유한 할아버지의 저택에서 보내게 되었던 것입니다. 독서가이기도 한 할아버지의 서재에는 다양한 종류의 책이 마련되어 있었고, 러브크래프트는 이미 3, 4세 때부터 그림 형제의 동화와 아라비안나이트, 그리스 로마 신화 등을 친숙하게 느끼며, 이계에 대한 꿈과 동경을 기른 것입니다. 7세에 애드거 앨런 포의 괴기환상문학 세계에 심취하면서, 이를 전후하여 자기 자신도 시나 이야기의 창작을 시도하게 되었다고 하는 만큼 놀라울 정도로 조숙했다고 해야겠지요.

그러나 병약한 몸을 타고난 러브크래프트는 신경질적이고 과보호를 하는 어머니의 방침도 있었기에, 만족스럽게 학교에 다닐 수 없었고 오로지 가정교사와 독서를 통해서 기초 교양을 몸에 익혀갔습니다.

어린 시절을 기억할 때 오로지 두려움과 슬픔만이 느껴지는 이는 불행하다. 갈변한 커튼이 늘어져 있고 해묵은 고서들이 어지럽게 쌓인 크고 음산한 방에서 보낸 외로운 시간을 뒤돌아보거나, 높이 뻗은 비틀린 가지를 조용히 흔드는, 덩굴이 칭칭 감긴 기괴하고 거대한 나무들이 서 있는 박명의 숲속을 두려움으로 응시하던 기억을 떠올리는 이는 가련하다. 신들이 내게 허락한 몫은 그러한 현혹과 낙망이었으며 불모지와 폐허였다. (황금가지 『러브크래프트 전집 4』 중 「아웃사이더」 정지영 역)

명작 「아웃사이더」의 첫머리에 소개된 구절은 그런 러브크래프트의 외로운 심정이 투영된 것임이 틀림없습니다.

1896년에 외할머니 로비, 그리고 1998년에는 폐인이나 다름없는 몸으로 입원 중이던 아버지가 결국 회복되지 못하고 세상을 떠납니다.

잇따른 육친의 죽음은 어린 러브크래프트의 마음에 강한 충격을 준 것 같습니다. 특히 할머니의 죽음을 계기로 온몸이 새까맣고 얼굴 없는 기분 나쁜 비행 생물이 위협한다는 기괴한 악몽에 밤마다 고생하게 됩니다. 이때의 공포를, 러브크래프트는 후일 친구에게 보낸 편지에서 다음과 같이 묘사하고 있습니다.

나는 왠지 무서운 악몽을 꾸게 되었습니다. 그 악몽은 「밤의 악마」라는 생물—이 이름은 내가 직접 지은 것입니다—이 가득 차 있었습니다. 깨어나서, 자주 밤의 악마를 그리게 됩니다. (아마도 이

> 밤의 악마에 대한 생각은, 어느 날 동쪽 거실에서 발견한, 드레의 삽화가 실린『실락원』의 호화판에서 얻은 것이겠죠) 꿈속에 등장하는 밤의 악마들은 항상 엄청난 속도로 허공을 지나면서 나를 실어나르고 끔찍한 삼지창으로 나를 밀어내곤 합니다. (1916년 11월 16일 라인하트 크라이너에게 보낸 편지 중에서/각켄学研『몽마의 서夢魔の書』오오타키 케이스케大瀧啓裕 역)

러브크래프트는 이 몽마와 같은 존재인 밤의 악마(나이트 곤)를 나중에 장편「미지의 카다스를 향한 몽환의 추적」(1926~1927년 집필) 같은 작품에서 중요한 캐릭터로 등장시키고 있습니다.

1904년의 할아버지의 급서는 할머니, 아버지의 죽음보다도, 러브크래프트의 인생에 큰 영향을 주게 되었습니다. 아버지를 대신하여 어린 손자에게 애정을 주고, 가장 이해해주었던 휘플 노인의 죽음은 정신적인 면뿐만 아니라 경제적인 면에서도 남겨진 러브크래프트 모자에 타격을 주었습니다(한때 심각하게 자살을 생각했다고 러브크래프트는 나중에 회상하고 있습니다). 할아버지의 죽음으로 정든 집은 남에게 넘어가고 일가는 에인절가 598번지의 작은 집으로 이사할 수밖에 없었습니다.

이렇게 러브크래프트의 고독하지만, 행복했던 어린 시절은 할아버지와 할아버지의 집을 상실하면서, 비탄과 충격 속에 끝나게 됩니다.

할아버지의 죽음을 전후하여 러브크래프트 소년의 관심은 과학, 그 중에서도 천문학에 쏠리게 됩니다.

집에서 천문학 잡지나 천문학 서적을 만들어서는 몇 안 되는 지인에게 배포하고, 이윽고 그것만으로는 모자라 『사이언티픽 아메리칸』 같은 과학 잡지에 어른 연구자들에 섞여서 논문 투고를 시작하게 되었습니다.

한편으로, 괴기 환상 소설과 미스터리 습작에 전념하게 된 것도 역시 10대 시절부터였습니다.

하지만 과학과 문학에 대한 정력적인 노력과는 정반대로, 정신과 육체는 여전히 좋지 않았습니다. 1908년에는 신경증으로 인해 고등학교를 중도 퇴학하게 되는데, 이 때문에, 갈망하고 있던 명문 브라운 대학 진학도 포기할 수밖에 없었습니다.

1914년 4월, 23세의 러브크래프트는 UAPA(미국 아마추어 보도 협회)에 가입하여, 수많은 아마추어 신문, 잡지에 글과 시나 소설을 발표하는 한편, 이것들을 직접 만들거나 편집 작업에도 참여하게 됩니다. 요즘 말하는 동인 활동에 그 재능을 발휘할 길을 찾은 것입니다.

또한, 이 과정에서 타인의 문장을 통신으로 첨삭지도를 시작하게 됩니다. 전국 각지의 아마추어 문필가가 발송하는 원고를 꼼꼼하게 살펴보면서, 조언을 추가하거나 때로는 전면적으로 재작성하며 약간의 보수를 얻는 일을 한 것이죠.

독서를 매우 좋아하는 데다, 뛰어난 문장력을 갖고 있던 반면, 일상생활에서는 병약해서 집에 틀어박혀 지내는 일이 많았던 러브크래프트에게 있어서, 이것은 예기치 않은 돈벌이 수단이 되었습니다. 사실, 만년에 이르기까지 러브크래프트는 소설 쓰기에서 얻는 원고료가 아니라 나름대로 안정된 수입을 기대할 문장 첨삭지도의 벌이로 생계를 유지하고 있었습니다.

1921년 5월, 오랫동안 이어진 노이로제로 남편과 같은 병원에 수용되어 있던 어머니 사라가 세상을 떠납니다. 마지막 직계 가족을 잃은 러브크래프트의 슬픔은 너무도 깊어서, 몇 주 동안 아무것도 손을 대지 못하는 상태가 계속되었다고 합니다.

같은 해 여름. 러브크래프트는 아마추어 작가 대회에서 소니아 H. 그린(Sonia H. Greene)이라는 이름의, 문학을 좋아하는 직업여성을 만나게 됩니다. 소니아는 러브크래프트보다 7년 연상의 러시아계 유대인으로, 9살 때 미국에 이민하여 10대 때 결혼한 남편과 사별하고 양복점 점장을 맡고 있었습니다. 러브크래프트와 소니아는 3년 동안의 흐뭇한 교제 기간을 거쳐 1924년 3월에 결혼, 뉴욕 브루클린에서 신혼 생활을 보내게 됩니다.

도서관이나 미술관에 문턱이 닳도록 다니거나, 뉴욕에 사는 작가 동료들과 「케이렘 클럽」이라는 이름의 친목 서클을 결성하여 활발하게 교류하는 등 처음에는 자극으로 가득 찬 도시 생활을 만끽하고 있었던 러브크래프트였지만, 어느덧 대도시의 소란과 혼란에 정신적 피로와 압박감을 느끼게 됩니다. 브루클린의 빈민가에서 암약하는 마법 집단의 잔혹함을 그린 단편 『레드 훅의 공포』(1925년 집필)는 당시의 경험에 바탕을 둔 숨 막히는 느낌의 오컬트 호러입니다.

아내 소니아 역시 독립적으로 시작한 모자 가게의 경영 부진으로 노이로제에 빠져, 동인 커플의 결혼 생활은 2년 만에 어이없이 파탄나고, 1926년 4월에 러브크래프트는 앞서 언급했듯이 홀로 프로비던스에 돌아가서, 1929년에 정식으로 이혼하게 되었습니다.

이 1920년대는 러브크래프트에 있어서, 다른 의미로도 격동의 시대였습니다. 1923년 3월, 괴기소설 전문 펄프 잡지인 『위어드 테일즈』가 시카고에서 창간되자, 러브크래프트는 만반의 준비를 거쳐 「다곤」, 「고(故) 아서 저민과 그 가족에 관한 사실」, 「울타르의 고양이(한)」, 「사냥개」, 「랜돌프 카터의 진술(한)」이라는 5편의 괴기 환상 소설을 투고합니다. 그리고 같은 해 10월호에 「다곤」이 채택되어 게재되었습니다.

태고의 물고기신이 부활하는 공포를 빨려 들어갈 것 같은 문체로 암시적으로 그려낸('저 창문! 창문!', 「다곤」에서 주인공이 실종될 때 남긴 말-역주) 이 작품은 독자의 호평을 받게 되면서, 이후 러브크래프트는 이 잡지를 주 무대로 차례로 기억에 남는 환상과 괴기 명작들을 발표하게 됩니다.

불세출의 펄프 호러 작가 러브크래프트가 탄생한 것입니다.

「사냥개」(1924년 2월호)
「벽 속의 쥐」(1924년 3월호)
「축제」(1925년 1월호)
「에리히 잔의 선율」(1925년 5월호)
「아웃사이더」(1926년 4월호)
「레드 훅의 공포(한)」(1927년 1월호)
「픽맨의 모델(한)」(1927년 10월호)

현재에도 각종 선집에 자주 채택되어 러브크래프트 스타일 호러를 대표하는 명작으로 널리 읽히고 있는 이 단편들은 모두 이 시기의 『위어드 테일즈』 지면에 발표된 것이었습니다(러브크래프트는 호러 이외 다른 계통의 판타지 작품도 적지 않지만, 그것들은 대부분이 아마추어 동인지에 발표되었습니다).

참고로 이 무렵, 1925년 겨울부터 다음 해에 걸쳐서, 러브크래프트는 동인지 동료인 W 폴 쿡의 의뢰를 받아 결국「공포 문학의 매혹」이라는 이름의 괴기소설 통사의 집필에 몰두했습니다. 선행 자료가 부족한 가운데 뉴욕의 큰 도서관을 이용하는 등 열심히 조사를 거쳐서 정리한 역작으로서 실제 작가에 의한 괴기소설 안내로 현재도 매우 의미 있는 기본 문헌입니다.

일찍이 오오타키 케이스케(大瀧啓裕) 씨도 지적하고 있듯이(각켄学研『문학의 초자연적 공포文学における超自然の恐怖』의 작품 해설 참조)『공포 문학의 매혹』의 집필은 러브크래프트 자신에게도 매우 의미 있는 경험이 되었습니다. 고금의 괴기 환상 작가들이 만들어낸 명작들과 그에 대한 비평을 마주함으로써 그가 주창하는「우주적 공포」를 직접 완성해나가기 위한 방법론을 저절로 터득해 나갔다고 느껴지기 때문입니다.

그래서일까요. 러브크래프트가 뉴욕에서 프로비던스에 귀환한 직후에 쓴 역작「크툴루의 부름」(「위어드 테일즈」 1928년 2월호 게재)을 선두로, 훗날 크툴루 신화 대계라고 총칭되는 환상 신화를 배경으로 하는, 실로 독창적인 중, 장편 작품을 차례차례 선보이면서 작가로서의 원숙기를 맞이하게 됩니다.

「더니치 호러」(『위어드 테일즈』 1929년 4월호)
「어둠 속에서 속삭이는 자」(『위어드 테일즈』 1931년 8월호)
「실버 키의 관문을 지나서」(『위어드 테일즈』 1934년 7월호)

「광기의 산맥」(『어스타운딩 스토리즈』 1936년 2~4월호)
「시간의 그림자」(『어스타운딩 스토리즈』 1936년 6월호)

이 중 「광기의 산맥」과 「시간의 그림자」 두 편은 『위어드 테일즈』가 아니고, SF계의 펄프 잡지인 『어스타운딩 스토리즈』에 게재된 것을 눈치채셨나요? 그 이유를 러브크래프트는 친구인 E 호프만 프라이스에게 보낸 1936년 2월 12일자 편지에 기록하고 있습니다.

> 당신이 「광기의 산맥」을 재미있게 읽어주신 것을 기쁘게 생각합니다. 그것은 10살 때부터 끊임없이 나를 따라 다니는, 죽음을 부르는 황량한 하얀 남극에 대한 막연한 감정을 밝히기 위한 시도였습니다. 본래는 1931년에 썼지만, 라이트에게 별로 좋은 반응을 얻지 못했기 때문에, 나는 더없이 심각한 타격을 받고, 내 작가 생활도 사실상 끝이라고 생각했습니다. 내가 구체화하려고 시도했던 마음을 제대로 실현하지 못했다는 생각이 들었기 때문이고, 마찬가지로 평소의 자신감과 의욕을 갖고 이런 문제를 해결하기에는 왠지 모르게 힘이 들었던 것입니다. 하지만, 단순한 유작이든 뭐든 이 작품이 드디어 인쇄된다는 점에 다소 위안을 느낄 수 있었습니다.
>
> 본문에는 용납할 수 없는 오류가 몇 개 있습니다. 예를 들어 palaeogean(전 동반구 생물 지리권)을 “palaeocene”(고제3기)라고 한다거나…. 하지만, 삽화는 훌륭합니다. 그 화가는 문장을 바탕으로 태고의 존재를 완벽하게 시각화했으며, 이는 그가 실제로 본문을 읽고 작업했음을 알 수 있었지만, 이게 태수인 파나베이자스(『위어드 테일즈』 편집장인 판스워스 라이트를 가리킨다. 즉, 해당

잡지의 삽화작가 대부분이 원고를 제대로 읽지 않고 삽화를 그리고 있다는 것을 비난하는 것이다-인용자 주)의 엉터리 그림쟁이 대부분보다 훨씬 훌륭합니다.

항상 온화하고 신사적이던 러브크래프트가 드물게도 분개하는 투로 편지를 쓰고 있는 데는 당연한 이유가 있었습니다. 스스로 회심의 솜씨라고 생각하면서 제출한 작품에 대해 『위어드 테일즈』 편집장인 판스워스 라이트는 주로 너무 길다는 이유로 게재할 수 없다는 결정을 내린 것입니다. 과거에도 라이트는 러브크래프트가 투고하는 SF 아이디어의 작품과 긴 작품에는 부정적인 판단을 내렸기 때문에, 새로운 경지라고 할 대작이 그의 이해를 훨씬 넘어선 것은 당연한 일일지도 모릅니다. 반면, 이 혼신의 야심작이 기각된 러브크래프트의 낙담은 매우 깊었으며, 이후 「광기의 산맥」의 원고는 허무하게 보관된 채로 4년의 세월이 흐릅니다.

그리고 1935년 12월, 문학 에이전트인 줄리어스 슈워츠에 의해서 「광기의 산맥」 원고는 그 해에 집필된 「시간의 그림자」와 함께 SF계의 펄프 잡지인 『어스타운딩 스토리즈』에 전해져서, 순조롭게 채용되었습니다. 그리하여 잡지의 1936년 2월호에서 4월호까지 3회에 걸쳐 연재되었습니다. 게다가 첫 번째 연재가 실린 2월호에서는 「광기의 산맥」이 표제작으로 선정되기에 이릅니다. 이것은 『위어드 테일즈』 시대에는 없었던 일로, 우선은 우대받았다고 해도 좋겠지요.

「광기의 산맥」은 드디어 빛을 보게 되었지만, 러브크래프트가 앞에서 소개한 편지에서 (여전히 아주 조심스럽게) 지적하고 있는 것처럼, 엄청난 수에 달하는 인쇄 오류와 무단 변경, 심지어 1천 단어 가까이 삭제된 부분이 있었다는 것을 발견합니다. S.T. 요시(S.T. Joshi)의 「러브크래프트 문장의 여러 문제점」(국서간행회판 『정본 러브크래프트 전집 1』에 수록)에 따르면, "이를 게재하면서 담당 편집자인 F. 오린 트레멘(F. Orlin Tremaine, 러브크래프트는 이 사람을 「그 하이에나 같은 쓰레기」라고 욕하기도 했습니다)은 수천에는 이르지 못한다고는 해도, 수백에 달하는 변경, 삭제를 가했다. 트레멘은 러브크래프트의 작품은 『어스타운딩 스토리즈』의 독자들에게 너무 어렵다고 생각했는지, 흔한 문장으로 고쳤으며, 구성 자체를 바꾸어버리기도 했다"라고 했습니다.

신인 작가라면 모를까(아니, 그래도 이러면 안 된다고 생각되지만) 확고한 문장 철학을 갖고 다른 작가의 첨삭지도를 생업으로 삼아왔던 러브크래프트에게 있어서, 이것이 참기 어려운 굴욕이었다는 것을 상상하기는 어렵지 않습니다.

그만큼 저주받은 태생(쇼고스의 저주?)으로 시작했던 「광기의 산맥」이지만, 현재는 러브크래프트 만년의 걸작으로 평가됩니다. 한편, 크툴루 신화 문학사 관점에서도 특히 작중의 〈그레이트 올드 원〉의 취급이 기존의 작품과는 크게 다르며, 인류에 앞서서 지구에 서식하는 이종 생명체로서 사실적으로 그려져 있다는 점에서 주목할 만합니다(인기 영화감독 기예르모 델 토로가 영화화를 열망하고 있지만, 유감스럽게도 아직 실현되지 못했습니다).

만약 러브크래프트가 병에 걸리지 않고 한 10년이나 20년 정도 작가 활동을 계속했다면, 아마 크툴루 신화 대계도 현재는 완전히 다른 모습이 되었을 것이 틀림없습니다.

사후의 영광

1937년 3월 10일——말기 대장암으로 수명이 얼마 남지 않았다는 것을 의사로부터 선고받은 러브크래프트는 프로비던스 시내의 제인 브라운 기념 병원에 입원합니다. 그리고 3월 15일 오전 6시경. 그 영혼은 병들고 쇠약해진 육체를 떠나 구원의 땅 드림랜드로 떠났습니다. 46년의 삶이었던 것이지요. 장례식은 친척과 소수의 친구가 참석하여 진행되었으며, 시신은 같은 도시의 스완 레이크 묘지(넓은 정원 묘지입니다)에 있는 필립스가의 묘지에 매장되었습니다.

생전에는 상업 출판으로 책을 내지 못했던 러브크래프트이지만 서거 2년 후인 1939년, 그를 스승으로 생각하던 작가 어거스트 덜레스(August Derleth)와 도널드 완드레이(Donald Wandrei)가 출판사 아캄 하우스(Arkham House)를 설립하고, 첫 러브크래프트 작품집인 「아웃 사이더와 다른 이야기(The Outsider and the Others Tales)」를 출간합니다. 이 회사는 이후에도 러브크래프트 작품을 꾸준하고 체계적으로 세상에 내는 한편, 로버트 E. 하워드(Robert E. Howard)와 클라크 애슈턴 스미스(Clark Ashton Smith)를 비롯한 다른 작가의 작품집을 출간하면서, 신인 육성에도 노력을 기울여 괴기 환상 소설 전문 출판사로서 자신의 입지를 구축하기에 이릅니다. 그리고 1960년대 후반부터 시작된 세계적인 괴기 판타지 소설 붐과 함께 러브크래프트가 남긴 작품들은 새로운 세대의 독자에게 환영받게 됩니다.

이렇게 러브크래프트의 고고한 삶을 돌아보다 보면, 항상 떠올리는 생각이 있습니다.

그가 만약 20세기 전반의 미국이 아닌 21세기 초반의 일본에서 태어났다면 어떤 생활을 하고 있었을까 하고 말이죠.

분명히 직접 만든 호러나 판타지 동인지를 들고, 만화 동인 판매 행사인 코믹마켓이나 문학 프리마켓에 즐겁게 참여하면서, 인터넷 블로그나 게시판, 각종 SNS 사이트의 커뮤니티 등에서 괴기 환상 문학의 선교 지도자적인 역할을 하지 않았을까요?

트위터에서 "지금 입구 앞! 생각보다 참배길이 길어서 죽음(^_^;) 이제부터 열심히 구두룡사로 향합니다"라고 날리거나, 최신 전자 매체에 적극적인 관심을 보이며 〈「전자판 마도서 주해〉 시리즈 등을 준비하고 있을 것이 틀림없습니다.

이건 제 자의적인 망상에 불과한 것이 아닙니다.

그 근거는 이미 여러 번 언급하거나 인용해온 러브크래프트의 심상치 않은 편지광으로서의 면모——자칫 괴기 환상 소설의 대가로서의 측면만 강조되는 러브크래프트이지만 그가 남긴 모든 글을 정리해 보면, 소설을 비롯한 창작에 뒤지지 않을 만큼 엄청난 양의 편지가 존재한다는 점이 싫어도 눈에 띄게 됩니다.

국서간행회판 『정본 러브크래프트 전집』에서도 전 10권 중에서 마지막 9, 10권이 편지를 소개하는 데 사용되고 있습니다만, 이것은 아캄 하우스에서 나온 『러브크래프트 편지 선집(H.P.Lovecraft Selected Letters)』 전 5권(1967~76) 중에서 일부를 편역한 것에 불과합니다. 앞서 소개했던 「정본 러브크래프트 전집 10」에 수록된 감수자, 야노 코사부로(矢野浩三郎)의 「해설」에서 인용합니다.

러브크래프트에게 있어서, 친구나 지인에게 편지를 쓴다는 것은 오늘날로 말하자면 우리가 전화 통화를 하는 행위나 다름없었다. 아니, 그 이상이었다. (생략) 1927년의 여름날 오후, 프로비던스의 로저 윌리엄스 공원에서 친구들과 시간을 보내고 있던 러브크래프트는 거의 2시간 만에 엽서 4장과 각각 2장에서 4장에 달하는 편지 5통을 쓴 것으로 알려져 있다. 러브크래프트 자신도 친구에게, 엽서를 빼고도, 하루에 평균 열다섯 통의 편지를 쓰고 있다고 말했다고 한다.

게다가 러브크래프트가 쓰는 편지는, 실로 섬세한 글씨로 편지지 왼쪽에서 오른쪽 끝까지 빽빽하게 그것도 앞뒤에 걸쳐 기록하는 방식이었다. 여기에서 "이야기하는" 주제는 단순한 인사말이나 일상의 이야기부터 시작해서, 꿈이나 창작이나 여행의 이야기는 물론, 문학, 정치, 문명론, 철학, 아마추어 저널리즘, 역사, 미학, 천문학, 생물학, 심지어 일본의 하이쿠(운율시)나 고대 이집트의 역법에 이르기까지 러브크래프트의 폭넓은 관심이 도달하는 모든 영역에 걸쳐있다.

(생략)

이렇게 친구와 지인에게 보낸 편지는 지금은 최대한 회수되어서, 대부분은 브라운 대학의 존 헤이 도서관에 보관되어 있다. S.T. 요시에 따르면, "만약 러브크래프트가 평생에 걸쳐 쓴 편지를 모두 회수할 수 있다고 가정하고, 이를 출판한다고 하면 적어도 50권은 넘는 양이 될 것이다"라고 한다. 즉 아캄 하우스에서 출간되었던 양의 족히 열 배 이상에 달한다는 말이다.

러브크래프트가 희대의 편지광이 된 것은, 우선 편지를 주고받는 상대 대부분이 문장 첨삭지도의 〈단골〉이었다는 실리적인 측면도 부정할 수 없다고 생각합니다. 하지만, 러브크래프트에게 편지를 받은 사람들 대부분이 그것을 버리지 않고 보관하여, 아캄 하우스에서 편지 선집 계획을 발동했을 때, 미국 전역에서 보낸 두꺼운 편지 뭉치가 수없이 도착했다는 사실은 참으로 감동적이지 않을 수 없습니다.

러브크래프트의 편지를 직접 읽어보면 왜 친구들이 그것을 소중히 곁에 두고 싶어 했는지 알 수 있습니다. 다음에 그중 한 사례를 소개해보겠습니다.

차토구아의 대사제 클라카쉬-톤에게

공룡 유골은 정말로 잘 받았습니다. 이 정도로까지 상상력을 북돋워주는 부적을 보내주셔서 너무나 감사할 따름입니다. 눈을 감으면 균류가 끊임없이 증기를 뿜어내는 레무리아 대륙의 늪지를 이 녀석이 발버둥 치면서 전진하는 모습이 떠오릅니다——가히 오쿠라하시아 해안에 있는 기괴한 도시의 현무암으로 된 삼각형 모양의 문에서 뱀의 머리를 가진 브라흐나기디가 서서히 기어 나와서, 전자관을 사용하여 이 녀석과 같은 공룡을 사냥하는 모습이 보입니다. 이것은 언젠가 소설에 쓸 예정이지만 지금은 남부로 여행하기 위해, 확실하게 그것도 즉시 보수를 받을 수 있는 첨삭 업무의 산에 임하지 않으면 안 됩니다.

거수의 영겁에 저주받은 유체를 보내주시고, 그 때문에 마니교도를 무너뜨리는 악마의 집을 엿볼 수 있게 해주셔서 거듭 감사드립니다.

당신의 가장 경애하고 가장
충성하면서 가장 비천한 종
저주받은 트메론
(1930년 3월경 클라크 애슈턴 스미스에게 보낸 편지/국서간행회판 『정본 러브크래프트 전집 9』 사토 츠구지 역)

『위어드 테일즈』의 동지이자, 환상 시인 작가 클라크 애슈턴 스미스가 보내준 공룡 화석에 기뻐하면서, 마치 소설을 쓰고 있는 듯 넘쳐나는 환상에 몸을 맡기는 러브크래프트의 사랑스러운 모습이 문장에서 엿보이는 편지가 아닙니까.

이런 멋진 편지를 보게 된다면 누구나 소중히 보관해두고 싶어질 것이 틀림없습니다.

덧붙여서, 러브크래프트는 자신과 편지 상대의 이름을 그리스, 로마풍으로 바꾸어 읽거나, 기발한 별명을 붙이거나 하는 것을 좋아했습니다. (이거야말로 현재 인터넷에서 사용하는 닉네임의 선구!) 앞서 편지에 나오는 〈차토구아〉는 클라크 애슈턴 스미스의 작품에 등장하는 마신의 이름으로, 현재는 크툴루 신화의 신들 중 하나로서 거론되고 있습니다.

이러한 점이 암시하듯이, 이제는 러브크래프트의 대명사라고 해도 과언이 아닌, 크툴루 신화의 생성 과정에서는 러브크래프트가 친구와 첨삭 작업을 통해 축적된 교우 관계가 매우 중요한 역할을 했던 것으로 여겨집니다.

이 내용을 생각하기에 앞서 러브크래프트에 의해 창시되었고 친구나 후배 작가들에 의해 계승되어, 그중 한 사람인 어거스트 덜레스에 의해 훗날 체계화되기 시작하는 크툴루 신화 대계라는 것의 개요를 되도록 간결하고 알기 쉽게 설명하겠습니다.

크툴루 신화 대계라는 것은 무엇인가?

우리 인류가 출현하기 훨씬 이전 초고대의 원시 지구에서는 외우주에서 날아온 이형의 존재들이 군림하고 있었습니다. 세계의 신화와 전설에서 이야기로 전해져 내려오는 악마나 마귀, 괴물 같은 모습을 하고 있던 원시적인 신들 같은 것은 그들의 〈그레이트 올드 원〉들의 모습 중 하나입니다.

유구한 세월이 흐르는 동안, 그레이트 올드 원은 지상에서 사라졌지만, 지금도 땅속이나 심해, 다른 차원의 공간에 숨어서, 다시 지구를 지배할 기회를 호시탐탐 엿보고 있습니다.

그리고 『네크로노미콘』을 비롯한 금단의 마도서에 기록된 비법을 이용하여 다른 차원의 문을 열고 그들 그레이트 올드 원과 무서운 관계를 맺고자 하는 마법사나 사악한 종교 조직도 고대부터 끊이지 않았습니다.

러브크래프트가 수많은 명작을 쓸 즈음 상정하고 있던 환상 신화의 세계관은 대략 앞의 내용과 같습니다.

그 발상의 근원은 그가 존경해 마지않는 아일랜드의 환상소개자, 로드 던세이니(Lord Dunsany)의 환상신화담(한-페가나출판사『페가나의 신들』 외)이나, 마찬가지로 애독하고 있던 영국 웨일즈 출신의 작가 아서 매컨(Arthur Machen)의 오컬트 스타일 괴기소설(한-『위대한 목신』/자유문학사『세계괴기문학 걸작선 1』에 수록)의 영향을 현저하게 느낄 수 있습니다.

여기서 주의해야 할 것은, 그레이트 올드 원이 반드시 단일한 존재가 아니라는 것입니다.

크툴루(Cthulhu), 요그 소토스(Yog-Sothoth), 니알라토텝(Nyarlathotep)처럼 인류가 사용하는 언어로는 발음할 수 없다고 하는 괴상한 이름이 붙은, 가히 마신이라고밖에는 부를 수 없는 초월적인 존재가 존재하는 한편으로, 그들에 비하면 그런대로 생물적인 형태를 갖춘 〈올드 원(Old Ones)〉이나 정신기생체인 〈위대한 종족(Great Race)〉, 무한우주의 저편에서 태양계로 날아온 암흑성 유고스(Yuggoth)를 본거지로 하는 〈유고스 별의 균류생물(Fungus-being of Yuggoth)〉처럼 다양한 이형, 이능력의 종족들이 신화 대계에 등장하는 것입니다.

자, 그럼 현재 크툴루 신화의 모태가 된 러브크래프트의 본래 신화가 어떤 과정을 거쳐 형성되어갔는지를 다음 부분에서 고찰해보고자 합니다.

우선, 러브크래프트가 처음으로 다루기 시작한 신화작품은 무엇인가, 이것은 사람에 따라서 각기 견해가 다른 것 같습니다. 왜냐하면, 이미 보았듯이 크툴루 신화는 처음부터 정해진 교리나 대계가 존재하는 것이 아니라, 아마추어 동인지나 펄프 잡지를 통해서 집필 활동을 계속하던 러브크래프트의 작가적 상념 속에서 점차 그 골자가 형성되어갔기 때문입니다.

저 자신은 신화 대계의 요점이 되는 마도서『네크로노미콘』의 저자인 압둘 알하즈레드의 이름이 처음 등장하는 작품인 동시에 러브크래프트에 의한 신화작품의 집대성이 된, 만년의 대작 「광기의 산맥」과 「시간의 그림자」의 원형이라고도 생각되는 초기 단편 「이름 없는 도시」(1921년 집필)를 신화 대계의 원점으로 하는 것이 타당하지 않을까 생각합니다.

작품의 화자는 일찍이 미쳐버린 아랍인 압둘 알하즈레드가 꿈에서 보았다고 하는, 저주받은 사막의 버려진 도시 「이름 없는 도시」에 침입하여, 기묘하게도 천장이 낮은 신전을 방황하던 끝에 아득한 지하로 이어지는 통로를 내려갑니다. 통로의 벽면에는 인간의 상상을 초월하는 도시의 흥망사가 그려져 있으며, 파충류를 연상케 하는, 기어다니는 생물의 미라가 안치되어 있습니다. 그리고 불어오는 열풍 속에서, 화자는 지금도 살아서 땅속을 돌아다니는 선주 종족=기어 다니는 생물의 끔찍한 모습을 목격하는 것이었습니다…….

러브크래프트는 이 작품에 이어서 「사냥개」, 「축제」 같은 신비로운 색채가 짙은 호러 단편에서도 알하즈레드의 이름과 『네크로노미콘』을 은근슬쩍 등장시키면서 그 성립 과정이나 내용에 대해서 암시적으로 언급해나갔습니다.

즉, 크툴루 신화의 출발점은 무엇보다도 『네크로노미콘』을 둘러싼 기이하고 요사스러운 몽상이었다고 생각할 수 있습니다.

「이름 없는 도시」가 나오고 5년 후, 1926년에 쓰인 중편 「크툴루의 부름」은 신화 대계의 상징이라고 할 수 있는 신격인 〈크툴루〉 부활의 공포를 웅장한 규모로 그려낸 기념비적 명작입니다.

러브크래프트는 이 작품에서 처음으로 〈그레이트 올드 원〉이라는 수수께끼의 존재에 대하여 본격적으로 언급하고 있습니다. 또한,

꿈과 비밀문서에 의한 계시, 사악한 종교를 따르는 신자들과 이에 대항하는 사람들의 대립구조, 마도서와 기괴한 조각상을 시작으로 하는 여러 아이템처럼, 훗날 크툴루 신화작품의 특색을 보여주는 여러 가지 요소가 이 작품에서 거의 모인 듯이 여겨집니다.

「크툴루의 부름」을 통해서 신화 대계의 골격을 완성한 러브크래프트는, 이로부터 신화 세계를 종횡으로 확대하고 심화시키는 듯한 걸작 작품들을 잇달아 써갔습니다. 즉——

〈드림랜드〉라고 불리는 꿈의 세계를 무대로, 구울이나 나이트를 비롯한 신화 세계의 거주자들이 느긋하게 활약하는「미지의 카다스를 향한 몽환의 추적」(1926~1927년 집필)

고향 프로비던스를 무대로 알하즈레드의 후예라고 할 수 있는 마법사의 무서운 계략을 그려낸「찰스 덱스터 워드의 사례」(1927년 집필)

요그 소토스의 사생아들이 미국 중서부의 퇴락한 도시 더니치의 주민들을 공포에 빠뜨리는「더니치 호러」(1928년 집필)

유고스 별에서부터 지구로 날아온 균류 생물이 버몬트의 시골에서 암약하는 모습을 스릴 넘치게 쓴「어둠 속에서 속삭이는 자」(1930년 집필).

저주받은 항구 도시 인스머스를 무대로 마신들의 권속인 〈딥 원〉의 끔찍한 행동을 그려낸「인스머스의 그림자」와 초고대 남극에서 펼쳐진 그레이트 올드 원들의 놀라운 항쟁과 흥망의 역사를 말해주는「광기의 산맥」(모두 1931년 집필).

그리고 시간의 비밀을 규명한 초생명체 〈위대한 종족〉을 둘러싼 시공을 초월한 놀라운 견문기가 펼쳐지는, 러브크래프트 신화의 총결산이라고 할 수 있는 대작「시간의 그림자」(1934년 집필).

1920년대 중반부터 약 10년에 걸쳐서 러브크래프트가 만들어낸 이러한 신화작품군은 오늘날까지 계속되는 크툴루 신화 흐름의 거대한 원점이자, 후속 작가들 상상력의 풍요로운 원천이 되었던 「이름 없는 도시」 이후, 거의 1세기가 지난 현재에도 여전히 절대로 꺼지지 않는 요사스러운 빛을 발하고 있습니다.

한편으로 러브크래프트는, 자신이 창조한 신들의 이름과 괴물의 무대가 되는 가상의 지명, 금단의 지식이 담긴 마도서의 명칭 같은 크툴루 신화의 고유 항목을, 신화 대계에 관심을 드러내는 친구와 후배 작가들에게 기꺼이 제공하였으며, 나아가 자신이 첨삭지도를 맡은 준프로 작가들의 작품 속에서 의도적으로 뒤섞기도 했지요. 아마도 조촐한 장난기로 시작되었을 시험을 계속했던 것입니다.

이것이 크툴루 신화가 무한 증식하게 된 계기였다고 봐도 좋겠지요.

가장 먼저 신화 대계에 관심을 보인 프랭크 벨냅 롱(Frank Belknap Long)을 시작으로, 「이그의 저주」를 집필한 질리아 비숍(Zelia Bishop), 「영겁으로부터」의 헤이질 힐드(Hazel Heald), 나아가 1930년대에 들어서면 러브크래프트와 함께 『위어드 테일즈』의 중심 작가로서 활동했던 두 작가, 클라크 애슈턴 스미스(Clark Ashton Smith)와 로버트 E 하워드(Robert E. Howard)가 잇따라 신화 대계에 참여합니다. 하워드가 창조한 『무명제사서』, 스미스가 창조한 『에이본의 서(書)』는 훗날, 『네크로노미콘』과 함께 신화 대계의 성전으로서 지명도를 얻기에 이릅니다.

그리고 러브크래프트의 사후에도 이집트를 무대로 하는 신화작품으로 알려진 로버트 블록(Robert Broch)과 크툴루 신화 중흥의 선조라고도 할 수 있는, 어거스트 덜레스(Argust Derleth)를 비롯해 러브크래프트를 경애하는 젊은 작가들의 손으로 크툴루 신화는 계속 이어져 나갔으며, 제2차 세계 대전 후에는 덜레스가 세운 아캄 하우스를 거점으로 존 램지 캠벨(John Ramsey Campbell)과 브라이언 럼리(Brian Lumley)처럼 크툴루 신화를 통해서 작가로서의 경력을 시작한 신진들도 배출됩니다. 나아가, 린 카터(Lin Carter)나 로버트 M 프라이스(Robert M. Price), S.T. 요시(S.T. Joshi)처럼 러브크래프트&크툴루 신화 연구의 전문가라고 부를 수 있는 편집자, 선정자, 학자들도 등장하게 되었습니다.

1981년에는 카오시움(Chaosium)사에서 TRPG(테이블 탑 롤플레잉 게임) 「크툴루의 부름(크툴루 신화 TRPG)」(국내에선 초여명에서 번역 발매-역주)이 발매되면서, 이후 문학계를 넘어선 놀라운 확산과 침투 상황이 전개되는 것은 더 말할 필요가 없겠지요.

어떻습니까?

크툴루 신화 대계의 변화 과정을 이렇게 돌이켜 보면, 러브크래프트가 서신을 통해 많은 작가와 친분을 쌓으면서, 때로는 친절한 조언을 하거나, 어떤 때는 자상하고도 정중한 첨삭지도를 통해서 고객인 작가들의 신뢰를 얻었기 때문에, 신화 세계가 확대될 수 있었다고 새삼 실감할 수 있지 않을까요?

넓은 국토를 가진 미국에서는 멀리 떨어진 지역을 자주 왕래하는 것은 매우 어려운 일이었습니다. 현대처럼 각종 교통망이 발달하거나, 휴대전화나 인터넷을 통해서 멀리 떨어진 상대하고도 즉시 연락을 취할 수 있는 환경 같은 것은 거의 꿈이나 다를 바 없는 시대였습니다.

하지만 그래서, 러브크래프트는 자신과 취미가 같고, 일을 함께하는 동지들과 연결되고 싶다는 마음이 더욱 절실했을 것입니다.

누구보다 병약했기 때문에, 어렸을 때부터 고독한 생활을 강요받아서 대학에도 다니지 못한 러브크래프트 자신이, 그러한 지적인 연대를 더욱 바라고 있었던 것입니다.

아마추어 작가 협회에 적극적으로 참가하고 오랫동안 촉진제 역할을 맡았던 점도 그렇고, 펄프 호러 작가와 뉴욕에 모인 작가들의 큰형 같은 존재로서도 존경받고 있었다는 점도 그렇고, 러브크래프트가 쓰고 남긴 방대한 편지에서는, 같은 것을 좋아하는 사람들과의 교우를 진심으로 기뻐하고 소중히 하는 자세가 전해지고 있습니다.

사상 유례를 찾을 수 없는 창작 신화 대계의 탄생에는 러브크래프트라는 매력이 넘치는 개성이 쌓아 올린, 사람들의 고리가 반드시 필요했던 것입니다.

그리고 크툴루 신화 대계가 지금 이 순간 러브크래프트의 고향에서 멀리 떨어진 동아시아에서도 사랑받고 있으며, 장르를 넘어서 새로운 창작자들이 매료되고 있는 이유는, 창시자인 러브크래프트가 동호인들을 향해 보내었던 연대의 의지가 저절로 신화 대계 속에 깃들면서 시간을 넘어 현대에까지 이르고 있기 때문이 아닌가 생각합니다.

나가노 브로드웨이와 아키하바라의 혼잡 속에서, 또는 코믹마켓과 문학 프리마켓의 회장에서, 때때로 저는 기묘할 정도로 얼굴이 길고 키가 큰 마른 외국인의 환영을, 오타쿠 열기가 넘치는 인파 저편에서 찾게 되는 것입니다…….

그 후의
크툴루신화

무한 증식의 시작

아무리 매력적이고 독창적인 아이디어가 넘치는 작품도 그것이 한 작가의 전유물이 되어 있는 한, 어디까지나 갇힌 세계에 불과합니다(뭐, 보통은 그것이 당연한 일입니다만).

그러나 이미 「다른 차원의 사람」에서도 설명했듯이——러브크래프트는 스스로 창안한 신들의 이름이나 기괴한 무대가 되는 가상의 지명, 금단의 지식이 담긴 마도서명 같은 크툴루 신화의 특정 항목을 신화 대계에 관심을 나타내는 동료나 후배 작가들에게 기꺼이 제공하고, 때로는 다른 작가의 아이템을 자신의 작품에 가져오거나, 자신이 첨삭 지도하는 준프로 작가들의 작품에 의도적으로 삽입하는 등 즐거운 놀이를 연상케 하는 시도를 때때로 실천해왔습니다.

이것이야말로, 21세기까지 지속하였던 크툴루 신화 대계의 쇼고스화, 즉 무한 증식의 기점이 된 것입니다.

가장 먼저 신화 대계에 관심을 보인 사람은, 문학 동료이자 러브크래프트가 뉴욕에 살던 시기에 「케이렘 클럽(Kalem Club)」의 일원으로 친하게 지냈던 펄프 작가 프랭크 벨냅 롱(Frank Bellnap Long)이었습니다.

러브크래프트의 승낙을 얻어 『네크로노미콘』의 한 구절을 인용하여 첫머리에 수록했던 「포식자들」이 『위어드 테일즈(Weird Tales)』지에 발표된 시기는 1928년 7월——「크툴루의 부름」이 이 잡지에 게재된 시기가 같은 해 2월이기 때문에, 앞날을 내다보는 그의 예견은 보통이 아니었다고 해야겠지요. 이듬해 29년에는 걸작으로 이름 높은 「틴달로스의 사냥개(The Hounds of Tindalos)」를, 31년에는 어느 날 밤 러브크래프트가 본 고대 로마의 요사한 꿈을, 이 역시 본인의 승낙을 얻어 빌려 쓴 역작 「공포의 산(The Horror from the Hills)」을 발표했습니다.

롱의 신화작품은 독자적인 SF적 아이디어를 섞으면서도 러브크래프트가 주창한 코스믹 호러의 정신을 충실하게 추구하고 있는 점이 가장 큰 특징이라고 할 수 있습니다.

1928년 11월에는 아돌프 드 카스트로(Adolphe de Castro)의 「마지막 실험」이 역시 『위어드테일즈』에 게재되었습니다. 이 작품은 러브크래프트의 첨삭지도로 만들어진 크툴루 신화 계열 작품의 기념해야 할 제1호가 되었습니다.

비슷한 과정을 거쳐 신화작품을 쓴(쓰게 만든) 작가는 수작 「이그의 저주」로 알려진 질리아 비숍(Zelia Bishop), 「박물관에서의 공포(한)」 같은 작품의 헤이젤 힐드(Hazel Heald), 「알론조 타이퍼의 일기(The Diary of Alonzo Typer)」의 윌리엄 럼리(William Lumley) 등이 있습니다.

실질적으로 러브크래프트와 함께 만든 작품이라도 해도 좋을, 이들 일련의 작품에는 신화 대계의 관점에서 볼 때, 하나의 공통점이 있다는 것을 짐작할 수 있습니다. 바로 「토속 탐구」라고도 부를 만한 지향성이 있다는 것입니다.

드 카스트로는, 멕시코 신화나 고대 아틀란티스의 세계, 비숍의 작품에서는 미국 중서부 평원 지대에 남은 민간전승, 힐드는 잃어버린 고대 문명의 유물 같은 식으로, 뉴잉글랜드를 기반으로 하는 러브크래프트 자신의 작품 세계와는 이질적인, 지역의 전승 세계와 크툴루 신화 세계와의 융합을 시도하는 것처럼 보입니다.

러브크래프트가 첨삭하면서 얼마나 의식했는지는 모르겠지만, 이와 같은 시도를 통해서 신화 대계의 시간적, 공간적인 깊이와 넓이가 늘어난 것은 틀림없습니다.

1930년대에 들어서면 클라크 애슈턴 스미스(Clark Ashton Smith)와 로버트 E 하워드(Robert E. Howard)라는, 러브크래프트와 함께 『위어드 테일즈』의 중심이었던 두 실력파 작가가 잇따라 신화 대계에 참여합니다.

하워드가 창조한 『무명제사서』, 스미스가 창조한 『에이본의 서』는, 후에 『네크로노미콘』과 나란히 신화 대계의 성전으로서 손꼽히게 됩니다. 전자는 현대 서구인이 만든 저작이고, 후자가 초고대의 마법사가 만든 저작으로, 시기적으로 중간에 해당하는 『네크로노미콘』을 사이에 두고 서로 대조적인 시대 배경을 가졌다는 점도 제작자의 개성을 여실히 느끼게 하여 정말로 재미있게 여겨집니다.

하워드와 스미스는 모두 영웅 판타지 작품의 초창기 거물로 알려져 있습니다만, 신화 대계에 있어서만큼은 두 사람의 자세가 대조적이었던 것입니다.

하워드가 크툴루 신화를 어디까지나 현대의 공포물로 파악하여 자신의 〈코난〉 시리즈와 같은 영웅 판타지와는 확실하게 구별하고 있었던 반면, 스미스는 초고대 하이퍼보리아나 중세의 아베르와뉴를 무대로 하는 자유분방한 기괴한 이야기 세계에 종종 크툴루 신화 요소를 포함하여, 매우 개성적인 〈마법사 이야기〉들과 기상천외한 〈차토구아 이야기>들을 창안하고 있었으니까요.

이 점에서 러브크래프트에 비견할 수 있는 독창성을 신화작품에서 발휘했던, 같은 세대의 작가로서는 유일했던 사람은, 바로 클라크 애슈턴 스미스였다고 해도 과언은 아니겠지요.

1935년에는 4번째 마도서인『벌레의 신비(Mysteries of the Worm)』를 내세운 젊은 무사가 신화 대계의 세계에 화려하게 등장합니다. 당시에 아직 10대였던 로버트 블록(Robert Bloch)입니다.

러브크래프트 작품의 열렬한 신봉자였던 블록은 같은 해에 발표한「별에서 오는 요충(The shambler from the Stars)」에서, 무려 경애하는 마음의 스승 러브크래프트를 모델로 한 작중 인물을 우주에서 찾아온 괴물의 산 제물로서 제공하고 맙니다.

이러한 치기 넘치는 도전에 부응하여 집필한 것이 러브크래프트 마지막 신화작품이 된「누가 블레이크를 죽였는가?」였습니다.

러브크래프트로부터 전해진 <니알라토텝 이야기>의 이상한 불의 기운은 블록의 가슴에서 사라지지 않고 15년 후 속편「첨탑의 그림자(The Shadow from Steeple)」와 만년의 대작,「아캄 계획(Strange Eons)」으로 계승되었습니다. 또한, 블록은 니알라토텝의 연고지인 이집트 신화의 세계와 크툴루 신화를 대담하게 결합하여 독자적인 색깔을 내세운 좋은 단편도 여러 편 있다는 것을 덧붙입니다.

중흥의 시조, 덜레스 등장

이렇게 크툴루 신화가 다른 작가들을 끌어들여 천천히 증식을 시작하던 1937년, 창조주 러브크래프트는 불운하게 병에 걸려서 46년의 생을 마감했습니다.

동지였던 하워드도 그 전년에 스스로 목숨을 끊었으며, 스미스는 30년대 중반을 기점으로 점차 소설 집필에서 멀어져, 블록은 슬픔 속에서 러브크래프트/크툴루 신화 대계의 계열에서 벗어나려고 합니다.

헨리 커트너(Henry Kuttner)를 비롯한 몇몇 『위어드 테일즈』 계열의 작가들이 이 시기에 신화작품에 손을 대고 있었지만, 모두 산발적으로 끝났습니다.

여기에서 등장한 것이, 역시 젊은 나이에 『위어드 테일즈』의 기고 작가가 되었던 어거스트 덜레스(August Derleth)입니다. 존경하는 러브크래프트의 작품이 점차 사라져 버리는 것을 아쉬워했던 덜레스는 친구인 도널드 완드레이(Donald Wandrei)와 함께 출판사 아캄 하우스를 설립하고, 1939년에 러브크래프트의 첫 번째 작품집 「아웃사이더와 다른 이야기(Outsider and the Others Tales)」를 간행했습니다.

이와 동시에 덜레스는 직접 크툴루 신화 소설의 양산을 시작합니다. 러브크래프트 작품의 줄거리, 캐릭터, 구성을 성실하게 답습한 그의 신화작품에는 크툴루 신화의 개요 소개가 반드시 삽입되어 있으며, 때로는 러브크래프트, 그 사람의 이름과 유일한 저서인 『아웃사이더와 그 밖의 이야기』가 마치 마도서인 것처럼 다루어지면서, 그야말로 실존하는 듯 언급되는 것입니다.

그렇습니다. 덜레스에게 있어서 크툴루 신화는 스승 러브크래프트의 업적을 보여주기 위한, 소설의 형태를 빌린 선전 도구였던 것입니다.

러브크래프트라는 작가의 독자적인 색채를 알리는 데 있어서, 신화 대계를 가장 중요시한 것은 출판인으로서 참으로 올바른 전략이라고 할 수 있겠지요.

사실, 아캄 하우스는 영세하긴 했지만, 착실하게 경영을 안정시키고, 러브크래프트의 모든 작품만이 아니라, 다른 『위어드 테일즈』 계열의 작가와 러브크래프트가 「공포 문학의 매혹」에서 언급한 괴기소설 작가들의 작품집을 속속 선보이며, 괴기 환상 소설을 전문으로 하는 독특한 출판사로서 자신의 입지를 굳히기에 이릅니다.

하지만, 덜레스의 홍보 전략에 전혀 문제가 없었던 것은 아닙니다.

덜레스는 러브크래프트가 살아 있던 1930년대 초반부터 이미 신화 작품을 다루고 있는데, 거기에는 자신만의 해석에 따라 신화에 대한 특이한 관점을 선보이고 있습니다.

예를 들어, 마크 쇼러(Mark Schorer)와 합작한 『별의 자손의 소굴(The Lair of Star-Spawn)』에서는, 과학자의 정신파에 호응하여 우주에서 날아온 엘더 갓의 사자 〈별의 전사〉가 울트라맨처럼 광선 기술을 뿜어내면서, 마신의 근거지를 파괴하는 이상한 광경이 등장합니다.

엘더 갓 대 그레이트 올드 원이라는 선악의 대립 도식이나 4대 정령에 비유한 마신들의 상관, 상극 관계처럼 오늘날 크툴루 신화의 기본 설정으로 여겨지는 것의 대부분은 사실 러브크래프트가 아니라 덜레스가 창안한 것이었습니다.

그러면 여기에서 러브크래프트의 본래 신화를 재해석하여 발전시킨 덜레스 스타일 신화의 세계관을 설명해보겠습니다.

그 기조를 이루는 것은 우주적인 「선」을 구체화하는 전능의 존재 〈엘더 갓(Elder Gods)〉과 이에 반기를 드는 〈그레이트 올드 원〉이라는 선악의 이원적 대립 도식입니다. 선한 빛과 사악한 어둠의 대립 항쟁으로 세계 각지 신화와 종교의 교리에서 이야기되는 도식입니다.

나아가 반역자인 그레이트 올드 원 중에서도 그 특성에 따라서,

【땅(地)】요그 소토스, 차토구아, 슈브-니구라스, 이그, 니알라토텝 등

【물(水)】크툴루, 다곤, 하이드라, 오툼 등

【불(火)】크투가

【바람(風)】하스터, 차르, 이타콰, 로이거

라는 4대(땅 · 물 · 불 · 바람)의 구분이 설정되어, 크툴루에게는 〈딥 원〉과 크토니안, 하스터에게는 바이아쿠헤, 크투가에는 〈불꽃 생물〉이 따르는 등, 각각에 계급 구조가 존재한다고 했습니다.

그리고 4대 신성 사이에는 대립 관계가 성립되어, 크툴루와 하스터, 니알라토텝과 크투가는 격렬하게 적대하고 있는 듯 보입니다.

하지만 아자토스, 압호스, 우보-사틀라, 움르 아트 타윌처럼 명확하게 평가하기 어려운 신성도 적지 않습니다. 여기에 또한, 노덴스, 요드, 보르바도스, 이호운데처럼 지구 본래의 신들도 많지는 않지만 등장하며, 그들은 대체로 인류에게 호의적이라고 설정되어 있습니다.

아주 먼 태고 시절, 그레이트 올드 원은 손을 잡고 엘더 갓에 반역했다가 패배하고, 지구의 땅속이나 바닷속, 우주 공간에 각각 유폐될 수

밖에 없었습니다(니알라토텝만은 그 후에도 자유자재로 암약하고 있다고 합니다).

하지만 그레이트 올드 원들은 부하들과 일부 인간을 조종하여 그들을 봉인하고 있는 <엘더 갓의 봉인>을 깨뜨리고, 지상에 다시 등장할 기회를 항상 엿보고 있습니다.

이에 대항하여, 엘더 갓에서 유래한 주술의 힘을 억지력으로 사용하거나, 그레이트 올드 원 사이의 항쟁 관계를 교묘하게 이용하여 악한 세력의 책략을 저지하려고 하는 사람들도 비밀리에 활동을 계속하고 있습니다…….

이러한 덜레스 스타일의 신화 해석은 흔해 빠진 기독교적 선악 이원론에 바탕을 두고 신화 대계를 지나치게 한정한다는 비판이 종종 등장합니다. 분명히 그것이 정론일지도 모르겠지만, 한편으로 이러한 변화를 추구한 결과, 서양의 일반 독자들에게 있어, 크툴루 신화 세계가 더 이해하기 쉽고 친숙해진 것도 사실입니다.

하스터 VS 크툴루의 괴수들 프로레슬링 같은 육탄전이나, 크투가가 화염을 뿜어내면서 니알라토텝을 격퇴하는 것 같은 다양한 취향은 심오한 코스믹 호러와는 비슷하면서도 다른 것들이지만, 현재도 할리우드에서 인기 높은「미국 만화」스타일의 공상 모험 활극과 일맥상통하는 일대 스펙타클이 있으니까요.

원조「마신 사냥꾼」인 쉬류즈베리 박사가 바이아크헤를 쫓아 지구만이 아니라 우주 공간까지 날아다니는『영겁의 탐구(The Trail of Cthulhu)』연작 등은 역시 덜레스 스타일 신화의 극치이며, 이후 브라이언 럼리나 카자미 쥰(風見潤), 쿠리모토 카오루(栗本薫) 같은 크툴루 전기 활극이나 현대 일본의 크툴루 계열 라이트 노벨 작품들의 출현을 일찌감치 예견할 수 있게 하는 시도이기도 했습니다.

덜레스는 1945년에 「러브크래프트와의 합작」으로서 이름 높은 장편 「암흑의 의식(The Lurker at the Threshold)」을 선보입니다. 이것은 사실, 러브크래프트가 남긴 메모를 바탕으로 만든 창작에 가까운 작품이지만, 스페인이나 독일 같은 곳에도 일찌감치 번역되어 상당한 호평을 받은 것 같습니다.

그래선지 50년대에 들어서서 아캄 하우스에서 간행되는 러브크래프트 관련 서적의 눈에 띄는 상품으로, 유사한 「합작」이 자주 시도되기에 이릅니다.

한편으로, 덜레스는 다른 작가가 무단으로 크툴루 신화를 채용하는 것을 경계하게 되었습니다. 1946년에 칼 홀 톰슨(C. Hall Thompson)이 러브크래프트의 영향을 짙게 느끼게 하는 작품 「녹색 심연의 사생아(Spawn of the Green Abyss)」로 『위어드 테일즈』에 등장했을 때는 러브크래프트 작품의 저작권을 내세우며 해당 잡지의 편집부에 맹렬하게 항의했다고 합니다.

러브크래프트의 넓은 도량과는 너무 다르다……라고는 할 수 없습니다. 그것도 덜레스의 러브크래프트와 크툴루 신화에 대한 지나친 사랑이 가져온 과민반응이었을 테니까요. 실제로 제2차 세계 대전을 전후하는 혼란기에 덜레스가 끈질기게 추진한 「러브크래프트 크툴루 신화에 대한 선전」과 방대한 편지 선집만이 아니라, 짧은 쪽지에 이르기까지 거의 모든 러브크래프트의 문헌을 발간하는 작업이 없었다면, 오늘날 신화 대계의 융성은 있을 수 없었을 것입니다.

크툴루 르네상스의 시작

1960년대에 들어서면, 아캄 하우스의 출판물을 통해서 러브크래프트와 크툴루 신화의 세계를 알게 된 젊은 독자 중에서 새로운 신화작품의 창조에 도전하는 이들이 나타나게 되었습니다.

용감하게 선두를 끊은 것은 영국 리버풀 출신의 작가 존 램지 캠벨(John Ramsey Campbell)입니다. 러브크래프트에 열중한 나머지 직접 신화작품을 습작하기 시작한 캠벨 소년은 원고를 아캄 하우스에 보내어, 덜레스에게 격려의 답장을 받았습니다. 그리고 안일하게 기존의 신화 아이템에 의존하지 말고 자신만의 독자적인 신화 세계를 구축하는 것을 목표로 하라는 덜레스의 조언을 바탕으로 영국판 아캄이라고도 할 가상의 토지 브리체스터(Brichester)를 무대로 하는 신화작품들을 창조했습니다. 캠벨의 데뷔 작품집인 「호수가 주민들과 환영받지 못한 세입자들」이 아캄 하우스에서 나온 것은 1964년. 저자가 고작 18살 때였습니다.

크툴루 신화작품을 통해서 난데없이 단행본으로 데뷔한 신인의 출현은 마찬가지로 신화 세계로의 진출을 꿈꾸던 젊은이들을 매우 분발하도록 만듭니다. 덜레스는 스스로 편찬한 신작 단편집이나 계간지 『아캄 콜렉터(Arkham Collector)』 같은 지면을 통해서 그들에게 발표의 장을 제공했습니다. 이렇게 세상에 나온 새로운 세대의 신화 작가로는 브라이언 럼리(Brian Lumley)나 게리 마이어스(Gary Myers), 데이비드 드레이크(David Drake) 등이 있습니다.

1969년에 아캄 하우스에서 출간한 『크툴루 신화 작품집(Tales of The Cthulhu Mythos)』은 러브크래프트의 「크툴루의 부름」에서 콜린 윌슨의 「로이거의 부활(The return of the Lloigor)」까지 주요 신화작품을 체계적으로 수록한 최초의 단편선집으로 가히 새로운 시작을 알리는 책이었습니다. 무엇보다도 그때까지는 각 작가의 작품집과 처음 소개된 잡지를 읽으면서 파악할 수밖에 없었던 신화 대계의 전모를 이 책을 통해서 쉽게 접할 수 있었다는 점에서 중요한 의의를 지닌다고 생각합니다.

때마침, 1960년대부터 1970년대에 걸쳐서 프랑스, 이탈리아를 비롯한 유럽 국가에서 러브크래프트의 문학에 대한 재평가가 진행되면서 이에 따라 크툴루 신화의 지명도도 세계적으로 높아져 갔습니다.

아르헨티나의 호르헤 루이스 보르헤스(Jorge Francisco Isidoro Luis Borges)와 독일의 한스 카를 아르트만(Hans Carl Artmann) 같은 현대 환상 문학의 대가들이 이 시기에 러브크래프트 작품에 적극적인 관심을 드러내면서 모방을 시도하고자 했던 배경에는 미국 본토보다도 유럽의 문학계에서 러브크래프트 작품이 높이 평가되어 많은 번역서가 출간되었다는 밑바탕이 있었던 것입니다.

여기에 한 예로, 프랑스 문학자인 모리 시게타로(森茂太郎) 씨의 에세이인 「프랑스의 러브크래프트(フランスにおけるラヴクラフト)」(『환상문학(幻想文学)』 제6호에 게재)에서 인상적인 대목을 인용합니다.

> 얼마 전, 현대 프랑스의 가장 눈에 띄는 철학자로 유명한 질 드루즈의 책을 읽다 보니, 「러브크래프트의 괴물처럼 그로테스크한」이란 표현이 있어서 놀라게 되었다. 시험 삼아 현재 나와 있는 고유 명사 사전 중 가장 편하게 볼 수 있는 로베르 2에서 러브크래프

트의 항목을 찾아보니, 자그마치 37행!이나 소개되어 있었다. 에드거 앨런 포의 77행에는 미치지 못하지만, 조이스의 47행, T.S. 엘리엇의 43행, 보르헤스의 28행과 비교할 때 정말로 놀라운 수치이다. 즉 러브크래프트는 카뮤(42행)와 모파상(35행) 수준의 대우는 이미 프랑스에서 받고 있다는 것이다. 정말로 부러운 이야기가 아닌가!

위의 에세이와 함께 모리 씨가 『환상문학 제6호』에 기고한 모리스 레뷔의 「이계로부터의 방문자—러브크래프트 짧은 전기(異界からの来訪者—ラヴクラフト小伝)」는 영어권 연구자가 별로 건드리지 않은 러브크래프트의 우익 사상과 인종 차별론이 상세하게 거론되고 있다는 점에서 꼭 볼만한 필요가 있다고 생각합니다.

인종 문제라고 하면, 바로 최근 일본에서도 국서간행회(国書刊行会)에서 번역이 나와 화제를 불렀던, 현대 프랑스 인기 작가 미셸 우엘벡의 장편 에세이 『H.P. 러브크래프트 세계와 인생에 저항하여』(1991) 같은 것도, 이처럼 프랑스에서 러브크래프트를 평가하는 토양을 바탕으로 태어난 작품이라고 할 수 있지 않을까요?

우엘벡이 다루고 있는 과격한 근미래 소설이 젊은 날의 러브크래프트 탐독에 바탕을 두고 있다는 것은 분명합니다. 크툴루 신화와는 또 다른 곳에서도 러브크래프트의 문학이 뿌린 씨앗은 착실하게 이형의 열매를 맺어가고 있는 것 같습니다. 오늘날이기에 더더욱.

러브크래프트의 「시간의 그림자」나 「광기의 산맥」 같은 이야기를 처음 읽고 난 후에 가장 인상에 남는 것은 분명 건축물의 묘사이다.

어느 곳보다 여기에서 우리는 하나의 새로운 세계를 바라보게 된다. 공포 그 자체도 사라진다. 모든 인간적인 감정도 사라지고 남는 것은 일찍이 존재하지 않았던 순도로 분리된 현혹 그 자체만이다.

(생략)

평생에 걸쳐 러브크래프트는 유럽 여행을 꿈꾸었지만, 그것을 한 번도 실현할 수 없었다. 그렇긴 해도, 미국 사람 중에서 누군가가 구세계 건축의 보물들을 제대로 평가하기 위해서 태어났다고 한다면, 그것은 확실히 러브크래프트이다. 그가 "미적 고양감으로 정신을 잃는다"라고 한 말은 과장이 아니다. 클라이너에 대해서 그는 진심 그 자체로서, 인간은 산호의 돌기 하나와 비슷한 존재로서 그 단 하나의 운명은 "장려한 광물질의 거대한 건축물을 쌓아서 자신의 사후에 달이 그것을 비출 수 있게 하는 것"이라고 단언한다.

(국서간행회『H.P. 러브크래프트 세계와 인생에 저항하며(H·P·ラヴクラフト 世界と人生に抗って)』 수록, 호시노 모리유키星埜守之 역)

이러한 일련의 러브크래프트 재평가 흐름에서 간과할 수 없는 영향을 미친 인물로 영국의 작가이자 문학 평론가로서 신비한 현상의 연구가로 알려진 콜린 윌슨(Colin Wilson)의 이름을 잊어서는 안 됩니다.

「아웃사이더」(1956)라는, 같은 제목의 저서를 가진 인연으로 러브크래프트에게 관심을 품게 된 윌슨은 「꿈꾸는 힘(The Strength to Dream: Literature and the Imagination)」(1961)을 비롯한 평론집에서 다시금 러브크래프트를 다루며 점차 크툴루 신화 세계에 끌리게 되고, 1967년에는 신화 대계로 촉발된 장편 SF 「정신기생체」를 아캄 하우스에서 새로 선보이기에 이릅니다.

미국 호러 작품들과는 다른 분야에서 활약하는 유력 작가이자 비평가가 신화 대계에 참여한 것은, 광범위한 독자들에게 러브크래프트/크툴루 신화의 존재를 알리는 역할을 했습니다. 나아가 윌슨은 1978년에도 편집자인 조지 헤이(George Hay)와 오컬트 전문가인 로버트 터너(Robert Turner) 등과 공모(?)하여 바로 「네크로노미콘」이라는 이름의 책을 선보였습니다. 영국의 엘리자베스 왕조 시기의 만물박사 존 디가 남긴 암호 문서에서 해독했다고 칭하는『네크로노미콘』의 원전을 담은 이 책은 가히 크툴루 신화라는 공동 환상을 구현한다는 세기의 기서로서 큰 반향을 불렀습니다(그 후 윌슨은 에세이에서 이러한 페이크 작업을 어떻게 진행했는지 소개하고 있습니다).

윌슨을 크툴루 신화의 세계로 초대하는 과정에서도 중요한 역할을 한 덜레스는 1971년 환갑에 가까운 나이로 세상을 떠납니다.

후반생을 러브크래프트 문학을 소개하고, 신화 대계를 보급하는 데 바친 크툴루의 철인 덜레스의 죽음은 조금 아이러니하게도, 신화작품 창조의 무대가 아캄 하우스의 전유물이었던 시대의 종언을 고하는 사건이기도 했습니다.

이후, 린 카터(Lin Carter)가 편집한『크툴루의 자식들』(1971), 에드워드 P. 버글런드(Edward P. Berglund)가 편집한『크툴루의 사도들』(1976)처럼 오리지널 신화 단편집이 다른 회사에서 봇물 터지듯 쏟아져 나오는 한편, 폭발적으로 확대된 러브크래프트/크툴루 신화의 열성 팬을 바탕으로 하는, 창작 연구와 아마추어/준프로의 출판 활동이 미증유의 성장을 불러오게 됩니다.

이러한 활동 중에서 인기와 실력을 겸비한 신화 작가가 배출되어, 일찍이 『위어드 테일즈』의 황금시대를 재현한다……라고 할 정도는 아니었지만, 편집자/제작자로서 1970년대에 걸쳐 판타지 소설 붐의 장본인 중 하나였던 린 카터에 의한 계몽적인 연구서 『러브크래프트: 크툴루 신화의 배경(Lovecraft: A Look Behind the Cthulhu Mythos)』(1972/2011년에 도쿄소겐샤東京創元社에서 『크툴루 신화전서クトゥル ー神話全書』라는 제목으로 대망의 번역판이 나왔습니다)을 시작으로, 로버트 와인버그(Robert E Weinberg)가 편집한 『크툴루 신화 입문 가이드(Reader's guide to the Cthulhu mythos』(1973), 필립 A. 슈레플러(Philip A. Shreffler)가 편집한 『러브크래프트 컴패니언(The H.P. Lovecraft Companion)』(1977), S.T. 요시(S.T, Joshi)가 편집한 『러브크래프트 비평의 40년(H.P. Lovecraft: Four Decades of Criticism)』(1980)처럼 신화연구서나 가이드북이 탄생한 것은 무엇보다도 큰 수확이라고 할 수 있겠지요.

이제는 오랜 경력의 품격을 느끼게 하는 아캄 하우스에서 1980년에 간행된 『신편 크툴루 신화작품집(New Tales of the Cthulhu Mythos)』은 현대 호러의 제왕인 스티븐 킹의 『크라우치 엔드(Crouch End)』를 시작으로 오랜 대가에서 신예에 이르기까지 다채로운 작가들의 신작 신화작품을 수록하여, 더욱 새로운 인상을 준 경쟁단편집이었습니다.

신화 창조주인 러브크래프트에 대한 원점회귀를 지향하는 자세와 함께 진실로 현대적인 공포를 창조하자고 주장하는 편집자 램지 캠벨(John Ramsey Campbell)의 서문은 가히 크툴루 신화의 신세기를 향한 새로운 흐름을 보여주었습니다.

새로운 시대의 개막

오리지널 앤솔로지라는, 조금은 모순된 업계 용어(앤솔로지, 즉 정예단편집이란 본래 정평 있는 명작 수작을 엄선하여 성립하는 것으로, 신작 단편집에 붙여야 하는 언어는 아닙니다. 그래서 저는 후자를 「경쟁단편집」이라고 지칭하여 「앤솔로지」와는 구별하고 있습니다)로서 불리는 신작 경쟁단편집이 미국 출판계에서 활발하게 나오던 1980년대 이후, 크툴루 신화의 분야에서도 독특한 소재를 내세운 경쟁단편집의 시도가 잇따르게 진행됩니다.

러브크래프트 본인에게 바치는 듯한 오마주 창작집이라고 할 만한 분위기의 R.E. 와인버그(Robert Weinberg)&M.H. 그린버그(Martin Greenberg)가 편집한 『러브크래프트의 유산(Lovecraft's Legacy)』(1990)이나 「인스머스 이야기」의 명작 타이틀을 집대성한 스티븐 존스(Stephen Jones)의 『인스머스 연대기(Weird Shadows Over Innsmouth)』(1994), 아캄을 비롯한 가상의 토지=러브크래프트 컨트리를 둘러싼 스코트 아니오로호스키(Scott Aniolowski)의 『러브크래프트의 세계(Return to Lovecraft Country)』(1997)처럼 종래의 작품에 비하여 더욱 마니아 취향에 맞춘 경쟁단편집이 기획되어, 신화 대계에 관심을 품은 작가들에게 발표의 장을 제공하였습니다.

한편, 1981년에는 문학 세계와는 다른 곳에서 이후의 크툴루 신화의 움직임에 큰 영향을 미치게 될 사건이 일어났습니다.

미국의 게임 회사인 카오시움(Chaosium)에서 『크툴루의 부름(Call of Cthulhu)』(한-초여명)라는 TRPG(테이블 탑 롤플레잉 게임)이 발매된 것입니다. 크툴루 신화의 공포 세계를 플레이어가 체감할 수 있도록 충실하게 구성해낸 내용이 큰 반향을 얻어 성공작으로서 시리즈화되어 갔습니다.

그리고 게임이 나오고 십 여 년이 지난 1993년, 카오시움은 획기적인 문학 앤솔로지/경쟁단편집을 간행합니다. 『하스터 신화작품집(The Hastur Cycle)』으로 시작되는 〈골드 오브 크툴루 픽션(Gold of Cthulhu Fiction)〉 시리즈입니다. 아자토스, 슈브-니구라스, 차토구아, 니알라토텝처럼 마신들은 말할 것도 없이 『네크로노미콘』, 『에이본의 서』, 『벌레의 신비』, 『요드의 책』처럼 유명, 무명의 마도서와 인스머스, 더니치, 아캄 같은 가공의 도시, 매켄(Machen), 챔버스(Chambers), 브라바츠키 부인(Helena Petrovna Blavatsky) 같은 신화 대계 관련 저자, 나아가 신화백과사전(다니엘 함즈Daniel Harms의 『엔사이클로피디아 크툴리아나Encyclopedia Cthulhiana』)에 이르기까지, 개별의 신화 아이템이나 주제별로 역대 명작, 수작이나 신작을 한 권에 모아서 계통적으로 간행한다……인기 게임 관련 상품으로 기획 전개함으로써, 기존의 문학 출판사는 해내기 어려운 거사를 실현하게 된 것입니다(저작권 등의 문제도 있어서 이 시리즈의 번역은 쉽게 실현되지 못했지만, 2008년에 이르러 비로소 신키겐샤新紀元社에서 『에이본의 서Book of Eibon』의 번역판이 간행되고, 2011년에는 각켄판 『네크로노미콘 외전魔道書ネクロノミコン外伝』에 『네크로노미콘 작품집』 중 일부가 수록되는 등, 일본에서도 이 작품의 소개가 진행되기 시작한 것이 기쁩니다).

시리즈의 편찬 감수를 담당했던 로버트 M 프라이스(Robert M. Price)는 생전에 린 카터와 친해서, 그 저작관리자로 지정되어 있을 정도이며, 덜레스나 카터가 집념을 불태운 신화 대계의 보완, 확충 작업은 프라이스의 손을 거쳐 1990년대 이후 더욱 진전을 이루었다고 말할 수 있습니다.

프라이스와 함께 잊을 수 없는 시대의 주역이 S.T 요시(S.T. Joshi)입니다(그러나 그는 프라이스와는 대조적으로 덜레스 이후의 크툴루 신화에는 일관되게 부정적인 태도를 보입니다).

1958년 인도에서 태어나 미국에서 자란 요시는 프로비던스의 브라운 대학에 진학하고 러브크래프트 관련 자료 연구에 몰두하면서 연구 비평 잡지 「러브크래프트 스터디즈(LoveCraft Studies)」의 편집에 종사하거나, 80년대에 간행된 아캄 하우스의 신판 『러브크래프트 작품집』의 본문 교정을 담당하는 등, 학술적인 러브크래프트 연구의 전문가로서 주도적인 역할을 했습니다. 일본에서도 2012년에 그 집대성이라 할 만한 『H.P. 러브크래프트 대사전(An H.P. Lovecraft Encyclopedia, H·P·ラヴクラフト大事典)』(2001)이 엔터브레인에서 번역본으로 나오면서, 드디어 러브크래프트 연구의 석학 요시의 진가가 드러나고 있는 것은, 역시 기쁜 일이라고 할 수 있겠지요.

그리하여 크툴루 신화 소설의 체계적인 출판 및 원점이 되는 러브크래프트 작품의 정비와 연구가 각각 대폭 진전되면서 1990년대 이후 영미에서는 새로운 크툴루 신화 창조 시도가 다양하게 실천되고 있는 것 같습니다.

2004년에 르웰린 퍼블리케이션즈(Llewellyn Publication)에서 간행된 도널드 타이슨(Donald Tyson)의 『네크로노미콘: 알하즈레드의 방랑(Necronomicon: The Wanderings of Alhazred)』 역시 크툴루 신화 신세기에 대한 기대와 반응을 충분히 느끼게 해주는, 야심 넘치는 작품이었습니다. 러브크래프트 세계뿐만 아니라, 오컬트주의나 고전 문학에 관해서도 남다른 조예를 엿볼 수 있는 저자는 지금까지 단편적으로밖에는 내용이 전해지지 않았던 『네크로노미콘』을 어딘지 모르게 보르헤스풍의 경이로운 박물지로서, 알둘 알하즈레드의 일대기로도 읽을 수 있다……라는, 교묘한 오컬트 환상 이야기 스타일로 재창조해 보였던 것입니다. 이 작품이 러브크래프트 신화의 한 원점인 「미지의 카다스를 향한 몽환의 추적」으로 회귀하는 듯한 방향성을 느끼게 하는 것은 결코 우연이라고는 생각되지 않습니다. 그뿐만 아니라 타이슨은 2006년에는 이 책에 바탕을 둔 전기 로망대작 『알하즈레드(Alhazred)』를 저술하여 이야기 작가로서의 남다른 실력을 보여줍니다.

1990년대 이후 영미의 크툴루 신화 실태에 대해서는 『SF 매거진(SF マガジン)』 2010년 5월호 특집 「크툴루 신세기(クトゥルー新世紀)」와 「나이트랜드(ナイトランド)」 창간호(2012년 3월 발행)의 특집 「러브크래프트의 계승자들(ラヴクラフトを継ぐ者たち)」에서 우수한 작품의 사례가 소개되어 있습니다. 전자에 담긴 특집 감수자 나카무라 토오루(中村融)에 의한 「특집 해설」과 타카오카 히라쿠(竹岡啓)에 의한 「크툴루 신세기개설(クトゥルー新世紀概説)」도 최신 동향을 살펴보는 데 큰 도움이 될 것입니다.

시조인 러브크래프트의 정신을 계승하면서, 새로운 신화 세계를 창조하는 데 도전하는 작가들이 앞으로도 동서양을 가리지 않고 배출되기를 기대합니다.

러브크래프트가 있는
일본 문학사

러브크래프트가 태어나고 죽은 해(1890~1937)를 일본식 역법으로 고치면 메이지 23년부터 쇼와 12년이 됩니다. 일본 제국 헌법을 공표(메이지 22년, 1889년)하면서 근대국가로서의 체제를 설립한 메이지 일본이 부국강병의 길을 걷기 시작하고, 그 결과 쇼와 12년(1937)에 있었던 루거우차오 사건(노구교 다리 사건)으로 시작되는 중일전쟁으로 돌입하기까지의 기간에 해당한다는 것을 알 수 있습니다.

문학사적으로 살펴보면, 1890년에는—러브크래프트도 그 작품을 애독하고 있었던 것으로 보이는—코이즈미 야쿠모(小泉八雲, 본명은 라프카디오 헌Patrick Lafcadio Hearn)가 일본을 방문한 해이며, 1937년에는 타이쇼 시대(1912~1926)부터 쇼와 시대(1926~1989) 초기에 걸쳐서 점차 번성하고 있던 일본의 괴기 환상 문학이, 다가오는 전쟁의 불길을 앞두고 마지막 빛을 발하던 시절이었습니다.

러브크래프트 출생 전년에 해당하는 1889년에는 우치다 햣켄(内田百閒)과 유메노 큐사쿠(夢野久作)가, 1890년에는 코사카이 후보쿠(小酒井不木)나 토요시마 요시오(豊島与志雄), 히나츠 코노스케(日夏耿之介) 같은 이들이 태어났으며, 1892년에는 아쿠타가와 류노스케(芥川龍之介)나 사토 하루오(佐藤春夫)가, 1894년에는 에도가와 란포(江戸川乱歩)와 타치바나 소토오(橘外男)가 각각 태어났습니다.

가히 문학의 여러 분야에서 일본 환상 문학의 황금시대를 짊어지게 되는 천재와 귀재, 석학과 괴인들이 끊임없이 고고한 목소리를 올리고 있었기에 장관이 아닐 수 없습니다. 러브크래프트도 멀리 태평양을 사이에 둔, 게다가 교전국의 시민이었다고는 해도 환상과 괴기의 문학에 뜻을 두었던, 그들과 동시대인이었습니다.

러브크래프트 VS 유메노 큐사쿠?!

그런데 위에서 열거한 문호 중에서도, 러브크래프트와 비교하여 가장 흥미로운 것이 유메노 큐사쿠입니다.

유메노 큐사쿠, 본명 스기야마 나오키(杉山直樹)는 1889년 1월 4일, 후쿠오카시에서 태어났습니다. 정계의 흑막으로 이름을 떨친 아버지 시게마루는 가정을 돌보는 일이 많지 않았고, 생모인 호토리도 시어머니와 사이가 좋지 않아서, 출산 직후 집을 떠났습니다. 그래서 장남인 큐사큐는 조부모의 총애 아래 오로지 유모의 손에서 자랐다고 합니다.

이러한 성장 환경과 가족 관계로 보나, 장기간에 걸친 동인지 활동을 거쳐 30대에 상업지에 작가로서 데뷔했다는 점으로 보나, 한쪽은 뉴잉글랜드, 한쪽은 북큐슈라는 전통이 서려 있는 지역과 그 작품이 관계가 깊다는 점을 생각해도 러브크래프트와 큐사쿠가 걸어온 삶의 궤적은 이상할 정도로 일치하는 것을 알 수 있습니다.

그렇습니다. 유난히 세로로 긴 얼굴로, 동일인물이라고 보이지 않는다고 하기도 어려운 흡사한 외모만이 둘의 공통점이 아닙니다.

1936년 3월 11일 오전 10시, 큐사쿠는 도쿄의 시부야에 있는 계모 집에서 손님과 면담하던 중 아앗 하고 몸을 편 직후에 쓰러져서 그대로 사망합니다. 뇌일혈이었죠. 향년 47세……스스로「환마 괴기 탐정소설」이라고 불렀던 일대의 기이한 작품『도구라 마구라』(한-크롭서클 출간)를 비롯하여 호러에서 판타지까지 폭넓은 분야에서(이것도 러브크래프트와 같군요) 혁신적인 작품을 남긴 귀재 유메노 큐사쿠는 기이하게도 러브크래프트보다 1년 일찍 태어나 1년 일찍 세상을 떠난 것입니다.

기묘한 공통점은 그것만이 아닙니다. 러브크래프트가 말기 암으로 프로비던스 병원에 입원한 것은 1937년 3월 10일, 숨을 거둔 것은 5일 후인 15일 즉 큐사쿠가 죽은 시간으로부터 거의 1년이 지난 시점에서 러브크래프트도 병으로 사망한 것입니다.

러브크래프트와 큐사쿠의 또 하나의 공통점은 어린 시절부터 글 실력이 출중하면서도 운이 따르지 못했던 두 사람이 새로운 잡지 미디어가 출현하면서 소설가로서 본격적인 데뷔를 장식했다는 점에 있습니다.

러브크래프트에게는 『위어드 테일즈(Weird Tales)』, 큐사쿠에게는 『신청년(新青年)』이란 잡지가 있었습니다.

러브크래프트는 1923년, 창간된 지 얼마 되지 않은 『위어드 테일즈』의 10월호에 단편 「다곤」이 채택된 것을 인연으로 잡지의 단골 기고가가 되어, 한때 편집장 취임을 제안받을 만큼 핵심적인 존재가 되어갔습니다. 「축제」, 「크툴루의 부름」, 「찰스 덱스터 워드의 사례」, 「더니치 호러」, 「어둠 속에서 속삭이는 자」를 비롯한 대표작 대부분은 모두 이 잡지에서 소개되었습니다.

큐사쿠 역시 『신청년』의 창작 탐정 소설 모집에 투고한 단편 「요괴의 북(あやかしの鼓)」이 2등으로 입선하였으며, 같은 잡지의 1926년 10월호에 「유메노 큐사쿠」라는 새로운 필명으로서 게재되어 일약 주목을 받고 이후 「사후의 사랑(死後の恋)」, 「삽화의 기적(押絵の奇蹟)」, 「얼음 강가(氷の涯)」 같은 대표작을 잡지에 발표했습니다. 결국, 수록되지는 않았지만 「도구라 마구라」의 완성 원고도 처음에는 『신청년』의 미즈타니 준편집장에게 제출했습니다.

여기에서 두 잡지에 대해서도 간단하게 설명해보겠습니다.

『위어드 테일즈』는 1923년 3월에 시카고에서 창간된 괴기 환상 모험 소설 전문 펄프 잡지입니다. 창간 당시에는 저조했지만 1930년대 초반에 판스워스 라이트 편집장 시대에 부수를 늘려서 융성기를 맞이합니다. 러브크래프트는 물론 로버트 E. 하워드, 클라크 애슈턴 스미스를 시작으로 로버트 블록, 어거스트 덜레스 같은 작가들, 버질 핀레이(Virgil Finlay), 하네스 보크 같은 삽화가 등 크툴루 신화 대계 관계자의 주요 활동 무대가 되었습니다. 전후 1954년 9월에 종간되었습니다.

한편『신청년』은 1920년 1월, 2차 대전 이전의 출판계를 대표하는 출판사 중 하나였던 하쿠분칸(博文館)에서『모험 세계(冒険世界)』의 후속 잡지로 창간되었습니다. 처음에는 지방에 사는 청년을 대상으로 외국에서 성공할 것을 장려하는 잡지였지만, 모리시타 우손(森下雨村) 초대 편집장이 외국의 탐정 소설을 적극적으로 도입한다는 방침을 내놓으며, 오래지 않아 에도가와 란포 같은 일본인 작가의 배출과 연결되어, 다이쇼 · 쇼와 초기의 모더니즘 문화를 대표하는 잡지로서 신흥 탐정 문단의 아성으로 성장했습니다. 이쪽도 전쟁 뒤인 1950년 7월에 종간되었습니다.

이렇게 나열해 보면, 러브크래프트와 큐사쿠뿐만 아니라 그들의 주된 무대였던 동서의 명잡지 역시, 1920년대 초반에 탄생하여, 1930년대에 황금시대를 맞이하고 종전 후 그 역사적인 역할을 마치고 조용히 사라져 갔습니다. 동시대인이 아닌 동시대 미디어였음을 실감하는 것입니다.

게다가 두 잡지가 당시 미일 양국에서 괴기 환상 문학 장르에 가장 적극적으로 지면을 할애한 잡지였던 것도 새삼 지적할 필요도 없습니다(『위어드 테일즈』에 대한 내용은 국서간행회판『위어드 테일즈』 전

5권, 『신청년』은 릿푸쇼보(立風書房)판 「신청년 걸작선」 전 5권을 각각 참조).

이렇게 보면 한 가지 흥미로서, 두 잡지가 뭔가 교류가 있지 않았을까 하는 의문이 떠오릅니다. 『신청년』에서 『위어드 테일즈』로 향한다는 것은 언어, 문화권의 차이점이나 역사적 경위를 보아도 가능성은 한없이 낮은 것 같습니다만, 반대는 정말로 있을 법한 이야기입니다.

사실, 나치 시로(那智史郎)와 미야카베 사다오(宮壁定雄) 두 사람에 의한 역작 『위어드 테일즈(ウィアード・テールズ)』(국서간행회)에 수록된 「Weired Tales 인덱스」를 확인해보면, 예상보다 많은 게재 작품이 거의 실시간으로 일본어로 번역되어 소개되어 있는 것에 놀라게 됩니다(다만, 이들이 잡지로부터 직접 소개된 것이라기보다는 영국에서 나오고 있던 크리스틴 캠벨 톰슨이 편집한 앤솔로지 『위어드 테일즈 연간 걸작집』을 통해서 이루어지고 있었을 가능성이 큰 것 같습니다. 이 책에 대해서는 츠구쇼보継書房판 『율련의 서慄然の書—위어드 테일즈 걸작집』을 참조).

예를 들어 『신청년』 1928년 8월 증간호 「탐정 소설 걸작집」에는 M. 리비탄의 「제3의 엄지발가락 지문(第3の拇指紋)」(『위어드 테일즈』 1925년 6월호 게재)와 알 앤소니 「기생수 반스트람 박사의 일기(寄生手 バーンストラム博士の日記)」(『위어드 테일즈』 1926년 11월호 게재)의 2편이 번역되어 있으며, 이듬해 1929년 7월호에는 어거스트 덜레스의 「편폭종루(編幅鐘楼)」(『위어드 테일즈』 1926년 5월호 게재)가, 자신도 괴기 환상 단편을 집필했던 세노 아키오(妹尾アキ夫)의 번역으로 게재되어 있습니다. 1930년 2월호 봄 증간호에서도 F. 코어타의 「하얀 손의 검은 존재(白手の黒奴)」(『위어드 테일즈』 1927년 1월호 게재)의

이름이 보입니다(이상의 작품명은 번역 시의 표기에 바탕을 두고 있습니다).

그중 러브크래프트의 수제자인 어거스트 덜레스의 초기 단편「편폭종루」가 실린 호에는 큐사쿠의 단편「철퇴행진곡(鉄槌行進曲)」도 수록되어 있어서, 가히 둘이 가진 관계성이라는 점에서 흥분을 감출 수 없습니다.

아쉽게도 러브크래프트 작품 자체가『신청년』에 일본어 번역된 것은 아니었지만, 전후에 이르러 본격적인 러브크래프트 작품의 소개가 시작될 때에 그 주무대가 된 것이 에도가와 란포가 책임 편집자를 맡은 추리 소설 전문지『보석(宝石)』이었던 것은 당연한 결말이기도 했습니다. 왜냐하면『보석』은 사실상「신청년」의 후속 잡지였기 때문입니다. 말기의『신청년』을 뒷받침한 2대 연재—요코미조 세이시의 장편『팔묘촌(八つ墓村)』과 에도가와 란포의 에세이「탐정소설 30년(探偵小説三十年)」은 해당 잡지가 폐간되고『보석』지에서 재개되었으니까요.

에도가와 란포와 러브크래프트

2차 대전 후 처음으로…라기보다, 일본 역사상 처음으로 러브크래프트에 대한 언급이 이루어진 것도 현재 확인된 바로는, 1948년 6월부터 다음 해 7월까지 에도가와 란포가『보석』에 연재한「괴담 입문(怪談入門)」에서였다는 것이 정설입니다. 하지만「괴담 입문」이라는 제목은 단행본「환영성(幻影城)」(1951)에 수록될 때 붙여진 것으로, 연재 중에는「환영성 통신(幻影城通信)」을 주제목으로,「괴담에 대해

서(怪談について)」라든가, 「괴담(怪談)」 같은 표제로만 되어 있었습니다.

"그의 작품은 차원을 달리하는 이세계에 대한 음울하고도 광적인 열기가 담겨 있어서, 독자의 가슴을 파고드는 면이 있다"라는 식의 유명한 구절을 포함한, 란포의 러브크래프트 소개문은 단행본판의 「괴담 입문」(헤이본샤平凡社 라이브러리 『괴담입문 란포괴이소품집怪談入門 乱歩怪異小品集』 등에 수록)에서는 제2장의 「영미의 괴담작가(英米の怪談作家)」에 포함되어 있지만, 연재 시의 내용에는 이러한 기술은 없었습니다.

사실 란포가 러브크래프트라는 사람과 작품에 대해 충분한 정보를 얻은 것은 연재가 시작된 후의 일이었습니다. 그 경위는 후기 형태로, 1949년 4월호에 게재된 「환영성 통신/괴담(8)」의 시작 부분에 「러브크래프트에 대하여」라는 제목과 함께 수록되어 있습니다.

그 시작 부분에는 다음과 같이 기술되어 있습니다.

> 이 짧은 글을 시작할 때는, 영미 괴담 작가를 연대순으로 기록하는 가운데, 러브크래프트에 대한 충분한 내용을 알지 못한 채 썼지만, 그 후 어떤 사람이 작가의 단편집 The Dunwich Horror and Other Tales의 문고판을 보내줘서 그 편집자의 서문을 통해 러브크래프트는 괴담 작가로서 매켄이나 블랙우드, 몬터규 제임스 같은 이들과 어깨를 나란히 한다고 해도 과언이 아니라는 사실을 알게 되었기에 여기에 추가한다.

다음에 이어지는 내용은, 현재 나와 있는 「괴담 입문」 제2장의 그것과 거의 같습니다.

따라서 일본에서 러브크래프트에 대한 본격적인 소개는 1949년 4월에 란포에 의해서 시작되었다는 것이 현재의 가장 정확한 시기로 간주할 수 있습니다.

덧붙여서 앞에 인용한 글에서 란포에게 러브크래프트의 단편집을 증정한 사람은 누구일까――토요회의 단골로서 『보석』의 창간에도 참여했고, 「에리히 잔의 선율」의 번역도 맡았던 우노 토시야스(宇野利泰)가 아닐까, 아니면 세계 대낭만 전집판 『괴기소설 걸작집(怪奇小説傑作集)』(1957)에서 란포와 명콤비를 이루게 되는 영미 괴기소설 번역의 선각자인 히라이 테이이치(平井呈一)일 가능성은 없는지……처럼 상당히 신경 쓰이는 점도 있지만, 아쉽게도 상세한 것은 밝혀지지 않았습니다(아시는 분은 꼭 알려주시길).

또 하나 추가하자면, 앞에서 소개한 「환영성 통신/괴담(8)」의 뒤쪽에서는 타카기 아키미츠(高木彬光)의 대표작 『전통가면극 살인사건(能面殺人事件)』이 원고지 400매에 달하는 장편 신작으로서 수록되어 있습니다. 타카기는 일본 최초의 크툴루 신화 소설(작중에 등장하는 마신상은 크툴루가 아니라 「츄르 신チュール神」이라고 부르지만, 초고대의 대륙에서 숭배되고 있다는 설정도 그렇고, 소유자를 광기로 몰아가는 마력도 그렇고 「크툴루의 부름」에 바탕을 두고 있는 건 일단 틀림없겠지요)로 역사적인 가치를 가진 단편 「사교의 신(邪教の神)」(『소설공원小説公園』 1956년 2월호~3월호)의 저자이며, 이를 집필하게 된 계기 중 하나로 앞서 소개한 란포의 문장이 영향을 미쳤을 가능성이 크다고 여겨집니다.

그런데 란포가 읽었다는 문고판, 즉 페이퍼백은 출판 시기나 제목, 수록된 내용에서 추측하건대, 1945년에 병영 문고(Edition for the Armed Forces) 중 한 권으로 간행된『The Dunwich Horror and Other Weird Tales』가 아닐까 하고 생각해봅니다. 이 책은 덜레스가 작성한 서문을 앞에 수록하여「더니치 호러」,「시체안치소에서」,「벽 속의 쥐」,「픽맨의 모델(한)」,「에리히 잔의 선율」,「아웃사이더」,「크툴루의 부름」,「인스머스의 그림자」,「달의 습지」,「사냥개」,「우주에서 온 색채」,「어둠 속에서 속삭이는 자」의 12편을 수록한, 아캄 하우스판 작품집 중에서도 걸작선이라고 할 만한, 상당히 균형이 잡혀 있어서 이 한 권만으로도 러브크래프트의 진가를 엿볼수 있는 선집이었습니다. 일본에 처음 소개되면서, 란포가 본 것이 이 책이었다는 점은 러브크래프트에게도 행운이었다고 말할 수 있겠지요.

실제로 란포는 책을 한 번 읽고는 상당한 충격과 흥분을 느꼈다고 하면서,「괴담 입문」에서「더니치의 공포」(따로 더니치 괴담ダンウィッチ怪談이라고도 했음. 아래는, 란포 자신의 표기를 기준으로 함)를 비롯하여,「에리히 잔의 선율」,「다른 차원의 색채(우주에서 온 색채)」,「타계인(=아웃사이더)」,「in the Vault(시체안치소에서)」의 5편을 언급하고 있습니다. 이는「괴담 입문」 전체의 콘셉트가 주제별 분류에 따른 서양 괴담 소설 안내라는 점에서「소리」,「냄새」,「색채」에 관련된 작품을 골랐기 때문이겠지만, 동시에 너무도 란포다운 선정 작품이라고 생각됩니다.

> 에리히 잔이라는 늙은 독일인 바이올리니스트가 이상한 마을의 폐허 같은 아파트 다락방에 혼자 살면서, 밤마다 세계의 어떤 음악

에도 존재하지 않는 듯한 섬뜩한 분위기의 연주를 계속하고 있다. 그것은 왠지 다락방의 단 하나뿐인 창밖의 어둠에 울리면서, 뭔가의 요기를 만들어내는 것 같다. 그 어둠에서도 같은 리듬이 울려온다. 창문을 열어보면, 당연히 아래에 보여야 할 도시의 등불이 전혀 없고 그저 답답한 암흑에 갇힌 채로, 기분 나쁜 바람이 불어온다. (「에리히 잔의 선율」)

이윽고 그것이 떨어진 근처의 농작물이 이상하게 성장하면서, 꽃도 잎도 열매도 놀라울 정도로 거대해진다. 나아가 아직 그 누구도 본 적이 없는 듯한 색채를 뿜는다. 이 세상에는 존재하지 않는 색이다. 이 힘은 곤충, 동물, 인간에게까지 영향을 미치면서, 수많은 기이한 사건이 일어나지만, 마지막에는 그 일대의 나무나 건물까지 이 세상에 존재하지 않는 색채를 발하면서 며칠 동안 거대한 불길이 되어서 하늘을 찌른다. (「다른 차원의 색채」)

마지막으로 이 괴물은 사람들에게 쫓기고 반대편 산에 이르지만, 어떤 학자가 발명한 약품을 큰 분무기로 괴물에 뿌리면 그 순간만큼은 정체를 드러낸다. 마을 사람들은 망원경으로 먼 곳에서 이를 바라보지만, 나타난 괴물의 모습은 두껍고 꿈틀거리는 듯한 밧줄이 제멋대로 뭉쳐있는 것 같은 거대한 덩어리로서, 그 곳곳에 징그러운 눈과 입과 이상한 손발이 수없이 붙어 있는 괴물. 이것이 다른 차원의 생물인 것이다. (「더니치 호러」)

어떻습니까, 이처럼 꽉 조여드는 것 같은 단어들! 가히 란포 자신의 작품을 방불케 하는 듯한 글을 통해서, 일본에 번역되지 않은 주요 작품의 개요와 매력적인 점들이 가장 빨리 소개되었다는 것은, 이 역시 러브크래프트와 일본의 독자에게 행운이었다고 말할 수 있겠지요.

가장 먼저 일본어로 번역된 러브크래프트 작품은?

「괴담 입문」에서 언급된 러브크래프트 작품의 일부는 오래지 않아, 란포 자신이 직접 감수하는 『보석』 지면을 통해 번역되어 소개되기에 이릅니다.

우선, 「에리히 잔의 선율」(타무라 유지多村雄二 역)이 1955년 11월호에 게재되었고, 이어 1957년 8월호에 「다른 차원의 사람異次元の人(=아웃사이더)」(히라이 테이이치平井呈一 역)이, 1961년 10월에 나온 『별책 보석別冊宝石』 108호에 「냉동 장치의 악몽冷房装置の悪夢(=냉기)」(시마 타카시志摩隆 역)이 각각 소개되었습니다.

이 때문에 오랫동안 러브크래프트 작품의 첫 번째 번역 작품은 앞서 소개한 타무라 유지의 「에리히 잔의 선율」이라고 알려졌지만, 실제로는 그보다 4개월 빨리, 카와데쇼보(河出書房)에서 발행하는 문학잡지 『문예(文藝)』의 1955년 7월호에 「벽 속의 쥐」(카지마 쇼조加島祥造 역)가 번역 게재되었다는 사실이 현재 알려져 있습니다.

사실대로 말하자면, 필자가 이를 발견한 것은 정말로 우연한 일이었습니다. 당시 집필 중이던 『문호 괴담 걸작선 요시야 노부코집 생령文豪怪談傑作選 吉屋信子集 生霊』(치쿠마문고ちくま文庫)에 수록되는 작품이 언제 처음 소개되었는지를 확인하고자 낡은 『문예 연감』을 잔뜩 쌓아두고 실려 있던 작품을 확인하던 중, 하늘의 배려인지 아니면 마신

의 가호인지는 모르겠지만, 눈앞에 「벽 속의 쥐」라는 문자가 들어온 것이죠. 칙칙하고 어두운 와세다 대학 도서관의 잡지서고 구석에서, 해서는 안 될 환희의 외침을 지른 것은 말할 필요가 없겠지요. 설마 러브크래프트의 괴기소설이 당시의 문학 잡지에 번역되어 있을 줄이야……정말로 맹점이었습니다.

담당 편집자에게 부탁해서 도서관에서 그 책의 사본을 구해달라고 했는데, 목차를 보고서 경악했습니다. 아니, H.P. 러브크래프트의 「벽 속의 쥐」와 나란히 수록되는 형태로, 에도가와 란포의 단편 「방공호防空壕」가 게재된 게 아닙니까! 전쟁 당시의 체험에 바탕을 둔 기담 「방공호」는 전후 란포 작품 중에는 보기 드문, 몽환적이고 서정적인 분위기의 작품이라는 것은, 많은 분이 아시리라 생각합니다.

나아가, 권말 특집으로 수록된 「여성이 보면 안 되는 여름밤 이야기집(女読むべからず夏の夜話集)」에서, 이시자카 요지로(石坂洋次郎)의 「이시나카 선생 행장기(石中先生行状記)」, 하야시 후사오(林房雄) 「여자가 보면 안 되는 여름밤 이야기(女読むべからず夏の夜話)」(쇼와 시대였으니……), 에드거 앨런 포의 「검은 고양이」(나카노 요시오中野好夫 역), 코이즈미 야쿠모(小泉八雲)의 「무지나(貉)」, 이즈미 쿄카(泉鏡花)의 「밤낚시(夜釣)」 같은 괴담 소설 트리오가 다시 수록된 것을 확인한 뒤에, 이 이색 기획의 흑막은 어쩌면 란포 그 자신은 아니었을까……라는 추측을, 저는 각켄M문고(学研M文庫)판 『크툴루 신화 사전(クトゥルー神話事典) 제3판』(2007)에 기재했습니다만, 그 후, 『에소테리카 별책 크툴루 신화의 책(エソテリカ別冊 クトゥルー神話の本』(2007)에 기고하던 중, 편집부를 통해서 「벽 속의 쥐」를 번역한 카지마 쇼조씨에게 확인 편지를 보낼 기회가 있었습니다. 그리고, 절실하

게 대답을 부탁드렸지요. 다음에 소개하는 게 그 전문입니다.

> 러브크래프트 작품의 번역은 기억이 납니다. 그 해(1955) 전년에 미국 유학에서 돌아와, 이 해에는 신슈 대학(마츠모토)에서 교직을 맡고 있었습니다. 32세의 일이었죠.
>
> 그런데 어떤 경위로 그 번역을 『문예』에 소개했는지는 기억나지 않습니다. 에도가와 씨의 추천은 아니었을 거예요.
>
> 이 작품은 아마 제가 미국에 체류하는 동안 단편 걸작선 같은 책에서 찾아서 번역하고, 『문예』에 보낸 것이 아닌가 생각됩니다.
>
> 1956년 이후에는 아가사 크리스티나 그 밖의 번역본을 하야카와쇼보(早川書房)에서 내고 있긴 하지만, 러브크래프트에 대해서는 깊이 파고들지 않고 끝났습니다.

아시는 분도 많겠지만, 카지마 씨는 시인이자 영문학자로서, 「카지마 쇼조 시집(加島祥造詩集)」(시초샤思潮社 현대시문고), 『대역 포 시집(対訳 ポー詩集)』(이와나미문고岩波文庫) 외에도 많은 작품을 선보였으며, 만년에는 『도 노자(タオ 老子)』(치쿠마문고ちくま文庫)를 비롯한 노장사상의 연구자이자 실천자로서도 고명한 분입니다. 위의 편지를 받고 얼마 뒤인 2015년 92세의 천수를 마치셨습니다만, 「이치노세 나오지(一ノ瀬直二)」라는 필명으로도 많은 번역을 담당하셨던 것이 사후에, 유족을 통해서 밝혀지기도 했습니다. 괴기 판타지 소설 팬에게는 친숙한 해리 클레싱(Harry Kressing)의 「요리사(THE COOK, 料理人)」, 레이 브레드버리(Ray Bradbury)의 「스는 스페이스의 스(S is for Space, スは宇宙のス)」, 그리고 존 제이크스(John Jakes)의 영웅 판타지 〈전사 브락(Brak the Barbarian, 戦士ブラク)〉 시리즈도 실은 카지마 씨가 번역한 작품이었습니다.

그리고, 이 같은 정규 번역 작품에 앞서서 조금 의외라고 할까, 상당히 독특한 형태로서 러브크래프트 작품을 도입한 사례로, 니시오 타다시(西尾正, 1907~1949)의 단편, 「묘지(墓場)」(론손샤論創社판 『니시오 타타시 탐정소설선 2西尾正探偵小説選2』 수록)을 소개하고자 합니다.

전쟁 전부터 『신청년』 등을 무대로 러브크래프트와 일맥상통하는 과도한 문체로 이른바 에로, 그로테스크, 넌센스 느낌이 뛰어난 괴기 소설을 발표했던 저자가, 전쟁 후 탐정 소설 잡지인 『진주(真珠)』의 1947년 11월·12월 합병호에 기고한 단편입니다. 참고로 게재한 잡지인 『진주』는 표지 디자인부터 선정적인 펄프 잡지를 연상케 하는 구성으로, 이 괴작이 너무도 잘 어울린다고 할 수 있겠습니다.

이야기의 틀은 화자가 잘 아는 외국인과 함께 미우라 반도로 여행을 떠난다는 독자적인 설정이지만, 액자소설 형태로 외국인이 이야기해주는 괴상한 이야기는 분명히, 러브크래프트의 단편 「랜돌프 카터의 진술」을 바탕으로 하고 있으며, 「빅 사이프러스」라는 이름의 원전에 나오는 지명까지 그대로 등장하고 있습니다.

저자가 어떤 경위로 일본에서는 당시 아직 알려지지 않은 존재였던(에도가와 란포조차 1949년 시점까지 잘 알지 못했을 정도니까!) 러브크래프트의, 게다가 그다지 유명한 작품도 아닌(앞에서 소개한 병영문고 걸작선에도 포함되지 않았습니다) 단편 「랜돌프 카터의 진술」에 주목했는지, 자세한 것은 모릅니다. 하지만, 그건 제쳐 두고, 「신청년」 계열의 괴기 작가 중에서도 유메노 큐사쿠보다도 미국의 펄프 공포물에 어울리는 맛을 가진 니시오 타다시의 손길을 거쳐서 펄프 잡지나 싸구려 도색잡지풍의 번안 기술로서 러브크래프트의 작품이 전쟁 후에 재빠르게 소개되었던 것은, 펄프 호러의 B급 분위기를 좋아하는 독자로서, 나도 모르게 싱긋 웃게 되는 진기한 일이 아닐 수 없습니다. 아마도 황천의 러브크래프트도 자신의 작품이 이런 형태로 일본에 첫 상륙을 했다는 점을 알면, 쓴웃음을 지으면서도 유쾌하게 생각하지 않을까요?

『더니치 호러』와 『울트라 Q』

러브크래프트 작품의 본격적인 일본 번역 소개가 시작된 1950년대 후반은 이 글을 쓰고 있는 제가 태어난 시기이기도 합니다.

그런 내가 태어나서 처음 읽은 러브크래프트 작품은 소겐추리문고(創元推理文庫)판 『괴기소설 걸작집 3(怪奇小説傑作集3)』(1969)에 수록된 「더니치 호러」(이 책에서 이 작품의 제목은 「던위치의 괴기(ダンウィッチの怪)」)였습니다. 1969년 겨울 초등학교 6학년 당시의 일입니다. 그때의 정직한 첫 느낌은, '오오! 코스믹 호러! 오오! 네크로노미콘!!'이 아니라… 앗, 이거 울트라 Q잖아!였습니다.

「울트라 Q」는 1966년 1월부터 반년 동안 TBS 계열 방송국에서 방영된 츠부라야 프로덕션이 만든 공상 특촬 드라마로서, 「울트라맨」으로 대표되는 〈울트라〉 시리즈의 원점이며, 1960년대 후반의 일본을 석권한 제1차 괴수 붐을 이끈 작품 중 하나라는 점을 아시는 분도 많을 것입니다. 작중에 등장하는 가라몬, 카네곤, 나메곤, 게무르인 같은 인기 괴수 이름은 특촬물에 별 관심이 없는 사람도 어디선가 들어본 적이 있으리라 생각합니다.

"그렇습니다. 여기는 모든 균형이 무너진 무서운 세상입니다. 이제부터 30분간, 여러분의 눈은 여러분의 몸을 떠나서, 이 신기한 시간으로 들어가는 것입니다……." 기분 나쁘게 울리는 테마 음악과 함께 흐르는, 명배우 이시자카 코지(石坂浩二)의 인상적인 오프닝 나레이션을 그립게 떠올리는 분도 적지 않겠지요.

덧붙여서, 지금 위에서 인용문을 소개하며 다시 떠오르는 것입니다만, 이것은 러브크래프트적인 코스믹 호러의 세계에서도 어딘지 통할 만한 말이 아닐까요. 특히 몸을 떠나서 신비한 시간으로 들어간다…라는 부분 말이죠.

원래 내가 괴기 환상 소설의 세계로 진입하는 하나의 계기가 된 것이, 초등학년 무렵에 접하고 극심한 충격을 받은 「울트라 Q」의 작품 세계——극 중에서 사용되는 키워드에 따르면 「언밸런스 존」이 자아내는 기묘한 매력이었습니다. 거리의 서점 어린이 코너에서 어른이 읽는 문고본 코너로 원정을 떠나서 처음으로 손에 든 책이 카프카의 「변신」의 이와나미문고판이었던 것도, 「울트라 Q」에 같은 제목의 작품(제22화 『변신変身』)이 있었기 때문이며, 그로부터 오래지 않아 소겐추리문고에서 『괴기소설걸작집』 전 5권을 만나게 된 것도 책의 세계에서 언밸런스 존을 추구해갔던 과정의 필연적인 흐름이었다고 봐도 좋을 테니까요.

그건 그렇고 「더니치 호러」를 이야기해보죠.

이야기 전반의 음울하고 오컬트 스타일의 괴기 분위기에서 갑작스럽게 변화하여 굶주린 투명 괴물이 먹이를 찾아 마을을 어지럽힌다는 장대한 전개야말로 괴기 영화와 괴수 영화의 요소가 즐겁게 공존하는 「울트라 Q」의 세계관 그 자체였습니다. 그중에서도 저를 감동시킨 것은, 눈에 보이지 않는 거대한 괴물이 농장을 습격하는 장면을 생생하게 묘사한, 다음과 같은 현장감 넘치는 묘사였습니다.

> "전화기 너머에서 다급하게 숨을 헐떡이는 소리가 또렷하게 들려왔어요. 샐리가 다시 비명을 지르고, 이번에는 앞마당의 나무 울타리가 무너졌다며, 그러나 누가 그랬는지 아무것도 보이지 않더라고 말했어요. 그리고 곧바로 션시와 세스 비숍의 비명소리도 들리더군요. 뭔가 육중한 것이 집을 덮쳤다며 샐리가 소리를 지르는데, 벼락을 맞은 건 또 아니래요. 아무튼, 그 무거운 게 앞마당을 다시 휩쓰는지 아비규환의 비명소리만 들리는데, 전화기를 붙잡고 아무리 창밖을 살펴도 아무것도 안 보이지 않겠어요. 그리고…… 그러고는……." (황금가지 『러브크래프트 전집』 정진영 역)

문명의 편리한 도구의 상징이라고 할 수 있는 통신 장비 너머로 이 세상의 것이 아닌 괴물의 끔찍한 모습을 전하는 연출 방법은 초기 단편인 「랜돌프 카터의 진술」부터 말년의 대작 「광기의 산맥」에 이르기까지 러브크래프트가 즐겨 사용한 방법이지만, 이 역시 『울트라 Q』나 그 원류라고 할 만한 토호 괴수 영화(예를 들어 『고지라의 역습ゴジラの逆襲』의 TV 중계반 조난 장면이나, 『하늘의 대괴수 라돈空の大怪獣 ラドン』에서 파일럿과 지휘관의 대화 등)에서도 익숙한 것입니다.

좀 더 얘기하자면, "코끼리가 콧김을 뿜으며 걸어가듯 걸걸한 소리가 집 쪽으로 다가온다고 말이에요"(정진영 역)라고 묘사된 「더니치 호러」의 괴물 접촉 장면 자체가『고지라』첫 번째 작품에서 유명한 고지라 첫 등장 장면(폭풍 속에서 섬으로 상륙한 고지라에 의해서 민가가 유린당한다)을 훌륭하게 예고한 것이기도 했습니다.

다시 생각해보면, 「울트라 Q」와 러브크래프트/크툴루 신화작품 사이에는 당시 느꼈던 것보다도 훨씬 많은 공통점, 유사점이 있다는 것을 알 수 있습니다.

비교적 널리 알려진 반어인 스타일로 만들어진 해저 원시인 라곤(제20화)와 친숙한 <딥 원>.

문명사회의 에너지를 빨아 무한 증식하는 풍선 괴수 벌룬가(제11회)와 우보-사틀라와 아자토스(?!)

크툴루 신화의 마신이나 괴생물의 특징으로 제시되는 촉수와 촉수 모양의 팔과 비슷한 흡혈 뿌리를 흐느적대면서 독을 뿌리며, 인간을 습격하는 고대 식물 쥬란(제4화).

이 같은 시각적인 공통점은 여기서 그치지 않습니다. 크툴루 숭배의 일대 거점이기도 한 남태평양 군도를 무대로, 섬의 수호신인 큰 문어 스다루의 맹위를 그려낸 제23화 「남해의 분노(南海の怒り)」, 맹렬한 눈보라 속에서 남극탐험대원에게 공격을 가하는 거대한 펭귄 괴수의 공포를 그려낸 「페기라가 왔다!(ペギラが来た!)」, 초고대문명의 유물인 조각상이 파멸의 사자인 조개 괴수를 소환하는 24화 「고우가의 조각상(ゴーガの像)」, 2020년의 미래에서 지구인의 젊은 육체를 빼앗으려고 찾아오는 게무르인의 암약을 그린 제19화 「2020년의 도전(2020年の挑戦)」 등의 설정이나 착상, 스토리는 각각 「크툴루의 부름」, 「광기의 산맥」, 「누가 블레이크를 죽였는가?」(칼 자코의 「수조」도 가

능), 「시간의 그림자」(「어둠 속에서 속삭이는 자」도 가능?!) 같은 대표적인 신화작품의 그것과 이상할 정도로 일치한다는 것을 느낄 수 있습니다.

또한, 제12화의 「새를 보았다(鳥を見た)」나 26화 「206편 소멸하다(206便消滅す)」, 재방영을 통해서 처음으로 빛을 보게 된 이색적인 작품 「열어줘!(あけてくれ!)」처럼, 다른 차원과 관련되어 펼쳐지는 전율과 황홀함을 사실적으로 그려낸 일련의 작품이 러브크래프트가 말하는 코스믹 호러(우주적 공포)의 모습과 매우 가까운 느낌이 있다는 것도 지적해두고 싶습니다.

또한, 「울트라 Q」, 「울트라맨」에서 30년 후에 제작된 「울트라맨 티거」(1996~1997)의 결말을 장식하는 마지막 3화에서는 첨병으로 등장한 괴수 조이가 대군을 이끄는 마신 가타노조아가 해저 유적에서 부활하여, 바다 위에 떠오른 초고대 도시를 배경으로 빛의 거인과 괴수 대결을 펼치는 구성으로 되어 있다는 것도 덧붙입니다.

오오토모 쇼지와 키다 준이치로

사실, 「울트라 Q」하고 러브크래프트/크툴루 신화 사이에는 아주 소소할지는 몰라도, 매우 흥미로운 접점이 존재합니다.

원래 「울트라 Q」라는 프로그램은 처음에는 「UNBALANCE(언밸런스=불균형)」라는 임시 제목으로 당시 일본에서도 방영되어 주목을 모았던 「환상 특급」이나 「아우터 리미트」 같은 외국의 SF 드라마를 의식하여, 기획이 세워졌다고 할 수 있습니다. 그래서 '약은 약사에게' 부탁하듯, 일본 SF 작가 클럽의 일원이 기획에 참여, 검토용 각본 제작

등에 협력하고 있습니다. 그중에는 작가인 한무라 료(半村良)나 미츠세 류(光瀬龍)나 『SF 매거진(SFマガジン)』의 편집장인 후쿠시마 마사미(福島正実), 그리고 오오토모 쇼지(大伴昌司) 같은 이들의 이름을 발견할 수 있습니다. 이 오오토모 쇼지(1936~1973)야말로, 「울트라 Q」와 크툴루 세계와의 여러 접점과 관련하여 주목받는 중요한 인물입니다. 프로그램이 SF에서 괴수 중심으로 노선이 변경되었을 때, 다른 작가진이 대부분 철수하는 가운데, 오오토모만 남아서 결과적으로 인스머스 냄새가 짙은 「해저 원시인 라곤(海底原人ラゴン)」의 공동 각본으로서(아마도 원안 제공자로) 그 이름을 남기게 됩니다.

오늘날 오오토모에 대해서는, SF 특수 촬영 영화의 소개자이자, 괴수도감이나 소년 만화 잡지의 화보 같은 기획 편집자, 작가로서, 오타쿠 문화의 여명기에 거대한 발자취를 남긴 채 요절한 천재 에디터라는 이미지가 일반적이지요. 그러나 SF나 특촬 괴수물 분야에서 재능을 발휘하기 전에, 오오토모는 게이오 기숙대학의 추리소설 동호회 이래의 동지로서 함께 SR회(칸사이에 거점을 둔 전통 있는 미스터리 애호 단체 중 하나)의 동인이기도 했던 키다 준이치로(紀田順一郎) 등과 함께 일본 최초의 공포 문학 전문지 『THE HORROR』를 창간한 사람이기도 합니다. 작가와 평론가로서 현재도 폭넓은 분야에서 활약 중인 키다 씨가 당시를 회고한 담화에서 인용합니다.

창간 당시 참가한 사람은, 저와 오오토모, 그리고 현재는 시나리오 작가로 유명한 카츠라 치호(桂千穂) 3명이었습니다. 그 후 SF와 관련된 사람들로부터 뭔가 도움을 받거나 하면서 같은 해(1964년/인용자 주) 4월에 낸 제2호의 회원 소개를 보면, 미츠세 류나 우노

토시야스(宇野利泰), 아라마타 히로시(荒俣宏) 등의 이름도 있어서 그 시대를 느끼게 해주었죠.

이 잡지는 영미 공포 단편을 소개하는 것을 중심으로 4호, 1년 반 계속하고 휴간되었습니다. 그동안 히라이(平井) 선생님께서는 「괴담 츠레즈레쿠사(怪談つれづれ草)」라는 연재 에세이나, 델 라메어(월터 존 델라메어)나 덜레스의 시를 번역해주시곤 했습니다. 본래는 좀 더 계속하고 싶었지만, 『SF 수첩(SFの手帳)』이라는 증간호를 내면서부터 오오토모 씨가 SF에 관심을 보이기 시작하면서 방향이 조금 달라졌죠. 게다가 저도 회사를 그만두고 독립하면서, 이전처럼 반쯤 취미로서 할 수 없게 되었고, 그러다 보니 서로 조금 서먹해졌다고 하겠네요.

(국서간행회国書刊行会 『환상 문학 강의幻想文学講義』에 수록된 인터뷰 「공포 문학 출판 야화恐怖文学出版夜話」에서)

『THE HORROR』의 창간은 1964년 1월경이었던 모양입니다만, 츠부라야 프로덕션에서 「UNBALANCE」의 기획이 구체적으로 움직이기 시작한 것이 같은 해 가을 무렵이었으니, 확실하게 앞에서 소개한 키다 씨의 증언을 뒷받침하는 느낌을 주고 있습니다.

덧붙여서 담화에 등장한 「히라이 선생님」은 이미 여러 번 언급한 영미 괴기소설 번역의 명장 히라이 테이이치(1902~1976)를 말합니다. 히라이는 잡지 『보석』 1957년 8월호에 러브크래프트의 「아웃사이더」를 「다른 차원의 사람(異次元の人)」이라는 에도가와 란포 스타일의 제목으로 발표하거나, 「벽 속의 쥐」, 「인스머스의 그림자」, 「더니치 호러」 등으로 구성된 국내 최초의 러브크래프트 작품집(함께 수록된 앰브로

스 비어스Ambrose Bierce도 크툴루 신화에 영향을 준 작가입니다)이라고 할만한, 도쿄소겐샤(東京創元社)의 『세계 공포 소설 전집 제5권 괴물(世界恐怖小説全集第5巻 怪物)』(1958)의 편찬 해설을 맡는 등, 전후 일본에서 러브크래프트/크툴루 신화를 보급하고 소개하는 데 크게 이바지한 인물이라는 것은 말할 필요도 없겠지요.

하지만, 『THE HORROR』와 러브크래프트는 히라이 테이이치라는 대가를 고문으로 두고 있다는 점 이외에도 많은 관계가 있었습니다.

우선 창간호의 서두를 장식한 것은 키다 준이치로가 번역한 러브크래프트의 산문시 「폐허의 기억(Memory, 廃墟の記憶)」입니다. 권말 자료로서 「아캄 하우스 1963년도 재고 목록」이 수록된 것도, 지금 보면 흐뭇한 일입니다.

제2호에는 「『인스머스의 그림자』의 창작 메모에서」라는 제목의 마니악한 자료가 번역되어 있으며, 마지막이 된 제4호에 게재한 「동서 요괴 공포 소설 장사 순위(東西怪談·恐怖小説番附)」에서는, 서양의 천하장사인 『드라큘라』(브램 스토커 저)와 백두장사 『존 사일런스(John Silence)』(앨저넌 블랙우드 저)에 이어, 한라장사의 자리에 러브크래프트의 『찰스 덱스터 워드의 사례』가 선정되어 있습니다. 가히 러브크래프트와 아캄 계열 작가의 작품이 동인들의 정신적 지주로서 자리매김하고 있는 것처럼 보이지 않나요? 그렇게 무심한 듯하면서도 열성적인 경향의 일맥을 여실하게 엿볼 수 있는 에피소드를 키다 씨의 회상기 「환상과 괴기의 시대(幻想と怪奇の時代)」(2007)에서 선정하여 소개해봅니다.

아캄 하우스에 도서 목록을 주문했는데, 몇 달 뒤에 작은 팜플렛

이 도착한 것이 기뻤다. 그 당시 아캄 하우스에서는 어거스트 덜레스가 건재했기 때문에 우리는 "이 손으로 쓴 삭제 내용도 덜레스 본인에 의한 것이 틀림없다"라면서 감격했다. 내용도 초창기의 러브크래프트 작품인 『아웃사이더』에서 시작하여 윌리엄 호프 호지슨의 『이계의 집(The House on the Borderland)』이나 앨저넌 블랙우드의 『인형(The Doll)』 등이 전부 나열되어 있다는 점에서 현기증을 일으킬 만한 것으로서, 오오모토는 너무도 흥분한 나머지 "몽땅 사자. 내가 모두 부담할게!"라고 말하는 상황.

한 권의 재고 목록을 통해 외국의 괴기소설들과 직접 접하고 있다는 사실에 좋아서 미쳐버릴 것 같은 호러팬 청년들……국내외 거의 차이 없는 여비로 외국을 가거나, 인터넷을 통해서 국경을 넘어 실시간으로 교류할 수 있게 된 오늘날에는 상상도 할 수 없는 광경일지도 모르겠지만, 불과 20세기 후반만 해도 그게 당연했습니다.

여기서 이어지는 다음 내용도 눈물 없이는 읽을 수 없습니다.

『러브크래프트 편지선집(Selected Letters H.P. Lovecraft)』 제1권이 들어왔을 때는, 월급이 1만 2천 엔인 상황에서 6천 엔이라는 돈은 도저히 마련할 수 없었다. 서점의 점장에게 "다음 달에는 꼭 가져오겠다"라고 부탁해서 겨우 보관해주었지만 다음 달에도 낼 수 없었다. 그 책이 주문 칸의 정면에 한 달, 두 달 놓여서 점점 더러워져 가는 것이 확실하게 보인다. 점장님은 내 얼굴을 보고는 "취소해도 좋아요. 팔 수 있으니까요"라고 말해주었지만, 책 뒤 표지의 러브크래프트 그림(괴기 소설에 혼을 바치고 병사)을 보면,

벌을 받을 것 같은 기분이 들어서, 결국 회사에서 월급을 미리 받아서 샀다.

러브크래프트/크툴루 신화가 현재 일본에서 눈에 띌 만큼 보급되고 침투된 것은, 이러한 『괴물을 좋아하는』 선인들이 날마다 노력하고 애써온 결과가 누적되었기 때문이라는 것을 잊어서는 안 될 것입니다.

미즈키 시게루와 러브크래프트

여기에서 일단 나 자신의 「더니치 호러」 첫 경험으로 이야기를 되돌리는 것을 양해해주십시오. '앗, 이건 울트라 Q 잖아!'라고 생각했다고 적었지만, 동시에 또 하나, 자꾸만 떠오르는 다른 작품이 있었습니다.

요괴 만화의 거장, 미즈키 시게루(水木しげる, 1922~2015)의 만화 「조선 마법(朝鮮魔法)」——1968년 2월부터 3월에 걸쳐 전, 중, 후편으로 나누어 『주간 소년 매거진(週刊少年マガジン)』에 연재된 이 작품은 작가의 대표 작품인 〈게게게의 키타로〉 시리즈 중 하나입니다. 키타로가 동료인 요괴들과 함께 한반도에 넘어가서 주민들의 젊음을 빼앗아 늙게 하는 신비한 요괴 「아리랑 님」과 대결하는 이색작이었습니다.

「아리랑」을 낭랑하게 노래하면서(이건 물론 미즈키 시게루의 독자적인 설정) 저벅저벅하는 발소리와 거대한 발자국만을 남기면서 마을을 짓밟는 투명 요괴의 분위기는 강렬하기 이를 데 없어서, 중기의 키타로 시리즈 중에서도 제게 있어서 절대 잊지 못할 작품이 되었습니다. 이변의 정체인 요괴 눗페라보우가 "저것은 우리의 형제여서/어째서인지 태어나면서부터 모습이 보이지 않고, 엄청나게 큽니다"라고 말한다는 점에서도 「조선 마법」이 「더니치 호러」를 바탕으로 하여 태어난 작품이라는 것은 분명하겠지요.

많은 분이 조사하고 고찰한 바와 같이, 미즈키 시게루는 『세계 공포 소설 전집(世界恐怖小説全集)』을 비롯한 총서나 잡지 등에서 번역된 외국의 괴기소설을 열심히 섭렵하고는 독자적인 착상을 섞어서 작품에 필요한 양식으로 삼았습니다. 러브크래프트와 관련해서도 이미 대본소 만화 시절에 「더니치 호러」를 바탕으로 번안한 「땅속의 발소리(地底の足音)」(1963)라는 중편 작품을 제작했다는 것을, 상당히 뒤늦게 알고서 다시 한 번 감탄하기도 했습니다.

『땅속의 발소리』에서는 「조선 마법」보다도 더욱 본격적으로 「더니치 호러」의 설정과 스토리를 일본의 풍토에 맞추어 교묘하게 바꾸고 있습니다.

> 더니치 마을은 미즈키 자신의 고향이기도 한 돗토리현의 변방 「야츠메 마을(八つ目村)」로.
>
> 미스캐토닉 대학은 「돗토리 대학」으로.
>
> 윌버 휘틀리는 「아다치 가문의 괴동 헤비스케(蛇助)」로.
>
> 압둘 알하즈레드의 『네크로노미콘』은 「페르시아의 광인, 아트바라나(다른 곳에서는 갈라파고로스라고도 함)」의 『사령 회귀(死霊回帰)』로.

그리고 요그 소토스는 무려 「요구르트」……라는 식으로 상당히 깊은 수준으로, 일본의 토속적인 풍미가 뒤섞여 있는 것입니다.

한편으로, '요괴라든가 유령 같은 것을 무서워하는 근거는, 있다는 것은 알 수 있지만 잡을 수는 없다는 『다른 차원』의 공포이다', '지상에 오랫동안 『오래된 존재』라는 생물이 있었다'라는 식으로, 코스믹 호러나 <그레이트 올드 원>처럼 러브크래프트와 크툴루 신화의 핵심을 다루는 개념에 대해서는 확실하게 원전을 염두에 두고 취급하고 있다는 점에서, 그야말로 미즈키 대인이라고 부르지 않을 수 없지요(전집의 인터뷰 안에서 미즈키 본인은 외국의 괴기소설 작가 중에서는 러브크래프트를 가장 좋아해서 "상당히 많이 찾아서 읽었습니다"라고 대답하고 있습니다. 역시!).

그런데 제 곁에는 앞에서 소개한 미즈키 시게루의 「조선 마법」 중편이 수록된 「주간 소년 매거진」 1968년 3월 3일호가 우연히 남아 있습니다. 1960년대 후반의 『매거진』은 매호 빠짐없이 사서 창고에 쌓은 감귤 상자의 서고에 보관하고 있었지만, 몇 번인가 이사하는 동안 이리저리 흩어져서 현재는 얼마 안 되는 분량만 쌓여 있을 뿐입니다. 그 중에 남아 있다는 건 뭐, 그만큼 애착을 가진 호였다는 말일까요?

사실은 해당 호의 권두 삽화인 「파노라마 도해극장 되살아난 시체 미라 남자의 괴기(パノラマ図解劇場 よみがえった死者 ミイラ男の怪奇)」의 구성을 담당하고 있는 사람이 바로 오오토모 쇼지(大伴昌司)입니다.

투탕카멘의 저주와 미국 유니버설사의 영화 『미이라』를 주요 소재로 하여, 이시하라 고진(石原豪人), 미나미무라 타카유키(南村喬之), 쿠와나 키요시(桑名起代至) 세 화가가 실력을 다투는 충실한 특집부터, 나아가 「세계의 미라 괴기담(世界のミイラ怪奇談)」이라는 제목으로 앰브로스 비어스(Ambrose Bierce)가 실종된 비밀을 멕시코 오지의 동굴에 잠들어 있는 고대 인디오의 미라와 연관시킨다는 재미있는 기사까지 수록되어 있습니다.

이런 것이야말로 바로 크툴루 신호까지 앞으로 한 걸음이라는 느낌이 들지 않나요?(덧붙여서 오오토모는 이 시기에 러브크래프트의 「인스머스의 그림자」를 그림 이야기로 만드는 작업에도 손대고 있음을 추가합니다. 때마침 『THE HORROR』의 편집 작업과 「UNBALANCE」의 기획 협력이 동시에 진행되고 있던 1964년, 월간 만화지인 『우리(ぼくら)』 9월호에 발표한 「괴물이 사는 마을(怪物のすむ町)」입니다. 오오토모는 「인스머스」가 정말로 마음에 들었는지, 『매일 중학생 신문(毎日中学生新聞)』의 1968년 8월 4일~11일 호에서도 그림 이야기 「인스머스의 그림자」를 연재했습니다).

그런데, 키타로와 미라 사내가 대치하고 있는 『매거진』의 표지를 넘기면, 양면의 컬러 삽화는 당시 촬영 중이던 다이에이의 영화 『요괴백담(妖怪百物語)』의 인형 옷 요괴들이 죽 나열되어 있으며, 쿠와타 지로(桑田次郎)가 그린 『울트라맨 세븐』(『울트라 Q』, 『울트라맨』에 이어서 만들어진 츠부라야 프로덕션의 <울트라> 시리즈 3번째 작품)에서는 군함 로봇 괴수 아이언 록스가 르뤼에처럼 바다 속에서 떠올라 지상에 침공을 시작한다…….

가히 「괴수」와 「요괴」가, 「괴기 SF」와 「모험 기담」이 어정쩡하게 교차하는 혼돈의 한가운데에서 일본의 본격적인 러브크래프트/크툴루 신화가 수용되는 역사가 은근하게 막을 열고 있었다는 것을, 낡은 1권의 만화 잡지는 가르쳐주는 것입니다.

여명의 빛이 시작된 1970년대

여기까지, 일본에서 러브크래프트 작품이 소개되던 여명기라고 할 만한 1940년대 후반부터 1960년대까지에 걸쳐서 몇몇 선배에 초점을 맞추어가며 소개해보았습니다.

1970년대에 들어서면 큰 변화가 찾아옵니다. 그전까지는 잡지나 앤솔로지의 한 편으로서 산발적으로 소개되는 것이 일반적이었던 작품들이, 러브크래프트의 단독 작품집이나 전집, 심지어 러브크래프트/크툴루 신화를 전면에 내세운 잡지 특집이 매년 간행되는 시대를 맞이한 것입니다.

우선 1972년——일본의 아캄 하우스라고 할 만한 이상을 내걸고 창업한 작은 출판사 소도샤(創土社)에서 일본 최초로 러브크래프트 걸작집 『암흑의 비밀의식(暗黒の秘儀)』(진카 카즈오仁賀克雄 편역)이 〈북스 메타몰파스〉 시리즈의 한편으로 5월에 출판되었습니다. 「다곤」과 「화이트호」, 「아웃사이더」부터 「크툴루의 부름」, 「시간의 그림자」까지, 작가인 러브크래프트의 전모를 어느 정도 엿보기에 충분한 중단편 주요 작품 13편이 한꺼번에 수록되었을 뿐만 아니라, 장편 평론 「공포 문학의 매혹」이 처음으로 번역되어 수록되었다는 것을 보고, 무심코 쾌재를 질렀습니다. 비록 전체의 절반에도 못 미치는 내용으로 편집된 번역이긴 하지만, 러브크래프트가 직접 만든 공포 소설 통사의 실물을 접할 수 있다는 기쁨은 엄청난 것이었습니다.

소도샤의 〈북스 메타몰파스〉 시리즈 중 『암흑의 비밀의식』에 이어 키다 준이치로가 편역한 『블랙 우드 걸작집(ブラックウッド傑作集)』(1972)과 아라마타 히로시가 편역한 『던세이니 환상 소설집(ダンセイニ幻想小説集)』(1972)이 잇따라 저술되어 괴기물을 좋아하는 팬들은

기쁨의 눈물을 흘리게 됩니다. 블랙우드와 던세이니는 둘 다 러브크래프트가 존경해 마지않는 작가이며, 그들의 작품이 크툴루 신화의 탄생에도 적잖은 영향을 미치고 있다는 점은 앞에서 소개한 바와 같습니다. 이 3명의 대가의 작품이 정리된 작품집이 불과 1년 사이에 일본에 번역되어 소개된 의의는 헤아릴 수 없었다고 다시금 통감합니다.

1972년에서 눈길을 끈 것은 그것만이 아니었습니다. 하야카와의 SF 잡지, 「SF 매거진」의 9월 임시 증간호에서 아라마타 히로시의 프로듀스로, 이 역시 일본 사상 최초의 『크툴루 신화 대계』 특집이 구성된 것입니다. 「누가 블레이크를 죽였는가?」, 「영겁으로부터」, 「틴달로스의 사냥개」, 「검은 돌」이라는 베스트 선정 4작품과 함께, 젊은 날의 아라마타 씨가 기술한 열의 넘치는 해설을 담은 이 특집은 그동안 러브크래프트와 함께 부차적으로만 언급되는 수준에 불과했던 크툴루 신화가 하나의 독립적인 문학 분야로서 일본에서 주목받는 첫 계기가 되었습니다. 러브크래프트가 아닌 작가의 크툴루 신화작품은 어떤 건가……라고 반신반의하며 읽기 시작한 나는 신화작품 중에서도 굴지의 명작인 이들 4 작품의 공세에 아무런 수도 쓰지 못하고 농락당하면서 그 수상한 매력의 포로가 되어버리고 말았으니까요.

그런 독자의 갈망에 부응하듯, 다음 해인 1973년에는 키다, 아라마타 두 사람이 편집진의 기둥으로서 같은 해 4월에 창간한 일본 최초의 괴기 환상 문학 전문지 『환상과 괴기(幻想と怪奇)』 지면에서 본격적인 「러브크래프트 CTHULHU 신화」 특집이 소개됩니다. 린 카터의 「크툴루 신화의 신들」(오오타키 케이스케大瀧啓裕 역)을 첫머리에 내걸고, 「우주에서 온 색채」, 「석인」. 「우보-사틀라」라는 3작품뿐만이 아니라,

아라마타 히로시의 힘이 넘치는 평론, 「러브크래프트와 그의 어둠의 우애단(ラヴクラフトとかれの昏い友愛団)」으로 구성한 포진——특히 린 카터에 의한 마신 목록을 번역하여 소개한 것은 수수께끼의 고유명사가 넘쳐난다는 사실에 흥미를 품은 당시의 독자들이 가장 기다려온 기획이었다고 말할 수 있습니다.

이 잡지가 발매되고 이듬해 봄, 고등학교에 입학하고 얼마 되지 않은 무렵이었지만, 훗날 「보이지 않는 대학 본점(みえない大学本舗)」(대학교 때 아사바 미치아키가 설립한 모임. 다양한 강연회, 출간 등을 통해 장르 문화에 이바지했다-역주)의 사상가가 될 아사바 미치아키(浅羽通明)가 제 반에 와서, 갑자기 "이거 봤어?"라며, 이 신화 특별판을 내밀었던 날을 지금도 생생하게 기억합니다(물론 나도 읽고 있었습니다만. 아사바가 결성한 열성적인 SF 연구회의 기관지 『백귀야행百鬼夜行』에 러브크래프트 관련의 짧은 글도 기고한 일이 있었네요).

자, 이렇게 일약 크툴루 신화를 소개하는 선두주자에 오른 아라마타 씨는 1975년에 소도샤판 『러브크래프트 전집』을 출간하는 긴 여정에 착수합니다. 이 소도샤판의 전집은 약간 퇴색된 은빛 장정에 담긴 중후한 디자인과 분위기로 러브크래프트 팬들의 기대를 크게 모았지만, 불행하게도 아라마타 씨의 활동이 다방면에 걸쳐서 관심을 끌면서 지나치게 바빠졌다는 점도 있었기에 2권만 나오고 중단되고 말았습니다(훗날, 카도카와角川호러문고에서 『러브크래프트 공포의 우주역사ラヴクラフト恐怖の宇宙史』로 다시 편집되어 출간되었습니다).

이듬해인 1976년에는 일본 최초의 신화 소설 앤솔로지인, 국서간행회판 『쿠 리틀 리틀 신화 집(ク·リトル·リトル神話集)』이 등장합니다. 이쪽도 아라마타 씨의 편찬, 해설에 의한 것이지요. 이 책은 크툴루

신화에 입문하기 위한「최초의 1권」으로서 오랜 기간에 걸쳐서 재판을 거듭하며 롱셀러가 되었습니다(놀랍게도, 나온 지 40여 년이 지난 지금도 신간으로 유통되고 있습니다).

전설이 된 1980년대

이렇게 1970년대에 본격적으로 시동한 러브크래프트와 크툴루 신화의 소개 작업은 80년대에 들어서서 한층 가속됩니다.

그 원동력이 된 것이 1980년에 시작한 세이신샤(青心社)판의『크툴루』(오오타키 케이스케 편역/1985년에 전 6권으로 완결, 이후 문고판으로 다시 나옴)와 1982년에 시작한 국서간행회판의『진 쿠 리틀 리틀 신화대계(真ク·リトル·リトル神話大系)』(흑마단黒魔団 편역/ 1984년에 전 10권으로 완결. 제3권 이후 나치 시로那智史郎 편역)의 두 시리즈였다는 것에는 이견이 없습니다.

크툴루 신화 대계의 전모를 체계적으로 번역 소개하려는 움직임이 서서히 진행되었던 것입니다. 두 시리즈 모두 성공을 거두면서 몇 번이고 재판되는 가운데, 전자는 단행본에서 문고판으로 전환하여 13권으로, 후자도 처음 예정되어 있던 전 2권에서 전 10권으로 확대하여 당당한 문학 총서로서 완성됩니다.

그렇게 전설의 1984년이 다가옵니다.

바로 그해, 소겐추리문고와 국서간행회에서, 일찍이 〈크툴루〉 시리즈를 맡은 오오타키 케이스케가 홀로 모든 작품을 번역하고, 한편으로는 엔터테인먼트 작품의 번역 업계의 중진인 야노 코사부로(矢野

浩三郎) 씨를 감수로 맞이한 총동원태세(?!)로서, 유형이 다른 2종류의 『러브크래프트 전집』이 간행되어, 그에 호응하는 형태로 창간 3년째를 맞이한 『환상문학(幻想文学)』(제6호/환상문학회 출판국幻想文学会出版局)과 전통 있는 문학 비평 잡지인 『유레카(ユリイカ)』(10월호/세이도샤)가 잇따라 러브크래프트 특집을 짜는 등 일본의 러브크래프트/크툴루 신화 운동은 1980년대 중반에 이르러 하나의 정점을 맞이합니다.

그러고 보니 『환상 문학』의 특집 「러브크래프트 증후군(ラヴクラフト症候群)」이 발매되고 얼마 되지 않은 무렵, 편집장을 맡고 있던 나는 지하철에서 그 책에 푹 빠져 있는 청년의 모습을 목격하고 즐거운 충격을 맛본 일이 있습니다. 『환상문학(幻想文学)』과 『유(幽)』(미디어팩토리→카도카와)를 합치면 그럭저럭 40년 가까운 편집장 생활을 거치면서, 그런 경험은 전에도 후에도 오직 그 한 번뿐. 아아, 이번 호는 과연 팔릴까……라고 생각하고 있었는데, 아니나 다를까, 「러브크래프트 증후군」은 엄청난 판매량(물론, 마니악한 전문잡지다 보니 수천 단위지만)를 기록하고, 당시 일본에서 러브크래프트/크툴루 신화에 있어 전례 없는 고양된 모습을, 몸소 실감하게 되었습니다.

덧붙여서 해당 호에 게재한 「7명의 러브크래프티안(7人のラヴクラフティアン)」에서는 쿠리모토 카오루(栗本薫, 1953~2009), 카자미 준(風見潤, 1951~생사불명), 야노 코사부로(矢野浩三郎, 1936~2006), 진가 카츠오(仁賀克雄, 1936~2017), 마츠이 카츠히로(松井克弘, 훗날 아사마츠 켄朝松健), 카가미 아키라(鏡明), 아라마타 히로시(荒俣宏)(게재된 순서 대로)라는 7명의 작가, 번역가, 평론가, 편집자를 대상으로 러브크래프트/크툴루 신화와의 관계나, 그에 대한 생각을 인터뷰

한 내용으로서, 지금 읽어도, 아니 지금이야말로 더욱, 일본풍 크툴루 문화의 초창기 관계자의 열기가 직접 전해져 오는 귀중한 시대의 증언집이 되었다고 생각합니다(훗날, 『러브크래프트 신드롬ラヴクラフト·シンドローム』에 재수록).

시대의 증언이라고 하면, 같은 『환상문학』의 제3호(1983)에 수록된 무라카미 하루키(村上春樹) 씨의 인터뷰에서 러브크래프트와 크툴루 신화에 관한 매우 흥미로운 내용을 발견할 수 있습니다.

> "러브크래프트와 하워드의 「위어드 테일즈(Weird Tales)」 일파라는 것이 너무도 좋아서, 거의 빼놓지 않고 읽고 있습니다. 러브크래프트라면 우선은 문체가 볼 만하죠. 그 엉망진창의 문체(웃음), 정말로 좋습니다. 좀처럼 볼 수 없는 문체라서 말이죠. 그리고 세계일까요. 러브크래프트 자신만의 하나의 체계적인 세계를 만들어버려서 말이죠. 그렇게 완결된 세계성이라는 것. 그 두 가지가 흥미롭다고 생각합니다. 「크툴루 신화 대계」라고 하던가요. 그런 게 재미있고, 어딘지 모르게 쓰고 싶어지더군요. 다만, 그렇게 한다면 기왕이면 너무 그런 풍은 되지 않게 만들고 싶은데 말이죠."(『환상 문학』 제3호에 수록된 무라카미 하루키 인터뷰)

이미 데뷔작 『바람의 노래를 들어라(風の歌を聴け)』(1979)에서 가상의 펄프 잡지 작가 하트 필드를 등장시켰던 작가다운 발언이며, 유명한 문호들을 매료시키는 데 여념이 없는 러브크래프트 작품의 마력을 뒷받침하는 「증언」이 아닐까요.

카자미 준의『크툴루 오페라(クトゥルー·オペラ)』전 4권 (1980~1982 /2015년에 소도샤에서 합본으로 복간)과 쿠리모토 카오루의『마계수호전(魔界水滸伝)』전 20권(1981~1991)(한국에선「SF수호지」란 이름으로 8권만 출간. 산호출판사-역주)이라는 일본 크툴루 기담인 두 시리즈가 잇따라 등장한 것을 시작으로 일본 작가의 신화 대계 진출이 본격화된 것도 역시 1980년대에 들어선 이후의 일입니다.

앞서 소개한 타카기 아키미츠(高木彬光)의「사교의 신(邪教の神)」(1956)이나, 러브크래프트는 비어스와 마찬가지로(이 책의「앰브로스 비어스Ambrose Bierce」항목을 참조), 어느 날 갑자기 기묘하게 실종되었지만, 그것은 금단의 지식을 이해하고 있었기 때문이었다……라는 식의, 뭔가 그럴 듯한 느낌으로 펼쳐내는 쿠로누마 켄(黒沼健)의 실화풍 괴작『구름과 안개가 걷히듯 사라진 이야기(雲散霧消した話)』(1957년에 나온『수수께끼와 괴기 이야기謎と怪奇物語』수록)처럼 잡지『보석』주변의 집필자들이(아마도 에도가와 란포에게 감화되어서) 누구보다도 먼저 러브크래프트나 크툴루 신화에 관심을 보이긴 했지만, 일본 작가에 의한 본격적인 크툴루 신화 소설은, SF 업계의 새로운 별, 야마다 마사키(山田正紀)가 잡지『소설 현대(小説現代)』1977년 4월호에 발표한 단편「은 탄환(銀の弾丸)」에서 시작되었습니다.

「H.P. 러브크래프트 협회」의 도쿄 지부(같은 시기에 쓰인 브라이언 럼리Brian Lumley 작품에 등장하는「윌마스 재단」과 같은 발상이라는 점이 흥미롭다)에 속한 주인공이 아테네의 파르테논 신전에서「파드레이 노(일본의 전통 연극-역주)」를 바치는 것이, 사실은 크툴루(작중의 표기는 <크툴루프>) 소환의 음모를 저지하는 임무에 도전하는 내용이라는, 하드보일드풍으로 연출한 이 작품은 결말에서 보여주는 참신하기 이를 데 없는 신화에 대한 해석을 포함하여, 일본의 독자적인 크툴루 문화 창출의 가능성을 느끼게 한 멋진 작품이었습니다.

생각해보면, 카자미 준과 쿠리모토 카오루의 크툴루 기담 SF 작품도 그렇고, 지구 밖 생명체가 인스머스를 찾아온다는, 의표를 찌르는 착상을 내세운 무라카미 류(村上龍)의 『다이조부 마이 프렌드(だいじょうぶマイ·フレンド)』(1983)라든지, 또는 괴팍한 요리의 달인이 해저도시 르뤼에에서 크툴루의 식욕을 충족시키기 위해 분투하는 기상천외한 설정에 정신이 나갈 정도로 놀라버린, 키쿠치 히데유키(菊地秀行)의 첫 번째 신화작품인 『요신 미식가(妖神グルメ)』(1984)도 그렇고, 1980년대 전반에 잇따라 등장한 일본 크툴루 소설은 모두 「은 탄환」과 마찬가지로 평범한 스타일의 괴기 작품이 아니라 전대미문의 발상 전환에 따른 기담의 묘미에서 활로를 찾아내고자 하는 경향을 보이고 있었습니다.

이와는 달리, 80년대 후반에 들어서면——러브크래프트의 전집이나 크툴루 신화의 계통적인 작품집이 잇따라 여러 출판사에서 간행된다는 상황이 진행되면서, 작가도 독자도, 신화작품을 즐기는 공감대가 어느 정도 형성되면서 더욱 마니악한 접근을 시도하는 작품이 증가합니다.

이 같은 경향을 처음 이끈 것이(자화자찬하는 것 같아 부끄럽지만) 1987년 5월에 간행된 『별책 환상문학 크툴루 클럽(別冊幻想文学 クトゥルー倶楽部)』(환상문학회 출판국)이었다고 생각됩니다

국서간행회의 편집자 시절 <진 쿠 리틀 리틀 신화 대계>를 비롯한 일련의 기획을 잇달아 성사시킨 아사마츠 켄(朝松健)이, 젊은 날의 러

브크래프트를 주인공으로 허실을 뒤섞어서 그려낸 UFO 괴기담「어둠에 빛나는 것(闇に輝くもの)」, 후일 인간의 정을 그려내는 시대소설의 인기 작가가 되리라곤 아무도 예상하지 못했던 괴기소설가 시대의 쿠라사카 키이치로(倉阪鬼一郎)가 이른바「취직 활동」을 소재로 하여(그런 의미에선 근래의 작품과도 통한달까?!) 현재 일본 사회의 배후에서「크툴루 요그-소토스 아미(Cthulhu Yog-sothoth Army)」라는 수상쩍은 조직이 날뛴다는「이계로의 취직(異界への就職)」, 중국 청나라를 뒤흔든 태평천국의 난에 얽힌 역사적 사실을 교묘하게 살려낸 코바타 토시유키(小畠逸介, 훗날 아시베 타쿠芦辺拓)의 역작 중국풍 크툴루 소설「태평천국 살인 사건(太平天国殺人事件)」(훗날「태평천국의 마신太平天国の邪神」으로 변경)처럼, 모두 마니악한 설정들이 돋보이는 창작 경쟁이 실현되었습니다. 괴수 특촬물 그림의 거장 카이다 유지(開田裕治)가 크툴루와 러브크래프트의 이상한 모습을 새롭게 그린 표지 그림도, 일본풍 크툴루 문화의 개막을 알리는 듯하여 매우 인상적이었습니다.

또한, 1988년에는 작가이자 게임 디자이너인 야마모토 히로시(山本弘)가 컴퓨터 롤플레잉 게임을 바탕으로 크툴루 풍미를 담은 소설 작품『라플라스의 악마(ラプラスの魔)』(카도카와 스니커문고角川スニーカー文庫)와, TRPG『크툴루의 부름』의 가이드북인『크툴루 핸드북(クトゥルフ·ハンドブック)』(하비재팬ホビージャパン)을 출간하여, 게임계 크툴루 신화 유행의 선두를 달리고 있다는 점도 부언합니다.

백귀 해방의 1990년대

이리하여 1990년대에는, 키쿠치 히데유키의 『마계 창세기(魔界創世記)』(1992/후타바샤双葉社), 『암다라귀(闇陀羅鬼)』(1993/동일), 『암흑제귀담(暗黒帝鬼譚)』(1996/동일), 『미흉신 YIG(美凶神 YIG)』(1996/코분샤光文社), 우메하라 카츠후미(梅原克文)의 『이중나선의 악마(二重螺旋の悪魔)』(1993/카도카와서점), 타나카 후미오(田中文雄)의 『사신들의 2.26(邪神たちの2·26)』(1994/각켄学研), 니구마 노보루(新熊昇)의 『알하즈레드의 유산(アルハザードの遺産)』(1994/세이신샤青心社), 토모나리 준이치(友成純一)의 『유령 저택(幽霊屋敷)』(1995/카도카와호러문고), 아사마츠 켄의 『곤앙의 여왕(崑央の女王)』(1993/동일), 『소설 네크로노미콘(小説 ネクロノミコン)』(1994/각켄), 『키모토리마을 귀담(胆盗村鬼譚)』(1996 / 카도카와호러문고), 『사신제국(邪神帝国)』(1999/하야카와쇼보) 등. 마니악 취향을 담은 본격 신화 장편이 일본에서도 계속해서 등장하게 됩니다.

덧붙여, 위 작품 중 「사신들의 2 · 26」과 「소설 네크로노미콘」은 각켄호러노벨즈(学研ホラーノベルズ)의 첫 번째 작품으로서 1994년 8월에 4작품이 동시에 출간된, 『크툴루 신화 셀렉션(クトゥルー神話セレクション)』(히가시 마사오 기획 편집)에 포함된 신작입니다. 나머지 두 권은 일본에 번역되기를 기다렸던 『마도서 네크로노미콘(The Necronomicon: The Book of Dead Names)』(조지 헤이George Hay 편집. 오오타키 케이스케 역)과 「극동마신 호러 걸작집(極東邪神ホラー傑作集)」이라는 부제를 단 앤솔로지 『크툴루 괴이록(クトゥルー怪異録)』(히가시 마사오 편집). 후자에는 「사교의 신」과 「은 탄환」 두 작품에 더하여, 크툴루의 광팬으로 잘 알려진 배우 사노 시로(佐野史郎)가

고향인 시마네의 풍토에서 마신을 강림시킨 내용으로 새롭게 선보이는 단편 「흐린 하늘의 구멍(曇天の穴)」과 사노가 주연을 맡은 전설적인 드라마 『인스머스의 그림자(インスマスを覆う影)』(1992)의 각본을 담당한 코나카 치아키(小中千昭)에 의한 드라마의 소설판 「인스머스의 그림자(蔭洲升を覆う影)」, 책 뒤쪽에는 사노와 키쿠치 히데유키의 대담 「러브크래프트에 매료되어(ラヴクラフトに魅せられて)」 등이 수록되어 있어, 이 시점에서의 일본의 크툴루 문화를 전망할 수 있는 내용으로 구성되었습니다(압도적인 매출을 기록한 것은 『마도서 네크로노미콘』이었지만).

또한, 각켄(学研)에서는 잡지 『무(ムー)』의 지면을 통해서 80년대부터 몇 번이나 크툴루 신화와 관련한 크고 작은 특집으로 일본에 신화대계를 보급하는 데 큰 역할을 맡아왔습니다. 특히 90년에 「무 특별편집 각켄 무크(ムー特別編集·学研ムック)」로서 발매한 「크툴루 신화대전(クトゥルー 神話大全)」은 2000년대에 들어서 양산되는 비주얼을 중시한 신화 입문 가이드북의 선구가 되었다는 점에서 신화를 수용해온 역사에 기록할 만한 한 권이라고 할 수 있습니다.

이 책은 『크툴루 신화 셀렉션(クトゥルー神話 セレクション)』의 발간에 맞추어 1994년에 '긴급 복각'되었습니다만, 앞에서 소개한 『크툴루 클럽(クトゥルー倶楽部)』도 같은 해에, 『별책 환상 문학 러브크래프트 신드롬(別冊幻想文学 ラヴクラフト·シンドローム)』이라는 제목으로 보완해서 다시 나왔습니다. 사노 시로와 코나카 치아키, 그리고 80년대 이후에 신화 소개를 견인한 일등공신인 오오타키 케이스케 같은 분들과의 긴 인터뷰가 새롭게 추가되어 있습니다. (지방에 살고 있어서 직접 대화를 나눌 기회가 많지 않은 오오타키 씨가 직접 신화에 대한 견

해나 번역에 대한 견해를 성심껏 말해준 귀중한 내용이 아닐까요).

혼돈이 기어오는 2000년대

끝으로, 2000년대에 들어선 이후의 상황을 간략하게 정리해보겠습니다.

1990년대에 들어 활성화된 일본 작가의 신화작품 집필 움직임은 아사마츠 켄의 『비밀의 신(秘神)』(1999)과 『비밀의 신계(역사편/현대편)[秘神界(歴史編 / 現代編)]』(2002)라는 방대한 경쟁작품집에서 하나의 정점에 달합니다. 특히 후자는 키다 준이치로의 「메이지 남도 전기(明治南島伝奇)」와 아라마타 히로시(荒俣宏)의 「길(道)」이라는 크툴루 창작 업계의 선배이자 사제 콤비에 의한 운치 넘치는 경쟁작을 비롯하여 다나카 히로부미(田中啓文) 「사종문전래비사(서장)[邪宗門伝来秘史(序)]」, 타치하라 토야(立原透耶) 「고사락서유전(苦思楽西遊博)」, 마키노 오사무(牧野修) 「시체의 회검(屍の懐剣)」, 코바야시 야스미(小林泰三) 「C시(C市)」, 난조 타케노리(南條竹則) 「유안 스의 밤(ユアン・スーの夜)」, 세노오 유후코(妹尾ゆふ子) 「꿈꾸는 신의 도시(夢見る神の都)」, 토모노 쇼(友野詳) 「암흑으로 일직선(暗闇に一直線)」 등 다채로운 이들에 의해 새로운 착상의 신화작품이 나열되어 참으로 장관이었습니다.

이 시기의 장편 작품 중에서 무엇보다 주목할 만한 것은, 새로운 본격 미스터리의 분야에서 활약하다가 아깝게 요절한 슈노 마사유키(殊能将之, 1964~2013)의 『검은 부처(黒い仏)』(2001)일 겁니다. 2000년의 프로야구 일본 시리즈의 대결로 흥분에 빠져있는 후쿠오카 시내의 아파트에서 신원 불명의 교살 시체가 발견되는 한편, 자칭 「명탐정」인

이스루기 기사사쿠(石動戲作)와 조수인 안토니오 콤비가 역시 후쿠오카에 있는 해변의 시골 마을에서 수상한 보물찾기를 의뢰받으면서 이야기는 시작됩니다.

의뢰자의 성은 오우베(大生部), 거리의 이름은 아쿠하마(阿久浜)(교묘하군!), 보물의 전설이 남겨진 사원의 주지는 세이에(星慧)……선량한 미스터리 팬이라면 〈?〉라는 반응이 나오겠지만, 러브크래프티안이라면 '왔다 왔어~!'라면서 어둠 속에서 두 눈을 반짝일 것이 틀림없습니다(캐릭터의 이름 등을 모두 크툴루 신화에서 따왔다. 예를 들어 세이에는 니알라토텝을 숭배하는 신흥 종교인 「별의 지혜파」, 아쿠하마는 아캄, 오우베는 오벳 마시… 주인공의 이름부터 보르헤스의 「이시드로 파로디의 여섯 가지 사건」에서 따온 것. 「검은 부처」는 니알라토텝의 화신이다-역주). 그렇게 일부 마니아의 사악한 기대는 배신하지 않으면서, 얼굴을 깎아낸 수상쩍은 불상을 숭배하는 기묘한 일파와 천태종 총본산의 암투라든가, 그 열쇠가 되는 「묘법충성경(妙法蟲聲経=묘법 벌레소리 경전)」이라든가, 철저하게 비틀어서 소개하는 아이템이 수없이 쏟아져 나오고, 급기야 약속대로 추악한 괴물까지 출몰해서, 이거야말로 가히 신본격파 『인스머스의 그림자』인가, 아니면 21세기의 『아캄 계획』인가……라면서 솟아오르는 기대감……하지만 최종장에 이르러서 절묘하게 내용을 뒤집어 황당한 기분을 남깁니다. 본격 미스터리 독자와 신화 소설 독자의 양쪽에게 뭔가를 흘리는 듯하다가, 마지막에 크게 비웃는 듯한 악의가 넘치는 결말을 '배신했구나'라고 치부할지, 아니면, '보르헤스나 알트만 스타일을 계승했다!'라며 상찬할 것인가는 사람마다 다르겠죠. '후구레이 모크로나카 슈츄로 로로레이(르뤼에) 아키야후나쿠리 후타켄(不倶隷 目楼那詞 朱詠

楼 楼楼隷 阿伽不那濯利 不多乾, =Ph'nglui mglw'nafh Cthulhu R'lyeh wgah'nagl fhtagn, 르뤼에에 있는 집에서 죽은 크툴루가 꿈을 꾸며 기다리고 있다라는 뜻의 주문을 불교 경전처럼 연출한 것-역주)'을 시작으로, 신화 아이템의「번역」에 엄청나게 몰입한 무상의 정열과 절묘한 감각, 냉철하다고도 할 만한 현실 감각은 신화 아이템을 안일하게 도입하려는 풍조에 대한 강렬한 안티테제라는 견해도 있습니다.

2005년에는 소겐추리문고판 <러브크래프트 전집(ラヴクラフト全集)>과 세이신샤문고판 <크툴루(クトゥルー)>의 두 시리즈가 잇따라 완결을 맞이했습니다.

1980년대 이후 일본에서 러브크래프트/크툴루 신화의 활동을 뒤돌아볼 때, 항상 접근하기 쉬운 문고판으로, 그리고 문학으로서의 견해와 번역 양쪽에서 (다소 과격하지만) 확실한 정책을 가진 편집, 번역자 오오타키 케이스케 한 사람의 손으로 정리된 두 시리즈가 크툴루 문학 입문의 기본도서로서 해온 역할은 절대적이라고 해도 과언이 아닙니다.

마지막 권이 된『러브크래프트 전집 7』까지의 출간에 이르기까지, 거의 15년 정도(게다가 2007년에는 별권으로 2권이 보강되었습니다. 여기까지 왔으니, 다른 번역자가 진행했던 1, 2권도 오오타키가 번역하는 쪽으로 실현되면 좋겠습니다) 마찬가지로『크툴루 13』의 간행에 이르기까지 3년 여라는, 앞 권과 벌어진 시간 차이가 최근에 들어 문학 출판 상황이 얼마나 가혹한지를 잘 보여주고 있습니다. 이러한 역풍에 맞서서 완결에 도달한 번역자의 집념과 작가적 양심에 나는 깊은 존경과 상찬의 뜻을 표합니다.

때마침 이들 작품과 거의 같은 시기에 새로운 장르인 라이트 노벨 영역에서도 게임과 연계하여 획기적인 작품이 등장하고 있는 것은 매우 흥미로운 일치라고 할 수 있겠군요. 컴퓨터 게임의 소설판으로 출간된『참마대성 데몬베인(斬魔大聖デモンベイン)』(하가네야 진鋼屋ジン 원작/스즈카제 료涼風涼 글/외전만 후루하시 히데유키古橋秀之/2003~2004)입니다.

놀랍게도 이 작품에는, 마도서인『네크로노미콘』이 알 아지프라는 이름의 미소녀의 모습으로서 아캄 시티에 강림, 선한 마법사역인 청년과 함께 기신 데몬베인이라고 불리는 거대 전투 로봇을 소환하여, 크툴루 부활을 노리는 사교집단이 조종하는 마도서(『나코트 필사본』, 『벌레의 신비』등, 역시 미소녀 모습으로 등장)와 기신, 사신의 권속들과 격투를 펼치는 것입니다.

미소녀 게임+「거대 로봇」 애니메이션+크툴루 신화라는 3종 세트의 기본 아이디어만으로도 무덤 속의 러브크래프트가 졸도하기엔 충분하겠지만(덜레스는 싱긋 웃을 것 같습니다만), 이 작품의 독창적인 면은 그것만이 아닙니다.

크툴루 신화를 장식하는 다양한 아이템을 배틀 액션 게임을 구성하는 요소로서 교묘하게 삽입하고 있다는 점도 주목할 만합니다. 과거에도, 거대 로봇물과 신화 대계를 묶은 사례는 라이트 노벨 계열 작품에서 종종 보였지만, 이 정도로까지 당당한 자세로, 아이템을 단순한 아이템으로서 철저하게 활용해 보인 작품은 볼 수 없었습니다. 덜레스가 뿌린 씨앗은 동아시아의 섬나라에 흘러들어와, 오타쿠 문화의 풍요롭고 활력 있는 토양에서 이형의 꽃들을 피우고 있는 것 같습니다.

2009년에는 라이트 노벨의 대표적인 브랜드인 전격문고에서 아이

소라 만타(逢空万太)의 『기어와라 냐루코양(這いよれ! ニャル子さん)』이 발매되었습니다. "언제나 생글생글 웃으며 당신의 곁으로 기어오는 혼돈, 니알라토텝입니다!"라고 말하는 은발의 미소녀 냐루코와 그녀에게 휘둘리는 운명이 된 평범한 고교생 야사카 마히로, 두 사람의 주위에 속속 출몰하는 괴인들……이 펼쳐내는 「보이 미트 사신(걸)」(제1권 후기)의 하이텐션 혼돈 러브 코미디(그러나 이것은 「러브크래프트 코미디」의 약자라던가) 연작으로, 애니메이션, 특촬물, 게임 등에 대한 남다른 조예를 살린 이야기 세계가 전개되었습니다. 이 작품은 시리즈로 출간되어 대호평을 받으며, 애니메이션이나 만화화도 거듭되면서, 전 12권(2009~2014)의 시리즈 판매 누계로서 밀리언셀러를 기록하고, 10대 독자들을 향한 새로운 크툴루 신화 계몽 운동에 큰 역할을 하게 되었습니다.

그리고 깊어져 가는 2010년대

일본 오타쿠 문화의 정수(?)인 미소녀와 미국의 긱(Geek, 오타쿠와 비슷한 괴짜를 말함-역주) 문화의 정수인 크툴루 신화의 위험하고도 유쾌한 융합은 쿠로 시로의 『미완 소녀 러브크래프트(未完少女ラヴクラフト)』(2013)라는 더욱 놀라운 혼돈을 초래했습니다. 여기에서는 미소녀가 된 러브크래프트(애칭은 러브!)와 동료인 미소년이 신화 아이템이 잠들어 있는 이세계에서 랜돌프 카터를 연상케 하는 본격적인 모험 판타지 상황을 펼쳐나가고 있습니다.

그런데 속편인 『미완소녀 러브크래프트 2』(2013)에서는 〈라고제히이요(ラゴゼ·ヒイヨ)〉라는 친숙하지 않은 마신이 등장하는데, 이것

은 작가가 창조한 독자적인 신격입니다. 첫 등장 작품인 「라고제 히이요」(2009)에서는 '보름달을 배경으로 잠자리처럼 십자가 모양의 그림자가 있다. 그 그림자가 달을 4개로 쪼개는 것처럼 보인다. 그것이야말로 돌기둥에 새겨진 라고제 히이요의 모습이었다'라는 구절이 있습니다. 어딘지 모르게 일본의 정취(和)를 느끼게 하는 그윽한 사신 묘사가 아닐까요.

해당 작품은 2007년에 실시한 「사상 최소의 크툴루 신화상(史上最小のクトゥルー神話賞)」(최대 800자의 크툴루 신화 쇼트쇼트 작품을 인터넷에서 공모)의 최우수상을 받은 작품으로, 북스 에소테리카 별책(ブックス·エソテリカ別冊) 『크툴루 신화의 책(クトゥルー神話の本)』(2007)에 실린 후에, 2009년에 단행본 『리틀 리틀 크툴루 사상 최소의 신화소설집(リトル·リトル·クトゥルー史上最小の神話小説集)』(히가시 마사오 편집 / 각켄)에 수록되었습니다.

이처럼 특수한 공모전에 250여 편의 응모작이 접수되고, 그 최우수 작품에서 오리지널 사신이 탄생했다는 것도 21세기 일본의 크툴루 신화 문화가 얼마나 정착되었는지를 잘 보여주는 사건일지도 모릅니다.

덧붙여서 2007년 가을에는 위의 『크툴루 신화의 책』과 『스튜디오 보이스(スタジオ·ボイス)』 10월호, 『다 빈치(ダ·ヴィンチ)』 10월호의 세 잡지가 제휴하여 각각 다른 쿠로 시로의 신작 신화 소설을 조형 작가인 야마시타 쇼헤이(山下昇平)와 콤비를 이루어 동시에 게재한다는, 사상 공전의 캠페인 기획도 진행되었습니다(발안자인 저도 설마 정말로 실현되리라고는…이라고 다소 당황했던 기억이 있습니다).

그리고 쿠로와 야마시타 콤비는 같은 해 12월에 나온 『크툴루 신화

의 수수께끼와 진실(クトゥルー神話の謎と真実)』(각켄)에서도 「편지에 감추어진 악몽 크툴루 신화 외전(書簡に隠された悪夢—クトゥルー神話外伝)」이라는 제목으로, 기쁠 정도로 페이크의 깊은 맛이 느껴지는 독특한 시도로 참여해주었습니다. 이것은 알려지지 않은 러브크래프트 편지에서 언급된 어떤 광신자에 의한 박물학적인 수기에 기록된 기묘하고 괴상한 신화풍의 다양한 장식들을 「환상괴기박물관(幻想怪奇博物館)」이라고 이름을 붙여서 지면에 복원한 것입니다. 쿠로 씨의 기상천외함과 야마시타 씨의 감각이 충실하게 합쳐져 독특하고 이형미가 넘치는 소우주가 형성된 수작이기 때문에, 기회가 있다면 꼭 봐주시길 바랍니다. 또한, 야마시타 씨는 그 후 2009년 여름에 발매된 영상작품『H.P. 러브크래프트의 더니치 호러와 그 밖의 이야기(H·P·ラヴクラフトのダニッチ·ホラーその他の物語)』(시나가와 료品川亮 감독/토에이 애니메이션/겐토샤幻冬舎)에서도 조형미술을 담당하여, 황량한 뉴잉글랜드의 변경에 흩어져 있는, 폐가나 그림자 같은 주민들을 인상적인 기법으로 시각화하며 시선을 끌었습니다.

『미도로 언덕 기담(深泥丘奇談)』(2008, 한국에선 북스코리아의『오래된 우물』에 수록-역주)의 아야츠지 유키토(綾辻行人),『영웅의 서』(2009, 한국에선 문학동네에서 출간-역주)의 미야베 미유키(宮部みゆき),『죽은 자의 제국(死者の帝国)』(2012, 이토 케이카쿠의 원안을 바탕으로 집필. 한국에선 민음사에서 출간-역주)의 엔조 토(円城塔) 같은 인기 작가의 신화 참가도 잇따랐습니다.

크툴루 문학과 예술의 협업이라면 2011년 5월에 도쿄 긴자 갤러리에서 사상 최초로 대규모 크툴루 아트 전시회가 개최되는 것에 맞추어서, 현대 작가에 의한 예술과 소설의 경쟁작품집『사신궁(邪神宮)』

(코지마 미야코児島都 감수)이 각켄(学研)에서 미려한 책자로서 간행된 것도 떠오릅니다. 책에는 엔조 토의 「세라에노 추방(セラエノ放逐)」, 마츠무라 신키치(松村進吉)의 「브라오메네(ブラオメーネ)」, 신도 준죠(真藤順丈)의 「10억 년 목욕탕(十億年浴場)」, 아메무라 코우(飴村行)의 「마계 환시(魔界幻視)」, 이와이 시마코(岩井志麻子)의 「무명도시(無明都市)」처럼, 신화 대계와는 무관해 보이는 작가들의 신작 단편이 수록되어 있었습니다.

같은 해 가을에는 역시 각켄에서 과거에 소년만화잡지에서 소개했던 대도해나 화보 노선을 의식한(오오토모 쇼지 스타일을 따라서?!), 야마시타 쇼헤이(山下昇平), 아마노 유키오(天野行雄), 노츠오(ノッツオ), 오노 타카시(小野たかし), 하라 유와(原友和) 같은 조형 작가와 일러스트레이터가 함께 참여한 신화 안내서 「비주얼 버전 크툴루 신화 FILE(ヴィジュアル版 クトゥルー神話FILE)」(히가시 마사오 편저)도 발행되었습니다.

린 카터의 신화 연구 기초도서인 『크툴루 신화 전서(Lovecraft: A Look Behindthe Cthulhu Mythos, クトゥルー神話全書)』(아사마츠 켄 감수 및 번역/도쿄소겐샤)나 역시 일본어 번역을 계속 바라고 있던 『네크로노미콘』 관련 책들이 『마도서 네크로노미콘 외전(魔道書ネクロノミコン外伝)』(오오타키 케이스케 편역/각켄)으로 간행된 것도 2011년의 일입니다. 다음 해인 2012년에는 러브크래프트 연구의 거장 S.T. 요시에 의한 『H.P. 러브크래프트 대사전(An H.P. Lovecraft Encyclopedia, H·P·ラヴクラフト大事典)』(모리세 료森瀬瞭 역/엔터브레인)의 완역도 실현되는 등 외국 연구서와 참고자료가 소개되는 기

회가 점차 늘어나고 있는 것을 진심으로 환영하고 싶습니다.

2012년에는 일찍이 『암흑의 의식(The Lurker at the Threshold)』이나 『러브크래프트 전집(ラヴクラフト全集)』을 선보이며, 크툴루 신화 팬들에게 환희의 눈물을 안겨주었던 소도샤에서(다만, 현재의 경영자나 편집부와 창업 시의 그들과는 직접적인 연결관계는 없는 모양이지만) 〈크툴루 뮤토스 파일즈(クトゥルー·ミュトス·ファイルズ)〉라는 이름의 일본풍 크툴루 시리즈가 발간되어, 정력적인 속도로 주요 작가들의 장편, 단편집이나 테마경쟁작품집을 선보이고 있습니다.

크툴루 신화가 19세기 말의 환상 문학과 신비 사상을 상상력의 양식으로 삼아서 탄생하고 이미 1세기가 지나고 있습니다. “밤의 꿈이야말로 진실”하다고 믿는 몽상가들에 의해서 키워져 계승되어온 크툴루라는 이름의 공동 환상은 앞으로도 심연의 쇼고스처럼 무한증식을 계속해나갈 것이 틀림없습니다.

다음에 그 한 축을 담당하는 것은 지금 이 글을 읽고 있는 여러분일지도 모릅니다.

이 사전의 구판인 『크툴루 신화 사전』(각켄)을 처음 간행한 시기는 1995년이므로, 어느덧 4반세기가 지났습니다. 그때까지 계속 편집 분야에서만 활동했던 저에게는 첫 번째 저서였습니다. 이후, 세 번에 걸쳐서 개정판을 완성하여, 제게 있어서는 매우 드문 롱셀러가 되었지만, 처음 책을 내고 20년째가 된 2015년에 모태가 되는 각켄M문고가 종료되면서, 자동으로 절판되었습니다.

언젠가 어딘가에서 신판을……이라고 막연하게 생각하고 있었는데, 절판된 책의 복간을 바라는 사이트인 「복간닷컴」을 통해서 많은 요청이 들어오는 등 지원을 받아서 생각보다도 빠르게, 이처럼 새로운 모습으로 개정판을 낼 수 있게 되었습니다.

가장 먼저 제안을 해주신 신키겐샤 영업기획부의 아베 노부히코 씨와 편집담당인 타무라 타마키 씨를 비롯해, 복간과 관련하여 도움을 주셨던 여러 관계자 분께 진심으로 감사드립니다.

책 내용의 일부는 아래에 표기한 잡지와 단행본에 다른 명의로서 발표한 원고를 바탕으로 하고 있습니다.

『환상문학』 제6호 〈특집=러브크래프트 증후군〉 (환상문학회 출판국/1984)

『크툴루 신화 대전』(각켄/1990)

『러브크래프트 신드롬』(아틀리에 OCTA/1994)

『크툴루 신화의 책』(각켄/2007)

『크툴루 신화의 수수께끼와 진실』(각켄/2007)

『신역 광기의 산맥』(PHP연구소/2011)

『찰스 덱스터 워드의 사례』(PHP연구소/2014)
『더니치 호러』(PHP연구소/2014)

이 책을 정비하면서, 고(故) 나치 시로 씨로부터 자료를 제공받았으며, 오오타키 케이스케 씨, 세타카 미치스케 씨, 고(故) 카지마 쇼조 씨로부터 작품의 데이터에 관한 지도를 받았습니다. 또한, 소겐추리문고판 〈러브크래프트 전집〉, 국서간행회판 〈정본 러브크래프트 전집〉, 세이신샤판 〈크툴루〉, 국서간행회판 〈진 크 리틀리틀 신화대계〉, 국서간행회판 〈위어드 테일즈〉의 각 총서 등에 담긴, 아사마츠 켄, 오오타키 케이스케, 사카모토 마사유키, 나치 시로, 나츠키 켄지, 쿠루 켄지, 미야카베 사다오, 모리세 료, 야노 코자부로 등의 해설, 자료, 일본번역 등에서 직접, 간접적으로 많은 은혜를 입었습니다.

Philip A. Shreffler 『The Lovecraft Companion』, S.T. Joshi & David E. Schults 『An H.P. Lovecraft Encyclopedia』, Daniel Harms 『The Cthulhu Mythos Encyclopedia: A Guide to H.P. Lovecraft's Universe』를 비롯한 외국의 연구 문헌에서도 많은 도움을 받았습니다.

지면을 통해서 감사드리는 바입니다.

마지막으로, 각켄판 『크툴루 신화 사전』을 기획하고 편집, 제작을 하는 데, 파트너로서 오랫동안 신세를 졌던, 〈북스 에소테리카〉 시리즈 등의 명편집자, 마스다 슈코 씨에게도 이 자리를 빌려 각별한 감사의 말씀을 드리고 싶습니다. 감사합니다.

2018년 10월 히가시 마사오

역자 후기

안녕하세요. SF&판타지 도서관장 전홍식입니다…라고 인사하는 것도 조금 모호하군요. 이 글을 쓰는 지금 도서관은 문을 닫았기 때문입니다. 물론 완전히 닫은 게 아니라 다음을 위해서 준비 중이지만, 적어도 이 글을 쓰는 시점에서 SF&판타지 도서관은 홈페이지로만 존재합니다.

이런 이야기를 꺼내는 것은 이 책을 번역하면서 도서관과 관련한 많은 생각을 하게 되었기 때문입니다. 어떤 점에서 이 책은 '제가 도서관을 만들고 싶다'라고 생각했던 목적과 비슷한 점이 많았기 때문이죠.

이 책은 20대에 환상 문학 동인지를 창간하고, 평론잡지인 『환상 문학』이나 환상 문학 소설 전문잡지인 『소설 요환』 등을 창간하는 등, 일본 장르 문학계에서 많은 활동을 했던 히가시 마사오 씨의 '러브크래프트/크툴루 신화'에 대한 사랑이 가득 담긴 작품입니다.

러브크래프트/크툴루 신화와 관련하여 등장한 거의 모든 작품과 작가, 나아가 작품 속의 온갖 아이템과 인물, 신이나 괴물에 이르기까지 사실상 크툴루 신화의 모든 것을 정리했다고 해도 과언이 아닌, 놀라운 책이죠.

책을 번역하면서 솔직히 부럽고도 부끄럽게 여겨졌습니다. 우선 크툴루 관련 작품이 이토록 많다는 점이 매우 부러웠으며, 동시에 제가 그만큼 모른다는 점에 대해서 부끄러웠습니다.

저는 크툴루 전문가가 아닙니다. 국내에 나온 관련 작품만 거의 읽어본 정도. 그 밖에 사전이나 기타 자료를 찾아보았던 정도일까요? 그런 제게 있어 이 책을 번역하는 건 일종의 도전이었습니다. 여기서 소개된 작품 대부분이, 작가나 기타 많은 내용이 생소했으니까요.

그런 만큼 이 책을 번역하는 건 하나의 '공부'였죠. 국내에 나온 책들을 몇 번이고 다시 읽고, 심지어 외국 작품을 찾아보고… 내가 왜 이런 걸 번역해야 하지…라고 생각한 것도 한 두 번이 아니었습니다. 솔직히 '이런 내용까지 알 필요가 있나?'라고 생각될 정도였죠.

그 생각은 책의 마지막 부분을 번역하면서 완전히 사라졌습니다. 그리고 그간 고생했던 것이 제 추억이자 보람으로 남게 되었죠.

히가시 씨는 얘기합니다. "수많은 이에 의해 창조되어온 크툴루라는 환상의 다음 한 축을 담당하는 건 여러분일지도 모른다"라고 말이죠. 이게 바로 히가시 씨가 이 책을 정리하고 오랜 세월에 걸쳐 다시 만들어나간 이유라고 생각합니다. 엄청나게 방대해진 크툴루 세계를 정리해서 소개함으로써, 이를 바탕으로 새로운 크툴루가 만들어지길 바란 것이지요.

번역만도 한참 걸릴 만큼 힘든 작품을 처음부터 완성하는 데는 더욱 긴 시간이 걸렸을 겁니다. 몇 달, 어쩌면 몇 년이 걸릴 수도 있겠죠. 솔직히 팔릴지 아닐지도 알 수 없는 책에 그런 노력을 기울이는 건 보통 마음으로는 어렵습니다. 바로 러브크래프트와 크툴루에 대한 사랑, 그리고 자기 역시 크툴루 세계의 탄생에 이바지하고 싶다는 그런 진심이 있기 때문이겠지요. 이 책은 바로 그러한 애정과 진심이 담긴 역작입니다.

아니, 이 책만이 아니라, 일본의 수많은 크툴루 관련 참고 작품에는 모두 그런 마음이 담겨 있다고 생각됩니다. 그것이 일본의 크툴루 문화가 이토록 발달한 원동력이 아닐까요? 러브크래프트/크툴루에 관심을 가져주길 바랬던 이들이 자신의 경험을 나누고, 그 경험이 다시 새로운 경험을 낳으면서… 서양 작품의 번역에 그치지 않고 일본의 독자적인 크툴루 문화가 탄생한 것은 바로 히가시 씨 같은 이들이 많았기 때문일 것입니다.

이 책을 번역하고 수정하면서, 그 말을 기억하고자 노력했습니다. 저는 비록 히가시 씨가 만든 책을 번역하는 사람에 지나지 않지만, 이 책을 보는 이가 이를 통해서 크툴루 문화를 재미있게 느끼고, 나아가 한국의 크툴루 문화, 나아가 창작에 한 축을 담당하는 사람이 될 수 있기를….

이를 위해 이 책에서는 기존의 번역서와는 조금 다른 구성이 많습니다. 가령, 한국에서는 별 도움이 되지 않을 일본의 번역서를 판본에 따른 제목을 모두 소개하고 있죠.

그건 언젠가 한국에 번역되어 나올 때 참고하기를 바랬기 때문입니다. 비록 한국에는 러브크래프트와 클라크 애슈턴 스미스 작품 외에 크툴루 작품이 몇 개 안 나왔지만, 언젠가 번역되어서 나온다면, 이 책이 번역에 있어 하나의 참고자료가 될 수 있겠죠.

한국에 나온 크툴루 관련 작품의 목록을 따로 정리한 것 역시 그 때문입니다. 적어도 현시점에서 한국에 나온 크툴루 관련 작품이라도 알 수 있다면 크툴루 세계를 재미있게 느끼는 데 도움이 될 테니까요. (제 생각보다 많으면서도, 한편으로는 적어서 놀랐습니다만…)

다행히도 이들 작품은 거의 모두 SF&판타지 도서관의 창고에 있습니다. 언젠가 도서관을 다시 열면, 제가 정리한 목록이 '러프크래프트/크툴루 전' 같은 행사를 진행하는 데 도움이 되겠죠. 그리고 도서관을 통해서 크툴루에 관심을 가진 이들이 한국의 크툴루 문화를 만들어, 그 작품을 함께 전시하며 소개할 수 있으면 좋겠습니다.

그것이 이 책과 마찬가지로 제가 SF&판타지 도서관을 만든 이유이니까요.

이렇게 좋은 책을 만든 히가시 마사오 씨에게 찬사를 보냅니다. 번역에 부족한 점이 있었다면 공부가 부족한 제 탓이겠지요. 나아가, 이런 무지막지한 책을 과감하게(!)도 출판하기로 결정하고, 번역을 맡겨주신 AK커뮤니케이션즈 출판사 여러분께 감사드립니다. 앞으로도 좋은 책 부탁합니다.

옮긴이 전홍식

크툴루 신화
부록

1. 크툴루 대계 관련 작품 목록

이 책에서 소개한 크툴루 세계관 작품/크툴루 세계관에 영감을 준 작품 목록을 정리했다. 특히 한국에 소개된 작품이 많지 않아서, 이후 번역/참고에 도움이 되도록 일본에 번역된 작품 이름/수록 책자를 함께 소개한다.

*일본 작품 수록책자에 쓰인 기호(기호 다음의 숫자는 권수를 표시)
전=소겐추리문고판「러브크래프트 전집」전7권+별권(상하)
정=국서간행회판「정본 러브크래프트 전집」전10권
크=세이신샤판 문고「크툴루」전 13권
진=국서간행회판「진 크 리틀리틀 신화대계」전 10권
신=국서간행회판「신판 진 크 리틀리틀 신화대계」전7권
화=국서간행회판「진 크 리틀리틀 신화집」전 1권

제목	영문	작가	출간 년도	국내 출간	일본 작품명	수록책자/문고명
「에이본의 서」의 역사와 연표	History & Chronology of the Book of Eibon	린 카터	1984		『エイボンの書』の歴史と年表	新紀元社『エイボンの書』
「네크로노미콘」의 역사	History of the Necronomicon	H.P.러브크래프트	1927	○	『ネクロノミコン』の歴史	전5
「네크로노미콘」의 역사	History and Chronology of the 'Necronomicon'	H.P.러브크래프트	1927	○	「死霊秘法」釈義	정4
「요스의 방사」 조그트크를 소환하여 명령하는 법	To Summon and Instruct Zhogtk, the Emanation of Yoth	조셉 S. 펄버	2002		「ヨスの放射」ゾグトウクを召喚し命を与える法	新紀元社『エイボンの書』
2층 침대의 괴물	The Upper Berth	프랜시스 마리온 크로포드	1894	○	上段寝台	河出文庫『イギリス怪談集』
39의 장식 훔치기	The Theft of Thirty-Nine Girdles	클라크 애슈턴 스미스	1958		三十九の飾帯盗み	創元推理文庫『ヒュペルボレオス極北神怪譚』

제목	영문	작가	출간 년도	국내 출간	일본 작품명	수록책자/문고명
3시 15분전	A Quarter to Three	킴 뉴먼	1988		三時十五分前	学研M文庫『インスマス年代記』
가면	The Mask	로버트 윌리엄 챔버스	1895		仮面	創元推理文庫『黄衣の王』
가장 혐오스러운 것	The Utmost Abomination	린 카터& 클라크 애슈턴 스미스	1973		最も忌まわしきもの	新紀元社『エイボンの書』
강장동물 프랑크	Frank the Cnidarian	벤자민 아담스	1997		腔腸動物フランク	青心社文庫『ラヴクラフトの世界』
개구리	The Frog	헨리 커트너	1939		蛙	크11
거대한 "C"	Big "C"	브라이언 럼리	1990		大いなる"C"	創元推理文庫『ラブクラフトの遺産』
거리	The Street	H.P.러브크래프트	1919	○	通り	전7
거리	The Street	H.P.러브크래프트	1919	○	古い通りの物語	정1
검은 돌	The Black Stone	로버트 어빈 하워드	1931	○	黒い石	크8
검은 돌	The Black Stone	로버트 어빈 하워드	1931	○	黒の碑	創元推理文庫『黒の碑』
검은 불길의 경배	The Adoration of the Black Flame	조셉 S. 펄버	2002		黒い炎の崇拝	新紀元社『エイボンの書』
검은 소환자	The Caller of the Black	브라이언 럼리	1971		黒の召喚者	創元推理文庫『タイタス・クロウの事件簿』&国書刊行会『黒の召喚者』
검은 시인	The House In the Oaks	로버트 어빈 하워드	1971		黒の詩人	진9 & 신5
검은 인장의 소설	The Novel of the Black seal	아서 매켄	1895	○	黒い石印	創元推理文庫『怪奇クラブ』
검은 파라오의 신전	Fane of the Black Pharaoh	로버트 블록	1937		暗黒のファラオの神殿	크3
검은 파라오의 신전	The Fane of Black Pharaoh	로버트 블록	1937		暗黒王の神殿	国書刊行会『ウイアード・テールズ 4』
고(故) 아서 저민과 그 가족에 관한 사실	Facts Concerning the Late Arthur Jermyn and His Family	H.P.러브크래프트	1920	○	アーサー・ジャーミン卿の秘密	정1

제목	영문	작가	출간 년도	국내 출간	일본 작품명	수록책자/문고명
고(故) 아서 저민과 그 가족에 관한 사실	Facts concerning the Late Arthur Jermyn and His Family	H.P.러브크래프트	1920	○	故アーサー・ジャーミンとその家系に関する事実	전4
고대의 길	The Ancient Track	H.P.러브크래프트	1929		古(いにし)えの道	정7-2
고대의 마법	Ancient Sorceries	앨저넌 블랙우드	1908		古(いにし)えの妖術	創元推理文庫『心霊博士ジョン・サイレンスの事件簿』
고분	The Mount	질리아 비숍	1940	○	墳丘の怪	크12
고분	The Mound	질리아 비숍	1940	○	俘囚の塚	진10&신1
골짜기의 집	The House in the Valley	어거스트 덜레스	1953		谷間の家	크5
공포 문학의 매혹	Supernatural Horror in Literature	H.P.러브크래프트	1934	○	文学と超自然的恐怖	정7-1&ちくま文庫『幻想文学入門』
공포 문학의 매혹	Supernatural Horror in Literature	H.P.러브크래프트	1934	○	文学における超自然の恐怖	学研『文学における超自然の恐怖』
공포 소설의 집필에 대해서	Notes on Writing Weird Fiction	H.P.러브크래프트	1934		恐怖小説覚え書	정7-1
공포 소설의 집필에 대해서	Notes on Writing Weird Fiction	H.P.러브크래프트	1934		怪奇小説の執筆について	전4
공포를 먹는 다리	The Horror from the Middle Span	H.P.러브크래프트&어거스트 덜레스	1967		恐怖の巣食う橋	크6
공포의 다리	The Horror from the Bridge	J. 램지 캠벨	1964		恐怖の橋	扶桑社ミステリー『クトウルー神話への招待』
공포의 산	The Horror from the Hills	프랭크 벨냅 롱	1931		恐怖の山	크11
공포의 산	The Horror from the Hills	프랭크 벨냅 롱	1931		夜歩く石像	진4&신1
공포의 종소리	Bells of Horror	헨리 커트너	1939		恐怖の鐘	크13
공허의 의식	The Ritual of the Outer Void	조셉 S. 펄버	2002		外なる虚空(こくう)の儀式	新紀元社『エイボンの書』
광기의 산맥	At the Mountains of Madness	H.P.러브크래프트	1931	○	狂気山脈	정5
광기의 산맥	At the Mountains of Madness	H.P.러브크래프트	1931	○	狂気の山脈にて	전4
광기의 지하회랑	In the Vaults Beneath	브라이언 럼리	1971		狂気の地底回廊	国書刊行会『黒の召喚者』

제목	영문	작가	출간 년도	국내 출간	일본 작품명	수록책자/문고명
괴담	Kwaidan	패트릭 라프카디오 헌	1904	○	怪談	岩波文庫 외
괴물의 증거	An Item of Supporting Evidence	브라이언 럼리	1970		魔物の証明	創元推理文庫『タイタス・クロウの事件簿』& 国書刊行会『黒の召喚者』
구멍에 숨은 것	The Creeper in the Crypt	로버트 블록	1937		窖(あな)に潜むもの	크11
구멍에서 튀어나오는 것	The Disgorging of the Pit	스티븐 세닛	2001		穴から吐き出されしもの	新紀元社『エイボンの書』
굴	The Well	레이 존스	1970		窖(あな)	진9 & 신5
굴로 통하는 계단	The Stairs in the Crypt	린 카터&클라크 애슈턴 스미스	1976		窖(あな)に通じる階段	新紀元社『エイボンの書』
귀향	The Homecoming	니콜라스 라일	1994		帰郷	学研M文庫『インスマス年代記』
귀향	The Return	월더 데라메어	1910		死者の誘い	創元推理文庫
그 남자	He	H.P.러브크래프트	1925	○	あいつ	정3
그 남자	He	H.P.러브크래프트	1925	○	あの男	전7
그 집에 있는 그림	The Picture in the House	H.P.러브크래프트	1920	○	家のなかの絵	전3
그 집에 있는 그림	The Picture in the House	H.P.러브크래프트	1920	○	一枚の絵	정1
그 후	In the Time After	프레드 베렌트	1997		その後	青心社文庫『ラヴクラフトの世界』
그라그의 망토	The Mantle of Graag	로버트 A.W. 로운데스&프레데릭 폴, H. 도크와일러	1941		グラーグのマント	크10
그림자 왕국	The Shadow Kingdom	로버트 어빈 하워드	1929		影の王国	国書刊行会『ウイアード・テールズ2』
극지로부터의 빛	The Light from the Pole	린 카터&클라크 애슈턴 스미스	1980		極地からの光	新紀元社『エイボンの書』
글렌캐리그의 선박들	The Boats of the Glen Carrig	윌리엄 호프 호지슨	1907		〈グレン・キャリグ号〉のボート	アトリエサード
글로뉴의 증오의 저주	The Execrations of Glorgne	스티븐 세닛	2001		グローニュの憎悪の呪い	新紀元社『エイボンの書』

제목	영문	작가	출간 년도	국내 출간	일본 작품명	수록책자/문고명
금단의 저택	The Shunned House	H.P.러브크래프트	1924	○	忌み嫌われる家	전7
금단의 저택	The Shunned House	H.P.러브크래프트	1924	○	斎忌の館	정2
기어오는 혼돈	The Crawling Chaos	엘리자베스 버클리		○	這いうねる混沌	정3
기어오는 혼돈	The Crawling Chaos	엘리자베스 버클리		○	這い寄る混沌	전별상
기억	The Memory	H.P.러브크래프트	1919	○	忘却	정1
기즈구즈의 위안	The Appeasement of Ghizguth	리처드 L. 티어니	2002		ギズグズの慰撫	新紀元社『エイボンの書』
꿈꾸는 이에게	To a Dreamer	H.P.러브크래프트	1920		夢見る者に	정7-2
꿈에서 우연히	Perchance to Dream	린 카터	1988		夢でたまたま	新紀元社『エイボンの書』
꿈틀거리는 밀림	Than Curse The Darkness	데이비드 드레이크	1980		蠢く密林	진6-2&신7
나는 네가 원하는 것을 알고 있다.	I Know What You Need	스티븐 킹	1976	○	キャンパスの悪夢	扶桑社ミステリー『トウモロコシ畑の子供たち』
나락 밑의 존재	The Thing in the Pit	린 카터	1980		奈落の底のもの	エンターブレイン『クトウルーの子供たち』
나이트랜드	The Night land	윌리엄 호프 호지슨	1912		ナイトランド	原書房
날개 달린 사신	Winged Death	헤이젤 힐드	1934	○	魂を喰う蝿	国書刊行会『ウイアード•テールズ 3』
날개 달린 사신	Winged Death	헤이젤 힐드	1934	○	羽のある死神	전별하
납골당 기담	The Occupant of the Crypt	마크 쇼러	1947		納骨堂綺談	진4&신2
납골당의 비밀	The Secret in the Tomb	로버트 블록	1935		納骨所の秘密	ソノラマ文庫『暗黒界の悪霊』
납골당의 신	The Charnel God	클라크 애슈턴 스미스	1934	○	食屍鬼の神	国書刊行会『呪われし地』
냉기	Cool Air	H.P.러브크래프트	1926	○	冷気	전4&정3
네 적을 물리치고자 차토구아를 소환하는 법	To Call Forth Tsathoggua to Smite Thy Enemy	조셉 S. 펄버	2002		汝の敵を打つためにツァトウグァを招来せし法	新紀元社『エイボンの書』

제목	영문	작가	출간 년도	국내 출간	일본 작품명	수록책자/문고명
네메시스	Nemesis	H.P.러브크래프트	1918		ネメシス	정7-2
네일랜드 콜럼의 진술 (영겁의 탐구 4부)	The Keeper at the Sky/The Statement of Nayland Column	어거스트 덜레스	1951		ネイランド・コラムの記録	크2
네크로노미콘 알하즈레드의 방랑	Necronomicon: The Wanderings of Alhazred	도날드 타이슨	2004		ネクロノミコン アルハザードの放浪	学研『ネクロノミコン アルハザードの放浪』
네크로노미콘 위조의 기원	The Necronomicon: The Origin of a Spoof	콜린 윌슨	1984		魔道書ネクロノミコン捏造の起源	Trident House『Nightland』창간호
네크로노미콘 주해	A Critical Commentary on the Necronomicon	로버트 M. 프라이스	1989		ネクロノミコン註解	学研『魔道書ネクロノミコン』
네크로노미콘의 비밀	Hidden Leaves from the Necronomicon	콜린 윌슨	1995		魔道書ネクロノミコン続編	学研『魔道書ネクロノミコン完全版』
노란 벽지	The Yellow Wall Paper	샬롯 퍼킨스 길만	1891	○	黄色い壁紙	創元推理文庫『淑やかな悪夢』
노란 표적	The Yellow Sign	로버트 윌리엄 챔버스	1895	○	黄の印	크3&화&創元推理文庫『黄衣の王』
녹색 심연의 사생아	Spawn of the Green Abyss	찰스 홀 톰슨	1946		緑の深淵の落とし子	크13
녹색 심연의 사생아	Spawn of the Green Abyss	찰스 홀 톰슨	1946		深淵の王者	진10&신4
녹색의 붕괴	The Green Decay	스티븐 세닛	2001		緑の崩壊	新紀元社『エイボンの書』
뇌를 먹는 괴물	The Brain-Eaters	프랭크 벨냅 롱	1932		脳を喰う怪物	진1 & 신2
누가 블레이크를 죽였는가?	The Haunter of the Dark	H.P.러브크래프트	1935	○	闇の跳梁者	전3 & 정6&크7
누가 블레이크를 죽였는가?	The Haunter of the Dark	H.P.러브크래프트	1935	○	闇をさまようもの	角川호러文庫『ラヴクラフト恐怖の宇宙史』
누그와 예브의 검은 기도	The Black Litany of Nug and Yeb	조셉 S. 펄버	2002		ナグとイェブの黒き連禱	新紀元社『エイボンの書』
니알라토텝	Nyarlathotep	H.P.러브크래프트	1920	○	ナイアーラソテップ	전5
니알라토텝	Nyarlathotep	H.P.러브크래프트	1920	○	ナイアルラトホテップ	정1
니토크리스의 거울	The Mirror of Nitocris	브라이언 럼리	1971		ニトクリスの鏡	創元推理文庫『タイタス・クロウの事件簿』&国書刊行会『黒の召喚者』

제목	영문	작가	출간 년도	국내 출간	일본 작품명	수록책자/문고명
다곤	Dagon	H.P.러브크래프트	1917	○	ダゴン	전3
다곤	Dagon	H.P.러브크래프트	1917	○	デイゴン	정1
다곤 변호론	In Defence of Dagon	H.P.러브크래프트	1921		デイゴン弁護論	정8
다곤의 종	Dagon's Bell	브라이언 럼리	1988		ダゴンの鐘	学研M文庫『インスマス年代記』
다곤의 후예	Spawn of Dagon	헨리 커트너	1938		ダゴンの末裔	早川書房『SFマガジン』1971-10임시증간
다락방의 그림자	The Shadow in the Attic	H.P.러브크래프트&어거스트 덜레스			屋根裏部屋の影	
다른 시간의 색체	The Color out of Time	마이클 셰이	1984		異時間の色彩	ハヤカワ文庫
다른 차원 통신기	The Plain of Sound	J. 램지 캠벨	1964		異次元通信機	진9 & 신4
다른 차원의 그림자	The shadow out of space	H.P.러브크래프트 & 어거스트 덜레스	1957		異次元の影	크4
다른차원의 관목	The Thing from the Blasted Heath	브라이언 럼리	1971		異次元の濯木	国書刊行会『黒の召喚者』
다오이네 돔하인	Daoine Domhain	피터 트레메인	1992		ダオイネ・ドムハイン	学研M文庫『インスマス年代記』
다오이네 돔하인	Daoine Domhain	피터 트레메인	1992		深きに棲まうもの	光文社文庫『アイルランド幻想
다이레스-린의 재앙	Dylath-Leen	브라이언 럼리	1971		リーンの災厄	国書刊行会『黒の召喚者』
다일라스 린의 재앙	Dylath-Leen	브라이언 럼리	1971		ダイラス=リーンの災厄	国書刊行会『黒の召喚者』
단두해안의 공포	Terror in Cut-Throat Cove	로버트 블록	1958		首切り入り江の恐怖	크12
달로 뛰는 자	The Leapers	로버트 A.W. 로운데스	1942		月に跳ぶ人	크11
달의 문서고로부터	From the Archives of the Moon	린 카터	1990		月の文書庫より	新紀元社『エイボンの書』
달의 습지	The Moon-Bog	H.P.러브크래프트	1921	○	月沼	정1
달의 습지	The Moon-Bog	H.P.러브크래프트	1921	○	月の湿原	전7
달이 가져온 것	The Thing in the Moonlight	H.P.러브크래프트	1934	○	怪夢	진3

제목	영문	작가	출간 년도	국내 출간	일본 작품명	수록책자/문고명
달이 가져온 것	What the Moon Brings	H.P.러브크래프트	1922	○	月の魔力	정2
대성당의 옛 이야기	An Episode of Cathedral History	몬터규 로즈 제임스	1914	○	寺院史夜話	創元推理文庫『M・R・ジェイムズ怪談全集2』
대신 요그 소토스에 대한 기도	Prayer to Lord Yok-Zothoth	리처드 L. 티어니	2002		大神ヨク=ゾトースへの祈り	新紀元社『エイボンの書』
대지의 요충	The Valley of the Worm	로버트 어빈 하워드	1932		大地の妖蛆(ようしゅ)	創元推理文庫『黒の碑』
더 많은 것들이 있다.	There Are More Things	호르헤 루이스 보르헤스	1975	○	人智の思い及ばぬこと	集英社文庫『砂の本』
더 키프	The Keep	F. 폴 윌슨	1981		ザ・キープ	扶桑社ミステリー
더니치 호러	The Dunwich Horror	H.P.러브크래프트	1928	○	ダニッチの怪	전5
더니치 호러	The Dunwich Horror	H.P.러브크래프트	1928	○	ダンウィッチの怪	정4
더니치의 파멸	The Doom That Came to Dunwich	리처드 A. 루포프	1997		ダニッチの破滅	青心社文庫『ラヴクラフトの世界』
도난당한 눈	Rising With Surtsey	브라이언 럼리	1971		盗まれた眼	진9&신5
도시	The City	H.P.러브크래프트	1919	○	都市	정7-2
동굴 속의 짐승	The Beast in the Cave	H.P.러브크래프트	1905	○	洞窟の獣	전7
동굴 속의 짐승	The Beast in the Cave	H.P.러브크래프트	1905	○	洞窟に潜むもの	정1
두 개의 검은 병	Two Black Bottles	윌프레드 블랜치 탈먼	1927	○	二本の黒い壜	전별상
두 개의 검은 병	Two Black Bottles	윌프레드 블랜치 탈먼	1927	○	二つの黒い壜	정9
두 개의 탑	The Double Tower	린 카터	1973		二相の塔	新紀元社『エイボンの書』
두려운 이야기	Weird Tales	프레드 차펠	1984		恐るべき物語	アトリエOCTA『ラヴクラフト・シンドローム』
뒷길	The Shunpike	로버트 M. 프라이스	1997		裏道	青心社文庫『ラヴクラフトの世界』
드 마리니의 벽시계	De Marigny's Clock	브라이언 럼리	1971		デ・マリニィの掛け時計	国書刊行会『黒の召喚者』

제목	영문	작가	출간 년도	국내 출간	일본 작품명	수록책자/문고명
드 마리니의 벽시계	De Marigny's Clock	브라이언 럼리	1971		ド・マリニーの掛け時計	創元推理文庫『タイタス・クロウの事件簿』
드래곤 길에서	In the Court of the Dragon	로버트 윌리엄 챔버스	1895		ドラゴン路地にて	創元推理文庫『黄衣の王』
디프넷	Deep net	데이빗 랭포드	1994		ディープネット	学研M文庫『インスマス年代記』
딥 원	The Deep Ones	제임스 웨이드	1969		深きものども	크13
땅을 뚫는 마	The Burrowers Beneath	브라이언 럼리	1974		地を穿(うが)つ魔	創元推理文庫
또 다른 신들	The Other Gods	H.P.러브크래프트	1912	○	異形の神々の峰	정1
또 다른 신들	The Other Gods	H.P.러브크래프트	1912	○	蕃神(ばんしん)	전6
랜돌프 카터의 진술	The Statement of Randolph Carter	H.P.러브크래프트	1919	○	ランドルフ・カーターの証言	정1
랜돌프 카터의 진술	The Statement of Randolph Carter	H.P.러브크래프트	1919	○	ランドルフ・カーターの陳述	전6
러브 크래프트의 공포	The Horror Out of Lovecraft	도널드 A. 월하임	1969		ク・リトル・リトルの恐怖	진2＆신5
러브크래프트 하우스 탐방기	H.P.L	게이언 윌슨	1990		ラヴクラフト邸探訪記	創元推理文庫『ラブクラフトの遺産』
레그나르 로드브러그의 애가	Regnar Lodbrug's Epicedium	H.P.러브크래프트	1920 ?		レグナル・ロドブルグの哀歌	정7-2
레드 훅의 공포	The Horror at Red Hook	H.P.러브크래프트	1925	○	レッドフック街怪事件	정3
레드 훅의 공포	The Horror at Red Hook	H.P.러브크래프트	1925	○	レッドフックの恐怖	전5
로드 던세이니와 그 저작	Lord Dansany and His Work	H.P.러브크래프트	1922		ダンセイニ卿とその著作	学研『文学における超自然の恐怖』
로드 던세이니와 그의 업적	Lord Dansany and His Work	H.P.러브크래프트	1922		ダンセイニとその業績	정7-1
로버트 하워드를 기리며	In Memoriam : Robert Ervin Howard	H.P.러브크래프트	1936		ロバート・ハワードを偲ぶ	정7-1
로이거의 부활	The return of the Lloigor	콜린 윌슨	1969		ロイガーの復活	ハヤカワ文庫&

제목	영문	작가	출간 년도	국내 출간	일본 작품명	수록책자/문고명
르뤼에의 인장	The Seal of R'lyeh	어거스트 덜레스	1957		ルルイエの印	크1
리바시의 가호	The Warding of Rivashii	스티븐 세닛	2001		リヴァシイの加護	新紀元社『エイボンの書』
리키 페레스의 최후의 유혹	The Last Temptation of Ricky Perez	벤자민 아담즈	2003		リッキー・ペレスの最後の誘惑	早川書房『SFマガジン』2010-05
림 샤이코스	Rlim Shaikorth	마이켈 판티나	2001		ルリム・シャイコース	新紀元社『エイボンの書』
마계에 걸친 다리	The Horror from the Middle Span	어거스트 덜레스	1967		魔界へのかけ橋	진3&신4
마녀의 골짜기	Witches' Hollow	H.P.러브크래프트&어거스트 덜레스	1982		魔女の谷	크9 & 화 & 論創社『漆黒の霊魂』
마녀의 귀환	The Return of the witch	J. 램지 캠벨	1964		魔女の帰還	扶桑社ミステリー『クトウルー神話への招待』
마녀의 숲	Witch Woods	존 버컨	1927		미번역	미번역
마니투	The Manitou	그레이엄 매스터톤	1976		マニトウ	ヘーフルド・エンタープライス
마도서 네크로노미콘	The Necronomicon	콜린 윌슨	1978		魔道書ネクロノミコン	学研&角川ホラー文庫『ラヴクラフト恐怖の宇宙史』
마법사의 귀환	The Return of the Sorcerer	클라크 애슈턴 스미스	1931	○	魔術師の復活	新人物往来社『暗黒の祭祀』& 創元推理文庫『アヴェロワーニュ妖魅浪漫譚』
마법사의 귀환	The Return of the Sorcerer	클라크 애슈턴 스미스	1931	○	妖術師の帰還	
마법사의 보석	The Sorcerer's Jewel	로버트 블록	1939		妖術師の宝石	크10
마지막 실험	The Last Test	아돌프 드카스트로	1928	○	最後の検査	国書刊行会『ウイアード・テールズ2』
마지막 실험	The Last Test	아돌프 드카스트로	1928	○	最後の実験	国書刊行会『ウイアード・テールズ2』
마틴 비치에서의 공포	The Horror at Martin's Beach	소니아 그린	1923	○	マーティン浜辺の恐怖	전별상
마틴 비치에서의 공포	The Horror at Martin's Beach	소니아 그린	1923	○	妖魔の爪	진1 & 신1
만물 용해액	The Alkahest: The History of Enoycla the Alchemist	로렌스 J. 콘포드	2002		万物溶解液	新紀元社『エイボンの書』

제목	영문	작가	출간 년도	국내 출간	일본 작품명	수록책자/문고명
망각으로부터	Ex Oblivione	H.P.러브크래프트	1920	○	忘却の彼方へ	정1
망누스 백작	Count Mugnus	몬터규 로즈 제임스	1901	○	マグナス伯爵	創元推理文庫『M・R・ジェイムズ怪談全集1』
머나먼 지하에서	Far Below	로버트 바로버 존슨	1939		遥かな地底で	크13
머나먼 지하에서	Far Below	로버트 바로버 존슨	1939		地の底深く	화
먼지를 밟고 걷는 자	The Treader of the Dust	클라크 애슈턴 스미스	1935		塵挨(じんあい)を踏み歩くもの	創元推理文庫『アヴェロワーニュ妖魅浪漫譚』
메두사의 머리 타래	Medusa's Coil	질리아 비숍	1939	○	メデューサの呪い	진3&신3
메두사의 머리 타래	Medusa's Coil	질리아 비숍	1939	○	メドウサの髪	전별상
메리필리아	Meryphillia	브라이언 맥노튼	1990		食屍姫メリフイリア	創元推理文庫『ラブクラフトの遺産』
명상하는 신	The Contemplative God	리처드 L. 티어니	2002		黙想する神	新紀元社『エイボンの書』
명예 수선공	The Repairer of Reputations	로버트 윌리엄 챔버스	1895	○	評判を回復する者	創元推理文庫『黄衣の王』
모든 바다가	Till A'the Seas	로버트 헤이워드 발로	1935	○	すべての海が	전별하
모든 바다가 마를 때까지	Till A'the Seas	로버트 헤이워드 발로	1935	○	海の水涸れて	정9
모스켄의 큰 소용돌이	Spawn of the Maelstrom	마크 쇼러	1939		モスケンの大渦巻き	크12
몰록의 두루마리	The Scroll of Morloc	린 카터	1976		モーロックの巻物	新紀元社『エイボンの書』
몸로스 관련 문서	M.M.Moamrath: Notes toward a Biography	조셉 F. 퍼밀리어	1975		モームロス関連文書	早川書房『SFマガジン』1996-10
몽환의 시계	The Clock of Dreams	브라이언 럼리	1978		幻夢の時計	創元推理文庫
묘지에서의 공포	The Horror in the Burying-Ground	H.P.러브크래프트	1937	○	墓地に潜む恐怖	진2&신3
묘지에서의 공포	The Horror in the Burying-Ground	H.P.러브크래프트	1937	○	墓地の恐怖	전별하
무덤	The Tomb	H.P.러브크래프트	1917	○	霊廟	전7

제목	영문	작가	출간 년도	국내 출간	일본 작품명	수록책자/문고명
무덤	The Tomb	H.P.러브크래프트		○	奥津城	정1
무덤은 필요 없다	Dig Me No Grave	로버트 어빈 하워드	1937		墓はいらない	크5
무덤은 필요 없다.	Dig Me No Grave	로버트 어빈 하워드	1937		われ埋葬にあたわず	創元推理文庫『黒の碑』
무덤을 파헤치다	The Disinterment	드베인 웰던 라이멜	1937		墓を暴く	전별하
무덤의 사생아	The Tomb Spawn	클라크 애슈턴 스미스	1934		墓の落とし子	創元推理文庫『ゾティーク幻妖怪異譚』
무덤의 사생아	The Tomb Spawn	클라크 애슈턴 스미스	1934		忘却の墳墓	創土社『魔術師の帝国』
무서운 노인	The Terrible Old Man	H.P.러브크래프트	1920	○	恐ろしい老人	전7
무서운 노인	The Terrible Old Man	H.P.러브크래프트	1920	○	怪老人	정1
무우 툴란에서의 압호스에 대한 기도	Mhu Thulanese Invocation to Abhoth	앤 K. 슈웨더	2002		ムー・トゥーランでのアブホースへの祈願文	新紀元社『エイボンの書』
무인의 집에서 발견된 수기	Notebook Found in a Deserted House	로버트 블록	1951		無人の家で発見された手記	크1
문 렌즈	The Moon-Lens	J. 램지 캠벨	1948		ムーン・レンズ	扶桑社ミステリー『古きものたちの墓』
문의 저편으로	Beyond the Threshold	어거스트 덜레스	1941		戸口の彼方へ	크5
문의 저편으로	Beyond the Threshold	어거스트 덜레스	1941		幽遠の彼方に	진4&신3
물고기 머리	The Fish head	어빈 코브	1913	○	魚頭 フィッシユヘッド	別冊幻想文学『トウルー倶楽部』
므나르의 잊힌 의식	The Forgotten Ritual of Mnar	조셉 S. 펄버	1998		ムナールの忘れられた儀式	新紀元社『エイボンの書』
므브와의 나무 인간	The Tree-Men of M'Bwa	도날드 완드레이	1932		足のない男	진10&신2
미라의 손	The Second Wish	브라이언 럼리	1980		木乃伊の手	진6-1&신6
미스터 X	Mr.X	피터 스트라우브	1999		ミスターX	創元推理文庫
미지의 카다스를 향한 몽환의 추적	The Dream-Quest of Unknown Kadath	H.P.러브크래프트	1926	○	幻夢境カダスを求めて	진5&정3

제목	영문	작가	출간 년도	국내 출간	일본 작품명	수록책자/문고명
미지의 카다스를 향한 몽환의 추적	The Dream-Quest of Unknown Kadath	H.P.러브크래프트	1926	○	未知なるカダスを夢に求めて	전6
밑에서 본 얼굴	The Face from Below	로렌스 J. 콘포드	2002		下から見た顔	新紀元社『エイボンの書』
바다가 외치는 밤	The Night Sea-Maid Went Down	브라이언 럼리	1971		海が叫ぶ夜	国書刊行会『黒の召喚者』
바다를 보다	To See the Sea	마이클 마샬 스미스	1994		海を見る	学研M文庫『インスマス年代記』
바라드의 사이론에 의한 에이본의 생애	The Life of Eibon According to Cyron of Varaad	린 카터	1988		ヴァラードのサイロンによるエイボンの生涯	新紀元社『エイボンの書』
바람을 타고 걷는 것	The Thing That Walked on the Wind	어거스트 덜레스	1933		風に乗りて歩むもの	크4
바람을 타고 걷는 것	The Thing that Walked On the Wind	어거스트 덜레스	1933		奈落より吹く風	진9＆신2
바체스터 대성당의 성가대석	The Stall of Barchester Cathedral	몬터규 로즈 제임스	1910	○	バーチェスター聖堂の大助祭席	創元推理文庫『M・R・ジェイムズ怪談全集1』
바테크	History of the Caliph Vath다	윌리엄 벡포드	1711	○	ヴァテック	国書刊行会
박공의 창	The Gable Window	H.P.러브크래프트&어거스트 덜레스	1957		破風の窓	크1
박물관에서의 공포	The Horror in the Museum	헤이젤 힐드	1934	○	蝋人形館の恐怖	ソノラマ文庫『魔の創造者』
박물관에서의 공포	The Horror in the Museum	헤이젤 힐드	1934	○	博物館の恐怖	크1&화&전별하
반 그라프의 그림	Van Graf's Painting	J. 토드 킹그리	1997		ファン・グラーフの絵	青心社文庫『ラヴクラフトの世界』
반지의 악마	The Demon of the Ring	로렌스 J. 콘포드	2002		指輪の魔物	新紀元社『エイボンの書』
밤바다가	The Night Ocean	로버트 헤이워드 발로	1936	○	夜の海	전별하&정6
밤의 목소리	The Voice in the Night	윌리엄 호프 호지슨	1907		夜の声	創元推理文庫
밤의 밤	The Night of the Night	마이클 시스코	2001		夕べの夜	新紀元社『エイボンの書』
밤의 자손	The Children of the Night	로버트 어빈 하워드	1931		夜の末裔	国書刊行会『ウイアード・テールズ3』
'밤의 책'에 대한 주석	Notations for the Book of Night	로버트 M. 프라이스	1997		『夜の書』への注釈	新紀元社『エイボンの書』

제목	영문	작가	출간 년도	국내 출간	일본 작품명	수록책자/문고명
방랑자 멜모스	Melmoth, the Wanderer	찰스 로버트 매튜린	1811		放浪者メルモス	国書刊行会
배교자 이즈더고르의 기도	The Prayer of Yzduggor the Apostate	리처드 L. 티어니	2002		背教者イズダゴルの祈り	新紀元社『エイボンの書』
백마	The White People	아서 매켄	1899		白魔(びゃくま)	光文社古典新訳文庫
백색 벌레의 출현	The Coming of the White Worm	클라크 애슈턴 스미스	1941	○	白蛆(びゃくしゆ)の襲来	創元推理文庫『ヒュペルボレオス極北神怪譚』& 新紀元社『エイボンの書』
버드나무	The Willows	앨저넌 블랙우드	1907	○	柳	早川書房『幻想と怪奇1英米怪談集』
버몬트의 숲에서 발견한 기묘한 문서	Strange Manuscript Found in the Vermont Woods	린 카터	1988		ヴァーモントの森で見いだされた謎の文書	新紀元社『エイボンの書』
벌레의 왕	Lord of the Worms	브라이언 럼리	1983		妖蛆(ようしゆ)の王	創元推理文庫『タイタス・クロウの事件簿』
벌레의 저택	The House of the Worm	게리 마이어스	1970		妖蛆(ようしゆ)の館	진3 & 신5
베일을 찢는 것	The Render of the Vales	J. 램지 캠벨	1964		ヴェールを破るもの	扶桑社ミステリー『クトウルー神話への招待』
벽속의 쥐	The Rats in the Walls	H.P.러브크래프트	1923	○	壁のなかの鼠	전1 & 정2
변덕초	Fantatics and Other Fancies	패트릭 라프카디오 헌	1914		きまぐれ草	恒文社『飛花落葉集』
별에서 온 방문객	The Feaster from the Stars	린 카터	1984		星から来て饗宴に列するもの	新紀元社『エイボンの書』
별에서 온 요충	The shambler from the Stars	로버트 블록	1935		星から訪れたもの	크7
별에서 온 요충	The shambler from the Stars	로버트 블록	1935		星から来た妖魔	ソノラマ文庫『暗黒界の悪霊』
별에서 온 요충	The shambler from the Stars	로버트 블록	1935		妖蛆(ようしゆ)の秘密	진2&신2
별의 자손의 소굴	The Lair of Star-Spawn	마크 쇼러	1934		潜伏するもの	크8／진1 & 신2
별의 자손의 소굴	The Lair of Star-Spawn	어거스트 덜레스& 마크 쇼러	1932		羅喉星(らごうせい)魔洞	진1&신2

제목	영문	작가	출간 년도	국내 출간	일본 작품명	수록책자/문고명
별의 호수	The Star Pool	알프레드 앙게로 아타나지오	1980		不知火	진6-1&신6
보레아의 요월	In the Moons of Borea	브라이언 럼리	1979		ボレアの妖月	創元推理文庫
보르헤스와 불사의 오랑우탄	Borges e os Orangotangos Eternos	루이스 페르난도 베리시모	2000		ボルヘスと不死のオランウータン	扶桑社ミステリー
보지않고, 듣지 않고, 말하지 않는 것	Deaf, Dumb, and Blind	C.M. 에디 주니어	1925		見えず、聞こえず、語れずとも	전별상
부바스티스의 자손	The Brood of Bubastis	로버트 블록	1937		猫神ブバスティス	ソノラマ文庫『暗黒界の悪霊』
부바스티스의 자손	The Brood of Bubastis	로버트 블록	1937		ブバスティスの子ら	크13
부어미족에 의한 구제의 찬가	Voormi Hymn of Deliverance	앤 K. 슈웨더	2002		ヴーアミによる救済の讃歌	新紀元社『エイボンの書』
부활의 의식	The Ceremonies	T.E.D. 클라인	1984		復活の儀式	創元推理文庫
북극성	The Polaris	H.P.러브크래프트	1918	○	北極星	전7＆学研『夢魔の書』
북극성	The Polaris	H.P.러브크래프트	1918	○	ポラリス	정1
분묘에 깃든 자	The Dweller in the Tomb	린 카터	1971		墳墓に棲みつくもの	エンターブレイン『クトゥルーの子供たち』
분묘에 깃든 자	The Dweller In the Tomb	린 카터	1971		墳墓の主	진9＆신5
불꽃의 사제	The Acolyte of the Flame	린 카터	1985		炎の侍祭	新紀元社『エイボンの書』
불타는 피라미드	The Shining Pyramid	아서 매켄	1895	○	輝く金字塔	国書刊行会『輝く金字塔』
붉은 공물	The Red Offering	린 카터	1990		赤の供物	エンターブレイン『クトゥルーの子供たち』
블록 씨의 소설 "얼굴없는 하나님 "의 삽화를 그린 핀레이씨에게 바치다	Go To Mr. Finlay, Upon His Drawing for Mr. Bloch's Tale, "The Faceless God"	H.P.러브크래프트	1936		ブロック氏の小説『顔のない神』の挿し絵を描いたフインレイ氏に寄す	정7-2
비밀 지식의 수호자	Warder of Knowledge	리처드 F. 시라이트	1992		知識を守るもの	크11

제목	영문	작가	출간 년도	국내 출간	일본 작품명	수록책자/문고명
빌란트	Wieland;, or, the Transformation	찰스 브록던 브라운	1978		ウィーランド	国書刊行会
빌리의 참나무	Billy's Oak	브라이언 럼리	1970		縛り首の木	創元推理文庫『タイタス・クロウの事件簿』&国書刊行会『黒の召喚者』
빙마	The Ice-Demon	클라크 애슈턴 스미스	1933		氷の魔物	創元推理文庫『ヒュペルボレオス極北神怪譚』&創元推理文庫『イルーニュの巨人』
뿔피리를 가진 그림자	Black Man with a Horn	T.E.D. 클라인	1980		角笛をもつ影	진6-2&신7
사나스에 찾아온 운명	The Doom That Came to Sarnath	H.P.러브크래프트	1919	○	サーナスの災厄	정1
사나스에 찾아온 운명	The doom that came to Sarnath	H.P.러브크래프트	1919	○	サルナスの滅亡	전7
사나스에 찾아온 운명	The doom that came to Sarnath	H.P.러브크래프트	1919	○	サルナスをみまった災厄	学研『夢魔の書』
사냥개	The Hound	H.P.러브크래프트	1922	○	魔犬	전5
사냥개	The Hound	H.P.러브크래프트	1922	○	妖犬	정2
사냥하는 자	The Hunt	헨리 커트너	1939		狩りたてるもの	크11
사막의 마도	The Fire of Asshurbanipal	로버트 어빈 하워드	1936		砂漠の魔都	ソノラマ文庫『剣と魔法の物語』
사신의 발걸음	The Pacer	마크 쇼러	1930		邪神の足音	크3
사악한 성직자	The Evil Clergyman	H.P.러브크래프트	1937	○	邪悪なる牧師	정6
사이코본포스	Psychopompos	H.P.러브크래프트	1918		サイコポンポス	정7-2
사이크라노쉬로 향하는 문	The Door to Cykranosh; or, Eibon's Lament	리처드 L. 티어니	2002		サイクラノーシュへの扉	新紀元社『エイボンの書』
사크사클르스의 바람	The Supplication of Cxaxukluth	로버트 M. 프라이스	2001		サクサクルースの懇請	新紀元社『エイボンの書』
사탐프라 제이로스의 이야기	The Tale of Satampra Zeiros	클라크 애슈턴 스미스	1931	○	サタムプラ・ゼイロスの話	創元推理文庫『アヴェロワーニュ妖魅浪漫譚』
사탐프라 제이로스의 이야기	The Tale of Satampra Zeiros	클라크 애슈턴 스미스	1931	○	サタムプラ・ゼイロスの物語	크12

제목	영문	작가	출간년도	국내출간	일본 작품명	수록책자/문고명
사탐프라 제이로스의 이야기	The Tale of Satampra Zeiros	클라크 애슈턴 스미스	1931	○	魔神ツアソググアの神殿	早川書房『SFマガジン』1973-09
산신들	The Gods of the Mountain	로드 던세이니	1911		山の神々	沖積舎『戯曲集』
샌드윈관의 공포	The Sandwin Compact	어거스트 덜레스	1940		サンドウィン館の怪	크3
생존자	The Survivor	H.P.러브크래프트&어거스트 덜레스	1945		生きながらえるもの	크6
생존자	The Survivor	H.P.러브크래프트&어거스트 덜레스	1945		肥虫類館の相続人	진1&신4
샤가이	Shaggai	린 카터	1971		シャッガイ	진9&신5&新紀元社『エイボンの書』
샤가이에서 온 곤충	The Insects From Shaggai	로버트 캠벨	1964		妖虫	진9&신4
서식스 고본	The Sussex Manuscript	프레드 L. 펠톤	1989		サセックス稿本	学研『魔道書ネクロノミコン外伝』
석인	The Man of Stone	헤이젤 힐드	1932	○	石像の恐怖	크4
석인	The Man of Stone	헤이젤 힐드	1932	○	石の男	전별하
성의 방	The Inhabitant of the Lake and Less Welcome Tenants	J. 램지 캠벨	1964		城の部屋	크9
세계의 끝	Only The End Of The World Again	닐 게이먼	1994		世界の終わり	学研M文庫『インスマス年代記』
세베크신의 저주	Secret of Sebek	로버트 블록	1937		セベク神の呪い	ソノラマ文庫『暗黒界の悪霊』
세베크의 비밀	Secret of Sebek	로버트 블록	1937		セベクの秘密	크9
세베크의 비밀	Secret of Sebek	로버트 블록	1937		セベックの秘密	진3&신3
세부에 머무르는 것	Detail	차이나 미에빌	2002		細部に宿るもの	早川書房『SFマガジン』2010-05
세익스피어의 기담		그레이엄 매스터톤	1990		シェークスピア奇譚	創元推理文庫『ラブクラフトの遺産』
세일럼의 공포	The Salem Horror	헨리 커트너	1937		セイレムの怪異	진1&신3
세일럼의 공포	The Salem Horror	헨리 커트너	1937		セイレムの恐怖	크7
셀레파이스	Celephais	H.P.러브크래프트	1920	○	光の都セレファイス	정1

제목	영문	작가	출간 년도	국내 출간	일본 작품명	수록책자/문고명
셀레파이스	Celephaïs	H.P.러브크래프트	1920	○	セレファイス	전6
셰프트 넘버 247	Shaft Number 247	바실 코퍼	1980		シャフト・ナンバー247	진6 & 신6
소리가 나는 집	The House of Sounds	매튜 필립 실	1911		音のする家	新人物往来社『怪奇幻想の文学4 恐怖の探究』
속 검은 소환자	The Black Recalled	브라이언 럼리	1983		続・黒の召喚者	創元推理文庫『タイタス・クロウの事件簿』
속 심해의 함정	The Deep-Sea Conch	브라이언 럼리	1971		続・深海の罠	진9 & 신5
쇼고스 개화	Shoggoths in Bloom	엘리자베스 베어	2008		ショゴス開花	早川書房『SFマガジン』2010-05
수상쩍은 양피지	The Terrible Parchment	맨리 웨이드 웰먼	1937		謎の羊皮紙	青心社『ウイアード3』
수수께끼의 부조	Something in Wood	어거스트 덜레스	1948		謎の浅浮彫り	크9
수의 차림의 신부	The Lady in Grey	D. 완드레이	1933		屍衣の花嫁	진10 & 신2
수조	The Aquarium	칼 리처드 자코비	1962		水槽	角川文庫『怪奇と幻想2』& ハヤカワ文庫『幻想と怪奇 1』
스승의 생애	The Life of Master	데이비드 T. 세인트 올반즈	1984		師の生涯	学研『魔道書ネクロノミコン外伝』
스탠리 브룩의 유지	The Will of Stanley Bruke	J. 램지 캠벨	1964		スタンリー・ブルックの遺志	扶桑社ミステリー『クトウルー神話への招待』
슬리식 하이의 재난	The Devouring of S'lithik Hhai	존 R. 플츠	1997		スリシック・ハイの災難	新紀元社『エイボンの書』
시간의 그림자	The Shadow Out of Time	H.P.러브크래프트	1934	○	時間からの影	전6
시간의 그림자	The Shadow out of Time	H.P.러브크래프트	1934	○	超時間の影	전1
시대를 지나	Out of the Ages	린 카터	1975		時代より	エンターブレイン『クトウルーの子供たち』
시와 신	Poetry and the Gods	H.P.러브크래프트	1920		詩と神々	전7 & 정2
시체안치소에서	In the Vault	H.P.러브크래프트	1925	○	死体安置所で	정3

제목	영문	작가	출간 년도	국내 출간	일본 작품명	수록책자/문고명
시체안치소에서	In the Vault	H.P.러브크래프트	1925	○	死体安置所にて	전1
시체안치소의 신	The Charnel God	클라크 애슈턴 스미스	1934		死体安置所の神	創元推理文庫『ゾティーク幻妖怪異譚』
시크	Sick	제이 R. 보난싱가	1995		シック	学研ホラーノベルズ
시튼의 이모	Seaton's Aunt	월더 데라메어	1923	○	シートンのおばさん	創元推理文庫『怪奇小説傑作集3』
신비결사 아르카눔	The Arcanum	토머스 윌러	2004		神秘結社アルカーヌム	扶桑社ミステリー
신전	The Temple	H.P.러브크래프트	1920	○	海底の神殿	정1
신전	The Temple	H.P.러브크래프트	1920	○	神殿	전5
실버 키	The Silver Key	H.P.러브크래프트	1926	○	銀の鍵	전6
실버 키	The Silver Key	H.P.러브크래프트	1926	○	銀の秘鑰	정3
실버 키의 관문을 지나서	Through the Gate of The Silver Key	H.P.러브크래프트	1932~33	○	銀の鍵の門を越えて	전6
실버 키의 관문을 지나서	Through the Gate of The Silver Key	H.P.러브크래프트	1932~33	○	銀の秘鑰の門を越えて	정6
심연으로의 강하	The Descent Into the Abyss	린 카터	1980		深淵への降下	新紀元社『エイボンの書』
심연의 공포	The Abyss	로버트 A.W. 로운데스	1941		深淵の恐怖	진10&신5
심장의 비밀	A Secret of the Heart	모트 캐틀	1990		吾が心臓の秘密	創元推理文庫『ラブクラフトの遺産』
심즈의 붉은 책	The Red Book of Simoons	마이켈 판티나	2010		シムーンズの紅の書	『ナイトランド』第2号
심해의 함정	Cyprus Shell	브라이언 럼리	1968		深海の罠	진4&신5&国書刊行会『黒の召喚者』
싱긋 웃는 구울	The Grinning Ghoul	로버트 블록	1936		嘲嗤う屍食鬼	진1&신2
싱긋 웃는 구울	The Grinning Ghoul	로버트 블록	1936		嘲笑う屍食鬼	ソノラマ文庫『暗黒界の悪霊』
싱긋 웃는 구울	The Grinning Ghoul	로버트 블록	1936		哄笑する食屍鬼	크13

제목	영문	작가	출간 년도	국내 출간	일본 작품명	수록책자/문고명
아베로와뉴의 주인 크라카쉬톤에게 바치다	To Klarkash-Ton, Lord of Averoigne	H.P.러브크래프트	1936	○	アヴェロワーニュの主クラーカシュトンに捧ぐ	정7-2
아베르와뉴의 맹수	The Beast of Averoigne	클라크 애슈턴 스미스	1933		アヴェロワーニュの獣	創元推理文庫『アヴェロワーニュ妖魅浪漫譚』&創元推理文庫『イルーニュの巨人』
아보르미스의 스핑크스	The Sphinx of Abormis: The History of the Wizard Hormago	로렌스 J. 콘포드	2002		アボルミスのスフィンクス	新紀元社『エイボンの書』
아삼마우스의 유고	The Testament of Athammaus	클라크 애슈턴 스미스	1932	○	アタマウスの遺言	크5&創元推理文庫『イルーニュの巨人』
아삼마우스의 유고	The Testament of Athammaus	클라크 애슈턴 스미스	1932	○	アタムマウスの遺書	創元推理文庫『ヒュペルボレオス極北神怪譚』
아서 고든 핌	The Narrative of Arthur Gordon Pym of Nantucket	에드거 앨런 포	1838	○	ナンタケット島出身のアーサー・ゴードン・ピムの物語	創元推理文庫『ポォ小説全集2』
아슈르바니팔의 불길	The Fire of Asshurbanipal	로버트 어빈 하워드	1936		アシャーバニパルの炎宝	国書刊行会『スカル・フエイス』
아슈르바니팔의 불길	The Fire of Asshurbanipal	로버트 어빈 하워드	1936		アッシュールバニパルの焔	크7
아슈르바니팔의 불길	The Fire of Asshurbanipal	로버트 어빈 하워드	1936		アッシュールバニパル王の火の石	創元推理文庫『黒の碑』
아스테리온의 집	La casa de Asterión	호르헤 루이스 보르헤스	1947	○	不死の人	白水社『不死の人』
아웃사이더	The Outsider	H.P.러브크래프트	1921	○	アウトサイダー	전3&정1
아자토스	Azathoth	H.P.러브크래프트	1922	○	アザトート	정3
아자토스	Azathoth	H.P.러브크래프트	1922	○	アザトホース	전7
아자토스	Azathoth	마이켈 판티나	2001		アザトース	新紀元社『エイボンの書』
아자토스의 잿빛 의식	The Grey Rite of Azathoth	조셉 S. 펄버	2002		アザトースの灰色の儀式	新紀元社『エイボンの書』
아제다락의 신성	The Holiness of Azedarac	클라크 애슈턴 스미스	1933		聖人アゼダラク	創元推理文庫『イルーニュの巨人』
아제다락의 신성	The Holiness of Azedarac	클라크 애슈턴 스미스	1933		アゼダラクの聖性	創元推理文庫『アヴェロワーニュ妖魅浪漫譚』

제목	영문	작가	출간 년도	국내 출간	일본 작품명	수록책자/문고명
아캄 계획	Strange Eons	로버트 블록	1979		アーカム計画	創元推理文庫
아캄, 그리고 별의 세계로	To Arkham and the Stars	리처드 L. 티어니	2002		アーカムそして星の世界へ	新紀元社『エイボンの書』
아캄의 수집가	The Arkham Collector	피터 캐논	1997		アーカムの蒐集家	青心社文庫『ラヴクラフトの世界』
아틀락 나챠에 대한 기도문	To Atlach-Nacha	리처드 L. 티어니	2002		アトラック=ナチャへの祈願文	新紀元社『エイボンの書』
아틀란디스의 몽마	The Incubus of Atlantis	로버트 M. 프라이스	1997		アトランティスの夢魔	新紀元社『エイボンの書』
악마와 맺어진 자의 영혼	The Soul of the Devil-Bought	로버트 M. 프라이스	1996		悪魔と結びし者の魂	エンターブレイン『クトウルーの子供たち』
악마의 꼭두각시	The Mannikin	로버트 블록	1937		悪魔の傀儡	ソノラマ文庫『暗黒界の悪霊』
악마의 꼭두각시	The Mannikin	로버트 블록	1937		奇形	크4
악몽의 호수	The Nightmare Lake	H.P.러브크래프트	1919		悪夢の湖	정7-2
안개	The Mist	스티븐 킹	1980	○	霧	扶桑社ミステリー『骸骨乗組員』
안개 속 절벽의 기묘한 집	The Strange High House in the Mist	H.P.러브크래프트	1926	○	霧の高みの不思議な家	전7
안개 속 절벽의 기묘한 집	The Strange High House in the Mist	H.P.러브크래프트	1926	○	霧のなかの不思議の館	정3
알렙	L'Aleph	호르헤 루이스 보르헤스	1945	○	アレフ	白水社『不死の人』
알론조 타이퍼의 일기	The Diary of Alonzo Typer	윌리엄 럼리	1938		アロンソ・タイパーの日記	크1
알론조 타이퍼의 일기	The Diary of Alonzo Typer	윌리엄 럼리	1938		アロンゾウ・タイパーの日記	전별하
알소포커스의 검은 대권	The Black Tome of Alsophocus	마틴 S. 워니스	1980		アルソフォカスの書	진10&신7
알하즈레드	Alhazred	도날드 타이슨	2004		アルハザード	学研『ネクロノミコン アルハザードの放浪』
알하즈레드의 램프	Lamp of Alhazred	H.P.러브크래프트&어거스트 덜레스	1957		アルハザードのランプ	크10&화
알하즈레드의 발광	Why Abdul Alhazred went Mad	D.R. 스미스	1950		アルハザードの発狂	쿠12
암초의 저편에	Beyond the Reef	바실 코퍼	1994		暗礁の彼方に	学研M文庫『インスマス年代記』

제목	영문	작가	출간년도	국내출간	일본 작품명	수록책자/문고명
암흑 지식의 파피루스	Papyrus of the Dark Wisdom	린 카터	1988		暗黒の知識のパピルス	新紀元社『エイボンの書』
암흑신 다곤	Dagon	프레드 차펠	1968		暗黒神ダゴン	創元推理文庫
암흑의 마법사	The Dark Sorcerer	리처드 L 티어니	2002		暗黒の妖術師	新紀元社『エイボンの書』
암흑의 부활	Dark Awakening	프랭크 벨냅 롱	1980		暗黒の復活	진6-1,신6
암흑의 불길	The Fire of the Dark	로렌스 그린버그	1995		暗黒の炎円	扶桑社ミステリー『ノストラダムス秘録』
암흑의 의식	The Lurker at the Threshold	H.P.러브크래프트&어거스트 덜레스	1945		暗黒の儀式	크6
암흑의 입맛춤	The Black Kiss	헨리 커트너	1937		暗黒の口づけ	크11
암흑의 입맛춤	The Black Kiss	헨리 커트너	1937		暗黒の接吻	진1&신3
앤드류 펠린의 수기 (영겁의 탐구 1부)	The Trail of Cthulhu /The Manuscript of Andrew Phelan	어거스트 덜레스	1944		アンドルー・フェランの手記	크2
야디스의 검은 의식	The Black Rite of Yaddith	조셉 S. 펄버	1998		ヤディスの黒い儀式	新紀元社『エイボンの書』
얀 강가의 한가한 나날	Idle Days on the Yann	로드 던세이니	1910	○	ヤン川の舟唄	河出文庫『夢見る人の物語』
얀 강가의 한가한 나날	Idle Days on the Yann	로드 던세이니	1910	○	ヤン川を下る長閑な日々	国書刊行会『バベルの図書館26 ヤン川の舟唄』
양치기 하이타	Haita the Shepherd	앰브로스 비어스	1893	○	羊飼いのハイータ	創土社『ビアス怪異譚』
양피지 속의 비밀	The Secret in the Parchment	린 카터	1988		羊皮紙の中の秘密	新紀元社『エイボンの書』
어둠 속에 깃든 자	The Dweller in Darkness	어거스트 덜레스	1944		闇に棲みつくもの	크4
어둠 속에 숨은 것	Usurp the Night	로버트 어빈 하워드	1970		闇に潜む顎(あぎと)	진3&신2
어둠 속에서 속삭이는 자	The Whisperer in Darkness	H.P.러브크래프트	1930	○	闇に騒くもの	크9&전1&정5
어둠의 마신	The Mannikin	로버트 블록	1936		暗黒界の悪霊	ソノラマ文庫『暗黒界の悪霊』
어둠의 마신	The Dark Demon	로버트 블록	1936		闇の魔神	크5
어둠의 성모	our Lady of Darkness	프리츠 라이버	1977		闇の聖母	ハヤカワ文庫
어둠의 종족	People of the Dark	로버트 어빈 하워드	1931		闇の種族	創元推理文庫『黒の碑』

제목	영문	작가	출간 년도	국내 출간	일본 작품명	수록책자/문고명
어둠의 프로비던스	Dark Providence	돈 다마사	1997		闇のプロヴィデンス	青心社文庫『ラヴクラフトの世界』
어둠의 형제들	The Dark Brotherhood	러브캐르프트&어거스트 덜레스	1968		ポーの末裔	크4&신4
어떤 책	The Book	H.P.러브크래프트	1933	○	本	전7
어떤 책	The Book	H.P.러브크래프트	1933		いにしえの書	진3
언덕 위의 나무	The Tree on the Hill	드베인 웰던 라이멜	1940		丘の上の樹木	정10
언덕 위의 나무	The Tree on the Hill	드베인 웰던 라이멜	1940		山の木	전별하
언덕의 쏙독새	The Whippoorwills in the Hills	어거스트 덜레스	1948		丘の夜鷹	크3
얼굴 없는 신	The Faceless God	로버트 블록	1936		顔のない神	ソノラマ文庫『暗黒界の悪霊』&진4&신2
얼굴 없는 신	The Faceless God	로버트 블록	1936		無貌の神	크5
에리히 잔의 선율	The Music of Erich Zann	H.P.러브크래프트	1921	○	エーリッヒ・ツアンの音楽	전2&정1
에릭 홀름의 죽음	The Passing of Eric Holm	어거스트 덜레스	1939		エーリック・ホウムの死	크13
에릭스의 미로	In the Walls of Eryx	케니스 J. 스털링	1939		エリックスの迷路	정6
에릭스의 벽 너머	In the Walls of Eryx	케니스 J. 스털링	1939		エリユクスの壁のなかで	전별하
에이벨 킨의 편지(영겁의 탐구 2부)	The Watcher from the Sky - The Deposition of Abel Keane	어거스트 덜레스	1945		インスマスの追跡	화
에이벨 킨의 편지(영겁의 탐구 2부)	The Watcher from the Sky - The Deposition of Abel Keane	어거스트 덜레스	1945		エイベル・キーンの書置	크2
에이본은 말한다.	Eibon Saith; or, The Apophthegmata of Eibon	로버트 M. 프라이스	1997		エイボンは語る	新紀元社『エイボンの書』
엘더갓의 고향 엘리시아	Elysia : the Coming of Cthulhu	브라이언 럼리	1989		旧神郷エリシア	創元推理文庫
엘시 베너	Elsie Venner	올리버 웬델 홈스	1859		(미번역)	

제목	영문	작가	출간 년도	국내 출간	일본 작품명	수록책자/문고명
연금술사	The Alchemist	H.P.러브크래프트	1908	○	錬金術師	전7&정1
영겁으로부터	Out of the Aeons	헤이젤 힐드	1935	○	永劫より	크7&화&전별하
영묘의 사생아	The Offspring of the Tomb	로렌스 J. 콘포드	2002		霊廟の落とし子	新紀元社『エイボンの書』
예루살렘 롯	Jerusalem's Lot	스티븐 킹	1978	○	呪われた村〈ジェルサレムズ・ロット〉	扶桑社ミステリー『深夜勤務』
오를라	Le'Horla	기 드 모파상	1887	○	オルラ	新潮文庫『モーパッサン短編集3』
오염	The Taint	브라이언 럼리	2005		けがれ	扶桑社ミステリー『古きものたちの墓』
올드 원들의 무덤	The Tomb of the Old Ones	콜린 윌슨	1999		古きものたちの墓	扶桑社ミステリー『古きものたちの墓』
올리브 나무	The Tree	H.P.러브크래프트	1920	○	木	전7
올리브 나무	The Tree	H.P.러브크래프트	1920	○	木魅(すだま)	정1
왕국의 아이들	Children of the Kingdom	T.E.D.클라인	1980		王国の子ら	ハヤカワ文庫『闇の展覧会』
요물	The Dammed Thing	앰브로스 비어스	1893		怪物	創元推理文庫『怪奇小説傑作集3』
요충의 골짜기	The Valley of the Worm	로버트 어빈 하워드	1934		妖蛆(ようしゆ)の谷	創元推理文庫『黒の碑』
우보사틀라	Ubbo-Sathla	마이켈 판티나	2001		ウボ=サスラ	新紀元社『エイボンの書』
우보사틀라	Ubbo-Sathla	클라크 애슈턴 스미스	1933		ウッボ=サトウラ	創元推理文庫『ヒュペルボレオス極北神怪譚』
우보사틀라	Ubbo-Sathla	클라크 애슈턴 스미스	1933		ウボ=サトウラ	創土社『魔術師の帝国』
우스노르의 망령	The Haunting of Uthnor	로렌스 J. 콘포드	2002		ウスノールの亡霊	新紀元社『エイボンの書』
우주에 홀로	Alone in Space	H.P.러브크래프트	1917		虚空(こくう)に独り	정7-2
우주에서 온 색채	The Colour out of Space	H.P.러브크래프트	1927	○	異次元の色彩	정4
우주에서 온 색채	The Colour out of Space	H.P.러브크래프트	1927	○	宇宙からの色	전4

제목	영문	작가	출간 년도	국내 출간	일본 작품명	수록책자/문고명
울타르의 고양이	The Cats of Ulthar	H.P.러브크래프트	1920	○	ウルサーの猫	정1
울타르의 고양이	The Cats of Ulthar	H.P.러브크래프트	1920	○	ウルタールの猫	전6
웬디고	Wendigo	앨저넌 블랙우드	1910	○	ウエンディゴ	アトリエサード
위대한 귀환	The Sister City	브라이언 럼리	1969		大いなる帰還	진3&신5
위대한 목신	The Great God Pan	아서 매켄	1895	○	パンの大神	創元推理文庫『怪奇小説傑作集1』
위치 하우스에서의 꿈	The Dreams in the Witch House	H.P.러브크래프트	1936	○	魔女の家の夢	전5
위치 하우스에서의 꿈	The Dreams in the Witch House	H.P.러브크래프트	1936	○	魔女屋敷で見た夢	정6
위험한 모험		한스 칼 아르트만	1969		危険な冒険	河出書房新社『サセックスのフランケンシュタイン』
윈필드의 유산	The Winfield Heritance	린 카터	1981		ウィンフィールドの遺産	エンターブレイン『クトウルーの子供たち』
유고스의 광산	The Mine on Yuggoth	J. 램지 캠벨	1964		暗黒星の陥穽	진3＆신4
유고스의 균류	Fungi from Yuggoth	H.P.러브크래프트	1929~30		ユゴスの黴	学研『文学における超自然の恐怖』
유고스의 균류	Fungi from Yuggoth	H.P.러브크래프트	1929~30		ヨゴス星より	정7-2
유그난의 아내	Huguenin's Wife	매튜 필립 실	1895		ユグナンの妻	筑摩書房『英国短篇小説の愉しみ3』
유령 사냥꾼 카나키	Carnacki, the Ghost-Finder	윌리엄 호프 호지슨	1913		幽霊狩人カーナッキの事件簿	創元推理文庫
유령 해적단	The Ghost Pirates	윌리엄 호프 호지슨	1909		幽霊海賊	アトリエサード
응답 없는 신들	The Unresponding Gods	리처드 L. 티어니	2002		応えざる神々	新紀元社『エイボンの書』
이계의 집	The House on the Borderland	윌리엄 호프 호지슨	1908	○	異次元を覗く家	アトリエサード
이그그르르의 주문	The Yggrr Incantation	스티븐 세닛	2001		イググルルの呪文	新紀元社『エイボンの書』
이그나근니스스스즈	Ycnágnnissz	리처드 L. 티어니	2002		イクナグンニススズ	新紀元社『エイボンの書』

제목	영문	작가	출간년도	국내출간	일본 작품명	수록책자/문고명
이그의 저주	The Curse of Yig	질리아 비숍	1929	○	イグの呪い	크7&화&전별상
이그잠 수도원의 모험	The Adventure of Exham Prior	F. 그윈플레인 매킨타이어	2003		イグザム修道院の冒険	早川書房『SFマガジン』2010-05
이라논의 열망	The Quest of Iranon	H.P.러브크래프트	1921	○	イラノンの探求	전7
이라논의 열망	The Quest of Iranon	H.P.러브크래프트	1921	○	流離の王子イラノン	정1
이름 없는 도시	The Nameless City	H.P.러브크래프트	1921	○	無名都市	전3
이름 없는 도시	The Nameless City	H.P.러브크래프트	1921	○	廃都	정1
이름 없는 자손	The Nameless Offspring	클라크 애슈턴 스미스	1932	○	名もなき末裔	크8
이름 없는 자손	The Nameless Offspring	클라크 애슈턴 스미스	1932	○	墳墓の末裔	화
이름수의 비법	Name And Number	브라이언 럼리	1982		名数秘法	創元推理文庫『タイタス・クロウの事件簿』
이비드	Ibid	H.P.러브크래프트	1928	○	イビッド	정4
이아그사트의 악마 퇴치	The Exorcism of Iagsat	조셉 S. 펄버	1998		イアグサトの悪魔払い	新紀元社『エイボンの書』
이타콰	Ithaqua	어거스트 덜레스	1941~44		イタカ	크12
이형의 사자	The Messenger	H.P.러브크래프트	1929		異形の使者	정7-2
인스머스로 돌아가다	Return to Innsmouth	가이 N. 스미스	1992		インスマスに帰る	学研M文庫『インスマス年代記』
인스머스의 그림자	The Shadow over Innsmouth	H.P.러브크래프트	1931	○	インスマウスの影	전1
인스머스의 그림자	The Shadow over Innsmouth	H.P.러브크래프트	1931	○	インズマスの影	정5
인스머스의 그림자	The Shadow over Innsmouth	H.P.러브크래프트	1931	○	インスマスを覆う影	크8
인스머스의 유산	The Innsmouth Heritage	브라이언 스테이블포드	1992		インスマスの遺産	学研M文庫『インスマス年代記』
인스머스의 조각상	Innsmouth Clay	H.P.러브크래프트&어거스트 덜레스	1974		インズマスの彫像	진9&신5
인스머스의 황금	Innsmouth Gold	데이비드 서튼	1994		インスマスの黄金	学研M文庫『インスマス年代記』

제목	영문	작가	출간년도	국내출간	일본 작품명	수록책자/문고명
일곱 박공의 집	The House of the Seven Gables	나타니엘 호손	1851	○	七破風(しちはふ)の屋敷	泰文堂
일곱개의 저주	The Seven Geases	클라크 애슈턴 스미스	1934		七つの呪い	創元推理文庫『ヒュペルボレオス極北神怪譚』&創土社『魔術師の帝国』
일로르뉴의 거인	The Colossus of Ylourgne	클라크 애슈턴 스미스	1934	○	イルーニュの巨人	創元推理文庫『イルーニュの巨人』
일로르뉴의 거인	The Colossus of Ylourgne	클라크 애슈턴 스미스	1934	○	イルウルニュ城の巨像	創元推理文庫『アヴェロワーニュ妖魅浪漫譚』
임종의 간호	The Death Watch	휴즈 B. 케이브	1939		臨終の看護	크5
자멸 마법	The Suicide in the Study	로버트 블록	1935		自滅の魔術	ソノラマ文庫『暗黒界の悪霊』
자스터의 기도	The Liany of Xastur	스티븐 세닛	2001		ザスターの連禱	新紀元社『エイボンの書』
잠긴 방	The Stuttered Room	H.P.러브크래프트&어거스트 덜레스	1959		開かずの部屋	진2&신4
잠긴 방	The Stuttered Room	H.P.러브크래프트&어거스트 덜레스	1959		閉ざされた部屋	크7
잠긴 상자	The Sealed Casket	리처드 F. 시라이트	1935		暗恨	진10&신2
잠의 장벽 너머	Beyond the Wall of Sleep	H.P.러브크래프트	1919	○	眠りの壁の彼方	전4
잠의 장벽 너머	Beyond the Wall of Sleep	H.P.러브크래프트	1919	○	眠りの壁を超えて	정1
잠재된 공포	The Lurking Fear	H.P.러브크래프트	1922	○	おそろしきもの潜む	정2
잠재된 공포	The Lurking Fear	H.P.러브크래프트	1922	○	潜み棲む恐怖	전3
장화	Down to the Boots	D.F. 루이스	1989		長靴	学研M文庫『インスマス年代記』
잿빛 방직자	Rede of the Gray Weavers	앤 K. 슈웨더	2002		灰色の織り手の物語(断章)	新紀元社『エイボンの書』
저 너머에서	From Beyond	H.P.러브크래프트	1920	○	向こう側	정1
저 너머에서	From Beyond	H.P.러브크래프트	1920	○	彼方より	전4

제목	영문	작가	출간 년도	국내 출간	일본 작품명	수록책자/문고명
저주받은 비석	The Stone on the Island	J. 램지 캠벨	1964		呪われた石碑	扶桑社ミステリー『クトウルー神話への招待』
저편에서 나타나는 것	Something from Out There	어거스트 덜레스	1951		彼方からあらわれたもの	크13
저편에서 오는 사냥꾼	The Hunters from Beyond	클라크 애슈턴 스미스	1932		彼方から狩り立てるもの	創元推理文庫『アヴェロワーニュ妖魅浪漫譚』
저편에서 오는 사냥꾼	The Hunters from Beyond	클라크 애슈턴 스미스	1932		彼方からのもの	크3
저편으로부터의 도전	The Challenge from Beyond	H.P.러브크래프트	1935		彼方よりの挑戦	진2&신2
전기처형기	The Electric Excutioner	아돌프 드카스트로	1930	○	電気処刑器	크8&진1&신1&전별상
전초지	The Outpost	H.P.러브크래프트	1929		前哨地	정7-2
점을 잇다	Connect the Dots	도널드 R, 버를슨	1997		点を結ぶ	青心社文庫『ラヴクラフトの世界』
정신기생체	The Mind Parasites	콜린 윌슨	1967	○	精神寄生体	学研M文庫
제7의 주문	The Seventh Incantation	조셉 페인 브레넌	1963		第七の呪文	진3&신4
제자 판티코르에 대한 에이본의 편지	The Epistles of Eibon to his disciple Phanticor	로버트 M. 프라이스	2001		弟子ファンティコールへのエイボンの書簡	新紀元社『エイボンの書』
제자들의 조합에 대한 에이본의 편지	The Epistle of Eibon into the Guild of His Dlsclples	로버트 M. 프라이스	2001		弟子たちの組合へのエイボンの書簡	新紀元社『エイボンの書』
제자에 대한 에이본의 제2의 편지, 또는 에이본의 묵시록	The Second Epistle of Eibon unto his Disciples or The Apocalypse of Eibon	로버트 M. 프라이스	2001		弟子へのエイボンの第二の書簡、もしくはエイボンの黙示録	新紀元社『エイボンの書』
존 디 문서의 해독	Deciphering John Dees' Manuscript	데이빗 랭포드	1978		ジョン・ディー文書の解読	学研『魔道書ネクロノミコン外伝』
주술사의 반지	The Rings of the Papaloi	도널드 J. 왈쉬	1971		呪術師(パパロイ)の指環	진2&신5
즈스틸젬그니의 부하	The Minions of Zstylzhemgni	리처드 L. 티어니	2002		ズスティルゼムグニの手先	新紀元社『エイボンの書』
지붕 위에	The Thing on the Roof	로버트 어빈 하워드	1932		破風の上のもの	화
지붕 위에	The Thing on the Roof	로버트 어빈 하워드	1932		屋根の上に	크8

제목	영문	작가	출간 년도	국내 출간	일본 작품명	수록책자/문고명
지붕위의 괴물	The Thing on Roof	로버트 어빈 하워드	1932		屋上の怪物	創元推理文庫『黒の碑』
지하의 토굴	The Burrower Beneath	로버트 M. 프라이스	1997		地を穿(うが)つもの	新紀元社『エイボンの書』
진열실의 공포	The Horror in the Gallery	린 카터	1974		陳列室の恐怖	エンターブレイン『クトウルーの子供たち』
진의 위험 속을 자유롭게 걷는 법	To Walk Free Among the Harms of Zin	조셉 S. 펄버	2002		ズィンの害悪の中を自由に歩く法	新紀元社『エイボンの書』
짐보	Jimbo	앨저넌 블랙우드	1909		ジンボー	月刊ペン社
차토구아	Tsathoggua	마이켈 판티나	2001		ツァトウグァ	新紀元社『エイボンの書』
차토구아에 대한 기도문	Petition: To Tsathoggua	리처드 L. 티어니	2002		ツァトウグァへの祈願文	新紀元社『エイボンの書』
찰스 덱스터 워드의 사례	The Case of Charles Dexter Ward	H.P.러브크래프트	1927 ~28	○	狂人狂騒曲	정4
찰스 덱스터 워드의 사례	The Case of Charles Dexter Ward	H.P.러브크래프트	1927 ~28	○	チャールズ・ウォードの奇怪な事件	크10
찰스 덱스터 워드의 사례	The Case of Charles Dexter Ward	H.P.러브크래프트	1927 ~28	○	チャールズ・デクスター・ウォード事件	전2
책의 수호자	The Guardian of the Book	헨리 핫세	1937		探綺書房	진10&신2
책의 수호자	The Guardian of the Book	헨리 핫세	1937		本を守護する者	크13
첨탑의 그림자	The Shadow from Steeple	로버트 블록	1950		尖塔の影	크7
초원	The Green Meadow	엘리자베스 버클리	1927	○	緑瞑記	정2
초원	The Green Meadow	엘리자베스 버클리		○	緑の草原	전7
축제	The Festival	H.P.러브크래프트	1923	○	祝祭	정2
축제	The Festival	H.P.러브크래프트	1923	○	魔宴	크4
축제의 유지	Keeping Festival	몰리 L. 버를슨	1997		魔宴の維持	青心社文庫『ラヴクラフトの世界』
침입자	The Invaders	헨리 커트너	1939		触手	진3&신3

제목	영문	작가	출간 년도	국내 출간	일본 작품명	수록책자/문고명
침입자	The Invaders	헨리 커트너	1939		侵入者	크8
카르코사의 망자	An Inhabitant of Carcosa	앰브로스 비어스	1893	○	カーコサのある住人	創土社『ビアス怪異譚』
카르코사의 망자	An Inhabitant of Carcosa	앰브로스 비어스	1893	○	カルコサの住民	크3
카벤타리아 만에서		한스 칼 아르트만	1969		カーペンタリア湾にて	河出書房新社『サセックスのフランケンシュタイン』
칼누라의 타보암 왕에게 보내는 에이본의 편지	The Epistle of Eibon to King Thaboam of Kalnoora	로렌스 J. 콘포드	2002		カルヌーラのタボアム王へのエイボンの書簡	新紀元社『エイボンの書』
켄타우르스	Centaur	앨저넌 블랙우드	1911		ケンタウルス	月刊ペン社
콘라드 트레게라스의 모험	コンラッド・トレゲラスの冒険	한스 칼 아르트만	1969		コンラッド・トレゲラスの冒険	河出書房新社『サセックスのフランケンシュタイン』
콜드 프린트	Cold Print	J. 램지 캠벨	1969		コールド・プリント	Trident House『Nightland』창간호
콜롬비아 테라스의 공포	Horror at columbia Terrace	C.J. 헨더슨	1997		コロンビア・テラスの恐怖	青心社文庫『ラヴクラフトの世界』
크라우치 엔드	Crouch End	스티븐 킹	1980	○	クラウチ・エンド	文藝春秋『ヘッド・ダウン』
크라우치 엔드	Crouch End	스티븐 킹	1980	○	クラウチ・エンドの怪	진6-1 & 신6
크랄리츠의 비밀	The Secret of Kralitz	헨리 커트너	1938		クラーリッツの秘密	크10
크소우팜인들에 보내는 에이본의 편지	The Epistle of Eibon to the Xouphamites	로렌스 J. 콘포드	2002		クソウファムの民へのエイボンの書簡	新紀元社『エイボンの書』
크툴루의 권속	Demons of Cthulu	로버트 실버버그	1959		クトウルーの眷属	크10
크툴루의 부름	The Call of Cthulhu	H.P.러브크래프트	1926	○	クスルウーの喚び声	크1
크툴루의 부름	The Call of Cthulhu	H.P.러브크래프트	1926	○	クスルウフの呼び声	전2
크툴루의 부름	The Call of Cthulhu	H.P.러브크래프트	1926	○	クトウルーの呼び声	정3
큰 물고기	The Big Fish	킴 뉴먼	1993		大物	学研M文庫『インスマス年代記』
클레오파트라의 밤	Une unit de Cléopatre	테오필 고티에	1845		或る夜のクレオパトラ	河出市民文庫

제목	영문	작가	출간 년도	국내 출간	일본 작품명	수록책자/문고명
클레이본 보이드의 유서 (영겁의 탐구 3부)	The Testament of Claiborne Boyd	어거스트 덜레스	1949		クレイボーン・ボイドの遺書	크2
키노스라브의 장송가	Kynothrabian Dirge	조셉 S. 펄버	2002		キノスラブの葬送歌	新紀元社『エイボンの書』
타이터스 크로우의 귀환	The Transition of Titus Crow	브라이언 럼리	1975		タイタス・クロウの帰還	創元推理文庫
터틀	Tuttle	제임스 로버트 스미스	1997		タトウル	青心社文庫『ラヴクラフトの世界』
토머스 수도원장의 보물	The Treasure of Abbot Thomas	몬터규 로즈 제임스	1904	○	トマス僧院長の宝	創元推理文庫『M・R・ジェイムズ怪談全集1』
토성을 향한 문	The Door to Saturn	클라크 애슈턴 스미스	1932		魔道師の挽歌	
토성을 향한 문	The Door to Saturn	클라크 애슈턴 스미스	1932		土星への扉	創元推理文庫『ヒュペルボレオス極北神怪譚』
토성을 향한 문	The Door to Saturn	클라크 애슈턴 스미스	1932		魔道士エイボン	크5
틀뢴, 우크바르, 오르비스 떼르띠우스	Tlon, Uqbar, Orbis Tertius	호르헤 루이스 보르헤스	1940	○	トレーン、ウクバール、オルビステルテイウス	岩波文庫『伝奇集』
틴달로스의 사냥개	The Hounds of Tindalos	프랭크 벨냅 롱	1929		ティンダロスの猟犬	크5
파롤의 소환	The Summoning of Pharol	리처드 L. 티어니	2002		ファロールの召喚	新紀元社『エイボンの書』
파인 듄즈의 얼굴	The Faces at Pine Dunes	J. 램지 캠벨	1980		パイン・デューンズの顔	진6-2&신7
팔콘 곶의 어부	The Fisherman of Falcon Point	H.P.러브크래프트&어거스트 덜레스	1959		ファルコン岬の漁師	크10
포 시인의 악몽	The Poe-et's Nightmare	H.P.러브크래프트	1916 ?		ポオ擬詩人の悪夢	정7-2
포로스 농장의 이변	Events at Poroth Farm	T.E.D. 클라인	1972		ポーロス農場の変事	青心社文庫『ラヴクラフトの世界』
포식자들	The Spece-Eaters	프랭크 밸냅 롱	1928		怪魔の森	진2&신1
포식자들	The Space Eaters	프랭크 벨냅 롱	1928		喰らうものども	크9
풍신의 사악한 종교	Spawn of the Wind	브라이언 럼리	1978		風神の邪教	創元推理文庫

제목	영문	작가	출간 년도	국내 출간	일본 작품명	수록책자/문고명
프나스의 골짜기	In the Vale of Pnath	린 카터	1975		ナスの谷にて	新紀元社『エイボンの書』
프놈의 엄명	The Adjuration of Pnom	스티븐 세닛	2001		プノムの厳命	新紀元社『エイボンの書』
프리스쿠스의 무덤	The Tomb of Priscus	브라이언 무니	1994		プリスクスの墓	学研M文庫『インスマス年代記』
피라미드 아래서	Under the Pyramids/ Imprisoned with Paraoh	H.P.러브크래프트	1925	○	ファラオとともに幽閉されて	전7＆정2
피버디가의 유산	The Peabody Heritage	H.P.러브크래프트&어거스트 덜레스	1957		ピーバディ家の遺産	크5
픽맨의 모델	Pickman's Model	H.P.러브크래프트	1926	○	ピックマンのモデル	전4＆정3
하숙집에서 생긴 일	An Episode in a Lodging House	앨저넌 블랙우드	1906		スミスー下宿屋の出来事	光文社古典新訳文庫『秘書椅譚』
하스터의 귀환	The Return of Hastur	어거스트 덜레스	1939		ハスターの帰還	크1
하얀 가루	The Novel of the White Powder	아서 매켄	1895	○	白い粉薬のはなし	白い粉薬のはなし
하얀 무녀	The White Sybil	클라크 애슈턴 스미스	1934		皓白(こうはく)の巫女	創元推理文庫『ヒュペルボレオス極北神怪譚』
하온 도르의 저택	The House of Haon-Dor	리처드 L. 티어니	2002		ハオン=ドルの館	新紀元社『エイボンの書』
하이드라	Hydra	헨리 커트너	1939		ハイドラ	진1&신3
하이드라	Hydra	헨리 커트너	1939		ヒュドラ	크9
하이스트리트 교회	The Church in High street	J. 램지 캠벨	1964		ハイ・ストリートの教会	学研M文庫『インスマス年代記』&論創社『漆黒の霊魂』
하이퍼보리아	Hyperborea; or, Eibon's Prophecy	리처드 L. 티어니	2002		ハイパーボリア	新紀元社『エイボンの書』
할리퀸의 마지막 축제	The Last Feast of Harlequin	토머스 리고티	1990		ハーレクインの最後の祝祭	青心社文庫『ラヴクラフトの世界』
할머니	Grandma	스티븐 킹	1984	○	おばあちゃん	扶桑社ミステリー『밀크맨ミルクマン』
함정	The Trap	헨리 센트 클레어 화이트헤드	1931		罠	전별상
행성간 여행 소설에 관한 노트	Some Notes on Inter-planetary Fiction	H.P.러브크래프트	1934		宇宙冒険小説に関するノート	정7-1

제목	영문	작가	출간 년도	국내 출간	일본 작품명	수록책자/문고명
행성간 여행 소설에 관한 노트	Some Notes on Inter-planetary Fiction	H.P.러브크래프트	1934		惑星間旅行小説の執筆に関する覚書	学研『文学における超自然の恐怖』
허버트 웨스트 리애니메이터	Herbert West - Reanimator	H.P.러브크래프트	1921	○	死体蘇生者ハーバート・ウエスト	전5＆정2
헬무트 헤켈의 일기와 편지	Chet Williamson	체트 윌리엄슨	1990		ヘルムート・ヘッケルの日記と書簡	創元推理文庫『ラブクラフトの遺産』
현관 앞에 있는 것	The Thing on the Doorstep	H.P.러브크래프트	1933	○	戸口にあらわれたもの	전3
현관 앞에 있는 것	The Thing on the Doorstep	H.P.러브크래프트	1933	○	戸をたたく怪物	정6
현자 에이본으로부터 동포 말리노레스와 바지마르돈에 보내는 편지	The Epistle of Eibon the Mage unto his Brethren Malinoreth and Vajmaldon	로버트 M. 프라이스	2001		賢者ェイボンから同胞マリノレスとヴァジマルドンへの書簡	新紀元社『エイボンの書』
현자의 돌	Philosopher's stone	콜린 윌슨	1969		賢者の石	創元推理文庫
형언할 수 없는 것		H.P.러브크래프트	1923	○	名状しがたいもの	전6
형언할 수 없는 것	The Unnamable	H.P.러브크래프트	1923	○	名状しがたきもの	정2
호각 소리	Oh Whistle, and I'll come to you, My Lad	몬터규 로즈 제임스	1903	○	笛吹かば現れん	創元推理文庫『M・R・ジェイムズ怪談全集1』
호바스 블레인 이야기 (영겁의 탐구 5부)	The Black Island/ The Narrative of Hovath Blayne	어거스트 덜레스	1952		ホーヴァス・ブレインの物語	크2
호반의 주민	The Inhabitant of the Lake and Less Welcome Tenants	J. 램지 캠벨	1964		湖畔の住人	扶桑社ミステリー『古きものたちの墓』
호수 바닥의 공포	The Horror from the Depths	마크 쇼러	1940		湖底の恐怖	크12
화이트호	The White Ship	H.P.러브크래프트	1919	○	白い帆船	전6＆정1
환상의 하숙인	The Listener	앨저넌 블랙우드	1907		幻の下宿人	ソノラマ文庫『死を告げる白馬』
황무지	The Barrens	F. 폴 윌슨	1990		荒地	創元推理文庫『ラブクラフトの遺産』
횡단	The Crossing	에이드리안 콜	1994		横断	学研M文庫『インスマス年代記』

제목	영문	작가	출간 년도	국내 출간	일본 작품명	수록책자/문고명
후손	The Descendant	H.P.러브크래프트	1923	○	末裔	전7
후손	The Descendant	H.P.러브크래프트	1923	○	闇の一族	진3
후안 로메로의 전이	Transition of Juan Romero	H.P.러브크래프트	1919	○	ファン・ロメロの変容	전7＆정1
흐나아 방식	The Hnaa Formula	스티븐 세닛	2001		フナア式文	新紀元社『エイボンの書』
흑단의 서	The Ebony Book: Introduction to The Book of Eibon	로버트 M. 프라이스	1997		黒檀の書	新紀元社『エイボンの書』
히치하이커	The Hitch	개리 섬터	1997		ヒッチハイカー	学研M文庫『インスマス年代記』
히프노스	Hypnos	H.P.러브크래프트	1922	○	眠りの神	전7
히프노스	Hypnos	H.P.러브크래프트	1922	○	ヒュプノス	정2

2. 한국에 출간된 관련 책자/참고 자료

관심 있는 독자들을 위하여 한국에서 크툴루와 관련하여 참고할 수 있는 작품과 참고 문헌, 관련 자료를 정리해서 소개한다.

1) H.P. 러브크래프트 작품

H.P. 러브크래프트가 직접 집필한 작품이 수록된 책자

책 제목	작가	출판사	번역	출간 년도	수록 작품/비고
광기의 산맥	H.P.러브크래프트	씽크북	변용란	2001	
사라지는 거리	H.P.러브크래프트	동림	김상준	2001	거리
러브크래프트코드 1. 공포의 보수	H.P.러브크래프트	동서문화사	정광섭	2005	
러브크래프트코드 2. 에리히 짠의 음악	H.P.러브크래프트	동서문화사	정광섭	2005	
러브크래프트코드 3. 문앞의 방문객	H.P.러브크래프트	동서문화사	정광섭	2005	
러브크래프트코드 4. 광기의 산맥	H.P.러브크래프트	동서문화사	정광섭	2005	
러브크래프트코드 5. 레드훅의 공포	H.P.러브크래프트	동서문화사	정광섭	2005	
러브크래프트 전집 1	H.P.러브크래프트	황금가지	정진영	2009	
러브크래프트 전집 2	H.P.러브크래프트	황금가지	정진영	2009	
러브크래프트 전집 3	H.P.러브크래프트	황금가지	정진영	2012	
러브크래프트 전집 4	H.P.러브크래프트	황금가지	정진영	2012	
하워드 필립스 러브크래프트 (현대문학 세계 문학단편선 7)	H.P.러브크래프트	현대문학	김지현	2014	
러브크래프트 걸작선 1 사냥개	H.P.러브크래프트	위즈덤하우스	김시내	2018	
러브크래프트 걸작선 2 우주에서 온 색채	H.P.러브크래프트	위즈덤하우스	김시내	2018	
러브크래프트 걸작선 3 누가 블레이크를 죽였는가?	H.P.러브크래프트	위즈덤하우스	김시내	2018	
찰스 덱스터워드의 비밀	H.P.러브크래프트	영언문화사	변용란	2003	
세계 호러 걸작선	H.P.러브크래프트 외	책세상	정진영	2004	사냥개

책 제목	작가	출판사	번역	출간년도	수록 작품/비고
세계 호러 단편 100선	H.P.러브크래프트 외	책세상	정진영	2005	아웃사이더
고양이를 쓰다	H.P.러브크래프트 외	시와서	송승현	2018	울타르의 고양이
고양이를 읽는 시간	H.P.러브크래프트 외	꾸리에	지은현	2017	울타르의 고양이
세계 추리소설 단편선	H.P.러브크래프트 외	신라출판사	신윤기	2008	한밤 중의 손님
공포 문학의 매혹	H.P.러브크래프트	북스피어	홍인수	2012	평론서

2) 크툴루 관련 작가 작품

러브크래프트가 영감을 받은 괴기 작가 작품과 크툴루 대계 관련 작품이 수록된 책자. 용어 사전에 소개된 것 이외에 후반의 칼럼에서 소개한 작품도 함께 소개

책 제목	작가	출판사	번역	출간 년도	수록 작품/비고
러브크래프트 전집 5 외전(상)	헤이즐 힐드 외	황금가지	정진영	2015	「박물관에서의 공포」 외
러브크래프트 전집 6 외전(하)	로버트 E 하워드 외	황금가지	정진영	2015	「검은돌」 외
클라크 애슈턴 스미스 걸작선	클라크 애슈턴 스미스	황금가지	정진영	2015	
픽션들(보르헤스 전집 2)	호르헤 루이스 보르헤스	황금가지	황병하	1994	틀뢴, 우크바르, 오르비스, 떼르띠우스
일곱 박공의 집	너새니얼 호손	세계문학		1995	일곱 박공의 집
알렙(보르헤스 전집 3)	호르헤 루이스 보르헤스	황금가지	황병하	1996	알렙, 아스테리온의 집
셰익스피어의 기억 (보르헤스 전집 5)	호르헤 루이스 보르헤스	황금가지	황병하	1997	더 많은 것들이 있다.
아서 고든 핌의 모험	에드거 앨런 포	황금가지	김성곤	1998	
일곱 박공의 집(만화세계명작 25)	너새니얼 호손	대현출판사	김인구	1998	일곱 박공의 집
바텍	윌리엄 벡포드	열림원	정영목	2003	바테크
스티븐킹 단편집 5	스티븐 킹	황금가지	김현우	2003	예루살렘 롯, 나는 네가 원하는 것을 알고 있다.
일곱 박공의 집 (영한대역세계명작만화)	너새니얼 호손	교육출판공사	김인구	2004	
스켈레톤 크루 상 (밀리언 셀러 클럽 42)	스티븐 킹	황금가지	조영학	2006	안개
스켈레톤 크루 하 (밀리언 셀러 클럽 43)	스티븐 킹	황금가지	조영학	2006	할머니
웬디고	앨저넌 블랙우드	문파랑	이지선	2009	웬디고
이계의 집	윌리엄 호프 호지슨	행복한 책읽기	김상훈	2009	
바테크(바벨의 도서관 10)	윌리엄 벡포드	바다출판사	문은식	2010	
일본 괴담집	패트릭 라프카디오 헌 (고이즈미 야쿠모)	문	김시덕	2010	괴담

책 제목	작가	출판사	번역	출간 년도	수록 작품/비고
불타는 피라미드 (바벨의 도서관21)	아서 매켄	바다출판사	이한음	2011	검은 인장 이야기(검은 인장의 소설), 하얀 가루, 불타는 피라미드
얀 강가의 한가한 나날	로드 던세이니	바다출판사	정보라	2011	
픽션들(민음사 세계 문학 전집 275)	호르헤 루이스 보르헤스	민음사	송병선	2011	틀뢴, 우크바르, 오르비스, 떼르띠우스
일곱 박공의 집 (민음사 세계 문학전집282)	너새니얼 호손	민음사	정소영	2012	일곱 박공의 집
정신 기생체	콜린 윌슨	폴라북스	김상훈	2012	
노란 옷 왕	앰브로스 비어스, 로버트 체임버스	아티초크	공진호	2014	명예회복 해결사, 노란 표적, 카르코사의 망자
기 드 모파상 (현대문학 세계문학 단편선 9)	기 드 모파상	현대문학	최정수	2014	오를라
세계문학단편선 몬터규 로즈 제임스	몬터규 로즈 제임스	현대문학	조호근	2014	망누스 백작, 토마스 수도원장의 보물, 바체스터 대성당의 성가대석, 호각을 불면 내가 찾아가겠네, 대성당의 옛 이야기
2층 침대의 괴물	프란시스 마리온 크로포드 외	한국톨스토이	김미선	2015	2층 침대의 괴물
에드거 앨런 포 소설 전집 5 : 모험 편	에드거 앨런 포	코너스톤	바른번역	2015	아서 고든 핌의 모험
괴담	패트릭 라프카디오 헌(고이즈미 야쿠모)	혜윰	심정명	2017	괴담
아서 고든 핌의 이야기	에드거 앨런 포	미디어 창비	전승희	2017	
아울크리크 다리에서 생긴 일	앰브로스 비어스	혜윰	정진영	2017	요물, 카르코사의 망자(카르코사의 주민)
윌랜드	찰스 브록덴 브라운	한국문화사	황재광	2017	빌랜드
꿈의 땅에서 온 이야기	로드 던세이니	페가나		2018	얀 강가의 한가한 나날(전자책)
낸터킷의 아서 고든 핌 이야기	에드거 앨런 포	시공사	권진아	2018	
블랙 톰의 발라드	빅터 라발	황금가지	이동현	2019	
악몽과 몽상 2	스티븐 킹	엘릭시르	이은선	2019	크라우치 엔드

책 제목	작가	출판사	번역	출간 년도	수록 작품/ 비고
세계 호러 걸작선 1	몬터규 로즈 제임스 외	책세상	정진영	2004	호각소리
세계 호러 걸작선 2	샬롯 퍼킨스 길먼 외	책세상	정진영	2004	노란 벽지
세계 괴기 소설 걸작선 1	아서 매켄 외	자유문학사	윤효송	2004	위대한 목신
뱀파이어 걸작선	월터 데라메어 외	책세상	정진영	2006	시튼의 이모
필경사 바틀비 창비 세계문학 단편선	샬롯 퍼킨스 길먼 외	창비	한기욱	2010	노란 벽지
SF 수호전 (1~8)	쿠리모토 카오루	산호			
참마대성 데몬베인 본편 1~3	하야가네 진	서울미디어	곽형준	2009	
영웅의 서 1,2	미야베 미유키	문학동네	문학동네	2010	
기어와라 냐루코 양 1~12	아이소라 만타	디앤씨미디어	곽형준	2010	
참마대성 데몬베인 외전 1~3	후루하시 히데유키	서울미디어	곽형준	2010	
혈안	아야츠지 유키토 외	프라하	한성례	2012	미도로 언덕 기담
죽은 자의 제국	이토 케이카쿠, 엔조 도	민음사	민음사	2015	
오래된 우물	아야츠지 유키토 외	북스코리아	한성례	2018	미도로 언덕 기담

3) 크툴루 신화 참고 자료

크툴루 신화를 이해하는 데 도움이 되는 책자, 보드 게임, 테이블 탑 롤플레잉 게임 등의 참고 자료(게임은 한글 번역으로 나왔거나, 한글로 플레이할 수 있는 것으로 한정한다)

책 제목	작가	출판사	번역	출간 년도	수록 작품/비고
도해 크툴루 신화	모리세 료	AK 커뮤니케이션즈	이창협	2010	참고 자료
크툴루 신화 대사전	노무라 마사타카 외	AK 커뮤니케이션즈	곽형준	2013	참고 자료
마도서의 세계	쿠사노 타쿠미	AK 커뮤니케이션즈	남지연	2019	참고 자료
크툴루 신화 사전	모리세 료	비즈앤비즈	김훈	2014	참고 자료
러브크래프트의 공포들	샌디 피터슨 외	초여명	박나림	2016	설정집
크툴루의 부름:어둠으로 가는 문	브라이언 M. 새먼즈 외	초여명	박나림	2017	설정집
크툴루의 부름:어둠으로 가는 문	폴 프리커 외	초여명	박나림	2017	설정집
크툴루의 부름:피터슨의 악몽들	샌디 피터슨 외	초여명	박나림	2018	설정집
크툴루의 부름 수호자 룰북 /탐사자 핸드북	샌디 피터슨 외	초여명	김성일	2016	테이블 탑 롤플레잉 게임
니알라토텝의 가면들		초여명	김성일	2019	테이블 탑 롤플레잉 게임
크툴루 컨피덴셜	로빈 D. 로스 외	초여명	김성일	2018	테이블 탑 롤플레잉 게임
아컴 호러	리처드 라우니우스 외	코리아보드 게임즈		2011	보드 게임
엘드리치 호러	코리 코니즈카 외	코리아보드 게임즈		2016	보드 게임
엘드리치 호러 : 버림받은 지식		코리아보드 게임즈		2019	보드 게임
광기의 저택	니키 발렌스 외	코리아보드 게임즈		2019	보드 게임
아컴 호러 카드 게임	네이트 프렌치 최	코리아보드 게임즈		2016	카드 게임
포켓 매드니스	브루노 카탈라 외	코리아보드 게임즈		2018	카드 게임
콜 오브 크툴루(Call of Cthulhu)		Cyanide Studio		2018	컴퓨터 게임
기버스 크툴루 어드벤처 (Gibbous A Cthulhu Adventure)		Stuck In Attic		2019	컴퓨터 게임
싱킹 월드(The Sinking World)		Frogware		2020	컴퓨터 게임

3. 크툴루 신화 용어

이 책에서 소개한 용어들은 크툴루 대계와 관련한 매우 다양한 항목이 정리되어 있다. 중요한 항목에 대한 이해를 높일 수 있도록 이 중 일부 요소들을 정리하여 소개한다.

<신격>

1)신화

넵튜누스 Neptune
부바스티스 Bubastis
세베크 Sebek
위칠로포치틀리 Huitzilopochtli
이슈타르 Ishtar
제임스 우드빌 James Woodville
케찰코아틀 Quetzalcoatl
콘 Kon
키베레 Cybele, Kybele

2)권속, 대계

과타노차 Ghatanothoa
그레이트 올드 원 Great Old Ones
그레이트원 Great Ones
글라키 Glaaki
나스-호르나스 Nath-Horthath
노덴스 Nodens
뇨그타 Nyogtha
누그 Nag
니알라토텝 Nyarlathotep
다곤 Dagon
다른 신들 Other Gods
다올로스 Daoloth
란-테고스 Rhan-Tegoth
로본 Lobon
로이거 Lloigor
림 샤이코스 Rlim shaikorth
말릭 타우스 Malik Tous
모르디기안 Mordiggian
바이아구나 Byagoona
바이아티스 Byatls
보르바도스 Vorvadoss
보크루그Bokrug
부오 Buo
슈브-니구라스 Shub-Niggurath
아발로스 Avaloth
아자토스 Azathoth
아틀락-나챠 Atlach—Nacha
아품-자 Aphoom-Zhah
야드 Yad
엘더 갓 Elder Gods
예브 Yeb
오트눔 Othnum
요그 소토스 Yog—Zothoth
요드 Iod
우므르 아트-타윌 Umr At-Tawil
우보-사틀라 Ubbo-Sathla
위대한 이름 없는 자 Magnum Innominandum
유그 Yug
이그 Yig
이그나근니스스스즈 Ycnagnnisssz

이다-야 Idh-yaa
이브-츠틀 Yibb-tstll
이소그타 Ythogtha
이타콰 Ithaqua
이호운데 Yhoundeh
조스 옴모그 Zoth-ommog
조-칼라 Zo-Kalar
존재 the Being
즈빌포과 Zvilpogghua
차르 Zhar
차우그나르 파우근 chaugnar Faugn
차토구아 Tsathoggua/조타쿠아 Zhothaqquah/소다구이 sodagui
코스 Koth
크타니드 Kthanid
크토니안 Cthonian
크투가 cthugha
크툴루 Cthulhu
크툴루의 권속 마신군 Cthulhu Cycle Deities
크툴루의 사생아 Cthuluh spawn
크틸라 Cthylla
타마쉬 Tamash
토르나수크 Tornasuk
하스터 Hastur
하얀 원숭이 여신 white ape-good-dess
하이드라 Hydra
한 Han
흐지울퀴그문즈하 Hziulquoigmn-zhah
히프노스 Hypnos

<존재>

1)존재/정령

검은 존재 The Black
네레이드 Nereids
드제헨 Djhenquom
릴리스 Lilith
모래 속의 존재 Sand-Dweller
므브와 M'bwa
별의 전사 Star-Warrlors
부다이 Buddai
브라운 젠킨 Brown Jenkin
비밀 지식의 수호자 Warder of Knowledge
사시 Sashi
슈브-니구라스의 자식 the offspring of Shub-Niggurath
스은가크 S'ngac
씨 쇼고스 sea-Shoggoth
아르케타이프 Archetypes
압제자 the oppressor
올드 원 Old Ones
요스 칼라 Yoth Kala
웬디고 Wendigo
의태하는 것 Forms
이계의 존재 Outer ones
이형의 존재 Shapes
조스 사이라 Zothsyra
차크라이 chaklahi
파수꾼 Guards
프트트야-라이 Pth'thya-l'yi

2)괴물/생물

가스트 ghast
가이아-슨 Gyaa~yothn/갸-요튼 Gyaa-Yothn
검은 사나이 Black Man
고르고 Gorgo
구울 Ghoul/식시귀 屍食鬼
그것 It
나라토스 Narrathoth
나이트 곤 Night—gaunt
네시 Nessie
다크 원 Dark One

달의 생물 Moon beasts
도울 족 Dholes
도울즈 Doels
라이게스 나무 lygath-tree
라티 Lathi
라프톤티스 Raphtontis
마가새 magah bird
바이아크헤 Byakhee
발로르 Balor
백색변종의 펭귄 albino penguins
베히모스 behemoth
부니스 Voonith
사냥개 hound
샨타크 새 Shantak
쇼고스 Shoggoth
슈그오란 Shugoran
슈드 멜 Shudde-M'el
스와인허드 swineherd
스핑크스 sphinx
심해의 켈프 deep kelp
예그-하 Yegg-ha
오사다고와 Ossadagowah
우르하그 urhags
우말 U'mal
위퍼윌 Whippoorwills
주샤콘 Zushakon
틴달로스의 사냥개 Hounds of Tindalos
파롤 Pharol
하이드라 Hydra
합성 미라 composite Mummies
형언할 수 없는 것 The Unnameable

3)종족

강인한 갑충류 Mighty beetle
거그족 Gugs
그노리족 Gnorri
그노프케족 Gnophkehs
그롱그족 Ghlonghs
나방구족 N'bangus
단봉낙타인 dromedary-men
드지히비족 Djhibbis
디치-치족Dchi—chis
딥 원 Deep Ones/다오이네 돔하인 Daoine Domhain
로이거족 The Lloigor
리사드 Lithard
미-고Mi-Go
밀리-니그리 Milli-Nigri
부어미족 Voormis
부포스족 Buopoths
불 안개의 후예 children of the Fire Mist
브흐렘프로임족 The Bhlemphroims
사인족 蛇人族 Serpent-men
샤가이의 곤충족 Insects from Shaggai
샤다드 Shaddad
선주 종족 elder race
시리우스의 자식들 the Sons of Sirius
아둠브랄리 Adumbrali
아드 Ad
에픽족 Ephlqhs
예지디족 Yezidees
왐프족 wamps
위대한 종족 Great Race/이스인 Yithians
유고스 행성의 균류생물 Fungus-beings of Yuggoth
유인족
이누토족 Inutos
이드힘족 Ydheems
임 브히 Y'm-bhi
자디스 Jasid
주그족 Zoogs
큰 머리를 가진 갈색 인종 greatheaded brown people

타즘 Tasm
탐무드 Thamood
터그 Thuglans
페나쿡족 Pennacooks
포쿰턱 족 Pocumtucks
프테톨리테스인 Ptetholites
히스 Hith/사인족

<아이템>

1)실제 책

고분의 시체 증식 De Masticatione Motuorum in Tamuls
과학의 경이 Marvells of Science
기호론 Tralte des Chiffres
마녀에 대한 철퇴 Malleus Maleficarum
마녀의 심문 Quaestio de Lamiis
마법사론 Discours des Sorciers
비밀서기법 De Furtivis Literarum Notis
비밀의 감시자들 The secret watcher
비주라노스의 야상록 Noctuary of Vizooranos
사두개 교도들의 승리 Saducismus Triumphatus
서유럽의 마녀 의식 Witch-Cult in Western Europe
심연에 사는 자 Dwellers in the Depths
아틀란티스와 잃어버린 레무리아 Alantis and the Lost Lemuria
악마 숭배 Daemonolatreia
악마성 Daemonialitas
악마의 도망 Fuga Satanae
악마의 본성에 대해서 De Natura Daemonum
암호 Kryptographik
암호 해독 cryptonlenysis Patefacta
요술론 Commentarles on witchcraft
조하르 Zohar
지혜의 열쇠 Key of Wisdom
최고의 위대한 예술 Ars Masna et Ultima
콩고 왕국 Regnum Congo
탐구의 서 Liber-Investigationis
토트의 서 Book of Thoth
현자의 돌 De Lapide Philosophico
현자의 무리 Turba Philosopharum
화학보전 Thesaurus Chemicus

2)마도서/비전서

검은 의식 Black Rites
검은 책 Black Tome
글라키 묵시록 Revelations of Glaaki
나스 연대기 Chronicle of Nath
나코트 필사본 Pnakotic Manuscrlpts
네크로노미콘 Necronomicon
네크로노미콘Necronomicon/이슬람의 카논 Qanoon-e-Islam/사령비법 Necronomicon/알 아지프 Al Azif
노란 옷 왕The King in Yellow
드쟌의 책 Book of Dzyan
무명 제사서 Unaussprechhchen Kulten
미친 수도사 클리타누스의 고백록 Confessions of Monk Clithanus
벌레의 신비 Mysteries of the Worm
보이니치 필사본 Voynich Manuscript
비주라노스의 야상록 Noctuary of Vizooranos
서식스의 단장 Sessex Fragments
셀라에노 단장 Celaeno Fragments
수신 크타아트 Cthaat Aquadingen
심해제사서 Unter-Zee Kulten

에이본의 서(書) Book of Eibon
엘트다운 도편본 Eltdown Shards
요드의 서 Book of Iod
은폐된 것들의 책 Book of Hidden Things
이스테의 노래 Song of Yste
카르낙의 서(書) Book of Karnak
코스 세라피스의 암흑의 의식 The Black Rituals of Koth—Serapis
쿠하야 의식 chhaya Ritual
흐산의 수수께끼의 7대서 The Seven Critical Books of Hsan

3)작품

광기의 암흑신 Black God of Madness
구 세계로부터 Out of the Old Land
구울의 의식 Cultes des Goules
그한 단장 G'harne Fragments
기호 암호 및 고대 비문의 해독에 관한 주해 Notes on Deciphering Codes, Cryptograms and Ancient Inscriptions
뉴 잉글랜드의 낙원에서의 마법적인 경이 Thaumaturgical Prodigies in the New-Engilsh Canaan
단죄의 서 Liber-Damnatus
돌기둥의 사람들 The People of the Monolith
모세 7경 seventh Book of Mosse
몬머스셔, 글로드셔, 버틀리의 요술 각서
무서운 비밀 Horrid Mysteries
바티칸 사본 Vatican codex
사보스의 카발라 Cabala of Saboth
세계의 이미지 Image du Monde
수상 21편The Twenty-one Essays
수생동물Hydrophinnae
아자토스와 그 밖의 공포 Azathoth and Other Horrors
아프리카 일부 지역에 대한 고찰 Observation on the Several Parts of Africa
연금술 연구 각서 Remarks on Alchemy
연금술 연구서 clavis Alchimiae
예그-하 왕국 Yegg—ha Realm
요마의 통로 Gargoyle
요스 사본 Yothic manuscrlpts
용각류의 시대 The Saurian Age
유목기마민족 마자르인의 민화 Magyar Folklore
이세계의 감시자 The watchers on the other side
잃어버린 제국들 Remnants of Lost Empires
잔투의 점토판J Zanthu Tablets
지하실의 계단 The Stairs in the Crypt
지하의 토굴 The Burrower Beneath
침략의 서 Book of Invaders
크툴루 교단 Cthulhu Cult
포나페 섬 경전 Ponape Scripture
행성에서 온 방문객 The Feaster from the Stars
혼돈의 영혼 The Soul of Chaos

4)도구/장비

검은 갤리선 Black Galleys
게프의 부러진 돌기둥 Broken Columns of Geph
광선 외피 light-beam envelope
광파 외피 light-wave envelope
닝의 서판 tablets of Nhing
달나무의 술(달술) moon-tree wine
라그 금속 Lagh Metal
랴오탄 Liao
바자이의 언월도 Scimitar of Barzai

본질의 소금 the Essential Salts
빛나는 트레피저헤드론 Shining Trapezohedron
세크메트의 별 The Star of Sechmet
실버키 The Silver key
아슈르바니팔의 불길 The Fire of Asshurbanipal
알하즈레드의 램프 Lamp of Alhazred
에이본의 반지 Ring of Eibon
엘더 실 Elder Seal
엘더 키 Elder Key
영혼의 병 Soul bottle
옐로 사인 Yellow Sign
오망성 모양 인장 seal of the five-pointed star
이븐 가지의 가루 The Powder of Ibn Ghazi
재료 Materials
전기 처형기 The Electric Executioner
코스의 인장 Slgn of Koth
텔레파시 라디오 Telepathy Radio
툴루 금속 Tulu-metal
티코운 영액 Tlkkoun Elixir
파팔로이의 반지 The Rings of the Papaloi

5)주문/용어

도보의 주문 Dho Formula
바크 비라 주문 Vach—Viraj Incantation
별에서 오는 색깔 독 the poison of colors from the stars
부어 표식 Voorish Sign
프타곤 섬유 Pthagon membrane

6)문자/언어

나칼어 Naacal
르뤼에어 R'lyehian
아클로 문자 Aklo
차토-요어 Tsatho—yo
치안어 Chian

<인물>

1)마법사/마녀

가스파르 듀노르드 Gaspar Ddunord
그라그 Graag
글라디스 쇼록 Gladys Shorrock
나불루스 Nabulus
넥타네부스 Nectanebus
누그-소트 Nug-soth
라반 쉬류즈베리 Laban Shrewsbury
리즈 서던 Liz Southern
모렐라 고돌포 Morella Godolfo
무서운 노인 Terrlble Old Man
미첼 모베 Michel Mauvais
베르하디스 Verhadis
벨라카 Belaka
사이먼 오르니 Simon orne
셉티머스 비숍 Septimus Bishop
수틀탄 Xuthltan
슈라마 surama
아발자운트 Avalzaunt
아비게일 프린 Abigail Prinn
알소포커스 Alsophocus
압둘 알하즈레드 Abdul Alhaazred
앤게콕 angekok
앨리스 킬리아Alice Kilrea
에노이클라 Enoycla
에드먼드 카터 Edmund Carter
에바흐 Evagh
에이본 Eibon
에즈다고르 Ezdagor
에-포오 E-poh
에프라임 웨이트 Ephraim Waite

요술사 샤를 charles Le sorcier
우리아 개리슨 Uriah Garrison
윌 벤슨 Will Benson
이에모그 Yhemog
이타쿠아 Ihakuah
자일락 Zylac
잔투 Zanthu
존 그림란 John Grimlan
존 메자말렉 Zon Mezzamalech
즈카우바 Zkauba
즐로이근 Zloign
케지아 메이슨 Keziah Mason
테흐 아흐트 Teh Atht
퍼시스 윈스롭 Persis Winthrop
페스 틀렌 Pesh-Tlen
하온 도르 Haon-Dor
호르마고르 Hormagor

2)신관/현자 등

나쉬트 Nasht
나이-카 Gnai-Kah
루베-케라프 Luveh-Keraphf
모르기 Morghi
아탈 Atal
이마슈-모 Imash-Mo
찬드라푸트라 Chandraputra
카만-타 Kaman-Thah
크실 X'hyl
클라카쉬-톤 Klarkash-Ton
클리타누스 Clithanus
타란-이쉬 Taran-Ish
트요그 T'yog
파라진 Pharazyn
폴라리온의 하얀 무녀 white sybil of Polarlon
프놈 Pnom

3)왕/영웅/지도자

고르 Gor
그나르카 G'nar'ka
길-흐타-윤 Gll'-hthaa-Ynn
나르기스-헤이 Nargis-Hei
네프렌-카 Nephren—Ka
니토크리스 Nitocris
도리에브 Dorieb
리처드 업튼 픽맨 Richard Upton Pickman
므와누 Mwanu
벤 치크노 Ben Chickno
아프라시아브 Afrasiab
잿빛 독수리 Grey Eagle
케프렌 Khephren
쿠라네스 Kuranes
크니가딘 자움 Knygathin Zhaum
크라논 노인 old Kranon
키나라톨리스 왕 Kynaratholis
티아니아 Tiania

4)조직/회사

너새니얼 더비 픽맨 재단 The Nathaniel Derby Pickman Foundation
디프넷 커뮤니케이션즈 사 Deepnet Communications Inc.
미스캐토닉 대학 Miskatonic University
별의 지혜파 Starry Wisdom/스태리 위즈덤
윌마스 재단 Willmarth Foundation
조카르 Zokkar
크툴루 교단 Cthulhu Cult
퍼스트 내셔널 체인 First National Chain

<지명>

1)대륙/섬/세계

데르니에르 제도 Isles Dernieres
로마르 Lomar
므나르 Mnar
소나-닐 Sona-Nyl
슬리식 하이 S'lithik Hhai
아베르와뉴 Averolgne
아틀란티스 Atlantis
오리에브 Oriab
은카이 N'kai
이혜 Yhe
조티크 Zothique
찬-첸 Tsan-chan
큰-얀 K'n-yan
티므흐드라Theem'hdra
포나페 Ponape
하이퍼보리아 Hyerborea

2)국가

발루시아 Valusia
여섯 왕국 Six Kingdom
이리미드 Yrimid
일라네크 Ilarnek

3)도시/마을

겔-호 Gell-Ho
고츠우드 Goatswood
그한 G'harne
그흐롬프Ghlomph
나르토스 Narthos
뉴베리포트 New Buryport
다이코스 Daikos
다일라스-린 Dylath-Leen
더네딘 Dunedin
더니치 Dunwich
도톤 Dawton
드리넨 Drinen
레라그-렝 Lelag-Leng
로우리 Rowley
로콜 Rokol
루나자르 Runazar
르뤼에 R'lyeh
르샤 L'thaa
리나르 Rinar
마추픽추 Machu Picchu
메로에 Meroe
바하나 Baharna
보르나이 Vornai
보스톤 Boston
볼튼 Bolton
브그라아 B'graa
브리체스터 Brichester
브흐로르 Vhlorrh
블로어-안-산테르 Belloy-en-San-terre
빙어 Binger
사나스 Sarnath
사르코만드 Sarkomand
살랄라 Salalah
샬론 Shaalon
샴발리아 Shambaliah
세라니언 serannian
세일럼 salem
셀란 Selarn
셀레리온 Thalarion
셀레파이스 celephais
스테틀로스 Stethelos
스트레고이카바르 stregolcavar
스틸워터 Stillwater
시나라 Sinara
아이라 Aira
아이렘 Irem
아캄 Arkham
알라오자르 Alaozar
알로스 Alos
애플도어 Appledore
얀슬레이 Y'ha-nthlei

예루살렘스 롯 Jerusalem's Lot
오그로던 Ogrothan
오오나이 Oonai
오제일 가 Rue d'Auseil
올드 더치타운 Old Dutchtown
올라소 Olathoe
우르그 Urg
우줄다롬 Uzuldaroum
우트레소르 Utressor
울타르 Ulthar
이레크-바드 Ilek-Vad
이름 없는 도시 The Nameless City
이브 Ib
이안 호 Yian Ho
인스머스 Innsmouth
입스위치 Ipswich
자렌 Jaren
자르 Zar
차트 Tsath
체서쿡 chesuncook
카라-셰르 Kara—노독
카르코사 Carcosa
카다세론 Kadatheron
켐 Khem
코라친 Chorazin
코스의 검은 성 Black Citadels of Koth
콤모리옴 Commoriom
크라우치 엔드 Crouch End
클레드 Kled
킹스포트 Kingsport
텔로스 Teloth
템프힐 Temphill
투라 Thraa
툴란 Thulan
트란 Thran
파르그 Parg
파인 듄즈 Pine Dunes
펙 벨리 Peck Valley
포터싯 Pawtuxet
포토원켓 Potowonket
프로비던스 Providence
하세그 Hatheg
흐라니스 Hlanith

4)지역

그리니치 Greenwich
노스 엔드 North End
노턴 광산 Norton Mine
느흔그르 Nhhngr
니스 Nith
도 흐나 골짜기 Valley of Do-Hna
드림랜드 dreamland
레드 훅 Red Hook
로바 엘 할리예 Roba El Khaliyey
루즈포드 Roodsford
마녀의 골짜기 witches' Hollow
마법의 숲 Enchanted Wood
멀리간 숲 Mulliigan Wood
무우 툴란 Mhu Thulan
바노프 골짜기 Vaney of Banof
방죽길 The Causeway
뱀 굴 Snake Den
불꽃 동굴 cavern of flame
브나지크 사막 Bnazic Desert
브나직 사막 Bnazic desert
사키아 Sarkia
세번포드 Severnford
시다스리아 Cydathria
아버지인 넵투누스 Father Neptune
아틀라아나트 Atlaanat
알 카지미아 Al Kazimiyah
압호스 Abhoth
에일즈베리 Aylesbury
오스-나르가이 Ooth-Nargai
오크 곶 Oak Point
온가 Onga
우스노르 Uthnor

은가이의 숲 Woods N'gai
이르 Yr
인가노크 inquanok
조브나 Zobna
진 Zin
진의 굴 Vaults of Zin
카다스 Kadath
카르 Kaar
카투리아 Cathuria
콜드 스프링 협곡 Cold Sprlng Glen
콜드 하버 Cold Harbor
크나아 K'naa
킬데리 Kilderry
팔콘 곶 Falcon Point
폴라리온 Polarion
프노스 Pnoth
프노스 골짜기 vale of Pnoth
학자의 골목길 Lane of Scholars

5)강/호수/샘/바다

공포의 호수 Lake of Dread
나락사 강 Naraxa
나르그 강 Narg
니스라 강 Nithra
단두해안 Cut-Throat Cove
세레네리안 해 Cerenerian sea
스카이 강River Skai
아이 강 Ai
아자니 Azani
악마의 샘 Devil's Pool
야스 호수 Lake of Yath
오크라노스 강 Oukranos
쥬로 강 Zuro
채프먼 강 Chapmans Brook
크라 강Kra
크사리 강 Xari
키란의 벽옥 대지 Jasper Terraces of Kiran
프레게톤 Phlegethon
프로스펙트 테라스 Prospect Terrace
할리 호 Hali

6)산/바위/언덕

가고일 산맥 Gargoyle Mountains
광기 산맥 Mountains of Madness
노톤 Noton
라운드 산 Round Mountain
라운드 힐 Round Hill
레리온 산 Lerion
렝 고원 Plateau of Leng
마날루스 산 Mount Maenalus
부어미사드레스산 Voormithadreth
살파풍코 Salapunco
서세이 Sursey
센트럴 힐 Central Hill
센티넬 언덕 Sentinel Hill
시드락 산 Sidrak
쑹 고원 Plateau of Sung
아란산 Aran
아쿠리온 Akurion
악마의 계단 Devil's steps
악마의 암초 Devil Reef
야넥산 Mount Yaanek
야디스-고 Yaddith-Gho
야라크 Yarak
에이글로피안 산맥 Eiglophian Mountains
엔그라네크 산 Ngranek
이샤크샤르 Ishakshar
츠앙 고원 Tsang plateau
카디포넥 Kadiphon다
카르시안 언덕 Karthlan hllls
캣스킬 산 Catskill Mountains
타나리안 언덕 Tanarian Hills
템페스트산 Tempest Mountain
투라 Thurai
트로크 산맥 Throk
페더럴 힐 Federal Hill

하세그 클라 Hatheg-Kla

7)건물/유적

70가지 환희의 궁전 Palace of the seventy Delights
검은 돌 Black Stone
궁극의 문 Ultimate Gate
금단의 저택 The shunned house
길만 하우스 Gilman House
깊은 잠의 관문 Gate of Deeper slumber
달 Thal
두꺼비 신전 Temple of the Toad
로저스 박물관 Rogers' Museum
맨해튼 미술관 the Manhattan Museum of Fine Art
모세스 브라운 스쿨 Moses Brown School
벌레의 저택 House of the worm
벨로인 대학 Beloin University
브로운 관 Blowne House
샤리에르 관 Charrlere house
쏜 Thon
아카리엘 Akariel
안개 속 절벽의 기묘한 집 The Strange High House in the Mist
알비온의 원형으로 둘러선 돌기둥신전
엑섬 수도원 Exham Priory
위치 하우스 Witch-House
이레드-나아 Ired-Naa
케틀토프 농장 Kettlethorpe Farm
코스의 탑 tower of Koth
크라우닌실드 장 Crowninshield place
크라이스트 처치 묘지 Christchurch Cemetery
트레버 타워즈 Trevor Towers
티므나 Timna
파로스 등대 Pharos
플레르 드 리스 Fleur-de-Lys

8)천체

니톤 Nython
무스라 Mthura
부를 Vhoorl
사이크라노쉬 cykranosh
샤가이 shaggai
샤르노스 Sharnoth
셀라에노 Celaeno
스트론티 Stronti
알골 Algol
야디스 Yaddith
엘리시아 Elysia
유고스 Yuggoth
이스 Yith
자이클로틀 Xiclotl
조스 Zoth
카스 Kath
키타밀 Kythamil
톤드 Tond
파커 플레이스 Parker Place
페르세이 신성 Nova Persei
히아데스 성단 Hyades

No. 11 도해 밀리터리 아이템

오나미 아츠시 지음 | 이재경 옮김 | 236 쪽 | 13,000 원

군대에서 쓰이는 군장 용품을 완벽 해설 !

이제 밀리터리 세계에 발을 들이는 입문자들을 위해 '군장 용품' 에 대해 최대한 알기 쉽게 다루는 책 . 세부적인 사항에 얽매이지 않고 , 상식적으로 갖추어야 할 기초지식을 중심으로 구성되어 있다 .

No. 12 도해 악마학

쿠사노 타쿠미 지음 | 김문광 옮김 | 240 쪽 | 13,000 원

악마에 대한 모든 것을 담은 총집서 !

악마학의 시작부터 현재까지의 그 연구 및 발전 과정을 한눈에 알아볼 수 있도록 구성한 책 . 단순한 흥미를 뛰어넘어 영적이고 종교적인 지식의 깊이까지 더할 수 있는 내용으로 구성 .

No. 13 도해 북유럽 신화

이케가미 료타 지음 | 김문광 옮김 | 228 쪽 | 13,000 원

세계의 탄생부터 라그나로크까지 !

북유럽 신화의 세계관 , 등장인물 , 여러 신과 영웅들이 사용한 도구 및 마법에 대한 설명까지 ! 당시 북유럽 국가들의 생활상을 통해 북유럽 신화에 대한 이해도를 높일 수 있도록 심층적으로 해설한다 .

No. 14 도해 군함

다카하라 나루미 외 1 인 지음 | 문우성 옮김 | 224 쪽 | 13,000 원

20 세기의 전함부터 항모 , 전략 원잠까지 !

군함에 대한 입문서 . 종류와 개발사 , 구조 , 제원 등의 기본부터 , 승무원의 일상 , 정비 비용까지 어렵게 여겨질 만한 요소를 도표와 일러스트로 쉽게 해설한다 .

No. 15 도해 제 3 제국

모리세 료 외 1 인 지음 | 문우성 옮김 | 252 쪽 | 13,000 원

나치스 독일 제 3 제국의 역사를 파헤친다 !

아돌프 히틀러 통치하의 독일 제 3 제국에 대한 개론서 . 나치스가 권력을 장악한 과정부터 조직 구조 , 조직을 이끈 핵심 인물과 상호 관계와 갈등 , 대립 등 , 제 3 제국의 역사에 대해 해설한다 .

No. 16 도해 근대마술

하니 레이 지음 | AK 커뮤니케이션즈 편집부 옮김 | 244 쪽 | 13,000 원

현대 마술의 개념과 원리를 철저 해부 !

마술의 종류와 개념 , 이름을 남긴 마술사와 마술 단체 , 마술에 쓰이는 도구 등을 설명한다 . 겉핥기식의 설명이 아닌 , 역사와 각종 매체 속에서 마술이 어떤 영향을 주었는지 심층적으로 해설하고 있다 .

No. 17 도해 우주선

모리세 료 외 1 인 지음 | 이재경 옮김 | 240 쪽 | 13,000 원

우주를 꿈꾸는 사람들을 위한 추천서 !

우주공간의 과학적인 설명은 물론 , 우주선의 태동에서 발전의 역사 , 재질 , 발사와 비행의 원리 등 , 어떤 원리로 날아다니고 착륙할 수 있는지 , 자세한 도표와 일러스트를 통해 해설한다 .

No. 18 도해 고대병기

미즈노 히로키 지음 | 이재경 옮김 | 224 쪽 | 13,000 원

역사 속의 고대병기 , 집중 조명 !

지혜와 과학의 결정체 , 병기 . 그중에서도 고대의 병기를 집중적으로 조명 , 단순한 병기의 나열이 아닌 , 각 병기의 탄생 배경과 활약상 , 계보 , 작동 원리 등을 상세하게 다루고 있다 .

No. 19 도해 UFO

사쿠라이 신타로 지음 | 서형주 옮김 | 224 쪽 | 13,000 원

UFO 에 관한 모든 지식과 , 그 허와 실 .

첫 번째 공식 UFO 목격 사건부터 현재까지 , 세계를 떠들썩하게 만든 모든 UFO 사건을 다룬다 . 수많은 미스터리는 물론 , 종류 , 비행 패턴 등 UFO 에 관한 모든 지식들을 알기 쉽게 정리했다 .

No. 20 도해 식문화의 역사

다카하라 나루미 지음 | 채다인 옮김 | 244 쪽 | 13,000 원

유럽 식문화의 변천사를 조명한다 !

중세 유럽을 중심으로 , 음식문화의 변화를 설명한다 . 최초의 조리 역사부터 식재료 , 예절 , 지역별 선호메뉴까지 , 시대상황과 분위기 , 사람들의 인식이 어떠한 영향을 끼쳤는지 흥미로운 사실을 다룬다 .

No. 21 도해 문장

신노 케이 지음 | 기미정 옮김 | 224 쪽 | 13,000 원

역사와 문화의 시대적 상징물 , 문장 !

기나긴 역사 속에서 문장이 어떻게 만들어졌고 , 어떤 도안들이 이용되었는지 , 발전 과정과 유럽 역사 속 위인들의 문장이나 특징적인 문장의 인물에 대해 설명한다 .

No. 22 도해 게임이론

와타나베 타카히로 지음 | 기미정 옮김 | 232 쪽 | 13,000 원

이론과 실용 지식을 동시에 !

죄수의 딜레마 , 도덕적 해이 , 제로섬 게임 등 다양한 사례 분석과 알기 쉬운 해설을 통해 , 누구나가 쉽고 직관적으로 게임이론을 이해하고 현실에 적용할 수 있도록 도와주는 최고의 입문서 .

No. 23 도해 단위의 사전

호시다 타다히코 지음 | 문우성 옮김 | 208 쪽 | 13,000 원

세계를 바라보고, 규정하는 기준이 되는 단위를 풀어보자!

전 세계에서 사용되는 108 개 단위의 역사와 사용 방법 등을 해설하는 본격 단위 사전. 정의와 기준, 유래, 측정 대상 등을 명쾌하게 해설한다.

No. 24 도해 켈트 신화

이케가미 료타 지음 | 곽형준 옮김 | 264 쪽 | 13,000 원

쿠 훌린과 핀 막 쿨의 세계!

켈트 신화의 세계관, 각 설화와 전설의 주요 등장인물들! 이야기에 따라 내용뿐만 아니라 등장인물까지 뒤바뀌는 경우도 있는데, 그런 특별한 사항까지 다루어, 신화의 읽는 재미를 더한다.

No. 25 도해 항공모함

노가미 아키토 외 1 인 지음 | 오광웅 옮김 | 240 쪽 | 13,000 원

군사기술의 결정체, 항공모함 철저 해부!

군사력의 상징이던 거대 전함을 과거의 유물로 전락시킨 항공모함. 각 국가별 발달의 역사와 임무, 영향력에 대한 광범위한 자료를 한눈에 파악할 수 있다.

No. 26 도해 위스키

츠치야 마모루 지음 | 기미정 옮김 | 192 쪽 | 13,000 원

위스키, 이제는 제대로 알고 마시자!

다양한 음용법과 글라스의 차이, 바 또는 집에서 분위기 있게 마실 수 있는 방법까지, 위스키의 맛을 한층 돋아주는 필수 지식이 가득! 세계적인 위스키 평론가가 전하는 입문서의 결정판.

No. 27 도해 특수부대

오나미 아츠시 지음 | 오광웅 옮김 | 232 쪽 | 13,000 원

불가능이란 없다! 전장의 스페셜리스트!

특수부대의 탄생 배경, 종류, 규모, 각종 임무, 그들만의 특수한 장비. 어떠한 상황에서도 살아남기 위한 생존 기술까지 모든 것을 보여주는 책. 왜 그들이 스페셜리스트인지 알게 될 것이다.

No. 28 도해 서양화

다나카 쿠미코 지음 | 김상호 옮김 | 160 쪽 | 13,000 원

서양화의 변천사와 포인트를 한눈에!

르네상스부터 근대까지, 시대를 넘어 사랑받는 명작 84 점을 수록. 각 작품들의 배경과 특징, 그림에 담겨있는 비유적 의미와 기법 등, 감상 포인트를 명쾌하게 해설하였으며, 더욱 깊은 이해를 위한 역사와 종교 관련 지식까지 담겨있다.

No. 29 도해 갑자기 그림을 잘 그리게 되는 법

나카야마 시게노부 지음 | 이연희 옮김 | 204 쪽 | 13,000 원

멋진 일러스트의 초간단 스킬 공개!

투시도와 원근법만으로, 멋지고 입체적인 일러스트를 그릴 수 있는 방법! 그림에 대한 재능이 없다 생각 말고 읽어보자. 그림이 극적으로 바뀔 것이다.

No. 30 도해 사케

키미지마 사토시 지음 | 기미정 옮김 | 208 쪽 | 13,000 원

사케를 더욱 즐겁게 마셔 보자!

선택 법, 온도, 명칭, 안주와의 궁합, 분위기 있게 마시는 법 등, 사케의 맛을 한층 더 즐길 수 있는 모든 지식이 담겨 있다. 일본 요리의 거장이 전해주는 사케 입문서의 결정판.

No. 31 도해 흑마술

쿠사노 타쿠미 지음 | 곽형준 옮김 | 224 쪽 | 13,000 원

역사 속에 실존했던 흑마술을 총망라!

악령의 힘을 빌려 행하는 사악한 흑마술을 총망라한 책. 흑마술의 정의와 발전, 기본 법칙을 상세히 설명한다. 또한 여러 국가에서 행해졌던 흑마술 사건들과 관련 인물들을 소개한다.

No. 32 도해 현대 지상전

모리 모토사다 지음 | 정은택 옮김 | 220 쪽 | 13,000 원

아프간 이라크! 현대 지상전의 모든 것!!

저자가 직접, 실제 전장에서 활동하는 군인은 물론 민간 군사기업 관계자들과도 폭넓게 교류하면서 얻은 정보들을 아낌없이 공개한 책. 현대전에 투입되는 지상전의 모든 것을 해설한다.

No. 33 도해 건파이트

오나미 아츠시 지음 | 송명규 옮김 | 232 쪽 | 13,000 원

총격전에서 일어나는 상황을 파헤친다!

영화, 소설, 애니메이션 등에서 볼 수 있는 총격전. 그 장면들은 진짜일까? 실전에서는 총기를 어떻게 다루고, 어디에 몸을 숨겨야 할까. 자동차 추격전에서의 대처법 등 건 액션의 핵심 지식.

No. 34 도해 마술의 역사

쿠사노 타쿠미 지음 | 김진아 옮김 | 224 쪽 | 13,000 원

마술의 탄생과 발전 과정을 알아보자!

고대에서 현대에 이르기까지 마술은 문화의 발전과 함께 널리 퍼져나갔으며, 다른 마술과 접촉하면서 그 깊이를 더해왔다. 마술의 발생시기와 장소, 변모 등 역사와 개요를 상세히 소개한다.

No. 35 도해 군용 차량

노가미 아키토 지음 | 오광웅 옮김 | 228 쪽 | 13,000 원

지상의 왕자, 전차부터 현대의 바퀴달린 사역마까지 !!

전투의 핵심인 전투 차량부터 눈에 띄지 않는 무대에서 묵묵히 임무를 다하는 각종 지원 차량까지. 각자 맡은 임무에 충실하도록 설계되고 고안된 군용 차량만의 다채로운 세계를 소개한다.

No. 36 도해 첩보 · 정찰 장비

사카모토 아키라 지음 | 문성호 옮김 | 228 쪽 | 13,000 원

승리의 열쇠 정보! 정보전의 모든 것!

소음총, 소형 폭탄, 소형 카메라 및 통신기 등 영화에서나 등장할 법한 첩보원들의 특수 장비부터 정찰 위성에 이르기까지 첩보 및 정찰 장비들을 400 점의 사진과 일러스트로 설명한다.

No. 37 도해 세계의 잠수함

사카모토 아키라 지음 | 류재학 옮김 | 242 쪽 | 13,000 원

바다를 지배하는 침묵의 자객, 잠수함.

잠수함은 두 번의 세계대전과 냉전기를 거쳐, 최첨단 기술로 최신 무장시스템을 갖추어왔다. 원리와 구조, 승조원의 훈련과 임무, 생활과 전투방법 등을 사진과 일러스트로 철저히 해부한다.

No. 38 도해 무녀

토키타 유스케 지음 | 송명규 옮김 | 236 쪽 | 13,000 원

무녀와 샤머니즘에 관한 모든 것!

무녀의 기원부터 시작하여 일본의 신사에서 치르고 있는 각종 의식, 그리고 델포이의 무녀, 한국의 무당을 비롯한 세계의 샤머니즘과 각종 종교를 106 가지의 소주제로 분류하여 해설한다!

No. 39 도해 세계의 미사일 로켓 병기

사카모토 아키라 | 유병준 · 김성훈 옮김 | 240 쪽 | 13,000 원

ICBM 부터 THAAD 까지!

현대전의 진정한 주역이라 할 수 있는 미사일. 보병이 휴대하는 대전차 로켓부터 공대공 미사일, 대륙간 탄도탄, 그리고 근래 들어 언론의 주목을 받고 있는 ICBM 과 THAAD 까지 미사일의 모든 것을 해설한다!

No. 40 독과 약의 세계사

후나야마 신지 지음 | 진정숙 옮김 | 292 쪽 | 13,000 원

독과 약의 차이란 무엇인가?

화학물질을 어떻게 하면 유용하게 활용할 수 있는가 하는 것은 인류에 있어 중요한 과제 가운데 하나라 할 수 있다. 독과 약의 역사, 그리고 우리 생활과의 관계에 대하여 살펴보도록 하자.

No. 41 영국 메이드의 일상

무라카미 리코 지음 | 조아라 옮김 | 460 쪽 | 13,000 원

빅토리아 시대의 아이콘 메이드!

가사 노동자이며 직장 여성의 최대 다수를 차지했던 메이드의 일과 생활을 통해 영국의 다른 면을 살펴본다. 『엠마 빅토리안 가이드』의 저자 무라카미 리코의 빅토리안 시대 안내서.

No. 42 영국 집사의 일상

무라카미 리코 지음 | 기미정 옮김 | 292 쪽 | 13,000 원

집사, 남성 가사 사용인의 모든 것!

Butler, 즉 집사로 대표되는 남성 상급 사용인. 그들은 어떠한 일을 했으며 어떤 식으로 하루를 보냈을까? 『엠마 빅토리안 가이드』의 저자 무라카미 리코의 빅토리안 시대 안내서 제 2 탄.

No. 43 중세 유럽의 생활

가와하라 아쓰시 외 1 인 지음 | 남지연 옮김 | 260 쪽 | 13,000 원

새롭게 조명하는 중세 유럽 생활사

철저히 분류되는 중세의 신분. 그 중 「일하는 자」의 일상생활은 어떤 것이었을까? 각종 도판과 사료를 통해, 중세 유럽에 대해 알아보자.

No. 44 세계의 군복

사카모토 아키라 지음 | 진정숙 옮김 | 130 쪽 | 13,000 원

세계 각국 군복의 어제와 오늘 !!

형태와 기능미가 절묘하게 융합된 의복인 군복. 제 2 차 세계대전에서 현대에 이르기까지, 각국의 전투복과 정복 그리고 각종 장구류와 계급장, 훈장 등, 군복만의 독특한 매력을 느껴보자!

No. 45 세계의 보병장비

사카모토 아키라 지음 | 이상언 옮김 | 234 쪽 | 13,000 원

현대 보병장비의 모든 것!

군에 있어 가장 기본이 되는 보병! 개인화기, 전투복, 군장, 전투식량, 그리고 미래의 장비까지. 제 2 차 세계대전 이후 눈부시게 발전한 보병 장비와 현대전에 있어 보병이 지닌 의미에 대하여 살펴보자.

No. 46 해적의 세계사

모모이 지로 지음 | 김효진 옮김 | 280 쪽 | 13,000 원

「영웅」인가, 「공적」인가?

지중해, 대서양, 카리브해, 인도양에서 활동했던 해적을 중심으로, 영웅이자 약탈자, 정복자, 야심가 등 여러 시대에 걸쳐 등장했던 다양한 해적들이 세계사에 남긴 발자취를 더듬어본다.

No. 47 닌자의 세계

야마키타 아츠시 지음 | 송명규 옮김 | 232 쪽 | 13,000 원

실제 닌자의 활약을 살펴본다!

어떠한 임무라도 완수할 수 있도록 닌자는 온갖 지혜를 짜내며 궁극의 도구와 인술을 만들어냈다. 과연 닌자는 역사 속에서 어떤 활약을 펼쳤을까.

No. 48 스나이퍼

오나미 아츠시 지음 | 이상언 옮김 | 240 쪽 | 13,000 원

스나이퍼의 다양한 장비와 고도의 테크닉!

아군의 절체절명 위기에서 한 끗 차이의 절묘한 타이밍으로 전세를 역전시키기도 하는 스나이퍼의 세계를 알아본다.

No. 49 중세 유럽의 문화

이케가미 쇼타 지음 | 이은수 옮김 | 256 쪽 | 13,000 원

심오하고 매력적인 중세의 세계!

기사, 사제와 수도사, 음유시인에 숙녀, 그리고 농민과 상인과 기술자들. 중세 배경의 판타지 세계에서 자주 보았던 그들의 리얼한 생활을 풍부한 일러스트와 표로 이해한다!

No. 50 기사의 세계

이케가미 슌이치 지음 | 남지연 옮김 | 232 쪽 | 15,000 원

중세 유럽 사회의 주역이었던 기사!

기사들은 과연 무엇을 위해 검을 들었는가. 지향하는 목표는 무엇이었는가. 기사의 탄생에서 몰락까지, 역사의 드라마를 따라가며 그 진짜 모습을 파헤친다.

No. 51 영국 사교계 가이드

무라카미 리코 지음 | 문성호 옮김 | 216 쪽 | 15,000 원

19 세기 영국 사교계의 생생한 모습!

당시에 많이 출간되었던 「에티켓 북」의 기술을 바탕으로, 빅토리아 시대 중류 여성들의 사교 생활을 알아보며 그 속마음까지 들여다본다.

No. 52 중세 유럽의 성채 도시

가이하쓰사 지음 | 김진희 옮김 | 232 쪽 | 15,000 원

견고한 성벽으로 도시를 둘러싼 성채 도시!

성채 도시는 시대의 흐름에 따라 문화, 상업, 군사 면에서 진화를 거듭한다. 궁극적인 기능미의 집약체였던 성채 도시의 주민 생활상부터 공성전 무기, 전술까지 상세하게 알아본다.

No. 53 마도서의 세계

쿠사노 타쿠미 지음 | 남지연 옮김 | 236 쪽 | 15,000 원

마도서의 기원과 비밀!

천사와 악마 같은 영혼을 소환하여 자신의 소망을 이루는 마도서의 원리를 설명한다.

No. 54 영국의 주택

야마다 카요코 외 지음 | 문성호 옮김 | 252 쪽 | 17,000 원

영국인에게 집은 「물건」이 아니라 「문화」다!

영국 지역에 따른 집들의 외관 특징, 건축 양식, 재료 특성, 각종 주택 스타일을 상세하게 설명한다.

No. 55 발효

고이즈미 다케오 지음 | 장현주 옮김 | 224 쪽 | 15,000 원

미세한 거인들의 경이로운 세계!

세계 각지 발효 문화의 놀라운 신비와 의의를 살펴본다. 발효를 발전시켜온 인간의 깊은 지혜와 훌륭한 발상이 보일 것이다.

No. 56 중세 유럽의 레시피

코스트마리 사무국 슈 호카 지음 | 김효진 옮김 | 164 쪽 | 15,000 원

간단하게 중세 요리를 재현!

당시 주로 쓰였던 향신료, 허브 등 중세 요리에 대한 풍부한 지식은 물론 더욱 맛있게 즐길 수 있는 요리법도 함께 소개한다.

No. 57 알기 쉬운 인도 신화

천축 기담 지음 | 김진희 옮김 | 228 쪽 | 15,000 원

전쟁과 사랑 속의 인도 신들!

강렬한 개성이 충돌하는 무아와 혼돈의 이야기를 담았다. 2 대 서사시 「라마야나」와 「마하바라타」의 세계관부터 신들의 특징과 일화에 이르는 모든 것을 파악한다.

환상 네이밍 사전

신키겐샤 편집부 지음 | 유진원 옮김 | 288 쪽 | 14,800 원

의미 없는 네이밍은 이제 그만!

운명은 프랑스어로 무엇이라고 할까? 독일어, 일본어로는? 중국어로는? 더 나아가 이탈리아어, 러시아어, 그리스어, 라틴어, 아랍어에 이르기까지. 1,200 개 이상의 표제어와 11 개국어, 13,000 개 이상의 단어를 수록!!

중 2 병 대사전

노무라 마사타카 지음 | 이재경 옮김 | 200 쪽 | 14,800 원

이 책을 보는 순간, 당신은 이미 궁금해하고 있다!

사춘기 청소년이 행동할 법한, 손발이 오그라드는 행동이나 사고를 뜻하는 중 2 병. 서브컬쳐 작품에 자주 등장하는 중 2 병의 의미와 기원 등, 102 개의 항목에 대해 해설과 칼럼을 곁들여 알기 쉽게 설명 한다.

크툴루 신화 대사전

고토 카츠 외 1 인 지음 | 곽형준 옮김 | 192 쪽 | 13,000 원

신화의 또 다른 매력, 무한한 가능성!

H.P. 러브크래프트를 중심으로 여러 작가들의 설정이 거대한 세계관으로 자리잡은 크툴루 신화. 현대 서브 컬처에 지대한 영향을 끼치고 있다. 대중 문화 속에 알게 모르게 자리 잡은 크툴루 신화의 요소를 설명하는 본격 해설서.

문양박물관

H. 돌메치 지음 | 이지은 옮김 | 160 쪽 | 8,000 원

세계 문양과 장식의 정수를 담다!

19 세기 독일에서 출간된 H. 돌메치의 『장식의 보고』를 바탕으로 제작된 책이다. 세계 각지의 문양 장식을 소개한 이 책은 이론보다 실용에 초점을 맞춘 입문서. 화려하고 아름다운 전 세계의 문양을 수록한 실용적인 자료집으로 손꼽힌다.

고대 로마군 무기 · 방어구 · 전술 대전

노무라 마사타카 외 3 인 지음 | 기미정 옮김 | 224 쪽 | 13,000 원

위대한 정복자, 고대 로마군의 모든 것!

부대의 편성부터 전술, 장비 등, 고대 최강의 군대라 할 수 있는 로마군이 어떤 집단이었는지 상세하게 분석하는 해설서. 압도적인 군사력으로 세계를 석권한 로마 제국. 그 힘의 전모를 철저하게 검증한다.

도감 무기 갑옷 투구

이치카와 사다하루 외 3 인 지음 | 남지연 옮김 | 448 쪽 | 29,000 원

역사를 망라한 궁극의 군장도감!

고대로부터 무기는 당시 최신 기술의 정수와 함께 철학과 문화, 신념이 어우러져 완성되었다. 이 책은 그러한 무기들의 기능, 원리, 목적 등과 더불어 그 기원과 발전 양상 등을 그림과 표를 통해 알기 쉽게 설명하고 있다. 역사상 실재한 무기와 갑옷, 투구들을 통사적으로 살펴보자!

중세 유럽의 무술, 속 중세 유럽의 무술

오사다 류타 지음 | 남유리 옮김 |

각 권 672 쪽 ~624 쪽 | 각 권 29,000 원

본격 중세 유럽 무술 소개서!

막연하게만 떠오르는 중세 유럽 ~ 르네상스 시대에 활약했던 검술과 격투술의 모든 것을 담은 책. 영화 등에서만 접할 수 있었던 유럽 중세시대 무술의 기본이념과 자세, 방어, 보법부터, 시대를 풍미한 각종 무술까지, 일러스트를 통해 알기 쉽게 설명한다.

최신 군용 총기 사전

토코이 마사미 지음 | 오광웅 옮김 | 564 쪽 | 45,000 원

세계 각국의 현용 군용 총기를 총망라!

주로 군용으로 개발되었거나 군대 또는 경찰의 대테러부대처럼 중무장한 조직에 배치되어 사용되고 있는 소화기가 중점적으로 수록되어 있으며, 이외에도 각 제작사에서 국제 군수시장에 수출할 목적으로 개발, 시제품만이 소수 제작되었던 총기류도 함께 실려 있다.

초패미컴, 초초패미컴

타네 키요시 외 2 인 지음 | 문성호 외 1 인 옮김 |

각 권 360, 296 쪽 | 각 14,800 원

게임은 아직도 패미컴을 넘지 못했다!

패미컴 탄생 30 주년을 기념하여, 1983 년『동키콩』부터 시작하여, 1994 년『타카하시 명인의 모험도 IV』까지 총 100 여 개의 작품에 대한 리뷰를 담은 영구 소장판. 패미컴과 함께했던 아련한 추억을 간직하고 있는 모든 이들을 위한 책이다.

초쿠소게 1,2

타네 키요시 외 2 인 지음 | 문성호 옮김 |

각 권 224, 300 쪽 | 각 권 14,800 원

망작 게임들의 숨겨진 매력을 재조명!

『쿠소게クソゲ-』란 '똥-クソ' 과 '게임-Game' 의 합성어로, 어감 그대로 정말 못 만들고 재미없는 게임을 지칭할 때 사용되는 조어이다. 우리말로 바꾸면 망작 게임 정도가 될 것이다. 레트로 게임에서부터 플레이스테이션 3 까지 게이머들의 기대를 보란듯이 저버렸던 수많은 쿠소게들을 총망라하였다.

초에로게, 초에로게 하드코어

타네 키요시 외 2 인 지음 | 이은수 옮김 |

각 권 276 쪽, 280 쪽 | 각 권 14,800 원

명작 18 금 게임 총출동!

에로게란 '에로-エロ' 와 '게임-Game' 의 합성어로, 말 그대로 성적인 표현이 담긴 게임을 지칭한다. '에로게 헌터' 라 자처하는 베테랑 저자들의 엄격한 심사(?!)를 통해 선정된 '명작 에로게' 들에 대한 본격 리뷰집!!

세계의 전투식량을 먹어보다

키쿠즈키 토시유키 지음 | 오광웅 옮김 | 144 쪽 | 13,000 원

전투식량에 관련된 궁금증을 한권으로 해결 !

전투식량이 전장에서 자리를 잡아가는 과정과, 미국의 독립전쟁부터 시작하여 역사 속 여러 전쟁의 전투식량 배급 양상을 살펴보는 책. 식품부터 식기까지, 수많은 전쟁 속에서 전투식량이 어떠한 모습으로 등장하였고 병사들은 이를 어떻게 취식하였는지, 흥미진진한 역사를 소개하고 있다.

세계장식도 Ⅰ, Ⅱ

오귀스트 라시네 지음 | 이지은 옮김 | 각 권 160 쪽 | 각 권 8,000 원

공예 미술계 불후의 명작을 농축한 한 권 !

19 세기 프랑스에서 가장 유명한 디자이너였던 오귀스트 라시네의 대표 저서 「세계장식 도집성」 에서 인상적인 부분을 뽑아내 콤팩트하게 정리한 다이제스트판. 공예 미술의 각 분야를 포괄하는 내용을 담은 책으로, 방대한 예시를 더욱 정교하게 소개한다.

서양 건축의 역사

사토 다쓰키 지음 | 조민경 옮김 | 264 쪽 | 14,000 원

서양 건축사의 결정판 가이드 북 !

건축의 역사를 살펴보는 것은 당시 사람들의 의식을 들여다보는 것과도 같다. 이 책은 고대에서 중세, 르네상스기로 넘어오며 탄생한 다양한 양식들을 당시의 사회, 문화, 기후, 토질 등을 바탕으로 해설하고 있다.

세계의 건축

코우다 미노루 외 1 인 지음 | 조민경 옮김 | 256 쪽 | 14,000 원

고품격 건축 일러스트 자료집 !

시대를 망라하여, 건축물의 외관 및 내부의 장식을 정밀한 일러스트로 소개한다. 흔히 보이는 풍경이나 딱딱한 도시의 건축물이 아닌, 고풍스러운 건물들을 섬세하고 세밀한 선화로 표현하여 만화, 일러스트 자료에 최적화된 형태로 수록하고 있다

지중해가 낳은 천재 건축가 - 안토니오 가우디

이리에 마사유키 지음 | 김진아 옮김 | 232 쪽 | 14,000 원

천재 건축가 가우디의 인생, 그리고 작품

19 세기 말 ~20 세기 초의 카탈루냐 지역 및 그의 작품들이 지어진 바르셀로나의 지역사, 그리고 카사 바트요, 구엘 공원, 사그라다 파밀리아 성당 등의 작품들을 통해 안토니오 가우디의 생애를 본격적으로 살펴본다.

민족의상 1,2

오귀스트 라시네 지음 | 이지은 옮김 | 각 권 160 쪽 | 각 8,000 원

화려하고 기품 있는 색감 !!

디자이너 오귀스트 라시네의 『복식사』 전 6 권 중에서 민족의상을 다룬 부분을 바탕으로 제작되었다. 당대에 정점에 올랐던 석판 인쇄 기술로 완성되어, 시대가 흘렀음에도 그 세세하고 풍부하고 아름다운 색감이 주는 감동은 여전히 빛을 발한다.

중세 유럽의 복장

오귀스트 라시네 지음 | 이지은 옮김 | 160 쪽 | 8,000 원

고품격 유럽 민족의상 자료집 !!

19 세기 프랑스의 유명한 디자이너 오귀스트 라시네가 직접 당시의 민족의상을 그린 자료집. 유럽 각지에서 사람들이 실제로 입었던 민족의상의 모습을 그대로 풍부하게 수록하였다. 각 나라의 특색과 문화가 담겨 있는 민족의상을 감상할 수 있다.

그림과 사진으로 풀어보는 이상한 나라의 앨리스

구와바라 시게오 지음 | 조민경 옮김 | 248 쪽 | 14,000 원

매혹적인 원더랜드의 논리를 완전 해설 !

산업 혁명을 통한 눈부신 문명의 발전과 그 그늘. 도덕주의와 엄숙주의, 위선과 허영이 병존하던 빅토리아 시대는 「원더랜드」 의 탄생과 그 배경으로 어떻게 작용했을까 ? 순진 무구한 소녀 앨리스가 우연히 발을 들인 기묘한 세상의 완전 가이드북 !!

그림과 사진으로 풀어보는 알프스 소녀 하이디

지바 가오리 외 지음 | 남지연 옮김 | 224 쪽 | 14,000 원

하이디를 통해 살펴보는 19 세기 유럽사 !

『하이디』 라는 작품을 통해 19 세기 말의 스위스를 알아본다. 또한 원작자 슈피리의 생애를 교차시켜 『하이디』 의 세계를 깊이 파고든다. 『하이디』 를 읽을 사람은 물론, 작품을 보다 깊이 감상하고 싶은 사람에게 있어 좋은 안내서가 되어줄 것이다.

영국 귀족의 생활

다나카 료조 지음 | 김상호 옮김 | 192 쪽 | 14,000 원

영국 귀족의 우아한 삶을 조명한다

현대에도 귀족제도가 남아있는 영국. 귀족이 영국 사회에서 어떠한 의미를 가지고 또 기능하는지, 상세한 설명과 사진자료를 통해 귀족 특유의 화려함과 고상함의 이면에 자리 잡은 책임과 무게, 귀족의 삶 깊숙한 곳까지 스며든 '노블레스 오블리주' 의 진정한 의미를 알아보자.

요리 도감

오치 도요코 지음 | 김세원 옮김 | 384 쪽 | 18,000 원

요리는 힘 ! 삶의 저력을 키워보자 !!

이 책은 부모가 자식에게 조곤조곤 알려주는 요리 조언집이다. 처음에는 요리가 서툴고 다소 귀찮게 느껴질지 모르지만, 약간의 요령과 습관만 익히면 스스로 요리를 완성한다는 보람과 매력, 그리고 요리라는 삶의 지혜에 눈을 뜨게 될 것이다.

사육 재배 도감

아라사와 시게오 지음 | 김민영 옮김 | 384 쪽 | 18,000 원

동물과 식물을 스스로 키워보자 !

생명을 돌보는 것은 결코 쉬운 일이 아니다. 꾸준히 손이 가고, 인내심과 동시에 책임감을 요구하기 때문이다. 그럴 때 이 책과 함께 한다면 어떨까 ? 살아있는 생명과 함께하며 성숙해진 마음은 그 무엇과도 바꿀 수 없는 보물로 남을 것이다.

식물은 대단하다

다나카 오사무 지음 | 남지연 옮김 | 228 쪽 | 9,800 원

우리 주변의 식물들이 지닌 놀라운 힘 !

오랜 세월에 걸쳐 거목을 말려 죽이는 교살자 무화과나무, 딱지를 만들어 몸을 지키는 바나나 등 식물이 자신을 보호하는 아이디어. 환경에 적응하여 살아가기 위한 구조의 대단함을 해설한다. 동물은 흉내 낼 수 없는 식물의 경이로운 능력을 알아보자.

그림과 사진으로 풀어보는 마녀의 약초상자

니시무라 유코 지음 | 김상호 옮김 | 220 쪽 | 13,000 원

「약초」라는 키워드로 마녀를 추적하다 !

정체를 알 수 없는 약물을 제조하거나 저주와 마술을 사용했다고 알려진 「마녀」란 과연 어떤 존재였을까 ? 그들이 제조해온 마법약의 재료와 제조법, 마녀들이 특히 많이 사용했던 여러 종의 약초와 그에 얽힌 이야기들을 통해 마녀의 비밀을 알아보자.

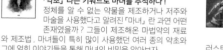

초콜릿 세계사 - 근대 유럽에서 완성된 갈색의 보석

다케다 나오코 지음 | 이지은 옮김 | 240 쪽 | 13,000 원

신비의 약이 연인 사이의 선물로 자리 잡기까지의 역사 !

원산지에서 「신의 음료」라고 불렸던 카카오. 유럽 탐험가들에 의해 서구 세계에 알려진 이래, 19 세기에 이르러 오늘날의 형태와 같은 초콜릿이 탄생했다. 전 세계로 널리 퍼질 수 있었던 초콜릿의 흥미진진한 역사를 살펴보자.

초콜릿어 사전

Dolcerica 가가와 리카코 지음 | 이지은 옮김 | 260 쪽 | 13,000 원

사랑스러운 일러스트로 보는 초콜릿의 매력 !

나른해지는 오후, 기력 보충 또는 기분 전환 삼아 한 조각 먹게 되는 초콜릿. 『초콜릿어 사전』은 초콜릿의 역사와 종류, 제조법 등 기본 정보와 관련 용어 그리고 그 해설을 유머러스하면서도 사랑스러운 일러스트와 함께 싣고 있는 그림 사전이다.

판타지세계 용어사전

고타니 마리 감수 | 전홍식 옮김 | 248 쪽 | 18,000 원

판타지의 세계를 즐기는 가이드북 !

온갖 신비로 가득한 판타지의 세계. 『판타지세계 용어사전』은 판타지의 세계에 대한 이해를 돕고 보다 깊이 즐길 수 있도록, 세계 각국의 신화, 전설, 역사적 사건 속의 용어들을 뽑아 해설하고 있으며, 한국어판 특전으로 역자가 엄선한 한국 판타지 용어 해설집을 수록하고 있다.

세계사 만물사전

헤이본샤 편집부 지음 | 남지연 옮김 | 444 쪽 | 25,000 원

우리 주변의 교통 수단을 시작으로, 의복, 각종 악기와 음악, 문자, 농업, 신화, 건축물과 유적 등, 고대부터 제 2 차 세계대전 종전 이후까지의 각종 사물 약 3000 점의 유래와 그 역사를 상세한 그림으로 해설한다.

고대 격투기

오사다 류타 지음 | 남지연 옮김 | 264 쪽 | 21,800 원

고대 지중해 세계의 격투기를 총망라 !

레슬링, 복싱, 판크라티온 등의 맨몸 격투술에서 무기를 활용한 전투술까지 풍부하게 수록한 격투 교본. 고대 이집트 · 로마의 격투술을 일러스트로 상세하게 해설한다.

에로 만화 표현사

키미 리토 지음 | 문성호 옮김 | 456 쪽 | 29,000 원

에로 만화에 학문적으로 접근하다 !

에로 만화 주요 표현들의 깊은 역사, 복잡하게 얽힌 성립 배경과 관련 사건 등에 대해 자세히 분석해본다.

크툴루 신화 대사전

초판 1쇄 인쇄 2019년 12월 10일
초판 1쇄 발행 2019년 12월 15일

저자 : 히가시 마사오
번역 : 전홍식

펴낸이 : 이동섭
편집 : 이민규, 서찬웅, 탁승규
디자인 : 조세연, 백승주, 김현승
영업 · 마케팅 : 송정환
e-BOOK : 홍인표, 김영빈, 유재학, 최정수
관리 : 이윤미

㈜에이케이커뮤니케이션즈
등록 1996년 7월 9일(제302-1996-00026호)
주소 : 04002 서울 마포구 동교로 17안길 28, 2층
TEL : 02-702-7963~5 FAX : 02-702-7988
http://www.amusementkorea.co.kr

ISBN 979-11-274-2989-8 03840

이 도서의 국립중앙도서관 출판예정도서목록(CIP)은 서지정보유통지원시스템 홈페이지(http://seoji.nl.go.kr)와 국가자료공동목록시스템(http://www.nl.go.kr/kolisnet)에서 이용하실 수 있습니다.(CIP제어번호: CIP2019047677)

*잘못된 책은 구입한 곳에서 무료로 바꿔드립니다.